Robert Dugoni
Die achte Schwester

Das Buch

Seine Zeit als CIA-Agent ist für Charles Jenkins Vergangenheit. Er fühlt sich zu alt für die »Firma«. Aber weil ihm das Wasser bis zum Hals steht, lässt er sich auf einen letzten, lukrativen Auftrag ein: Undercover soll er in Moskau einen russischen Agenten aufhalten, der auf die Mitglieder der »Sieben Schwestern«, einer elitären US-Spionagezelle, Jagd macht.

Für Jenkins beginnt ein mörderischer Wettlauf gegen die Zeit. Der längst nicht zu Ende ist, als er den Killer enttarnt und aus Russland flüchtet. Da erst wird ihm klar, in welcher Gefahr er und seine Familie wirklich schweben ...

Der Autor

Robert Dugoni ist der New-York-Times-Bestsellerautor der Tracy-Crosswhite-Serie, die mehr als zwei Millionen Exemplare verkauft hat und die es auf Platz 1 des Wall Street Journal und auf Platz 1 bei Amazon geschafft hat. »Das Grab meiner Schwester« wird derzeit für eine TV-Serie adaptiert. Dugoni ist auch Autor der David-Sloane-Serie und der Romane »The 7th Canon und »The Cynide Canary«, das von der Washington Post zum besten Buch des Jahres gewählt wurde.

Er war mehrfach Finalist für den International Thriller Writers Award sowie für den Mystery Writers of America Award in der Kategorie Bester Roman. Seine David-Sloane-Reihe wurde zweimal für den Harper Lee Award nominiert. Dugonis Bücher sind in über 20 Sprachen übersetzt worden. Mehr über Robert Dugoni können Sie auf seiner Website unter www.robertdugoni.com oder unter www.facebook.com/AuthorRobertDugoni erfahren.

ROBERT DUGONI

DIE ACHTE SCHWESTER

EIN CHARLES-JENKINS-THRILLER

Aus dem Amerikanischen von Dorothee Danzmann

Die amerikanische Ausgabe erschien 2019 unter dem Titel
»The Eighth Sister« bei Thomas & Mercer, Seattle.

Deutsche Erstveröffentlichung bei
Edition M, Amazon Media EU S.à r.l.
38, avenue John F. Kennedy, L-1855 Luxembourg
Dezember 2020
Copyright © der Originalausgabe 2019
By La Mesa Fiction, LLC
All rights reserved.
Copyright © der deutschsprachigen Ausgabe 2020
By Dorothee Danzmann

Die Übersetzung dieses Buches wurde durch Amazon Crossing ermöglicht.

Umschlaggestaltung: semper smile, München, www.sempersmile.de
Umschlagmotiv: © Alexander Nolting / EyeEm / Getty Images;
© subjob / Getty Images;
Lektorat: Rainer Schöttle
Korrektorat: Manuela Tiller/DRSVS
Gedruckt durch:
Amazon Distribution GmbH, Amazonstraße 1, 04347 Leipzig /
Canon Deutschland Business Services GmbH, Ferdinand-Jühlke-Straße 7,
99095 Erfurt /
CPI books GmbH, Birkstraße 10, 25917 Leck

ISBN: 978-2-49670-498-3

www.edition-m-verlag.de

*Und werdet die Wahrheit erkennen, und die
Wahrheit wird euch befreien.
(Johannes 8,32)*

*Die Wahrheit wird euch befreien, aber erst
einmal nervt sie nur.
(Ursprung strittig)*

Prolog

Moskau

Sarina Kasakowa trat an die Glastür des russischen Weißen Hauses, Bely Dom, und warf einen besorgten Blick hoch zum bleigrauen Himmel, unter dem Moskau zu ersticken drohte. Inzwischen war die Frage nicht mehr, ob heute die ersten weißen Flocken fallen würden, sondern nur noch wann. Die Meteorologen hatten zehn bis fünfzehn Zentimeter Schnee vorhergesagt, bei abendlichen Temperaturen unter dem Gefrierpunkt. Ein weiterer schwieriger Winter also, dachte Sarina seufzend, während sie sich die weichen, pelzgefütterten Handschuhe über die Finger streifte. Neben einem der Metalldetektoren beim Ausgang hatte sich der Wachmann Bogdan so aufgebaut, dass auch er die mit jeder Minute düsterer werdende Wolkendecke im Auge hatte. »*Pochosche, schto eto budjet dolgaja sima, Sarina.*«

»Wann war denn der Winter mal nicht lang?«, erwiderte Sarina auf Russisch, eine rein rhetorische Frage, die ihr Bogdan als echter Sohn Moskaus auch gar nicht erst beantwortete. Mit »lang« war der typische russische Winter auf keinen Fall adäquat beschrieben, wie beide nur zu gut wussten. »Erdrückend« käme der Sache schon ein gutes Stück näher.

»Haben Sie heute Abend etwas vor?« Bogdan trug einen schlichten grauen Wollmantel über der ebenso unauffälligen grünlich grauen Militäruniform, dazu eine spitze Kappe, die ihm akkurat und gerade auf dem Kopf saß.

»Ich habe immer etwas vor.« Sarina hielt ihre Antwort absichtlich vage, um Bogdan einen Dämpfer zu verpassen, noch bevor der Mann richtig in Fahrt kam. Sie war jetzt Anfang sechzig und hatte die guten Gene ihrer Mutter geerbt, die ihr die glatte Haut einer Frau um die dreißig und kaum Grau im braunen Haar bescherten. In Russland, hatte ihre Mutter immer wieder betont, müsse eine Frau ihr Aussehen bewahren, um ein gutes Leben führen zu können. Nur ihr Aussehen gehöre den Frauen wirklich und müsse von daher sorgsam gepflegt und gehütet werden. Also achtete Sarina auf sich, kleidete sich stets sorgsam und hatte sich nie den beiden großen russischen Leidenschaften hingegeben, dem Rauchen und dem übermäßigen Genuss von Alkohol, insbesondere Wodka. Seit ihrer Scheidung lebte sie allein, was anscheinend jedes männliche Wesen im Bely Dom zu wissen schien.

Bogdan lächelte. »Ich frage nur, weil Sie angezogen sind, als wollten Sie ausgehen.«

Da hatte er recht. Sarinas schwerer Wintermantel mit dem Kaninchenfellkragen passte perfekt zur Uschanka, der Pelzmütze, deren Ohrenklappen sie bereits heruntergelassen hatte, um ihr Gesicht besser vor dem erwarteten Wind und der Kälte zu schützen.

»Darf ich mich denn nur so anziehen, wenn ich zu einer Verabredung will?« Sarina zog sich den dicken Schal vor den Mund und strebte dem Ausgang zu, deutlich nicht an einem weiteren Gespräch interessiert. »*Dobroj notschi.*«

»*Spokojnoj notschi*«, erwiderte Bogdan, während er ihr die Tür aufhielt und ihr eine friedliche Nacht wünschte. Draußen wurde Sarina von einer heftigen Windböe begrüßt, die mit der

Wucht eines Güterzugs von der Moskwa her heranstürmte. Ja, in dieser Nacht stand ihnen ein heftiger Sturm bevor.

Vorsichtig stieg Sarina die Betonstufen hinunter, um dann mit gesenktem Kopf durch den Innenhof des Gebäudes zu eilen. Sie passierte das reich verzierte Tor zur Krasnopresnenskaja Nab und konnte nun am Fluss entlang bis zu ihrer Bushaltestelle an der Ecke Glubokiy Pereulok marschieren. Hier erlebte man hautnah das »Putinstan« des einundzwanzigsten Jahrhunderts, wo in der Innenstadt von Moskau der ohrenbetäubende Lärm der Busse und wild hupenden Autos sogar noch den Wind übertönte. Alle hatten es eilig, jeder wollte zu Hause sein, bevor die ersten Schneeflocken fielen. An der Biegung des Flusses ragte als ungeschlachter Monolith und Denkmal stalinistischer Exzesse das Hotel Ukraina empor. Sieben solcher Gebäude hatte Stalin nach dem Zweiten Weltkrieg in Auftrag gegeben, sie sollten den Sowjetstaat verherrlichen und den Westen beeindrucken, wo man damals eifrig Wolkenkratzer baute. Angeblich, das Gerücht hielt sich hartnäckig, hatte der Diktator befohlen, alle sieben hätten gleich oder doch zumindest ähnlich auszusehen, um die amerikanische Luftwaffe zu verwirren für den Fall, dass sich deren Bomber irgendwann einmal in den Luftraum über Moskau wagen sollten. Sarina neigte dazu, diesen Gerüchten zu glauben, denn zu Paranoia hatten russische Führer immer schon geneigt.

Jedes dieser Gebäude wirkte von seiner Bauweise her fast schon lachhaft übertrieben russisch, völlig überdimensioniert, mit den breiten, soliden Sockeln und den Türmchen, bis hin zum roten Stern auf der höchsten Spitze, das Ganze durchsetzt mit Elementen der griechischen, französischen, chinesischen und italienischen Architektur. Was Stalin wohl davon halten würde, fragte sich Sarina, wenn er wüsste, dass aus dem Ukraina inzwischen das Radisson Royal geworden war, leuchtendes Symbol des westlichen Kapitalismus.

Zischende Bremsen und Benzingestank ließen sie aufschrecken. Jetzt musste sie sich konzentrieren, musste drücken und schieben, um es durch die Falttüren ihres Busses zu schaffen, denn in Situationen wie dieser hier hatte jede Form der Höflichkeit längst dem Selbsterhaltungstrieb weichen müssen. Wie durch ein Wunder fand sie hinten im Bus einen Sitzplatz und zog Handschuhe und Mütze aus, damit es ihr nicht zu warm wurde und sie hinterher umso stärker fror. Die schale, feuchte Luft ließ Kondenswasser die Fensterscheiben hinunterlaufen und es roch nach vielen, vielen Menschen und starkem Parfüm, mit dem der Körpergeruch überlagert werden sollte.

Der Bus fuhr an. Die Straße schlängelte sich an der Moskwa entlang, auf der bereits die ersten Eisschollen trieben, weitere Vorboten des Winters, der allen bevorstand. Nach dreißig Minuten Fahrt hatte Sarina ihr Ziel erreicht, die Haltestelle vor dem Supermarkt am Filevsky Bulwar. Sie durchquerte den etwas trostlos wirkenden Park mit den kahlen Bäumen, deren Äste und Zweige bei jedem Windstoß knarrten und knackten. Er wurde an allen Seiten von Apartmenthäusern aus der Sowjetzeit gesäumt, groteske Betonklötze voller Graffiti, mit winzigen Fenstern. Sarina öffnete die braune Metalltür zu ihrem Haus. In der spartanischen Eingangshalle gab es schon lange keine Lampen mehr. Sie waren alle gestohlen worden, zusammen mit dem Marmorfußboden und den Treppengeländern aus Messing. »Klau, was du verkaufen kannst«, so hatten viele im Land den Kapitalismus für sich interpretiert, und jeder Versuch, das Gebäude neu auszustatten, führte lediglich zu weiteren Diebstählen.

Der Fahrstuhl brachte Sarina in den elften Stock und einen Flur, der ebenso nackt und düster wirkte wie unten die Eingangshalle. Sie öffnete die mit vier Schlössern gesicherte Tür zur Wohnung, die früher ihren Eltern gehört hatte, trat sich an der Fußmatte aus Rücksicht auf das wunderschöne geometrische

Muster des Eichenholzfußbodens im Eingangsbereich sorgfältig die Schuhe ab und hängt Mantel und Mütze in die Flurgarderobe, bevor sie das Wohnzimmer betrat.

»Wir fragten uns langsam, ob Sie wohl heute noch nach Hause kommen, Frau Kasakowa«, begrüßte sie eine Männerstimme.

Sarina schrie auf, was den Mann, der es sich mit übereinandergeschlagenen Beinen auf ihrer Couch gemütlich gemacht hatte, nicht weiter zu beeindrucken schien. Eine rasche Einschätzung der akkurat gebügelten grauen Hose, des schwarzen Rollkragenpullovers und der langen Lederjacke ließ Sarina befürchten, dass hier ein Polizist saß, vielleicht sogar jemand vom FSB, dem Inlandsgeheimdienst der russischen Föderation und Nachfolger des KGB. Ein zweiter Mann, quadratisch und stämmig wie ein Kühlschrank, hatte sich in der Küche versteckt gehalten und tauchte nun hinter Sarina im Flur auf, womit er ihr den Rückzug abschnitt. Nicht, dass sie an Flucht auch nur gedacht hätte.

»Bitte setzen Sie sich«, sagte der Mann auf der Couch, der seine Uschanka und pelzgefütterten Handschuhe auf dem Couchtisch abgelegt hatte, wo neben den beiden von ihrer Mutter geerbten Kristallgläsern auch Sarinas bester Wodka stand, die Flasche, die sie sich für lieben Besuch aufsparte. »Ich hoffe, Sie haben nichts dagegen.« Er hatte mitbekommen, wie Sarinas Blick zur Wodkaflasche gewandert war. »Von einem Regierungsgehalt kann man sich Stolichnaya ja kaum noch leisten. Da frage ich mich doch, wie kommt eine Sekretärin im Verteidigungsministerium zu solchem Luxus?«

»Die Flasche war ein Geschenk.« Sarina versuchte, sich ihre Nervosität nicht anmerken zu lassen. »Nehmen Sie sie und gehen Sie, ich trinke nicht.«

»Nicht so hastig. Bitte, setzen Sie sich doch und erlauben Sie mir, dass ich mich vorstelle.«

Sarina blieb stehen, unsicher, wie sie sich verhalten sollte. Wie oft hatte sie sich eine solche Begegnung vorgestellt und immer gehofft, der Tag möge nie kommen?

»Nein? Nun, ich bin Federow, Viktor Nikolajewitsch. Und das ist Wolkow.« Er deutete auf den Kühlschrank. »Arkadij Ototschestowitsch.«

Dass Federow sich und seinen Begleiter so formell vorstellte, jedoch ohne sich die Mühe zu machen, seinen Dienstausweis zu zeigen, verhieß nichts Gutes. Sarina bekam weiche Knie, was sie sich allerdings nicht anmerken ließ.»»Ich habe viele Freunde im Verteidigungsministerium«, sagte sie mit einem Blick auf ihre Uhr. »Einen von ihnen erwarte ich gerade, er kann jeden Moment hier sein.«

»Hatte«, sagte Federow.

»Bitte?«

»Sie sagten, Sie hätten viele Freunde im Ministerium, aber ich glaube, Sie meinten die Vergangenheitsform. Sie hatten Freunde. Niemand kommt, Frau Kasakowa. Wir beobachten Ihre Wohnung schon seit einigen Wochen und es ist noch nie jemand gekommen. Warum ist das wohl so? Wo Sie doch Single sind und sehr gut aussehen?« Federow streckte die Hand nach der Wodkaflasche aus und schenkte ein Glas voll, die harten, dunklen Augen unverwandt auf Sarina gerichtet. »Sie gestatten?«

»Was wollen Sie?«

»Gut, Sie kommen gleich zur Sache.« Mit dem Glas in der Hand lehnte er sich bequem zurück. »Wollen wir also keine Zeit verschwenden. *Sa twojo sdorowje.*« Er prostete ihr zu, trank und setzte das Glas wieder ab. »Sagen Sie mir, was wissen Sie über die sieben Schwestern?«

Diese Frage überraschte Sarina nun doch. »Sind Sie verrückt?«

Federow lächelte. »Nehmen wir mal an, ich wäre es nicht. Was wissen Sie über sie?«

»Ich bin weder Stadtführerin noch zu Ihrer Unterhaltung engagiert! Kaufen Sie sich ein Buch, wenn Sie mehr über die sieben Schwestern erfahren wollen. Ich bin sicher, da gibt es eine Menge.«

»Oh!« Federow setzte sich auf. »Sie glauben, meine Frage bezieht sich auf Stalins Gebäude? Eine verständliche Verwechslung. Nein, um die geht es mir nicht, mir geht es um die sieben Schwestern, von denen Sie eine sind. Die Schwestern, die seit mehr als vier Jahrzehnten für die Amerikaner spionieren.«

Sarina spürte, wie ihr ein Schweißtropfen den Rücken hinunterlief. Im Zimmer kam es ihr mit einem Mal so warm und feucht vor wie vorhin im Bus. Sie kannte den Begriff »Sieben Schwestern« nur im Zusammenhang mit Stalins Bauwerken. Gab es denn wirklich noch sechs weitere Frauen wie sie?

»Ist es hier heiß?«, erkundigte sich Federow interessiert. »Ich persönlich habe ja ein bisschen gefroren, aber da half dann der Wodka.« Eine Weile lang musterte er Sarina schweigend. »Wissen Sie, Frau Kasakowa«, sagte er schließlich, »die anderen beiden Frauen haben auch behauptet, sie wüssten nichts von sieben Schwestern. Und wissen Sie noch etwas?«

Er schwieg erwartungsvoll. Rechnete er wirklich mit einer Antwort? Sarina hatte es die Sprache verschlagen. Sechs weitere Frauen wie sie? Mein Gott!

»Ich glaube den beiden!« Federow setzte sich zurück. »Arkadij kann sehr überzeugend sein. Ihnen würde ich nun auch gern glauben, dass Sie die Identität der anderen nicht kennen, aber so einfach geht das natürlich nicht. Ich muss mich vergewissern, wie bei den beiden anderen. Wir alle müssen uns doch vor unseren Chefs verantworten, nicht wahr?«

»Ich habe wirklich keine Ahnung, wovon Sie sprechen«, versicherte Sarina. »Sie irren sich, hier liegt ein Fehler vor. Ich arbeite seit fast vierzig Jahren im Verteidigungsministerium und wurde dutzendmal und mehr überprüft. Sie können sich das gern bestätigen lassen.«

»Sie leugnen die Existenz der sieben Schwestern?«, fragte Federow.

»Die, die Sie meinen, auf jeden Fall.«

Mit ernster Miene nahm Federow Handschuhe und Mütze vom Tisch. »Dann leugnen Sie also. Wie traurig, ich möchte mir das nicht anhören. Arkadij allerdings schon. Ihr Leugnen ist Musik in seinen Ohren.«

TEIL I

1

Camano Island, Washington

Charles Jenkins hockte am Bachufer und räumte Blätter und Zweige von den Gräbern seiner Rhodesians Lou und Arnold. Der Besuch bei den beiden gehörte inzwischen fest dazu, wenn er am Morgen seine fünf Meilen lief. Früher hatten hier auch noch zwei Kreuze aus Holz gestanden, aber die waren bei Hochwasser vom Bach mitgerissen worden. Jenkins hatte nicht an diese Möglichkeit gedacht, als er seine Jungs damals hastig begraben musste.

Er richtete sich auf und sofort kam seine gefleckte Pitbullhündin Max aus dem Gebüsch geeilt. »Dich habe ich wenigstens noch, mein Mädchen, die letzte der Mohikaner.« Auch Max kam langsam in die Jahre, ihr braunes Fell zeigte bereits allerhand Grau. Ihr genaues Alter kannte Jenkins nicht, er hatte sie als ausgewachsenen Hund vor einem Mann gerettet, von dem sie misshandelt worden war, und schätzte sie auf mindestens elf, zwei Jahre älter als sein Sohn CJ. »Lass uns nach Hause laufen und dafür sorgen, dass CJ pünktlich zur Schule kommt.«

Sobald er den Kies seiner Auffahrt unter den Sohlen spürte, wurde Jenkins schneller und Max musste sich anstrengen, um mithalten zu können. Jenkins hätte gern noch einen Hund gehabt. CJ war alt genug, um etwas Verantwortung zu übernehmen und sich um ein Tier zu kümmern, aber jetzt, wo ihr zweites Kind unterwegs war, wollte Alex davon absolut nichts wissen. Da ließ sich nichts machen; Jenkins hatte auf keinen Fall vor, sich mit einer Schwangeren zu streiten.

Die letzten zehn Meter ging er nur noch, die Hände hinter dem Kopf verschränkt, und genoss in tiefen Zügen die kalte Novemberluft. Unter der Strickmütze und dem dicken blauen Sweatshirt rann ihm der Schweiß hinab. Jenkins lief dreimal die Woche, mehr gaben seine Knie nicht her, und zusätzlich stemmte er noch unten im Keller Gewichte. Er war jetzt vierundsechzig Jahre alt, da reichte es nicht, auf eine vernünftige Ernährung zu achten, wenn man fit bleiben wollte, da musste schon mehr passieren, da mussten Blut, Schweiß und, wenn er ehrlich sein wollte, auch ein paar Tränen fließen. Aber es lohnte sich: Nach einem Jahr intensiver und kontinuierlicher Körperarbeit brachte er bei seinen ein Meter fünfundneunzig inzwischen nur noch hundertsieben Kilo auf die Waage, lediglich viereinhalb Kilo mehr als zu seinen besten Zeiten als CIA-Agent in Mexiko-Stadt vor fast vierzig Jahren.

Vor ihrem zweistöckigen Haus stand mit laufendem Motor der Range Rover und wärmte sich schon mal vor, während Alex den allmorgendlichen Tanz aufführte, der nötig war, um ihren Sohn aus dem Bett zu holen und es rechtzeitig in die Schule zu schaffen. Heute war Donnerstag und donnerstags arbeitete sie in der Schule als Nachhilfelehrerin für Schüler mit Mathematikproblemen, was zusätzlichen Stress verursachte. Um sich nicht total schuldig zu fühlen, weil er laufen ging, während Alex sich mit CJ herumschlagen musste, bereitete Jenkins stets das Pausenbrot für seinen Sohn vor und sorgte dafür, dass dessen Schulrucksack fertig gepackt an der Haustür auf ihn wartete, bevor er loslief.

»CJ! Los jetzt, wir kommen zu spät!« Alex stand in der Tür und brüllte ins Haus hinein, dem Ton nach zu urteilen bereits ziemlich genervt.

»Ich kann meine Fußballschuhe nicht finden!«, tönte CJs Stimme von irgendwo aus dem Haus.

»Weil du sie im Auto vergessen hast«, flüsterte Jenkins.

»Die sind im Auto, wo du sie vergessen hast!«, brüllte Alex.

»Hast du mein Pausenbrot?«, sagte Jenkins leise.

»Ich finde mein Pausenbrot nicht«, rief CJ. »Hast du es?«

»Ja!«, rief Alex, die braune Papiertüte fest in der Hand.

»Wo ist deine Jacke?«, murmelte Jenkins vor sich hin. »Ich brauche keine Jacke. Brauchst du wohl, es ist kalt. Geh und hol deine Jacke.«

»Wo ist deine Jacke?«, fragte Alex, als CJ in Shorts und T-Shirt aus der Tür gerannt kam.

»Ich brauche keine.«

»Brauchst du wohl, es ist eiskalt hier draußen. Hol deine Jacke.«

CJ rannte zurück ins Haus, um kurz darauf mit der Jacke in der Hand wieder aufzutauchen. Der Junge schien nur aus Armen und Beinen zu bestehen und war der Längste in seiner Klasse – kein Wunder bei einem Vater wie Jenkins und einer ein Meter neunundsiebzig großen Mutter. Vom Aussehen her verkörperte er eine perfekte Mischung: Man sah ihm Alex' hispanisches Erbe ebenso an wie Jenkins' afroamerikanische Wurzeln und selbst die grünen Augen des Großvaters waren bei CJ wieder aufgetaucht, höchstwahrscheinlich dank eines rezessiven Gens, das von Jenkins' Vorfahren aus Louisiana stammen dürfte.

CJ eilte an seinem Vater vorbei. »Hallo und tschüss, Dad!«

»Gib deinem Vater einen Kuss«, befahl Jenkins.

CJ machte brav kehrt und ließ sich von seinem Vater auf den Scheitel küssen. »Viel Spaß in der Schule.« Jenkins folgte seinem Sohn zum Auto, wo CJ auf den Rücksitz kletterte. »Hast du noch Probleme mit diesem einen Jungen?«

»Nein, alles okay.«

»Ruf an, wenn du Probleme hast. Kennst du den Code noch?«

»Ja.« CJ klang nicht besonders interessiert. Er schnallte sich an.

»Und wie lautet er?« Weil alte Gewohnheiten sich nun einmal schlecht ablegen lassen, gab es in der Familie einen Code für den Notfall, genauso wie Jenkins in Mexiko-Stadt einen gehabt hatte. Für den Fall eben, dass irgendwann einmal echt Not am Mann war und sie die Hilfe des jeweils anderen brauchten.

»Dad …«

»Mach schon, wir verschwenden hier bloß Zeit.«

CJ seufzte tief. »Wie geht es Lou?«

»Der schläft momentan.«

»Kannst du ihn wecken?«

»Wenn es wichtig ist?«

»Ja, ist es.«

Jenkins zerzauste CJ die Haare. »Guter Junge!« Er ließ die Wagentür zufallen.

Alex verdrehte die Augen. »Er würde seine Füße vergessen, wenn die nicht fest an den Beinen hingen. Und dann wundern sich die Ärzte über meinen Blutdruck!«

»Hast du heute wieder einen Termin?«

»Ja, um zwei.«

Alex war in der dreiundzwanzigsten Woche schwanger und bei der letzten Kontrolluntersuchung war ihr Blutdruck zu hoch gewesen, was laut Doktor ihre Kopfschmerzen und die Schmerzen im Oberbauch erklärte. Er hatte Präeklampsie festgestellt und Ruhe verordnet, denn so eine Präeklampsie wurde man nur los, wenn man das Baby zur Welt brachte, wobei Alex vom errechneten Geburtstermin noch Wochen entfernt war. Sie hielt sich an den Rat des Arztes, weswegen Jenkins nun zusätzlich zu allen praktischen Arbeiten auch noch die Buchhaltung und Verwaltung ihrer gemeinsamen Firma CJ Security übernommen hatte. Alex und er hatten das Familienunternehmen nach ihrem Sohn benannt.

Jenkins gab seiner Frau einen Abschiedskuss. »Versprich mir, dich nicht zu übernehmen.«

»Versprochen. Vergiss nicht, im Klassenzimmer gibt es für die schwangere Lady hier einen Schreibtisch und einen Stuhl.« Alex rutschte hinter das Lenkrad und schnallte sich an. »Hast du mit Randy gesprochen?«

»Alex …«

»Ich hätte sofort weniger Stress, wenn du das klären würdest.«

»Ich schau bei ihm vorbei.«

»Wie viel schulden sie uns inzwischen?«

»Lass mich das regeln, bitte. Bis zum Monatsende gleichen sie die Rechnungen bestimmt aus.«

»Du solltest mit dem Abzug sämtlicher Leute drohen und sagen, dass wir erst wieder für sie arbeiten, wenn sie mit den Zahlungen auf dem Laufenden sind. Dann werden sie schon spuren.«

»Sicher. Mach dir deswegen keinen Stress, Alex. Der Arzt sagt, Stress ist schlecht für schwangere Ladys.«

»Mom!«, brüllte CJ vom Rücksitz. »Ich komme zu spät!«

Alex verdrehte die Augen. »Jetzt auf einmal!« Sie küsste Jenkins und schlug die Wagentür zu, ließ dann allerdings ihr Fenster herunter, um im Wegfahren weiter auf ihn einreden zu können. »Ruf Randy an. Sag ihm, er hat bis Ende der Woche. Sag ihm, er stresst eine schwangere Lady und wenn ich demnächst Amok laufe, steht er ganz oben auf der Abschussliste.«

Jenkins winkte ihr lächelnd hinterher. »Wird gemacht, ich richte es ihm aus.«

Bei der Umrundung der großen Sequoie ließ Alex den Range Rover Kies aufspritzen, dann steuerte sie die Straße an.

CJ Security stellte unter anderem auch den Sicherheitsdienst für die in Seattle beheimatete Investmentfirma LSR&C. Deren Finanzchef Randy Traeger hatte einen Sohn, der mit CJ in einer Fußballmannschaft spielte, und war an Jenkins herangetreten, nachdem er in Seattle erfahren hatte, dass dessen Firma auch schon für den Anwalt David Sloane und einige seiner Kunden gearbeitet hatte. Traeger hatte vom raschen Wachstum seiner Firma berichtet, von Büros in San Francisco, Los Angeles und New York, von Plänen, die Arbeit auch ins Ausland auszuweiten. Inzwischen koordinierte Jenkins einen Großteil der Sicherheitsmaßnahmen für LSR&C, sorgte für den Schutz der Angestellten und der wohlhabenden Kunden, die die Büros in den verschiedenen Städten aufsuchten. Das alles ließ sich gut telefonisch von Camano aus erledigen, wodurch er an den meisten Tagen die eineinhalbstündige Fahrt in die Stadt und den immer ungemütlicher werdenden Verkehr in Seattle umgehen konnte.

Inzwischen hatte der Range Rover die Straße erreicht, wandte sich nach links und verschwand unter Bäumen und Büschen. Jenkins sah Max an. »Bis zum Monatsende werden unsere Sicherheitskräfte nicht auf ihren Lohn warten wollen.«

Die Hündin warf ihm einen verdrossenen Blick zu.

»Genau.« Jenkins seufzte. »So fühle ich mich auch.«

* * *

Frustriert legte Jenkins das Telefon aus der Hand, nachdem er Randy Traeger auch diesmal wieder eine Nachricht hinterlassen hatte. Die wievielte war das jetzt eigentlich? Wenn der Mann sich heute wieder nicht meldete, würde Jenkins in die Stadt fahren und in den Büroräumen von LSR&C im Columbia Center einen persönlichen Auftritt hinlegen müssen. Er starrte auf die Dokumente, die er auf dem Computer aufgerufen hatte. Es sah nicht gut aus. Um CJ Security gründen zu können, hatten Alex und er einen nicht unerheblichen Geschäftskredit aufnehmen und auch einen Großteil ihrer Ersparnisse investieren müssen, aber die Arbeit war anfangs sehr gut gelaufen und hatte Geld hereingebracht. Seit den jüngsten Veränderungen auf dem Finanzmarkt zahlte LSR&C allerdings die Rechnungen von CJ Security nicht mehr so pünktlich wie sonst und war inzwischen mit fünfzigtausend Dollar im Rückstand. Für die Mitte des Monats fälligen Zahlungen an Mitarbeiter und Lieferanten konnte Jenkins nicht mehr auf Rücklagen aus dem Geschäftskredit zurückgreifen und er verfügte auch generell nicht über die finanziellen Mittel, um LSR&C großzügige Stundungen einzuräumen. Alex gegenüber gab er sich weiterhin ruhig und gelassen, weil er ihre Präeklampsie nicht noch durch zusätzlichen Stress verschlimmern wollte, was ihr Leben und das des Babys gefährden konnte. LSR&C zeigte sich nicht zum ersten Mal als säumiger Zahler, versuchte er sich einzureden, und hatte am Ende doch immer alle Rechnungen beglichen.

Er steckte sein Handy in die Hosentasche, holte sich in der Küche einen Becher Kaffee und trat vor die Tür, um ein wenig Luft zu schöpfen. Max trottete neben ihm her in den Gemüsegarten, in dem es aussah, als hätte eine Bombe eingeschlagen: überall nur vertrocknete Stängel, leere Gerüste und verschrumpelte Blätter. Seit er den Betrieb allein führen musste, hatte Jenkins einfach noch nicht die Zeit gefunden, den Garten winterfest zu machen.

Nicht allzu weit entfernt knirschten Autoreifen auf Kies, und als jetzt auch noch Max bellte, warf Jenkins einen Blick Richtung Süden. Dort fuhr ein Auto die teilweise mit Kies ausgestreute Staubstraße entlang, die über das Nachbargrundstück führte. Vor vielen Jahren hatte ein Wegerecht Anwohnern die

Möglichkeit gegeben, so bis zum Land von Jenkins durchzufahren, aber dieses Wegerecht war abgelaufen und nie erneuert worden. Irgendwann hatte der Nachbar ein Tor eingebaut und Brombeersträucher gepflanzt, um eine Durchfahrt zu verhindern. Jenkins hatte eine eigene Auffahrt und eine alternative Staubstraße anlegen lassen, die hinten an seinem vier Hektar großen Grundstück entlang verlief.

Inzwischen hatte der fremde Wagen die wild wuchernden Brombeersträucher am Tor des Nachbarn erreicht und war stehen geblieben. Der Motor wurde ausgeschaltet, eine Wagentür schlug zu.

Jenkins ging zur Vordertür seines Hauses. Als er dort angekommen war, fand er einen Mann vor, der ihm den Rücken zukehrte und das Anwesen zu bewundern schien.

»Kann ich Ihnen helfen?«, fragte Jenkins.

Der Fremde drehte sich um und Jenkins sah sich einem Geist aus alten Tagen gegenüber, immer noch groß und schlank, mit der Bronzehaut von Leuten, die sich viel in der Sonne aufhalten. Nur das dichte Haar war schlohweiß geworden, ansonsten schien sich Carl Emerson kaum verändert zu haben und seine auffallend blauen Augen musterten Jenkins mit dem vertrauten, durchdringenden Blick.

»Ist schon ziemlich lange her«, sagte er.

2

Jenkins hatte in der Küche einen zweiten Becher Kaffee eingeschenkt und trug ihn nun zu Emerson hinüber, der inzwischen ins Wohnzimmer gegangen war.

»Hier warst du also die ganze Zeit?« Durch das große Panoramafenster hatte man einen schönen Blick auf die ausgedehnte Pferdewiese; dahinter lagen die Reste des Milchbauernhofs, der nicht mehr bewirtschaftet wurde.

»Genau«, sagte Jenkins.

Danach entstand eine leicht peinliche Pause, die Emerson zu überbrücken versuchte, indem er sich seinem Kaffee widmete. »Privater Sicherheitsdienst?«, wollte er wissen, womit klar war, dass er vor seinem Besuch Nachforschungen angestellt oder in Auftrag gegeben hatte. Fragte sich nur, warum.

Jenkins nickte.

Bei der CIA hatte Jenkins als Agent im Felde gearbeitet und Emerson war sein Verbindungsmann gewesen. Nur hatte Jenkins die Agentur vor etwa vierzig Jahren Knall auf Fall verlassen und seither zu niemandem dort mehr Kontakt gehabt.

»Und das macht Spaß?«, wollte Emerson wissen.

»Meistens schon. Mal mehr, mal weniger, aber ich bin mein eigener Herr, die Firma gehört mir.«

»Und du kannst auf niemanden die Verantwortung abwälzen.« Emerson lächelte. Er trank einen Schluck Kaffee und ging hinüber zum gemauerten Kamin, um sich die Fotos dort anzusehen, darunter auch eins, das Alex an ihrem Hochzeitstag zeigte. »Dann hast du eine Kollegin geheiratet? Ihr Vater hat doch in Mexiko für uns gearbeitet, richtig?«

Jenkins ignorierte die Frage. »Und du? Was treibst du inzwischen so?«

»Ich bin jetzt Schreibtischhengst in Langley. Habe immer noch reichlich zu tun, obwohl ich längst in Rente sein sollte.«

»Stattdessen bist du hier«, stellte Jenkins fest.

»Stattdessen bin ich hier.« Emerson stellte seinen Becher auf dem Kaminsims ab. »Dank Mister Putin steht Russland wieder ganz weit oben, was das Interesse der amerikanischen Geheimdienste betrifft, und Leute wie du und ich, die im Kalten Krieg aktiv waren, sind plötzlich heiß begehrt. *Wi jeschtscho goworite po-russki?*«

»Ist schon eine ganze Weile her.«

Während seiner Ausbildung in Langley war festgestellt worden, dass Jenkins ein Talent für Fremdsprachen besaß. Also hatte er erst einmal ein Jahr lang an einer Fremdsprachenschule Russisch und Spanisch gelernt, ehe sie ihn nach Mexiko-Stadt schickten, damals ein wahres Eldorado für KGB-Agenten rund um eine der größten sowjetischen Botschaften der Welt. »Warum bist du hier, Carl?«

»Wegen der sieben Schwestern.«

Jenkins schüttelte den Kopf. Der Begriff war ihm nicht vertraut.

»Sieben russische Frauen, praktisch gleich nach der Geburt ausgewählt, weil ihre Eltern Dissidenten waren. Sie wurden ausgebildet, um später die unterschiedlichsten Institutionen der ehemaligen Sowjetunion zu infiltrieren und die USA mit

Informationen zu versorgen. Eine der seltenen Gelegenheiten, bei denen sich unsere Arbeitgeber in Geduld übten.«

Darin hatten sich CIA und KGB unterschieden, damals, als Russland noch Sowjetunion gewesen war: Der sowjetische Geheimdienst hatte immer geduldig und entschieden auf Langfristigkeit gesetzt und es galt in Geheimdienstkreisen als allgemein anerkannte Tatsache, dass in den USA russische Agenten tätig waren, die man bereits als Kinder hier untergebracht hatte.

»Die sieben Schwestern arbeiteten vollständig allein und nur auf sich gestellt«, fuhr Emerson fort. »Nur ganz wenige ausgesuchte Mitarbeiter der Agentur wussten von der Operation und noch weniger Menschen kannten die Namen der Schwestern. Zu diesen gehöre ich nicht.«

»Dann gibt es sie noch, diese Frauen?«, wollte Jenkins wissen.

»Ein paar von ihnen, ja.«

»Wir haben sie nicht deaktiviert, als Gorbatschow damals in den Achtzigern Glasnost und Perestroika einläutete?«

»Nein.« Emerson schüttelte den Kopf. »Und jetzt liegen die Dinge schon wieder anders, was Russland und unser Verhältnis zu diesem Land betrifft. Putin ist nicht Gorbatschow.«

Putin hatte für den Auslandsgeheimdienst gearbeitet, war dort bis zum Oberstleutnant aufgestiegen und galt in Geheimdienstkreisen generell als unmoralisch und nicht vertrauenswürdig.

Emerson steuerte einen der beiden roten Ledersessel beim Kamin an, wo er sich setzte und die Beine übereinanderschlug. »Putin soll gesagt haben, der Zusammenbruch der Sowjetunion sei eine der größten geopolitischen Katastrophen des zwanzigsten Jahrhunderts. Eine bemerkenswerte Formulierung, wenn man bedenkt, dass zum zwanzigsten Jahrhundert zwei Weltkriege und der Holocaust gehören.«

Jenkins wählte für sich die Ledercouch, wo er Emerson gegenübersaß, den Couchtisch zwischen ihnen. »Warum bist du hier, Carl?«, wiederholte er.

»Drei der Schwestern wurden innerhalb der letzten zwei Jahre ermordet.«

»Ermordet wie in …«

»Ermordet wie in: Sie haben aufgehört zu berichten und sind verschwunden.«

»Vielleicht wollen sie nicht mehr mitmachen.«

»Unwahrscheinlich. Russland wird mehr und mehr zur Diktatur, mit einer Verfassung, die eigentlich nur noch der Form halber existiert. Die Politik des Landes wendet sich immer mehr gegen alles, wofür die Schwestern gearbeitet haben.«

Jenkins setzte sich zurück. »Du glaubst, irgendwer in Russland hat herausgefunden, wer sie sind, und sie exekutiert? Aber warum dann nicht gleich alle sieben? Wenn sie drei Frauen gefunden haben, dann wissen sie doch auch, wer die anderen sind. Russische Verhörtechniken sind gnadenlos.«

»Die Schwestern kennen einander nicht und sie wissen auch nicht, unter welchem Namen die ganze Operation läuft. Sie wissen nicht einmal, dass sie Teil einer Operation sind. Jede von ihnen glaubt, autonom zu handeln.«

»Sie können sich nicht gegenseitig verraten?«

»Nein. Können sie nicht.«

Darüber dachte Jenkins kurz nach, bevor er seine eigentliche Frage noch einmal wiederholte: »Warum bist du hier?«

»Die Millennials sind erwachsen geworden, Charlie. Sie machen sich inzwischen auch in unseren Geheimdiensten breit. Prima Leute, fantastisch im Umgang mit Computern und künstlicher Intelligenz. Bloß was menschliche Intelligenz betrifft und echte Arbeit im Felde, da hapert es sehr. Die Kunst beherrscht kaum noch einer. Du sprichst Russisch oder könntest es innerhalb kurzer Zeit wieder einigermaßen gut lernen.

Deine Arbeit bietet die perfekte legitime Tarnung: LSR&C hat doch ein Büro in Moskau, oder? Damit wäre deine Anwesenheit im Lande begründet. Und außerdem müssen wir dich nicht extra ausbilden.«

»Ihr wollt mich reaktivieren?«, erkundigte sich Jenkins ungläubig.

»Genau. Das haben wir vor.«

»Und wofür? Was soll ich tun?«

»Drei Schwestern wurden enttarnt und ermordet. Wir gehen davon aus, dass es nur eine Frage der Zeit ist, bis auch die anderen ausgeschaltet werden.«

An dieser Stelle hätte Jenkins Nein sagen müssen. Stattdessen fragte er: »Was wissen wir über die Sache?«

»Nicht genug. Fest steht, dass Putin bereits als KGB-Agent von der möglichen Existenz der sieben Schwestern läuten hörte und schon damals vergeblich versucht hat, das Gerücht über ihre Existenz zu verifizieren und die Frauen zu enttarnen.«

»Und er hat die Suche nie aufgegeben?«

»Er hat die Sache nie vergessen, sollte man wohl lieber sagen. Der FSB ist nicht der KGB. Es ist eine verfeinerte Version, mit besserer Technologie. Wir haben Grund zur Annahme, dass Putin die Existenz unserer Operation inzwischen verifizieren konnte und eine Gegenoffensive gestartet hat, die er *Achte Schwester* nennt.«

»Wie ein zweiter James Bond!«

»Besonders subtil war er noch nie. Hast du mal Bilder von ihm mit freiem Oberkörper gesehen? Vielleicht sogar hoch zu Ross, ohne Sattel?«

»Russische Männlichkeit.« Jenkins erinnerte sich daran, wie gern sich die russischen Agenten damals in Mexiko daran hochgezogen hatten, dass sie sich ihren amerikanischen Gegenspielern haushoch überlegen fühlten.

»Die Bezeichnung bezog sich ursprünglich auf ein Gebäude, das Stalin in Auftrag gab, dessen Bau er aber nie erlebt hat. Wir brauchen jemanden, der diese Person, die sogenannte achte Schwester, identifizieren kann, bevor noch mehr Schwestern ums Leben kommen.«

Jenkins schüttelte den Kopf. »Der russische Geheimdienst kriegt doch mit, wer ich bin, sobald bei der Einreise mein Pass eingescannt wird. Sie haben unter Garantie ein Dossier über meine Zeit in Mexiko-Stadt.«

»Genau darauf baue ich!« Emerson grinste. »Da kommt ein unzufriedener ehemaliger CIA-Agent und will in Moskau arbeiten. Klar reagiert der FSB da wachsam, gleichzeitig aber auch mit großem Interesse. Du könntest dich langsam an sie herantasten, Informationen liefern, die sie interessieren dürften, mit denen du aber keine aktiven Operationen gefährdest. Sobald eine Vertrauensbasis geschaffen ist, deutest du an, sie könnten von dir die Namen der verbliebenen vier Schwestern bekommen. Wir haben Grund zu der Annahme, dass sich die achte Schwester daraufhin bei dir melden wird.«

»Und was dann?«

»Deine Rolle endet, sobald wir wissen, wer die achte Schwester ist.«

»Dann wäre ich sozusagen der Steigbügelhalter.«

»Ja.«

Jenkins schüttelte den Kopf. »Und wer nach mir kommt, geht hin und bringt die achte Schwester um?«

»Russische Verhörmethoden können brutal sein, das sagst du selbst, Charlie. Die verbleibenden vier Schwestern haben ihre Sicherheit und die ihrer Familien riskiert, um uns wichtige und streng geheime Informationen zu verschaffen.«

»Dann sag dem Direktor, er soll sie da rausholen. Russland ist kein geschlossenes Land mehr. Lasst diese vier Schwestern nach Europa reisen oder hierherkommen.«

»Genau dadurch könnten wir die Frauen aber leider auch enttarnen. Und wir haben kürzlich erst in Großbritannien erleben müssen, dass man auch außerhalb Russlands nicht vor Putins Zorn geschützt ist. Außerdem würden wir den Zugang zu wichtigen Informationen verlieren in einer Zeit, in der wir uns das einfach nicht erlauben können. Putin hat nie einen Hehl aus seiner nostalgischen Sehnsucht nach der Sowjetunion gemacht. Er hat die russische Nationalhymne durch Textstellen ergänzt, die nach der Stalinzeit gestrichen worden waren, er hält Militärparaden im Stil der Sowjets ab und hat ein ursprünglich in den Dreißigerjahren von Stalin eingeführtes nationales Fitnessprogramm wieder aufleben lassen.«

»Vielleicht hält er sich für Jack LaLanne, den Fitnesspapst.«

Emerson lächelte, ein Lächeln, das allerdings rasch verblasste. »Denk an die Intervention in der Ukraine, die Annexion der Krim, Russlands Rolle in Syrien, die Intervention bei den Wahlen 2016 und den Nervengasanschlag in Großbritannien. Mir kommt es vor, als wäre wieder alles so wie früher, zu Zeiten der Sowjetunion.«

Jenkins stand auf, um hin und her zu gehen.

»Deswegen bist du jetzt so wichtig, Charlie«, fuhr Emerson fort. »Was damals passiert ist, war ein Fehler.«

Jenkins hatte immer noch deutlich das kleine mexikanische Dorf vor Augen, sah die Leichen der Männer und Frauen auf der Straße liegen, wusste, der Angriff war aufgrund von Berichten erfolgt, die er eingereicht hatte. »Ein Fehler? Interessanter Begriff in dem Zusammenhang.«

»Der Angriff fand teilweise aufgrund deiner Berichte statt.«

»Und damit habe ich leben müssen!«, zischte Jenkins aufgebracht. »Das war meine Strafe.« Er holte tief Luft, riss sich mühsam zusammen. Auch wenn er die Vergangenheit begraben hatte, vergessen hatte er sie nicht. »Ich möchte da wirklich nicht wieder reingezogen werden. Ich habe eine Frau und ein Kind, ein zweites Baby ist unterwegs. Sucht euch jemand anderen.«

»Es gibt niemanden mit deinen ganz speziellen Fertigkeiten, der so schnell aktiviert und mit einer glaubhaften Tarngeschichte ausgestattet werden kann.«

»Ich könnte ein Dutzend Mal nach Russland fahren und immer wieder mit leeren Händen nach Hause kommen, Carl. Wieso glaubst du, ich könnte bei der Suche nach dieser achten Schwester mehr Glück haben als sonst jemand?«

»Sobald du das Thema sieben Schwestern ansprichst, brauchst du die achte gar nicht mehr zu suchen. Sie würde zu dir kommen.«

Jenkins hatte das Leben in Mexiko damals sehr geliebt. Sein Job hatte seiner Existenz einen Sinn und ihm ein Team gegeben, Gleichgesinnte, vereint in wichtiger Arbeit. Er hatte sämtliche Spielchen beherrscht, die sie damals mit den KGB-Agenten gespielt hatten, und er war darin gut gewesen, sehr gut sogar. Eine steile Karriere schien ihm vorherbestimmt, bis dann das Massaker in dem Oaxaca-Dorf seine gesamte Sichtweise auf den Kopf gestellt hatte. »Den Charlie von früher gibt es nicht mehr, Carl«, sagte er leise.

Emerson stand auf und zog eine Visitenkarte aus der Jackentasche seines Anzugs. »Meine Telefonnummer. Falls du es dir anders überlegst.«

Jenkins griff nicht zu. »Das werde ich nicht tun.«

Wortlos legte Emerson die Visitenkarte auf den Kaminsims und verließ das Zimmer.

Jenkins ließ ihn gehen.

Erst später, da war sein Besucher längst fort, holte sich Jenkins die Karte vom Kamin und betrachtete nachdenklich die Telefonnummer darauf, bevor er ans Fenster trat. Dort hinten, hinter seiner Weide, hatte einmal ein produktiver Milchbetrieb gearbeitet, den man trotz seiner Potenziale hatte einstellen müssen.

3

Vor einer Woche hatte Jenkins LSR&C sein Ultimatum gestellt, und obwohl ihm eine sofortige Begleichung der offenen Rechnungen fest zugesichert worden war, hatte Traeger bislang lediglich etwa zehntausend Dollar getilgt. Was natürlich nicht reichte, um die laufenden Kosten von CJ Security zu bezahlen, weswegen sich Jenkins jetzt mit Wachfirmen herumschlagen musste, die drohten, die Arbeit für ihn einzustellen, während Lieferanten und Kreditgeber von rechtlichen Schritten sprachen. Noch schlimmer: Da Jenkins für den Geschäftskredit eine persönliche Bürgschaft hatte leisten müssen, standen inzwischen auch seine eigenen Vermögenswerte auf dem Spiel. Alles, was er besaß, war in Gefahr, wenn die Bank ihm die Kredite kündigte, auch die Farm, das Heim seiner Familie.

Alex hatte er nur erzählt, dass LSR&C eine Zahlung geleistet und eine weitere fest versprochen hatte, aber sie kannte den Ernst ihrer Lage.

Jenkins tigerte in seinem Büro auf und ab. Er war allein zu Hause. Seit zwei Tagen konnte er Traeger nicht mehr erreichen und ihm gingen inzwischen ziemlich schnell die Optionen aus. Selbst wenn er gegen LSR&C vor Gericht zog und Recht bekam, würden etwaige Zahlungen an ihn noch Monate, wenn nicht sogar Jahre auf sich warten lassen – falls es dann überhaupt noch etwas zu holen gab. Bis dahin wäre CJ Security pleite und Alex und er hätten alles verloren. Er wäre pleite und obdachlos, mit einer Frau und zwei Kindern. Zum dritten Mal an diesem Vormittag zog er die Schreibtischschublade auf und nahm die Visitenkarte heraus, die Carl Emerson ihm dagelassen hatte. Eine Karte ohne Titel, Namen oder Firma darauf, nur mit einer schlichten, aus zehn Ziffern bestehenden Zahl.

* * *

Mittags dann spazierte Jenkins unter kreischenden Möwen und an lärmenden Fischverkäufern vorbei über das Kopfsteinpflaster am Pike Place Market. Viele der Geschäfte und Restaurants hier hatten bereits die Weihnachtsdekoration aufgebaut, obwohl es bis Thanksgiving noch ein paar Tage hin war.

Radiator Whiskey, ein im Erdgeschoss eines zweistöckigen Gebäudes untergebrachtes Restaurant am Eingang zum Markt, hatte sich ganz dem Konzept der offenen Raumplanung ohne Trennwände und Mauern verschrieben. Oben an der Decke zogen sich Rohre hin, Ventilatoren und Lampen hingen zwischen Holzbalken. Über der zentral gelegenen offenen Küche, in der geräuschvoll gekocht wurde, baumelten an einem Hängegestell Töpfe und Pfannen und an der rückwärtigen Wand zogen sich alte Holzfässer und Regale voller Whiskeyflaschen hin. Zahlreiche Bogenfenster sorgten für natürliches Licht und einen unverstellten Blick auf die berühmte Stellwand mit der Uhr und der großen roten Neonschrift am Eingang zum Markt.

Carl Emerson saß an einem Tisch beim Fenster. An der Wand neben ihm warb eine handgeschriebene Karte für die Tagesgerichte.

»Wie bist du ausgerechnet auf dieses Lokal gekommen?« Jenkins hatte seinen schwarzen Ledermantel ausgezogen und legte ihn über eine Stuhllehne.

»Eine Freundin hat es mir empfohlen. Es sei so schön retro hier, findet sie, und das Essen sei gut.« Eine Kellnerin tauchte auf. »Kann ich dir einen Drink bestellen?«, fragte Emerson.

Er selbst hatte einen Scotch auf Eis vor sich stehen. Auch in dieser Frage hatte er sich nicht geändert.

»Ein Wasser«, bat Jenkins und die Bedienung verschwand wieder.

»Ich habe mir sagen lassen, dass die Schweinelende hier sehr gut ist.« Emerson reichte Jenkins die Speisekarte.

Jenkins legte sie ab, ohne einen Blick hineingeworfen zu haben. »Wie finde ich diese achte Schwester?«

Bevor er antwortete, nippte Emerson erst einmal an seinem Scotch. »Wie bereits gesagt: Wir glauben, dass sie sich bei dir meldet, sobald du durchblicken lässt, dass du über Informationen zu den vier verbliebenen Schwestern verfügst. Russen sind von Haus aus neugierig und paranoid, immerhin mussten sie in der Sowjetzeit ständig über die Schulter schauen. Das waren achtzig Jahre, so etwas prägt.«

»Und wie verschaffe ich mir Glaubwürdigkeit?«

»Sobald dein Pass auf dem Scanner lag, werden sie aufhorchen und dich überprüfen, das hast du schon richtig gesehen. Wenn sie Kontakt mit dir aufnehmen, lass sie wissen, dass du CIA-Agent bist.«

»Ehemaliger CIA-Agent.«

»Ein ehemaliger Agent hat keine wichtigen Informationen zu bieten, wenn er nicht gerade bei Lockheed oder so gearbeitet hat. Nein, sie müssen dir abnehmen, dass du nur nach außen hin so getan hast, als hättest du der Agentur den Rücken gekehrt. In Wirklichkeit bist du immer am Ball geblieben und verfügst über Informationen, die sie deiner Meinung nach brennend interessieren müssten. Nachprüfen können sie das schlecht, nachdem du ein paar Jahrzehnte praktisch als Einsiedler auf deiner Farm gelebt hast. Wie gesagt, die perfekte Tarnung.«

Jenkins hatte jahrelang von einer Erbschaft gelebt und sein Einkommen mit dem Verkauf von Honig, Marmelade und Vollblutpferden aufgestockt. »In aller Öffentlichkeit versteckt«, sagte er.

»Genau!«

»Und meine Informationen, das sind die Identitäten der verbliebenen vier Schwestern?«

»Wenn du damit gleich so kommst, landest du höchstwahrscheinlich in einer Gefängniszelle der Lubjanka.« Damit bezog sich Emerson auf das Gebäude, das früher den KGB beherbergt hatte und in dem jetzt der FSB arbeitete. »Erst mal sagst du ihnen nur, du hättest Informationen, die du gern verkaufen würdest. Vergiss nicht, die Russen lassen sich bei so etwas ihre Neugier nicht anmerken. Sie werden das zunächst aussitzen, so tun, als wären sie nicht interessiert, und sie werden dich wahrscheinlich auch testen, ehe sie dir vertrauen.«

»Und warum mache ich das?«, fragte Jenkins. »Wenn ich noch aktiv bin, warum verrate ich mein Land?«

»Die beste Tarnung ist immer eine …«

»… die der Wahrheit sehr nahekommt«, ergänzte Jenkins.

»Du hast eine Firma, der es in bedrohlichem Maße an Finanzmitteln fehlt.«

»Woher weißt du das?«

»Intuition eines alten Feldhasen – du wärst nicht hier, wenn es euch prächtig ginge, oder?«

»Wie stelle ich Vertrauen her?«

»Ich nenne dir Namen von russischen Agenten, die schon lange enttarnt sind. Sie haben für die CIA gearbeitet, was aber weder wir noch der Kreml je offen eingestanden haben.«

»Wenn das aber nie anerkannt wurde, wie bin ich dann an die Info gekommen?«

»Weil es KGB-Agenten waren, die wir in Mexiko umgedreht haben. Wenn der FSB das prüft, und er wird das prüfen, werden sie zu dem Ergebnis kommen, dass du die Wahrheit sagst. Damit dürfte ihre Paranoia geweckt sein, hoffe ich, und ihre Neugier gleich mit. Sobald du ihr Vertrauen hast, machst du weiter und sagst, du hättest vielleicht auch Zugang zur Identität der vier verbliebenen Schwestern, aber das würde mehr kosten. Wie viel du verlangst, ist im Grunde egal. Vergiss nur nicht, dass die Russen notorisch geizig sind.«

Emerson schob einen braunen Umschlag über den Tisch.

Jenkins warf einen Blick hinein und entdeckte das an eine Personenbeschreibung geheftete Foto eines Mannes um die vierzig.

»Oberst Viktor Nikolajewitsch Federow«, erklärte Emerson.

»Die achte Schwester arbeitet für ihn?«

»Das ist unwahrscheinlich. Wir glauben, ihre Identität ist nur auf allerhöchster Ebene bekannt. Federow ist notorisch ehrgeizig. Wenn du die sieben Schwestern erwähnst, wird er sofort begreifen, was für eine Bedeutung die Sache hat, und die Information nach oben weiterleiten. Sobald die achte Schwester sich gezeigt hat, verlässt du das Land mit dem Versprechen, mit den Namen der restlichen vier Schwestern zurückzukommen. Du sagst mir, wer die achte Schwester ist, und von da an übernehmen wir.«

»Und wenn die Russen sich nicht an die Spielregeln halten? Wenn sie mich lieber als Gast in ihrem Land behalten möchten?«

Emerson zuckte nicht einmal mit der Wimper. »Wenn irgendetwas schiefläuft, leugnet die Agentur den gesamten Vorgang. Deine Arbeit darf nie öffentlich zur Sprache kommen, sie wird nie eingestanden werden. Denn damit würden wir die verbliebenen Schwestern einem noch höheren Risiko aussetzen.«

»Was ist mit meiner Frau und meinem Sohn?«

»Deine Frau darf nichts von dem wissen, was du tust.«

»Das verstehe ich. Welche Versicherung habe ich, dass man sich um sie kümmert, sollte mir etwas zustoßen?«

»Keine.«

Jenkins lehnte sich zurück. »Na, ehrlich bist du ja wenigstens.«

»Hättest du mir denn geglaubt, wenn ich etwas anderes gesagt hätte?«

»Ich will zweihundertfünfzigtausend Dollar, fünfzigtausend im Voraus, die restlichen zweihunderttausend, wenn ich euch den Namen der achten Schwester nenne.«

»Das ist eine Menge Geld.«

»Ich riskiere auch eine Menge und ich habe Schulden, die ich dringend begleichen muss. Sieh die ersten fünfzigtausend als Vorschuss. Ich werde den FSB um einen ähnlichen Vorschuss bitten, bevor ich ihnen den ersten Namen verrate. Sobald ich das Geld erhalte, leite ich es an dich weiter.«

Emerson lächelte. »Du hast dich nicht verändert. Willst es dem KGB immer noch heimzahlen.«

»Ich habe mich sehr verändert«, widersprach Jenkins.

»Eine Bezahlung im Voraus kann ich nicht besorgen. Wenn wir sicher sind, dass der FSB Interesse zeigt, ordne ich die Überweisung von fünfzigtausend an dich an. Wenn wir den Namen der achten Schwester haben, werde ich versuchen, dir noch hunderttausend zukommen zu lassen.«

Hundertfünfzigtausend. Das reichte, um CJ Securitys Schulden zu begleichen, und auch noch für ein Polster, falls es LSR&C weiterhin schlecht ging.

Die Kellnerin brachte Emersons Essen und wollte wissen, ob Jenkins auch etwas bestellen wolle. Er winkte ab. Emerson betrachtete genussvoll sein Schweinefleisch mit roter Paprika und grüner Aioli. »Wir sind uns einig?«, fragte er.

»Ja.« Jenkins nickte. »Wir sind uns einig.«

»Dann frisch mal dein Russisch auf.«

* * *

Jenkins musterte seinen Sohn vorsichtig über den Buchrand hinweg. Schlief er schon, oder würde er wenigstens bald eingeschlafen sein? Fehlanzeige, CJ war nach wie vor hellwach. Kein Wunder, immerhin las ihm Jenkins Harry Potter vor. Alex hatte ihm die Romanreihe lange verboten, als er noch jünger gewesen war, weil es in den Büchern ihrer Meinung nach um Erwachsenenthemen ging, die einem Kind Angst einflößen konnten. Aber CJ hatte nicht lockergelassen und dabei nach seinem neunten Geburtstag von seinem Vater Unterstützung bekommen, was Jenkins inzwischen manchmal bereute. Denn Alex hatte zwar eingelenkt, aber nur unter der Bedingung, dass Jenkins seinem Sohn die ersten beiden Bände vorlas.

»Sag doch beim nächsten Mal einfach, ich soll den Mund halten!«, beschwerte sich Jenkins gelegentlich.

Dabei liebte er diese Zeit mit seinem Sohn insgeheim sehr, nur nicht ausgerechnet jetzt, wo ihm zu viel anderes durch den Kopf ging. LSR&C hatte wieder einmal zehntausend Dollar überwiesen, womit ihre Außenstände aber bei Weitem nicht ausgeglichen waren, und Jenkins musste jonglieren, wenn er gleichzeitig die Sicherheitsleute, die Lieferanten und die Bank zufriedenstellen wollte.

»Dad?«, sagte CJ. »Alles in Ordnung?«

Jenkins schrak auf – ihm war nicht bewusst gewesen, dass er schon lange nicht mehr las. »Ja. Ja, alles prima.« Er warf einen Blick auf die leuchtend roten Ziffern der Nachttischuhr. »Ich glaube, für heute hören wir auf.«

»Noch das Kapitel zu Ende, bitte!«

»Hier hört gerade ein Abschnitt auf und der nächste scheint mir ziemlich lang zu sein.« Jenkins legte das Buch auf CJs Nachttisch und stellte den Stuhl, auf dem er gesessen hatte, zurück in die Ecke zu den Stollenschuhen und Schienbeinschonern, die zu CJs Fußballausrüstung gehörten. »Wie war denn heute Nachmittag das Training?«, fragte er.

»Ganz in Ordnung.« CJ schlüpfte unter die Decke.

»Bloß in Ordnung?«

»Der Trainer sagt, ich soll in der Verteidigung spielen. Innenverteidiger.«

»Das ist doch super. Eine der wichtigsten Positionen.«

»Als Innenverteidiger schießt man keine Tore.«

»Ja, aber wenn das andere Team nicht dazu kommt, Tore zu schießen, hat doch dein Team größere Chancen auf den Sieg, oder?«

»Wahrscheinlich.« CJ klang nicht sehr begeistert.

»Manchmal sind die glanzvollen Positionen gar nicht die wichtigsten«, versuchte Jenkins ihn zu trösten. »Manchmal sind die wichtigsten Positionen die, die gar nicht so ins Auge fallen.«

Er beugte sich vor und küsste den Jungen auf die Stirn. »Du weißt, dass ich dich liebe, oder?«

»Ja, das weiß ich.« CJ drehte sich auf die Seite.

Unten hatte Alex im Kamin Feuer gemacht und saß mit einer Wolldecke über den Beinen und einem weiteren Erziehungsratgeber in der Hand auf der Couch. Sie war erst neununddreißig, viel zu jung für ihn, fand Jenkins, und gleichzeitig doch auch viel erwachsener als er. Letzteres lag seiner Meinung nach daran, dass sie das einzige Kind einer hochgebildeten Professorin und eines nicht minder gelehrten Professors war. Ihr Vater hatte während Jenkins' Zeit in Mexiko-Stadt als Berater für die CIA gearbeitet und Jenkins hatte seine Tochter dreißig Jahre später kennengelernt, als sie ihn auf seiner Farm besuchte, um ein Paket von Joe Branick abzugeben, der in Mexiko Jenkins' Partner gewesen war. Branick hatte Alex um diesen Dienst gebeten, falls ihm je etwas zustieße.

Alex sah von ihrem Buch auf, als Jenkins ins Zimmer kam. »Na, musstet ihr euch streiten? Wollte er nicht, dass du aufhörst?«

»Es ging.«

»Ich habe schon daran gedacht, ihm die Bücher als Audioaufnahmen zu kaufen. Der Beratungslehrer sagt, wenn CJ sie sich anhört und gleichzeitig den Text mitliest, kann er so seinen Wortschatz verbessern.«

Aber Jenkins genoss die Vorleseabende mit seinem Sohn. »Lass uns nichts überstürzen«, bat er.

»Du warst beim Abendessen ziemlich schweigsam, Charlie.«

»Was? Kann sein. Mir geht einiges durch den Kopf.«

»Komm und setz dich ein bisschen ans Feuer.«

Jenkins setzte sich neben sie und sie teilte die Decke mit ihm. So saßen sie dicht beieinander und sahen den Flammen zu, die hinter dem Glasfenster des Kamineinsatzes ihr farbenfrohes, flackerndes Spiel spielten.

»Was hat Randy gesagt?«

»Eigentlich sind die Investitionen zufriedenstellend, aber sie hatten durch die Eröffnung neuer Büros im Ausland zusätzliche Ausgaben und von daher weniger Geldmittel flüssig. Er sagt, er arbeitet daran und ist fest entschlossen, uns und unsere Lieferanten bald auszuzahlen. Ich bin sicher, es wird alles gut.« Jenkins betrachtete die Flammen. »Sie haben mich gebeten, nach London zu fliegen. Ich soll bei der Eröffnung des LSR&C-Büros dabei sein und bei der Einschätzung möglicher Sicherheitsrisiken helfen. Randy wird auch da sein. Eine gute Gelegenheit, mit ihm persönlich zu besprechen, wie sie ihre Zahlungen auf Stand bringen und halten können.«

»Wann fährst du?«

»Wenn alles organisiert ist. Könnte gleich nach Thanksgiving sein.«

»Und wie lange bleibst du weg?«

Jenkins konnte das nicht genau einschätzen, erinnerte sich aber daran, dass ihm ein Agent einmal erklärt hatte, Gegenspionage sei ein wenig wie Dating und man müsse sich am Anfang ein bisschen rarmachen. Die erste Verabredung diene lediglich dazu, Interesse zu wecken. »Eine Woche, schätze ich.«

»Ich habe es lieber, wenn du zu Hause bist.« Alex kuschelte sich an ihn.

»Freddie steht im Schrank.« Freddie war der Spitzname der abgesägten Schrotflinte, die Jenkins in einem Waffenschrank innerhalb ihres Schlafzimmerschranks aufbewahrte. Bevor er mit Alex zusammenkam, pflegte er mit dem Gewehr neben sich im Bett zu schlafen.

Alex streichelte unter der Decke seinen Schenkel. »Ich hatte dabei nicht an Freddie gedacht.«

»Was sagt denn deine Ärztin zu Sex?«

»Das geht in Ordnung, sagt sie.« Sie küsste ihn. »Solange ich mich nicht zu sehr anstrenge. Das heißt dann wohl, du liegst oben.«

4

Eine Woche nach Thanksgiving bestieg Jenkins um zweiundzwanzig Uhr dreißig auf dem Londoner Flughafen Heathrow den Aeroflot-Flug 2578 zum rund zwanzig Minuten vom Moskauer Stadtzentrum entfernt gelegenen internationalen Flughafen Scheremetjewo. Zwei Tage zuvor hatte er beim LSR&C-Büro in Moskau seinen Besuch zur Überprüfung ihrer Sicherheitsmaßnahmen angekündigt.

Von Heathrow aus war man in vier Stunden in Moskau, während der Flug von Seattle nach London insgesamt siebzehn Stunden gedauert hatte. Zwischenlandung in London, die eine oder andere Zeitverschiebung – alles in allem würde es fünf Uhr morgens werden, bis Jenkins in Moskau eintraf. Um seine Tarnung zu wahren, hatte er Flug und Unterkunft im zentral gelegenen Hotel Metropol über die Firma organisiert und mit der Firmenkarte bezahlt. Seit ihrer Präeklampsie-Diagnose überprüfte Alex die Umsätze der Firmenkarte nur noch selten, eine Entdeckung war also nicht zu befürchten.

Da Jenkins im Flugzeug nicht schlafen konnte, hatte er sich Kopfhörer aufgesetzt, übte Russisch und rief sich auch noch einmal die kyrillischen Buchstaben ins Gedächtnis. Es war jetzt Jahrzehnte her, dass er die Sprache gelernt hatte, und doch kam es ihm so vor, als hätte sie die ganze Zeit irgendwo in seinem Gedächtnis nur darauf gewartet, wieder einmal abgerufen zu werden. Als das Flugzeug auf dem Boden aufsetzte, konnte man sein Russisch zwar noch lange nicht als fließend bezeichnen, aber er war sich ziemlich sicher, genug zu verstehen und zu sprechen, um sich durchschlagen zu können. Durch die Fenster des Flugzeugs sah man auf einen schwarzen, finsteren Himmel, der hoffentlich nur Schnee ankündigte und kein Vorbote anderer, schrecklicherer Dinge war.

Der Beamte am Einreiseschalter ließ sich von Jenkins den Pass reichen und nahm sich Zeit damit. Er sah ihn sich ganz genau an, tippte etwas in seinen Computer und verkündete schließlich entschieden: »*Njet.*«

»*Schto slutschilos'?*«, fragte Jenkins. *Was ist los?*

Der Mann horchte auf, als Jenkins ihn auf Russisch ansprach, erging sich aber nicht in Erklärungen. »*Njet!*«, wiederholte er noch einmal nachdrücklich, während er versuchte, Jenkins aus der Warteschlange zu winken.

»*Ja proschdal tschas*«, wehrte sich Jenkins. »*I u menja jest' delo, po kotoromu mne nuschno popast' w Moskwu.*« *Ich warte seit einer Stunde und muss nach Moskau.*

Endlich bequemte sich der Beamte aus seiner Kabine und rief nach jemandem, wobei Jenkins allerdings nicht verstand, was er sagte. Ein zweiter Mann tauchte auf, nicht in Uniform, sondern in einem dunklen Anzug. Die beiden unterhielten sich ein paar Minuten lang mit gesenkten Stimmen, dann ließ sich der Mann im Anzug Jenkins' Pass geben und sagte auf Englisch: »Bitte folgen Sie mir.«

Weil eine Auseinandersetzung mit den beiden in diesem Moment bestimmt nichts vereinfachen würde und da er wusste, wie böse es enden konnte, wenn einem in Russland etwas aus dem Ruder lief, folgte Jenkins dem Mann durch das Flughafengebäude zu einem Raum, der verdächtig nach einer

Gefängniszelle aussah. Inzwischen war er sich sicher, dass man ihn hier vernehmen und anschließend in den nächsten Flieger Richtung USA setzen würde. Der Anzugträger ließ ihn allein. Jenkins stellte seinen Rollkoffer und den Rucksack ab und versuchte, die Tür zu öffnen. Die erwies sich als verschlossen.

»Na wunderbar! Ich komme noch nicht mal ins Land!«

Es verging eine halbe Stunde. Jenkins hatte gerade beschlossen, sich lautstark bemerkbar zu machen, damit klar war, dass er keine Lust mehr auf dieses Spielchen hatte, als draußen Männerstimmen zu hören waren und die Tür mit Schwung nach innen aufflog. Ein Mann mit kahl rasiertem Schädel und breitem Kreuz stürmte herein und umarmte Jenkins wie einen lang vermissten Cousin. Hinter ihm trat auch der Mann im Anzug ins Zimmer, ein wenig blass um die Nase und deutlich besorgt.

»Mr. Jenkins! Bitte verzeihen Sie die Umstände!« Der Glatzkopf sprach Englisch mit schwerem Akzent. »Ich habe am Gepäckband auf Ihre Ankunft gewartet. Ich bin Uri, Ihr Fahrer und Leiter der Sicherheitsmaßnahmen im Büro hier in Moskau.«

Jenkins hatte nicht um einen Fahrer gebeten und auch keinen erwartet. »Was ist denn los, Uri? Warum werde ich hier festgehalten?«

»Ein Missverständnis.« Uri schoss einen scharfen, vernichtenden Blick in Richtung Anzugträger, der allein schon aufgrund des Größenunterschieds zwischen den beiden Männern mehr und mehr einem gescholtenen Schuljungen glich. »Das ist ein wichtiger Geschäftsmann!« Uri war zu Russisch übergegangen und wurde laut. »Wo ist sein Pass?«

Der wurde ihm sofort überreicht. »Sehen Sie?« Strahlend schnappte sich Uri Rollköfferchen und Rucksack. »Ein Missverständnis. Kommen Sie. Haben Sie noch weiteres Gepäck?«

»Nein.« Erleichtert darüber, gehen zu können, folgte Jenkins Uri aus dem Raum.

»Sie sind schlau«, rief ihm der Glatzkopf im Gehen über die Schulter hinweg zu. »Sie reisen mit leichtem Gepäck. Manchmal dauert es mehr als eine Stunde, bis die großen Stücke aus dem Flugzeug sind. Als würden die Flugzeuge Koffer fressen!« Laut lachend lief er weiter. »Kommen Sie, kommen Sie!«

»Uri!« Jenkins hatte den Mann eingeholt und sie eilten nun Seite an Seite einen Flur entlang. »Ich hatte im Büro nicht darum gebeten, mir einen Fahrer zu stellen.«

Uri strahlte ihn an. »Das versteht sich in Moskau von ganz allein. Hier wird überall gebaut und abgerissen und wieder aufgebaut, jeden Tag noch mehr Leute in der Stadt und noch mehr Verkehr.« Er bog nach links ab in einen langen, unspektakulären Terminal. »Ohne Fahrer kommen Sie da so schnell nirgendwohin.«

Das klang alles völlig plausibel und dieser Uri war bestimmt ein talentierter Schauspieler. Vielleicht war er wirklich am Flughafen, um seinen Chef abzuholen, Jenkins wusste andererseits aber auch, dass sein Pass Alarm ausgelöst hatte. Ihn festzuhalten hatte den für die Einreise zuständigen Beamten Zeit gegeben, den FSB zu benachrichtigen, und der wiederum hatte seine Leute jetzt so postieren können, dass sie in der Lage waren, ihn für die Dauer seines Aufenthalts im Land immer im Auge zu behalten. Vielleicht gehörte auch Uri zu seinen Bewachern. Es war nichts Ungewöhnliches für den KGB und jetzt den FSB, seine Agenten in amerikanischen Firmen unterzubringen.

Jenkins mochte als ganz normaler amerikanischer Geschäftsmann unterwegs sein, war aber vor Jahren CIA-Mann gewesen. In diesen Fragen war das russische Gedächtnis so gut, wie Russlands Winter lang waren.

Im Moskauer Zentrum angekommen fuhr Uri auf dem Marx-Prospekt um den Kreml herum, wobei Jenkins Gelegenheit hatte, die zwiebelförmigen, bunten Kuppeln der Basilius-Kathedrale zu bewundern. Auf dem Platz waren bereits ein paar Leute unterwegs, die sich warm eingepackt in die winterliche Kälte gewagt hatten.

Diese Kälte bekam nun auch Jenkins zu spüren, als sein Fahrer vor dem Eingang des Metropol hielt und er aussteigen konnte. Sofort langte der eisige Wind nach seinen Händen und Wangen und jeder Atemzug schmerzte. Jenkins hatte Wollmütze und Handschuhe vorsorglich in die Seitentasche seines Rollkoffers gesteckt, suchte jetzt aber nicht sofort danach, sondern blieb einen Moment lang stehen, um den neugierigen Touristen zu spielen. Während er so tat, als bewundere er über die dicht befahrene Straße hinweg den Glockenturm des Kreml, galt sein Interesse in Wirklichkeit zwei Männern in einem Geländewagen der Marke Mercedes, einem Wagen, den er bereits während der Fahrt in die Stadt im Seitenspiegel beobachtet hatte.

* * *

»Sie wollen um vierzehn Uhr im Büro sein, also hole ich Sie um dreizehn Uhr dreißig hier ab, richtig?« Uri hatte Jenkins Koffer aus dem Auto geholt und abgestellt. »Sie schlafen, aber nicht zu fest!«

Jenkins bedankte sich bei dem Mann, nahm seine Sachen und stieg die Treppe zum Hoteleingang hoch, wo ihm ein Portier die Tür zur marmorverkleideten Eingangshalle öffnete. Hier standen goldene Statuen und Marmorsäulen, unter der holzgetäfelten Decke hingen üppig verschnörkelte Kronleuchter, in den Vitrinen glitzerten teure Armbanduhren und eine Harfenistin zupfte gefühlvoll an den Saiten ihres Instruments. Der Mann am Empfang sprach ausgezeichnetes Englisch und so dauerte es nicht lange, bis Jenkins sein Zimmer im vierten Stock beziehen konnte. Dort lockte das große Doppelbett, aber er riss sich zusammen. Wenn er sich jetzt hinlegte und schlief, würde genau das eintreten, wovor Uri ihn gewarnt hatte. Er würde zu fest schlafen und das ging gar nicht. Jenkins hatte zu tun.

Er ging ins Bad, wo er die Tür hinter sich schloss und die Dusche aufdrehte. Dann tastete er hinter dem Toilettenkasten nach dem Streifen Tesafilm, zupfte ihn los und hielt einen braunen Umschlag mit einigen beschrifteten Blatt Papier darin in der Hand. Sorgfältig las er sich die Informationen über die nicht mehr aktuelle Operation durch, von der Emerson gesprochen hatte, und prägte sich Namen und Funktion des russischen Doppelagenten ein, den er ins Spiel bringen sollte, um die Aufmerksamkeit des FSB zu erregen.

Den Köder hatte er somit. Jetzt musste er nur noch die Angel auswerfen und hoffen, dass jemand anbiss.

Er lernte die von Emerson bereitgestellten Informationen auswendig, faltete jede Seite Papier zur Ziehharmonika, klappte die Klobrille hoch und legte das erste gefaltete Papier auf den Toilettenrand. Als er es anzündete, verbrannte es, ohne Geruch oder Rauch zu entwickeln, und der Rauchmelder blieb stumm. Er fegte die Asche in die Toilette und verbrannte auch die restlichen Seiten, wobei er aus der letzten ein winziges Stückchen Papier riss, um es beiseitezulegen.

Emerson hatte ihm die Nummer des FSB-Hauptquartiers in der Lubjanka genannt. Die gab er jetzt in das Wegwerfhandy ein, das er aus seinem Koffer geholt hatte. Er hatte die Nummer auswendig gelernt und vertraute seinem Gedächtnis durchaus, aber er war kein junger Mann Mitte zwanzig mehr, ohne Verpflichtungen, ohne Verantwortung, ohne Sorgen. Beim Eingeben zitterte seine rechte Hand ein wenig. Das waren hoffentlich nur die Nerven und nichts Schlimmeres. Die Finger zitterten wirklich nur leicht, aber bisher hatten sie das noch nie getan.

Er steckte das Handy in die Manteltasche, holte sich seine Mütze und die pelzgefütterten Lederhandschuhe aus dem Koffer und sah sich im Zimmer um. Da er davon ausgehen musste, dass das Zimmer durchsucht werden würde, prägte er sich ganz genau ein, wo sich jedes einzelne Objekt hier im Moment befand.

An der Tür hockte er sich kurz hin, tat so, als müsse er seinen Schnürsenkel neu binden, und legte den aus dem einen Blatt Papier gerissenen Schnipsel so unter seinen Fuß, dass er nicht vom Luftzug bewegt werden würde, wenn Jenkins jetzt die Tür öffnete. Dann richtete er sich auf, trat in den Flur und zog die Tür vorsichtig hinter sich zu.

Unten erkundigte sich der Türsteher, ob er ein Taxi brauche. »Nein danke«, sagte er auf Russisch, um ein wenig zu üben. »Ich mache nur einen kurzen Spaziergang, weit werde ich bei dieser Kälte wohl nicht kommen.«

Beim Verlassen des Hotels schloss er seine Jacke bis ganz nach oben und zog sich die Mütze weit über die Ohren. Draußen traf ihn der russische Winter wie ein Faustschlag, weswegen er gleich hinter der Tür stehen blieb, um die Handschuhe anzuziehen. Bei der Gelegenheit konnte er auch noch feststellen, dass der schwarze Mercedes nach wie vor da war. Er parkte auf der anderen Seite des Theaterplatzes.

Jeder Atemzug zeigte sich als kleine weiße Wolke vor Jenkins' Mund, als er sich der Lubjanka näherte, einem großen, rechteckigen Gebäude in gedecktem Orange, das früher einmal zu den gefürchtetsten der Welt gehört hatte. Hier hatte sich das berüchtigte Gefängnis des KGB befunden.

Laut Emerson war der KGB im Vergleich zum FSB die reine Chaostruppe gewesen, ein bisschen wie die Keystone Cops aus den Comicfilmen der Zwanzigerjahre. Sobald Putin an die Regierung gekommen war, hatte Emerson erzählt, hatte er es sich zur obersten Priorität gemacht, seine Macht und die des Staatsapparats auszubauen und zu stärken. Es gelang ihm, eine neue Oligarchie zu etablieren, die praktisch ihm gehörte. Zu diesem Zweck hatte er aus Leningrad Freunde und Kollegen mitgebracht, die er im FSB platzierte, wo sie ihn ständig auf dem Laufenden halten und rücksichtslos gegen jeden vorgehen konnten, der ihn und seine Politik infrage stellte.

Jenkins wollte aber gar nicht zur Lubjanka, sondern zum großen Haus auf der anderen Seite des Platzes. Das massive, mehrstöckige Gebäude hatte ursprünglich *Detski Mir, Kinderwelt,* geheißen und beherbergte inzwischen mehr als einhundert Läden für alles rund ums Kind. Die Glastüren an einem der Eingänge waren schon für Weihnachten dekoriert, mit großen Neonfiguren, die ein junges Mädchen, einen Bären und Pinocchio darstellten. Jenkins fragte sich, ob diese Bilder eine politische Symbolik haben könnten, wobei das junge Mädchen für das neue Russland stand, der Bär für das alte und Pinocchio als Gefangener zwischen beiden. Abgesehen von der Lage war das Kaufhaus für Jenkins deswegen interessant, weil es so kurz vor Weihnachten voller Mütter mit ihren Kindern sein würde. Für sein erstes Treffen, sollte es denn dazu kommen, wünschte er sich einen möglichst öffentlichen Ort.

Drinnen war es warm und Jenkins konnte sich die Handschuhe ausziehen und in die Manteltaschen stecken. In seinen Wangen kribbelte es, als hätte er gerade den Vormittag beim Zahnarzt verbracht und die Betäubung ließe langsam nach. Im Erdgeschoss fand er ein Starbucks, bestellte sich einen Grande Cappuccino und trug ihn zu einem der frei stehenden Tische unter dem reich verzierten Buntglasdach eines Innenhofs. Aus irgendwelchen Lautsprechern drang Weihnachtsmusik, die allerdings vom Stimmengewirr der Einkaufenden fast übertönt wurde. Jenkins beschäftigte sich eingehend mit seinem Handy, um seinen Bewachern Zeit zu geben, zu ihm aufzuschließen. Die beiden Männer hatten soeben das Einkaufszentrum betreten und waren neben einem der schmiedeeisernen Laternenpfähle stehen geblieben, wobei einer von ihnen sich eine zusammengefaltete Zeitung vor die Nase hielt.

Jenkins holte tief Luft und wählte die Nummer, die er eben eingegeben hatte. Es klingelte ein paarmal und er fürchtete schon, an einen Anrufbeantworter weitergeleitet zu werden, als sich eine Männerstimme meldete. »Federow.«

»*Dobrij den*'«, begrüßte Jenkins den Mann auf Russisch, um auf Englisch fortzufahren: »Ich bin ein amerikanischer Geschäftsmann, halte mich zurzeit in Moskau auf und habe Informationen, die die russische Regierung interessieren dürften. Ich würde mich gern mit jemandem treffen und einen Vorschlag unterbreiten, der für Sie von Gewinn sein könnte.«

Federow schwieg, wahrscheinlich schaltete er die Geräte ein, um die Unterhaltung aufzuzeichnen. »*Kakaja informatsija?*«, fragte er schließlich auf Russisch, wobei er zweifellos des Englischen mächtig war. Sprache war eine Möglichkeit, die Kontrolle über eine Situation in der Hand zu behalten. Man wollte nie durchblicken lassen, wie viel man wirklich verstand.

»Informationen, die vertraulich besprochen werden müssen.« Jenkins blieb bei Englisch.

Federow schwieg erneut, antwortete dann aber auch auf Englisch. »Mit so etwas befassen wir uns nicht. Wenn Sie Ihren Pass verloren haben oder nicht wissen, wo Sie hinsollen, warum wenden Sie sich dann nicht an die amerikanische Botschaft?«

»Ich glaube nicht, dass man dort an meinen Informationen so interessiert wäre wie der FSB. Aber wenn Sie kein Interesse haben, tut es mir leid. Dann will ich nicht weiter Ihre Zeit verschwenden.«

»*Podoschdite*«, sagte Federow schnell.

»Ja«, sagte Jenkins. »Ich bin noch dran.«

Eine weitere Pause. Dann fragte Federow: »Wo haben Sie Russisch gelernt?«

Jenkins lächelte. Das Spiel hatte sich in den letzten paar Jahrzehnten wirklich kaum verändert und hier bot sich ihm die Gelegenheit, Eindruck zu schinden. »Mexiko-Stadt in den

Siebzigerjahren. Ich stelle gerade fest, dass es ein bisschen wie Radfahren ist.«

»Radfahren?«

»So sagt man in Amerika. Wenn man es einmal gelernt hat, vergisst man es nicht mehr.«

»Sie möchten zur Lubjanka kommen?«

»Nein. Wenn Sie oder jemand anderes Interesse an einem Gespräch mit mir haben, können Sie mich unter dieser Nummer hier zurückrufen. Ich bin in der Nähe und werde der Person sagen, wo wir uns treffen können.« Ohne abzuwarten, ratterte Jenkins die Nummer seines Wegwerfhandys herunter und konnte hören, wie Federow nach Papier und Kuli suchte.

»Ich warte nicht länger als fünfzehn Minuten«, fuhr Jenkins fort. »Sobald ich meinen Kaffee ausgetrunken habe, gehe ich. Sie sollten den beiden Männern, die mir folgen, vielleicht sagen, dass Mütter nervös werden, wenn sie in einem Einkaufszentrum für Kinder Männer ohne Kinder entdecken. *Proschtschajte.*«

Jenkins beendete den Anruf und setzte sich zurück, beobachtete am Rande seines Gesichtsfelds seine beiden russischen Bewacher. Es verging keine Minute, da wandte der, der ihm am nächsten stand, den Kopf ein wenig, damit man den Draht nicht sehen konnte, der sich aus seinem Jackenkragen bis hoch zum Ohr schlängelte. Er bekam gerade einen Anruf.

Fünfzehn Minuten verstrichen, ohne dass jemand bei Jenkins angerufen hätte. Der FSB konnte ebenso geduldig sein wie früher der KGB. Beide erledigten die Dinge lieber auf ihre Weise.

Jenkins leerte seinen Pappbecher, stand auf und warf ihn auf dem Weg nach draußen in einen Papierkorb. Als er an seinen Bewachern vorbeikam, konnte er nicht anders, er musste sie einfach ein wenig ärgern und ihnen bei der Gelegenheit gleich zu verstehen geben, dass er ein erfahrener Agent war.

»*Was mogut arestowat' sa besporjadok w detskom magasine*«, sagte er. *Sie könnten verhaftet werden, wenn Sie in einem Geschäft für Kinder herumlungern.*

* * *

Am Nachmittag ging Jenkins mit Uri die Sicherheitsmaßnahmen durch, die für das LSR&C-Büro in Moskau vorgesehen waren. Danach schlug das Büroteam ein gemeinsames Abendessen in einem chinesischen Restaurant vor, was Jenkins gern annahm, da er seit dem Imbiss im Flugzeug nichts mehr gegessen hatte. Er hielt den ganzen Abend über Augen und Ohren offen, entdeckte aber während des Essens niemanden, der ihm gefolgt war oder ihn zu beobachten schien.

Gegen Ende des Abends entschuldigte er sich, um die Toilette aufzusuchen. Er stand gerade an einem der Urinale, als die Schwingtür aufging und ein Mann den Raum betrat, der sich direkt neben ihn stellte, obwohl es mehrere Urinale gab, die alle frei waren. Sofort wurde Jenkins an sein Training erinnert und erkannte, dass er einen Fehler gemacht hatte. Man sollte nie ein Urinal benutzen, denn das hieß, mit dem Rücken zur Tür zu stehen und die Hände nicht frei zu haben.

»Mr. Jenkins.« Der Mann neben ihm sprach, ohne den Kopf zu wenden oder die weiße Kachel über seinem Urinal aus den Augen zu lassen. »Ich bin Federow, Viktor Nikolajewitsch. Wir haben heute Morgen miteinander telefoniert. Wir sind interessiert an einem Gespräch mit Ihnen. Kommen Sie morgen früh um zehn in die Lobby der Lubjanka. Wissen Sie, wo das ist?«

»Nur zu gut«, antwortete Jenkins. »Weswegen ich Ihre Einladung in aller Höflichkeit ablehnen muss. Alte Vorurteile sterben nun mal langsam. Ich ziehe einen neutralen Ort vor.«

Man musste den Fisch an der Angel halten, ohne es ihm jedoch zu leicht zu machen.

Jenkins hörte Federow scharf Luft holen. »Kennen Sie den Sarjadje-Park?«

»Ist das da, wo früher das Hotel Rossija stand?« Jenkins sah eine weitere Möglichkeit, Federow von sich als amerikanischem Geheimagenten zu überzeugen, obwohl dieser ja inzwischen herausgefunden haben dürfte, mit wem er es zu tun hatte. Das Hotel Rossija, einst das größte der Welt, hatte zu Sowjetzeiten sämtliche ausländischen Besucher der Stadt beherbergt. Nach dem Zusammenbruch des Kommunismus hatte ein Privatmann es gekauft und wollte es renovieren, musste es letztendlich aber abreißen. Die Wände des Hauses steckten so voller Kameras, Abhörgeräte und Gasleitungen, dass da nichts mehr zu machen war. Angeblich hatte Putin den neuen Besitzer überreden können, das Gebäude und seine Pläne damit einfach aufzugeben, um dem Land eine Peinlichkeit zu ersparen. Putin ließ stattdessen einen Park anlegen, den er dann gern sein Geschenk an die Bewohner Moskaus nannte.

»Richtig.« Federow nickte.

»Und wurde das Hotel nicht ursprünglich auf den Fundamenten eines Wolkenkratzers errichtet, der geplant, aber nie gebaut wurde? Das Sarjadje-Verwaltungsgebäude?« Federow äußerte sich nicht. »Der Wolkenkratzer sollte, wenn ich das recht verstanden habe, die achte Schwester werden«, fuhr Jenkins fort. »Ein weiteres Haus als Ergänzung zu den sieben, die es schon gab und die man in Moskau die sieben Schwestern nennt. Ist das nicht so?« Jetzt wandte Federow doch noch den Kopf. Jenkins hatte seine Aufmerksamkeit erregt und konnte sich den Mann nun genau ansehen.

»Sie können von Ihrem Hotel aus zu Fuß hingehen«, sagte Federow. »Um elf Uhr gibt es im Medienzentrum eine Vorführung, einen Dokumentarfilm über das große Feuer von achtzehnhundertzwölf. Setzen Sie sich in die vorletzte Reihe.«

5

Jenkins stellte sich so vor seine Hotelzimmertür, dass sein Körper den Luftzug abhalten musste, wenn er jetzt ins Zimmer trat. Ein kurzer Blick auf den Boden – der Schnipsel lag anders. Lange hielt er sich mit der Begutachtung nicht auf, denn heutzutage ließ sich eine Überwachungskamera auf einer Nadelspitze unterbringen, und er war sich ziemlich sicher, dass er beobachtet wurde.

Er ließ seine Wintersachen aufs Bett fallen und sah auf die Uhr. In Moskau war es elf Stunden früher als in Seattle, also scheuchte Alex gerade ihren Sohn durch die Morgenroutine, damit er pünktlich zur Schule kam. Da würde sie kaum Zeit haben, mit ihm zu reden oder Fragen zu stellen.

Für den Anruf zu Hause nahm er sein eigenes Handy. Alex reagierte gleich nach dem zweiten Klingelton.

»Hallo!« Das klang ganz so, als sei sie in Eile.

»Ich wollte mich nur kurz melden, sagen, dass ich gut angekommen bin, und fragen, wie es dir geht.«

»Ich versuche unseren Sohn aus dem Haus zu locken, damit wir zur Schule können. Moment.« Sie hob die Stimme. »CJ? Mach schon, komm endlich. Sonst sind wir wieder zu spät und von mir kriegst du keine Entschuldigung, wenn es Ärger gibt. Sorry, Charlie, das musste sein. Wie läuft es denn so bei dir?«

»Alles bestens. Und du denk bitte an deinen Blutdruck, schreien macht ihn nicht besser. Wenn unser Sohn zu spät kommt, muss er mit den Konsequenzen leben. Sonst lernt er es doch nie.«

»Schreien senkt meinen Blutdruck«, konterte Alex.

»Aber überanstrenge dich nicht, ja? Bitte.«

»Ich habe dein Mittagessen und deine Jacke«, hörte er sie rufen. »Und ich schmeiße jetzt den Wagen an!«

»Hör mal, das klingt so, als hättest du alle Hände voll zu tun«, sagte Jenkins. »Gib CJ einen Kuss von mir.«

»Wird erledigt!«

»Ich liebe dich, Alex.« Das sagte er nicht bei jedem Anruf. Er hatte es zu Hause nicht gelernt und so war es ihm, anders als anderen, nie in Fleisch und Blut übergegangen.

Alex schien zu stutzen. »Ich liebe dich auch«, sagte sie nach kurzem Zögern. »Und ich freue mich, wenn du bald wieder zu Hause bist.«

»Bis demnächst.«

Kaum hatte er seinen Anruf beendet, als ihm ganz plötzlich schlecht wurde. Er stürzte ins Bad, schloss die Tür, drehte die Dusche voll auf und übergab sich ins Waschbecken. Als er sich nach ein paar Minuten wieder aufrichtete, starrte ihn aus dem Spiegel über dem Waschbecken ein blasses, müdes Gesicht an, ihm war leicht schwindelig und kalter Schweiß ließ ihn zittern. Er hielt sich am Waschbeckenrand fest und holte ein paarmal tief und langsam Luft, bis er sich wieder gefangen hatte. Dann zog er sich aus und trat unter die Dusche, ließ sich vom heißen Wasserstrahl die Haut massieren.

Er hatte erreicht, was er sich vorgenommen hatte. Er hatte die Angel ausgeworfen und wie es aussah, hatte Federow angebissen. Aber der FSB-Mann würde vorsichtig sein. Und geduldig. Er würde versuchen, jede Situation, jedes Treffen so zu manipulieren, dass er das Sagen behielt. Und das konnte er auch, denn der Heimvorteil war auf seiner Seite und sowohl er als auch Jenkins wussten, dass er Jenkins jederzeit einfach verschwinden lassen konnte, praktisch von einer Sekunde auf die andere.

Vor vierzig Jahren, in Mexiko, hatte Jenkins die Leute vom KGB gern an der Nase herumgeführt. Er war stolz darauf gewesen, wie gut er sie zu nerven verstand, und hatte jede Minute genossen. Nur war das damals etwas ganz anderes gewesen. Er selbst war anders gewesen, hatte nichts zu verlieren gehabt. Etwas Ähnliches hatte er in Vietnam erlebt, unter jungen Männern, jungen Soldaten, denen es egal war, ob sie lebten oder starben, weil sie den Tod im Dschungel für unausweichlich hielten. Jenkins hatte nie einer von ihnen werden wollen, das hatte er sich geschworen. Er hatte sich geschworen, die Hölle von Vietnam lebend zu verlassen und nie zu vergessen, warum er am Leben sein wollte.

Und dann hatte er es doch vergessen.

Auch er hatte den Tod als unausweichlich akzeptiert, auch ihm war es egal geworden, ob er lebte oder starb.

Diese Haltung hatte er mit nach Mexiko genommen. Sie hatte es ihm erlaubt, ohne Furcht alles zu tun, was man von ihm verlangte.

Aber jetzt lebte er in einer anderen Zeit, er war ein anderer Mensch geworden.

Jenkins hob die rechte Hand. Sie zitterte. Und dieses Zittern legte Zeugnis davon ab, wie wichtig ihm sein Leben geworden war, wie viel er zu verlieren hatte. Eine Frau, die er liebte und die ihn liebte, einen Sohn, den er vergötterte, und ein Baby, das unterwegs war. Natürlich ging es hier nicht darum, den Kugelhagel im Dschungel zu überleben, aber das Spiel, das er jetzt spielte, konnte ebenso tödlich sein wie feindlicher Beschuss.

6

Nach einer ziemlich unruhigen Nacht stand Jenkins auf und zog sich warm an, bevor er sich in die Moskauer Kälte wagte. Er wollte erst noch seine Gedanken ordnen, bevor er Federow traf. Falls der denn auftauchte. Russische Agenten hatten damals oft Treffen und Übergaben vereinbart, ohne dort wirklich je erscheinen zu wollen. Noch so eine Methode, Macht zu demonstrieren und eine Situation unter Kontrolle zu behalten. Jenkins hatte das Gefühl, der FSB könne ähnlich operieren.

Auch diesmal verließ er das Hotel Richtung Lubjanka, bog dann aber bei einem Schild, das auf Englisch mit fünfzig Prozent Rabatt im Ausverkauf warb, rechts in eine mit Kopfsteinen gepflasterte Fußgängerpassage ab, die zu beiden Seiten von Restaurants und hochpreisigen Läden in der Art von Giorgio Armani, Saint Laurent und Bottega Veneta gesäumt war, alle schon für Weihnachten dekoriert.

Das war auf keinen Fall das Moskau, wie es unsere Großväter gekannt haben mochten.

An einem Schaufenster blieb er stehen, um in der Scheibe nach den Spiegelbildern der beiden Männer zu suchen, die ihm am Tag zuvor gefolgt waren. Nachdem er sie nicht entdecken konnte, ging er weiter zum Roten Platz, ließ rechts die

Kasaner Kathedrale liegen und links das Kaufhaus GUM im Glanz Tausender Lichter. Vor dem Lenin-Mausoleum standen Touristen Schlange und warteten auf Einlass. Jenkins ging weiter, an der Basilius-Kathedrale vorbei, und verließ den Roten Platz in Richtung des gegenüber am Ufer der Moskwa gelegenen Sarjadje-Parks. Der Park war eine Mischung aus glitzernden Glashäusern, frisch gepflanzten Bäumen und Sträuchern und gepflegten Rasenflächen. Jenkins überquerte eine geschäftige Kreuzung, fand sich bei einem Gebäude mit einem Glaskuppeldach wieder, bezahlte den Eintritt und bekam zu seiner Karte noch eine Broschüre in Englisch, die ihm erklärte, der Park sei der erste neu angelegte in Moskau seit 1958. Putins Geschenk an die Bürger der Stadt wurde sehr gelobt, mit keiner Silbe dagegen die unrühmliche Geschichte des an den Park angrenzenden Sarjadje-Hotels erwähnt. Um dieses Hotel errichten zu können, hatte man eine wertvolle, im Besitz des Milliardärs Dmitri Schumkow befindliche Jugendstilvilla abgerissen, und als Schumkow sich gegen die Zerstörung seines Hauses wehren wollte, hatte man ihn wenig später erhängt in seiner Moskauer Wohnung vorgefunden. Laut ermittelnder Polizei ein klarer Selbstmord, ohne Verdacht auf kriminelle Fremdeinwirkung.

Jenkins orientierte sich am Lageplan in der Broschüre, überquerte eine schwimmende Brücke und ging an einigen fast nahtlos in die Rasenfläche eingelassenen grünen Dächern verschiedener Gebäude vorbei zum Medienzentrum. Auch dort bezahlte er Eintritt und suchte nach dem Raum, in dem die Dokumentation über den Brand von 1812 gezeigt wurde.

Wahrscheinlich hatte Federow den Film ganz bewusst ausgesucht. Jenkins, der sich während seiner Ausbildung auch mit russischer Geschichte beschäftigt hatte, kannte die Zusammenhänge und wusste, dass der Brand absichtlich gelegt worden war, und zwar von den sich auf dem Rückzug befindlichen russischen Truppen, die dem Invasionsheer Napoleons kein sicheres Winterquartier hinterlassen wollten. Napoleon hatte weder Verpflegung noch Unterkünfte für seine Truppen vorgefunden und erst recht keine Menschen, über die er hätte herrschen können. Er zog als Sieger in die Stadt ein und musste sie als Flüchtender wieder verlassen, weil er sonst samt seinen Männern an Hunger und Kälte gestorben wäre.

Russland ließ sich nicht erobern.

Wie angeordnet setzte sich Jenkins in die vorletzte Reihe des spärlich besuchten Zuschauersaals.

Als um elf Uhr fünfzehn von Federow immer noch nichts zu sehen war, ging er von einem weiteren Test des FSB aus und sammelte Mantel, Mütze und Handschuhe zusammen. Er wollte gerade gehen, als zwei Männer den verdunkelten Vorführraum betraten und sich zielstrebig auf ihn zubewegten. Federow war einer von ihnen. Der FSB-Agent setzte sich neben Jenkins, während sein wie ein Betonklotz gebauter Begleiter in die Reihe direkt hinter ihm rutschte. Sofort musste Jenkins an Peter Clemenza aus *Der Pate* denken, genauer gesagt an die Szene im Auto, wo Clemenza vom Rücksitz eines Autos aus den vor ihm sitzenden Ehemann von Talia Shire erwürgt.

»Sie möchten sich also unterhalten?«, fragte Federow auf Englisch.

Jenkins nickte. »Ja.«

»Okay. Aber dazu werden Sie schon in die Lubjanka kommen müssen, schließlich sind Sie derjenige, der uns einen Vorschlag unterbreiten möchte.« Federow gab sich bewusst desinteressiert. »Wir sind bereit zuzuhören, aber dazu müssen Sie zu uns kommen.«

»*Dumaju, ja dostatotschno blisko. Krome togo, korotkaja progulka po russkomu cholodu polesna dlja sdorowja, prawda?*« Jenkins sprach absichtlich Russisch, obwohl ihm normalerweise eher daran gelegen war, nicht zu genau durchblicken zu lassen, wie gut er die Sprache beherrschte. In dieser Situation wollte er klarstellen, wer hier die Kontrolle hatte: er nämlich, und nicht Federow. *So weit habt ihr es bis zu mir doch gar nicht, oder? Und ein kurzer Spaziergang in der russischen Kälte tut der Gesundheit gut, nicht wahr?*

Federow sah ihn an, Jenkins wich dem Blick nicht aus. Gesicht wahren, Stärke zeigen, das bedeutete russischen Männern alles. Jenkins brach bewusst als Erster den Blickkontakt ab.

»Außerdem ist es hier laut genug, da wird kaum jemand unser Gespräch mithören oder aufzeichnen«, fuhr er auf Englisch fort. »Das fand ich für das Gespräch heute Morgen wichtig. Sie scheinen das ebenfalls so zu sehen und deshalb sitzen wir nun hier.«

Federow starrte auf die Leinwand. »Vielleicht sollten wir anfangen, indem Sie mir den Zweck dieses Treffens verraten.«

»Okay, klingt fair. Wie ich schon am Telefon sagte, bin ich ein amerikanischer Geschäftsmann, der über Informationen verfügt, die die russische Regierung meiner Meinung nach interessieren dürften.«

»Und was sind Ihre Geschäfte?«

»Sicherheit.«

Über Federows Lippen huschte ein Lächeln. »Sicherheit? Davon haben wir hier genug, manche würden sogar sagen zu viel.«

»Und in den Vereinigten Staaten würden manche sagen, wir hätten nicht genug, um uns vor denen zu schützen, die uns schaden wollen.« Jenkins seufzte. »Mein Job ist in diesem Fall nur der Vorwand für meine Anwesenheit in Ihrem Land.«

»Warum erzählen Sie mir nicht, warum Sie hier sind?«

»Waren Sie je in Mexiko?«, fragte Jenkins.

Federows Brauen rückten dichter aneinander. »Nein, war ich nicht.«

»Sie sind zu jung.« Jenkins schätzte Federow auf Mitte vierzig. »Zu meiner Zeit konnte man in Mexiko-Stadt keinen Stein werfen, ohne damit einen KGB-Agenten zu treffen.«

»Und was haben Sie in Mexiko getan?«

Jenkins lächelte. »Steine nach KGB-Agenten geworfen.«

Federow sah Jenkins einen Moment lang an, bevor er leise lachte.

»*Yo era un turista estadounidense en México*«, sagte Jenkins auf Spanisch. *Ich war als amerikanischer Tourist in Mexiko.*

»Verstehe. Und verraten Sie mir jetzt auch noch, um was für eine Information es geht?«

»Um die Namen von russischen Agenten, die ich mit meinen Steinen getroffen habe.«

»Ich verstehe nicht.«

»Steine, die ihr Ziel erreichen.«

»Russische Agenten, die übergelaufen sind?«

»Nein, russische Agenten, die weiter beim KGB blieben.«

»Verstehe.« Federow war interessiert, mochte es aber nicht zeigen. Er zuckte mit den Achseln. »Das ist nun schon viele Jahre her. Die Sowjetunion gibt es nicht mehr. Was also veranlasst Sie zu der Annahme, wir könnten immer noch interessiert sein?«

»Stimmt, die Sowjetunion gibt es nicht mehr. Ich habe viel über Glasnost und Perestroika gelesen. Also habe ich mich vielleicht geirrt und jemand wie ich kann dem neuen Russland nichts anbieten, was von Interesse wäre.«

»Vielleicht ja, vielleicht nein. Das weiß man erst, wenn man es versucht hat.«

Jenkins nickte. Es wurde Zeit, den Fang einzuholen. »Alexej Sukurow. Ich glaube, er war in Ihrem KGB früher Oberst und er hat die Vereinigten Staaten vierzig Jahre lang mit wertvollen Informationen über russische Waffentechnik beliefert. Die Operation lief unter dem Decknamen Graystone.«

»Ich habe noch nie von diesem Mann gehört.«

Jenkins lächelte. »Weil er für Ihr Land wahrscheinlich eine Peinlichkeit darstellen dürfte. Sehen Sie ihn sich an, Mr. Federow, und wenn er Sie interessiert, lassen Sie es mich wissen.«

»Wie lange planen Sie in Moskau zu sein, Mr. Jenkins?«

»Wer kann das schon sagen?« Jenkins war nicht entgangen, dass Federow nicht wissen wollte, wo er wohnte.

»Und wenn dieser Mann für uns von Interesse ist, was würden Sie im Gegenzug haben wollen?«

»Was jeder Amerikaner will«, sagte Jenkins. »Was anscheinend auch jeder Russe will, wie es mir nach meinem kurzen Spaziergang heute scheint. Wir sind doch jetzt alle Kapitalisten.«

7

Der Anruf ging am folgenden Nachmittag auf dem Wegwerfhandy ein. Da hatte Jenkins gerade eine weitere Runde größtenteils überflüssiger Treffen im Moskauer Büro von LSR&C hinter sich und stieg die Stufen zum Eingang seines Hotels empor. Die Arbeitstreffen hatte er überhaupt nur einberufen, weil er Federow Zeit lassen wollte, Alexej Sukurow nach allen Regeln der Kunst zu überprüfen. Laut Emerson hatte Sukurow, ein hochrangiger KGB-Offizier, vor seinem Tod die Vereinigten Staaten jahrelang mit detaillierten Informationen über sowjetische Waffentechnologie versorgt. Sein Name war im Grunde belanglos und sollte lediglich Federows Neugier wecken und den Wunsch, herauszufinden, ob Jenkins auch Zugang zu ebenso geheimen, aber relevanteren Informationen besaß.

Dieser Anruf nun bestätigte, dass Federow in der Tat neugierig geworden war.

Er verlangte nochmals ein Gespräch in der Lubjanka, was Jenkins auch diesmal wieder ablehnte und stattdessen ein Treffen in einem Restaurant vorschlug. Federow solle ihn ruhig im Hotel abholen und so lange mit ihm durch die Gegend fahren, bis klar war, dass ihnen keine CIA-Agenten folgten.

Dieses Verfahren hatte man zu Jenkins' Zeiten als »chemische Reinigung« bezeichnet und er schlug es vor, um Federows Ego einen Gefallen zu tun.

Eine Stunde später wartete er am Hintereingang des Hotels und sah den dicken Schneeflocken zu, die in der leichten Brise tanzten, bevor sie sich wie Herbstlaub auf das Pflaster legten und sämtliche Geräusche dämpften, bis sich eine Atmosphäre der Ruhe über Moskau gelegt hatte.

Ein schwarzer Mercedes bog in den Hof, um vor der Treppe zum Hoteleingang stehen zu bleiben. Auf dem Beifahrersitz saß Federow und starrte durch die Windschutzscheibe. Mit einem Klack ging die Zentralverriegelung auf, der Hotelpage hielt Jenkins die hintere Wagentür auf und er glitt auf den Rücksitz hinter Federow. Der Betonklotz fuhr. Alle drei sparten sich höfliche Begrüßungsfloskeln.

Beim Einfädeln in den Straßenverkehr fiel Jenkins auf, dass sowohl Federow als auch der Fahrer in den Rückspiegeln nach möglichen Verfolgern Ausschau hielten.

Als der Wagen scharf nach rechts abbog, musste Jenkins nach dem Haltegriff an der Decke greifen, um der Zentrifugalkraft, die ihn über die Rückbank schleudern wollte, entgegenzuwirken. Der Unterboden des Mercedes schabte über Beton und als sie jetzt anhielten, leuchteten die Scheinwerfer eine enge Gasse zwischen Backsteinhäusern aus, kaum breiter als der Wagen selbst. Der Fahrer schaltete Licht und Motor aus. Federow und er kletterten aus dem Auto und Federow riss die hintere Wagentür auf.

»Steigen Sie bitte aus.«

Jenkins tat wie ihm befohlen, wobei er hoffte, sie wären noch nicht am Ziel. Über der Gasse hing ein säuerlicher Geruch nach Abfall.

Der stämmige Fahrer tastete Jenkins von Kopf bis Fuß ab und nickte Federow zu, der daraufhin irgendjemandem am anderen Ende der Gasse ein Handzeichen gab. Dort leuchteten die Scheinwerfer eines Autos auf, das in einer Art Toreinfahrt parkte und sich jetzt unendlich langsam und vorsichtig aus seinem Versteck schob. Es war ein roter Audi, der nun anhielt und drei Männer aussteigen ließ, von denen einer so groß wie Jenkins war. Rasch und leise gingen die drei hinüber zum Mercedes und stiegen ein, der Große auf den Rücksitz. Dann fuhren sie die Gasse hinunter und bogen an der Einfahrt zur nächsten Straße rechts ab.

Jenkins folgte Federow und dessen Fahrer zum Audi und sie verließen die enge Gasse in derselben Richtung, aus der sie gekommen waren. Wieder fuhr der Betonklotz so, dass etwaige Verfolger auffallen mussten, bog oft ab, wurde langsam und dann wieder schnell, um noch vor Rot über eine Ampel zu kommen. Erst als es ganz sicher schien, dass niemand ihnen auf den Fersen war, hielt er am Tverskoy Boulevard vor einem Gebäude im Barockstil. »Café Puschkin« stand auf einem goldenen Schild neben dem Eingang.

Sie stiegen aus und gingen an der mäßig besetzten Bar vorbei durch das Restaurant, stiegen eine enge Treppe hinauf und wurden oben von einem Oberkellner begrüßt, der sie erwartet zu haben schien. Er führte sie durch einen Raum, der aussah wie eine gut bestückte Privatbibliothek, in der sich zwischen den mit Schnitzereien verzierten Bücherregalen Tische verbargen. In den Regalen selbst standen alte Folianten mit Golddruck auf den Buchrücken. An den Enden der Regale hingen kleine Lampen mit altmodischen Lampenschirmen. Dunkles Mahagoni, Bogenfenster, dunkelgrüne Tischdecken – unwillkürlich fühlte sich Jenkins in die Welt der Harry-Potter-Romane versetzt, aus denen er seinem Sohn jeden Abend vorlas.

Es war ein Wochentag und draußen schneite es, entsprechend spärlich war das Restaurant besucht. Trotzdem hörte Jenkins überall leise Stimmen und das diskrete Klirren von

Gläsern und Besteck. Aus der Küche drangen Düfte, bei denen ihm das Wasser im Munde zusammenlief, und ihm fiel ein, dass er ja seit dem Frühstück nichts mehr gegessen hatte. Sie umrundeten noch ein weiteres Bücherregal, dann deutete der Oberkellner auf einen Tisch in der Ecke. Dort standen bereits zwei Gläser mit Inhalt, wahrscheinlich Wodka, und ein Kellner in weißem Hemd, roter Weste und bis unters Knie reichender Schürze bot Speisekarten an. Federow winkte ab und bestellte aus dem Stegreif. Jenkins hatte Mühe, ihm zu folgen, bekam aber die Worte »Mineralwasser«, »Champagner«, »Kaviar« und »Kalbsschnitzel mit gebratenen Zwiebeln« mit.

Entweder gefielen dem Kreml Jenkins' Informationen außerordentlich gut oder Federow war nicht anders als amerikanische Beamte und nutzte die Gelegenheit voll aus, auf Kosten anderer zu speisen. »Euer Verein scheint ja prima zu zahlen, viel besser als die bei uns«, bemerkte Jenkins, nachdem der Kellner gegangen war, und warf einen anerkennenden Blick in die Runde.

»Das ganze Theater eben tut mir leid«, entschuldigte sich Federow. »Aber man kann beim ersten Treffen einfach nicht vorsichtig genug sein.«

»Dann gehe ich davon aus, dass Sie die Information über Alexej Sukurow verifizieren konnten?«

»Mr. Sukurow ist verstorben.«

»Starb er eines natürlichen Todes?«

Federow griff zum Wodka, der vor ihm stand, das zweite Glas stand vor Jenkins. Der deutete mit dem Daumen auf den Betonklotz. »Trinkt er gar nichts?«

»Das ist Arkadij Wolkow«, sagte Federow. »Und nein, er trinkt nicht. Er fährt. Es wäre verantwortungslos.« Federow hob sein Glas. »*Sa vstrjetschu.*« *Auf unser Treffen.*

Jenkins erwiderte den Toast und hielt sich den Wodka an die Lippen, ohne zu trinken.

Federow stellte sein Glas ab. »Sie haben in Mexiko-Stadt neunzehnhundertachtundsiebzig mit einem Mann namens Joe Brannick zusammengearbeitet«, sagte er leise. »Er ist inzwischen verstorben. Selbstmord, sagte man, richtig? Interessant, es so zu sehen.« Jenkins reagierte nicht. »Sie haben Mexiko verlassen und sind in die USA zurückgekehrt. Und hier scheint Ihre Geschichte zu enden, Mr. Jenkins.«

So war es auch, in gewisser Weise. Desillusioniert und voller Schuldgefühle hatte Jenkins der CIA den Rücken gekehrt und sich in die Einsamkeit seiner Farm auf Camano geflüchtet, wo er bis zu dem schicksalhaften Tag, an dem Alex aufgetaucht war, allein gelebt hatte.

Jenkins faltete seine Serviette auseinander und breitete sie sich über den Schoß. »Ich war nicht besonders zufrieden mit meinem Dienstherrn.«

»Ja. Man hat Sie ja damals wohl in die Berge von Oaxaca geschickt, um über eine wachsende kommunistische Bedrohung zu berichten, die von einem sagenumwobenen mexikanischen Führer ausging, der unter dem Namen El Profeta bekannt war. Nicht lange danach fielen die Bewohner des Dorfes, über das Sie berichtet hatten, einem Massaker zum Opfer, das man allgemein einer rechtsgerichteten mexikanischen Miliz in die Schuhe schob. Noch so eine interessante Erklärung, finden Sie nicht? Wie sind meine Informationen bis hierher?«

Jenkins nickte, sah sich aber glücklicherweise einer Antwort enthoben, da genau in diesem Moment der Kellner an ihren Tisch zurückkam. Er stellte ihnen die Vorspeisen auf den Tisch. »Bruschetta aus Roggenbrot mit Auberginencreme, marinierte Pilze und eingelegtes Gemüse«, erklärte er. »*Naslaschdajtes'*.«

Federow griff zu Bruschetta und Buttermesser und verteilte Auberginencreme. »Bitte!«, forderte er Jenkins mit einer Handbewegung auf. »Es wird Ihnen schmecken.«

Auch Jenkins nahm sich eine Scheibe Brot und ein Buttermesser und ahmte Federow nach. Der Fahrer saß reglos daneben.

»Isst er denn auch nichts?«, erkundigte sich Jenkins. »Und wo lassen Sie ihn auftanken und den Ölstand prüfen?«

Woraufhin ihm der Betonklotz ganz langsam den Kopf zuwandte, ihn anstarrte und ihm dann den Anflug eines Lächelns schenkte. In einem Comedy Club wäre der Typ der Brüller gewesen.

»Um eins klarzustellen, Mr. Jenkins.« Federow schob sich einen Pilz in den Mund. »Wir interessieren uns nicht für die Namen von toten ehemaligen KGB-Offizieren.«

»Und doch sitzen wir hier«, stellte Jenkins fest.

»Ja. Nun, ich gehe davon aus, dass Sie mir von Alexej Sukurow erzählt haben, damit ich überprüfen kann, ob Sie wirklich Zugang zu Geheiminformationen haben. Sehe ich das richtig?«

»Ja.«

»Und Sie sagen, Sie hätten auch noch andere Informationen, aktuellere, relevantere?«

»Ich habe Zugang zu Informationen, die meiner Meinung nach sehr relevant sind.«

»Und wie kommt ein mit seinem Dienstherrn unzufriedener ehemaliger Agent der Central Intelligence Agency nach all diesen Jahren an solche Geheiminformationen?«

»Gar nicht«, sagte Jenkins.

Federow stutzte, ließ einen winzigen Moment lang Vorspeisen Vorspeisen sein, bevor er wieder zur Gabel griff. »Dann verschwenden wir hier also nur unsere Zeit?«

Jenkins legte das, was von seiner Bruschetta verblieben war, auf den Teller und wischte sich mit der Serviette die Mundwinkel ab. »Am sechzehnten November dieses Jahres verließ Sarina Kasakowa, Sekretärin im russischen Verteidigungsministerium, kurz nach siebzehn Uhr das russische Weiße Haus, Bely Dom, um zu ihrer Wohnung im Stadtteil Filjowski Park zurückzukehren.« Er gab alles genau so wieder, wie Emerson es ihm erzählt hatte. »Ms. Kasakowa arbeitete fast vierzig Jahre lang im Verteidigungsministerium. Sie erhielt gute Beurteilungen und war vor Glasnost anerkanntes Mitglied der Partei. Glasnost änderte nichts an ihrem Ansehen und ihrer Stellung. Und dennoch erschien sie am Tag nach diesem sechzehnten November nicht auf ihrer Dienststelle und auch am übernächsten Tag nicht. Sie verschwand ganz einfach, unter welchen Umständen, ist nicht bekannt. Niemand weiß, wo sie sich jetzt aufhält.« Jenkins biss noch einmal in seine Brotscheibe. »Eine interessante Entwicklung, finden Sie nicht?«

Federows Adamsapfel hüpfte auf und ab, was er zu tarnen versuchte, indem er einen Schluck Wodka trank. Ob der nun schuld war oder das, was Jenkins ihm gerade erzählt hatte, ließ sich nicht erkennen. Es kam jedenfalls zu einer heftigen Hustenattacke, die Federow hinter seiner grünen Serviette zu verstecken versuchte. Der Fahrer zuckte zusammen, rührte sich ansonsten aber nicht. Hätte sich Federow verschluckt gehabt, hätte er an einem Hustenanfall wie diesem auch sterben können, aber so ebbte der Husten langsam ab, um schließlich ganz aufzuhören.

»Entschuldigen Sie!« Federow trank einen Schluck Wasser. »Da habe ich wohl etwas in den falschen Hals gekriegt – sagt man bei Ihnen nicht so?«

»Genau«, sagte Jenkins.

Federow stützte die Ellbogen auf den Tisch und legte die Hände an den Fingerspitzen zusammen. »Ihre Information ist interessant. Natürlich müsste man nachprüfen, ob sie stimmt.«

»Natürlich.« Jenkins nickte, dabei hatte der Anfall eben für ihn schon alles bewiesen.

»Gibt es noch mehr?«, wollte Federow wissen.

»Zwei weitere Frauen, Irina Lawrowa und Olga Artamonowa, beide in etwa in Ms. Kasakowas Alter, beide innerhalb der letzten achtzehn Monate ebenfalls spurlos verschwunden. Auch sie waren bei der russischen Regierung angestellt und sind nie an ihre Arbeitsplätze zurückgekehrt. Möchten Sie mehr über die beiden erfahren?«

Federow nickte. Diesmal nippte er an seinem Wasser, nicht am Wodka. Ja, er war interessiert. Sehr interessiert sogar.

In den nächsten zehn Minuten erzählte Jenkins Federow von den anderen beiden aus der Gruppe der sieben Schwestern und führte aus, unter welchen Umständen sie verschwunden waren. Und dass die Moskauer Polizei nach jedem dieser Vorfälle zu ihrem großen Bedauern so gut wie keine Hinweise hatte, denen sie hätte nachgehen können, und von daher keine Hoffnung, die Frauen zu finden, so flehentlich deren Familien und Freunde auch darauf drängten.

»Sie sehen also, Viktor«, sagte Jenkins, nachdem er alle seine Informationen losgeworden war, »manchmal ist die beste Tarnung gar keine Tarnung. Man kann einfach so verschwinden, mitten am helllichten Tag, und alle fragen sich, warum man das wohl getan hat, was denn passiert sein könnte – bis sie das Interesse an dem Menschen verlieren, der nicht mehr da ist. Genau in diesem Moment ist so eine Person am wertvollsten. Und am gefährlichsten. Würden Sie mir da zustimmen?«

»Und was wären die Motive eines solchen Menschen?«

»Mein Motiv ist nicht kompliziert, auch nicht altruistisch oder patriotisch.« Jenkins lehnte sich zurück. »Mir geht es schlicht um Geld. Meiner Firma geht es nicht gut und ich stehe mit meinen Finanzen am Rande des Abgrunds. Ich kann meine Löhne nicht zahlen und laufe Gefahr, alles zu verlieren, wofür ich lange und hart gearbeitet habe. Ich musste für meinen Geschäftskredit persönlich bürgen, womit mein Zuhause und alles, was ich besitze, gefährdet ist.«

»Sie haben Familie?«

»Das ist nicht relevant. Und außerdem haben Sie bei Ihren Vorgesetzten nachgefragt und sich meine Identität bestätigen lassen. Belassen Sie es dabei. Und jetzt erkundigen Sie sich bei Ihren Vorgesetzten nach diesen drei Frauen, die, wie ich glaube, von Ihrer Behörde zu den sieben Schwestern gerechnet werden.«

Federow sagte erst einmal eine Weile gar nichts. »Und Sie können uns die Namen der vier anderen Schwestern nennen?«, erkundigte er sich schließlich.

Hier wurde es eng. Wenn Jenkins Ja sagte, was hinderte Federow daran, ihn an Ort und Stelle einzukassieren, um die Informationen aus ihm herauszubekommen? Vielleicht in einer der frisch renovierten Zellen der Lubjanka?

»Nein. Im Moment nicht.«

»Aber Sie haben Zugang zu dieser Information?«

Jenkins zuckte die Achseln. Natürlich hatte er den, das dürfte doch inzwischen klar sein.

»Was genau schlagen Sie uns vor, Mr. Jenkins?«

»Ich möchte fünfzigtausend Dollar, als Zeichen Ihres guten Willens.«

Federow grinste verächtlich. »Für Informationen, die wir bereits besaßen? Wohl kaum.«

»Betrachten Sie es als Anzahlung. Jede weitere Information kostet Sie zusätzliche fünfzigtausend Dollar. Und bevor ich Ihnen den siebten und letzten Namen nenne, zahlen Sie mir zweihundertfünfzigtausend Dollar Bonus.«

»Fünfhunderttausend Dollar.« Federow hatte mitgerechnet.

»Betrachten Sie es als günstiges Angebot.« Jenkins zog einen Zettel aus der Tasche, auf dem er die ihm von Emerson zur Verfügung gestellte Kontonummer notiert hatte, und reichte ihn Federow. »Die Anzahlung muss telegrafisch auf dieses Konto überwiesen werden, und zwar noch bevor ich morgen früh das Hotel verlasse, um meinen Heimflug zu erwischen. Ist das nicht der Fall, muss ich davon ausgehen, dass Ihre Vorgesetzten nicht interessiert sind. Wurde das Geld überwiesen, dann rufen Sie bei der Ihnen bekannten Handynummer an und sagen: Die Anzahlung wurde vollständig geleistet.«

Der Kellner lud ein schwer beladenes Tablett auf dem Tisch ab, verteilte die Teller und wurde von Federow sofort wieder entlassen. »Ich glaube, meine Vorgesetzten wären bereit, Ihnen entstandene Ausgaben zu ersetzen, Mr. Jenkins, aber darüber hinaus …«

»Meine Bedingungen stehen nicht zur Verhandlung.« Jenkins schob sich einen Pilz in den Mund. Nun hatte Federow seine erste Herausforderung.

»Dann werde ich Ihre Bedingungen mit meinen Vorgesetzten besprechen.« Federow legte sich in keiner Weise fest. Gelassen legte er sich ein Stück Kalbfleisch auf den Teller und begrub es unter einem Berg Zwiebeln. »Gleichzeitig möchte ich mich mit Informationen revanchieren.«

Jenkins nickte, hatte damit allerdings nicht gerechnet.

»Tschekowsky, Nikolai Michail«, sagte Federow.

»Wer ist das?« Bestimmt war das jetzt ein Test, aber welchem Zweck der dienen sollte, war Jenkins ein Rätsel.

»Ein Name, den Sie sich einprägen sollten. Aber verraten Sie ihn nicht – niemandem.« Federow lächelte, während er sich gleichzeitig angelegentlich seinem Kalbfleisch widmete. »Sie verlangen eine Menge Geld, Mr. Jenkins. Meine Vorgesetzten wollen sicher sein, dass Sie nicht … wie sagt man das? Mit uns spielen.« Er aß einen Bissen und griff zum Wodkaglas. »*Sa twojo sdorowje.*« *Auf unsere Gesundheit.*

Jenkins hob sein Glas mit der Linken. Unter dem Tisch spürte er seine rechte Hand zittern.

8

Am Weihnachtsmorgen, knapp einen Monat nach seiner Russlandreise, saß Jenkins in seinem Ledersessel, trank Kaffee und betrachtete nachdenklich den Haufen aus leeren Kartons und Geschenkpapier, der sich vor ihm auf dem Wohnzimmerboden türmte. CJ saß auf dem Fußboden und baute einen von einer App unterstützten Droiden zusammen, der aussah wie etwas aus *Krieg der Sterne*. Im Kamineinsatz sorgten Kiefer und Ahorn für helle Flammen, der Ventilator pustete angenehm warme Luft in den Raum und es duftete nach den Zimtbrötchen, die Alex in der Küche im Ofen hatte. Max kaute unter dem Esstisch hörbar an ihrem klassischen Weihnachtsgeschenk, einem riesigen Truthahnknochen.

Wie fast jeden Morgen seit seiner Rückkehr aus Moskau war Jenkins um fünf Uhr wach geworden und hatte nicht mehr einschlafen können. Anfangs hatte er die Schlaflosigkeit dem Jetlag zugeschrieben, aber die Zeit verging und er schlief weiterhin schlecht. Er wachte auf und das Karussell in seinem Kopf setzte sich in Gang und er musste grübeln, über Einzelheiten seiner Arbeit, über Russland, über die Operation dort.

Anders als früher gelang es ihm jetzt nicht mehr, die Arbeit sauber in einer Schublade verpackt von seinem persönlichen

Leben zu trennen. Körperlich war er hier, auf Camano, zu Hause, aber seine Gedanken kreisten immer wieder um Russland und alles, was irgendwie schiefgehen könnte und welche Auswirkungen das hätte. Jetzt, auf der Couch am Weihnachtsmorgen, musste er mit der linken Hand die zitternde rechte stützen, um seinen Becher halten zu können. Wenn er morgens im Bett von Unruhe geplagt wurde und es gar nicht mehr aushielt, stand er auf und ging joggen. Oder er machte Liegestütze, Rumpfbeugen und Klimmzüge, bis seine Muskeln brannten und er keuchend nach Luft rang. Sobald er sich ausgepowert hatte, war sein Kopf halbwegs frei und er schnappte sich ein Buch und eine Decke, um sich im Wohnzimmer auf die Couch zu legen. Meistens fand er aber trotz Erschöpfung auch dort keinen Schlaf.

Natürlich ließ sich das alles vor Alex nicht verbergen. Auf Nachfragen gestand er ein, sich Sorgen um den Betrieb zu machen und lieber aufzustehen, wenn er nicht schlafen konnte, damit sie nicht gestört wurde. Es würde schon vorbeigehen. Das kaufte Alex ihm nicht ab. Eine Psychologin diagnostizierte Panikattacken und generelle Angstzustände, was beides zu der Geschichte passte, die Jenkins ihr erzählt hatte: Sein Betrieb steckte in Schwierigkeiten und die Aussicht, mit vierundsechzig noch einmal Vater zu werden, verunsicherte ihn. Laut Psychologin würden die Panikattacken nachlassen, sobald die Auslöser dafür entfielen. Bis dahin verschrieb sie Mirtazapin, was Jenkins abends nahm, um besser schlafen zu können, und Propranolol gegen die Attacken tagsüber.

»Okay, ihr zwei, Frühstück ist fertig.« Alex trug einen großen Teller Zimtbrötchen mit Zuckerguss aus der Küche, woraufhin CJ seinen Droiden Droiden sein ließ und um ein Haar noch vor seiner Mutter am Esstisch gewesen wäre. »Vorsicht, sie sind heiß, verbrenn dir nicht die Lippen!« CJ pflückte sein Gebäckstück sofort auseinander, um sich den köstlichen warmen Duft um die Nase streichen zu lassen, während Jenkins den Teller, den Alex ihm gab, abstellte, ohne das Brötchen darauf anzurühren.

Alex setzte sich neben ihn auf den zweiten Ledersessel.

»Max ist echt begeistert von dem Knochen«, sagte sie mit liebevollem Blick auf die Hündin unter dem Esstisch.

»Fast so begeistert wie unser Sohn von deinen Zimtbrötchen. Nächstes Jahr sollten wir die Geschenke einfach mal weglassen und ihm einen Wochenvorrat backen.«

»Meinst du, wir haben es übertrieben?«

Jenkins hatte keine Ahnung, was all die Geschenke unter dem Strich genau gekostet hatten. »Wahrscheinlich schon. Aber es ist sein letztes Weihnachten als Einzelkind. Geht es dir gut? Du siehst müde aus.«

»Ich bin auch müde.« Alex klagte schon seit Jenkins' Rückkehr über Erschöpfung. Sie war jetzt in der achtundzwanzigsten Schwangerschaftswoche und ihr Arzt wollte, dass sie so lange wie möglich durchhielt, bevor er den Termin für einen Kaiserschnitt festlegte. »Aber das Geld von Randy war ein schönes Weihnachtsgeschenk. Das hilft uns doch weiter, oder?«

»Unsere Dienstleister und Lieferanten waren jedenfalls sehr zufrieden.« Jenkins hatte seiner Frau erzählt, die kürzlich auf ihrem Geschäftskonto eingegangenen fünfzigtausend Dollar stammten von LSR&C, dabei hatte Carl Emerson das Geld überwiesen. Sie hatten die für sie arbeitenden Sicherheitsleute bezahlen und darüber hinaus auch einen Großteil der offenen Rechnungen diverser Lieferanten begleichen können. Liquide waren sie damit zwar lange noch nicht, aber der erste Schritt in die Richtung war immerhin getan.

»Randy sagt, er gibt sich alle Mühe, damit sie mit den Zahlungen bis Jahresende à jour sind«, fuhr Jenkins fort. »Ich persönlich mache mir Sorgen, dass LSR&C zu schnell wächst. Das habe ich auch zu Randy gesagt. Warum die Büros in

Moskau oder Dubai? Er hat sich dazu nicht geäußert, schien aber meiner Meinung zu sein. Die Büros wären Mitchs Idee gewesen, behauptete er. Mitch möchte die neu entstandenen Märkte ausnutzen.« Mitch, das war Mitchell Goldstone, leitender Geschäftsführer von LSR&C. »Wann sollen wir bei David sein?«

Da weder Jenkins noch Alex Familie hatten, verbrachten sie die meisten Feiertage mit David Sloane, dessen Frau Tina ermordet worden war.

»Wir können kommen, wann wir wollen. Es wird schön werden, Jake wiederzusehen, ich freue mich sehr darüber, dass er wieder da ist. Am Weihnachtsmorgen sollte niemand allein aufwachen müssen.«

Tinas Sohn Jake hatte eine Weile bei seinem biologischen Vater in Kalifornien gelebt, war nun aber nach Seattle zurückgekehrt, um hier an der Uni Jura zu studieren, und wohnte bei Sloane in Three Tree Point am Ufer des Puget Sound.

Jenkins stand auf. »Ich hole mir die Zeitung und noch einen Becher Kaffee. Möchtest du irgendetwas?«

»Nein danke.«

Jenkins goss sich in der Küche Kaffee nach und verließ das Haus durch die Hintertür. Es war kalt geworden, kalt genug, um Schnee befürchten zu lassen, sollte es zu Niederschlägen kommen. Wobei die Wetterfrösche allerdings angedeutet hatten, davon könne wohl nicht die Rede sein. Jenkins holte sich die Zeitung und befreite sie aus ihrer Plastikhülle. Auf der Titelseite prangte unter der Schlagzeile »Frohe Festtage« das Foto einer Notunterkunft für Obdachlose, weiter unten ging es um das Weihnachtsessen im Weißen Haus und den immerwährenden Streit um die Erhöhung der Eintrittsgebühren in Nationalparks.

Jenkins nahm die Zeitung mit in die Küche, wo er sie am Tresen durchblätterte und hin und wieder einen Blick auf einzelne Artikel warf. Irgendwo im Innenteil, dort, wo über Ereignisse in aller Welt berichtet wurde, erregte eine Schlagzeile seine Aufmerksamkeit.

Russischer Laserpionier tot aufgefunden.

Unter der Schlagzeile das Bild eines dunkelhaarigen Mannes mit Brille. Nikolai Tschekowsky.

Beim Lesen des Artikels spürte Jenkins die inzwischen schon vertrauten Beklemmungen in sich aufsteigen. Man hatte Tschekowsky erhängt in seiner Moskauer Wohnung aufgefunden und seine Frau drängte bei den Behörden darauf, seinen Tod als Mord zu behandeln und entsprechend zu ermitteln.

Tschekowsky, einer der weltweit führenden Wissenschaftler im Bereich Lasertechnik, hatte offen den Einsatz dieser Technik für militärische Zwecke kritisiert und war dadurch in Widerspruch zu Teilen des Kremls geraten.

Jenkins spürte Hitze in seine Glieder fahren. Sämtliche Gelenke taten ihm weh, und seine rechte Hand zitterte so, dass auch die Zeitung bebte. Er musste sie ablegen und in sein Arbeitszimmer laufen, wo er das Fläschchen mit dem Propranolol aus der untersten Schreibtischschublade fischte, um eine der grünen Tabletten trocken hinunterzuschlucken.

9

Am Tag nach Weihnachten ging Jenkins in den frühen Abendstunden im Waterfront Park in Seattle spazieren. Das Wetter blieb weiterhin kalt und stürmisch und Reisende, die sich nach den Feiertagen auf dem Heimweg befanden, waren vor plötzlich auftretenden stürmischen Böen gewarnt worden. Emerson wartete schon auf ihn. Er lehnte am Geländer am Ende des Piers, mit dem Blick nach Westen, vor sich die schwarzen Wellen der Elliott Bay. Er trug einen langen Tweedmantel und schwarze Handschuhe und sein Haar wurde vom Wind zerzaust, aber ansonsten schien er von der steifen Brise nichts mitzubekommen, die weiß gekrönte Wellen über die Bucht schob. Links von Jenkins drehte sich hoch über dem Wasser das in den Farben der Seahawks festlich grün und blau beleuchtete Riesenrad, weiter südlich erstrahlte das Dach des Footballstadions in leuchtendem Lila. Der Wind wehte schwache Klänge von Weihnachtsmusik herüber und brachte den salzigen Geruch des Puget Sound mit.

Während Jenkins zu Emerson hinüberging, klappte er den Kragen seines Ledermantels hoch und schob die Hände tiefer in die Taschen. Trotz seiner schwarzen Strickmütze spürte er die Kälte an den Ohren.

»Wer war Nikolai Tschekowsky?«, fragte er.

Emerson ließ sich nicht anmerken, dass er die Frage gehört hatte. Er starrte schweigend auf die Lichter der Fähre, die gerade Richtung Pier tuckerte.

»War er einer von unseren?« Jenkins musste lauter werden, um den heulenden Wind zu übertönen.

»Du hast die Zeitung gelesen.« Emerson sprach so leise, dass Jenkins ihn fast nicht verstanden hätte. »Er war ein russischer Wissenschaftler und er war Dissident. Er sprach sich gegen Putins Regime aus. In Russland kann das reichen, um umgebracht zu werden.«

»War er einer von unseren?«, wiederholte Jenkins mit deutlich mehr Nachdruck.

Emerson musterte ihn kurz, schien etwas sagen zu wollen, überlegte es sich anders und wandte sich wieder der Fähre zu. »Ob er einer von unseren war oder nicht, ist unwichtig.«

Jenkins starrte auf die Gesichtshälfte, die Emerson ihm zeigte. »Für dich vielleicht, aber nicht für mich. Ich habe ein Recht darauf, das zu wissen.«

»Nein, hast du nicht.« Jetzt drehte sich Emerson endgültig um. »Du hast kein Recht, das zu wissen.« Er hielt Jenkins' Blick stand.

»Wenn ich wieder in diesem ...«

Emerson unterbrach ihn, laut und in scharfem Ton. »So arbeitet der FSB. Das weißt du, denn so hat der KGB auch schon gearbeitet. Wenn du verhört wirst, wissen sie hinterher alles, was du auch weißt. Also wiederhole ich noch einmal: Du hast kein Recht, das zu wissen.«

»Gut. Dann bin ich durch mit der Sache. Ich bin mit allem hier durch.« Jenkins wandte sich zum Gehen.

»So simpel ist es diesmal nicht, Charlie. Du kannst nicht einfach gehen.«

»Und ob ich das kann.«

»Wenn du jetzt weggehst und die ganze Operation fehlschlägt, sterben vier Frauen, die diesem Land fast vierzig Jahre lang gedient haben. Das wirst du dir nie verzeihen können.«

Jenkins blieb stehen, die Worte hatten ihn tief getroffen. Er schloss die Augen, kämpfte gegen den Schmerz in seinen Muskeln, das Brennen tief unten in seinem Magen. Schuldgefühle waren der denkbar schlechteste Grund, etwas zu tun, gleichzeitig konnten sie ungeheuer motivieren. Er drehte sich um, sah Emerson an. »Ihr hättet ihn rausholen können. Ich habe dir seinen Namen genannt. Ihr hättet euch eine Geschichte einfallen lassen können, irgendeinen Grund, weswegen er das Land verlassen muss.«

»Du weißt genau, warum dir die Russen seinen Namen genannt haben. So hat der KGB damals in Mexiko auch schon gearbeitet. Sie haben dir Tschekowskys Namen genannt, weil sie bereits beschlossen hatten, ihn zu töten. Es bot sich einfach an, ihn als Testballon zu benutzen, um zu sehen, ob du seinen Namen an die Agentur weitergibst. Es war praktisch für sie und rein zweckmäßig. Wenn ich ihn mit irgendeiner Geschichte rausgeholt hätte, egal mit was für einer, wäre klar gewesen, dass du nicht vertrauenswürdig bist und Informationen an irgendwen bei uns weitergibst. Und dann? Was wäre aus unserer Operation geworden?«

»Hier geht es nicht …«

»Beim nächsten Einreiseversuch nach Russland hätten sie dich festgehalten und nach Hause geschickt. Oder, noch schlimmer, sie hätten dich einreisen lassen und dann Vorkehrungen getroffen, um dich verschwinden zu lassen. Und wenn wir deswegen irgendwie Ärger gemacht hätten, hätten sie einfach verbreitet, du wärst ein Verräter gewesen und hättest Selbstmord begangen, weil dein Verrat aufzufliegen drohte, womit nicht nur dein guter Ruf, sondern auch der deiner Familie zerstört gewesen wäre. Ich hatte es dir gesagt, Charlie: Der FSB ist eine verfeinerte Version des KGB.«

Eine Möwe im Kampf mit dem Wind wollte auf einem der Poller landen, was sich als kaum zu bewältigendes Vorhaben erwies. Immer wieder wehte eine Böe den Vogel wieder aufs Meer hinaus, bis er aufgab.

Emerson änderte seinen Ton. »Es gibt nichts, weswegen du dich schuldig fühlen müsstest. Dir wurde ein Name genannt und diesen Namen hast du weitergegeben. Ich habe entschieden, nicht darauf zu reagieren. Wenn jemand für den Tod von Tschekowsky verantwortlich ist, dann bin ich das, nicht du.«

Jenkins hatte nicht einen Moment daran gedacht, was die Nachricht vom Tod des Wissenschaftlers wohl für Emerson bedeuten musste. Er war viel zu sehr mit seiner Wut und seinem Selbstmitleid beschäftigt gewesen. Emerson hatte recht. Jenkins hatte den Namen weitergegeben und damit getan, was er tun konnte. Tschekowsky aufzugeben war nicht seine Entscheidung gewesen, die war viel weiter oben getroffen worden. Nur nahm ihm das nichts von der Angst, die ihn umtrieb, seit er vom Tod des Mannes erfahren hatte.

»Federow wird anrufen«, sagte Emerson. »Die Ereignisse werden ihn ermutigt haben und er wird versuchen, dich dafür verantwortlich zu machen, dass du den Namen nicht weitergegeben hast.«

Auch das war eine bekannte Technik des KGB gewesen, um Druck auf Informanten auszuüben. Mit Geschichten wie dieser hier ließ sich jemand erpressen, damit er nicht abspringen konnte.

»Für Federow muss es so aussehen, als stecktest du in einer ausweglosen Lage«, fuhr Emerson fort. »Er muss glauben, bei eurem nächsten Treffen könntest du nicht anders als genau das zu tun, was er von dir will.«

»Und was gebe ich Federow, wenn wir uns das nächste Mal treffen?«

Emerson zog einen braunen Umschlag aus seinem Mantel, Jenkins griff hastig danach, bevor die steife Brise ihn über die Pier blasen konnte.

»Die vierte Schwester«, sagte Emerson.

Jenkins kniff die Augen zusammen. »Wie hast du ihren Namen …«

»Habe ich nicht.«

»Das verstehe ich nicht.«

Emerson deutete mit dem Kinn auf den Umschlag. »Uliana Artemjewa starb vor zwei Jahren im Alter von dreiundsechzig Jahren an Krebs. Sie arbeitete als eine der führenden Analystinnen in der sowjetischen Nuklearindustrie. Die letzten zehn Jahre ihres Berufslebens hat sie die CIA mit Informationen über den Energiesektor versorgt, die belegen, in welchem Ausmaß russische Beamte sich bestechen lassen, sich Vorteile zu verschaffen wissen und in großem Maßstab Geldwäsche veranstalten, um Putins weltweite Nukleargeschäfte voranzutreiben. Natürlich weiß der FSB nicht, was uns diese Frau alles verraten hat.« Emerson deutete noch einmal auf den Umschlag. »Das hier beweist ihren Verrat und zeigt noch einmal, dass du in der Lage bist, die Russen mit wichtigen und hochgeheimen Informationen zu versorgen.«

»Federow hat mir gesagt, seine Vorgesetzten hätten kein Interesse an toten russischen Doppelagenten.«

»Aber die restlichen Schwestern möchte er schon gern identifizieren, oder?«

»Artemjewa war eine der Schwestern?«

»Das bezweifele ich sehr, ihre Beziehung zu unserer Firma entstand ja erst vor etwa zehn Jahren. Aber das wissen die Russen nicht und sie ist im Alter der bereits von ihnen enttarnten Schwestern. Außerdem verdanken wir ihr ähnliche Informationen wie den anderen.«

»Dann werden sie annehmen, sie sei eine der sieben.«

»Vielleicht glauben sie dir nicht ganz, aber sie haben keine Möglichkeit, dir nachzuweisen, dass du sie falsch informiert hast. So kommst du deinem Ziel einen Schritt näher, die achte Schwester ausfindig zu machen und uns ihren Namen nennen zu können.«

»Werdet ihr versuchen, die anderen vier Schwestern aus Russland herauszuholen?«

»Die Entscheidung treffe nicht ich, die wird viel weiter oben gefällt. Vergiss aber nicht, dass die vier Schwestern nicht ahnen, dass sie in Gefahr sein könnten, weil ihnen gar nicht klar ist, dass sie mit den ermordeten Frauen zu einer Operation gehörten.«

Jenkins schüttelte den Kopf.

»Stört dich noch irgendetwas?«, fragte Emerson.

Jenkins hätte nicht genau benennen können, was ihm Sorgen bereitete. »Woher hat die achte Schwester ihre Informationen über die anderen drei?«

»Das wirst du wohl früh genug erfahren, nehme ich an. Du hast Federow genügend Material geliefert, das können sie nicht ignorieren. Er wird Kontakt mit dir aufnehmen. Wenn er das macht, sag ihm, du kommst zurück nach Russland.«

»Hat er wenigstens die fünfzigtausend Dollar bezahlt, die ich verlangt hatte?«

Emerson lächelte. »Natürlich nicht. Er ist Russe. Nach achtzig Jahren kommunistischer Herrschaft bezahlen Russen nie für etwas, das sie stehlen oder an das sie durch Erpressung kommen können. Aber er wird zahlen, wenn du ihm diese Information gibst.« Er zeigte auf den Umschlag. »Er kann es sich nicht leisten, es nicht zu tun.«

10

Der Anruf von Federow kam kurz nach Silvester und war kurz und knapp: Federow lud Jenkins zur Rückkehr nach Russland ein. Um ihn ein bisschen zu ärgern, erkundigte sich Jenkins, ob Federows Vorgesetzte denn mit den genannten finanziellen Forderungen einverstanden seien. »Es wird sich um alles, was wir besprochen haben, gekümmert«, versicherte der FSB-Mann.

Zunächst kam Emerson für alle entstehenden Kosten in bar auf.

Und so tauschte Jenkins in der zweiten Januarwoche den Regen auf Camano Island gegen den Schnee und die bittere Kälte Russlands. Alex erzählte er, er müsse noch einmal nach London, dort stehe der Besuch zweier Milliardäre bevor und er wollte überprüfen, wie weit sein Team mit den entsprechenden Sicherheitsmaßnahmen im neuen Büro gekommen sei. Dieser Teil der Geschichte stimmte sogar. Aber die Reise nach Paris, wo LSR&C angeblich eine Erweiterung des Büros plante, war erfunden.

Er log Alex nicht gern an, musste es in diesem Fall jedoch tun, und zwar aus zweierlei Gründen: Je weniger eine Ehefrau von der Arbeit eines Agenten wusste, desto weniger konnte sie in einem Verhör durch die eine oder andere Seite preisgeben.

Und außerdem mochte er Alex gerade jetzt nicht beunruhigen, weil sich Sorgen schlecht auf sie und das Baby auswirken konnten.

Diesmal hatte er nach der Landung keine Probleme mit dem Zoll. Uri wartete beim Gepäckband auf ihn. Jenkins hatte im Moskauer Büro angerufen und um einen Wagen gebeten. Alles andere hätte seltsam ausgesehen, und Uri war dieser Bitte nur zu gern nachgekommen. Er trug einen schwarzen Rollkragenpullover, eine schwarze Lederjacke und sah aus wie ein russischer Gangster, der er nach allem, was Jenkins inzwischen wusste, durchaus sein mochte.

»Schön, Sie wieder hier zu haben, Chef!« Uri schnappte sich Jenkins' Tasche und bahnte sich mit Nachdruck einen Weg durch die Menge der Reisenden, die noch auf ihr Gepäck warteten.

Im Metropol angekommen, wurde Jenkins am Empfang von einem strahlenden Portier mit Namen begrüßt, was ihn stutzig machte, denn so gut konnte das Gedächtnis des Mannes wohl kaum sein, selbst wenn einem in Moskau nicht jeden Tag ein Schwarzer mit einer Körpergröße von einem Meter fünfundneunzig über den Weg lief. Außerdem übergab der Portier Jenkins die Schlüsselkarte für sein Zimmer, ohne vorher eine Kreditkarte sehen zu wollen. Auch das entsprach nicht dem gewohnten Einchecken – offenbar war Federow hier im Hotel vorstellig geworden. Zwar würde ihn das Zimmer so nichts kosten, gleichzeitig gab es aber auch keine Unterlagen darüber, dass Jenkins bei diesem Aufenthalt hier im Hotel gewohnt hatte. Ja, Federow hatte mit den Leuten hier gesprochen, aber warum und was Jenkins davon halten sollte, hätte er in diesem Moment nicht sagen können.

Im Zimmer 613 wartete eine Flasche teurer Champagner im Eiskübel auf ihn. Ein Kärtchen in einem weißen Umschlag hieß Jenkins im Hotel willkommen und bestätigte die Buchung des Wagens, der ihn um zwanzig Uhr fünfzehn an diesem Abend am Hintereingang des Hotels abholen würde.

Damit blieben Jenkins zwölf Stunden Zeit, sich auszuruhen und auszuschlafen. Was er allerdings nicht in diesem Zimmer zu tun gedachte. Er rief am Empfang an.

»*Mne ne nrawitsja moja komnata. Ja bi chotel druguju.*« *Mir gefällt mein Zimmer nicht, ich hätte gern ein anderes.*

»Haben Sie die Flasche Champagner gefunden?«, wollte der Portier wissen.

»Ja, vielen Dank. Aber dadurch wird das Zimmer nicht besser.«

»Stört Sie etwas im Besonderen, Mr. Jenkins?«

»Ich würde die andere Seite des Hotels vorziehen.« Dort hatte man den vorderen Eingang im Blick, während er von diesem Zimmer aus nur die Wand eines angrenzenden Gebäudes sehen konnte.

»Ich meinte eigentlich, ob etwas Bestimmtes mit Ihrem Zimmer nicht in Ordnung ist.«

»Nicht, wenn Sie in der Lage sind, es auf die andere Seite des Hotels zu verlagern.«

»Das tut mir leid!« Der Portier klang betrübt. »Ich fürchte, die Zimmer nach vorn sind zurzeit alle belegt. Das Hotel ist ausgebucht.«

»Vielleicht ein anderes Stockwerk? Weiter oben?«

»Es tut mir leid«, wiederholte der Portier, nachdem er ein wenig auf der Tastatur seines Computers geklappert hatte. »Wir haben keine freien Zimmer.«

»Dann ziehe ich aus«, sagte Jenkins. »Herzlichen Dank für Ihre Gastfreundschaft.«

»Moment«, rief der Portier.

Jenkins antwortete nicht.

»Wir haben eine Stornierung, Mr. Jenkins. In einer Stunde schicke ich den Pagen zu Ihnen.«

»In einer Stunde möchte ich schon schlafen.« Jenkins wusste, wozu die Verzögerung dienen sollte: In dieser Stunde wollten sie das neue Zimmer verwanzen, der Portier würde sich mit Federow in Verbindung setzen. »Schicken Sie den Pagen bitte sofort.«

Er legte auf, bevor der Portier reagieren konnte, schnappte sich den Champagner und die Karte und nahm seine Tasche. Nach nur wenigen Minuten klopfte ein Page an seine Tür, um Jenkins in ein zwei Stockwerke höher gelegenes Zimmer auf der anderen Seite des Hotels zu führen.

»*Spasibo.*« Jenkins reichte dem jungen Mann die Champagnerflasche und zwanzig Dollar. »Wenn jemand vorn am Empfang nach mir fragt, würde ich das gern erfahren.«

Der Page nickte. »Kein Problem.«

* * *

Am Abend legte Jenkins vor dem Verlassen seines Hotelzimmers wieder in Türnähe einen Papierschnipsel auf den Teppich. Zusätzlich hatte er die Schranktür ein paar Zentimeter weit geöffnet, seinem Druckbleistift eine der Minen entnommen und diese in das Türscharnier geschoben. Wer sein Zimmer durchsuchte, würde schlau genug sein, die Tür anschließend genau so weit offen stehen zu lassen, wie sie jetzt war. Aber die Mine, die zerbrechen musste, sobald der Schrank ganz geöffnet wurde, konnten sie nicht wieder zusammensetzen – falls sie sie überhaupt mitbekamen, was unwahrscheinlich war.

Punkt zwanzig Uhr fünfzehn verließ Jenkins das Hotel durch den Hinterausgang. Federow war noch nicht da, wahrscheinlich warteten sein Kumpel Wolkow und er irgendwo mit laufendem Motor in einem schönen warmen Auto und freuten sich, dass Jenkins sich hier draußen in der Kälte die Eier abfror.

Die Temperatur in Moskau war am Abend noch weiter in den Keller gerutscht, wobei die Meteorologen von einer Kältewelle sprachen, die über das Land zog und Temperaturen bis minus dreißig Grad bringen würde. Jenkins stand unter einer dekorativen Straßenlaterne, deren Licht ungefähr die Stärke einer Kerzenflamme verströmte, der man den Sauerstoff entzogen hat, und spürte, wie ihm die Kälte in sämtliche Knochen kroch. Und das trotz seines schweren Mantels und der Mütze mit Ohrenklappen, die er sich in Seattle extra noch gekauft hatte. Um nicht gleich völlig steif zu werden, bewegte er hektisch Arme und Beine. Nach fünfzehn Minuten hatte er genug davon und ging zurück in die warme Hotelhalle.

Dort fand ihn der Page, dem er ein so großzügiges Trinkgeld hatte zukommen lassen, und reichte ihm einen Umschlag. »Mr. Jenkins! Eine Nachricht für Sie.« Der junge Mann sah sich um. »Draußen vor der Tür wartet ein Taxi auf Sie.«

Jenkins bedankte sich und sah sich ebenfalls um, konnte aber auf den ersten Blick niemanden erkennen, der sich auffallend für ihn zu interessieren schien. Er öffnete den Umschlag.

Planänderung. Taxi vorne vor dem Hotel.

Leise fluchend steckte Jenkins den Umschlag ein und streifte auf dem Weg durch die Marmorhalle die Handschuhe über. Draußen wartete ein Taxi auf ihn, daneben stand mit vor Kälte hochgezogenen Schultern ein Mann und rauchte. Jenkins stellte Blickkontakt her, woraufhin die Zigarettenkippe umgehend in den Schnee flog und der Mann hinter das Steuer des Wagens rutschte.

Jenkins setzte sich nach hinten. Der Fahrer fragte nicht, wohin er wollte, und schaltete auch den Taxameter nicht ein. Er schien ohne Ziel zu fahren, wenn auch sicherlich nicht ohne Plan: herauszufinden, ob ihnen jemand folgte. Sie fuhren in Kreisen, was Jenkins leicht feststellen konnte, indem er sich am Kreml orientierte, der sich nächtlich angestrahlt gut gegen den dunklen Himmel abhob. Nach fünfzehn Minuten klingelte ein Handy. Der Fahrer nahm den Anruf an, hörte kurz zu, nickte wortlos und legte mitten auf der Straße einen U-Turn hin. Sie fuhren über die Moskwa und Jenkins merkte sich, was auf den Straßenschildern stand, an denen sie vorbeikamen. Irgendwann bog der Fahrer rechts in den Krimski Val ein, fuhr wenig später an den Straßenrand und hielt.

Er deutete auf einen Fußweg, der in einen Park hineinzuführen schien. »Karussell.«

Jenkins war kaum aus dem Taxi gestiegen, als auch schon wieder die Kälte nach ihm griff. Er zog den Mantelkragen hoch, drückte sich die Ohrenklappen fest an den Kopf und folgte einem von altmodischen Straßenlaternen beleuchteten Pfad. Viel Licht brachten diese Laternen nicht zustande. Der Pfad führte ihn zu einem Kinderspielplatz mit mehreren bunten Karussells, wo allerdings weder Federow noch Wolkow noch ein schwarzer Mercedes auf ihn warteten. Also sollte er wieder einmal Geduld haben. Russischer ging es wohl kaum.

Mehrere Minuten verstrichen, bis sich auf dem doch eigentlich nur für Fußgänger bestimmten Weg langsam der schwarze Mercedes näherte.

Geblendet vom harten Scheinwerferlicht hob Jenkins den Arm vor die Augen und sah Federow aussteigen und näher kommen, eine Zigarette in der Hand. Im matten Licht der Straßenlaternen erkannte er jetzt auch hinter der Windschutzscheibe Wolkow und eine rot glühende Zigarettenspitze. »Dies ist ein Fußgängerweg«, rief Jenkins Federow entgegen. »Lassen Sie sich nicht von der Polizei erwischen, Sie fangen sich womöglich noch ein Knöllchen ein.«

»Das Risiko gehe ich ein.« Federow trug trotz der Kälte lediglich eine leichte Lederjacke und weder Mütze noch Handschuhe. Wahrscheinlich wollte er die Kraft und Männlichkeit des russischen Mannes zur Schau stellen. Jenkins war das ziemlich egal, er war nicht hier, um Federow in irgendeiner Weise mit Stärke zu imponieren, weder mit körperlicher noch mit geistiger. Lieber kam er ohne Frostbeulen nach Hause, dachte er und schob die behandschuhten Hände in die Manteltaschen.

»Wo sind wir hier?«, fragte er.

Federow tat überrascht. »Lesen Sie denn gar nicht, Mr. Jenkins? Ich hielt Sie für einen Mann der schönen Künste.«

Prompt meldete sich der Ort, an dem Jenkins' Hirn Informationen von früher speicherte, einschließlich Orts- und Straßennamen. »Gorki Park«, entfuhr es ihm.

Federow nickte lächelnd. »Sehr gut! Ihr Martin Cruz Smith, wenn ich mich nicht irre.«

»Sie haben das Buch gelesen.«

»Ich lese alles über Russland.«

»Dabei hätte ich Sie gar nicht für eine große Leseratte gehalten.«

»Da haben Sie mich falsch eingeschätzt«, sagte Federow. »Wobei ich russische Schriftsteller bevorzuge. Dostojewski zum Beispiel, und Tolstoi.«

»*Schuld und Sühne*?«

»Ein Meisterwerk.« Federow zog ein zerknautschtes Päckchen Zigaretten aus der Tasche, klopfte damit auf seine Handfläche, zog mit den Lippen eine Zigarette heraus und bot das Päckchen anschließend Jenkins an, der dankend ablehnte.

»Ihr Amerikaner.« Federow schüttelte den Kopf. »Ihr raucht nicht. Ihr trinkt nicht. Ihr treibt jeden Tag Sport. An irgendetwas stirbt jeder, warum dann nicht lieber an Dingen, die Spaß machen?« Er ließ die Flamme seines Feuerzeugs aufblitzen und hielt sie an die Zigarette, bis der Tabak rot glühte und er einen tiefen Zug nehmen konnte, den er sehr zu genießen schien. Beim Ausatmen blieb ein Rauchkringel in der bedrückend kalten Luft hängen. »Ich wollte, dass Sie sich bei unserem Treffen wohlfühlen, also wählte ich einen Ihnen vertrauten Ort.«

»Es ist schon ein paar Jahre her, dass ich das Buch gelesen habe.« Jenkins spürte, wie die Kälte durch jede einzelne Naht seiner Kleidung drang. *Von wegen wohlfühlen!* »An sämtliche Einzelheiten erinnere ich mich nicht mehr, fürchte ich.«

»Nein? Inspektor Arkadi Renko?« Federow deutete nach rechts. »Dort drüben. Drei Leichen. Erschossen, verstümmelt, im Schnee vergraben. Ein – wie nennen Sie so etwas? Ein Kriminalroman! Die Leichen wurden erst im April, nach der Schneeschmelze, gefunden.«

»Schaurig«, sagte Jenkins. Konnte es sein, dass Federow ihn einschüchtern wollte? »Das Buch wäre ja um ein Haar nicht veröffentlicht worden. Wussten Sie das?«

»Gorki Park? Nein!«

»Der Verleger konnte sich nicht vorstellen, dass sich Amerikaner für ein Buch über einen russischen Polizeibeamten interessieren.«

»Dabei ist Russland ein so interessantes Land! Schauen Sie sich doch nur um. Der Mörder war allerdings Amerikaner, richtig?«

»Achtung, Spoiler!«

»Iswinite?«

»Das heißt, Sie haben den Schluss des Buches verraten und mir damit den Spaß daran verdorben.«

»Ihr Amerikaner seid seltsam.« Federow zog noch einmal an seiner Zigarette und sprach, während ihm Rauch aus Mund und Nase drang. »Sie sagten, Sie hätten zusätzliche Informationen?«

»Ich sprach auch von finanziellen Forderungen.«

»Ihre bisherigen Informationen haben meine Vorgesetzten nicht beeindruckt. Vielleicht kann sich das heute ändern.«

»Wobei ich mir nicht sicher bin, ob wir das herausfinden werden.«

»Nicht?«

»Nein.«

»Sie haben das mit Nikolai Tschekowsky gelesen?« Federow reagierte ganz wie erwartet.

»Jawohl, habe ich.«

»Sehr schade, dass so ein talentierter Mann sterben musste.«

»Wie Sie schon sagten: An irgendetwas sterben wir alle.«

»Ja, an irgendetwas.« Federow ließ seine Zigarettenkippe fallen und trat sie mit der Schuhspitze aus. »Sie hätten ihn retten können.«

»Das bezweifle ich.«

»Ach ja?«

»Ich gehe davon aus, dass Sie ihn schon eine ganze Weile überwacht haben, lange bevor Sie mir seinen Namen nannten. Was hätte die Firma also unternehmen können, selbst wenn ich den Namen weitergegeben hätte, was ich nicht tat?«

»Keine wagemutige amerikanische Rettungsaktion wie in Ihren Abenteuerromanen?«

Jenkins rang sich ein schmallippiges Lächeln ab. »Sehr unwahrscheinlich.«

»Trotzdem bleibt es eine Tatsache, dass Sie seinen Namen kannten und doch nichts unternahmen, um Ihre Vorgesetzten zu warnen. Wie die wohl reagieren, wenn sie davon erfahren? Was glauben Sie?«

»Woher sollten sie es denn erfahren? Wer würde es ihnen sagen?«

Federow lächelte.

»Ende der Woche möchte ich fünfzigtausend auf meinem Konto sehen, sonst steige ich ins nächste Flugzeug und komme nie wieder.«

Federow schüttelte mit ernster Miene den Kopf. »Das ist eine Menge Geld, Mr. Jenkins. Vielleicht haben Sie in letzter Zeit die Nachrichten nicht verfolgt. Die Ölpreise sinken jeden Tag. Die russische Wirtschaft befindet sich in einer Rezession.«

»Ich bin sicher, dass Ihre Chefs das Geld schon irgendwie zusammenkratzen können. Vielleicht erweist sich ja einer der russischen Oligarchen als Patriot.« Er lächelte erneut. »So war es abgemacht.«

»Ja.« Federow nickte. »Im Prinzip ja, sicher. Aber meine Vorgesetzten wären eher geneigt zu bezahlen, wenn sie zusätzliche Informationen hätten.«

Jenkins schwieg kurz, was reine Show war, um Federow glauben zu lassen, dass er Jenkins in der Zange hatte und Jenkins das auch wusste. »Sie suchen nach den verbliebenen vier der sieben Schwestern«, sagte er schließlich.

»Diese Unterhaltung hatten wir bereits.«

»Nummer vier«, sagte Jenkins.

»Sie kennen die Identität …«

»Uliana Artemjewa.« Während Jenkins die Aktivitäten der Frau genauer erläuterte und erklärte, wie die CIA mithilfe der von ihr beigesteuerten Informationen die Entwicklung von Putins Nuklearindustrie unterminiert hatte, sah er Federows Blick zu Wolkow hinübergleiten. Aha! Offenbar wurde die Unterhaltung hier aufgezeichnet, vielleicht sogar gefilmt.

Jenkins langte in seinen Mantel und zog den braunen Umschlag heraus, den Carl Emerson ihm mitgegeben hatte. »Fünfzigtausend auf das Konto, das ich Ihnen genannt habe. Sonst finden unsere Unterhaltungen ein Ende, sosehr ich sie auch genossen habe.« Mit diesen Worten drehte er sich um und machte sich auf den Weg, den Pfad hinunter.

»Sie holen sich den Tod in dieser Kälte«, rief Federow ihm warnend nach.

Jenkins drehte sich um und lächelte. »An irgendetwas sterben wir alle.«

11

Den Weg zu Fuß zurück zum Hotel Metropol hätte Jenkins vielleicht wirklich nicht überlebt. Ironischerweise wurde er von einem Krankenwagen gerettet, der neben ihm stehen blieb, als er gerade die andere Seite der Krimbrücke erreicht hatte. Zwei gute Samariter, dachte er, oder Pragmatiker, die ihn lieber gleich mitnahmen, um nicht später zurückkommen und seine Leiche aufsammeln zu müssen. Aber als der Fahrer ihm die Tür öffnete, verlangte er als Erstes »vierzig amerikanische Dollar«. Jenkins hatte gelesen, dass in Moskau alle möglichen Fahrzeuge Fußgänger mitnahmen, sogar Leichenwagen und Müllautos. Viele Moskauer hatten zu kämpfen, um über die Runden zu kommen, da zählte jeder Rubel.

Von daher zahlte er ohne zu murren für diesen etwas unorthodoxen Krankentransport.

Im Hotelzimmer lag der Papierschnipsel bei der Tür noch so, wie er ihn hingelegt hatte, und im Schrank war die Bleistiftmine unversehrt geblieben. Jenkins verriegelte die Zimmertür, hängte die Kette davor und ließ sich erschöpft aufs Bett fallen.

Sein Handy weckte ihn, laut Anruferkennung war es Alex. Ein Blick auf die Uhr sagte ihm, dass es schon elf war und er zwölf Stunden geschlafen hatte, sechs mehr als zu Hause in einer guten Nacht. Er sah sich um: Konnten sie ihn irgendwie betäubt haben? Wenn ja, dann mit einem Mittel ohne Nebenwirkungen, und das Zimmer sah noch haargenau so aus, wie er es in Erinnerung hatte.

»Du klingst sehr verschlafen«, sagte Alex.

»Ist spät geworden gestern Abend. Die Briten schätzen ihre Pubs wirklich sehr. In ein, zwei Tagen bin ich hoffentlich wieder zu Hause. Wie geht es dir?«

»Müde. CJ hat zähe Verhandlungen geführt und kriegt heute Abend ein zusätzliches Kapitel Harry Potter vorgelesen. Ich glaube, der Kleine wird mal Anwalt.« Sie klang niedergeschlagen.

»Alles in Ordnung?«

»Ich will nicht, dass du dir Sorgen machst.«

Jenkins setzte sich auf. »Was ist denn?«

»Ich habe heute ein bisschen geblutet«, gestand sie. »Das könnte völlig harmlos sein, sagt der Arzt, aber er möchte trotzdem, dass ich ein paar Tage einfach nur die Beine hochlege.«

»Ich komme nach Hause!«, rief Jenkins. Wenn dem Baby oder Alex etwas zustieß, würde er sich das nie verzeihen.

»Nein, bitte nicht«, widersprach sie. »Ich habe mit Claire Russo gesprochen, sie nimmt CJ gern morgens mit in die Schule und bringt ihn auch zum Fußballtraining. Ich muss ihn bloß rechtzeitig aus dem Bett holen und schulfertig machen.«

»Ich rufe ihn später an und erkläre ihm, dass wir jetzt seine Hilfe brauchen.«

»Bitte nicht«, bat sie. »Ich habe schon mit ihm geredet und er gibt sich wirklich Mühe. Heute Abend hat er das Abendessen gemacht.«

»Das war bestimmt sehr lecker.«

»Truthahnsandwichs. Und sie haben wirklich geschmeckt. Ich geh jetzt zu Bett, ich bin echt müde und wollte nur noch kurz mal deine Stimme hören. Ich liebe dich.«

»Ich liebe dich auch«, sagte Jenkins.

Nach dem Anruf saß er da und starrte sein Handy an. Was zum Teufel hatte er hier verloren? Was würde er machen, wenn Alex sein Kind verlor, weil er sich in Russland herumtrieb und wieder für die CIA arbeitete? Er hatte hier nichts zu suchen, er gehörte hier nicht hin. Er war zu alt, um bei Eiseskälte nachts mit irgendwelchen FSB-Agenten Geheimmaterial auszutauschen. Er gehörte nach Hause, er sollte CJ zur Schule fahren und sich um seine Frau kümmern. War es ihm wirklich nur um die finanzielle Sicherheit seiner Familie gegangen, als er damals CJ Security gegründet hatte? War da nicht auch sein Ego mit im Spiel gewesen, diese Sehnsucht nach Neuem, nach Herausforderung? So etwas war okay, solange man jung war und sich Fehler leisten konnte. Er war jetzt vierundsechzig, er hatte einen neunjährigen Sohn und eine schwangere Frau. Als Leiche nützte er denen wenig und er war nicht so naiv, die Möglichkeit seines Todes nicht in Erwägung gezogen zu haben. Die Russen ließen sich nur ungern zum Narren halten. Sollte Jenkins Erfolg haben und die Identität der achten Schwester herausfinden können, müsste er für den Rest seines Lebens wachsam bleiben. Die CIA würde ihn und seine Familie nicht beschützen, das hatte ihm Emerson unmissverständlich zu verstehen gegeben. Wenn irgendetwas schieflief, würden sie die ganze Mission schneller fallen lassen als ein Teenager beim Anblick der Polizei sein Tütchen Gras. Jenkins musste in die Gänge kommen und diese achte Schwester finden. Und dann musste er so schnell wie möglich aus Russland verschwinden.

* * *

Kurz nach achtzehn Uhr an diesem Abend kehrte Jenkins nach einem weiteren Treffen im LSR&C-Büro ins Hotel zurück. Am

Empfang winkte ihm der Portier zur Begrüßung zu und überreichte ihm einen Umschlag.

Jenkins bedankte sich. Oben im Zimmer lag das Stück Papier noch so, wie er es hinterlassen hatte, und er konnte sich, nachdem er Mantel, Mütze und Handschuhe ausgezogen und aufs Bett gelegt hatte, dem Umschlag widmen. Der enthielt ein zusammengefaltetes Stück Papier, aus dem beim Auseinanderfalten eine Eintrittskarte flatterte. Jenkins bückte sich und hob sie auf. Die Karte war für das Wachtangow-Theater, für die Vorstellung um neunzehn Uhr dreißig an diesem Abend. Gespielt wurde das Stück »Maskerade«.

Also wollte Federow ein Treffen und schien weiterhin beweisen zu wollen, dass er kein brutaler Kerl war, sondern ein Mann der schönen Künste.

Was Jenkins ihm allerdings nicht abkaufte.

* * *

Das Taxi brachte ihn zum Arbat, einer Straße mit Kopfsteinpflaster und viel Geschichte, die einen sehr gentrifizierten Eindruck machte. Kein Wunder bei der Nähe zum Moskauer Stadtzentrum.

An diesem Abend waren der beißenden Kälte wegen nicht viele Leute unterwegs. Nur vor dem Theater hatte sich eine kleine Menschentraube gebildet, um schnell noch eine letzte Zigarette zu rauchen. Über ihr hing wie der Dampf aus einer Dampfmaschine ein Gemisch aus gefrorener Atemluft und Zigarettenqualm.

Jenkins ließ an einem der Eingänge seine Eintrittskarte scannen und wurde von der Menge der Theaterbesucher ins Innere des Gebäudes geschoben. Weil er nicht wusste, was ihn erwartete, legte er Mantel, Handschuhe und Mütze zwar ab, trug sie aber nicht zur Garderobe, sondern behielt sie bei sich.

Eine Platzanweiserin ließ sich noch einmal seine Karte zeigen und führte ihn zu einer Treppe, auf die er hoch zur dritten Ebene steigen sollte.

Dort gelangte er in eine Loge mit sechs roten Polstersitzen. Sie war leer, wie erwartet hatten sich Federow und Wolkow noch nicht blicken lassen. Jenkins setzte sich vorn an die Brüstung. Noch war der Vorhang nicht aufgegangen und Stimmengewirr drang nach oben, gemischt mit einer Kakophonie aus Tönen aus dem Orchestergraben, wo gerade die Instrumente gestimmt wurden. Es roch nach Parfüm und Rasierwasser.

Wieder einmal musste er warten, diesmal wenigstens nicht in eisiger Kälte. Unter ihm füllte sich langsam der Zuschauersaal, die Lichter wurden gedämpft, und wie auf ein Stichwort hin betrat Federow die Loge. Er trug zum dunklen Anzug eine gestreifte Krawatte, während der gleich nach ihm auftauchende Wolkow leger geblieben war, in Jeans, Polohemd und Wintermantel. Wolkow hatte eine Aktentasche dabei, was in diesem festlichen Rahmen ein wenig seltsam wirkte.

»Hätten Sie etwas dagegen, mir Ihren Platz zu überlassen?«, fragte Federow.

Was konnte das nun wieder bedeuten? Ein wenig besorgt kam Jenkins der Bitte nach und setzte sich an den Rand der ersten Reihe. Wolkow nahm hinter ihm Platz, was ihn natürlich gleich wieder an den Würger Peter Clemenza denken ließ.

»Haben Sie dieses Stück schon einmal gesehen, Mr. Jenkins?«, erkundigte sich Federow leise.

»Ich glaube nicht«, antwortete Jenkins ebenso gedämpft. »Herzlichen Dank für die Karte.« Das Orchester gab letzte ungeordnete Geräusche von sich und wurde stumm, als der Dirigent beide Arme hob. Gleich würde es losgehen.

»Warten Sie lieber, bevor Sie sich bedanken.« Federow reichte Jenkins ein Programm. »Das Stück wurde achtzehnhundertfünfunddreißig von Michail Lermontow geschrieben und man vergleicht es wohl oft mit Shakespeares Othello, habe ich mir sagen lassen.« Unten setzte schwungvolle Musik ein, das Orchester angefeuert vom wild mit den Armen arbeitenden Dirigenten. Federow beugte sich näher. »Der Held des Stücks, Arbenin, ist ein wohlhabender Mann mittleren Alters mit einem gewissen Hang zur Rebellion. Er gehört der höheren Gesellschaftsschicht an und bringt am Ende seine Frau um.«

»Eine der typischen, erbaulichen russischen Komödien also«, stellte Jenkins fest.

»Das Leben ist nicht immer erbaulich oder witzig.« Federow klang resigniert. Sein Atem roch nach Knoblauch und Bier.

»Und es ist auch nicht immer humorlos und deprimierend«, ergänzte Jenkins.

»Ehe Sie da eine endgültige Aussage treffen, sollten Sie einen russischen Winter mitmachen. Vielleicht ändert das Ihre Meinung.«

»Das kann ich mir vorstellen. Ich hatte Sie eigentlich nicht für einen Mann der schönen Künste gehalten.«

Federow lachte leise. »Haben Sie Kinder, Mr. Jenkins?«

Jenkins antwortete nicht und machte auf diese Weise deutlich, dass Fragen zu seiner Familie tabu waren.

»Ich habe zwei Töchter.« Federow zupfte einen Fussel von seiner Anzughose. »Meine Älteste, Renata, spielt heute Abend in diesem Stück mit. Eine unwichtige Rolle nur, eine der Dienstboten.«

Meinte er das ernst? Jenkins sah ihn von der Seite her an. Federow zuckte die Achseln. »Meine Ex-Frau war schon drei Mal hier, um sie zu sehen. Ich bin das böse Elternteil, der Vater, der immer noch spät arbeiten muss und es nicht in ihre Vorstellung schafft. Schon drei Mal habe ich meiner Tochter versprochen zu kommen und drei Mal musste ich sie enttäuschen. Glauben Sie mir, es gibt nichts Schlimmeres als eine enttäuschte Tochter und eine Ex-Frau, die sich dadurch bestätigt fühlt.«

Jenkins lächelte. Zum ersten Mal zeigte Federow so etwas wie Humor. Vielleicht hatte die Information, die er am Abend zuvor von Jenkins erhalten hatte, bewirkt, dass sich der Russe doch ein wenig für ihn erwärmen konnte. »Deswegen wollen Sie vorn an der Brüstung sitzen.«

»Genau.« Federow nickte. »Renata wird hochschauen, um nachzusehen, ob ich wirklich da bin. Konsequent in ihrer Rolle zu bleiben, gehört nicht zu ihren Talenten.«

»Und deswegen sitzen wir jetzt hier.«

»Und deswegen sitzen wir jetzt hier.« Federow deutete auf die Schauspieler, die gerade die Bühne betreten hatten. »Sehen Sie die dunkelhaarige Frau im weißen Kleid? Das ist meine Tochter.«

»Sie ist sehr schön, Sie müssen stolz auf sie sein.«

Federow zuckte erneut mit den Achseln. »Die Schönheit und das mit dem Theater hat sie von meiner Seite der Familie. Meine Mutter war Opernsängerin.«

»Theater liegt Ihnen im Blut.«

»Für das Geld, das ich in Renatas Ausbildung investiert habe, könnte ich ihr inzwischen beim Operieren zuschauen, wenn sie Ärztin geworden wäre. Aber man sagt mir, die jungen Leute heute machen sich nichts aus Geld und einem guten Leben, sie wollen glücklich sein. Alle wollen glücklich sein. Und von mir wird verlangt, dass ich das akzeptiere und natürlich weiterhin für ihren Unterhalt aufkomme.«

»Selbstverständlich. Aber immerhin tritt sie in einer wichtigen Produktion auf, und das in Moskau. Das ist doch etwas.«

»Sie ist grauenhaft schlecht, Mr. Jenkins. Das hat sie von der Seite meiner Ex-Frau. Wenn meine Frau zu Hause gesungen hat, fürchteten die Nachbarn immer, die Katze wäre in den Staubsauger geraten. Meine Tochter singt auch nicht viel besser.«

Jenkins lächelte. »Wie ist sie denn dann an die Rolle gekommen?«

Federow wandte den Kopf und musterte Jenkins mit hochgezogenen Brauen. »Sie hat einen Vater, der Leute kennt, die Leute kennen. Davon profitiert sie, aber das ahnen weder sie noch ihre Mutter.«

Jenkins lachte leise. »Und einen winzigen Moment lang klangen Sie doch fast wie ein Mensch, Federow.«

Federow zuckte die Achseln. »Wir sind gar nicht so verschieden, Mr. Jenkins. Wir wollen, dass unsere Frauen und Kinder glücklich sind, nicht wahr? In meiner Ehe habe ich versagt und nun versuche ich, nicht auch meinen Kindern gegenüber zu versagen.« Kaum hatte unten Federows Tochter die Bühne verlassen, als ihr Vater auch schon aufstand. »Kommen Sie.«

»Wir gehen?«

»Sie tritt erst im dritten Akt wieder auf. Sie merkt gar nicht, dass wir weg sind. Nehmen Sie es als kleine Verschnaufpause.« Jenkins war sich nicht sicher, wie ernst das gemeint war, und blieb erst einmal sitzen. »Das Stück ist typisch für russisches Theater«, fuhr Federow fort. »Viel zu lang und viel zu deprimierend. Achtung, Spoiler: Die Frau ist am Schluss tot. Kommen Sie.«

Jenkins folgte Federow aus der Loge, Wolkow mit der Aktentasche schloss sich ihnen an. Was er wohl darin mit sich herumtrug, fragte sich Jenkins. Geld vielleicht? Statt nach rechts Richtung Ausgang zu gehen, wandte sich Federow nach links und sie fanden sich bei einer schmalen Hintertreppe wieder, die wahrscheinlich auch nach draußen führte. Richtig, unten im Erdgeschoss kamen sie an einer Tür mit einem grünen Ausgangsschild vorbei, an der Federow allerdings vorbeiging.

»Wohin gehen wir?«, fragte Jenkins.

»An einen Ort, wo wir ungestört sind.«

Irgendwo hinter sich hörte Jenkins, wie sich Orchester und Sänger einem gedämpften Crescendo näherten. Federow blieb stehen und stieß eine Tür auf. Jenkins war bereits einen Schritt vorgetreten, als er merkte, dass es um ihn herum vollständig dunkel geworden war. Hinter ihm knallte die Tür zu und er hörte Federow oder Wolkow einen Schalter betätigen. Grelles Licht flackerte auf und eine nackte, an einem Kabel baumelnde Glühbirne leuchtete die Betonwände eines fensterlosen, quadratischen Raums aus. Genau unter die helle Birne hatte jemand einen einsamen Metallstuhl platziert.

Damals, als Jenkins noch jünger und in diesem Spiel so sehr viel besser gewesen war, hätte er all dies mit einem Blick einschätzen und die beiden Männer sofort außer Gefecht setzen können. Leider waren seine Reflexe nicht mehr das, was sie einmal gewesen waren, und als er die Situation erfasst und verarbeitet hatte, war es auch schon zu spät.

Er spürte, wie ihn ein dumpfer Schlag auf den Hinterkopf traf.

12

Der scharfe Duft von Ammoniak riss Jenkins aus der Betäubung. Er setzte sich auf, verschwommene, tanzende Bilder vor den Augen. Erst nach einer Weile hatte er Federow und Wolkow entdeckt und sah die beiden klar vor sich. Sie saßen auf Klappstühlen und rauchten, und zwar nicht ihre ersten Zigaretten, wenn man nach dem dichten Nebel über ihren Köpfen und der Zahl der Kippen zu ihren Füßen gehen wollte. Anscheinend war Jenkins eine ganze Weile weg gewesen. Am Hinterkopf, wo ihn der Schlag getroffen hatte, spürte er einen pochenden Schmerz.

»Ich habe Arkadij gesagt, das war zu stark!«, meldete sich Federow gelassen. »Sanft scheint für ihn einfach ein Fremdwort zu sein.« Wolkow äußerte sich dazu nicht, sondern ging wortlos zu einem Klapptisch am Rande des Lichtkreises der Glühlampe und klappte die Aktentasche auf, die er dort abgelegt hatte.

Jenkins' Handgelenke waren hinter seinem Rücken mit Kabelbinder an die Querstreben seiner Stuhllehne gebunden, die Knöchel auf dieselbe Weise an je ein Stuhlbein. Man hatte ihm die Anzugjacke und das Oberhemd ausgezogen und beides sorgsam auf einen Bügel gehängt, der an einem in die Wand geschlagenen Nagel hing. Um den Nagel herum hatte sich im

Verputz der Wand beim Einschlagen ein feines Sonnennetz aus Rissen gebildet.

»Ich habe Ihnen Hemd und Jacke ausgezogen, um sie zu schonen«, erklärte Federow, der Jenkins' Blick gefolgt war.

»Was zum Teufel soll das hier werden, Federow?« Jenkins gab sich alle Mühe, müde und nicht etwa verängstigt zu klingen. Diese Entwicklung der Dinge traf ihn völlig unvorbereitet und war anders als alles, was er in Mexiko-Stadt je erlebt hatte. Er musste auf Zeit spielen, herausfinden, worum es ging. Wollte man ihm einfach Angst einjagen, ihn einschüchtern? Oder war jemand in der Lubjanka ernsthaft sauer auf ihn?

Inzwischen breitete Wolkow sorgsam den Inhalt seiner Aktentasche auf dem Tisch aus: Klebeband, Zangen, Messer, eine Lötlampe.

»Ich stehe unter Zeitdruck«, erklärte Federow mit Blick auf seine Uhr. »Wenn ich vor Beginn des dritten Akts nicht wieder in der Loge sitze, weiß meine Tochter, dass ich gegangen bin, und dann …« Er zuckte die Achseln. »Das wäre nicht gut. Weder für Sie noch für mich.«

»Also spielt Ihre Tochter wirklich in dem Stück mit?«, fragte Jenkins, um Zeit zu gewinnen.

»Natürlich. Und ich möchte sie nicht schon wieder enttäuschen. Sie wollten gerade wissen, was das alles hier soll?«

»Genau! Was zum Teufel soll das hier?«

Federow zog noch einmal an seiner Zigarette, ließ den Stummel fallen, stand auf und trat ihn unter seiner Schuhsohle aus. »Dieser Raum hier«, erklärte er, während ihm der letzte Rauch aus Mund und Nasenlöchern entwich, »befindet sich mehrere Stockwerke unterhalb der Bühne. Seine Geschichte ist etwas unklar und wurde meiner Meinung nach größtenteils geschönt. Es lässt sich also schwer sagen, warum es ihn gibt. Angeblich kamen zu Sowjetzeiten unter dem Vorwand eines Theaterbesuchs Katholiken hierher, um gemeinsam die Messe zu feiern. Bezeugen kann das allerdings niemand, vielleicht war es auch einfach nur immer schon ein Lagerraum oder eine von Stalins zahlreichen heimlichen Verhörzellen, wie wieder andere behaupten, in denen er Dissidenten befragen ließ. Wer daran glaubt, glaubt auch, dass man das Blut dieser Menschen immer noch hier an den Wänden sehen kann, weil angeblich kein Anstrich es schafft, es zu überdecken. Sehen Sie den roten Farbhauch? Bei diesem Licht lässt er sich allerdings schlecht erkennen.«

»Was Sie mir da erzählen, klingt ganz nach russischem Drama«, sagte Jenkins.

»Die Wahrheit kennt man einfach nicht. Sehen Sie, und genau das ist auch der Grund, weswegen Sie hier sind, Mr. Jenkins.«

Jenkins war froh, dass seine rechte Hand an den Stuhl gefesselt war und daher nicht zitterte. So konnte er weiterhin nach außen hin Gelassenheit zur Schau stellen und so tun, als interessierten ihn Federows Ausführungen nur am Rande. »Ehrlich, Federow, das klingt doch alles nach ganz schlechtem Theater. Wollen Sie es nicht noch einmal versuchen, diesmal ohne den Bühnennebel?«

Federow fing an, auf und ab zu gehen. »Sie sind hier, Mr. Jenkins, weil meine Vorgesetzten, wie ich bereits sagte, kein Interesse an den Namen toter Frauen haben und dafür auch nicht bezahlen werden. Und genau das haben Sie mir geliefert.«

»Was soll das heißen?«

Federow baute sich vor Jenkins auf. »Das bedeutet, dass Uliana Artemjewa vor mehreren Jahren starb, und zwar eines natürlichen Todes.«

»Und?«

»Sie können unschwer erkennen, was hier das Dilemma ist.«

»Nein, kann ich nicht. Wieso ist die Information dadurch weniger wert?«

»Weil wir daraus nicht entnehmen können, ob Ms. Artemjewa eine der sieben Schwestern war oder nicht.«

»Sie wissen von mir, dass sie eine war.«

»Ja, aber was bedeutet Ihr Wort schon? Wer sein eigenes Land gegen Geld verrät, ist nicht gerade ein Musterbeispiel an Integrität und Ehrlichkeit, oder?«

Am Tisch drehte Wolkow das Ventil der Lötlampe auf und hielt ein Streichholz an das Gerät. Mit einem leisen Zischen erwachte eine blau-gelbe Flamme zum Leben, die Wolkow so einstellte, dass sie zu einem knisternden blauen Dreieck wurde.

»Warum sollte ich Ihnen Informationen liefern, die nicht stimmen?«

Federow hatte sich kurz durch Wolkow und die blaue Flamme ablenken lassen, konzentrierte sich nun aber wieder ganz auf Jenkins. »Mit welchem von ungefähr fünfzigtausend Gründen soll ich anfangen?«

»Wie wäre es mit den fünfzigtausend Dollar, die Sie mir noch nicht gezahlt haben? Ich habe Ihnen in gutem Glauben Informationen überlassen, Federow, und war davon ausgegangen, dass ich dafür bezahlt werde. Hören Sie auf, mich wie einen Amateur zu behandeln, ich habe das langsam satt. Sie wollen eine Information und ich liefere sie. Wenn eine der Schwestern bereits eines natürlichen Todes starb, kann ich nichts dafür.«

»Es ist aber ganz praktisch für Sie, nicht?«

»Sieht das hier praktisch aus?«

Wolkow nahm ein Messer vom Tisch, hielt ein Blatt Papier hoch und teilte es mit einem Schnitt glatt in zwei Teile.

Jenkins ließ Federow nicht aus den Augen. Irgendwie musste dieser Mann doch auszutricksen sein. »Wie haben Sie eigentlich herausfinden können, dass die anderen drei Frauen zu den sieben Schwestern gehörten? Haben sie es Ihnen unter der Folter gestanden? Oder haben sie immer wieder versichert, sie wüssten nicht, wovon Sie reden und der Begriff ›Sieben Schwestern‹ sei ihnen gar nicht bekannt?«

»Vielleicht hatten sie im Training gelernt, bei einer Befragung gut und lange standzuhalten, Mr. Jenkins.«

Jenkins lachte, wobei sich ihm allerdings der Magen umdrehte. »Wenn das der Fall war, habt ihr seit meiner Zeit mit dem KGB aber schwer nachgelassen. Und dabei soll der FSB doch die verfeinerte Form des alten KGB sein. Da muss ich wohl etwas falsch verstanden haben, wenn Sie nicht mal in der Lage sind, dreiundsechzigjährigen Frauen die Wahrheit zu entlocken.«

»Wir werden ja herausfinden, ob wir nachgelassen haben«, meinte Federow mit einem Blick auf seine Uhr. »Ich gehe wieder in die Loge«, sagte er auf Russisch zu Wolkow. »Sie müssen mich entschuldigen, Mr. Jenkins. Wir haben hier Befehle, unsere Vorgesetzten wollen es so. Aber dies ist ein hässliches Geschäft und ich möchte lieber nicht dabei sein.«

»Sie haben das nicht bis zu Ende durchdacht, Federow.«

»Möchten Sie es mir erklären?« Federow setzte sich wieder und schlug die Beine übereinander. »Erleuchten Sie mich, bitte. Aber vergessen Sie nicht, dass wir es eilig haben. Der zweite Akt ist lang, aber so lang nun auch wieder nicht.«

»Warum sollte ich Ihnen falsche Informationen über einen russischen Doppelagenten liefern, wenn Ihre Leute ganz schnell herausfinden können, dass die nicht stimmen? Wobei ich riskiere, den Rest meines Lebens in einer Justizvollzugsanstalt zu sitzen, wenn mein Arbeitgeber erfährt, dass ich mit Ihnen geredet habe. Warum sollte ich ein solches Risiko eingehen, nur um Sie mit Fehlinformationen zu füttern? Was hätte ich davon?«

Federow beugte sich vor, bis sich sein Kopf nur noch wenige Zentimeter von Jenkins' Gesicht entfernt befand. »Dass ich vor meinen Vorgesetzten als Narr dastehe, Mr. Jenkins, das hätten Sie davon. Und ich werde mich nicht als Trottel vorführen lassen.«

»Ich will Geld, nichts anderes, das hatte ich Ihnen bereits lang und breit erklärt. Ihr Image bei Ihren Vorgesetzten interessiert mich echt nicht. Wobei ich noch nicht mal weiß, ob die meinen Respekt verdienen, nach allem, was Sie mir so erzählen. Machen die wenigstens, wofür sie bezahlt werden? Haben sie den Wahrheitsgehalt meiner Informationen überprüft, diese Vorgesetzten?« Jenkins wartete auf eine Antwort. Als die nicht sofort kam, lachte er leise. »Ernsthaft? Wie kommt es denn, dass FBI und CIA von den Machenschaften der russischen Atomindustrie wissen, von den Verschwörungen, den Bestechungsgeldern, der Erpressung? Woher sollten sie das wissen, wenn nicht von jemandem, der aufgrund seiner Position Einblick in all diese Vorgänge hatte?«

»Artemjewa ist tot, was bedeutet …«

»Was bedeutet, Sie können sie nicht mehr foltern, um sich meine Angaben bestätigen zu lassen. Es bedeutet, Sie müssen ein bisschen kreativer werden, Dokumente prüfen und auch mal den Grips anstrengen. Wieso konnten CIA und FBI so vielen Unternehmen in die Suppe spucken, die auf Geschäfte mit den russischen Energiefirmen aus waren, wenn sie nicht genau wussten, was dort alles an Erpressung und Bestechung lief? Sie hatten diese Informationen und sie konnten drohen, damit an die Öffentlichkeit zu gehen. Die illegalen Aktivitäten im russischen Energiesektor wurden der CIA durch einen vertraulichen Zeugen mit Zugang zur russischen Atomenergiekommission genannt. Diese Zeugin war Uliana Artemjewa.«

Am Tisch hatte sich Wolkow eine große Zange herausgesucht, die er in die Flamme der Lötlampe hielt, bis sie rot glühte.

»Vielleicht war sie diese vertrauliche Zeugin, vielleicht war sie es nicht.« Federow zupfte sich wieder einmal imaginäre Fusseln vom Anzug.

Diese Marotte war ein Hinweis. Die meisten Leute hatten so einen verräterischen Tick, selbst bei ein paar der besten Agenten, mit denen er es damals zu tun bekommen hatte, hatte Jenkins das feststellen können. Imaginäre Fusseln vom Ärmel zupfen, das war Federows Tick. Er war sich seiner Sache gar nicht so sicher, wie er tat, und seine Tochter war nicht die einzige grottenschlechte Schauspielerin in ihrer Familie.

»Das heißt nicht, dass sie eine der sieben Schwestern war«, sagte Federow.

»Nein?« Langsam wuchs Jenkins' Zuversicht. »Sie war dreiundsechzig Jahre alt, als sie starb. Wie alt waren Sarina Kasakowa, Irena Lawrowa und Olga Artamonowa?«

»Was der Grund gewesen sein könnte, warum Sie sich diese Frau ausgesucht haben und nicht irgendjemand anderen.«

»Statt einer anderen Frau, die in der russischen Atomenergiewirtschaft gearbeitet hat, rein zufällig im selben Alter war wie die drei Ihnen bekannten Schwestern und die, wie sich durch ein bisschen Anstrengung Ihrerseits leicht bestätigen ließe, die USA jahrelang mit vertraulichen Informationen versorgt hat? Sie enttäuschen mich, Federow. Ich war ein Narr, mich mit Ihnen abzugeben. Ich hätte jemanden verlangen sollen, der über Ihnen steht, jemanden mit ein bisschen Intelligenz.« Er grinste verächtlich. »Machen Sie ruhig weiter so. Werfen Sie die einzige Informationsquelle fort, die Ihnen die Namen der anderen Schwestern nennen könnte, nur weil Sie sich vor Doppelagenten fürchten, die Sie aus irgendwelchen unerfindlichen Gründen mit haufenweise Schwachsinn füttern.«

Federow saß schweigend da, aber seine Körperhaltung sprach Bände. Jenkins war zu ihm durchgedrungen. Er hatte Federows Ego getroffen, und das im Beisein von Wolkow, der inzwischen sein Spielzeug beiseitegelegt hatte und unsicher, wenn nicht sogar besorgt wirkte.

»Da stehen wir wohl an einem Scheideweg«, sagte Jenkins. »Ein bisschen wie Sie und Ihre Tochter, richtig?«

Federow sah auf. »Wie das?«

»Sie können entweder Ihren Stolz herunterschlucken und akzeptieren, für welchen Beruf sich Ihre Tochter entschieden hat, damit Sie eine Beziehung zu ihr haben können, oder Sie lassen sich von Ihrem Stolz endgültig jeglichen Zugang zu einer solchen Beziehung verbauen.« Jenkins wartete einen Herzschlag lang ab, ehe er nachlegte. »Wie wollen Sie es halten, Federow? Kriegen wir eine Beziehung hin, Sie und ich? Oder lassen Sie sich von Ihrem Stolz die beste Gelegenheit verderben, die Sie je bekommen werden, sich einen Namen zu machen?«

13

Der Empfangschef im Hotel Metropol sah Jenkins an, als hätte er ein Gespenst vor sich. Er kam sogar hinter seinem Tresen hervor.
»Geht es Ihnen nicht gut, Mr. Jenkins?«, fragte er, während im Hintergrund leise Harfenklänge zu hören waren.

Jenkins fühlte sich in der Tat hundsmiserabel, was man ihm wahrscheinlich deutlich ansah. Er hatte es geschafft, sich aus einer brenzligen Lage herauszureden und zu verhindern, dass ihn Wolkow als Aschenbecher benutzte und ihm den einen oder anderen Finger abschnitt, aber so wie früher nach einem Schlagabtausch mit dem KGB fühlte er sich nicht. Damals war er sich so clever vorgekommen und hatte sich in seiner Rolle als Agent bestätigt gefühlt, wenn er schlauer als ein KGB-Agent gewesen war. »Ich fürchte, ich habe es beim Abendessen ein wenig übertrieben.«

»Kann ich Ihnen irgendetwas besorgen? Aspirin vielleicht?«

»Nein danke. Ich gehe einfach nur hoch in mein Zimmer und lege mich hin.«

Ausgelaugt und völlig erschöpft stieg er in den Fahrstuhl. Dessen Türen wollten sich gerade schließen, als sich eine Hand dazwischenschob. Jenkins wich instinktiv zurück und hob abwehrend die Hände. Doch dann stieg der Page ein, dem Jenkins die

Flasche Champagner und zwanzig Dollar hatte zukommen lassen. Er nickte Jenkins stumm zu und drückte ein paarmal auf den Knopf, mit dem sich die Fahrstuhltür wieder schließen ließ.

»Am Empfang hat eine Frau nach Ihnen gefragt«, erklärte er, als die Tür zu war. »Sie sagte, sie sei eine Freundin von Ihnen. Der Portier hat ihr Ihre Zimmernummer nicht verraten, Mr. Jenkins, aber wir sind hier in Russland. Hier hat alles seinen Preis und wenn man den bezahlt, kriegt man, was man will.«

»Wie sah sie aus?«, wollte Jenkins wissen.

»Schwer zu sagen. Vielleicht Mitte bis Ende vierzig? Sie trug eine große Brille und hatte langes, dichtes Haar.«

»Welche Haarfarbe?«

»Dunkel. Fast schwarz. Die Brille war groß und oval.«

»Was hatte sie an? Erinnern Sie sich da an irgendetwas?«

»Sie trug einen langen Wintermantel mit einem Pelzkragen und einen Schal.«

Schal und Mantel konnten leicht abgelegt werden, die Brille auch. Das würde der Frau, wenn nötig, ein völlig anderes Aussehen verleihen. Interessant und verwirrend war die Frage, warum sie zum Portier gegangen war, um nach Jenkins zu fragen. Der Portier hatte Federow doch sicher erzählt, dass Jenkins nach dem Einchecken das Zimmer gewechselt hatte, und wenn die Frau die achte Schwester war, hätte Federow diese Information doch an sie weitergereicht. Und wenn sie es nicht war, wer war sie dann? Wenn Federow die Frau nicht geschickt hatte, musste Jenkins davon ausgehen, dass er trotzdem inzwischen von ihr wusste, weil der Portier ihm bestimmt sofort gesagt hatte, dass jemand nach Jenkins gefragt hatte. Vielleicht hatte Federow die Nachricht aus dem Hotel nicht sofort bekommen. Er war ja wieder hoch zur Loge gegangen, um den Auftritt seiner Tochter im dritten Akt nicht zu verpassen.

»Hat sie sonst noch etwas gesagt?«, fragte er den Pagen.

»Nein. Als der Portier erklärte, er könne nichts zu den Gästen des Hauses sagen und auch keine Zimmernummern weitergeben, ist sie gegangen. Aber wie gesagt, Mr. Jenkins, hier in Russland hat alles seinen Preis.«

»*Spasibo.*« Jenkins suchte in seiner Tasche nach Bargeld.

»Nein.« Der junge Mann hob abwehrend die Hand. »Jetzt sind wir ... quitt, ja?« Er drückte auf den Knopf für das nächste Stockwerk, und als der Fahrstuhl hielt, stieg er aus. »Viel Glück, Mr. Jenkins! Wobei auch immer Sie es brauchen mögen.«

Jenkins fuhr weiter nach oben, in den siebten Stock. Dort standen auf dem Flur vor verschiedenen Türen Tabletts mit leeren Tellern und Gläsern, gebrauchten Servietten und benutztem Besteck, die der Zimmerservice noch abholen musste. Jenkins musterte sie im Vorübergehen prüfend, auf der Suche nach etwas, was sich als Waffe benutzen ließe, falls der Page mit seinen Andeutungen recht behalten sollte und die Frau durch Bestechung an seine Zimmernummer und den Schlüssel gekommen war. Er entdeckte ein Steakmesser, das er an einer Serviette abputzte und mit dem Griff voran in seinen Hemdärmel schob.

An seiner Zimmertür entfernte er das »Bitte nicht stören«- Schild, das er beim Fortgehen an den Türgriff gehängt hatte, und zog die Schlüsselkarte durch. Sobald er hören konnte, dass der Mechanismus entriegelt wurde, ließ er sich auf ein Knie fallen, um nicht von einer Kugel zwischen die Augen begrüßt zu werden, falls die Frau auf ihn wartete, und stieß die Tür ganz sanft ein paar Zentimeter weit auf. Der Papierschnipsel lag noch dort, wo er ihn beim Aufbruch deponiert hatte.

Mit einem leisen Seufzer der Erleichterung betrat er das Zimmer, zog den Mantel aus und warf ihn zusammen mit seiner Mütze und dem Steakmesser aufs Bett. Der Abend hatte ihm zugesetzt, er spürte eine Panikattacke nahen. Im Badezimmer schüttelte er eine seiner grünen Pillen aus dem Fläschchen, spülte sie mit Wasser herunter und konzentrierte sich erst einmal auf ruhiges, langsames Atmen. Als er sich kaltes Wasser ins Gesicht spritzte, kam ihm sein Bild im Spiegel ungefähr so grau vor wie ein Moskauer Wintertag. An den Handgelenken brannte die Haut an den Stellen, wo sich der Kabelbinder eingegraben hatte, und er entdeckte rote Abschürfungen.

Es dauerte ein paar Minuten, bis die Panik nachließ und er wieder halbwegs gleichmäßig atmete. Was immer die Gründe für Federows Veranstaltung gewesen sein mochten, Jenkins schien den Test bestanden zu haben. Wobei man das damals beim KGB nie so genau hatte sagen können und Ähnliches wohl auch auf den FSB zutreffen dürfte. Aber dass sich laut Auskunft des Pagen im Hotel eine Frau nach ihm erkundigt hatte, sprach doch hoffentlich dafür, dass er mit seiner Einschätzung richtiglag und alles gut werden würde.

Erst als er sich wieder beruhigt hatte, merkte Jenkins, wie hungrig er war. Er sah auf die Uhr – wahrscheinlich war es am besten, wenn er sich beim Zimmerservice etwas bestellte. Er trocknete sich die Hände ab und ging zurück ins Zimmer, zum antiken Schreibtisch am Fenster, auf dem die Broschüren mit den Angeboten des Hotels auslagen. Das Fenster blickte auf den Theaterplatz mit seinem Springbrunnen, gegenüber lag der säulengeschmückte Eingang des Bolschoi-Theaters mit der Statue des Apollo oben auf der spitz zulaufenden Fassade und weiter rechts, die Straße hinunter, erinnerte das hell erleuchtete quadratische Gebäude der Lubjanka daran, dass der FSB nie schlief.

Jenkins suchte nach den Angeboten des Room Service und tippte den dreistelligen Code ins Zimmertelefon. Dabei glitt sein Blick nach links, zur leicht offen stehenden Schranktür, die immer noch so aussah, wie er sie verlassen hatte. Nur beim Scharnier …

Am Telefon meldete sich eine Männerstimme. »Mr. Jenkins, was kann ich für Sie tun?«

Auf dem Scharnier ruhte keine Bleistiftmine mehr.

»Hallo? Mr. Jenkins?«

Die lag jetzt, in zwei Teile zerbrochen, auf dem Teppich.

14

Ganz langsam wandte Jenkins dem Schrank den Rücken zu und tat so, als würde er weiterhin die Aussicht bewundern, behielt stattdessen jedoch den Spiegel an der angrenzenden Wand im Auge. Im Schrank war jemand. Wahrscheinlich die Frau, die nach ihm gefragt hatte.

»Ich würde gern etwas zu essen bestellen«, sagte er.

»Gern, Mr. Jenkins. Was darf ich Ihnen schicken?«

Jenkins blätterte in der Speisekarte, ohne den Spiegel aus den Augen zu lassen. »Einen Cheeseburger und Pommes frites. Dazu ein Bier, was immer Sie mir empfehlen können.«

»Der Cheeseburger durchgebraten oder eher nicht?«

»Nicht zu blutig und nicht zu durchgebraten. Medium.«

»Sehr schön, Mr. Jenkins. In zwanzig Minuten, ist Ihnen das recht?«

»Geht in Ordnung.«

Am anderen Ende wurde aufgelegt, aber Jenkins redete weiter. »Ich habe morgen einen freien Tag. Gibt es irgendetwas, was man in Moskau unbedingt gesehen haben sollte? Wozu raten Sie mir? Zu weit sollte es allerdings nicht entfernt liegen, es ist doch ziemlich kalt geworden.« Er nahm das Telefon vom Schreibtisch, packte das Kabel, das hinter dem Schreibtisch in der Wand verschwand, und riss es, vom Schrank aus nicht zu sehen, mit einem Ruck aus der Wand.

»Ach ja?«, sagte er zu seinem imaginären Gesprächspartner, wobei er anfing, auf und ab zu gehen. »Das hört sich gut an, ich glaube, dazu hätte ich Lust.«

So redete er weiter, immer ein Auge auf den Spiegel gerichtet. Die Lichtverhältnisse im Schrank hatten sich ein klein wenig verändert. Jemand bewegte sich dort drin.

Er ließ das Telefon beim Gehen von der linken Hand in die rechte wandern. »Und was ist mit einem Theaterbesuch? Gibt es ein Stück, das Sie mir empfehlen können?«

Er schwieg, ließ seinem nicht existierenden Gesprächspartner Zeit zur Antwort, wartete auf eine Gelegenheit. Aus dem Schrankspalt lugte inzwischen ein zylindrisches Rohr. Viel Zeit blieb ihm nicht mehr.

Jenkins schleuderte das Telefon, wartete nicht erst ab, ob er getroffen hatte, hechtete in voller Länge mit all seinen Kilos hinterher, warf sich auf die Person im Schrank. Mit einem dumpfen Aufprall knallten sie beide gegen die Rückwand. Er fand die Hand, die die Pistole hielt, und schaffte es gerade noch rechtzeitig, deren Lauf nach oben zur Decke zu richten, als es auch schon einen leisen, dumpfen Knall gab. Jenkins spürte ein Knie hochkommen, schnell und hart. Auch hier konnte er gerade noch so reagieren, dass es nicht in seinem Schritt landete, sondern nur den rechten Oberschenkel traf. Er bog die Hand mit der Pistole um, registrierte einen zweiten dumpfen Knall, hörte dann endlich, wie die Pistole auf dem Teppichboden im Schrank landete. Eine Hand fuhr hoch zu seinem Gesicht, Fingernägel krallten sich in seine Haut. Jetzt reichte es. Er konnte einen kurzen, heftigen Schlag landen und die Person, mit der er rang, sank schlaff zu Boden.

Jenkins richtete sich auf und zog sie aus dem Schrank. Eine Frau. Er ließ sie fallen, um nach der Pistole zu suchen, die er sich hinten im Kreuz in den Hosenbund schob, bevor er die Frau auf den Rücken drehte. Eine Brille trug sie nicht mehr und die schwarze Perücke war so verrutscht, dass sie ihr halb im Gesicht hing. Sie trug dunkle Kleidung, schwarze Jeans, schwarzer Rolli, schwarze Stiefel. Als er ihr die Perücke vom Kopf nahm, kam hellbraunes, zu einem Knoten zusammengebundenes Haar zum Vorschein, darunter kantige, slawische Gesichtszüge. Rasch riss er das Kabel aus dem Telefon, um ihr damit die Hände auf dem Rücken zu fesseln, und nahm sich ein paar Minuten Zeit, in ihren Hosentaschen und dem Rest der Kleidung nach einem Ausweis zu suchen. Er fand keinen.

Es klopfte an der Zimmertür. Jenkins ging zum Schrank, wo er in einer der Manteltaschen der Frau den Schal fand, von dem der Page gesprochen hatte.

Wieder klopfte es dreimal kurz hintereinander an der Tür.

»Bin gleich da!« Jenkins war gerade dabei, der Frau den Schal zwischen die Zähne zu stopfen und mit einem Knoten am Hinterkopf zu sichern. Danach schleppte er sie zurück in den Schrank und schloss die Tür hinter ihr. Kurz fiel sein Blick auf den Spiegel an der Wand. Er sah verboten aus. Das Hemd zerrissen, blutige Kratzer auf den Wangen – so konnte er unmöglich an die Tür gehen.

Wieder klopfte es.

Jenkins stellte sich so, dass er durch den Spion schauen konnte, ohne selbst gesehen zu werden. Draußen stand ein Mann in weißem Jackett neben einem Teewagen, auf dem ein silbernes Tablett stand.

Jenkins trat zur Seite – wusste er denn, ob dieser Mann nicht auch bewaffnet war? »Ich komme gerade aus der Dusche«, rief er. »Lassen Sie die Sachen bitte draußen auf dem Wagen stehen.«

»Gern!«, rief der Kellner. »Die Rechnung auch?« Er sorgte sich um sein Trinkgeld.

»Ja. Ich kümmere mich darum.«

Jenkins wartete kurz, bevor er einen zweiten Blick durch den Spion riskierte. Der junge Mann war verschwunden. Rasch holte er den Teewagen ins Zimmer und eilte zurück zum Schrank. Dort hatte die Frau inzwischen die Augen geöffnet. Ihr Blick wirkte noch ein wenig verschleiert, wurde aber zusehends klarer. Er packte sie, deponierte sie auf dem Schreibtischstuhl und sah sich als Nächstes ihre Pistole genauer an. Es war eine Ruger 22 mit Schalldämpfer. Effizient, die typische Waffe eines Auftragsmörders. Eine Kugel hätte gereicht, ihn zu töten, ohne überall im Zimmer Blut und Hirnmasse zu verspritzen.

Die Waffe allein warf einige Fragen auf. Wenn das die achte Schwester war, warum hatte sie ihn umbringen wollen? Wenn sie die achte Schwester war, war sie dann nicht hier, um Jenkins nach den vier Schwestern zu befragen, deren Identität sie noch nicht kannte? Warum hatte sie sich beim Portier nach seiner Zimmernummer erkundigen müssen?

Während Jenkins sich diese Fragen stellte, saß die Frau aufrecht auf dem Schreibtischstuhl und starrte ihn an.

»Bleiben Sie ruhig, wenn ich jetzt den Knebel entferne?«, fragte er sie auf Russisch.

Sie nickte.

»Wenn Sie schreien, wenn Sie auch nur einen Laut von sich geben, dann erschieße ich Sie, verstecke Ihre Leiche unter der Tischdecke des Teewagens und schiebe Sie ins Treppenhaus. Haben Sie mich verstanden?«

Auch diesmal nickte die Frau.

Jenkins drehte den Schreibtischstuhl herum und löste den Knebel, wobei er sofort zurückwich, für den Fall, dass sie sich auf ihn stürzen oder es noch einmal mit einem Tritt in seinen Schritt versuchen würde. Aber sie unternahm nichts dergleichen. Sie saß nur da, blinzelte und klappte den Mund ein paarmal auf und zu. Okay, den Kiefer oder die Nase hatte er ihr also nicht gebrochen, dafür aber, ohne im Dunkeln richtig zielen zu können, genau ihr linkes Auge getroffen. Da würde schon bald ein leuchtendes Veilchen blühen.

»Fangen wir mal an, indem Sie mir sagen, wie Sie heißen.« Jenkins war zu Englisch übergegangen.

Die Frau starrte ihn wortlos und mit ausdrucksloser Miene an.

»Nichts?«, sagte Jenkins. »Okay, versuchen wir etwas anderes. Warum haben Sie versucht, mich umzubringen?«

Sie blieb stumm.

»*Kto wi?*«, fragte er. *Wer sind Sie?*

Diesmal kam eine Reaktion. »Ich spreche Ihre Sprache, Mr. Jenkins.« Ihr Englisch hatte einen deutlichen Akzent.

»Ich könnte die Polizei rufen und denen erzählen, dass Sie mich umbringen wollten.«

Sie grinste ihn an. »Dann würde ich behaupten, Sie hätten mich vergewaltigen wollen und ich hätte mich lediglich tapfer gewehrt. Die Pistole gehört nicht mir, würde ich sagen, die gehört Ihnen. Wollen Sie wirklich, dass sich die Moskauer Polizei näher mit Ihrer Anwesenheit hier befasst?«

Wusste sie, warum er hier war? Erst einmal musste er herausfinden, ob sie für den FSB arbeitete, denn langsam kam es ihm so vor, als wäre das nicht der Fall. »Ich könnte beim FSB anrufen. Die würden Sie schon zum Sprechen bringen.«

Wieder bekam er als Antwort nur einen starren Blick. Also holte er das Wegwerfhandy aus der Tasche seines Mantels, der auf dem Bett lag. »Nichts?« Er zuckte die Achseln. »Nun gut.« Er tippte eine Nummer ein.

»Moment!«, sagte sie. Interessant.

»Sie wollen etwas sagen? Sind Sie vom FSB?«

»Wenn ich vom FSB wäre, würde ich dann einen Mann ermorden wollen, der bereit ist, sein Land zu verraten und das Leben von sieben Frauen zu gefährden, die Russland vielleicht mehr Schaden zugefügt haben als irgendwer sonst in der Geschichte?«

Okay … Diese Antwort machte die Sache für Jenkins nicht einfacher, im Gegenteil. Wenn sie nicht vom FSB war, nicht die achte Schwester, wieso wusste sie dann von den sieben Schwestern? Er warf einen Blick aus dem Fenster. Vor dem Hoteleingang wartete kein schwarzer Mercedes. »Das weiß ich nicht. Was für einen Grund hätten Sie?«

»Gar keinen.«

»Wenn Sie nicht vom FSB sind, was sind Sie dann?«

»Sagen Sie mir zuerst, Mr. Jenkins, warum verraten Sie diese Frauen? Warum verraten Sie Ihr Land?«

»Ich brauche das Geld.« Jenkins blieb bei seiner Geschichte. »Meiner Firma geht es nicht gut.«

»So einfach tauschen Sie Leben gegen Geld?«

Er zuckte die Achseln. »Ich blute nicht in den Farben der amerikanischen Flagge.«

»Und doch haben Sie mich vorhin nicht getötet, obwohl Sie Gelegenheit dazu gehabt hätten. Alles läuft doch gut für Sie, Mr. Jenkins. Sie haben immer noch die Möglichkeit, mich zu töten. Warum tun Sie es dann nicht und bitten hinterher den FSB, die Leiche zu entsorgen?« Ehe Jenkins antworten konnte, fuhr sie fort: »Sie haben mich nicht umgebracht, weil Sie Zweifel haben. Sie haben mich nach meinem Namen gefragt. Warum wollen Sie wissen, wie ich heiße, wenn es doch nur darum geht, Geld zu verdienen, um Ihre Firma zu retten?«

»Ich bin nun mal neugierig.«

Sie musterte ihn mit durchdringendem Blick. »Ich scheine Sie völlig falsch beurteilt zu haben, Mr. Jenkins. Ich glaube, Sie wollten meinen Namen wissen, weil Sie gar nicht hier sind, um Viktor Federow und Arkadij Wolkow die Identitäten der vier verbleibenden Schwestern zu verraten. Deswegen haben Sie den beiden auch den Namen einer Toten genannt. Sie sind aus einem ganz anderen Grund in dieses Land gekommen.«

Jenkins saß in der Klemme. Einerseits fragte er sich zunehmend neugierig, worauf diese Unterhaltung wohl hinauslaufen würde, andererseits verstrichen hier laufend kostbare Minuten.

»Warum sagen Sie mir nicht einfach, weswegen ich hier bin?«

»Sie sind hier, um die achte Schwester zu finden.«

»Sind Sie die achte Schwester?« Inzwischen war er sich ziemlich sicher, dass sie es nicht war.

»Verraten Sie mir, ob ich richtigliege, Mr. Jenkins. Was haben Sie zu verlieren? Ich bin gefesselt und Sie haben meine Waffe. Sie können mich jederzeit töten, das würde an den Umständen gar nichts ändern.«

»Warum wollen Sie das wissen?«

»Weil ich, Mr. Jenkins, Unrat wittere. Eine Ratte rieche, wie man in Ihrem Land so schön sagt. Und ich glaube, sie hat uns beide gebissen.«

»Und was für eine Ratte sollte das sein?«

»Die Ratte, die Sie nach Moskau geschickt hat, um meinen Namen herauszufinden. Die Ratte, die Ihnen erzählt hat, dass ich für den FSB arbeite und die sieben Schwestern ermorde. Dieselbe Ratte, die Federow verrät, wer die sieben Schwestern sind, und die dafür sehr viel Geld bekommt.«

»*Sie* verraten Federow diese Namen.«

Sie lachte. »Wenn ich das täte, warum sollte ich dann versuchen, den Mann umzubringen, der behauptet, mir die restlichen vier besorgen zu können? Wenn ich für Federow arbeite, warum wollte mir der Portier dann nicht Ihre Zimmernummer sagen?«

Genau das waren die beiden Fragen, die Jenkins nach wie vor zu schaffen machten. Logisch betrachtet hatte die Frau vollkommen recht und auch Jenkins fing langsam an, Unrat zu wittern. Wieder sah er aus dem Fenster, hinunter zum Hoteleingang.

»Für wen arbeiten Sie?«, fragte er.

»Für dieselbe Firma wie Sie, nehme ich an.«

Jenkins wandte den Kopf und sah sie an.

Die Frau zuckte die Achseln.

»Sagen Sie mir, warum ich Ihnen glauben sollte.«

»Gesunder Menschenverstand.«

Er trat vom Fenster zurück und lehnte sich an den Schreibtisch. »In Ordnung, erklären Sie es mir so, dass es einen Sinn ergibt.«

»Lassen Sie uns erst einmal über das reden, was man Ihnen erzählt hat. Dass ich die achte Schwester bin und daran arbeite, die Namen sämtlicher sieben Schwestern herauszufinden, richtig?«

»Machen Sie weiter.«

»Nur bestätigen die Umstände, unter denen wir uns begegnen, in keiner Weise das, was man Ihnen erzählt hat.«

»Gut – sagen wir mal, ich hinterfrage, was man mir erzählt hat.«

»Ich arbeite nicht daran, für den FSB die Namen der letzten vier Schwestern herauszufinden. Ich arbeite daran, den Namen der Person herauszufinden, die die Identitäten der sieben Schwestern an den FSB weitergibt. Sind das Sie, Mr. Jenkins? Nein.« Sie schüttelte den Kopf. »Ich glaube nicht, dass Sie die Ratte sind. Ich glaube, Mr. Jenkins, die Ratte hat Sie geschickt, um mich zu finden, damit die Ratte mich umbringen kann, bevor ich sie aufspüre.«

Als Jenkins diesmal auf die Straße schaute, fuhr dort gerade ein schwarzer Mercedes vor, dem Wolkow und Federow entstiegen. Also hatte der Portier am Empfang den FSB-Mann erreicht.

»Sie kommen, nicht wahr, Mr. Jenkins?«, sagte die Frau. »Sie kommen, um ... wie sagt ihr Amerikaner? Um zwei Fliegen mit einer Klappe zu schlagen.«

Obwohl Jenkins noch lange nicht von irgendetwas überzeugt war, konnte er nicht anders, als ihr in einer Frage zuzustimmen: So, wie Carl Emerson die Dinge dargestellt hatte, waren sie nicht. Konnte Emerson die Ratte sein? Er wusste es nicht, hatte aber keinesfalls vor, hier zu warten, bis sich ihm die Antwort offenbarte. Er musste raus aus diesem Hotel und selbst nach Antworten suchen. Im Moment ging das am besten, indem er dafür sorgte, dass diese Frau am Leben blieb und er herausfinden konnte, was sie sonst noch wusste. Sie schien umgekehrt inzwischen dasselbe Ziel zu haben, was ihn betraf. Daraus wurde dann wohl, was Agenten im Felde als instabile, aber notwendige Allianz bezeichneten.

Er nahm sein Steakmesser, schnitt das Kabel durch, mit dem er die Frau gefesselt hatte, und steckte das Messer wieder ein. »Wir müssen verschwinden.«

»Das sehe ich auch so.«

Er schnappte sich seinen Rucksack mit Pass und Bargeld darin, stopfte im Bad rasch noch sein Rasierzeug und die Tabletten dazu und holte sich Mantel, Mütze und Handschuhe vom Bett. »Wie gut kennen Sie Moskau?«

»Ich bin hier geboren, es ist meine Stadt.«

»Dann schlage ich vor, Sie schaffen uns hier raus, sonst überleben wir beide es nicht.«

»Meine Perücke.« Sie lief zum Schrank, setzte sich die dunkle Perücke auf den Kopf und prüfte deren Sitz rasch im Spiegel, ehe sie sich auch noch die große, runde Brille aufsetzte. Erst wollte sie ihren Mantel und den Schal mitnehmen, ließ beides dann aber auf dem Boden liegen. »Es ist besser, wenn sie glauben, wir hätten das Hotel verlassen.«

»Wir wollen doch auch weg.«

»Ja, aber sie müssen auf jeden Fall glauben, dass sie zu spät gekommen sind. Es muss so aussehen, als wären wir überstürzt abgehauen. Das ist unsere einzige Chance.«

Jenkins ließ seinen Wintermantel, die pelzgefütterten Handschuhe und die warme Mütze nur ungern wieder aufs Bett fallen.

Die Frau öffnete die Zimmertür, sah sich vorsichtig nach beiden Seiten um und trat in den Flur, dicht gefolgt von Jenkins, der gleich das grüne Ausgangsschild über dem Zugang zur Treppe ansteuerte.

»Moment!« Sie hielt ihn zurück. »Fahrstuhl und Treppe werden sie überwachen.« Sie suchte sich eine Zimmertür mit einem Teewagen davor, nahm sich ein Weinglas vom Essenstablett und klopfte, wobei sie Jenkins mit Gesten anwies, ein Stück weiterzugehen, damit man ihn durch den Türspion nicht sehen konnte.

Jenkins drehte sich um und warf einen Blick Richtung Fahrstuhl. Die Frau klopfte noch einmal. »*Vpusti menja!*«, lallte sie schwankend und klopfte lauter. *Lasst mich rein.* »*Vpusti menja!*«

»*Wi oschiblis' komnatoj*«, meldete sich von der anderen Seite her eine Männerstimme. *Sie sind beim falschen Zimmer.*

»*Otkroj dwer'*«, nuschelte die Frau. »*Ja zabila kljutsch.*« *Mach die Tür auf, ich habe meinen Schlüssel vergessen.*

Am Flurende kündigte leises Klingeln die Ankunft eines Fahrstuhls an. Genau zur gleichen Zeit erbarmte sich der Mann, an dessen Tür geklopft wurde, und schloss auf. »*Wi oschiblis'* …« Weiter kam er nicht, da hatte ihn die Frau auch schon ins Zimmer zurückgedrängt. Jenkins folgte ihr und schloss hinter ihnen die Tür.

Jeglicher Protest erstickte im Keim, als Jenkins die Pistole auf die Stirn des Mannes richtete und ihm gleichzeitig mit fester Hand den Mund zuhielt. Der Mann, nackt bis auf die weiße Baumwollunterhose, über deren Bund ein stark behaarter Bauch ragte, bekam vor Angst kreisrunde Augen.

»Hören Sie mir gut zu«, sagte die Frau leise auf Russisch. »Wenn Sie schreien oder auch nur irgendeinen Laut von sich geben, erschießt er sie. Wenn Sie ruhig bleiben, passiert nichts, dann gehen wir einfach wieder, wenn es so weit ist. Setzen Sie sich aufs Bett.« Der Mann zögerte, den Blick panisch auf die Pistole gerichtet. »Ich sagte, setzen Sie sich aufs Bett!«

Er wich zurück, bis er den Rand der Matratze in den Kniekehlen spürte, und ließ sich zitternd aufs Bett sinken.

Jenkins stellte sich an die Tür, um durch den Spion hindurch den Flur im Auge zu behalten. Gerade kamen Wolkow, Federow und noch zwei andere angelaufen. Der Boden unter Jenkins' Füßen vibrierte, als die vier an der Tür vorbeieilten, hinter der er stand. Sollte die Frau aus seinem Schrank doch vom FSB sein, dann wäre jetzt die Zeit für sie gekommen, sich lautstark bemerkbar zu machen. Sie blieb still.

Federow hielt eine Schlüsselkarte in der Hand und bedeutete den anderen, zu beiden Seiten von Jenkins' Zimmertür Stellung zu beziehen. Sie hielten Pistolen in den Händen, den Lauf jeweils auf den Boden gerichtet. Als Federow die Schlüsselkarte durchzog und die Tür aufstieß, stürmten alle vier das Zimmer.

»Die Männer da draußen wollen uns umbringen«, flüsterte Jenkins' Begleiterin dem zitternden Hotelgast zu. »Das ist nicht die Polizei, es sind keine guten Menschen.«

»*Mafija*?«, flüsterte der Mann.

»*Da, Mafija*. Wenn die uns in Ihrem Zimmer finden, bringen sie uns um. Und dann bringen sie Sie um. Sie wollen keine Zeugen hinterlassen. Haben Sie mich verstanden?«

Der Mann nickte.

Jenkins sah die beiden ihm nicht bekannten FSBler wieder aus seinem Zimmer kommen. Federow schickte sie jeweils an ein Ende des Flurs, aber nicht, um dort Wache zu stehen. Sie stürzten in die Treppenhäuser. Dann kam Wolkow aus dem Zimmer, im Arm Mantel und Schal der Frau sowie Jenkins' Wintersachen. Ihr Plan schien zu funktionieren, der FSB dachte, Jenkins hätte das Haus längst verlassen. Wolkow und Federow berieten sich einen Moment lang auf dem Flur, aber leider so leise, dass man sie nicht verstehen konnte. Federow wirkte unzufrieden. Er verschwand Richtung Fahrstuhl. Wolkow musste sich beeilen, um ihn einzuholen.

»Gleich ist es vorbei«, flüsterte die Frau dem Mann auf dem Bett zu. »Dann gehen wir wieder. Aber ich möchte Sie warnen. Wenn Sie irgendwem erzählen, dass wir hier waren, werden die Männer von eben Sie aufspüren und sie werden Sie töten. Verstehen Sie?«

»*Da*«, sagte der Mann leise.

»Sie haben geschlafen. Sie hatten zu viel getrunken. Sie haben nichts gehört und nichts gesehen.«

»*Da*«, wiederholte der Mann.

»Schlafen Sie weiter«, riet ihm die Frau. »Das ist alles nur ein Albtraum.«

15

Bevor Jenkins die Tür öffnete, warf er noch einen letzten Blick durch den Spion. Auf dem Flur wünschte er sich sofort, er hätte seine Wintersachen mitnehmen können. Ohne sie würde ihn die Kälte höchstwahrscheinlich umbringen.

»Wie sind Sie hergekommen?«, fragte er die Frau.

»Mit dem Auto. Das steht auf dem Parkplatz hinter dem Hotel.« Sie hatte die Tür zum Treppenhaus geöffnet und sah sich um. Jenkins spitzte die Ohren, konnte aber nirgendwo Schritte hören. Leise schlichen die beiden die Treppe hinunter, wobei sie von Zeit zu Zeit stehen blieben, um auf Geräusche zu achten. Unbehelligt gelangten sie bis ins Erdgeschoss, wo die Frau wieder erst durch einen Türspalt spähte, ehe sie vom Treppenhaus in den Flur trat. Zielstrebig wandte sie sich nach rechts und eilte durch verlassene Flure, dicht gefolgt von Jenkins.

Sie kamen durch einen unbeleuchteten Speisesaal und liefen einen weiteren Flur entlang, bis Musik und Stimmen zu hören waren.

»Die Hotelbar«, erklärte die Frau und zog Jenkins an sich, während sie sich mit dem Rücken an eine Marmorsäule lehnte. So sahen sie aus wie ein ganz gewöhnliches Liebespaar, das vielleicht gerade besprach, in wessen Zimmer sie den Abend fortsetzen wollten.

»Gleich da hinten, am Fuß der Marmortreppe, liegt der Hintereingang des Hotels«, flüsterte sie ihm zu, während sie ihm liebevoll die Schultern streichelte. »Ich gehe vor. Sie warten noch fünf Minuten und verlassen erst dann das Hotel.«

»Auf keinen Fall«, flüsterte er. »So weit vertraue ich Ihnen noch nicht.«

»Dann schlage ich vor, Sie fangen gleich damit an. Im Moment wissen die noch nicht, wie ich aussehe, sie kennen nur meine Verkleidung. Ich gehe durch die Tür als simple Besucherin, die an der Bar etwas getrunken hat. Wenn wir zu zweit sind und beobachtet werden, fliegt meine Tarnung auf.«

Ja, noch kannte niemand die Frau, noch konnte sie es schaffen, unbehelligt zu gehen. Das war Jenkins durchaus klar. Genauso wusste er aber auch, dass sie einfach in ihr Auto steigen und ihn im Stich lassen konnte, ohne auch nur einen Blick zurückzuwerfen. Wobei ihm unter dem Strich kaum eine Wahl blieb, auch das war ihm bewusst.

»Zwei Minuten«, versuchte er zu verhandeln.

»Fünf Minuten!«, insistierte sie mit Nachdruck.

»Warum fünf?«

»Weil in fünf Minuten im Bolschoi die Vorstellung zu Ende ist. In fünf Minuten verlassen Sie das Hotel durch die Hintertür, überqueren die Straße und gehen zum Brunnen. Wenn Ihnen jemand folgt, hängen Sie denjenigen oder diejenigen in der Menge ab, die aus den Theatertüren drängt.«

»Und dann was? Wohin soll ich gehen?«

»Ins Ballett. Alle anderen kommen raus, Sie gehen rein.«

»Wie …«

Sie ließ ihn nicht ausreden. »Hören Sie einfach nur zu, für Fragen ist jetzt keine Zeit. Wenn jemand Sie anhält, sagen Sie, Sie hätten Mantel und Handschuhe in der Garderobe vergessen. Auch im Haus werden sich die Leute noch drängen. Folgen Sie den Schildern zur Garderobe, gleich dahinter führt eine Tür zu einem Flur, durch den man in den Bereich hinter der Bühne gelangt, wo die Künstler sich umziehen. Dort gibt es einen Hintereingang für die Künstler, damit sie nicht durch die Massen am Vordereingang müssen.«

»Woher wissen Sie das?«

»Hören Sie gut zu!«, drängte sie. »Sie gehen zur Hintertür hinaus und kommen in die Gasse zwischen dem Theater und dem Haus dahinter. Dort gibt es im ersten Stock ein Restaurant, in das viele aus dem Bolschoi nach der Vorstellung gehen und wo von daher auch die Tür zur Gasse nicht verschlossen wird. Gehen Sie die Treppe hoch in den ersten Stock, dort befindet sich der Hintereingang des Restaurants. Das Restaurant selbst betreten Sie nicht. Stattdessen wenden Sie sich nach rechts, wo ein Metallgitter den Zugang zu einer Treppe blockiert. Das ist kaputt, Sie können es leicht öffnen. Gehen Sie die Treppe hinunter, dann kommen Sie in einen dunklen Flur, der zu einem Ausgang in die nächste Gasse führt. Ich werde dort sein und die Autoscheinwerfer einmal kurz aufleuchten lassen. Haben Sie sich das alles merken können?«

»Ja.«

»Geben Sie mir die Pistole.«

Jenkins schüttelte den Kopf. »Das nun doch wieder nicht.«

»Wenn ich belästigt werde und jemanden töten muss, dann muss das schnell und leise gehen.«

»Bei mir auch.«

»Ja, aber ohne Auto kommt keiner von uns besonders schnell besonders weit und wahrscheinlich auch nicht lebend.«

Wieder ließ sich gegen ihre Logik nichts einwenden, aber Logik war nicht dasselbe wie Vertrauen, und Jenkins hatte einfach noch nicht genug Vertrauen zu dieser Frau, um ohne Weiteres seine einzige Waffe aus der Hand zu geben. Aber sie hatte ja recht: Welche Wahl blieb ihm denn? Sie konnten das Hotel nicht zusammen verlassen und würden ohne Auto nicht weit kommen.

»Was mache ich, während ich warte?«

»Gehen Sie auf die Toilette.« Sie deutete mit dem Kinn nach links, wo Jenkins gleich hinter der Marmorsäule an einer Tür das Schild einer Herrentoilette entdeckte.

Widerstrebend zog er sein Hemd hoch, sie schnappte sich die Ruger, steckte sie sich in den Hosenbund und zog den Pullover darüber.

»*Poschelajte mne udatschi*«, sagte sie. *Wünschen Sie mir Glück.*

* * *

Paulina Ponomajowa neigte den Kopf so, dass ihre linke Gesichtshälfte hoffentlich von den langen Haaren ihrer Perücke verborgen wurde. Wenn alles gut ging, bekam man so nicht mit, dass unter der Brille das linke Auge mehr und mehr zuschwoll. So passierte sie den Sicherheitsmann an der ersten der beiden Glastüren.

»*Mogu li ja pomotsch*?«, fragte er. *Kann ich Ihnen helfen?*

Paulina hielt den Blick gesenkt. »*Njet, spasibo.*«

Sobald sich mit leisem Zischen auch die zweite Tür geöffnet hatte, drang ihr die Kälte unter den Pullover und wollte sich in ihre nackten Hände und Wangen verbeißen. Zielstrebig ging sie an den Mercedes- und BMW-Limousinen vorbei, die hinter dem Haus unter den Fahnenmasten standen, an denen die Flaggen unzähliger Länder flatterten. Eine schwarz-weiß lackierte Barriere aus Holz blockierte die Zufahrt zum Parkplatz. Der zuständige Wächter hatte sich vor der Kälte in seinen grünen Holzverschlag verkrochen und die Tür hinter sich zugezogen. Als er Ponomajowa näher kommen hörte, drückte er sie einen Spaltbreit auf und sofort drang ein Schwall warmer Luft heraus: Der Mann hatte sich ein Heizöfchen unter seinen Stuhl gestellt.

Er streckte die Hand aus der Tür, ließ sich von ihr den Parkschein geben und glich die Nummer darauf mit der an einem der vielen Haken ab, an der die Schlüssel der geparkten Autos hingen.

»Ich hole ihn, es dauert keine Minute«, sagte er, als er den richtigen Schlüssel gefunden hatte.

»*Njet!*« Paulina hielt ihm fünf Rubel hin. »Wir müssen ja nicht unbedingt gleich beide erfrieren.«

Er akzeptierte den Geldschein mit einem Lachen. »Danke. Ich kann mich nicht daran erinnern, schon einmal einen so kalten Januar erlebt zu haben.« Dann wagte er sich doch noch kurz aus seiner Hütte, um auf den hinteren Teil des Parkplatzes zu deuten. »Da steht er. Sehen Sie ihn?«

»Ja, danke.«

»Alles in Ordnung?« Er warf einen prüfenden Blick auf ihre Wange.

»Ja«, wiederholte sie. »Nur ein kleiner Unfall.«

Ponomajowa ging zu ihrem Wagen, einem bescheidenen Hyundai Solaris. Auf der anderen Seite der großen Straße ließen die Lichter, die die Mauern des Kreml anstrahlten, den Dunst sichtbar werden, der im Winter drückend über der Stadt lag. Ponomajowa hatte gerade auf den Knopf gedrückt, mit dem ihr Wagen entriegelt wurde, als sie neben sich einen Mann hastig sagen hörte: »Entschuldigung? Entschuldigung?« Es klang, als ob er sie etwas fragen wollte.

Sie erstarrte. »*Da?*«, sagte sie, ohne sich umzudrehen.

»Wir suchen nach jemandem«, sagte der Mann. »Könnten Sie sich schnell mal dieses Foto ansehen?«

Ponomajowa drehte sich um, weiterhin den Kopf so geneigt, dass ihre Haare hoffentlich das blaue Auge verdeckten.

Sie erkannte den vor ihr stehenden Mann nicht, der ihr ein Foto von Charles Jenkins entgegenstreckte.

»*Njet*«, sagte sie. »Den habe ich nicht gesehen.«

»Und weswegen waren Sie heute Abend im Hotel?«

Sie lächelte. »Was geht es Sie an, weswegen ich im Hotel war?«

»Erklären Sie mir dann, was mit Ihrem Auge passiert ist?«

»Verpiss dich!«

Der Mann hielt einen Ausweis hoch. FSB. »Sagen Sie es mir.«

»Ich bin gegen eine Tür gerannt. Zu viel Wodka.«

»Ihren Ausweis bitte.« Den eigenen Ausweis hatte er wieder eingesteckt.

Paulina erinnerte sich an eine Zeit, in der sich kein Russe geweigert hätte, seinen Ausweis vorzuzeigen, wenn er dazu aufgefordert wurde. Aber die Zeiten waren vorbei, das war im alten Russland gewesen. »Ich trage keinen Ausweis bei mir, wenn ich trinken gehe. Man verliert ihn so leicht.«

»Ausweis!«, forderte er erneut, nun schon mit deutlich mehr Nachdruck.

»Okay, okay. Ich sagte doch, ich trage ihn nicht bei mir. Er liegt im Wagen. Moment.«

Ponomajowa streckte die linke Hand nach der Autotür aus, während sie mit der rechten die Pistole zog. Mit einer einzigen geschmeidigen Bewegung drehte sie sich um, hob den Lauf und schoss. Die Pistole gab einen leisen Laut von sich, der großenteils im Lärm des Moskauer Verkehrs unterging, und der FSB-Mann fiel wie ein Sack Kartoffeln zwischen zwei geparkten Autos zu Boden. Aus einem kreisrunden Loch in seiner Stirn sickerte Blut. Ponomajowa öffnete hastig die Autotür, rutschte hinter das Steuer und drehte den Zündschlüssel. Der Motor stöhnte leise, ohne jedoch anzuspringen.

»Scheiße!« Auch beim nächsten Versuch hatte der Motor zu kämpfen, sprang schließlich aber doch an.

Um keine Aufmerksamkeit auf sich und die Leiche am Boden zu lenken, setzte sie langsam und vorsichtig aus der Parklücke, fuhr ebenso umsichtig über den Parkplatz und hob beim kleinen Holzhäuschen wie zum Gruß die Hand, um zu verhindern, dass der Parkwächter ihr Gesicht sah. Die hölzerne Schranke ging hoch und mit einem tiefen Seufzer der Erleichterung fuhr sie vom Parkplatz.

* * *

Charles Jenkins warf einen Blick auf seine Uhr, bevor er die Herrentoilette betrat, wo aus den Lautsprechern leise die russische Version eines populären amerikanischen Songs erklang. Eigentlich hatte er in einer der Kabinen warten wollen, aber dann stand da ein einsamer Mann im schwarzen Ledermantel am einzigen besetzten Urinal und zwang ihn, sein Vorhaben zu ändern. Diesen Mann kannte er.

Ehe sich Jenkins leise zurückziehen konnte, hatte Wolkow sich umgedreht, die Hand noch am Reißverschluss, den er gerade hochzog. Er erstarrte. So verging der Bruchteil einer Sekunde, bis er reagieren konnte, und das reichte. Während Wolkows Augen riesengroß wurden und seine Hand zur rechten Hüfte fuhr, war Jenkins auch schon bei ihm, mit vollem Körpereinsatz, denn eine andere Waffe hatte er nicht. Voller Wucht krachte er gegen den FSBler und die beiden Männer flogen gegen eine Kabinentür, stolperten über die Toilette und knallten gegen die weiß gekachelte Wand. Mit einer Hand stemmte sich Jenkins gegen Wolkows Gesicht und bohrte ihm die Finger in die Augen, mit der anderen packte er den Knauf der Waffe, die Wolkow gerade aus dem Holster zu ziehen versuchte. Wolkow wiederum drückte mit aller Kraft gegen

Jenkins' Kinn, wollte ihm das Genick brechen. So rangen sie in der engen Kabine miteinander und Wolkow erwies sich als mindestens so stark, wie er aussah. Seine stämmigen Arme arbeiteten mit der Kraft von Maschinenkolben und obwohl Jenkins sein Bestes gab, spürte er, wie es seinem Gegner gelang, seine Pistole langsam immer weiter aus dem Holster zu ziehen. Gegen die Kraft dieses Mannes kam er nicht an, er musste sie umdrehen, gegen ihn wenden.

Er ließ Wolkows Kopf los. Der schoss daraufhin nach vorn und Jenkins versetzte ihm einen kurzen, heftigen Schlag mit der ganzen Hand, der das Gesicht mit Wucht gegen die Wand schmetterte. Die Kacheln knackten und barsten. Noch ein zweites und drittes Mal ließ Jenkins den Kopf von Wolkow gegen die Wand donnern und trotzdem rutschte die Pistole immer weiter aus dem Holster. Der Lauf drehte sich und befand sich nur noch Zentimeter von Jenkins' Magen entfernt.

Jenkins packte Wolkow beim Kragen, riss ihn herum, stieß ihn aus der Kabine einmal quer durch den ganzen Waschraum. Gemeinsam prallten sie gegen die hintere Wand, und Jenkins nutzte den Schwung zu einer Pirouette, durch die Wolkow mit dem Rücken gegen eins der Urinale geschleudert wurde. Porzellan zerbrach mit lautem Krachen, als ein Teil des Urinals auf dem Boden landete. Aus dem geborstenen Rohr spritzte Wasser. Wolkow stöhnte vor Schmerzen, aber Jenkins ließ nicht locker, schleuderte ihn noch einmal durch den Raum, ließ ihn mit dem Rücken gegen den Waschtresen knallen, riss ihn hoch, wirbelte ihn zurück zu den Urinalen, hoffte, ihm so die Orientierung zu nehmen. Wolkow rutschte auf dem nassen Boden aus, riss Jenkins mit sich und beide Männer gingen taumelnd zu Boden. Jenkins hielt die Hand nicht mehr fest genug gepackt, mit der Wolkow seine Waffe zu ziehen versuchte, und der Russe schaffte es, sie ihm zu entreißen.

Jenkins rollte sich ab und schnappte sich das zerbrochene Urinal. Eine Kugel prallte klirrend daran ab, dann krachte es gegen den Arm, mit dem Wolkow seinen Kopf zu schützen versuchte. Jetzt barst kein Porzellan mehr, auch keine Kacheln, jetzt gingen mit einem ganz ekelhaften Geräusch Knochen kaputt. Wolkows Glieder zuckten noch einen Moment lang, dann rührte sich der Mann nicht mehr.

Schwer atmend schnappte sich Jenkins dessen Waffe und rappelte sich auf, wollte aus der Tür stolpern. Da fiel sein Blick auf den Spiegel. Mit diesem zerrissenen, feuchten Hemd unter dem zerkratzten Gesicht konnte er unmöglich auf die Straße. Er hob das Urinal von Wolkows Kopf und riss dem Mann den Ledermantel vom Leib. Der spannte im Rücken, als er ihn anzog, und die Ärmel endeten oberhalb von Jenkins' Handgelenken, aber da ließ sich nichts machen, es musste einfach so gehen. Er schob sich Wolkows Waffe in den Hosenbund und drapierte den Mantel darüber. Dann holte er tief Luft und öffnete die Tür. Dort wäre er um ein Haar mit einem nicht mehr ganz nüchternen Mann zusammengestoßen, der leicht schwankend ebenfalls die Toilette aufsuchen wollte.

»*Idite lutschsche w drugoj tualet, dal'sche po koridoru*«, sagte er. »*Sdes' kto-to ostawil ogromnuju kutschu der'ma na polu.*« *Ich würde die Toilette weiter unten im Flur nehmen, hier hat jemand einen riesigen Haufen auf den Boden geschissen.*

* * *

Viktor Federow stand in der Hotellobby und ließ sich vom Portier die Frau beschreiben, die nach Jenkins gefragt hatte. Ein Fingerschnippen rief einen weiteren FSBler auf den Plan, der einen Mantel und einen Schal dabeihatte. »Sind das die Sachen, die Sie mir eben beschrieben haben?«

»Ja. Eindeutig.«

Federow warf sie wieder seinem Kollegen zu. »Und sie trug eine Brille? Beschreiben Sie die Brille!«

»Groß, rund. Das Gestell aus durchsichtigem Material.«

»Welche Augenfarbe hatte sie?«

»Sie waren hell. Blau vielleicht. Kann aber auch haselnussbraun oder grün gewesen sein.«

»Nicht sehr wahrscheinlich bei so dunklem Haar«, meinte Federow zu seinem Kollegen, der immer noch Mantel und Schal in den Armen hielt. »Wahrscheinlich Kontaktlinsen oder eine Perücke. Oder beides.«

»Soll ich einen Zeichner besorgen?«

Federow schüttelte den Kopf. »Das wäre zwecklos. Die Frau sieht jetzt bestimmt nicht mehr so aus, wie der Mann hier sie beschreibt. Durchsucht sämtliche Mülleimer nach einer Perücke und einer Brille.«

Der Agent verschwand und Federow konnte sich wieder dem Portier zuwenden.

»Erzählen Sie mir noch einmal, wie die Frau Sie angesprochen hat. Was genau hat sie gesagt?«

»Sie sagte, sie hätte einen Termin mit Mr. Jenkins, und fragte mich nach seiner Zimmernummer.«

»Noch etwas?«

Der Mann massierte sich die Schläfen. »Nein.«

»Denken Sie nach«, drängte Federow. »Sind Sie sicher? Nichts weiter?«

»Nein. Nur, dass sie seine Zimmernummer wissen wollte.«

»Und die haben Sie ihr gegeben.«

»Anfangs nicht«, sagte der Mann. »Es standen noch andere Gäste in der Nähe. Als sie ging, folgte ich ihr und gab ihr die Zimmernummer draußen.«

Federow nickte. »Wie viel hat sie dafür bezahlt?«

Auf Stirn und Oberlippe des Portiers sammelten sich Schweißperlen. »Ich habe nicht …«

»Wie viel?«

»Zehntausend Rubel.«

Federow streckte die Hand aus. »Das Bestechungsgeld muss ich konfiszieren, es ist ein Beweismittel.«

Der Portier zog die Rubel aus der Tasche und reichte sie Federow, der sie sich in die Hosentasche stopfte.

Wo blieb Wolkow? Federow sah auf die Uhr. Er hatte den Mann vor zwanzig Minuten in die Bar geschickt, um sich dort nach Jenkins und der Frau zu erkundigen. »Bleiben Sie hier«, wies er den Portier an. »Ich habe vielleicht noch weitere Fragen.« Ehe er aufbrach, winkte er den Kollegen herbei. »Passen Sie auf, dass der Mann sich nicht vom Fleck rührt.«

Federows Schritte hallten auf dem Marmorboden, während er an den Fahrstühlen vorbei die kurze Treppe hinunter zur Hotelbar eilte, in der nach wie vor Hochbetrieb herrschte. Suchend sah er sich um. Überall drängten sich Männer und Frauen an kleinen Tischen und am Tresen, aber Wolkow schien nicht darunter zu sein. Er versuchte, ihn auf dem Handy zu erreichen, aber Wolkow ging nicht an den Apparat, was sehr ungewöhnlich war. Federow bahnte sich einen Weg vor zum Tresen und machte den Barkeeper auf sich aufmerksam.

»Ich suche nach einem kleinen, kräftigen Mann, der hier Fragen nach Hotelgästen gestellt hat.«

»Der war gerade hier.«

»Wissen Sie, wo er jetzt sein könnte?«

»Ich sah ihn die Treppe hinunter in den Waschraum gehen.«

Federow zückte ein Foto von Jenkins. »Haben Sie diesen Mann schon einmal gesehen?«

Der Barkeeper schüttelte den Kopf. »*Njet*.«

Federow ging die Treppe hinunter zur Herrentoilette. Dort lief Wasser über den Boden und Wolkow lag in der Ecke, ohne seinen Mantel, neben sich ein zerbrochenes Urinal.

Federow rannte zu ihm, packte sein Handgelenk, ertastete, wenn auch nur schwach, einen Puls. Noch lebte der Mann. Aber seine Waffe fehlte und so, wie es hier aussah, hatte im Waschraum ein mörderischer Kampf stattgefunden. Daraus ließ sich nur ein logischer Schluss ziehen: Wolkow und Jenkins waren sich zufällig über den Weg gelaufen und jetzt war Jenkins bewaffnet. Federow stand auf, verließ die Toilette und ging zum Wachmann an der Glastür des Hintereingangs, um ihm das Foto von Jenkins zu zeigen.

Zusammen mit dem Bild hielt er der Wache seinen Ausweis hin. »Hat dieser Mann das Hotel verlassen?«

»Ja, vor ein paar Minuten.«

»Das wissen Sie genau?«

»Ich erinnere mich ganz genau an ihn. Er trug einen schwarzen Ledermantel, aber weder Mütze noch Handschuhe. Die hätte er im Auto vergessen, sagte er, und müsse sie jetzt holen. Er sah aus, als hätte er sich gerade geprügelt.«

»War eine Frau bei ihm?«

»Nein, er war allein.«

Federow zückte sein Handy, tippte eine Nummer ein und erteilte Anweisungen, während er die zweite Glastür passierte und auf den Hotelparkplatz lief. Er sah sich um, suchte nach möglichen Fluchtwegen und dem Beamten, den er zur Überwachung des Hintereingangs und des Parkplatzes abgestellt hatte. »Die Herrentoilette bei der Bar muss gereinigt werden«, rief er ins Telefon. »Und besorg einen Krankenwagen, aber diskret. Ich möchte nicht, dass hier noch andere Polizeidienststellen mitmischen. Dann lass die Bar schließen und schick alle Gäste nach Hause.«

Er beendete das Gespräch. Von seinem Beamten hier draußen war nach wie vor nichts zu sehen, also rannte er zur Bretterbude des Parkplatzwächters, wo ein Pärchen auf seine Autoschlüssel wartete. Federow drängte sich an den beiden vorbei und hämmerte gegen die Tür, die umgehend aufging. Wieder zeigte Federow seinen Ausweis und das Foto von Jenkins vor. »Haben Sie diesen Mann den Parkplatz verlassen sehen?«

Der junge Wächter schüttelte den Kopf. »Ich glaube nicht.«

»Schauen Sie ihn sich genau an. Haben Sie ihn gesehen?«

»Nein, ich habe ihn bestimmt nicht gesehen. Aber ich bin die letzte Zeit auch von einem Auto zum nächsten gerannt, im Bolschoi ist gerade die Vorstellung zu Ende.«

»Und eine Frau? Haben Sie die gesehen?«

Der junge Mann runzelte die Stirn. »Da waren eine Menge Frauen. Wie soll sie denn ausgesehen haben?«

Irgendwo schrie jemand, eine Frau. Federow fuhr herum und rannte über den Parkplatz zu einem Mann und einer Frau in dicker Winterkleidung, die dicht nebeneinanderstanden und entsetzt auf eine am Boden liegende Leiche starrten.

»Ich wäre beim Aussteigen fast auf ihn getreten!«, stammelte der Mann. »Ich dachte, das wäre ein Obdachloser, der erfroren ist!«

Federow schob den Mann beiseite. Der Tote war der FSB-Agent, den er hierhergeschickt hatte. Er war in die Stirn geschossen worden, eine glatte Exekution, das Loch nicht größer als ein kleines Geldstück und die geflossene Blutmenge aufgrund der Temperaturen nur minimal.

»Gehen Sie ins Hotel, an den Empfang«, befahl Federow dem Paar am Auto. »Dort befindet sich ein Mann im dunklen Anzug, dem sagen Sie, dass auf dem Parkplatz ein Toter liegt. Schnell! Gehen Sie!«

Die beiden hasteten davon, über den Parkplatz, hinüber zum hinteren Hoteleingang.

Federow dagegen lief nach vorn zur Straße mit dem Platz und dem Springbrunnen. Aus den Türen des Bolschoi strömten Menschen. Weit konnte Jenkins nicht gekommen sein und bestimmt war ihm eine Menschenmenge recht, in der er sich unsichtbar machen konnte. Also sah sich Federow die Theaterbesucher genauer an.

* * *

Charles Jenkins eilte im Dauerlauf über die Straße, hin zum Brunnen. Aufgrund der Konfrontation mit Wolkow lag er ein paar Minuten hinter dem Zeitplan. Ob die Frau auf ihn wartete? Hatte sie je vorgehabt, das zu tun?

Die Pärchen, die sich am Springbrunnen aufgebaut hatten, um Selfies zur Erinnerung an diesen Abend zu schießen, entfernten sich rasch, als er näher kam. Ein abgerissener Mann ohne adäquate Winterkleidung schien ihnen Angst einzujagen – so einer war bestimmt nicht normal. In der Menge unterzutauchen konnte Jenkins sich abschminken und ins Bolschoi kam er wahrscheinlich auch nicht so ohne Weiteres.

Trotzdem lief er weiter Richtung Theater, den Mantel am Kragen geschlossen haltend, damit man nicht gleich das zerrissene Hemd sah. Die meisten Männer unter den sich im Aufbruch befindlichen Theaterbesuchern trugen lange Wintermäntel über dem Smoking oder einem teuren Anzug. Im Vergleich zu ihnen sah Jenkins eher wie ein Landstreicher aus. Entschlossen bahnte er sich einen Weg zu einem der Eingänge. Dort stand gleich hinter der Tür ein Mann mittleren Alters in schwarzer Weste und passender Fliege, um den Gästen für ihren Besuch zu danken und ihnen eine gute Nacht zu wünschen.

»*Iswinite*«, sagte Jenkins zu ihm. »*Ja ostawil swoi weschtschi w garderobe.*« *Entschuldigen Sie, ich habe meine Sachen in der Garderobe gelassen.*

Der Mann musterte ihn von Kopf bis Fuß und hatte ihn wohl rasch abgeschrieben. »*Nel'sja*«, sagte er.

»Ich habe meine Mütze und meine Handschuhe in der Garderobe vergessen«, wiederholte Jenkins auf Russisch. »Ich muss sie holen.«

Der Türsteher wirkte angewidert. »Wo ist der Abholschein für Ihre Sachen?«, wollte er wissen.

»Den habe ich verloren«, sagte Jenkins.

»Dann zeigen Sie mir Ihr Ticket für die Vorstellung heute Abend.«

»Bitte! Es dauert doch nicht lange.«

Der Mann schüttelte den Kopf. »Sehr gute Ausrede, aber nein.«

»Dann lassen Sie mich Ihnen meine Sachen beschreiben und Sie holen sie mir.« Irgendwie musste er den Kerl von der Tür weglocken.

»Ich bin doch nicht Ihr Diener. Verschwinden Sie oder ich hole die Polizei.«

Jenkins wich zurück. Vielleicht fand sich ja eine andere Tür, die nicht bewacht war oder wo ein weniger dienstbeflissener Türsteher seiner Pflicht nachging. Notfalls musste er eben ums Theater herumgehen und versuchen, die rückwärtige Gasse so zu entdecken. Vor dem Bolschoi strebten die Menschen in Scharen auf den Platz zu, weg vom Theater. Mit einer Ausnahme. Ein Mann, der sich zum Theater vordrängte.

Federow.

* * *

Federow konzentrierte sich auf die Köpfe der Menge, denn Charles Jenkins war mehrere Zentimeter größer als der durchschnittliche russische Mann und musste eigentlich auffallen. Plötzlich hörte er vor sich Lärm und aufgeregte Schreie, an einer der Theatertüren ging irgendetwas vor sich. So schnell er konnte, bahnte er sich einen Weg dorthin und fand mehrere auf dem Boden liegende Menschen vor. Als er sich weiter vordrängeln wollte, erhob sich Protest, weil nicht alle ihn durchlassen wollten.

»Polizei!« Er hielt seinen Ausweis hoch, bis die Leute zurückwichen. »Polizei!«

An der Tür half er einem Mann in schwarzer Weste und Fliege auf die Beine, der empört und durcheinander, aber körperlich unversehrt wirkte. »Er ist einfach ins Haus gerannt!«, beschwerte er sich. »Er sagte, er hätte seine Mütze und seine Handschuhe vergessen! Ein Landstreicher.«

»Wie hat er ausgesehen?« Hektisch fischte Federow das Foto von Jenkins aus der Jackentasche.

»Schwarz«, sagte der Mann. »Er war schwarz und sehr groß.«

Woraufhin sich Federow die Sache mit dem Foto schenken konnte. »Und wohin lief er?«

»Dort entlang.« Der Mann streckte den Arm aus. »Er wollte zur Garderobe.«

Federow hastete in die Richtung, in die der Mann gedeutet hatte, wich Menschen aus, wo es ging, stieß andere beiseite. So kämpfte er sich weiter vor, den Flur hinunter, und irgendwann entdeckte er über allen anderen Köpfen den einen, nach dem er suchte. Charles Jenkins wandte sich um und warf einen Blick über seine Schulter. Die beiden Männer sahen sich an. Jenkins wurde schneller.

Federow ging um die Leute herum, die Jenkins zu Boden gestoßen hatte, oder er stieg über sie hinweg. Er folgte den Schildern zur Garderobe, wo eine Menschentraube sich versammelt hatte und darauf wartete, dass Garderobenmarken geprüft und Mäntel, Pelzmützen und Handschuhe gefunden wurden. Federow hüpfte auf und ab wie ein Mann auf einer Hüpfstange, versuchte, über die Menge hinweg irgendetwas zu entdecken.

Links von ihm, ziemlich weit entfernt, fiel gerade eine Tür ins Schloss.

»Entschuldigung!«, rief er. »Lassen Sie mich durch. Polizei! Treten Sie beiseite.«

Mit Mühe erreichte er die Tür, zögerte aber, bevor er sie öffnete. Wusste er denn, ob Jenkins nicht dahinter auf ihn lauerte? Oder mit Wolkows Pistole auf ihn schoss? Leise drückte er die Türklinke herunter, stieß die Tür vorsichtig auf. Ein Schuss fiel nicht, dafür hörte er das durchdringende Heulen einer Alarmsirene und sah, wie am anderen Ende des Flurs, in dem er gelandet war, eine Metalltür zufiel. Er rannte dorthin, griff nach der Stange, mit der sie geöffnet werden konnte, und drückte. Die Tür rührte sich nicht.

Auch als er sich mit der Schulter dagegenstemmte, öffnete sie sich nicht mehr als etwa zwei Zentimeter. Federow wich zurück, holte Schwung und trat in Höhe des Riegels gegen das Metall. Die Tür wackelte, ging aber nicht auf. Jenkins musste auf der anderen Seite irgendetwas davorgeschoben haben.

Inzwischen war der Sicherheitsdienst des Bolschoi unterwegs und eine Gruppe von drei laut rufenden Männern kam auf Federow zugerannt.

Er hielt seinen Ausweis hoch. »Helfen Sie mir! Ich muss diese Tür aufkriegen.«

Die drei Männer stemmten sich mit den Schultern gegen die Tür, die trotz ihrer Anstrengungen wieder gerade mal zwei Zentimeter nachgab. Erst als sie sich alle drei mit Anlauf dagegenwarfen, konnte die Öffnung auf etwa dreißig Zentimeter erweitert werden. Federow wagte einen Blick auf die andere Seite: Dort hatte man eine große, blaue Mülltonne vor diesen Ausgang geschoben. »Noch einmal!«, befahl er.

Diesmal schafften sie es, diesmal konnte sich Federow durch die Öffnung zwängen. Er fand sich in einer Gasse wieder, wo es links nicht mehr weiterging, eine Sackgasse also. Rechts von ihm mündete die Gasse in eine Straße. Er rannte dorthin. Überall Theaterbesucher, die es eilig hatten, möglichst schnell aus der Kälte zu kommen. Jenkins schien nicht darunter zu sein. Federow zückte sein Handy und erteilte Anweisungen, während er zurück in die Gasse lief. Da hörte er über sich Stimmen, und als er aufblickte, sah er eine Lichterkette über dem Fenster eines Restaurants. Er blickte sich um und fand eine Tür, die sich öffnen ließ und über die man wohl in dieses Restaurant gelangte. Die Treppe dahinter nahm er immer zwei Stufen auf einmal und landete auf einem Treppenabsatz hinter einem Café, in dem gut gekleidete Menschen, die wohl gerade aus dem Bolschoi gekommen waren, in aller Gemütlichkeit Kaffee und Kuchen genossen. Kein Hinweis darauf, dass es dort gerade zu einer Störung gekommen war. Hier war Jenkins also nicht aufgetaucht.

Federow hatte schon kehrtgemacht, um weiterzusuchen, als ihm ein Gitter auffiel, das eine weitere Treppe blockierte, sich jedoch leicht öffnen ließ, als er dagegendrückte. Er entschied sich, auf dieser Treppe wieder nach unten zu laufen, denn nach oben war Jenkins bestimmt nicht gerannt, dort säße er in der Falle.

Er zückte seine Pistole und schlich die Treppe hinunter, den Rücken immer dicht an der Wand. Bei jedem Treppenabsatz hielt er die Waffe vor sich, zielte, wartete, ging weiter. Im Erdgeschoss angekommen, lief er durch einen dunklen Flur, kam an noch eine Tür, auch diese unverschlossen, und stand noch einmal in einer schmalen Gasse. Als ein Motor aufheulte, wirbelte er herum, konnte aber keine Scheinwerfer sehen. Das Auto tauchte direkt aus der Dunkelheit auf. Federow sprang nach rechts, wurde am Bein erwischt und herumgeschleudert. Er knallte auf den Boden, rollte sich ab, setzte sich auf, feuerte mehrere Schüsse ab. Da hatte der Wagen aber schon das Ende der Gasse erreicht und war nach links abgebogen. Und als Federow humpelnd mit hocherhobener Pistole an der Straße ankam, war der Wagen längst in irgendeiner Seitenstraße verschwunden.

16

Sie waren unterwegs, hinaus aus Moskau, als Jenkins die Frau, die jetzt am Steuer saß, noch einmal nach ihrem Namen fragte. Sie wollte ihn auch jetzt nicht verraten, und das aus gutem Grund. »Es wäre für uns beide nicht gut, wenn Sie wüssten, wie ich heiße«, erklärte sie. »Eigentlich wäre es am besten, Sie machten die Augen zu und achteten nicht groß auf Einzelheiten unserer Fahrt.«

Jenkins war bereit, ihr zu glauben, auch wenn er ihr noch lange nicht richtig vertraute. Immerhin hatte sie Wort gehalten. Sie hätte ja auch einfach wegfahren und Jenkins seinem Schicksal überlassen können. Das hatte sie nicht getan. Ob er ihr nun vertraute oder nicht, zurzeit hatte er zwei Ziele vor Augen: Er wollte weiterkommen und er wollte herausfinden, was sie wusste.

Sie warf ihre Brille im Fahren aus dem Autofenster und zehn Minuten später hielt sie an, um die Perücke in einem Entwässerungsgraben zu entsorgen. Ohne die Staffage, fand Jenkins, sah sie aus wie eine Frau Mitte bis Ende vierzig, vielleicht aber auch durch übermäßiges Rauchen frühzeitig gealtert. Sie hatte Krähenfüße um Augen und Lippen, und gleich hinter der Moskauer Stadtgrenze hatte sie sich eine Zigarette angezündet. Ihr Auto roch wie ein Aschenbecher. Jenkins öffnete sein Fenster einen Spaltbreit, um frische Luft einzulassen.

»Es ist eine schlechte Angewohnheit«, entschuldigte sie sich. »Besonders, wenn ich im Stress bin.«

Dreißig Minuten und drei Zigaretten später bog sie von der Schnellstraße ab und schlängelte sich durch die Straßen eines Vororts, um schließlich vor einem mehrstöckigen Wohnhaus anzuhalten, das sich in eine ganze Reihe ähnlicher Häuser einfügte. »Wir müssen leise sein, wenn wir hineingehen«, erklärte sie. »Die älteren Bewohner sind noch stark im kommunistischen Denken verhaftet, und vor noch nicht allzu langer Zeit haben sich die Nachbarn hier gegenseitig bespitzelt, um sich beim Staat lieb Kind zu machen. Hier kümmert man sich nicht nur um die eigenen Angelegenheiten.«

Draußen war es eisig kalt. Der Mond schimmerte durch den Dunst, der über allem lag, malte Häuser und Straßen anthrazit. Die Bäume, Silhouetten mit unscharfen Konturen, standen starr in ihren Pflanzscheiben. Irgendwo in der Ferne heulte traurig ein Hund. Unbemerkt gelangten sie in den Eingangsflur und den Fahrstuhl, der sie hoch in den dritten Stock brachte. Die Frau stieg zuerst aus, Jenkins folgte ihr. Ihre Wohnungstür war mit mehreren Schlössern gesichert, die sie rasch und gekonnt öffnete, um möglichst schnell in die Wohnung zu gelangen. Drinnen stellte Jenkins seinen Rucksack ab, während die Frau die Schlösser erneut verriegelte und die Tür noch zusätzlich mit einer Kette sicherte. Erst dann stieß Jenkins einen Seufzer der Erleichterung aus und erlaubte sich einen kurzen Moment der Entspannung.

»Wodka?«, fragte die Frau.

»Ja!« Jenkins nickte.

Die Wohnung war typisch für das, was Jenkins über den sowjetischen Wohnstil der Zeit gelesen hatte, als der Wunsch nach Privatsphäre praktisch noch als konterrevolutionär gegolten hatte. Im winzigen Eingangsbereich standen ein Kleiderständer und ein schmaler Schrank, die Küche lag links, das Wohnzimmer rechts. Wobei das Wohnzimmer gleichzeitig als Schlafzimmer diente: Der Schlafbereich war mit einem Raumteiler abgetrennt. Die Küche mit ihrem zweiflammigen Herd, dem Kühlschrank und den beiden Hängeschränken bot Bewegungsfreiheit für nur eine Person. Genau wie das Auto roch auch die Wohnung nach Aschenbecher, obwohl das Küchenfenster einen Spaltbreit offen stand.

Die Frau schaltete das Radio ein und drehte die Lautstärke herunter. Sie holte eine Tüte tiefgefrorener Erbsen aus dem Gefrierfach des Kühlschranks und drückte sie sich ans Auge. Dann holte sie den Stolichnaya.

»Das mit dem Auge tut mir leid«, beteuerte Jenkins.

»Ich hätte dasselbe getan.« Sie schenkte Wodka in zwei Gläser. »Auf unser Glück.« Sie prosteten sich zu.

Der Wodka brannte hinten in der Kehle, schmeckte Jenkins aber trotzdem gut.

»Hätten Sie gern einen Tee?«, wollte sie wissen.

»Ja bitte.«

»Kuchen habe ich auch.« Sie öffnete den Kühlschrank. »Er ist nicht mehr ganz frisch, aber …«

»Nein danke«, wehrte er ab. Er war immer noch dabei, die Frau genauer einzuschätzen.

Sie hatte die Küchenbeleuchtung nicht eingeschaltet, doch das Mondlicht, das durch die dünnen Vorhänge schien, reichte, den kleinen Raum schwarz-weiß auszumalen. So sah Jenkins ihr zu, wie sie sich weiterhin die Erbsen ans Auge drückte, während sie mit der freien Hand den Wasserkessel unter den Wasserhahn hielt, um ihn zu füllen und anschließend auf den Herd zu stellen. Jenkins zog die Vorhänge ein Stück weit beiseite und warf einen Blick hinunter in den Innenhof mit den Wäscheleinen, auf denen teilweise noch Wäsche hing.

Jenkins holte die Waffe, die er Wolkow abgenommen hatte, aus dem Hosenbund und legte sie auf den halbrunden Küchentisch unter dem Fenster. Bei dem Geräusch drehte sich die Frau um.

»Wo haben Sie die her?«

»Ich bin auf der Toilette mit einem der FSB-Agenten zusammengestoßen, die mich kennen.«

»Haben Sie ihn getötet?«

»Ich weiß nicht. Möglicherweise.«

Sie nahm ein Streichholz und zündete die Herdflamme an. Es roch kurz nach Gas, dann leuchtete die Flamme blau auf und sie konnte die Gaszufuhr regeln. Sie ließ das abgebrannte Streichholz in die Spüle fallen und kam zu Jenkins an den Tisch, nach wie vor mit dem Beutel Erbsen auf dem blauen Auge.

»Das ist eine PSS«, erklärte sie mit Blick auf die Pistole.

»PSS?«

»*Pistolet Spetsialnij Samosarjadnij.* Halbautomatik. Treffsicher auf fünfundzwanzig Meter. So gebaut, dass es beim Abfeuern weder blitzt noch Rauch entweicht und es auch kaum ein Geräusch gibt.«

»Sie kommt ohne Schalldämpfer aus?«

»Ja. So lässt sie sich leichter verdeckt tragen. Deswegen wird sie von FSB-Leuten bevorzugt.« Die Frau setzte sich Jenkins gegenüber an den Tisch, wirkte genauso ausgelaugt und emotional erschöpft, wie er sich fühlte. Jenkins war die ganze Zeit mehr oder weniger adrenalingesteuert unterwegs gewesen und ihr schien es ähnlich ergangen zu sein.

»Federow dürften jede Menge Ressourcen zur Verfügung stehen, um Sie zu finden«, überlegte sie. »Davon müssen wir jedenfalls ausgehen.«

»Und was ist mit Ihnen? Kann er Sie irgendwie aufspüren? Über Ihr Auto?«

Sie dachte nach, bevor sie den Kopf schüttelte. »Ich war verkleidet. Von daher glaube ich nicht, dass sie wissen, wer ich bin. Und mein Auto läuft mit dem Nummernschild eines anderen, das längst verschrottet wurde. Trotzdem sollten wir nicht lange in dieser Wohnung bleiben. Erzählen Sie mir, warum Sie hier im Land sind.«

Okay, dachte Jenkins, wer A sagt, muss auch B sagen. Ein offenes Gespräch war wahrscheinlich die einzige Möglichkeit herauszufinden, welche Rolle die Frau in dem Ganzen spielte. »Bei meinem ersten Besuch hier sollte ich dem FSB Informationen über einen russischen Doppelagenten liefern, die hier wahrscheinlich bereits bekannt waren, um klarzustellen, dass ich an Geheiminformationen komme. Beim zweiten Besuch sollte ich Federow über eine Frau informieren, die für das russische Ministerium für Nuklearenergie gearbeitet hat.«

»Uliana Artemjewa.«

»Sie wissen von ihr?«

»Ich weiß, dass man sie verdächtigte, die Quelle zu sein, aus der die Amerikaner gewisse Informationen bezogen. Bestätigt wurde das jedoch nie. Russland macht nicht gern Fehler publik, die uns von anderen unter die Nase gerieben werden können.«

»Wie ist sie gestorben?«

Sie zuckte die Achseln. »Eines natürlichen Todes. Aber das tun viele Russen, die man als Verräter verdächtigt hat. Oder sie begehen Selbstmord.«

Der Kessel pfiff. Die Frau legte ihre tiefgekühlten Erbsen auf den Tisch und nahm ihn vom Herd. »Sie haben dem FSB erzählt, Uliana sei eine der sieben Schwestern, nicht wahr?« Sie holte zwei Becher mit Untertassen aus dem spärlich bestückten Schrank und aus einer Schublade darunter ein Päckchen mit Teebeuteln. Dann füllte sie heißes Wasser in die Becher.

»Sie war tot«, erklärte Jenkins. »So ließ sich diese Information weder bestätigen noch widerlegen.«

»Sie wollten damit Ihren Kontaktmann beeindrucken.« Sie schob Jenkins einen der Becher hin. »Milch und Zucker?«

»Nein danke. Um Ihre Frage zu beantworten: Ja, mit dieser Information sollte ich meinen Kontaktmann beeindrucken und gleichzeitig noch einmal beweisen, dass ich an hochbrisantes Material komme.« Jenkins packte einen Teebeutel aus und tunkte ihn in seinen Becher.

»Wer hat Sie hergeschickt?«

»Das kann ich Ihnen nicht sagen.«

»Was hat diese Person Ihnen erzählt?«

Jenkins widmete sich seinem Tee, spürte, wie ihm das heiße Wasser die Oberlippe verbrannte, setzte den Becher ab. »Er sagte, Wladimir Putin wisse noch aus seiner Zeit beim KGB von den sieben Schwestern.«

»Das ist wahr.«

»Putin soll eine achte Schwester beauftragt haben«, fuhr Jenkins fort, »die die anderen sieben aufspüren soll. Drei hätte sie bereits liquidiert.«

»Davon weiß ich nichts«, sagte die Frau. »Ich würde auch bezweifeln, dass es stimmt.«

»Ich soll herausfinden, wie die achte Schwester heißt.«

»Und dann?«

»Dann sollte meine Arbeit beendet sein.«

»Sarina Kasakowa und Irena Lawrowa«, sagte die Frau. »Wer ist die dritte Schwester?«

»Olga Artamonowa.«

Sie setzte sich zurück, schien darüber nachzudenken.

»Warum arbeiten Sie für die CIA?«, wollte Jenkins wissen.

»Wenn Sie ein aktiver Agent sind, dann wissen Sie, dass ich Ihnen das nicht sagen darf. Und wenn Sie keiner sind, Mr. Jenkins, dann ist es für alle Beteiligten besser, ich verrate Ihnen nichts über mich oder meine Kontaktperson. Aber beantworten

Sie mir doch bitte noch eine Frage: Wie gut kennen Sie die Kontaktperson, die Sie geschickt hat?«

Jenkins blies in seinen Tee. Er ließ sich Zeit mit der Antwort. »Ich habe vor Jahren als blutjunger Agent für ihn gearbeitet. Wobei ich inzwischen schon sehr lange kein Agent mehr bin.«

Wieder dachte sie nach. »Wieso hat er sie ausgewählt?«

Eine interessante Frage. »Ich spreche Russisch. Und ich hatte die perfekte Tarnung für Reisen nach Russland. Meine Firma stellt den Sicherheitsdienst für eine Investmentfirma, die eine Filiale in Moskau unterhält. Und ich habe Erfahrung mit dem KGB. Ich bin für Arbeit im Felde ausgebildet und konnte sofort anfangen.«

»Wenn Sie schon so viele Jahre nicht mehr im Felde gearbeitet haben, warum sind Sie auf seinen Vorschlag eingegangen?«

Aus dem Radio auf dem Küchentresen drang leise Geigenmusik. Jenkins dachte an Alex, an CJ und sein ungeborenes Kind und erklärte ihr seine Situation. »Normalerweise lasse ich mich mit Geld nicht ködern. So war ich noch nie. Aber es hat in meinem Leben in letzter Zeit ein paar Veränderungen gegeben.«

»Sie leiden unter erdrückenden Geldsorgen.«

Er sah sie an. »So ist es.«

Sie warf einen Blick auf die Küchenuhr. »Wenn wir noch irgendetwas erreichen wollen, müssen wir jetzt los. Morgen um diese Zeit prangt Ihr Foto auf allen Titelseiten und wird im Fernsehen gezeigt. Sie sind nicht gerade leicht zu übersehen.«

Jenkins schüttelte den Kopf. »Ich glaube nicht, dass Federow das so öffentlich handhabt. Dass ich ihm entwischen konnte, ist ihm viel zu peinlich. Er hat sich große Sorgen gemacht, ich könnte ihn vor seinen Vorgesetzten als Trottel dastehen lassen. Ich glaube, der FSB wird Stillschweigen wahren und versuchen, mich auf andere Art und Weise aufzuspüren.«

»Trotzdem werden sie die Grenzen überwachen und Ihr Foto dürfte morgen früh bei sämtlichen Polizeiwachen und Grenzposten eingetroffen sein, wenn die es nicht schon längst haben. Leicht wird es nicht, Sie aus Russland herauszuschmuggeln.«

Jenkins wurde ganz anders. Wenn er hier irgendwem als Strohmann für irgendetwas dienen sollte, was ihm inzwischen wahrscheinlich schien, dann würden die Verantwortlichen schnell mitbekommen, dass er davongekommen war, und sich womöglich die vorknöpfen, die er am meisten liebte. »Meine Frau und mein Sohn!« Er sprang auf.

Sie tat es ihm nach. »Wo immer sie sein mögen, da sollten sie schnellstens verschwinden.«

17

Viktor Federow war nicht nach unvollständigen Antworten oder überhaupt irgendwelchen Halbheiten, dazu fehlte ihm komplett die Laune. Sein bester Anzug hatte beim Sturz in der feuchten Gasse einen Riss abbekommen und war völlig verdreckt. Sein linkes Knie war nach dem Zusammenprall mit dem Auto geschwollen und tat empfindlich weh. Auch diverse andere Körperteile schmerzten und wiesen blaue Flecken auf, am meisten jedoch hatte sein Ego gelitten. Charles Jenkins war verschwunden, wahrscheinlich mithilfe der Frau, die ihn in seinem Hotelzimmer aufgesucht hatte. Da stellte sich natürlich die dringende Frage: Wer war diese Person? Laut Federows Kontaktmann in den USA hatte man Jenkins nicht nach Russland geschickt, um irgendwelche Namen zu enthüllen, sondern um selbst einen Namen herauszufinden. Den der Frau, die nach dem Leck suchte, das den FSB über die Identitäten der sieben Schwestern informierte. War das die Frau gewesen, die Jenkins in seinem Hotelzimmer besucht hatte? Warum hätte sie dann aber Jenkins bei der Flucht helfen sollen? Hätte sie nicht annehmen müssen, dass er dieses Leck war? Hätte sie ihn nicht eigentlich eher umbringen müssen?

Irgendetwas lief nicht nach Plan, worüber Federows Kontaktmann bei der CIA mehr als unzufrieden war. Federow war ziemlich unmissverständlich mitgeteilt worden, dass weder die Frau noch Jenkins Russland verlassen durften, sonst würde Federows Kontaktperson »abtauchen«, ohne die Namen der noch verbliebenen vier Schwestern zu nennen, und es würde Federow überlassen bleiben, seinen Vorgesetzten zu erklären, wie es zu diesem Schlamassel hatte kommen können. Federow hatte sich in den vergangenen beiden Jahren einen sehr guten Namen machen können. Umso tiefer würde sein Sturz ausfallen.

Er humpelte zurück zum Hotel, wo zwei seiner Kollegen draußen vor der Tür in der Kälte standen und sich mit einem Pagen unterhielten. Allen drei Männern schwebte bei jedem Wort der Atem vor dem Mund. Der jüngere der beiden FSB-Männer, Simon Aleksejow, sah auf, als Federow näher kam. »Sind Sie verletzt, Oberst?«

Federow ging nicht auf die Frage ein. »Alles in Ordnung. Was habt ihr herausgefunden?«

»Wir haben die Sicherheitsleute des Hotels um die Aufzeichnungen der Überwachungskameras aus den letzten beiden Stunden gebeten.«

»Habt ihr die Brille der Frau und die schwarze Perücke irgendwo im Hotel gefunden?«

»Noch nicht, nein.«

»Wenn ihr die Sachen nicht findet, nutzen euch die Aufzeichnungen auch nichts, dann bringen sie uns nicht weiter als meine Befragung des Portiers. Die Frau hatte sich verkleidet.«

»Oberst?«, meldete sich der zweite FSB-Mann. »Sie sollten sich anhören, was der Parkplatzwächter zu sagen hat.«

»Mit dem habe ich schon gesprochen.«

»Ja, aber er hat sich noch an etwas erinnert. Ich glaube, es könnte wichtig sein.«

Federow forderte beide Männer auf, mit ihm zu kommen. Der Wächter stand vor seinem Holzverschlag, rauchte eine Zigarette und wirkte nervös und durchgefroren.

»Ihnen ist noch etwas eingefallen?« Federow verzichtete auf höfliche Vorreden.

»Ja.«

»Und? Sollen wir hier in der Kälte herumstehen und Rätsel raten? Woran erinnern Sie sich?«

»Es geht um die Frau. Sie hatte dunkle Haare und trug eine runde Brille.«

»Das wissen wir bereits.« Missmutig wandte sich Federow an den Kollegen, der ihn hierhergebracht hatte. »Warum verschwendest du meine Zeit?«

»Sie hatte ein blaues Auge«, sagte der Wächter.

Federow wandte sich wieder ihm zu. »Was sagen Sie da?«

»Die Frau hatte ein blaues Auge. Oder doch wenigstens die Anfänge von einem richtigen Veilchen. Sie achtete darauf, dass ihr die Haare an der Seite ins Gesicht fielen, ich konnte aber trotzdem sehen, dass der Bereich um das Auge rot und geschwollen war. Ich habe sie gefragt, ob alles in Ordnung ist.«

»Was hat sie gesagt?«

»Sie sagt, es wäre nur ein Unfall gewesen, zu viel Alkohol. Es sah aber nicht nach einem Unfall aus. Es sah so aus, als hätte sie jemand geohrfeigt oder ihr mit der Faust ins Gesicht geschlagen.«

»Hat sie sonst noch etwas gesagt?«

Der Wächter hatte seine Zigarette zu Ende geraucht und ließ den Stummel auf den Boden fallen. Er schüttelte den Kopf. »Nein. Ich bot ihr an, ihr Auto zu holen, aber sie meinte, es sei nicht notwendig, dass wir beide in die Kälte müssten.«

»Welches Auge?«

Der Wächter schob die Hände in die Taschen seines grauen Mantels und dachte einen Moment lang nach. »Links«, sagte er dann. »Es war ihr linkes Auge.«

Dann war der Schlag höchstwahrscheinlich von einem Rechtshänder ausgeführt worden. Jenkins und diese Frau schienen nicht von Anfang an Freunde gewesen zu sein. »Wo stand ihr Auto?«

»Da drüben.« Er deutete dorthin, wo die Leiche des FSB-Offiziers gefunden worden war.

Der Mann war durch einen glatten, gezielten Schuss in die Stirn getötet worden, einen Schuss, der schnell und genau abgegeben worden war, und zwar von jemandem, der das gelernt hatte. Federow hatte eigentlich Jenkins für den Schützen gehalten. Das tat er jetzt nicht mehr.

»Haben Sie den Schuss gehört?«

»Nein. Aber ich saß drinnen und der Heizlüfter macht ziemlichen Lärm.«

Federow wandte sich an Aleksejow. »Finde heraus, ob irgendwer den Schuss gehört hat. Fang mit dem Türsteher an.«

Wenn niemand einen Schuss gehört hatte, musste man von einem Schalldämpfer ausgehen, ein weiterer Hinweis darauf, dass die Frau entsprechendes Training absolviert hatte.

»Was für einen Wagen fuhr sie?«, fragte Federow den Parkwächter.

»Einen Hyundai Solaris. Grau.«

»Baujahr?«

»Das weiß ich nicht.«

»War er neu? Alt?«

»Er war neu. Ich würde sagen aus den letzten paar Jahren.«

»Haben Sie ihn geparkt?«

»Ja.«

»Ist Ihnen an der Frau oder ihrem Wagen noch etwas aufgefallen, was Sie uns bisher noch nicht erzählt haben?«

»Ich habe Ihrem Kollegen schon erzählt, dass sie Karelia Slims rauchte. Es lag eine Packung auf dem Beifahrersitz.«

Federow brachte Aleksejow mit einer Handbewegung zum Schweigen. »Ich werde diesen Beamten bitten, Ihre Aussage aufzunehmen. Wenn Ihnen noch etwas einfällt, sagen Sie es ihm. Oder rufen Sie mich an.« Er gab dem Mann seine Visitenkarte. »Egal was.« Er selbst humpelte ins Hotel und rief nach Aleksejow. »Schick ein Bulletin an sämtliche staatlichen Einrichtungen. Wir suchen nach einer Frau mit einer Augenverletzung links. Wir brauchen die Namen sämtlicher Frauen, die morgen früh nicht zur Arbeit erscheinen, egal, aus welchem Grund.« Er unterbrach sich, weil ihm etwas eingefallen war.

»Oberst, dazu müssten wir …«

Federow hob die Hand, um Aleksejow zum Schweigen zu bringen. »Fang beim FSB an«, sagte er.

»Oberst?«

»Ich möchte die Namen von sämtlichen Mitarbeiterinnen des FSB, egal in welchen Funktionen, die morgen nicht zur Arbeit erscheinen. Gleicht deren Namen mit denen von Fahrzeughalterinnen ab, die einen Hyundai Solaris fahren. Und beschaff dir im Hotel die Aufzeichnungen der Kameras vom Parkplatz. Los!«

18

Jenkins mochte weder das Wegwerfhandy benutzen, über das der Telefonkontakt mit Federow gelaufen war, noch sein eigentliches Telefon, das höchstwahrscheinlich überwacht wurde. Wahrscheinlich wurden auch sein Festnetzanschluss zu Hause und Alex' Handy überwacht, er musste jedenfalls davon ausgehen. Wenn er die Frau um ihr Telefon bat, ging er ebenfalls ein Risiko ein, denn wenn sich in Russland Gespräche triangulieren ließen wie in den USA, lieferte er seinen Verfolgern möglicherweise einen weiteren Hinweis auf die Identität der Frau und brachte sie damit in noch größere Gefahr.

Viel Auswahl hatte er nicht und noch weniger Zeit. Schließlich entschied er sich für sein eigenes Handy und ein kurzes Gespräch. Die Frau ließ ihn allein und ging ins Wohnzimmer, damit er ungestört reden konnte.

Jenkins wählte Alex' Nummer, tigerte anschließend in der kleinen Küche auf und ab und betete darum, sie möge antworten. In diesem Moment wurde ihm erst so richtig klar, was gerade passierte: Er hatte sich reaktivieren lassen, um seiner Familie zu helfen, und musste jetzt zu Hause anrufen, weil er sie in Gefahr gebracht hatte.

»Hi! Ich lag hier gerade und habe an dich gedacht!«, meldete sich Alex.

Jenkins fiel ein Stein vom Herzen. »Ich habe auch an dich gedacht. Liegst du im Bett?«

»Wie vom Arzt verordnet. Und bei dir? Alles in Ordnung? Kommst du bald nach Hause?«

»Es gab ein paar Komplikationen, es könnte sich alles ein wenig verzögern.«

»Was für Komplikationen?«

»Wie geht es Lou?«

Alex schwieg, aber nur kurz. »Er schläft im Moment.«

»Wenn er aufwacht, sag CJ, er soll mit ihm spazieren gehen, ja? Du weißt doch, wie gern er mal aus dem Haus kommt.«

»Da hast du recht. Ich schicke die beiden gleich raus.«

»Wunderbar. Und nimm Freddie mit.«

»Okay. Hör mal, da kommt CJ gerade. Ich melde mich später noch mal.«

»Ich liebe dich, Alex«, sagte er, aber da hatte sie schon wieder aufgelegt.

19

Jenkins saß am Steuer, damit die Frau weiterhin ihr blaues Auge kühlen konnte, während sie auf der Autobahn M4 durch flaches, unter einer Schneedecke schlummerndes Farmland fuhren. Draußen war Wind aufgekommen, die Böen wehten Schnee über die Straße und ließen das Auto klappern und zittern. Jenkins hatte oft Mühe, genug zu sehen und sich nicht von der Fahrbahn abdrängen zu lassen. Wenn der Wind nicht bald nachließ, würde die Straße über kurz oder lang nicht mehr passierbar sein.

»Sie machen sich Sorgen«, meldete sich seine Begleiterin. »Um Ihre Frau und um Ihren Sohn.«

Jenkins nickte. »Und um das Wetter.«

»Sie haben Glück, jemanden zu haben, den Sie so sehr lieben.«

Aus dieser Sicht hatte Jenkins es noch nicht betrachtet. Soeben rüttelte ein heftiger Windstoß am Auto und er musste sich konzentrieren, um das Steuer gerade halten zu können. »Hoffentlich lässt der Wind bald nach«, sagte er. »Sonst kommen wir wohl nicht mehr weit.«

»Wir müssen weiterfahren, es bleibt uns gar keine andere Wahl. Wenn wir stehen bleiben, erfrieren wir, und ich habe das alles nicht mitgemacht, um dann jämmerlich in meinem Auto zu krepieren. Sie doch wohl auch nicht.«

»Wie weit fahren wir denn?«

Sie warf ihm vom Beifahrersitz her einen Blick zu und zuckte die Achseln.

»Wieder so eine Sache, die ich nicht unbedingt wissen muss? Im Ernst? Wenn sie uns jetzt erwischen, erwischen sie doch auf jeden Fall uns beide!«

»Zum Schwarzen Meer.« Sie klappte die Blende herunter und begutachtete ihr Auge im dort eingelassenen beleuchteten Spiegel. Die Haut rund ums Auge verfärbte sich langsam und wurde an den Rändern lila und gelb, aber die Schwellung hatte der Beutel mit den Erbsen stoppen können. »Dort unterhalten Freunde in einer kleinen Stadt eine sichere Unterkunft für Notfälle.« Sie klappte die Blende wieder hoch.

»Amerikanische Freunde?«

»Freunde von jedem, der gegen dieses Regime ist. Sobald wir dort sind, kann ich Vorbereitungen treffen, Sie außer Landes zu schaffen.«

»Wieso nur mich? Kommen Sie denn nicht mit?«

»Russland ist mein Zuhause, Mr. Jenkins. Ich habe mein ganzes Leben hier verbracht und nicht vor, jetzt zu gehen.«

»Aber wenn sie herausfinden, wer Sie sind, wird man versuchen, Informationen über mich und die sieben Schwestern aus Ihnen herauszubekommen. Man wird Sie foltern.«

»Sie, Mr. Jenkins, wissen nicht mehr über die sieben Schwestern, als die sowieso schon wissen. Und ich auch nicht.«

»Dann werden sie alle, die Sie lieben, foltern und töten.«

»Ich liebe nur wenige, Mr. Jenkins. Meine Eltern sind tot. Mein einziger Bruder ist tot. Meine Ehe endete vor vielen Jahren.«

»Haben Sie Kinder?«

»Nein.«

Jenkins hatte in der Wohnung der Frau keine Fotos gesehen. »Warum machen Sie das hier? Warum arbeiten Sie für die CIA?«

»Das ist eine lange Geschichte, Mr. Jenkins.«

»Wir haben eine lange Fahrt vor uns.«

»Mein Bruder ist der Grund«, sagte sie nach längerem Schweigen.

»Hat ihn jemand umgebracht?«

»Der Staat hat ihn umgebracht. Sie haben das umgebracht, was er liebte, wofür er lebte. Mein Bruder hat sich das Leben genommen.«

»Das tut mir leid.«

»Es ist nun schon viele Jahre her.«

Jenkins ließ einen Augenblick verstreichen, ehe er fragte: »Was hat er denn geliebt?«

»Das Ballett«, sagte sie leise. »Das Bolschoi.«

»Deswegen kannten Sie sich im Bolschoi so gut aus. Er hat dort getanzt.«

»Nein, das hat er nie getan, das war sein Traum. Das war seine Liebe. Sehen Sie, Mr. Jenkins, meine Mutter hat meinen Bruder und mich viele Jahre lang abends mit ins Bolschoi genommen, wenn sie dort auftrat. Sie gehörte nicht zu den Stars des Balletts, hatte aber regelmäßig Arbeit im Ensemble. Damit verdiente sie allerdings nicht genug, um jemanden dafür zu bezahlen, auf uns aufzupassen, und sie war nach der Scheidung meiner Eltern allein für uns verantwortlich. Ich bin gern backstage herumgelaufen und habe alles erkundet, mir vorgestellt, ich lebte an anderen Orten, in anderen Ländern. Dabei musste ich mich allein amüsieren und meine Fantasie zu Hilfe nehmen, denn Iwan hat sich fast jede Vorstellung angesehen. Ich war so oft wütend auf ihn! Ich wollte mit ihm spielen und es war doch jedes Mal dasselbe Stück! Aber Iwan liebte das, was auf der Bühne vor sich ging, er liebte das Bolschoi mehr als alles andere auf der Welt. Und er wollte dort auftreten, wie meine Mutter es tat. Dafür hat er sehr hart gearbeitet. Als meine Mutter ihm alles beigebracht hatte, was sie ihm beibringen konnte, hat sie ihr Geld zusammengekratzt und gebeten und gebettelt, damit er in die renommierte Akademie des Bolschoi aufgenommen wurde. Die Akademie ist fast so alt wie unser Land und hat einige der besten Tänzer der Welt hervorgebracht.« Sie schwieg. Um den Wagen herum heulte der Wind. »Mein Bruder wäre einer dieser Tänzer geworden«, flüsterte sie schließlich. »Er hatte den Antrieb, den Ehrgeiz, und er hatte das Talent.«

»Was ist passiert?«, wollte Jenkins wissen.

»Mein Bruder hat sich verliebt«, sagte sie. »Er hat sich total und hoffnungslos verliebt. In einen seiner Lehrer, einen wesentlich älteren, verheirateten Mann. Und dieser Mann hat ihn glauben lassen, seine Liebe würde ebenso tief und innig erwidert. Er versprach Iwan, ihm in seiner beruflichen Laufbahn zu helfen, ihm führende Rollen in den renommiertesten Ensembles des Landes zu besorgen.«

Jenkins ahnte schon, was kommen würde.

»Er hat ihn nur benutzt«, fuhr die Frau fort. »Genau wie einige andere Schüler. Sobald er sich genommen hatte, was er wollte, ließ er Iwan fallen wie ein Stück Dreck. Mein Bruder war wütend und verletzt, und so beging er einen großen Fehler: Er hat dem Mann gedroht, ihn als Homosexuellen bloßzustellen. Dazu müssen Sie wissen, Mr. Jenkins, dass Homosexualität hier immer noch nicht in dem Maße akzeptiert wird wie in Ihrem Land und damals erst recht verteufelt wurde. Der Mann, in den mein Bruder sich verliebt hatte, hat den Spieß umgedreht. Er ging zu den anderen Lehrern der Akademie und erzählte ihnen, Iwan hätte einfach nicht das Zeug zum Tänzer am Bolschoi. Das hätte er ihm auch gesagt und nun drohe ihm Iwan und wolle verbreiten, er sei homosexuell. Das wäre natürlich eine völlig unhaltbare Anschuldigung. Iwan flog von der Akademie.«

»Was ist mit den anderen Jungen, die dieser Mann missbraucht hat?«

Sie warf ihm von der Seite her ein trauriges Lächeln zu. »Die hatten gesehen, wohin der Hase lief, wie man bei Ihnen zu Hause sagt. Sie hatten gesehen, was mit Iwan passiert war. Sie wollten auf keinen Fall denselben Fehler machen wie er. Iwan stand mit seinen Anschuldigungen allein da. Und mit seinem Scheitern. Er war allein mit seinem Wissen, dass er nie im Bolschoi tanzen würde und auch für kein anderes Ensemble. Verzweifelt kletterte er auf das Dach des Bolschoi und sprang.«

Die Frau schwieg, es hatte sie sichtlich mitgenommen, die Geschichte zu erzählen. Es dauerte einen Moment, bis sie ihre Stimme wiedergefunden hatte. »Ich hatte ihn oft dorthin mitgenommen, hoch auf das Dach des Theaters. Man hat von dort aus einen wunderbaren Blick auf die Lichter Moskaus, ich habe da gern gestanden und von der Zukunft geträumt.«

»Es tut mir sehr leid«, sagte Jenkins leise.

»Ja. Mir hat es auch leidgetan, viele Jahre lang.« Ihre Stimme klang jetzt entschiedener, unerbittlich. »Es hat mir leidgetan, dass mein Bruder keinen anderen Weg aus seinem Elend sehen konnte. Es hat mir leidgetan, dass meine Mutter und ich mit seiner Entscheidung leben mussten. Aber dann habe ich erkannt, dass mein Bruder an dem, was passiert war, keine Schuld hatte. Es war auch nicht die Schuld des Mannes, der ihn missbraucht hatte. Die Schuld am Schicksal meines Bruders traf die Institutionen, die Homosexuelle zwangen, verdeckt zu leben, die meinen Bruder bestraften, weil er einen anderen Mann geliebt hatte. Ich schwor, ihn zu rächen und nicht eher zu ruhen, bis Russland wirklich zur Demokratie gefunden hat, mit echten Chancen für alle. Für viele schien diese Zeit mit Gorbatschow gekommen zu sein, aber diese Hoffnung erwies sich als verfrüht. Leider. Inzwischen wendet sich Moskau mit jedem Jahr mehr von echter Demokratie ab.« Sie sah ihn an.

»Also werden Sie verstehen, Mr. Jenkins, dass ich nicht aufhören kann. Nicht einmal, wenn ich damit mein Leben riskiere.«

Falls diese Geschichte ausgedacht sein sollte, so war sie doch gut und die Frau hatte sie mit Überzeugung und Gefühl vorgetragen. »Wie wurden Sie rekrutiert?«, wollte Jenkins wissen.

»Ich habe ein Talent für Mathematik und Computerwissenschaften und studierte an der Moskauer Universität. Irgendwann habe ich bei der US-Botschaft angerufen und eine Woche später klopfte es an meiner Tür. Die folgende Werbephase dauerte dann ein paar Monate lang, in denen ich gebeten wurde, ziemlich banale Aufgaben zu erledigen.«

Agenten, denen es nur ums Geld ging, konnte man nicht trauen. Das wusste Jenkins aus eigener Erfahrung. Von daher rekrutierte die Firma viel lieber Leute, die persönliche oder ideologische Gründe hatten, ihr Land zu verraten. »Sie wurden auf die Probe gestellt«, sagte er.

»Ja. Sie wollten sehen, ob man mir trauen kann.« Sie zuckte mit den Achseln.

Einige Minuten lang fuhren sie schweigend. »Wovon träumten Sie auf dem Dach des Bolschoi?«, fragte Jenkins schließlich.

»Das spielt jetzt keine Rolle mehr.«

»Sie sagten, Sie hätten Träume gehabt. Was waren das für Träume?«

Sie lächelte. »Ich wollte der Bill Gates Russlands werden. Ich träumte von meiner eigenen Firma und wollte Software entwickeln, mit der irgendwann einmal alle Computer der Welt arbeiten würden.«

»Sie haben doch auch von anderen Ländern geträumt, sagten Sie vorhin. Von Amerika zum Beispiel. Jetzt könnten Sie dorthin. Und Sie könnten auch immer noch Ihren Traum wahr machen.«

Ohne auf ihn einzugehen, deutete sie nach vorn. »Mautstelle.«

Jenkins bremste ab und langsam näherten sie sich den blinkenden Lichtern im glitzernden Schnee. Mit den diversen Fahrspuren unter dem blauen Dach hätte die Mautstelle ebenso gut auch eine Tankstelle sein können. Alles schien automatisch abgewickelt zu werden, was Jenkins Sorgen bereitete.

»Gibt es hier Kameras?«, wollte er wissen.

»Das nehme ich an, ja. Aber Federow hat keinen Grund, mich zu verdächtigen. Und die Nummernschilder stammen ja, wie gesagt, von einem anderen Wagen.«

Jenkins fühlte sich da nicht so sicher. Irgendwie traute die Frau Federow nicht genügend zu, fand er. Es gab so viele Möglichkeiten, sie und ihr Auto zu identifizieren. »Vielleicht hat er Sie wirklich noch nicht im Blick. Trotzdem würde ich das Auto gern loswerden und uns ein anderes suchen.«

»Was verstehen Sie unter loswerden?«

»Irgendwo abstellen, verstecken, gegen ein anderes Auto eintauschen.«

»Sehen Sie sich um. Es gibt kein anderes Auto. Und wenn wir eins stehlen, dann suchen sie eben nach dem.«

Da hatte sie allerdings recht. Im Schritttempo fuhr Jenkins zur Schranke vor, ließ das Fenster herunter, hatte Mühe, den Automaten mit einem Schein zu füttern. Endlich hob sich die weiß-rote Schranke und sie konnten weiterfahren, hinein in die endlose Schneelandschaft. »Wie lange sind wir noch unterwegs?«

»Lange«, sagte die Frau. »Bleiben Sie auf der Autobahn und versuchen Sie, uns nicht umzubringen. Ich werde ein bisschen schlafen.«

»Wenn wir stundenlang im selben Auto sitzen und Sie mir Ihren richtigen Namen nicht verraten wollen, dann sagen Sie mir doch wenigstens, wie ich Sie anreden soll.«

»Sie können mich Anna nennen. So wollte ich immer schon heißen, seit ich das erste Mal *Anna Karenina* las.«

»Okay, Anna. Und verraten Sie mir irgendwann einmal auch Ihren richtigen Namen?«

»Vielleicht.« Sie ließ ihren Sitz nach hinten klappen und drehte das Gesicht zum Fenster. »Wenn ich weiß, dass Sie es schaffen werden, dass Sie in die Freiheit zurückkehren. Dann erfahren Sie ihn.«

20

Viktor Federow stand in seinem Büro vor dem Computer und trank unter heftigem Protest seines Magens noch eine Tasse schwarzen Kaffee. Er hatte weder zu Abend gegessen noch gefrühstückt, und das Koffein drohte Löcher in seine Magenwände zu brennen. Er trug immer noch den Anzug vom Vorabend, am Knie zerrissen und insgesamt zerknittert, weil er nass geworden war. Nach Hause zu fahren und sich umzuziehen kam nicht infrage, dazu gab es zu viel zu tun und es blieb ihnen zu wenig Zeit. Jenkins und die Frau, wer immer sie sein mochte, würden alles daransetzen, so schnell wie möglich außer Landes zu kommen. Russland war groß, seine Grenzen lang und teilweise unübersichtlich, die Grenzposten oft nicht so interessiert, wie sie hätten sein müssen – eine Flucht stellte also keine unmögliche Herausforderung dar. Federow hatte angeordnet, Jenkins' Foto an sämtliche Dienststellen an sämtlichen Grenzübergängen zu schicken, von wo aus sofort Alarm geschlagen werden sollte, sobald sein Pass vorgelegt wurde. Diese Maßnahme griff natürlich nur, wenn Jenkins mit seinem Pass ausreiste und die Grenzposten die entsprechende Warnung beachteten. Weder von dem einen noch dem anderen durfte man ausgehen.

Federow stellte den Kaffeebecher ab und drückte auf eine Taste, um das Überwachungsband aus dem Hotel schneller durchlaufen zu lassen. Mit den Aufzeichnungen vom Parkplatz hatten sie angefangen und dabei auch den Hyundai Solaris entdeckt, nur stammten die Bilder von einer schlechten Kamera und waren dementsprechend. Trotzdem hatten sie die Aufnahmen vom Hyundai so vergrößern können, dass man das Nummernschild erkannte, aber das gehörte laut Recherchen zu einem Lada Granta, der bei einem Unfall einen Totalschaden erlitten hatte. So ließ sich der Besitzer des Hyundai nicht ermitteln, allerhöchstens das Auto. Dann hatte er mit den Aufnahmen vom Hotelempfang weitergemacht und sich angesehen, wie sich die Frau mit der dunklen Perücke und der großen, runden Brille dem Portier näherte. Der lange Mantel reichte fast bis auf den Boden, Brille und Schal ließen vom Gesicht kaum etwas erkennen. Damit konnte man auch die Hoffnung begraben, sie unter Umständen auf einem Standfoto identifizieren zu können. Behördenmitarbeiter wurden bei der Einstellung fotografiert und mussten sich die Fingerabdrücke abnehmen lassen. So wären sie mit ein bisschen Glück vielleicht in der Lage gewesen, mithilfe von Gesichtserkennungs-Software weiterzukommen. Das schien der Frau bewusst gewesen zu sein, möglicherweise ein weiterer Hinweis darauf, dass sie für den FSB arbeitete. Ein Maulwurf. Der noch dazu wusste, wo an der Hoteldecke die Kamera saß, und sich entsprechend zur Seite gedreht hatte.

Federow wechselte zu einer anderen Aufzeichnung, diesmal von einer Kamera im siebten Stock. Er sah die Frau aus dem Fahrstuhl kommend den Flur hinunter zu Jenkins' Zimmer gehen. Wieder hielt sie den Kopf gesenkt, wieder hatte die Kamera keinen verwertbaren Blick auf ihr Gesicht werfen können. Sie zog die mit ihren Rubeln teuer erkaufte Schlüsselkarte durchs Schloss und schlüpfte ins Zimmer.

Einige Zeit später verließ Jenkins den Fahrstuhl. Bevor er an seiner Zimmertür ankam, blieb er stehen und holte sich etwas von einem Tablett. Federow ließ das Band zurücklaufen und sah es sich im Zeitlupentempo und in Einzelheiten stark vergrößert noch einmal an. Ein Messer. Jenkins hatte sich ein Messer genommen und in den Mantelärmel geschoben.

»Interessant«, murmelte Federow.

An seiner Zimmertür angekommen trat Jenkins nicht sofort ein. Er hockte sich hin, als rechne er mit einem Schuss durch die Tür, streckte die Hand aus und öffnete die Tür aus der kauernden Haltung heraus. Erst dann stand er auf, ging ins Zimmer und ließ die Tür hinter sich zufallen.

»Er hat mit ihrer Anwesenheit im Zimmer gerechnet«, stellte Federow fest. »Warum?« Er machte sich eine entsprechende Notiz: Der Portier musste noch einmal befragt werden. Jemand hatte Jenkins auf die Anwesenheit der Frau im Hotel aufmerksam gemacht.

Anders ließ sich das Verhalten des Amerikaners nicht erklären. Er hatte gewusst, dass die Frau in seinem Zimmer war, oder dies zumindest stark angenommen. Und er hatte sie nicht unbedingt als Freundin betrachtet, warum hätte er sich sonst mit dem Messer bewaffnen sollen? Diese Haltung hatte sich später geändert.

Rund fünfzehn Minuten, nachdem Federow von seinem Kontaktmann im Hotel erfahren hatte, dass eine Frau ins Hotel gekommen war und nach Charles Jenkins gefragt hatte, waren Federow und Wolkow im Hotel eingetroffen. Die Information hatte ihn nach dem dritten Akt im Stück seiner Tochter erreicht, jedoch vor Beginn der Party des Ensembles, an der er hatte teilnehmen wollen. Das war dann natürlich unmöglich gewesen. Noch ein Versprechen, das er nicht hatte halten können. Federow sah sich die Aufzeichnungen aus dem siebten Stock auch deswegen an, weil er wissen wollte, wie Jenkins und die

Frau ihnen hatten entkommen können. Auf dem Bildschirm verließ Jenkins gerade sein Zimmer. Federow beugte sich angespannt vor. Der Amerikaner hatte sich einen schwarzen Rucksack über die eine Schulter gehängt und wollte sich der Treppe am Ende des Flures zuwenden, wurde aber von der Frau zurückgehalten, die direkt hinter ihm aus dem Zimmer kam. Er wandte ihr den Kopf zu, sie sagte etwas. Wahrscheinlich, dass die Treppenhäuser überwacht werden würden. Da hatte sie recht: Fahrstühle und Treppenhäuser wurden zu der Zeit schon kontrolliert.

Was immer dort im Hotelzimmer geschehen sein mochte, Jenkins und die Frau agierten inzwischen als Team.

Ohne den langen Mantel und den Schal, den Wolkow in Jenkins Zimmer gefunden hatte – ein Trick, um Federow an eine überstürzte Flucht glauben zu lassen –, sah man jetzt mehr von der großen Unbekannten. Basierend auf dem Größenunterschied zu Jenkins schätzte Federow sie auf ein Meter siebzig oder zweiundsiebzig, sie schien in guter körperlicher Verfassung zu sein, mit relativ breiten Schultern und schmaler Taille. Sie sah sich um, griff sich ein Sektglas von einem Tablett, das auf dem Flur auf den Zimmerservice wartete, und klopfte an eine Zimmertür. Federow wurde übel, was nichts mit seinem übermäßigen Kaffeekonsum zu tun hatte. Er wusste, was gleich passieren würde. Die Aufnahmen bestätigten es nur.

Er notierte sich die Nummer des Zimmers, in das Jenkins und die Frau geflüchtet waren. Er würde jemanden hinschicken müssen, um den Hotelgast zu fragen, was die beiden zu ihm gesagt hatten. Falls sie denn überhaupt mit ihm gesprochen hatten.

Simon Aleksejow klopfte an die offene Bürotür und trat gleichzeitig ein. »Ich habe die Liste der weiblichen Angestellten, die sich heute Morgen nicht zur Arbeit gemeldet haben. Es sind sechs.«

»Hast du die Namen mit den Daten der Kraftfahrzeugzulassungsstelle abgeglichen?«

Aleksejow nickte. »Zwei fahren einen Hyundai. Einer ist blau, der andere grau.«

Federow ließ sich die entsprechenden Papiere geben und starrte schon bald auf das Bild von Paulina Ponomajowa. Achtundvierzig Jahre alt, attraktiv, mit hellbraunem Haar, braunen Augen und markantem Kinn. Sie war ein Meter zweiundsiebzig groß und wog neunundfünfzig Kilo, was mit dem übereinstimmen konnte, was Federow gerade eben auf dem Bildschirm gesehen hatte.

»Was wissen wir über sie?«

Aleksejow hatte sich informiert und las vom Blatt ab. »Sie hat an der Universität Moskau Mathematik und Computerwissenschaft studiert und wurde gleich nach ihrem Abschluss vom FSB rekrutiert. Dort verlief ihr beruflicher Werdegang hervorragend, sie ist mehrmals befördert und in diesem Zusammenhang immer wieder und zunehmend streng überprüft worden.«

Wenn man nach dem Alter der bislang bereits identifizierten sieben Schwestern ging, gehörte Ponomajowa nicht zu dieser Gruppe. Federow las sich den Bericht über ihr Privatleben durch, das ebenso unauffällig war wie ihre Karriere: Heirat mit Anfang zwanzig, Scheidung, keine Kinder. Ihre Eltern waren verstorben, ebenso ihr Bruder Iwan. Weitere Geschwister hatte sie nicht.

»Sie hat sehr wenig, wofür es sich zu leben lohnt«, meinte Federow nachdenklich.

»Sie arbeitet als Systemanalytikerin für das Direktorat Protokolle und Archive«, sagte Aleksejow. Damit hatte die Frau Zugang zu allen im System gespeicherten Protokollen, einschließlich der Berichte über die Arbeit von russischen Agenten und Leuten aus anderen Ländern, die für Russland arbeiteten. Somit kannte sie auch alles, was Federow über Charles Jenkins geschrieben hatte.

»Haben wir eine Adresse?« Federow war schon auf dem Weg zum Garderobenständer.

»Ja.«

Federow schnappte sich seinen schweren Wintermantel und die Mütze vom Haken und wollte das Büro schon verlassen, als er noch einmal stehen blieb. »Was wissen wir über Wolkows Zustand?«

»Er liegt im Krankenhaus, ist aber bei Bewusstsein«, antwortete Aleksejow.

Sobald sich die Gelegenheit ergab, würde Federow den Kollegen besuchen. Im Moment jedoch galt es, jemanden zu fangen. »Du fährst. Ich möchte mir die Akte noch einmal ansehen.«

* * *

Federow trat aus Paulina Panomajowas Wohnung in den düsteren Flur. Die Spurensicherung würde noch bleiben und alles genau unter die Lupe nehmen, aber so wie es aussah, war die Wohnung gesäubert worden. Keine Fotos von Freunden oder der Familie in den Regalen oder an den Wänden, keine Fotoalben, keine persönliche Post, nicht einmal Werbung in irgendeiner der Schubladen. Einen Computer hatten sie auch nicht entdecken können. Die Küche war sauber und roch nach Putzmitteln mit Zitronenduft, wobei sie allerdings in der Spüle ein abgebranntes Streichholz gefunden hatten. Insgesamt war die Wohnung spartanisch möbliert und ließ keine Rückschlüsse auf irgendetwas zu. Sogar der Müllbeutel aus dem Mülleimer in der Küche war entfernt worden. Einer der jüngeren

Mitarbeiter durchsuchte gerade die Mülltonnen unten auf dem Parkplatz, wobei Federow es für unwahrscheinlich hielt, dass die Ponomajowa kompromittierende Dinge an einem so leicht zugänglichen Ort entsorgt haben könnte.

Im Grunde war die Wohnung so sauber, dass Federow sich schon gefragt hatte, ob sie nicht bei der falschen Adresse gelandet waren und die Ponomajowa hier vielleicht gar nicht lebte, sondern die Adresse nur bei der Arbeit angegeben hatte. Dann jedoch hatten die Nachbarn bestätigt, dass die Frau wirklich hier wohnte, und dem Streichholz in der Spüle nach zu urteilen hatte sie sich in letzter Zeit auch hier aufgehalten. Unter den Nachbarn galt sie als ruhig. Sie hatte zu kaum jemandem Kontakt gehabt und sehr wenig über sich preisgegeben. Niemand konnte sich daran erinnern, irgendwann einmal jemand anderen in dieser Wohnung gesehen zu haben, und niemand hatte Ponomajowa am Abend zuvor nach Hause kommen hören.

Federow las sich noch einmal das Dossier über die Frau durch, das er bereits auf der Fahrt hierher von vorn bis hinten durchgesehen hatte. Es bestätigte, was die Hausbewohner erzählt hatten: Sie hatten es hier mit jemandem zu tun, der alles darauf angelegt hatte, anonym zu bleiben, und dem das im Großen und Ganzen auch gelungen zu sein schien. Spezialisten für Fingerabdrücke würden die Wohnung genauestens durchsuchen, aber der Zitronenduft des Putzmittels ließ ahnen, dass sie wohl kaum einen Abdruck von Jenkins finden würden.

Federow war immer noch in das Dossier vertieft, auf der Suche nach irgendetwas, das er übersehen haben könnte, als Aleksejow auf ihn zugeeilt kam, strahlend wie ein kleiner Junge am Weihnachtsmorgen.

»Wir haben das Auto!«, rief er.

Federow spürte seinen Adrenalinspiegel in die Höhe schnellen. »Wo?«

»Eine Kamera an einer Mautstelle an der M4 hat das Nummernschild aufgezeichnet. Aufzeichnungen von weiteren Mautstellen bestätigen, dass das Auto in der Nacht immer weiter nach Süden fuhr.«

»Sie wollen ans Schwarze Meer!« Federow warf einen Blick auf seine Armbanduhr. »Inzwischen dürften sie fast dort angekommen sein. Besorg uns ein Flugzeug oder einen Hubschrauber. Benachrichtige die örtliche Polizei in den Städten entlang der Strecke, die der Wagen wahrscheinlich nehmen wird. Wenn sie den Wagen sehen, sollen sie ihn im Auge behalten, sich ihm aber nicht nähern. Ist das klar? Sie sollen sich dem Auto nicht nähern, auch nicht dem Haus, vor dem es parkt. Los, Tempo, ich komme sofort nach.«

21

Nach Charlies Anruf holte Alex Freddie und die Reisetasche aus dem Wandschrank, die sie für diesen Ernstfall bereithielt. In der Tasche befanden sich einige Kleidungsstücke zum Wechseln für CJ und sie, ein paar grundlegende Toilettenartikel, Medikamente und fünftausend Dollar in kleinen Scheinen. Alte Gewohnheiten legt man nun einmal nicht so leicht ab, das galt für Alex ebenso wie für ihren Mann.

Sie holte CJ aus dem Unterricht und fuhr mit ihm direkt nach Seattle zur Anwaltskanzlei von David Sloane im Stadtteil SoDo. In dieser aufstrebenden Gegend südlich der Innenstadt hatte sich Sloane ein Lagerhaus gekauft und umbauen lassen. Charlie würde wissen, dass er Alex jetzt nur noch über Sloanes Büro erreichen konnte, denn so hatten sie es für den Fall der Fälle abgemacht. Wobei Alex nie damit gerechnet hätte, dass sich die Sicherheitsmaßnahmen je als notwendig erweisen könnten.

Als sie auf den Parkplatz beim Lagerhaus einbogen, fuhr gerade mit warnendem Klingeln und lärmendem Hupen ein Güterzug über die Kreuzung hinter dem Haus. Hinten im Range Rover setzte sich Max auf und bellte.

»Aus, Max«, befahl CJ. Der Junge schmollte. Jetzt würde er das Fußballtraining verpassen, dabei hatte er doch gerade mit dem Trainer gesprochen, wie sein Vater ihm geraten hatte, und sollte beim nächsten Spiel im Sturm eingesetzt werden. Noch ahnte er nicht, dass er so bald nicht wieder spielen würde. Alex hatte es nicht übers Herz gebracht, ihm das zu sagen. Sie wollte erst genau wissen, was eigentlich los war.

In was hast du dich da bloß reinziehen lassen, Charlie?

Gut, dass in den Büroräumen des Hauses auch Haustiere willkommen waren. So konnten CJ und Alex Max mit in den Fahrstuhl nehmen, der sie hinauf in den zweiten Stock brachte.

Kaum hatten sie sich vorn am Empfang gemeldet, als auch schon Carolyn auftauchte, Sloanes Sekretärin. Die ein Meter achtzig große Frau wachte mit Argusaugen über den Terminkalender ihres Chefs. »Alex! Und CJ!« Sie warf der Empfangsdame Tara einen vorwurfsvollen Blick zu. »Sie haben gar nicht gesagt, dass die Familie hier ist«, tadelte sie und bückte sich kurz, um Max hinter den Ohren zu kraulen. »Was führt euch drei denn hierher?«

»Ich muss mit David reden«, sagte Alex.

»Der nimmt gerade eine eidesstattliche Erklärung auf, dürfte aber bald fertig sein. Geht doch schon vor in sein Büro, ich sage ihm, dass ihr hier seid.« Sie warf einen Blick auf Alex' Bauch. »Sie sehen so aus, als würden Sie jeden Moment explodieren.«

»So schnell geht es hoffentlich doch nicht. Ein paar Wochen sind es schon noch.«

»Tara, rufen Sie bitte Jake an und sagen Sie ihm, dass Alex und CJ hier sind.«

»Ich weiß, wo sein Büro ist!« CJ war schon losgelaufen, gefolgt von Max und begleitet von lautem Hundegebell aus den Büros, an denen sie vorbeikamen.

Carolyn führte Alex in Sloanes Eckbüro an der Vorderseite des Hauses, bat sie, es sich gemütlich zu machen, und verschwand. Es war ein großes Büro, mit einem Schreibtisch in der einen Ecke, einer Couch mit rundem Tisch und zwei Stühlen in der anderen. Alex setzte sich an den Tisch und nahm sich den Laptop vor, den sie für CJ Security benutzten. In ihrem Kopf schlugen die Gedanken Purzelbäume. Noch nie hatte einer von ihnen den Notruf abgesetzt und sie hatte keine Ahnung, warum sich Charlie jetzt dazu gezwungen gesehen hatte und in welcher Gefahr CJ und sie sich befinden könnten. Immerhin ging es ihr ein bisschen besser, jetzt, wo sie bei Sloane im Büro saß und sich darauf konzentrieren konnte herauszufinden, was passiert war.

Sie loggte sich ins Internet ein und rief Charlies Suchverlauf auf, sah sich an, was er gemacht hatte, suchte nach seinen Reiseunterlagen. Sie entdeckte seine jüngste Reiseplanung und den Flug nach Heathrow, aber auch noch etwas, was ihr prompt kalte Schauer über den Rücken jagte: Charlie hatte nach einem zweistündigen Aufenthalt in London einen Anschlussflug nach Moskau genommen.

Ihr brach der kalte Schweiß aus. Sie suchte weiter und fand eine zweite Flugbuchung, die genau zu seiner jetzigen Reise passte: ein Zwischenstopp in London, dann Weiterflug nach Moskau.

Als Nächstes nahm sie sich die Buchhaltung von CJ Security vor und sah sich an, was über die Firmenkreditkarte abgerechnet worden war. Sie fand Abbuchungen für mehrere Übernachtungen im Hotel Metropol in Moskau, übereinstimmend mit den Daten von Charlies erster Reise nach Russland. Für seinen momentanen Aufenthalt dort fand sie keine Abbuchungen für die Unterkunft, weder vom Metropol noch von irgendeinem anderen Hotel in Russland.

Sie rief die Webseite des Metropol auf und wählte die dort angegebene Telefonnummer. In Moskau klingelte das Telefon eine ganze Weile, bevor sich auf Englisch und mit deutlichem Akzent eine Männerstimme meldete.

Wahrscheinlich hatte der Portier auf dem Display gesehen, dass unter einer ausländischen Nummer angerufen wurde.

»Ich versuche Charles Jenkins zu erreichen, er wohnt bei Ihnen«, sagte Alex.

»Einen Moment, bitte.«

Sie landete in der Warteschleife und musste mehrere Minuten lang die Musik ertragen, die das Hotel zu diesem Zweck ausgesucht hatte. Nervös geworden stand sie auf und trat ans Fenster, sah sich die Ansammlung ramponierter Campingbusse und Anhänger auf dem gegenüberliegenden Parkplatz an.

Endlich meldete sich der Portier wieder. »Es tut mir leid, aber hier im Hotel ist kein Gast dieses Namens gemeldet.«

»Ist er abgereist?«

»Ich fürchte, Sie haben mich falsch verstanden. Ein Mann dieses Namens ist nicht in diesem Hotel abgestiegen.«

Alex nannte dem Portier die Daten von Charlies Reservierung im Dezember, einschließlich der Bestätigungsnummer des Hotels.

»Ja, an diesen Tagen hat ein Mr. Jenkins hier gewohnt«, sagte der Portier.

»Aber in letzter Zeit nicht mehr?«

»Da gibt es leider keine weiteren Unterlagen.« Der Portier schien es inzwischen eilig zu haben. »Kann ich Ihnen sonst noch behilflich sein?«

»Nein danke.« Alex hatte gerade aufgelegt, als Sloane ins Büro kam.

»Hallo!« Er legte sein Notizbuch und einen Stapel Dokumente auf den runden Tisch und begrüßte sie mit einer Umarmung. »Ist alles in Ordnung?«

Alex schoss gerade ein heftiger Schmerz durch den Unterleib. Sie verzog das Gesicht.

»Alles in Ordnung?«, wiederholte Sloane, inzwischen richtig besorgt.

»Moment noch, ja?« Alex wartete, bis der Schmerz vorbei war, und atmete ein paarmal tief durch. »Ich mache mir Sorgen um Charlie. Er steckt irgendwie in der Klemme.«

»Woher weißt du denn, dass er Probleme hat?«

»Weil er mich angerufen und unmissverständlich aufgefordert hat, das Haus zu verlassen, CJ aus der Schule abzuholen und hierherzukommen. Unsere Schrotflinte sollte ich auch mitnehmen. So haben wir es für den Ernstfall abgesprochen.«

»Er hat nicht erklärt, warum das notwendig ist?«

»Nein. Er fürchtet wohl, jemand hört mit, wenn wir telefonieren. Und er ist auch gar nicht in London, wie er mir erzählt hat.«

»Wo ist er denn dann?«

»In Moskau.«

»Russland?« Sloane zog überrascht die Brauen hoch. »Wieso?«

»Keine Ahnung! Ich weiß nur, dass er schon im Dezember einen Flug nach Moskau und mehrere Übernachtungen in einem Hotel dort gebucht hat und über die Firmenkarte abrechnen ließ. Es gibt eine zweite Buchung für einen Flug nach Moskau vor zwei Tagen. Ich habe im Hotel angerufen, in dem er im Dezember gewohnt hat. Dort sagen sie, sie hätten Unterlagen über seinen Aufenthalt im Dezember, aber seitdem nichts mehr.«

»Vielleicht wohnt er in einem anderen Hotel?«

»Möglich wäre es, aber ich finde keine Kreditkartenabrechnungen, die mit dieser zweiten Reise übereinstimmen.«

»Bist du denn sicher, dass er wirklich geflogen ist?«

»Sicher bin ich mir noch über gar nichts. Aber wir haben für den Fall, dass einer von uns in Schwierigkeiten gerät, einen Code abgemacht. Charlie hat mir eindeutig befohlen, das Haus zu verlassen. Und was das Hotel betrifft: Charlie ist ein Gewohnheitstier, er wäre auf jeden Fall im selben Hotel abgestiegen.«

»Nur gibt es darüber keine Unterlagen?«

»So haben sie es mir im Hotel jedenfalls gesagt. Ohne Unterlagen können sie leichter behaupten, jemand wäre nie dort gewesen Das weiß ich noch von früher.« Wieder verzog Alex schmerzhaft das Gesicht.

»Entspann dich, Alex. Wir werden der Sache schon auf den Grund kommen. Du hast keine Ahnung, wo er im Moment sein könnte?«

Sie schüttelte den Kopf. »Im Moment nicht, nein. Und solange ich nicht weiß, was vor sich geht, kommen Anrufe an sein Handy nicht infrage. Mit Sicherheit kann ich das natürlich nicht sagen, David, aber für mich riecht das alles sehr nach einem CIA-Auftrag.«

Sloane wurde blass. »Das würde Charlie nie tun! Er hat den Verein vor Jahren verlassen.«

»Das weiß ich doch. Und ich weiß auch, dass er nur für sich nie einen solchen Auftrag annehmen würde. Aber für CJ und mich vielleicht schon.«

»Wie meinst du das?«

Alex erklärte ihm die finanzielle Lage von CJ Security. »Verstehst du jetzt, dass ich mir Sorgen mache? Wenn er da irgendwie wieder drinsteckt und in Schwierigkeiten geraten ist ...«

»Das wissen wir nicht«, versuchte Sloane sie zu beruhigen.

Nein, das wusste sie nicht. Dafür wusste Alex genau, womit Charlie seine Zeit in Mexiko verbracht hatte: mit Aktionen gegen den KGB. Und sie wusste, dass man in Russland ein gutes Gedächtnis hatte und sehr geduldig sein konnte, wenn es darum ging zu bekommen, was man wollte.

22

Nach fast zwanzig Stunden ununterbrochener Fahrt steuerte Jenkins die am Ufer des Schwarzen Meers gelegene Stadt Wischnewka an. Sie waren angekommen. Unterwegs hatten Anna und er nur Halt gemacht, um Maut zu bezahlen, einen Fahrerwechsel vorzunehmen, zu tanken und zur Toilette zu gehen. Schneefall und Wind hatten am späten Vormittag aufgehört, dafür regnete es nun und Nebel war aufgekommen. Aber immerhin wurden sie nicht mehr von Windböen geschüttelt und mussten auch nicht mehr streckenweise im Blindflug durch dichtes Schneegestöber steuern. Noch dazu bescherte ihnen das bessere Wetter einen Zeitgewinn. In Wischnewka würden sie kurz Halt machen, hatte Anna erklärt, um sich mit Lebensmitteln, Wasser und anderen notwendigen Dingen zu versorgen.

Die Stadt lag an einem Hang über dem Schwarzen Meer, auf den ersten Blick das typische kleine Badeörtchen, das jetzt im Winter fast unbewohnt wirkte. Laut Anna stieg die Bewohnerzahl der Küstenorte in den geschäftigen Sommermonaten um das Dreifache.

Dass hier momentan nur so wenige Menschen unterwegs waren, fand Jenkins problematisch. Er hätte immer noch gern

ein anderes Auto besorgt, aber natürlich bedeuteten weniger Bewohner auch weniger Autos und ein gestohlenes Fahrzeug fiel noch schneller auf. Er warf einen Blick auf die Tankanzeige.
»Der Tank ist nur noch zu einem Viertel voll«, stellte er fest. »Wir sollten hier tanken, und sei es nur für den Notfall. Wie weit müssen wir denn noch?«
»Nicht mehr weit.«
»Wenn wir da sind, sollten wir als Erstes ein Versteck für das Auto suchen.«

An der Tankstelle stiegen sie beide aus, Jenkins, um zu tanken, und Anna, um in einem kleinen Laden auf der anderen Straßenseite die Einkäufe zu erledigen.

Nachdem Jenkins den Stutzen in den Tank eingehängt hatte, ging er in das kleine Lädchen, das der Tankstelle angeschlossen war. Er bestellte einen Kaffee, schwarz, und fragte, ob er die Toilette hinten im Laden benutzen dürfe.

Nachdem er sich erleichtert hatte, stand er am Waschbecken, wusch sich die Hände und betrachtete kritisch sein Bild im stumpfen Spiegel. Die geschwollenen, blutunterlaufenen Augen mit den dunklen Ringen darunter sprachen Bände: Man sah ihm an, dass er sechsunddreißig Stunden, wenn nicht länger, nicht mehr geschlafen hatte. Auch wenn man dreimal die Woche fünf Meilen lief, im Keller Gewichte stemmte und auf die Ernährung achtete, ließ sich ein gewisser Alterungsprozess einfach nicht zurückdrehen. An Tagen wie diesem spürte Jenkins jedes einzelne seiner Jahre. Wo immer sie auch hinfuhren, hoffentlich konnte er sich dort hinlegen und wenigstens ein paar Stunden lang schlafen.

Wieder draußen im Laden suchte er die Regale nach etwas Anständigem zu essen ab, entdeckte aber mehr oder weniger nur Kartoffelchips, Donuts, alle Arten von Süßigkeiten und einige Produkte, die er nicht kannte und deren Namen er noch nicht einmal aussprechen konnte. Hinter den Glastüren der großen Kühlschränke standen Erfrischungsgetränke und Alkohol. Hoffentlich hatte Anna im Laden auf der anderen Straßenseite mehr Glück. Hier traf gerade ein leicht ramponierter Kleinwagen mit blauen Seitenstreifen und einem Lichtbalken auf dem Dach ein. Polizei. Der Wagen fuhr an den Zapfsäulen vorbei und hielt. Ein junger Polizist stieg aus, schien aber nicht in den Laden zu wollen, sondern ging zum Hyundai und sah sich dessen Nummernschild an. Dann zog er ein Blatt Papier aus der Brusttasche seiner Uniformjacke und verglich das, was darauf stand, mit dem Kennzeichen am Wagen.

Man hatte sie entdeckt.

Der Polizist warf einen Blick durch das Fenster auf der Fahrerseite, versuchte die Tür zu öffnen, die Jenkins verriegelt hatte, sah zum Laden und schien herüberkommen zu wollen. Leise zog sich Jenkins in den Waschraum zurück, wobei er die Tür einen Spaltbreit offen ließ. Er wollte hören, was draußen gesprochen wurde.

»*Dobroje utro*«, begrüßte der Polizist den Tankwart. »*Wi snajete, tschja maschina tam stoit?*« *Wissen Sie, wessen Wagen das da draußen ist?*

Der Tankwart deutete mit dem Kinn Richtung Waschraum. »Der Mann kam gerade rein. Er ist im Waschraum.«

Der Polizist drehte sich um. »Jetzt, in diesem Moment?«

»Ja.«

Als der Polizist näher kam, ließ Jenkins die Tür zufallen und verschwand in der Kabine, deren Tür er hinter sich schloss, ohne sie zu verriegeln. Er setzte sich auf den Toilettendeckel und stemmte sich mit der rechten Hand gegen die Tür. Kurz darauf hörte er, wie die Waschraumtür aufging und wieder zufiel, und vor der Kabinentür blieben zwei schwarze Schuhe stehen. Es klopfte, kurz und metallen, vielleicht mit einem Schlüssel, dann zogen sich die Schuhe zurück.

»Besetzt«, rief Jenkins auf Russisch.

»*Eto wasch awtomobil' tam na ulitse, Hyundai?*« *Gehört Ihnen der Wagen da draußen, der Hyundai?*

»*Da. I schto s togo?*« *Ja, wieso?*

»Kommen Sie sofort raus«, befahl der Beamte.

»Wer zum Teufel sind Sie?« Auch Jenkins sprach weiterhin Russisch.

»*Politsija.*«

»Seit wann ist kacken illegal?«

»Kommen Sie raus!«, rief der Beamte.

»Sie werden sich wohl gedulden müssen, bis ich fertig bin.«

»Sie kommen jetzt sofort da raus!«

»Ja, ist ja gut.« Jenkins wollte den Mann nicht noch misstrauischer machen, sonst rief der noch nach Verstärkung, wenn er das nicht längst getan hatte. »Dann kann man nicht mal mehr in Ruhe scheißen?«

Wieder klopfte es an der Tür. »Raus! Sofort! Und halten Sie die Hände so, dass ich sie sehen kann.«

»Darf ich mir noch die Hose hochziehen?«

»Ziehen Sie Ihre Hose hoch und kommen Sie danach sofort raus.«

»Worum geht es denn?«, fragte Jenkins in der Hoffnung, den Polizisten so wieder näher an die Tür locken zu können.

»Sofort rauskommen!«

Jenkins stand auf, blieb aber erst einmal stehen, als müsse er sich die Hose hochziehen und den Gürtel schließen.

Sobald sich die Schuhe draußen wieder der Tür näherten, hob Jenkins das rechte Bein und trat zu. Die Tür sprang mit Wucht auf und prallte gegen den jungen Polizisten, der damit überhaupt nicht gerechnet hatte. Er stolperte rückwärts, verlor das Gleichgewicht, fiel hin und wurde von Jenkins mit zwei gezielten Faustschlägen außer Gefecht gesetzt.

Jenkins schüttelte die rechte Hand aus. Ein scharfer Schmerz schoss ihm durch die Finger. »Diese Prügeleien auf dem Klo müssen wirklich mal aufhören!«, murmelte er leise.

Viel Zeit blieb ihm nicht und sollte der Polizist wirklich Verstärkung gerufen haben, bevor er in den Waschraum kam, dann hatten sie jetzt ernsthafte Probleme. Dann konnten sie nur hoffen, dass in so einer kleinen Stadt außerhalb der Saison weniger Polizisten arbeiteten als im Sommer und Verstärkung nicht so ohne Weiteres gleich zur Verfügung stand. Halb trug, halb schleifte er den bewusstlosen Beamten in die Kabine, setzte ihn auf die Toilette und fesselte ihn mit den eigenen Handschellen an ein Wasserrohr, das über seinem Kopf an der Wand verlief. Die Schlüssel schleuderte er durch den Waschraum, zog dem jungen Mann Schuhe und Socken aus, stopfte ihm eine Socke in den Mund und sah zu, dass dieser Knebel auch hielt, indem er ihn mit der zweiten Socke sicherte. Besser kriegte er es unter diesen Umständen nicht hin. Er schloss die Kabinentür, warf Handschellenschlüssel und Schuhe in den Mülleimer und ging zurück in den Laden, um beim Tankwart am Tresen Kaffee und Benzin zu bezahlen.

»*Spasibo*«, bedankte sich der Tankwart. »Was ist mit dem Polizisten?«

Jenkins warf einen kurzen Blick Richtung Toilettentür. »Ich weiß nicht, wahrscheinlich musste er mal.«

»Er hat gefragt, wem der Hyundai gehört.« Der Tankwart deutete auf die Zapfsäule.

»Ja, seine Frau hätte wohl auch gern so einen, aber er ist dagegen. Er wollte wissen, was ich von meinem halte.«

Der Mann nickte verständnisvoll. »Und? Was halten Sie von ihm?«

Jenkins zog die Brauen hoch. »Ein Mercedes wäre mir lieber, aber das ist vom Budget her nicht drin.« Er grinste. »Der

Hyundai ist nicht der Schnellste, aber er schluckt auch nicht viel Sprit und das ist heutzutage ja wichtig.«

Da war der Tankwart ganz seiner Meinung. »Und jetzt, durch die Sanktionen der Amerikaner, sollen die Spritpreise noch mal um acht bis zehn Prozent steigen.«

»Gut für Sie, nicht gut für mich.« Jenkins deutete mit dem Daumen rückwärts über die Schulter. »Schade nur, dass Sie nicht abfüllen können, was der Junge dadrin produziert! Genug natürliches Gas, um eine ganze Stadt zu versorgen.«

Der Tankwart lachte.

»Lüften Sie lieber, bevor Sie reingehen«, fuhr Jenkins fort, schon halb auf dem Weg zur Tür. »Sonst ersticken Sie noch.«

»Okay, danke für den Tipp.«

Draußen schlenderte Jenkins ganz gemächlich zum Hyundai und widerstand der Versuchung, rasch mit einem Blick über die Schulter nachzusehen, ob der Tankwart schon im Waschraum verschwunden war. Seine rechte Hand tat sehr weh, hoffentlich hatte er sich da keinen Knöchel gebrochen. Erst beim Einhängen des Zapfhahns in die Zapfsäule riskierte er einen Blick in den Laden. Der Tankwart saß an der Kasse und starrte auf das kleine Fernsehgerät an der Wand über dem Tresen. Jenkins stieg ein und fuhr über die Straße, wo Anna gerade mit Plastiktüten in beiden Händen aus dem kleinen Haus mit dem roten Ziegeldach trat. Er hielt ihr die Autotür auf.

»Schnell! Wir haben ein Problem.«

23

Alex saß am runden Tisch in Sloanes Büro vor Charlies Laptop, neben sich Jake, der an seinem eigenen Laptop mit einer Internetrecherche beschäftigt war. Sloane tigerte vor seinem Schreibtisch auf und ab und ging die Dokumente durch, die Alex ihm ausdruckte. CJ und Max hatten sie im Pausenraum untergebracht und mit Pizza, Limonade und Zugang zum Kabelfernsehen versorgt. Zumindest der Junge war im siebten Himmel.

Draußen vor den Bürofenstern war es Abend geworden und das Licht der Straßenlaternen beleuchtete den Regen, der auf das Dach des Lagerhauses tropfte. Mit lautem Pfeifen kündigte ein weiterer Zug seine Ankunft an. Alex brütete über den Abrechnungen der Firmenkarte von CJ Security und ihrer persönlichen Karten und ging Punkt für Punkt Charlies E-Mails und Nachrichten durch. Sie hatte eine Liste der Kosten erstellt, die von Charlie bei seinem Aufenthalt in Russland über Kreditkarten abgerechnet worden waren, und markierte alle Orte, an denen er Geld ausgegeben hatte, auf einem Stadtplan von Moskau, den sie sich ausgedruckt hatte. Die Abrechnungen bestätigten eine zweite Reise, aber keine weitere Übernachtung im Hotel Metropol. Sie hatte im LSR&C-Büro in Moskau angerufen, wo ihr Uri, der Leiter des Sicherheitsdienstes, versicherte, dass Charlie das Büro zweimal besucht und dabei jeweils im Hotel Metropol gewohnt hatte. Dorthin hatte ihn Uri jedenfalls gebracht und von dort hatte er ihn auch abgeholt.

Irgendjemand log hier.

»Wie weit ist LSR&C mit den Zahlungen im Verzug?« Sloane legte ein weiteres Papier auf seinem Tisch ab.

»Im November lag der Rückstand bei fast fünfzigtausend Dollar.«

»Warum hat Charlie denn nichts gesagt? Ich hätte denen einen gepfefferten Brief geschrieben.«

»Der Finanzchef hat Charlie immer wieder versichert, er würde die überfällige Summe bald zahlen. Und er hat auch wirklich zweimal zehntausend Dollar überwiesen, aber trotzdem stapelten sich bei uns die Rechnungen.« Alex stand auf und ging zu Sloane, um ihm die Zeitschiene zu zeigen, die sie erstellt hatte. »Sieh dir das hier an. Kurz vor Weihnachten, nach Charlies erster Russlandreise, erhielten wir einen Scheck über fünfzigtausend Dollar. Das reichte, um die Vertragsfirmen zu bezahlen und uns bei unseren Dienstleistern halbwegs auf Stand zu bringen. Nur kann ich diesen Scheck nicht finden, dabei erscheint der Betrag auf dem Girokonto von CJ Security im Plus.«

Sloane sah sich die Zeitschiene genau an. »Und dir fällt kein geschäftlicher Grund für eine Reise nach Russland ein?«

»Das Büro dort existiert schon eine Weile. Er ist also nicht hingeflogen, um es aufzubauen und nachzusehen, ob alles glattläuft. Laut Uri war Charlie dort, um ganz allgemein die Sicherheitsmaßnahmen durchzusprechen. Meiner Meinung nach war das ein Vorwand.«

»Und wozu brauchte er den?«

»Wenn Charlie reaktiviert wurde, hat er einen legitimen Grund gebraucht, ins Land zu reisen und sich dort aufzuhalten.«

»Okay. Aber Tarnung hin oder her, die Russen kriegen doch mit, wenn ein ehemaliger CIA-Agent in ihr Land einreist, oder?«

»Auf jeden Fall.« Alex nickte. »Aber er konnte seine Einreise mit Arbeit für seine Firma begründen und sie haben ihn ja auch reingelassen. Das heißt aber noch lange nicht, dass ihm die Russen vertrauen oder seine Anwesenheit als legitim empfinden.«

Jake hob den Kopf vom Computer. »Locke, Spellman, Rosellini und Cooper«, sagte er. »Dafür steht LSR&C, richtig?«

Alex nickte.

Jake beugte sich wieder über seinen Bildschirm.

»Hast du irgendeine andere Möglichkeit als das Handy, mit Charlie Kontakt aufzunehmen, wenn er in Schwierigkeiten steckt?«, fragte Sloane.

»Nein. Und ich würde es auch nie versuchen. Wir haben abgemacht, dass er dich oder das Büro hier anruft. Mein Handy habe ich weggeworfen, das könnten sie als Erstes aufspüren, wenn irgendwer herausfinden will, wo ich bin.«

»Hatte ich es mir doch gedacht!« Jake setzte sich zurück und drehte seinen Laptop so, dass alle den Bildschirm sehen konnten. »Locke, Spellman und Rosellini sind die Namen von früheren Gouverneuren des Staates Washington.«

»Bist du sicher?« Sloane trat näher an den Bildschirm heran. Weder er noch Alex waren in Seattle groß geworden und so kannten sie sich auch in der Geschichte des Staates Washington nicht besonders gut aus. Jake dagegen war hier aufgewachsen und bis zur Highschool auch zur Schule gegangen.

»Gary Locke war von 1997 bis 2005 Gouverneur.«

»Daran erinnere ich mich«, sagte Sloane.

»John Spellman war von 1981 bis 1985 im Amt und starb im Januar 2018. Albert Rosellini hatte den Posten von 1957 bis 1965 inne und starb 2011.«

»Dann können sie schlecht Investoren oder leitende Angestellte dieser Firma sein.« Sloane las sich durch, was Jake aufgerufen hatte. »Vielleicht Verwandte?« Er sah Alex fragend an.

»Das weiß ich nicht«, sagte Alex. »Wir haben außer dem Finanzchef Randy Traeger nie jemanden kennengelernt.«

»Einen Namen lasse ich mir noch gefallen«, sagte Jake. »Solche Übereinstimmungen kommen vor. Zwei wären schon ein ziemlicher Zufall, aber bei dreien muss man von Absicht ausgehen, oder?«

»Einer Firma für Investment und Vermögensverwaltung verleihen solche Namen Prestige«, sagte Sloane. »Sie können sehr hilfreich sein, wenn man Leute überzeugen will, einem ihr Geld anzuvertrauen.«

Jake drehte den Laptop wieder zu sich und ließ die Finger über die Tasten tanzen. »Die Firma wurde 2015 in Delaware gegründet.«

»Delaware?«, fragte Alex. »Die Firmenleitung sitzt in Seattle.«

»Eine Menge Firmen werden in Delaware gegründet«, erklärte Sloane. »Da sind die Handelsgesetze vorteilhafter als anderswo und der Staat berechnet keine Körperschaftssteuer, solange die Firma ihre Geschäfte ausschließlich außerhalb von Delaware abwickelt.« Er wandte sich an Jake. »Wo hat LSR&C Büros?«

Während Jake noch klapperte, zählte Alex bereits auf: »Seattle, New York, Los Angeles, London und Moskau.«

»Plus Neu-Delhi, Taiwan und Paris«, ergänzte Jake. »Jedenfalls laut Website des Unternehmens.«

»Von Büros in Neu-Delhi oder Taiwan habe ich noch nie gehört. Und über Paris denken sie erst nach, soweit ich weiß.«

Sloane griff zum Telefon auf seinem Schreibtisch. »Hast du die Telefonnummer von Randy Traeger?«

»Seine Handynummer war in dem Handy, das ich gerade weggeschmissen habe.«

»Ich habe die Nummer von seinem Büro«, meldete sich Jake und ratterte die Zahlen auch schon herunter. Sloane tippte sie in sein Telefon und stellte den Anruf auf Lautsprecher. Leider bekamen sie nur die nach Geschäftsschluss übliche Ansage.

Sloane sah auf die Uhr, bevor er auflegte. »Ich möchte, dass du noch ein wenig nachforschst«, sagte er zu Jake. »Stell fest, wer die Firma wirklich leitet und was sich sonst noch herausfinden lässt. Irgendwas scheint mir hier faul zu sein.«

24

Während sie zusahen, dass sie Tankstelle und Laden möglichst schnell hinter sich ließen, berichtete Jenkins in Einzelheiten von seiner Konfrontation mit dem Polizisten.

»Sie haben den Wagen gefunden, wir müssen also davon ausgehen, dass sie auch wissen, wer Sie sind«, fuhr er fort. »Wir haben keine Zeit mehr. Wir müssen dringend das Auto loswerden, damit wir uns darauf konzentrieren können, was wir weiterhin unternehmen.«

Anna wusste genau, wohin sie wollte. Sie dirigierte Jenkins auf eine schmale Staubstraße entlang der Küste, auf der ein paar tiefe Schlaglöcher den kleinen Wagen hüpfen und schlingern ließen. Unter einem nach wie vor bewölkten Himmel fuhren sie an leeren Grundstücken vorbei, wo Holzstapel und Zementblocks auf den Bau neuer Häuser warteten. »Wenn Federow weiß, dass wir hier sind«, setzte Jenkins seine Überlegungen fort, »wird er gezielt in dieser Gegend mit Satellitenkameras nach dem Hyundai suchen lassen. Viel kriegt er da nicht zu sehen, solange sich der Nebel hält, aber sobald der sich hebt, wird es für uns eng. Das dürfen wir nicht riskieren. Wir müssen das Auto irgendwo verstecken, wo er es nicht gleich findet. Vielleicht glaubt er dann, wir wären weitergefahren.«

Rechts von ihnen loderte hoch oben auf einem verrosteten Metallturm eine gelbe Flamme, die Gasfackel einer Erdgas-Raffinerie. Vor der Küste ankerten rote Tankschiffe. Die Straße machte eine Biegung nach links und entfernte sich vom Meer. Sie fuhren jetzt ins Landesinnere, hier gab es rechts und links mehr unbebaute Grundstücke als Häuser.

»Hier ist es.« Anna deutete auf ein zweistöckiges, aus Betonziegeln errichtetes Haus hinter einem Zaun, der aussah, als sei er aus Aluminiumverkleidung zusammengeschustert. Die Grundstücke rechts vom Zaun und gegenüber waren unbebaut und wirkten mit ihrem mageren Baumbestand und den wild wuchernden Hecken ziemlich ungepflegt.

Jenkins hielt vor dem schmiedeeisernen Tor in dem Metallzaun an. Anna stieg aus und schloss das Vorhängeschloss an der Kette auf, mit der das Tor gesichert war. Rasselnd glitt die Kette durch die Eisenstäbe und das Tor protestierte quietschend, als Anna es aufstieß. Jenkins ließ den Wagen ein Stück in die Einfahrt hineinrollen, stoppte und stieg aus. Anna kam zu ihm an die Fahrerseite. »Tragen Sie die Vorräte zur Rückseite des Hauses und warten Sie dort auf mich«, sagte sie.

»Wohin wollen Sie?«

»Das Auto loswerden. Ein Stück weiter die Straße hinunter gibt es auf einem der Grundstücke einen Schuppen. Die Nachbarn dort kommen frühestens in zwei Monaten wieder her, und wenn der Schuppen groß genug ist, verstecke ich das Auto dort. Wenn nicht, lass ich mir etwas anderes einfallen. Schließen Sie das Tor hinter mir und legen Sie auch die Kette wieder vor. Es gibt hinter den Häusern einen Fußweg, den werde ich anschließend nehmen.«

Anna fuhr rückwärts aus der Einfahrt. Wieder quietschte das Tor, als Jenkins es zudrückte, wieder rasselte beim Abschließen die Kette. Er trug die Plastiktüten hinter das Haus, an dessen Rückwand stellenweise die weiße Farbe von den Steinen blätterte und der alte Anstrich, ein leuchtendes Rosa, durchschimmerte. Von hier aus erstreckte sich ein überwucherter Garten mit einer Wäscheleine zwischen zwei verrosteten Pfählen. Steine und Betonbrocken markierten das Areal, auf dem sich wohl mal ein Nutzgarten befunden hatte, dahinter ging es völlig verwildert weiter. Über neugierige Nachbarn brauchten sie sich keine Gedanken zu machen.

Vom Meer her wehte eine frische Brise herüber, eiskalt, mit Salzgeschmack. Jenkins setzte seine Tüten auf der untersten Stufe der Gartentreppe ab, schob die Hände tief in die Taschen von Wolkows Mantel und verzog sich um die Ecke auf die windgeschützte Seite des Hauses, wo es sich besser warten ließ.

Zehn Minuten nach Annas Aufbruch sah er sie auf dem Fußweg hinter den Häusern zurückkommen. Sie sprang über den Zaun und kam zu ihm. »Gab es Probleme?«, wollte er wissen.

»Nein. Es war knapp, aber am Ende hat der Hyundai reingepasst.«

»Die Frage ist nur, wie lange das gut geht. Wenn Federow glaubt, dass wir hier sind, wird er sich jedes einzelne Haus vornehmen und auch nach möglichen Verstecken für ein Auto suchen. Das dürfte nicht allzu schwer werden, es gibt ja nicht gerade viele Häuser hier in der Gegend und wohl auch nicht viele Möglichkeiten, ein Auto verschwinden zu lassen.«

»Dann werden wir nicht lange hierbleiben.«

Sie ging an ihm vorbei, suchte in einem überwucherten Beet voller Unkraut den Stein, unter dem der Hausschlüssel lag, stieg die drei hölzernen Treppenstufen hoch und schloss die Hintertür auf. Die Glasscheibe darin klirrte leise, als sie die Tür aufdrückte.

Sie gelangten durch einen Nebenraum in die Küche, die mit hellgrünen Arbeitsflächen und dunkelbraunen Schränken ausgestattet war. Es roch nach Staub und abgestandener Luft. »Kein

Licht machen!«, warnte Anna. »Wir lassen auch die Vorhänge und Jalousien geschlossen. Ich werde eins der Fenster nach hinten aufmachen, damit ein bisschen frische Luft reinkommt.«

Jenkins stellte die Plastiktüten auf den Küchentresen und öffnete den Kühlschrank, dessen Licht nicht ansprang. Er hörte Annas Schritte auf der Treppe, dann über seinem Kopf, während er die Kühlschranktür schloss und den Schalter an der Steckdose neben der Küchentür ausprobierte.

»Der Strom ist abgestellt«, sagte er, als Anna zurückkam.

»Gut!« Sie nahm zwei Flaschen Wasser aus einer der Tüten, warf Jenkins eine zu und führte ihn aus der Küche in das mit einer Couch und zwei Lehnsesseln möblierte Wohnzimmer. Jenkins ließ sich auf einen der Sessel fallen, aus dem prompt eine Staubwolke aufstieg. Anna sackte auf der Couch in sich zusammen.

»Wann war das letzte Mal jemand hier?«, wollte Jenkins wissen.

»Keine Ahnung.«

»Wenn der Strom abgestellt ist, gibt es wohl auch keine Heizung.«

»Bestimmt ist alles für den Winter abgeschaltet, auch das Wasser.«

»Wem gehört das Haus?« Jenkins sorgte sich um mögliche Zusammenhänge, die Federow aufdecken könnte. »Wem gehört das Grundstück? Steht diese Person in irgendeiner Verbindung zu Ihnen?«

Anna schüttelte den Kopf. »Nein.«

»Wir können von hier aus nicht weiterfahren. Es sei denn, wir finden ein anderes Auto.«

»Und wir müssen davon ausgehen, dass Federow bei Bedarf auch die Küstenwache hinzuziehen kann, deren Boote hier auf dem Schwarzen Meer Patrouille fahren. Das macht alles komplizierter.«

»Ihre Kontaktperson kommt mit dem Boot?«

»Ja. Von den Fenstern im ersten Stock geht eins zum Meer raus. Ich habe eine rote Karte in dieses Fenster gestellt. Wenn es dunkel wird, gebe ich ein Lichtsignal und warte auf Antwort. Lässt mein Kontaktmann sein Licht einmal aufleuchten, verlassen wir das Haus. Leuchtet es zweimal auf, bleiben wir noch einen Tag.«

»Und wie kommt der Mensch mit dem Boot zu uns?«

»Gar nicht, es wäre viel zu riskant, an Land zu gehen. Besonders, wenn die Küstenwache Augen und Ohren offen hält. Wir müssen zu ihm.«

»Sie haben ein Boot?«

Anna stand auf. »Kommen Sie.«

Jenkins folgte ihr in einen Raum hinter der Küche, in dem zwei große Kisten standen. Anna öffnete eine von ihnen und zum Vorschein kam eine Taucherausrüstung.

25

Der Hubschrauber landete mitten auf dem gepflegten Fußballrasen einer Oberschule. Federow und Simon Aleksejow stiegen geduckt aus dem Vogel und rannten unter den Rotorblättern hindurch mit flatternden Mänteln zu dem am Rande des Landeplatzes auf sie wartenden Polizisten. Vor dem Schulgebäude verfolgte eine Gruppe Schüler aufgeregt das Geschehen, immerhin eine willkommene Unterbrechung ihrer täglichen Routine.

»Oberst Federow?«, rief der Polizeibeamte, den Lärm der Rotorblätter kaum übertönend, und streckte Federow die rechte Hand hin, während er mit der linken seine Uniformmütze am Wegfliegen hinderte.

Pflichtschuldig schüttelte Federow die Hand des Kollegen. Nachdem man ihm telefonisch gemeldet hatte, das Auto von Paulina Ponomajowa sei an einer Tankstelle in der Stadt Wischnewka gesichtet worden, hatte er Aleksejow angewiesen, sie beide so schnell wie möglich dorthin zu schaffen, egal wie.

»Timur Matwejew, Polizeichef«, stellte sich der Beamte vor, der sie begrüßt hatte. Er führte sie zu einem wartenden Polizeiwagen.

Dort nahm er die Mütze ab, deponierte sie auf dem Armaturenbrett und rutschte hinter das Steuer. Federow kletterte auf den Beifahrersitz und Aleksejow setzte sich nach hinten.

»Sie konnten den Wagen lokalisieren, nach dem wir suchen?«, fragte Federow, sobald er die Tür geschlossen hatte und man den Lärm des Hubschraubers nicht mehr so laut hörte.

Matwejew nickte. »Ja. Das glauben wir wenigstens.«

»Wo befindet er sich jetzt?«, wollte Federow wissen.

»Das ist ein Problem.« Matwejew berichtete, was seinem jungen Beamten zugestoßen war.

Federow schäumte. »Meine Anweisungen waren absolut eindeutig und einfach! Sie sollten den Wagen identifizieren und im Auge behalten, sich ihm aber auf keinen Fall nähern!«

»Der Beamte ist jung und unerfahren«, entschuldigte sich Matwejew. »Es war ein Fehler.«

»Das ist mehr als ein Fehler«, wütete Federow. »Es könnte die nationale Sicherheit gefährden. Sie haben den Wagen also nicht?«

»Nein«, gestand Matwejew. »Aber weit kann er nicht sein.«

»Sie wissen nicht, wo er sich zurzeit befindet?«

»Zurzeit nicht, nein«, sagte Matwejew, um hastig hinzuzufügen: »Aber wir wissen, dass er dort war, an der Tankstelle. Erst vor Kurzem.«

Federow schluckte seinen Zorn herunter, der ihm im Moment wenig nutzte. Er holte die mitgebrachte Landkarte heraus und faltete sie auseinander. Die Autobahn M27 verlief an der Küste entlang von Noworossiysk bis zur russischen Grenze mit Abchasien. Eine Handvoll ins Landesinnere führende Straßen schnitten sich mit der M27, aber die brauchte man wahrscheinlich nicht zu beachten. Federow war nach wie vor fest davon überzeugt, dass Jenkins und die Frau versuchen würden, Russland zu verlassen. Entweder in südöstlicher Richtung, nach Georgien, nordwestlich in die Ukraine oder über das Schwarze Meer. Federow rechnete sich das im Kopf durch, berechnete die ungefähre Entfernung zur jeweiligen Grenze und die Durchschnittsgeschwindigkeit des Autos, mit dem die beiden Flüchtenden unterwegs waren. »Wenn das Auto gegen halb neun heute Morgen in Wischnewka war«, überlegte er laut, »dann hatten die beiden jetzt eine gute Stunde Zeit, nach Norden oder Süden zu fahren. Wenn man das Terrain berücksichtigt, die sich windende Straße und diesen Nebel, bedeutet das grob vierzig oder fünfzig Kilometer in die eine oder andere Richtung«, erklärte er Aleksejow, der sich zwischen den beiden Sitzen vorgebeugt hatte, um ihn verstehen zu können. »Gib eine Meldung an sämtliche Polizeidienststellen entlang der M27 durch. Wenn dieses Auto auftaucht, will ich sofort informiert werden. Sie sollen die Videos der Verkehrsüberwachung überprüfen, alles, was in der letzten Stunde passiert ist. Und die Grenzeinheiten müssen alarmiert werden. Jenkins könnte versuchen, das Land zu verlassen.« Er wandte sich an Matwejew. »Haben Sie hier Kameras zur Verkehrsüberwachung?«

»Ein paar«, sagte Matwejew. »In der Stadt.«

»Bringen Sie uns in Ihr Büro.«

* * *

Matwejews Büro war ein Wohnwagen in Übergröße, der auf einem unbebauten Grundstück am Stadtrand stand. Auf Anordnung von Federow hatte sich der Polizeichef die Aufzeichnungen der Kameras an der Tankstelle besorgt und schon bald hockten die drei Männer um einen auf einem altmodischen Tischchen stehenden Computer und sahen sich die Aufnahmen an.

Deren Qualität war denkbar schlecht, die Bilder körnig und schwarz-weiß.

»Vorspulen«, befahl Federow gerade. Brav ließ Matwejew den Film vorlaufen. »Stopp.«

Sie sahen Jenkins den Laden verlassen und zum Hyundai gehen. Er stieg ein, fuhr von der Tankstelle, legte einen U-Turn hin und hielt gleich darauf auf der anderen Straßenseite vor einem Laden. Eine Frau mit Plastiktüten in beiden Händen kam heraus und stieg zu Jenkins ins Auto. Wahrscheinlich die Ponomajowa, wobei die Aufnahmen die Frau aus einer Entfernung zeigten, die keine Details erkennen ließ.

»Ich will die Videoüberwachung aus dem Laden dort und ich will wissen, was die Frau gekauft hat.«

Matwejew gab diese Anweisungen lautstark an den jungen Polizisten mit aufgeplatzter Lippe, blauem Auge und leicht schmerzverzerrter Miene weiter, der die Demütigung hatte ertragen müssen, mit den eigenen Handschellen an das Wasserrohr einer Klospülung gefesselt worden zu sein.

»Los!«, herrschte sein Chef ihn an. »Sie haben gehört, was gesagt wurde. Finden Sie das alles heraus!«

»Weiter«, befahl Federow. Matwejew ließ das Band wieder anlaufen.

Mit der Ponomajowa im Auto legte Jenkins einen weiteren U-Turn hin, steuerte dann aber nicht die M27 an. Er fuhr nach Osten, Richtung Meer. Federow zückte seine Landkarte. »Verläuft dort eine Straße am Wasser entlang?«

»Nein.« Matwejew sah ihm über die Schulter und fuhr mit dem Zeigefinger eine Linie entlang. »Das sind Eisenbahnschienen. Sie folgen der Küstenlinie bis zur Erdgas-Raffinerie. Ab hier gibt es für Fußgänger einen Zugang zum Strand.«

»Wie kommen die Leute, die dort wohnen, zu ihren Häusern?«

»Es gibt eine Staubstraße.« Matwejew drehte die Karte zu sich herum, um besser sehen zu können. »Sie ist hier nicht eingezeichnet, aber es gibt sie. Bis zu diesem Punkt läuft sie praktisch oberhalb vom Strand und macht dann eine Biegung nach links. Sie führt zu den Häusern dort und trifft später auf die M27. Hier. Sehen Sie?«

Federow setzte sich zurück. Er musste nachdenken. Jenkins kannte sich in der Gegend nicht aus, fuhr also nach Anweisungen, wahrscheinlich denen der Ponomajowa. Wenn sie zur M27 gewollt hätten, um von dort aus so schnell wie möglich weiterzukommen, dann hätte Jenkins nach Norden fahren müssen, nachdem er die Ponomajowa aufgegabelt hatte. Das hatte er nicht getan. Im Gegenteil, er hatte ganz bewusst noch einmal kehrtgemacht und war Richtung Meer gefahren. Federow schloss die Augen und versetzte sich in Jenkins' Lage. Jenkins wusste, dass der Polizist ihren Wagen erkannt und sie somit identifiziert hatte. Von daher wusste er auch, wie brenzlig es werden konnte, wenn er jetzt einfach weiterfuhr. Entweder hatte er den Wagen also versteckt und sich einen anderen besorgt, oder er und die Ponomajowa hatten gar nicht vor, Wischnewka zu verlassen, jedenfalls noch nicht sofort. Sie hielten sich irgendwo in der Nähe versteckt. Vielleicht warteten sie darauf, abgeholt zu werden. Als ausgebildeter CIA-Agent wusste Jenkins, dass Federow, wenn nötig, auf Satellitenüberwachung zurückgreifen konnte, um ihren Wagen zu verfolgen, wenn auch nicht gerade bei dem momentan herrschenden Nebel. Trotzdem würde Jenkins nicht riskieren, dass dieser Wagen noch einmal entdeckt wurde. Nebel hin oder her, er hatte den Wagen bestimmt irgendwo versteckt, wo man ihn nicht sofort sah.

»Finden Sie heraus, ob irgendwer innerhalb der letzten Stunden ein Auto als gestohlen gemeldet hat«, wies Federow Matwejew an. »Ich möchte sofort informiert werden, wenn eine solche Anzeige eingeht.«

Während Matwejew sich an seinen Schreibtisch setzte, loggte sich Federow ins Internet ein und rief Google Earth auf. Bald hatte er ein Bild der russischen Schwarzmeerküste vor sich auf dem Bildschirm. Er fand Wischnewka und vergrößerte das Bild so, dass er die Staubstraße sehen konnte, deren Verlauf Matwejew ihm gezeigt hatte und die auf seiner Landkarte nicht verzeichnet war. Er entdeckte die Biegung nach links, fort vom Meer, und sah, dass die Straße danach nur noch an knapp zwanzig Häusern vorbeiführte, bevor sie auf die M27 traf.

»Diese Häuser«, erkundigte er sich über die Schulter hinweg beim Polizeichef, »kann ich davon ausgehen, dass sie überwiegend in den Sommermonaten genutzt werden?«

»Ja«, sagte Matwejew. »Allerdings nicht alle.«

»Ich muss mir Ihr Auto borgen«, sagte Federow.

26

Beim Anblick der Taucherausrüstung wurde Jenkins ganz anders. Er spürte sofort starke Beklemmungen, musste ein paar Schritte zurückweichen, bekam nicht mehr genügend Luft. Bevor eine ausgewachsene Panikattacke einsetzen konnte, gelang es ihm, ins Wohnzimmer zu laufen und die Propranolol aus seinem Rucksack zu holen. Hastig schluckte er eine der Tabletten einfach so, ohne Wasser.

»Alles in Ordnung?« Anna war ihm gefolgt.

Jenkins schloss die Augen. Er spürte, wie er schwitzte, trotz der Kälte im Haus.

»Mr. Jenkins?«

»Ich brauche nur eine Minute.«

Sie kam näher. »Es geht Ihnen nicht gut.«

»Alles bestens, es ist eine Panikattacke«, sagte er »Angstzustände.«

»Wegen der Tauchergeräte?«

Er nickte. »Außerdem bin ich ein bisschen klaustrophobisch. Gibt es irgendeine andere Möglichkeit, dieses Schiff zu erreichen?«

Sie schüttelte den Kopf. »Der Kapitän verstößt ohnehin schon gegen internationales Recht, wenn er sich in russischen

Hoheitsgewässern aufhält. Anlanden kann er auf keinen Fall und wir haben kein Boot, um uns auf dem Meer mit ihm zu treffen. Es ist die einzige Möglichkeit. Und wir können es nicht hinausschieben. Der FSB wird uns hier früher oder später finden, das haben Sie doch selbst so gesagt.«

»Wieso kann er überhaupt mit dem Boot unterwegs sein? Was ist seine Story, was erzählt er der Küstenwache, wenn sie ihn stoppen?«

»Er ist türkischer Berufsfischer. Falls er gestoppt wird, sagt er, er sei abgetrieben worden und sein GPS funktioniere nicht richtig.«

»Wie weit draußen sollen wir auf ihn treffen?«

»Da muss ich die Koordinaten überprüfen, aber wohl mindestens dreihundert Meter vom Strand entfernt.«

»Und Sie haben das schon mal gemacht?«, wollte Jenkins wissen.

»Nein.« Sie schüttelte langsam den Kopf. »Bisher hatte ich noch keinen Grund zu gehen.«

»Bitte sagen Sie mir, dass Sie zumindest schon mal tauchen waren.«

»Ja. Ja, das habe ich gelernt. Aber ich muss Ihnen sagen, dass eine Entfernung von dreihundert Metern ungefähr der Kapazität der Tanks entspricht.«

»Nein, das mussten Sie mir nicht erzählen!« Jenkins setzte sich, spürte, wie seine Panik nachließ, nicht aber seine Angst. Er versuchte, sich zu konzentrieren. »Wie finden wir das Boot, wenn wir unter Wasser sind?«

»Ich kenne die Koordinaten des Treffpunkts und wir haben einen Kompass.«

»Einen Kompass? Und die Strömung? Gibt es hier keine Strömungen? Was, wenn wir vom Kurs abkommen? Oder das Boot kommt vom Kurs ab?«

»Das Boot wird nicht vom Kurs abkommen. Der Kapitän ist ein erfahrener Mann. Wir werden unserem Kompass folgen und sobald wir angekommen sind, werde ich eine Leuchtboje aufsteigen lassen, damit er weiß, dass wir da sind.«

»Und wenn wir dreihundert Meter weit geschwommen sind, ohne an der richtigen Stelle rauszukommen? Was dann?«

»Wir werden an der richtigen Stelle sein.«

»Aber wenn nicht?«

»Wenn wir wider Erwarten so weit abtreiben, stecken wir, wie man bei Ihnen so schön sagt, bis zum Hals in der Scheiße.«

»Prima. Wunderbar.« Jenkins stieß einen hörbaren Atemzug aus. »Wie lange reicht die Luft im Tank?«

»Das hängt ganz davon ab, wie viel Sie verbrauchen. Von Ihrer Atmung also. Sie sind ein großer Mann und Ihre Panik ist nicht gerade hilfreich, aber wenn Sie ruhig bleiben und einfach hinter mir herschwimmen, dann reicht der Tank für ungefähr dreißig bis fünfundvierzig Minuten. Vielleicht auch länger, wir tauchen ja nicht tief. Tiefer als drei Meter gehen wir nicht. Bleiben Sie einfach ruhig und alles wird schon gut gehen.«

»Was ist mit Haien?«, fragte Jenkins.

»Nur solche, wie Sie sie aus Ihren Actionfilmen kennen. Kein Grund zur Sorge.« Anna grinste ihn verschmitzt an. »Das war ein Witz! Hier gibt es keine Haie.« Sie warf einen Blick auf ihre Uhr. »Um sechzehn Uhr zwanzig wird es dunkel. Ich werde auf seine Antwort warten. Wenn er sein Okay gibt, können wir eine halbe Stunde nach Sonnenuntergang aufbrechen. Wir haben also ein paar Stunden Zeit, um die Geräte zu überprüfen und dafür zu sorgen, dass es Ihnen besser geht.«

»Wenn Sie wollen, dass es mir besser geht, schlage ich vor, Sie finden heraus, ob sich hier in diesen Kisten nicht irgendwie doch noch ein Kreuzfahrtschiff finden lässt.«

27

Federow hüpfte und schlingerte in Matwejews Privatwagen die mit Schlaglöchern übersäte Straße entlang. Rechts sah er zwischen Sträuchern und Bäumen die genau wie die Straße parallel zur Küstenlinie verlaufenden Eisenbahnschienen liegen, Strommasten führten zur Raffinerie. Gerade ging es eine kleine Steigung hinauf. Die Straße bot knapp Platz für ein Auto, von beiden Seiten her drohte Gebüsch, die Fahrbahn ganz für sich einzunehmen. Federow suchte nach Büschen, die umgefahren oder anderweitig beschädigt worden waren, weil man versucht hatte, ein Auto zu verstecken.

Oben angekommen traf er auf ein paar recht noble und erst in letzter Zeit errichtete Häuser. Langsam fuhr er an den Grundstücken entlang, spähte durch die Zäune, ohne irgendwo ein Auto oder einen Platz zu entdecken, wo man ein Fahrzeug verstecken könnte.

Nach der Biegung, es ging jetzt ins Landesinnere, wurden die Häuser zunehmend schäbiger. Auf den leer stehenden Grundstücken stapelten sich verrostete Rohre, Zementblöcke und andere Baumaterialien. An einer Stelle standen Männer auf der Straße, die einen limonengrünen Pritschenwagen beluden. Federow hielt an und zeigte ihnen Fotos des Hyundai und von

Charles Jenkins. Vom Meer her wehte ein scharfer Wind, die Fotos zitterten in seiner Hand.

»*Iswinite sa bespokojstwo. Ja ischtschu etu maschinu. Wi ne wideli eje?*« *Es tut mir leid, Sie zu stören, aber ich suche nach diesem Auto. Haben Sie es gesehen?*

Einer nach dem anderen kamen die drei Männer näher, sahen sich die Fotos an und schüttelten die Köpfe. »*Njet.*«

»Was ist mit dem Mann? Haben Sie den gesehen?«

Wieder allgemeines Kopfschütteln.

Federow hielt die Männer für ehrlich. Andererseits misstrauten viele Russen inzwischen wieder ihrer Regierung und damit auch denen in ihrem Dienst. »Wie lange arbeiten Sie schon hier auf der Straße?«, fragte er.

»Etwa zwei Stunden«, sagte einer der Männer. »Wir sind gerade fertig.«

»*Spasibo.*« Federow stieg wieder ins Auto und fuhr weiter die Straße entlang, sah nach rechts, sah nach links und fragte sich: *Was brauchten Jenkins und die Frau mehr als alles andere?*

»Privatsphäre«, beantwortete er laut die eigene Frage.

Er hielt vor einem Haus, dessen Garten rechts an ein unbebautes Grundstück grenzte. Auch gegenüber stand kein weiteres Haus. Der Garten war mit einem aluminiumverkleideten Zaun und einem ein Meter achtzig hohen schmiedeeisernen Tor gesichert. Federow parkte sein Auto und stieg aus, um über den Zaun zu spähen. Auch hier kein Auto und kein Ort, an dem man eins hätte verstecken können. Am Tor zog er an der Kette, klapperte mit dem Vorhängeschloss, das einen eingerosteten Eindruck machte. Ein Blick zum Haus: Nirgendwo brannte Licht und es drang kein Rauch aus dem Schornstein.

Also stieg er wieder in Matwejews Wagen und fuhr weiter, an alten und neuen, baufälligen und noch nicht ganz fertigen Häusern vorbei. Er sah in Einfahrten, in denen Autos parkten, und wo er von der Straße aus keinen Einblick in die Grundstücke bekam, stieg er aus und spähte über Mauern und durch Zäune. Dort, wo die Straße sich gabelte, fiel ihm ein einstöckiges Haus mit tief gezogenem rotem Dach auf, neben dem rechts ein Wellblechschuppen stand. Federow parkte auf dem Kies der Einfahrt, stieg aus und ging zum Schuppen. Dessen Doppeltür kam ohne Griffe aus, obwohl sie in Scharnieren hing. Ein großer Stein sorgte dafür, dass sie geschlossen blieb. Federow hörte den Wind durch die Lücken in der Metallverkleidung pfeifen, entfernte den Stein und zog unten an der einen Türseite. Die leistete hartnäckigen Widerstand und ließ sich nur zentimeterweise öffnen, wobei sie über den Boden schabte und Spuren im Erdreich hinterließ. Vorher waren noch keine dagewesen, was ihn fast dazu gebracht hätte, seine Anstrengungen einzustellen. Aber er hielt durch und schaffte es irgendwann, seine Hand durch den Türspalt zu schieben. Jetzt konnte er besser zupacken und die Tür ein bisschen anheben, während er zog. Bald reichte die Öffnung, um ihn hindurchschlüpfen zu lassen, und als er sein Handy zückte und die Taschenlampe einschaltete, fiel deren Strahl auf einen grauen Hyundai.

Das Herz klopfte ihm hoch im Halse.

Es war zu eng, als dass er um den Wagen hätte herumgehen können, aber nichts hinderte ihn daran, auf die Kühlerhaube und von dort aus aufs Dach zu klettern. Und schon bald konnte er das Nummernschild des Wagens beleuchten, nach dem sie suchten.

Der Wagen war mit der Schnauze nach vorn geparkt worden, das typische Fluchtauto, bereit zu einem raschen Aufbruch Richtung M27, falls Jenkins und Ponomajowa so etwas vorhatten und falls sie sich überhaupt noch in dieser Gegend aufhielten. Immerhin bestand die Möglichkeit, dass die beiden das Fahrzeug gewechselt hatten. Vielleicht hatten sie den Hyundai gegen das Auto eingetauscht, das sonst hier im Schuppen stand.

Federow kletterte wieder nach draußen und sah sich das Haus an, zu dem der Schuppen gehörte. Als er keine Anzeichen dafür entdecken konnte, dass sich jemand hier aufhielt, kehrte er zum Schuppen zurück, schloss dessen Tür, legte den Stein wieder an seinen Platz und versuchte, die von der Tür und seinen Schuhen hinterlassenen Spuren so gut es ging zu verwischen.

Dann fuhr er zurück zur Gabelung in der Straße und parkte dort hinter ein paar Büschen. Er rief Aleksejow auf dessen Handy an und erfuhr, dass der Hyundai weder auf der M27 noch in einer der an dieser Straße liegenden Städte entdeckt worden war. »Grenzposten und Küstenwache sind benachrichtigt.«

Federow unterbrach den Kollegen, um zu erklären, er brauche so viele Männer, wie Matwejew zur Verfügung stünden, zur Überwachung der Staubstraße, über die sie im Büro gesprochen hatten, und zwar an beiden Enden, am Meer und an der Kreuzung zur M27. »Sag den Leuten, da kommt kein Auto ohne gründliche Durchsuchung raus oder rein, verstanden!«

»*Da.*«

Als Nächstes gab Federow die genaue Adresse des Hauses durch, zu dem der Schuppen gehörte, den er gerade durchsucht hatte. »Stell fest, wer die Besitzer sind und wo sie im Winter wohnen. Dann schick jemanden dahin und lass aufnehmen, wann die Leute zum letzten Mal hier im Sommerhaus waren und ob dort im Schuppen ein Auto von ihnen steht.«

»Wo sind Sie denn jetzt?«

»Ich habe den Hyundai in einem Schuppen am Ende der Staubstraße gefunden. Ich gehe jetzt ins Haus dort und sehe nach, ob sich Jenkins darin befindet.«

»Brauchen Sie Unterstützung?«

Nein, Federow wollte niemanden. Es sollte nicht allzu publik werden, wo er sich gerade befand, denn dieser Jenkins war ein schlauer Gegner, den man auf keinen Fall unterschätzen durfte. Federow hatte sich seine Vita durchgelesen, Jenkins hatte in Vietnam gedient. Konnte man denn wissen, ob er nicht aus dem Dschungel Erfahrung mit Schlingen, Fallen und Ähnlichem mitgebracht hatte? Ob er nicht genau wusste, wie sich ein Haus sichern ließ, indem man dafür sorgte, dass sich niemand unauffällig anschleichen konnte? Auch die Ponomajowa war nicht ohne. Man brauchte sich nur den gezielten Schuss anzusehen, mit dem sie auf dem Hotelparkplatz den FSB-Mann ausgeschaltet hatte. Inzwischen dürften beide bewaffnet sein, auch Jenkins. Nein, Federow wollte erst noch allein nach ihnen suchen. Vor allem auch, um sich vor niemandem verantworten zu müssen. Weder jetzt noch später.

»Nein. Lass Männer an beiden Enden der Straße Stellung beziehen. Wenn Jenkins hier ist, sitzt er in der Falle. Und diesmal entkommt er uns nicht.«

28

Jenkins hörte, wie Anna durch die Hintertür wieder ins Haus kam. Sie war jetzt mehrmals unterwegs gewesen, um den Pfad hinunter zum Strand auszukundschaften. Der Mann mit dem Boot hatte Kontakt aufgenommen: ein Lichtstrahl, sie konnten also aufbrechen. Nach ihrer ersten Rückkehr vom Strand hatte sie vom Abebben des Windes berichtet und dass das Meer sich langsam beruhigte. Gute Nachrichten also. Nun aber wirkte sie bedrückt.

»Vorne sind Männer.« Das sagte sie bar jeglicher Emotion, so wie man sagen würde: »Am Strand liegen Steine.« Aber Jenkins wusste, was das bedeutete und welche Folgen es hatte. Womöglich stellte der Weg hinunter zum Strand sie vor größere Probleme als die Strecke vom Strand zum Boot, die sie unter Wasser schwimmend zurücklegen mussten.

»Abbrechen können wir jetzt nicht mehr«, sagte er. »Wir müssen weitermachen.«

Sie hatten die Taucherausrüstung auf dem braunen Wollteppich ausgebreitet und durchgesehen. Jenkins saß der Anzug bedenklich eng, aber er konnte sich gerade so eben hineinquetschen. Es blieb ihm allerdings auch keine andere Wahl.

»Kommen wir an den Männern vorbei?«, fragte er, während sie weiter an ihren Vorbereitungen arbeiteten.

Anna schüttelte den Kopf. »Nein. Sie sind zu zweit in einem Auto und sitzen genau dort, wo der Pfad zum Meer führt.«

»Gibt es einen anderen Pfad?«

»Nein. Überall sonst ist es zu steil und der Abstieg wäre viel zu gefährlich, auch ohne unsere Ausrüstung. Mit den Sauerstofftanks ist es völlig unmöglich. Auch am anderen Ende der Straße sind Männer postiert. Ganz in der Nähe des Grundstücks, auf dem ich das Auto abgestellt habe.«

»Wahrscheinlich gab es an der Tankstelle eine Kamera, vielleicht auch im Laden. Federow hat mich wenden und Richtung Meer fahren sehen. Er geht davon aus, dass wir hiergeblieben sind.«

»Ja, das wäre eine logische Schlussfolgerung.«

»Wenn sie das Auto gefunden haben, durchsuchen sie bald auch die Häuser. Wir müssen einen anderen Pfad hinunter zum Wasser finden. Oder eine Möglichkeit, die beiden Männer dort unten zu verscheuchen.«

»Einen anderen Pfad gibt es nicht und die Männer werden sich nicht vom Fleck rühren. Außer, um uns zu verfolgen. Sie müssen allein gehen, Mr. Jenkins.«

Was sollte das heißen? Hatte sie vor, die beiden Wächter abzulenken, damit die den Pfad räumten? »Nein, ohne Sie gehe ich nicht. Wir lassen uns etwas anderes einfallen.«

»Es gibt keinen anderen Weg«, sagte sie mit leiser, resignierter Stimme.

»Es gibt immer einen anderen Weg. Geben Sie jetzt nicht auf, Anna.«

Sie lächelte, aber es war ein trauriges Lächeln, das Lächeln einer Frau kurz vor der Exekution. »Ich gebe nicht auf, Mr. Jenkins, ich mache meinen Job.«

»Ich heiße Charlie, verdammt! Mein Name ist Charlie.«

Wieder lächelte sie. »Ich gebe nicht auf, Charlie. Wenn Sie überleben, wenn es Ihnen gelingt, heil und gesund in Ihr Land zurückzukehren, dann habe ich meinen Job erledigt, verstehen Sie? Sie müssen einfach wieder zurück nach Hause und verhindern, dass noch mehr Leute sterben. Wer immer das Leck sein mag, wer immer die Informationen über die sieben Schwestern durchsickern lässt, Sie müssen diesen Menschen stoppen.«

»Sie werden Sie umbringen, Anna.«

»Paulina«, sagte sie. »Ich heiße Paulina Ponomajowa. Das ist wirklich mein Name.«

»Nein!«, widersprach er ihr heftig. »Sie dürfen mir Ihren verdammten Namen nicht verraten! Wir sind noch nicht am Ende.«

»Sie werden von Tür zu Tür gehen, Charlie. Sie werden uns beide finden. Das haben Sie selbst so gesagt.«

»Dann kämpfen wir.«

»Wenn wir bleiben, verlieren wir unsere einzige Chance. Das Boot wartet nicht und es kommt auch nicht zurück. Wie lange können wir kämpfen? Gegen wie viele?«

Aufgebracht tigerte Jenkins auf und ab.

»Bitte!«, drängte sie. »Lassen Sie es mich tun. Für meinen Bruder.«

»Für Ihren Bruder …«

»Was ich getan habe, all diese Jahre, habe ich getan, um seinen Tod zu rächen. Aber ich habe ein Schattenleben geführt, Charlie, kein richtiges Leben. Ich habe nach meiner Scheidung nie wieder geliebt, weil ich den Schmerz nicht ertragen hätte, noch einmal jemanden zu verlieren. Sie sind verheiratet. Sie lieben Ihre Frau. Sie haben einen Sohn und noch ein Kind ist unterwegs. In Ihrem Leben gibt es Liebe, Charlie. Dieses Glück hatte ich nie. Jetzt will ich für mich die Chance ergreifen, aus dem Schatten zu treten und den Leuten ins Gesicht zu sehen, die Iwan getötet haben. Ich will ihnen sagen, dass ich alles, was ich tat, aus Liebe tat. Aus Liebe zu ihm.«

Jenkins setzte sich ihr gegenüber auf das Sofa. »So einfach wird es nicht sein, Paulina. Sie werden Sie foltern, um herauszufinden, was Sie über mich wissen und wo ich bin.«

Wieder lächelte sie. »Diese Chance werde ich ihnen nicht geben.«

Also wollte sie sich das Leben nehmen, wenn die Zeit gekommen war.

»Ich werde denen sagen, dass mein Bruder ihnen über Jahrzehnte hinweg mehr Schaden zugefügt hat, als sie sich vorstellen können. Mehr, als sie mir oder ihm je antun konnten. Sie werden mit dem Wissen leben müssen, dass sich wieder jemand ihrer Rache zu entziehen vermochte.«

Jenkins seufzte. Er rang mit den Tränen.

»Trauern Sie nicht um mich, Charlie. Ich habe immer mit diesem Tag gerechnet und bin schon lange für ihn bereit. Ich habe meinen Frieden mit meinem Gott gemacht und weiß, Iwan tanzt oben im Himmel mit den Engeln. Sie bitte ich nun um dieses eine Geschenk: Geben Sie mir Gelegenheit, die Gewissheit zu erlangen, dass ich ihnen noch ein letztes Mal schaden konnte.«

»Was haben Sie vor?«

»Ich werde zum Auto gehen und die Wachen von hier weglocken. Sie müssen dann rasch handeln. Ganz hinten im Garten ist ein Loch im Zaun. Das Grundstück dahinter ist nicht bebaut, aber dicht bewachsen, voller Büsche und Bäume, zwischen denen man sich gut bewegen kann, ohne gesehen zu werden. Suchen Sie sich einen Weg zum Fußpfad, der führt Sie direkt ans Wasser. Machen Sie sich so fertig, dass Sie sofort abtauchen können, sobald Sie am Strand sind.«

»Der Kompass!«, sagte Jenkins. »Ich weiß nicht, wie man damit umgeht.«

Paulina, die den Kompass bereits am Handgelenk trug, nahm ihn ab und schnallte ihn Jenkins um. »Diesen Arm halten Sie ausgestreckt. Den Arm mit dem Kompass beugen Sie in einem Winkel von neunzig Grad und packen mit der Hand das Handgelenk des anderen Arms. So.« Sie führte es ihm vor. »Sie folgen einer Kompassanzeige von zweihundertzehn Grad.«

»Wie mache ich …«

»Wir stellen die Kompassskala so ein, dass der nach Norden zeigende Pfeil damit übereinstimmt.« Sie bewegte die Lünette im umgekehrten Uhrzeigersinn. »Die rote Linie dort ist die Peillinie. Die stellen wir auf zweihundertzehn Grad. Mit dem Knopf da können Sie unter Wasser das Licht einschalten, mit dem die Uhr beleuchtet wird, aber der Kompass selbst leuchtet die ganze Zeit und Sie werden sehen können, wohin Sie schwimmen. Halten Sie Arm und Kompass so, wie ich es Ihnen gezeigt habe, und achten Sie darauf, dass die Peillinie bei zweihundertzehn bleibt, während Sie mit den Flossen paddeln.«

»Was ist mit der Strömung?«

»Das Schwarze Meer hat kaum Ebbe und Flut. Folgen Sie einfach der Peillinie und sehen Sie zu, dass Sie vorankommen. Die Entfernung ist nicht ohne und es wird nicht einfach sein, den Kurs zu halten, aber es ist möglich. Wie gut können Sie schwimmen?«

»Es ist schon eine Weile her.«

»Sie sehen so aus, als wären Sie in Form. Ihre Beinmuskeln sind stark?«

»Ja«, sagte er.

»Sie müssen spätestens um siebzehn Uhr fünfundvierzig im Wasser sein. Ich schätze, dreißig Minuten brauchen Sie für die dreihundert Meter. Tauchen Sie nicht tiefer als drei Meter, so sparen Sie Luft. Das Boot wird zwischen achtzehn Uhr fünfzehn und neunzehn Uhr eintreffen. Keine Minute früher. Und es bleibt auch keine Minute länger.«

»Wie erkenne ich es?«

»Der Kapitän wirft ein Licht ins Wasser. Halten Sie danach Ausschau. Sobald Sie es sehen, setzen Sie Ihre Lichtboje ab, aber behalten Sie deren Leine ums Handgelenk geschlungen. Der Kapitän kennt die Koordinaten und wird Sie suchen. Tauchen Sie erst auf, wenn er da ist.«

»Was, wenn mir die Luft ausgeht, bevor er da ist?«

»Sie müssen möglichst ruhig und gelassen bleiben. Atmen Sie vor allen Dingen gleichmäßig. Sie schaffen das, Charlie. Tun Sie es für mich und tun Sie es für Iwan. Tun Sie es für Ihre Frau und Ihren Sohn und Ihr ungeborenes Kind.« Sie sah ihn an, als sei da noch etwas.

»Was?«

»Ihre Frau wird eine Tochter bekommen«, erklärte sie leise.

Jenkins stutzte – sie schien sich da so sicher zu sein. »Wie können Sie das wissen? Ich weiß es ja noch nicht einmal.«

Sie zuckte die Achseln. »Ich weiß es nicht, ich habe einfach nur das ganz starke Gefühl, es wird ein Mädchen.«

»Wenn wir eine Tochter bekommen, werde ich sie Paulina nennen. Und wenn sie alt genug ist, werde ich ihr erzählen, welches Opfer Sie gebracht haben.«

Auch Paulina schien mit ihren Gefühlen ringen zu müssen, als sie jetzt aufstand und auf die Uhr sah. »Wir müssen los.« Sie ging zu dem Stuhl, auf dem sie ihren schwarzen Mantel und die schwarze Strickmütze abgelegt hatte.

»Paulina?«

Sie drehte sich um und lächelte, ohne etwas zu sagen. Auch Jenkins wollte nichts einfallen, kein einziges Wort. Er sah ihr nach, wie sie Richtung Küche ging. Wenig später konnte er hören, wie die Hintertür geöffnet und leise wieder geschlossen wurde.

29

Aleksejow meldete Federow telefonisch, was er über das Haus mit dem Schuppen herausgefunden hatte. Der FSB hatte den Besitzer in seiner Wohnung im nicht weit vom Moskauer Stadtzentrum gelegenen Bezirk Jasenewo vorgefunden. Der Mann gab an, er und seine Frau hätten das Haus von ihren Eltern geerbt und würden es nur in den Sommermonaten nutzen. Dann bringe er dort im Schuppen auch seinen kleinen Pick-up unter und bewahre Werkzeug dort auf. Ein anderes Auto als den Pick-up besitze er nicht, der Schuppen müsse von daher leer sein.

Das Haus ebenfalls.

Federow überprüfte das Haus, jedes einzelne Zimmer. »Dort sind sie nicht«, meldete er sich anschließend bei Aleksejow. »Sag Matwejews Leuten, sie sollen von Tür zu Tür gehen, angefangen beim ersten Haus unten an der Straße. Ich will, dass jedes einzelne Zimmer hier durchsucht wird. Wo niemand zu Hause ist, sollen sie die Tür aufbrechen.«

Federow beendete den Anruf und schob die Pistole, die er vor der Durchsuchung gezogen hatte, wieder zurück ins Holster und ging ums Haus herum in den hinteren Garten. Er war immer noch innerlich aufgewühlt und unglaublich wütend auf den Polizisten, der so blöd gewesen war, Jenkins an der Tankstelle anzusprechen und ihm so praktisch mitzuteilen, dass Federow wusste, in welchem Auto er unterwegs war. Ohne diesen dämlichen Fauxpas wäre die ganze Sache wahrscheinlich längst abgeschlossen und Federow hätte seinen Mr. Jenkins. Oder dessen Leiche.

Bald, dachte er. *Bald.*

30

Paulina schlüpfte durch die Hintertür in den Garten. Die Wäscheleine schwankte im Wind, ihre Pfähle knarrten, als nähmen sie irgendetwas übel. Sie kroch durch das Loch hinten in der Mauer und bahnte sich ihren Weg zum hinter den Grundstücken verlaufenden öffentlichen Fußweg, der sie zum Schuppen bringen würde, in dem sie das Auto untergestellt hatte. Der dichte Nebel dämpfte alle Geräusche und ließ sie an die letzten Tage in Moskau denken, als sich eine immer dichter werdende Schneedecke über die Stadt gelegt hatte. Sie würde Moskau nie wiedersehen. Auch das Bolschoi nicht, wo Iwan und sie so gern in den Fluren und geheimen Zimmern herumgestromert waren, wo sie vom Dach aus ihre Stadt bewundert hatten. Das waren die guten Erinnerungen, die sie mit ihrem Bruder verbanden. Und die Bilder von ihm, wenn er tanzte. Er hatte ausgesehen wie ein Engel beim Ausprobieren der ersten Flügel.

An diese Erinnerungen würde sie sich jetzt klammern. Sie konnte sich aber nicht bei ihnen aufhalten.

Sie hatte die Pistole gezogen und lief angespannt, Augen und Ohren offen, um keine Bewegung, kein Geräusch zu verpassen. Irgendwo verlangte ein Hund jämmerlich jaulend nach Einlass ins Haus. Das brauchte sie nicht zu beunruhigen, so bellte kein Wachhund.

Als sie an der hinteren Gartenmauer des Hauses angekommen war, von dem aus man es nicht mehr weit bis zur M27 hatte, blieb sie zunächst stehen. Alles sah noch so aus wie vorher, das Haus heruntergekommen und verlassen. Sie wollte gerade über die Mauer klettern, als eine Bewegung ihre Aufmerksamkeit erregte. Sofort zog sie sich zurück und duckte sich hinter die Mauer, suchte nach einer Lücke zwischen den Steinen, durch die sie hindurchschauen konnte. Gerade trat drüben ein Mann in einem langen Mantel aus der Hintertür.

Sie sah ihn eine Packung Zigaretten aus der Manteltasche holen, dann blitzte kurz die blaue Flamme eines Feuerzeugs auf und beleuchtete die harten Kanten und Linien eines Gesichtes, das sie gut kannte: Federow. Die Flamme erlosch und stattdessen sah man einen kleinen, rot leuchtenden Punkt. Dann schickte Federow eine Rauchwolke in die kalte Nachtluft.

Es gab nur einen Grund für Federow, dieses Haus zu betreten, dachte Ponomajowa: Er hatte den Hyundai im Schuppen entdeckt und daraus geschlossen, dass Jenkins und sie sich hier aufhielten. Jetzt wusste er es besser und würde umgehend seine Leute von Tür zu Tür schicken. Genau wie Jenkins vermutet hatte. Ihr blieb nicht mehr viel Zeit.

Sie stand auf und ließ den Knauf ihrer Pistole auf der obersten Steinreihe der Mauer ruhen. Die Kugel hätte es nicht weit, nur fünf Meter vielleicht, höchstens sieben, würde ihr Ziel nicht verfehlen. Noch wichtiger: So ein Schuss war laut und hallte nach, konnte die Aufmerksamkeit von Charlie ablenken. Vielleicht schaffte Paulina es sogar noch bis zum Hyundai, vielleicht konnte sie noch wegfahren, falls man das Auto nicht außer Gefecht gesetzt hatte. Sie würde so weit wie möglich fahren, hoffentlich weit genug. Sie war gerade dabei zu zielen, als Federow den Rest seiner Zigarette in den Garten warf und ums Haus herum Richtung Vordergarten ging.

Für Paulina das Signal zum Aufbruch.

Sie kletterte auf die Mauer und ließ sich in den Garten fallen, schlich zum Schuppen. Die ganze Zeit über hielt sie Ausschau nach Federows Leuten. An der Rückseite des Schuppens blieb sie stehen, um vorsichtig um die Ecke zu schauen. Wieder musste sie eine rot glühende Zigarettenspitze entdecken: Irgendjemand war abgestellt, den Schuppen im Auge zu behalten. Das war allerdings ein Problem.

Paulina zog sich zurück und hielt inne, um sich zu sammeln und zu Atem zu kommen, bevor sie auf Zehenspitzen zur anderen Ecke des Schuppens schlich, auf jeden Schritt achtend, um nicht aus Versehen auf ein Stück Blech oder eine Dose zu treten. Als sie den nächsten Blick riskierte, sah sie den als Wache abgestellten Mann nicht mehr als drei Meter von sich entfernt rauchend auf und ab gehen. Auch das ein einfacher Schuss. Sie kniff die Augen zusammen und blickte die Straße hinunter, wo weitere Beamte wahrscheinlich irgendeine Art von Straßensperre errichtet hatten, damit Jenkins und sie nicht bis zur M27 durchkamen.

Damit würde sie sich befassen, sobald sie das Auto aus dem Schuppen geholt hatte.

Zu langem Zögern blieb ihr keine Zeit mehr. Charles Jenkins ebenso wenig.

Sie schraubte den Schalldämpfer ab, der nicht mehr gebraucht wurde, hob den Lauf und spähte um die Ecke. Als der Mann sich zu ihr umdrehte, zielte sie.

»Für dich, Iwan«, flüsterte sie.

* * *

Jenkins musste auf und ab hüpfen, ziehen und zerren, bis er den widerspenstigen Taucheranzug endlich bis hoch über die Schultern gezogen hatte. Geschafft! Er langte hinter sich, tastete nach dem langen Stoffband, das am Reißverschluss befestigt war, fand es, zog den Bauch ein und war froh über jedes Pfund, das er in den letzten Jahren losgeworden war. Denn jetzt galt es, den Reißverschluss, der den Taucheranzug fest zusammendrückte, am Rücken hochzuziehen. Nachdem die Schulterknochen passiert waren, lief der Rest wie von allein und der Anzug saß bis zum Hals hochgeschlossen. Eng, aber perfekt.

Wirklich sehr eng – egal!

Er setzte sich, um die Taucherschuhe und Handschuhe anzuziehen, verstaute den Gleitverschlussbeutel mit seinen Medikamenten, dem Pass und seinen Rubeln und Dollars in der Tasche seiner Schwimmweste und zog deren Reißverschluss hoch. Auch die Pistole, die er Arkadij Wolkow abgenommen hatte, wollte er mitnehmen und erst unten am Strand ins Wasser werfen. Falls er es denn bis dorthin schaffte. Unter Wasser nützte ihm die Waffe nichts mehr.

Er langte hinter sich, streifte sich die Riemen seiner Weste über die Schultern und stand auf, wobei er den Tank vom Küchentisch hob. Er schloss sämtliche Schnallen und Gürtel, bis das Gewicht des Tanks auf seiner Hüfte ruhte und er nicht mehr hin und her rutschen konnte. So hatte Paulina es ihm beigebracht. Mit dem Tank auf dem Rücken konnte er sich leichter bewegen, als wenn er ihn trug, er musste ja auch noch Flossen und Maske mitnehmen und eine Hand musste frei bleiben, damit er notfalls schießen konnte. Außerdem musste er bereit sein, sofort nach Ankunft am Strand abzutauchen. Das hatte Paulina ihm eingeschärft.

Er nahm Flossen und Maske, ging zur Vorderseite des Hauses, schob die knarrenden Lamellen der Jalousie ein klein wenig auseinander und warf einen Blick auf die Straße. Dort stand nach wie vor der Wagen mit den beiden Männern. Was immer Paulina vorhatte, hoffentlich reichte es, um die zwei von hier abzuziehen, und das bald.

Er wollte den Spalt gerade wieder zuschnappen lassen, als sich im Auto etwas bewegte. Beide Männer stiegen gleichzeitig aus. Irgendetwas war da los.

Der Mann, der hinter dem Steuer gesessen hatte, telefonierte aufgeregt, wobei er sich hektisch umsah. Dann steckte er das Handy wieder ein und sagte irgendetwas zu seinem Kollegen, der inzwischen von der Beifahrerseite her um den Wagen herum zu ihm gekommen war. Seite an Seite gingen sie auf das Haus zu. Wahrscheinlich hatten sie gerade Anweisung erhalten, mit den Hausdurchsuchungen zu beginnen.

»Scheiße!«, flüsterte Jenkins.

Er sah die beiden am Tor rütteln. Das zitterte und klapperte, hielt aber stand. So schnell wollte der Fahrer nicht aufgeben. Er ging zur Aluminiumverkleidung, die hier als Zaun diente, packte sich einen Torpfosten, kletterte auf die oberste Verstrebung und sprang in den Garten. Der zweite folgte ihm, und als er auch sicher gelandet war, kamen beide Männer auf das Haus zu.

Jenkins zog seine Pistole und schlich zur Hintertür.

Vorn klopfte es einmal, nach einer Pause ein zweites Mal, kräftiger, gefolgt von lauten Rufen: »Jemand zu Hause?« Jenkins hatte gerade die Hintertür öffnen wollen, um in Richtung Fußpfad zu schleichen, als er durch die Blenden an den Seitenfenstern des Hauses einen Schatten sah, der sich bewegte. Der zweite Mann war unterwegs zur Hintertür. Sollte der Mann vorn nur ablenken? Jenkins' Aufmerksamkeit auf sich ziehen?

Er zog sich von der Tür zurück an die im Dunkeln liegende Rückwand des Zimmers, ließ sich auf ein Knie fallen, was mit dem schweren Sauerstofftank auf dem Rücken gar nicht so einfach war, und drückte sich gegen die Wand. Die Hand, in der er die Pistole hielt, zitterte. So ging das nicht! Wie sollte er treffen, wenn er seine Nerven nicht in den Griff bekam? Langsam holte er ein paarmal tief Luft.

Draußen waren inzwischen Schritte zu hören, unterwegs zur Hintertür. Jetzt kamen sie die Treppe hinauf und Jenkins konnte durch den dünnen Vorhang vor dem Türfenster die Umrisse eines Mannes erkennen. Der Türgriff wurde heruntergedrückt. Vergeblich, die Tür war verschlossen. Kurz darauf klirrte es und ein Stück Glas fiel nach innen, zerbarst auf dem Boden. Eine Hand schob sich durchs Loch, tastete nach dem Schlüssel, drehte ihn um und langte nach dem Türgriff.

Jenkins hob die Pistole, packte mit seiner Linken das rechte Handgelenk, um die Hand zu stabilisieren. Was immer Paulina geplant haben mochte, er konnte nicht mehr darauf warten.

Er würde schießen und es darauf ankommen lassen müssen.

* * *

Paulina drückte ab, woraufhin die linke Schulter des Polizisten nach hinten gerissen wurde, als sei am Rücken des Mannes ein Strick befestigt. Er stürzte rückwärts und prallte hart auf den Boden. Unglaublich laut hallten Schuss und Echo durch die ruhige, abendlich dunkle Straße. Manche mochten bei dem Lärm an die Fehlzündung eines Autos denken, aber wer sich mit Schusswaffen auskannte, wie Federow, wusste genau, was da eben passiert war.

Paulina lief zu dem Mann am Boden, zog ihm die Pistole aus dem Holster und schleuderte sie in die Büsche. »*Schit' budesch*«, sagte sie. *Du wirst leben.*

Sie rannte zum Schuppentor, hob den Stein davor auf, warf ihn in den Garten und riss die beiden Türen auf. Hastig zwängte sie sich am Hyundai vorbei und schaffte es so weit, dass sie die Autotür öffnen und hinter das Steuer rutschen konnte.

Bevor sie den Zündschlüssel umdrehte, schickte sie ein Stoßgebet gen Himmel. Der Wagen ließ sie nicht im Stich und sprang sofort an. »Zeit zum Abhauen, Iwan!«

Sie hatte gerade den Gang eingelegt, als von der Kreuzung am Ende der Straße her Scheinwerfer näher kamen. Paulina ließ den Motor aufheulen, denn hier im Schuppen wollte sie sich auf keinen Fall festnageln lassen. Der Wagen tat einen Satz nach vorn und sein Heck schlingerte ein bisschen im Kies der Einfahrt, bis die Räder griffen und der Hyundai sich gerade ausrichtete. Paulina gab Gas und hielt direkt auf den entgegenkommenden Wagen zu.

Ganz kurz konnte sie die Männer vorn deutlich erkennen, dann riss der Fahrer das Steuer herum und ließ sein Auto schlingernd durch dichtes Gebüsch pflügen, bis es mit einem lauten Knall gegen einen Baum prallte. Gleich darauf ging kreischend die Hupe los.

Damit hatte Charles Jenkins seine Ablenkung. Sie konnte nur hoffen, dass es reichte.

Erneut gab sie Gas, hielt in hohem Tempo auf die Kreuzung zu. Sie hatte kein Licht eingeschaltet, weswegen sie die beiden Fahrzeuge, die die Kreuzung blockierten, nur als graue Schatten auf der Straße wahrnahm. Sie hielt auf die kleine Lücke zwischen den vorderen Stoßstangen zu, ließ ihr Fahrerfenster herunter und feuerte auf die Polizisten, die gerade aus ihren Wagen kletterten. Die rannten gebückt in Deckung. Kurz vor dem Zusammenstoß ließ Paulina die Pistole in ihren Schoß fallen, packte das Lenkrad mit beiden Händen und bereitete sich auf den Aufprall vor.

Der Hyundai krachte genau in die kleine Lücke zwischen den beiden Autos, drängte sie beiseite, erzwang sich den Weg hindurch. Paulina spürte, wie ihr Körper nach vorn geschleudert wurde, wie sich der Sicherheitsgurt in Schultern und Schoß grub, wie sie mit Wucht wieder in den Sitz zurückgeholt wurde.

Sie trat auf die Bremse, riss das Steuer nach rechts, um das Heck ihres Autos auszurichten, und stieg wieder aufs Gas. Knatternd und spuckend nahm der Wagen die Auffahrt zur M27. Hinter sich hörte sie Schüsse.

Weit würde sie so bestimmt nicht kommen, dachte Paulina. Aber hoffentlich weit genug, um Charles Jenkins Zeit zum Entkommen zu verschaffen.

***

Beim Nachhall des Schusses, der irgendwo weiter die Straße hinunter abgegeben worden war, entsicherte Jenkins seine Waffe. Paulina. Der Mann an der Hintertür hatte den Lärm auch gehört, zögerte kurz, zog seine Hand aus dem Loch in der Scheibe und trat zurück. Als sein Kollege vorn an der Tür irgendetwas rief, lief er im Eiltempo zu ihm hin.

Jenkins stand auf, rang kurz um sein Gleichgewicht und ging nach draußen, wo gerade mit quietschenden Reifen die beiden Beamten fortfuhren, die für diesen Teil der Straße verantwortlich waren. Jetzt durfte er keine Zeit mehr verlieren! So schnell er konnte, lief er durch den hinteren Garten und wurde nur langsamer, um durch das Loch in der Mauer zu schlüpfen, wobei der Boden seines Sauerstofftanks scheppernd gegen einen Stein schlug. Weiter ging es über das angrenzende unbebaute Gelände, bis er nicht weit entfernt den hinunter zum Meer führenden Pfad liegen sah. Oben auf der Straße erkannte er gerade noch die Rücklichter des Autos, das vorm Haus gestanden hatte.

Er stieß auf eine weitere Mauer, die zwar nicht besonders hoch war, ihn aber trotzdem zwang, abzustoppen. Mühsam kletterte er hinüber. Durch die Taucherschuhe spürte er jeden einzelnen Stein, jeden Zweig, auf den er trat. Noch ein Garten, dann kam er an ein im Rohbau befindliches Haus, das ziemlich genau an der Stelle stand, an der die Straße die scharfe Biegung machte. Der Pfad hinunter zum Strand begann ungefähr fünfzehn Meter weiter westlich auf der anderen Seite der Straße. Jenkins blieb stehen, sah sich um, entdeckte niemanden und wollte gerade losgehen, als es in den Büschen raschelte. Er hob die Pistole und zielte – da kam ein Hund aus dem Gebüsch getrottet, blieb stehen, starrte Jenkins an, klemmte den Schwanz zwischen die Beine und eilte weiter die Straße hinunter.

Auch Jenkins ging weiter, wobei ihm der Schweiß über das Gesicht lief und in den Augen brannte, bis er nur noch verschwommen sehen konnte. Ohne eine freie Hand war er nicht in der Lage, sich den Schweiß abzuwischen.

Er hastete über die Straße, denn dies war der Moment, wo ihn jeder sehen konnte. Der Tank schlug ihm im Laufen gegen den Rücken und der Tauchgurt grub sich schmerzhaft in seine Hüfte. Endlich hatte er es geschafft, konnte Straße und Kurve hinter sich lassen und den Pfad hinunterlaufen. Nach knappen zehn Metern stand er auch schon am Strand, spürte auch hier auf dem Weg zum Wasser jedes einzelne Steinchen unter den Sohlen. Am Wasser ließ er Flossen, Maske und Pistole fallen, um sich die Kapuze des Taucheranzugs aufzusetzen, die sich mit leisem Schnalzen perfekt an seinen Kopf anpasste. Prüfend tastete er die Ränder ab, sah zu, dass jede einzelne Haarsträhne unter der Kappe verschwand.

Er sammelte den Rest seiner Ausrüstung zusammen und watete ins Wasser, bis es ihm an die Knie reichte. Ruhige Abendluft sorgte hier am Strand für eine fast glatte Wasseroberfläche mit wenigen winzigen Wellen. Das half ihm, sein Gleichgewicht zu wahren. Die Pistole warf er fort, er hatte keine Verwendung mehr für sie. Mit leisem Klatschen fiel sie irgendwo in der Dunkelheit ins Wasser. Jenkins hob vorsichtig das linke Bein und streifte sich, gefährlich schwankend, die Flosse über, wiederholte das Ganze noch einmal mit dem anderen Bein. Als er in die Maske spucken wollte, wie Paulina es ihm erklärt hatte, musste er feststellen, dass sein Mund dafür zu trocken war.

Auf der Straße tauchten Scheinwerfer auf. Ein Auto, unterwegs zum Pfad, der ans Wasser führte.

Ein zweiter Versuch produzierte wenigstens ein winziges Rinnsal Spucke, das Jenkins mit dem Finger auf dem Glas der Maske verrieb, bis es quietschte. Er spülte die Maske aus, setzte sie auf und richtete den Schnorchel aus. Der näher kommende Wagen hatte angehalten und man hörte, wie Türen aufgerissen wurden und Männer ausstiegen.

Jenkins steckte sich das Mundstück des Schnorchels in den Mund und ließ sich rückwärts ins eiskalte Wasser fallen.

* * *

Federow war inzwischen auf dem Weg zu Aleksejow und den anderen Beamten, die vor Ort tätig waren, als er den Knall hörte und erstarrte. Der Schuss war vom Ende der Häuserzeile gekommen, genauer gesagt aus Richtung des Hauses, das er selbst gerade durchsucht und wo er beim Schuppen einen seiner Leute zurückgelassen hatte.

Er machte kehrt und lief zurück, zuerst in gemäßigtem Dauerlauftempo, dann wurden seine Schritte trotz aller Schmerzen im Knie immer länger, bis er Sprinttempo erreicht hatte. Er hörte einen Motor aufheulen, sah den Hyundai mit einem Satz aus dem Schuppen springen, sah ihn schlingern, sich fangen, schneller werden. Direkt auf einen Polizeiwagen zu, dessen Insassen wahrscheinlich durch den Schuss alarmiert worden waren und der nun mit großer Geschwindigkeit angerast kam, eine Mutprobe auf hohem Niveau. Der Fahrer des Polizeiautos verlor als Erster die Nerven, riss das Steuer herum und verfehlte den Hyundai nur knapp, bevor er durchs Gebüsch bretterte, bis er von einem Baum gestoppt wurde.

Federow hielt nicht an, versuchte auch gar nicht erst zu schießen. Jetzt galt es, so schnell wie möglich zur Straßensperre zu kommen. Der Hyundai nahm Kurs auf die beiden Polizeiwagen, die die Auffahrt zur M27 versperrten. Federow hörte, wie in rascher Folge einige Schüsse abgegeben wurden, ohne dass der Hyundai an irgendeiner Stelle langsamer geworden wäre. Sollten Matwejews Männer das Feuer erwidert haben, dann ohne einen Treffer landen zu können.

Der Hyundai knallte in die kleine Lücke zwischen den beiden Wagen. Metall krachte, Glas barst und einen Moment lang hoffte Federow, der Aufprall könne das Auto außer Gefecht gesetzt haben. Aber nein. Der Hyundai hatte die beiden anderen Autos beim Zusammenprall weit genug auseinandergedrängt, um zwischen ihnen durchfahren zu können. Wieder schlingerte kurz das Heck, aber dann konnte, wer immer am Steuer saß, gegenlenken. Der Hyundai beschleunigte und verschwand Richtung Süden.

Sie entkamen ihm, dachte Federow. Sie entkamen ihm schon wieder!

Er hob die Waffe und schoss ihnen hinterher, kaum dass er die beiden schwer ramponierten Polizeiwagen erreicht hatte. Ein ganzes Magazin verschoss er in Richtung Hyundai, ohne dass der auch nur eine Sekunde langsamer geworden wäre.

Ein Blick auf die beiden Streifenwagen genügte. Beide waren vorne so weit eingedrückt, dass man mit ihnen nicht mehr fahren konnte. Dafür tauchten jetzt weiter die Straße hinunter Scheinwerfer auf. Federow sprang auf die Fahrbahn, wedelte mit beiden Armen und stürzte sofort auf die Fahrertür des Wagens zu, als Aleksejow mit quietschenden Reifen eine Vollbremsung hingelegt hatte.

»Raus! Aussteigen!« Er packte Aleksejow bei der Schulter und riss ihn aus dem Wagen.

Der junge Beamte stolperte beim Aussteigen, fiel auf die Knie und kroch hastig von der Straße. Federow saß hinter dem Steuer und gab Gas, da hatte der Polizist, der vom Beifahrersitz geflohen war, noch nicht einmal seine Tür schließen können. Der Fahrtwind ließ sie zufallen.

Geschickt umschiffte Federow die beiden ramponierten Streifenwagen und gab erneut Gas, wurde immer schneller. Vor ihm lag eine kleine Steigung. Seiner Schätzung nach hatte der Hyundai ein oder zwei Meilen Vorsprung, war allerdings nach dem Zusammenprall mit den Polizeiautos nicht mehr gerade taufrisch. Im Gegenteil, der Schaden vorn dürfte erheblich sein. Mit ein wenig Glück stellte der Motor früher oder später die Arbeit ein.

Die einfache, zweispurige Schnellstraße wurde von hohen Steinmauern und Gebüsch gesäumt, was jedes Überholmanöver zu einem Geschicklichkeitsspiel machte, das noch dazu an den Stellen extrem gefährlich wurde, an denen Seitenstraßen auf die M27 trafen. Federow hatte die Landkarte ziemlich genau im Kopf und wusste, dass diese Seitenstraßen zu Siedlungen führten. Sie boten keinen erkennbaren Weg aus Russland hinaus und waren von daher, was Jenkins und die Ponomajowa betraf, mehr oder weniger Sackgassen. Die beiden waren verzweifelt und wollten so schnell wie möglich die Grenze überqueren, davon war Federow überzeugter denn je. Nur würde ihnen das natürlich nicht gelingen.

Er fuhr jetzt gefährlich dicht hinter einem weißen Kleinlaster und wechselte zum Überholen auf die andere Fahrbahn, musste sich aber sofort wieder zurückziehen, als um eine Kurve herum die Scheinwerfer eines entgegenkommenden Autos auftauchten. Sobald es vorbeigefahren war, scherte Federow erneut aus, sah vor sich freie Bahn, gab Gas und überholte den Kleinlaster genau in einer scharfen Linkskurve. Wieder auf der richtigen Straßenseite, bremste er ab und fing den dabei ins Schlingern geratenen Wagen wieder ein, aber nicht schnell genug. Er streifte rechts die Leitplanke, die an dieser Stelle die Mauer ersetzte. Funken stoben und der rechte Seitenspiegel wurde abgerissen.

Federow gab Gas, bremste sich in die nächste Kurve, gab erneut Gas, als die Straße wieder geradeaus führte, überholte wild hupend und mit aufgeblendeten Scheinwerfern ein Fahrzeug nach dem anderen und fragte sich nach ein paar Kilometern langsam, ob Jenkins und die Ponomajowa ihm nicht doch wieder entkommen sein könnten. Vielleicht verstecken sie sich in einer der Seitenstraßen. Aber dann tauchten nach einer weiteren Kurve vor ihm endlich die roten Schlusslichter des Hyundai auf. Er hatte mit seiner Vermutung also doch recht gehabt. Es gelang ihm schnell aufzuschließen, denn der Hyundai fuhr weit unter der Höchstgeschwindigkeitsgrenze und aus seiner Kühlerhaube drang Qualm.

Endlich lief es mal gut für Federow!

Er gab Gas und rammte die hintere Stoßstange des Hyundai. Der geriet leicht ins Schleudern, konnte jedoch vom Fahrer wieder gerade ausgerichtet werden. Federow schwenkte nach rechts und stupste die hintere Stoßstange nur an einem Punkt an, ein Manöver, das man auf der Polizeischule lernte, um Fluchtfahrzeuge zu stoppen. Diesmal gelang dem Fahrer des Hyundai keine adäquate Reaktion: Der Wagen rutschte über den Mittelstreifen und die angrenzende Fahrbahn, bevor er gegen einen Baum knallte und endgültig stehen blieb.

Federow trat das Bremspedal durch und legte einen U-Turn hin, fuhr zurück, bremste knappe zehn Meter vom Hyundai und schaute angestrengt zu dessen Fenster, ob sich dahinter etwas regte. Das schien nicht der Fall zu sein, also stieg er aus, immer noch vorsichtig und mit der eigenen Wagentür als Schutzschild. Er hob seine Pistole und zielte auf das Rückfenster des Hyundai.

»*Wijdite is maschini, ruki sa golowu!*« *Steigen Sie aus dem Wagen, beide Hände auf dem Kopf.*

Keine Antwort. Aus der zerquetschten Kühlerhaube stieg Rauch.

Federow wiederholte seinen Befehl.

Wieder erhielt er keine Antwort.

Vorsichtig schob er sich hinter seiner Wagentür vor, den Finger am Abzug, bewegte sich ebenso vorsichtig hin zur Fahrerseite des Hyundai, riss am Türgriff. Metall stöhnte, als die Tür widerstrebend aufging. Ponomajowa lag über das Lenkrad gebeugt. Federow sah sich um. Auf dem Beifahrersitz niemand, niemand auf der Rückbank. Das konnte doch nicht wahr sein! Er packte die Ponomajowa beim Nacken, riss sie hoch. Aus einer Platzwunde auf ihrer Stirn strömte Blut.

»*Gde on?*«, brüllte Federow. »*Gde on?*« *Wo ist er?*

Einen Moment lang war der Blick der Frau ganz klar. Sie lächelte ihn an, die Zähne rot von ihrem Blut. »*Wi oposdali. On dawno uschel.*« Ihre Stimme war kaum mehr als ein Flüstern. *Sie kommen zu spät, er ist schon lange weg.*

Federow drückte ihr die Mündung seiner Pistole an die Schläfe. »Sagen Sie mir, wo er ist! Wohin ist er gegangen?«

Lachend spuckte sie Blut. »Wie russisch von Ihnen, einer sterbenden Frau mit Erschießen zu drohen!«, stieß sie mit zusammengebissenen Zähnen hervor.

»Wo ist er?«

Sie lächelte erneut, diesmal so, dass Federow die weiße Kapsel zwischen ihren Zähnen erkennen konnte.

»Für Iwan. Ihr habt ihn getötet, ihr sollt in der Hölle schmoren!« Dann biss Paulina auf die Kapsel.

31

Jenkins schwamm in tiefer Dunkelheit, nur sein Kompass strahlte blau, der einzige Lichtschimmer weit und breit. Eingesperrt in den engen Taucheranzug, die Maske dicht vor dem Gesicht, rang er mit Klaustrophobie und Panik, konzentrierte sich ganz auf das blaue Licht und die Peillinie. Sobald seine Konzentration nachließ oder er Panik im Nacken spürte, dachte er an Paulina, die ihr Leben gegeben hatte, damit er diese Chance bekam. Er durfte sie auf keinen Fall vergeuden.

Bitte, lass es mich schaffen. Für Paulina, für Alex, für CJ und mein ungeborenes Kind.

Er befahl sich Gelassenheit, zwang sich, ruhig und gleichmäßig mit den Flossen zu paddeln, sich nicht zu sehr anzustrengen, nicht zu tief zu atmen. Laut Paulina sollte er die vorgesehene Strecke in etwa dreißig Minuten schaffen können. Er sah oft auf seine Taucheruhr und hatte inzwischen fast die Hälfte der geschätzten Zeit hinter sich. Wenn er nicht gerade den Kompass im Auge hatte, schaute er nach oben und suchte nach Licht im Wasser. Vergeblich. Wenn er das Licht verpasste, wenn er das Boot verpasste, reichte sein Sauerstoff nie im Leben für die Strecke zurück an Land. Und selbst wenn er es irgendwie schaffte, was nützte ihm das? Wohin sollte er denn dann?

Von Zeit zu Zeit überprüfte er seinen Tiefenanzeiger, was in der Dunkelheit nicht ganz einfach war. Bisher war es ihm gelungen, drei Meter unter der Wasseroberfläche zu bleiben, gerade tief genug, um die Farbunterschiede im Wasser erkennen zu können. Tapfer paddelte er immer weiter, spürte entgegen Paulinas Versicherung, es gebe kaum Strömungen im Schwarzen Meer, ständig einen leichten Sog, gegen den er ansteuern musste, um seinen Kurs beizubehalten.

Weitere zehn Minuten vergingen. Langsam näherte er sich seinem Ziel – nur was war das Ziel, wer wartete auf ihn? Ein Licht konnte er nicht entdecken. Er checkte den Druckmesser – SPG genannt, Submersible Pressure Gauge –, dankbar, dass die Tauchausrüstung aus Amerika stammte und er verstehen konnte, was er da las. Bei vierhundert Pfund per Quadratzoll oder PSI – Pounds Per Square Inches – war er losgeschwommen, jetzt war er schon runter auf einhundert PSI. Bei fünfzig PSI fing der rote Bereich der Anzeige an; von da an lief er praktisch schon auf Reserve.

Nach weiteren drei Minuten sagte ihm der Kompass, dass er die vereinbarte Position erreicht hatte. Als er sich nach einem Licht umsah, war wieder keins zu entdecken. Laut seiner Uhr war es achtzehn Uhr fünfunddreißig.

Er war pünktlich, er war in Position.

Nur das Boot war nicht da.

* * *

Noch im Laufen, zurück zu seinem Auto, zückte Federow sein Handy, um Aleksejow zu verständigen. Jenkins und die Ponomajowa hatten sich getrennt und die Frau hatte sich geopfert, um Federow und sein Team von Jenkins abzuziehen. Die Autobahn wurde überwacht, dort würde der Amerikaner es nicht versuchen. Blieb nur noch das Meer, wenn er das Land verlassen wollte.

»Jenkins will zum Meer!«, rief er, als Aleksejow sich meldete. »Schnapp dir ein Fahrzeug und fahr runter ans Wasser. Such nach einem Boot oder Ähnlichem, das irgendwo in Küstennähe ankert. Benachrichtige auch die Küstenwache. Sie sollen jedes Schiff anhalten, das sich in russischen Gewässern befindet.«

Federow beendete den Anruf. Er musste immer noch über die Ponomajowa und ihre letzten Worte nachdenken. Aus ihrem Dossier wusste er, dass »Iwan« ihr Bruder gewesen war. Dieser Bruder hatte Selbstmord begangen, indem er vom Dach des Bolschoi-Theaters sprang. Die Ponomajowa schien den russischen Staat für den Tod ihres Bruders verantwortlich zu machen. Wahrscheinlich hatte das sie zur Verräterin werden lassen und wahrscheinlich hatte ihr Zorn ihr auch die Kraft gegeben, Jenkins zur Flucht zu verhelfen, indem sie in dieser brenzligen Situation alle Aufmerksamkeit auf sich lenkte. Wie immer sie gelebt, was immer das Ausmaß ihres Verrats gewesen sein mochte, sie schien den Augenblick vorhin für sich als angemessenes Ende gesehen zu haben.

Federow würde nie jemanden verstehen oder dulden können, der sein Land verriet. Trotzdem verspürte er einen fast widerwilligen Respekt für diese Frau, die ihr Leben für eine Sache gegeben hatte. Egal, wie fehlgeleitet sie auch gewesen war.

Bei den demolierten Streifenwagen angekommen, fuhr er langsamer. Die Straßensperre wurde nicht mehr gebraucht und war ja auch nicht besonders effektiv gewesen. Matwejew hatte wirklich keine Ahnung von seinem Job!

Federow ließ sein Fenster herunter, winkte den Beamten in den beiden Fahrzeugen zu, sie sollten ihm Platz machen. Dann fuhr er die Staubstraße hinunter zum Schwarzen Meer. Kurz vor der scharfen Biegung parkte er, schob sich mit schmerzenden Knochen aus seinem Auto und humpelte den Fußpfad zum

Strand hinunter, sorgsam darauf bedacht, sich jetzt nur nicht noch den Knöchel zu verstauchen, indem er über einen Stein stolperte oder in ein Loch trat.

Aleksejow stand dicht am Wasser, ein Fernrohr vor den Augen. Als er Federow näher kommen hörte, drehte er sich um. Wortlos nahm ihm sein Chef das Fernglas ab und richtete es auf den Horizont, suchte nach Booten, nach Lichtern, nach irgendetwas. Nichts. Über dem Meer herrschte weiterhin so dichter Nebel, dass ein Boot darin verschwinden konnte. Besonders, wenn es ohne Licht fuhr.

»Hast du etwas entdecken können?«, erkundigte er sich bei Aleksejow.

»Nein, Oberst.«

»Hast du die Küstenwache benachrichtigt?« Federow hatte das Fernrohr noch nicht abgesetzt, spielte mit dem Einstellrädchen zwischen den Linsen.

»Sie haben ein Boot der Rubin-Klasse losgeschickt, um die Gegend abzusuchen.«

»Eins?« Entgeistert ließ Federow das Fernglas sinken. »Ein Boot haben die losgeschickt?«

Aleksejow zuckte die Achseln. »Ich habe ihnen erklärt, wie dringend es ist, Oberst …«

Fluchend hob Federow erneut das Fernglas an die Augen. »Ich finde Sie, Mr. Jenkins, verlassen Sie sich darauf. Und dann werden Sie mir alles erzählen, was Sie wissen.«

* * *

Jenkins sah wieder einmal nach dem Stand seines Sauerstoffvorrats. Das war ihm inzwischen schon zur Angewohnheit geworden, wie bei einer Autofahrt der ständige Blick auf die Tankanzeige, wenn man weiß, dass man bald auf Reserve fährt. Die Nadel war schon wieder um 10 PSI gefallen und stand jetzt auf 60. Noch zehn Striche und er befand sich offiziell im roten Bereich, was zwar nicht hieß, dass er keine Luft mehr bekam, nur war er diesem Punkt dann gefährlich nahe gekommen. Viel tiefer sollte die Nadel dann nicht mehr fallen, aber was hieß das für ihn? Welche Möglichkeiten blieben ihm, außer aufzutauchen? Was er auf keinen Fall tun durfte, wie ihm Paulina unmissverständlich klargemacht hatte.

Ein Blick auf den Kompass bestätigte, dass er Kurs gehalten hatte: Die Peillinie stand direkt auf 210 Grad. Stellte sich die Frage, ob er weit genug geschwommen war oder ob ihn die Strömung, so gering sie auch sein mochte, behindert hatte und er nicht schnell genug gewesen war. In dem Fall befand sich das Boot irgendwo weiter vor ihm. Langsam beschlich ihn das ungute Gefühl, der Plan könnte von Anfang an zum Scheitern verurteilt gewesen sein. Wie sollte das alles denn gehen? Wie sollten die im Boot ihn finden, einen Tropfen im Ozean? Dann fiel ihm sein Rettungstransponder ein und er wusste auch wieder, was Paulina ihm dazu erklärt hatte. Er löste das kegelförmige Gerät von seinem Gürtel, öffnete die Plastikhülle und drehte den Schalter so, dass dessen Spitze auf den schwarzen Punkt zeigte. Ein Licht fing an zu blinken. Der Transponder hing an einer langen Schnur, dessen Ende Jenkins sich um das Handgelenk schlang. Dann ließ er los und die Schnur rollte sich ab, bis der Transponder oben auf dem Wasser hüpfte und die Schnur sachte an Jenkins' Arm zupfte.

Jetzt konnte er nur noch hoffen und warten.

Um sich warm zu halten, schwamm er im Kreis, schaute abwechselnd auf den Kompass und nach oben, auf der Suche nach einem Licht. Nichts. Es blieb dunkel.

Und wenn der Kompass nicht funktionierte? Jenkins klopfte gegen das Glas. Was, wenn Paulina ihn falsch eingestellt hatte? Wenn sie ihn in die falsche Richtung geschickt hatte, weit weg vom rettenden Boot, sodass ihm auch der Transponder nichts nützte und er rettungslos verloren war? Jenkins gab sich alle Mühe, Ruhe zu bewahren und weiterhin gleichmäßig zu atmen. Panik brachte ihn jetzt auf keinen Fall weiter, die schluckte nur, was an Sauerstoff im Tank noch vorhanden sein mochte, und dann war Jenkins nicht nur verloren, dann bekam er auch keine Luft mehr. Ein Blick auf die Anzeige: 50 PSI. Nun war es also so weit: Er atmete im roten Bereich. Und die Nadel schien schneller zu fallen als bisher. Er atmete zu tief oder zu schnell. Wieder dachte er daran aufzutauchen, aber Paulina hatte ihm ausdrücklich eingeschärft, das auf keinen Fall zu früh zu tun. Aber wenn es nicht anders ging? Er konnte seine Weste aufblasen und sich an die Oberfläche treiben lassen. So verbrauchte er wenigstens nicht den letzten Vorrat an Luft.

Jenkins hatte sich gerade entschieden und wollte auftauchen, als er in der Ferne ein dumpfes, leicht rasselndes Geräusch hörte. Er bewegte sich nicht, hielt den Atem an, lauschte. Das Geräusch kam näher. Ein Schiffsmotor. Wo das Boot sich genau befand, war nicht auszumachen, unter Wasser hörte sich alles lauter an, bis der Lärm von überallher zu kommen schien. Jenkins drehte sich im Kreis, suchte mit den Augen die Wasseroberfläche ab.

Da!

Ein Schatten bahnte sich einen Weg durch die Wellen, der Rumpf eines langsam näher kommenden Schiffes, gefolgt von einem blauen LED-Licht, das sich etwa einen Meter unterhalb vom tiefsten Punkt des Schiffsrumpfs befand.

Ein Licht wie ein kleiner Leuchtturm – Rettung!

Der Anblick verlieh Jenkins neuen Mut und neue Kräfte. So schnell er konnte, hielt er auf das Licht zu, kam auf zehn Meter heran, auf sechs, auf drei … Gerade wollte er aufsteigen, da hörte er noch einen zweiten Motor, lauter als der erste, eine größere Maschine für ein viel größeres, dem Klang nach auch wesentlich schneller fahrendes Schiff. Schon schäumte das

Wasser über ihm. Der Rumpf dieses Schiffes lag deutlich tiefer als der des ersten, tief genug, um Jenkins gefährlich zu werden. Und er kam rasch näher.

Das LED-Licht erlosch.

Jenkins hörte auf zu paddeln, setzte panisch beide Hände ein, um tiefer zu tauchen. Gerade noch rechtzeitig, denn jetzt glitt der Rumpf des zweiten Schiffes über ihn hinweg, so dicht, dass er sich im aufgewühlten Wasser ein paarmal um die eigene Achse drehte. Als das vorbei war und er wieder klar sehen konnte, warf er einen Blick auf seine Tankanzeige. Es sah nicht gut aus. Beim hastigen Versuch, das rettende Boot möglichst schnell zu erreichen, hatte er viel zu viel komprimierte Luft eingeatmet. Die Nadel stand auf 30 PSI. Im knallroten Bereich sozusagen – was danach kam, war finster.

32

Demir Kaplan fuhr seit fünfundzwanzig Jahren als Kapitän auf eigenem Boot. Er war jetzt dreiundsechzig Jahre alt und kannte die Gewässer des Schwarzen Meeres, der Meerenge des Bosporus und des Marmarameers so gut, wie man dieses Terrain nur kennen konnte. Vor seinem Leben als selbstständiger Kapitän lagen fünfzehn Jahre Dienst in der türkischen Marine, die letzten zehn in einer Amphibieneinheit, die Jahre davor in einer Spezialtruppe. Als die Marine anfing, ihm langweilig zu werden, war er ausgeschieden und hatte auf dem fünfzehn Meter langen Fischerboot seines Vaters angeheuert. Und als sein Vater an zu viel Schnaps und Zigaretten gestorben war, war das Boot in Kaplans Besitz übergegangen. Die Fischerei hatte seiner Familie viele Jahre lang ein gutes Leben ermöglicht. Sein Fang, im Wesentlichen Sardellen und Blaufisch, landete auf Fischbrötchen, die bei den Verkäufern unter der Galatabrücke in Istanbul guten Absatz fanden. Nur fing er von Jahr zu Jahr weniger, das türkische Fischereiwesen befand sich seit mehr als zehn Jahren generell in rasantem Abstieg. Es war ein Opfer kommerzieller Überfischung, illegaler Netze und laxer Regeln. Wo Kaplan früher bis zu dreißig verschiedene Fischarten aus dem Meer geholt hatte, konnte er jetzt froh sein, wenn er fünf oder sechs zu Gesicht bekam, und auch die nur in kleineren Mengen. Damit die Bestände sich erholen konnten, hatte die Regierung das Fischen in den Sommermonaten untersagt, was aber nur die türkischen Fischer behinderte. Die Russen hielten sich nicht an solche Regelungen und respektierten auch nicht die Hoheitsgewässer anderer. Sie fischten das Schwarze Meer leer, sie fischten mit Kiemennetzen, und sie logen wie gedruckt, was die Fangmengen betraf. Sie hatten achtzig Jahre lang gelernt, ihre Regierung zu betrügen. Das war ihnen in Fleisch und Blut übergegangen. In Russland gehörte Betrug als fester Bestandteil zum täglichen Leben.

Ja, Kaplan hatte mit seinem Boot gut verdient. Genug, um nicht nur für sich, sondern auch für seine beiden Söhne und deren Familien auf den Felsen über der Meerenge Häuser bauen zu können. Aber jetzt, wo er älter war und langsam an den Ruhestand dachte, sorgte er sich zunehmend um die Zukunft seiner Söhne, die wohl nicht mehr vom Fischfang würden leben können. Diese Sorgen hatten ihn alte, wertvolle Kontakte aus seiner Zeit bei der Marine auffrischen lassen und so stockte er seit einigen Jahren das schwindende Einkommen aus dem Meer dadurch auf, dass er Flüchtlinge aus dem Irak und Syrien beförderte. Und er war zum Schmuggler geworden: Er schmuggelte Waffen und Menschen, und zwar britische, amerikanische und israelische Geheimagenten. Solange er bezahlt wurde, war es ihm eigentlich egal, wen er sich bei diesen Transporten an Bord holte. Außerdem hasste er die Russen, wie schon sein Vater vor ihm, und betrachtete die Unterstützung von Gegnern des russischen Regimes als eine Möglichkeit, für ausgeglichenere Verhältnisse zu sorgen. Dazu kam die fürstliche Entlohnung: Bei dieser Art von Arbeit bekam er für eine Tour mehr, als er in einer Saison als Fischer verdienen konnte. Natürlich nur, wenn er seinen Passagier heil ablieferte. Was an diesem Abend von Minute zu Minute unwahrscheinlicher zu werden schien.

Kaplan überprüfte die für dieses Treffen vereinbarten Koordinaten und schaltete sein Radargerät ein, ein Geschenk der türkischen Regierung an ihre Fischer. Er suchte nach Signalen auf einer Frequenz zwischen 9,2 und 9,5 Gigahertz, denn hier, unterhalb der von der russischen Küstenwache benutzten Frequenzen, sendete der Transponder seines Passagiers. Sobald er das Signal des Transponders empfing, würden seine Söhne die LED-Lampe unter den Rumpf ihres Bootes sinken lassen, um den Menschen, den sie aufsammeln sollten, auf sich aufmerksam zu machen.

Er kreiste jetzt seit sieben Minuten in diesem dichten Nebel, ohne dass das Signal des Transponders auf seinem Radar aufgetaucht wäre. Seine Söhne waren bestens vertraut mit diesen Aufträgen und die einzigen Menschen, denen Kaplan voll vertraute. Er wies sie an, die LED-Lampe trotzdem ins Wasser zu lassen. Vielleicht konnten sie den Taucher zum Boot locken.

Der dichte Nebel war Fluch und Segen zugleich. Ihnen erschwerte er die Suche nach dem Taucher, der russischen Küstenwache die Suche nach ihnen, falls die denn suchten. Für den Fall, dass die Küstenwache sie doch entdeckte, hatte Kaplan die perfekte Ausrede parat: Er würde behaupten, im Kreis zu fahren, um seine Netze einzuholen, und hätte gar nicht bemerkt, dass er sich bereits in russischen Gewässern befand. Wenn die Russen ihm die Geschichte nicht abkauften, wurde es allerdings eng. Dann konnte es sein, dass sie zur Strafe sein Boot versenkten.

Wieder sah Kaplan auf die Uhr. Er würde hier auf keinen Fall länger als die vereinbarten dreißig Minuten verweilen, keine Minute mehr und auch keine weniger. Punkt neunzehn Uhr ging es weiter, mit Passagier oder ohne. Noch blieben dreiundzwanzig Minuten, aber das könnten genauso gut dreiundzwanzig Tage sein, denn ohne Signal fand er hier niemanden. Ohne ein Signal war er blind, sah in diesem verfluchten Nebel nicht mehr als drei, vier Meter weit, wodurch die Chancen bei null standen, einen Taucher mit bloßem Auge zu entdecken.

Er drosselte sein Tempo noch weiter, trat aus dem Ruderhaus und schaltete den Suchscheinwerfer ein, ließ dessen Strahl über die Wasseroberfläche gleiten. Leider half das wenig, denn wie bei einer Autofahrt im Nebel bei aufgeblendeten Scheinwerfern brach sich das Licht im Nebel, wodurch die Sicht höchstens noch schlechter wurde. Kaplan drehte den Scheinwerfer nach unten und richtete den Lichtstrahl direkt auf das Wasser. Vielleicht ging es so besser.

»Siehst du irgendetwas?«, erkundigte sich Emir, der ältere seiner beiden Söhne.

»Nein.«

»Auf dem Radar auch nicht?« Emir sprach leise.

»Nichts.«

»Wie lange noch?«, fragte Jusuf. Die jungen Männer wirkten besorgt. Sie hatten sich an diesem Abend so weit in russisches Hoheitsgebiet gewagt wie sonst nie und die beiden wussten um die möglichen Konsequenzen.

Kaplan warf einen Blick auf die Uhr. »Einundzwanzig Minuten.« Er kehrte ins Ruderhaus zurück, wo er endlich ein blinkendes grünes Licht auf dem Radarschirm entdeckte. Anfangs hielt er es für den gesuchten Transponder, aber dann wurde schnell klar, dass sich das Signal mit unerwartet hoher Geschwindigkeit ihrem Standort näherte.

»*Lanet olsun!*« Er eilte zur Tür. »Ein Boot«, rief er seinen Söhnen zu. »Es kommt rasch näher. Die russische Küstenwache. Schnell, lasst die Netze runter.«

Sobald Kaplan den Motor noch weiter gedrosselt hatte, gingen seine Söhne ans Werk. Sie bewegten sich schnell und geschickt, hatten diese Arbeit tausendmal getan. Schon wurde ihr Boot von einem Suchscheinwerfer erfasst, wenig später tauchten wie eine Geistererscheinung aus dem Nebel die Umrisse eines Schiffes auf. Vom Suchscheinwerfer geblendet, schirmte Kaplan mit dem Arm seine Augen ab. Das näher kommende Schiff wechselte von ihrer Steuerbordseite nach Backbord und Kaplan erkannte den blauen Rumpf mit der roten Wasserlinie, die weißen und blauen Streifen am Bug.

Das Patrouillenboot der Rubin-Klasse stand unter dem Befehl des FSB. Dann war es wohl ein ziemlich wichtiger Passagier, nach dem Kaplan hier suchte.

Über Lautsprecher sprach eine Stimme sie auf Russisch an. Kaplan ignorierte das.

Die Stimme ließ nicht locker, brüllte Befehle. Stahlruder drückten das Schiff mit Bug und Heck längsseits. Kaplan verstand Russisch, wenn ihm danach war. Heute war ihm nicht danach. Er würde seine Rolle als verzweifelter türkischer Fischer spielen, dessen Boot abgetrieben wurde, während er sich mit völlig verhedderten Netzen herumplagen musste.

Er trat aus dem Ruderhaus und stellte sich neben seine beiden Söhne. Der Lautsprecher meldete sich erneut, teilte ihnen mit, sie sollten sich darauf vorbereiten, dass jemand zu ihnen an Bord kam. Wortlos warf Kaplan seinen Söhnen einen Blick zu, schaute ebenso wortlos Richtung Netze. Während drüben das Beiboot zu Wasser gelassen wurde, ließ Kaplan an seinem Boot an einer Seite die Fender herunter und fing die russischen Festmacher, die ihm zugeworfen wurden. Zusammen mit Jusuf sicherte er die Leinen an den dafür vorgesehenen Vorrichtungen an Deck. Als Letztes ließ Kaplan noch eine Aluleiter herunter und zwei der drei Männer, die im Beiboot gesessen hatten, kletterten an Bord. Einer davon hatte sich eine Kalaschnikow über die Schulter gehängt, was nicht der üblichen Vorgehensweise entsprach.

Der andere Mann, ein Offizier, trug eine makellose zweireihige Cabanjacke, den Kragen hochgeklappt, um seinen Hals vor der Kälte zu schützen. An Deck setzte er sich eine schwarze

Mütze auf. Sein Gesicht wirkte fast präpubertär, er sah viel jünger aus als Kaplans Söhne, die Hände weich und rosa, ganz ohne Schwielen. Ein Offizier frisch von der Akademie, der noch nie auf einem Schiff gelebt und gearbeitet hatte. Kaplan kannte solche Leute. Sie neigten zu übergroßer Dienstbeflissenheit und wichen nicht von ihren Vorschriften ab. Diesem Mann war es wichtig, seine Autorität geltend zu machen. Da konnte man nur hoffen, dass seine Unerfahrenheit alles andere ausglich und gegen ihn spielte.

»Papiere«, begrüßte er Kaplan auf Russisch, von Anfang an um einen autoritären Tonfall bemüht. Kaplan starrte ihn verständnislos an.

»*Evraklar*«, wiederholte der Offizier auf Türkisch.

Kaplan nickte als Zeichen, dass er verstanden hatte, und sagte, seine Papiere lägen im Ruderhaus.

»Holen Sie sie bitte.«

Der Offizier und sein Begleiter folgten Kaplan ins Ruderhaus, wo er den Schrank aufschloss, in dem sich die Schiffspapiere befanden. Dabei hörte er vom Radargerät kommend zwölf kurze Töne, konnte aber der Versuchung widerstehen, nachzuschauen.

Der Transponder.

Der Mann, den er abholen sollte, war eingetroffen.

»Warum dauert das so lange?«, erkundigte sich der Offizier verärgert.

Kaplan legte seine Papiere auf den Bildschirm des Radars, sodass man den blinkenden Punkt nicht mehr sah. Gegen das Piepen konnte er allerdings nichts tun. Bevor er die Papiere übergab, fächerte er sie auf, als suche er nach etwas. Der Offizier streckte die Hand aus und ließ sich die Unterlagen reichen, ohne auch nur die Miene zu verziehen. *Was für ein mürrisches Volk die Russen doch sind, wenn sie nicht gerade trinken,* dachte Kaplan mit einem Blick auf das Namensschild aus Messing, das die rechte Brusttasche des Offiziers zierte. Popow hieß der Mann.

»Warum fischen Sie in russischen Gewässern?«, fragte Popow beim Durchblättern der Papiere.

Kaplan zuckte die Achseln. »Ich muss in diesem verdammten Nebel abgetrieben worden sein. Wir haben Probleme beim Einholen der Netze. Sie haben sich verheddert und ich fürchte, sie könnten in die Schiffsschraube geraten. Einfach mit Gewalt mag ich sie nicht trennen, dazu waren sie zu teuer.«

Popow verließ das Ruderhaus, um nach den seitlich an der Reling hängenden Netzen zu sehen, die wirklich in erheblichem Maße verheddert waren. Kaplan ergriff die Chance und warf einen Blick ins Wasser, konnte aber im Nebel kein blinkendes Licht erkennen.

»Vom Fischen kann keine Rede sein, wie Sie sehen«, sagte er lächelnd.

»Haben Sie Ihre Fischereiausweise?«, wollte Popow wissen.

»Ja, für mich und meine beiden Söhne. Möchten Sie die auch noch sehen?«

»Nein. Wir möchten Ihr Fahrzeug durchsuchen.«

»Aus welchem Grund?«

»Weil Sie sich in russischen Gewässern befinden und wir das Recht dazu haben«, erwiderte Popow.

Kaplan zuckte die Achseln. Die Zeiten, wo er mit arroganten jungen Männern wie diesem Streit gesucht hatte, waren lange vorbei. »Bitte!«, sagte er mit entsprechender Geste. »Darf ich denn fragen, wonach Sie suchen?«

»Nein, dürfen Sie nicht.«

Popow wies seinen bewaffneten Begleiter mit einer Geste an, ihm zu folgen, und die beiden kehrten zum Ruderhaus zurück. Kaplan sah seine Söhne an, ohne etwas zu sagen und ohne ihnen irgendein Zeichen zu geben. Jetzt mussten sie sich wortlos verständigen. Wahrscheinlich wurden sie vom Patrouillenboot aus beobachtet.

»Sie, Kapitän«, meldete sich Popow von der Tür des Ruderhauses her, »kommen Sie mal her.«

Kaplan nickte seinen Söhnen zu und ging zu ihm.

Popow deutete auf den Radar. »Was ist das?«, wollte er wissen.

»Mein Radar. Die türkische Regierung stellt uns die Geräte zur Verfügung, damit wir mehr Fische fangen können.«

»Ich weiß, dass das ein Radargerät ist. Warum piept es?«

Kaplan trat neben den Mann und deutete aus dem Fenster. »Ihr Schiff. Ich habe den Radar des verdammten Nebels wegen eingeschaltet, um Zusammenstöße zu vermeiden. Sehen Sie, das Signal bewegt sich nicht. Genau wie Ihr Schiff.«

Der Offizier warf einen misstrauischen Blick Richtung Bildschirm. Was man dort als Echozeichen sah, war nicht sein Boot, dazu war der Signalpunkt viel zu klein. Kaplan konnte nur hoffen, dass sein Trick trotzdem funktionierte.

Das schien der Fall zu sein. Popow verließ das Ruderhaus, um an Deck zurückzukehren, und Kaplan stieß einen leisen Seufzer der Erleichterung aus. Offizier und Matrose kletterten eine Leiter hinab in den Laderaum des Schiffes. Auf diesen Fahrten führte Kaplan für eben diesen Fall immer einen kleinen Haufen verrotteter Sardinen mit. Der Gestank würde schon dafür sorgen, dass eine Durchsuchung kurz ausfiel. Schon bald stand Popow mit finsterer Miene erneut an Deck.

»Ihr Fisch vergammelt«, sagte er.

»Das sind Köder«, erklärte Kaplan. »Sardinen. Je stärker der Geruch, desto größer die Anziehungskraft.«

Popow ging zur Rückseite des Bootes. »Was ist das hier?«

»Ein Schlauchboot, für den Notfall.«

»Sie werden die russischen Hoheitsgewässer umgehend verlassen.«

»Es tut mir wirklich leid. Wir versuchen ja, die Netze möglichst schnell wieder flottzukriegen, damit wir weiterfahren können.«

Popow zeigte keinerlei Mitgefühl. »Holen Sie die Netze aus dem Wasser, notfalls mit Gewalt, und kehren Sie umgehend in türkische Gewässer zurück. Sie können die Netze auch dort entwirren. Wenn nicht, werde ich sie durchtrennen.«

»Wie Sie wünschen«, sagte Kaplan.

Der Offizier nickte dem Matrosen zu und die beiden kletterten über die Reling des Bootes zurück in das Beiboot, das sie zu ihrem Patrouillenboot zurückbrachte.

»Zieht die Netze ein«, befahl Kaplan seinen Söhnen mit lauter Stimme. Er sah auf die Uhr: achtzehn Uhr siebenundfünfzig. »Diesen hier haben wir verloren«, fügte er leise hinzu.

33

Jenkins, im Wasser zwischen dem einen Schiffsrumpf und dem anderen, bekam mit, was oben vor sich ging. Er hatte den Transponder nach unten gezogen, der schwamm jetzt dicht unter der Wasseroberfläche. Ohne es genau zu wissen, ging Jenkins davon aus, dass es sich bei dem größeren Boot um ein russisches handelte, höchstwahrscheinlich Marine oder Küstenwache. Beim kleineren Boot handelte es sich hoffentlich um seinen Retter, der vom Transponder genau an diese Stelle gelockt worden war. Was ihm in diesem Moment allerdings auch nicht weiterhalf.

Vor ein paar Minuten war ein Schlauchboot vom großen Boot zum kleineren gefahren und lag nun am Fischerboot vertäut.

Jenkins prüfte seinen Tankanzeiger, wo die Nadel unter 15 PSI gefallen war. Allerdings schien sie langsamer zu sinken, seit er hier ausharrte, ohne sich groß zu bewegen. Trotzdem würde er in wenigen Minuten an einem leeren Tank saugen und keine andere Wahl haben, als aufzutauchen oder zu ersticken. Er versuchte, weiterhin ruhig zu bleiben, so wenig Energie wie möglich zu verbrauchen. Trotz des Taucheranzugs schmerzten ihm jetzt, wo er sich nicht mehr bewegte, im eiskalten Wasser die Glieder. Finger und Zehen waren taub geworden.

Minuten verstrichen. Jenkins warf einen Blick auf die Tankanzeige: 8 PSI. Er sah auf die Uhr: 18:55. Paulina hatte gesagt, das Rettungsschiff würde um neunzehn Uhr wieder abfahren, aber sie war ja nicht von einer Begegnung mit einem anderen Schiff ausgegangen. Würde sein Retter bleiben? Würde die russische Küstenwache sein Schiff beschlagnahmen, weil es sich in russischen Gewässern aufgehalten hatte?

Als er über sich einen Motor hörte, blickte er auf. Das kleine Schlauchboot entfernte sich vom Fischerboot und kehrte zum größeren Boot zurück. Ein Blick auf die Anzeige: 5 PSI. Eine weitere Minute und er hörte das Geräusch von startenden Motoren, erst des russischen Bootes, dann des Fischerbootes.

Beide Boote brachen auf. Sein Herz schlug heftig. 4 PSI.

Das russische Boot löste sich von dem anderen. Die Motorengeräusche wurden lauter und intensiver, als es schneller wurde und davonfuhr, eine weiße Heckwelle hinter sich herziehend. Jenkins ließ den Transponder wieder aufsteigen und trat hektisch mit den Flossen, um an die Oberfläche zu kommen. Als er es geschafft hatte, sah er das Fischerboot langsam davonfahren. Zwei Männer standen an der Reling und zogen an irgendetwas. Er spuckte den Schnorchel aus.

»Hey!«, schrie er, so laut er konnte. »Hey!«

Er senkte den Kopf und schwamm mit aller Kraft los. Aber das Boot entfernte sich immer weiter. War bald zu weit entfernt, als dass er es je hätte einholen können. Aber da war etwas im Wasser, etwas wurde hinter dem Boot hergezogen und verursachte Turbulenzen im Wasser. Fischernetze! Verzweifelt streckte Jenkins die Hand aus, hätte sie fast erwischt, verfehlte sie knapp, streckte die Hand erneut aus.

Er schaffte es nicht, er konnte sich nicht an den Netzen festhalten. Das Boot nahm Fahrt auf und verschwand.

Er hatte seine Mitfahrgelegenheit verpasst. Sein Sauerstofftank war leer und er trieb weit vom Ufer entfernt in eiskaltem Wasser. Seine Glieder wurden immer steifer. Bald würden sie ganz taub sein. Es gab keine Hoffnung mehr.

34

Demir sah zu, wie die Russen ihr Schlauchboot mit der Winsch aus dem Wasser holten. Popow und seine beiden Begleiter stiegen aus und verschwanden auf der Brücke. Wenig später wurde der Motor des Patrouillenbootes lauter, das Schiff nahm Fahrt auf und war schon bald im Nebel verschwunden. Nicht einmal seine Lichter sah man noch.

Kaplan dagegen drosselte seinen Motor, weil er nicht wollte, dass ihm die Netze doch noch versehentlich in die Schraube gerieten. Dann hätten sie nämlich ein ernsthaftes Problem. Sein Radar zeigte weiterhin einen leuchtenden Punkt an und gab Töne von sich, immer zwölf hintereinander. Sie kamen von Steuerbord, aber das war auch die Richtung, in die das russische Boot verschwunden war. Er konnte unmöglich beidrehen, nach dem Passagier suchen und damit das Leben seiner Söhne gefährden, die beide Familie hatten. Obwohl ihm die Vorstellung gar nicht gefiel, den Passagier seinem Schicksal und damit wahrscheinlich dem Tod zu überlassen. Denn so oder so sah es für die Person nicht gut aus, weder hier im Schwarzen Meer noch am Ufer, sollte sie es bis dahin schaffen. Dort warteten die Russen auf sie und allein bei dem Gedanken wurde Kaplan ganz elend zumute. Er konnte nur hoffen, dass sich dieser unbekannten Person irgendwie noch eine Chance zum Entkommen bot.

Er wollte gerade Kurs auf zu Hause nehmen, als er einen seiner Söhne laut rufen hörte.

»*Lanet olsun!*«, fluchte er leise. Hatte sich jetzt doch eins der Netze in der Schraube verfangen? Jusuf steckte den Kopf ins Ruderhaus, klammerte sich am Türrahmen fest, einen wilden Ausdruck in den Augen.

»*Tekneyi durdur. Tekneyi durdur!*«

Kaplan stoppte die Maschine.

»Emir glaubt, er hat im Wasser etwas gesehen.«

Das russische Boot konnte jeden Moment zurückkommen, es war ein Risiko, jetzt anzuhalten und das Wasser abzusuchen. Trotzdem tat Kaplan genau das: Er eilte an Deck und schaltete den Suchscheinwerfer ein. »*Nerede?*«, fragte er. *Wo?*

Sein Sohn zeigte es ihm. Kaplan richtete den Scheinwerfer aus und der Nebel lichtete sich, sah aus wie ein Spinnennetz mit Beute darin. Kaplan senkte den Scheinwerfer, bis das Licht nicht mehr ganz so grell leuchtete, und ließ den Strahl langsam von links nach rechts wandern.

»Da ist nichts.«

»Aber ich habe ganz deutlich etwas gesehen!«, widersprach sein Sohn.

Noch einmal ließ Kaplan sein Licht von links nach rechts wandern, lauschte den Wellen, die gegen die Seiten seines Bootes schlugen. »Nichts«, sagte er.

* * *

Jenkins lauschte dem leiser werdenden Motorengeräusch und sah zu, wie der Nebel das Fischerboot schluckte. Sein Atem ging schwer und hing als weiße Wolke in der eiskalten Luft. Er spürte, wie er immer müder wurde, wie ihm die Kälte das letzte bisschen Wärme aus den Gliedern sog. Er musste sich bewegen, musste schwimmen, denn sonst würde die Kälte ihn umbringen. Wahrscheinlich brachte sie ihn früher oder später sowieso um. Und jetzt war er müde, so unendlich müde.

Überhaupt: schwimmen! In welche Richtung denn? Um ihn herum nichts als graues Einerlei, wie sollte er da die Küste ausmachen? Wenn er in die falsche Richtung schwamm, steuerte er womöglich das offene Meer an und damit seinen sicheren Tod.

Denk nach!, befahl er sich streng.

Er musste ruhiger werden, nachdenken. Logisch denken. Panik verspürte er in diesem Moment höchster Gefahr und größter Verzweiflung seltsamerweise nicht. Vielleicht hatte er die ganze Zeit nichts weiter gebraucht als eine hoffnungslose Lage und die Aussicht auf den sicheren Tod. Wie absurd – er musste grinsen. Aber noch hatte er sich mit seinem Schicksal nicht abgefunden, noch hatte er eine Chance. Aufgeben kam nicht infrage. Er würde Paulina nicht aufgeben und auch nicht ihren Bruder, sich selbst nicht und, das Wichtigste, auch nicht seine Familie. CJ sollte sich an seinen Vater erinnern können, er wollte ihm alles beibringen, was er konnte, und dafür sorgen, dass sein Sohn ein besseres Leben hatte als er. Sein ungeborenes Kind sollte ihn kennenlernen, er war fest entschlossen zu erfahren, wie es aussah.

Sein Kompass!

Für seinen Kurs hinaus aufs Meer hatte er den Kurs auf 210 Grad eingestellt. Wenn er diesen Kurs jetzt noch einmal genauso einstellte, den Pfeil gen Norden richtete und die Peillinie auf 210 Grad, dann musste sich doch herausfinden lassen, wie man den Kompass einstellen musste, um in die genau entgegengesetzte Richtung zu gelangen. Rein theoretisch musste ihn das zurück zum Strand bringen. Ja, wenn er dort ankam, gab es wahrscheinlich Probleme. Aber wie sagt doch Paul Newman in dem Film *Zwei Banditen* so schön zu Robert Redford, als der an einem Canyon nicht von einem hohen Felsen runter in den Fluss springen will, weil er nicht schwimmen kann? »Hey, der Sturz bringt dich wahrscheinlich sowieso um!«

Warum sich also Sorgen um das Ufer machen und darum, was passieren könnte, wenn er dort eintraf – falls er dort eintraf?

Konnte er die Strecke überhaupt schaffen? Dank seines Lauftrainings und seiner Ernährung war er in guter körperlicher Verfassung, aber beim Schwimmen waren ganz andere Muskeln gefordert als beim Laufen. Zuerst einmal musste er Ballast abwerfen.

Er löste den Tauchgürtel und fühlte sich sofort ein ganzes Stück leichter, als der Richtung Meeresboden sank. Jetzt noch den Tank loswerden. Damit hatte er keine Erfahrung, es würde wahrscheinlich nicht so leicht gehen wie beim Gürtel. Der Tank hing an seiner Schwimmweste und die wollte er auf jeden Fall anbehalten, weil sie noch Luft enthielt und es ihm leichter machen würde, sich über Wasser zu halten. Er rief sich in Erinnerung, wie Paulina und er den Tank an der Weste befestigt hatten: mit einem Riemen, gleich unter dem Ventil oben am Tank. Ein weiterer Riemen sorgte dafür, dass der Tank dicht am Rücken anlag.

Er langte hinter sich, tastete nach dem unteren Gurt und folgte, so weit sein Arm reichte, dessen Verlauf, erwischte das ungesicherte Ende des Riemens und konnte ihn lösen. Den Riemen unter dem Ventil fand er, indem er mit der Hand von oben über seinen Kopf griff, nach dem Ventil suchte und die Finger weiter bis zum Riemen wandern ließ, der einen eigenen Verschluss hatte. Den suchte er, drückte ihn zusammen und spürte, wie der Riemen sich löste. Der Tank glitt den Rücken hinunter und verschwand wie ein Stein in der Tiefe.

Er fand den kleinen Schlauch, mit dem sich die Schwimmweste aufblasen ließ, blies ordentlich Luft hinein und spürte sofort, wie sein Auftrieb erhöht wurde. Dann setzte er die Maske auf, schob sich den Schnorchel zwischen die Zähne, senkte den Kopf und streckte den Arm aus, wie Paulina es ihm erklärt hatte. Er stellte seinen Kurs ein und fing an zu paddeln. Hoffentlich Richtung Ufer.

Innerhalb weniger Sekunden spürte er die Anstrengung, spürte, wie die Kälte ihm zusetzte, wie unbeweglich seine Muskeln geworden waren, wie langsam jede Bewegung. Sein Blut, stellte er sich vor, rann dick und träge durch seine Adern, wie Motoröl bei Temperaturen unter dem Gefrierpunkt. Alles Überlegungen und Bilder, mit denen er sich jetzt nicht aufhalten durfte. Selbst sein angestrengter Atem musste ihm egal sein und die Kälte erst recht. *Mach einfach weiter, beweg dich.* Mindestens dreißig Minuten lang musste er jetzt so mit den Flossen treten. Immer eine Minute nach der anderen. Durchhalten, nicht den Kopf heben, nicht den Schnorchel aus dem Mund nehmen, nicht dem Flehen seines Körpers nachgeben, der aufhören, der sich ausruhen wollte, und sei es nur eine Sekunde lang.

Anhalten bedeutet sterben.

Alex und CJ und das Baby, Alex und CJ und das Baby. Wie ein Mantra wiederholte er im Kopf die Worte. Das neue Baby – sie hatten sich noch nicht einmal auf einen Namen geeinigt, wussten nicht, ob es ein Junge oder ein Mädchen werden würde. Ein Mädchen, hatte Paulina gesagt. Wieso war sie sich da so sicher gewesen? Jenkins hatte keine Ahnung, aber in diesem Moment sah auch er ein Mädchen vor sich. *Alex und CJ und das neue Baby, Alex und CJ ... Alex und CJ ... Alex, Alex, Alex.*

Als unter Wasser ein Surren an seine Ohren drang, dachte er erst an Einbildung, an eine Projektion seiner Hoffnungen. Als es anhielt, hörte er auf zu schwimmen und lauschte. Er hätte nicht sagen können, woher das Geräusch kam und was es war. *Ein Boot? Ja. Nein... Ja! Ein Motor. Ein Schiffsmotor.* Das Summen wurde lauter. Das Boot kam näher. Er kniff die Augen zusammen, versuchte, die graue Nebelwand zu durchdringen.

Bildete er sich das alles nur ein? Täuschten ihn seine Sinne? Die Sinne eines verzweifelten, zum Tode verurteilten Mannes?

Waren das die Russen? Kamen sie zurück?

Ein Suchlicht drang durch die Finsternis, ließ das Grau heller werden.

Keine Einbildung: das Fischerboot.

Das Licht wanderte von links nach rechts. Hielt an. Jenkins meinte, Stimmen zu hören. Männer riefen sich etwas zu.

Das Licht wanderte noch einmal von links nach rechts, blendete ihn. Mit Mühe hob er den Arm und schwenkte ihn über seinem Kopf.

»*Nerede*?«, hörte er.

Dann: »*Orada! Orada!*«

Das war kein Russisch.

Immer weiter tauchte das Boot aus dem Nebel auf, kam langsam näher, an Deck zwei Männer, die sich über die Reling beugten. Der eine deutete aufgeregt auf Jenkins, der andere warf etwas über Bord. Das drehte sich ein paarmal in der Luft, bevor es auf dem Wasser landete. Ein Rettungsring.

Jenkins hielt darauf zu, schob einen Arm durch die Öffnung und klammerte sich fest, während die Männer die Leine einholten und ihn zum Schiff zogen.

* * *

Jenkins brauchte sämtliche ihm noch verbliebene Energie und die Hilfe zweier starker Männer, die zogen und hoben und ihn schließlich an den Riemen seiner Schwimmweste packten, um sich an Bord zu hieven. Nass und matt wie ein Fisch glitt er endlich über die Reling und klatschte nach Luft schnappend auf das Deck. Als er aufsah, beugten sich drei Männer über ihn und redeten in kurzen englischen Sätzen mit drängendem Unterton auf ihn ein. Er hätte so gern reagiert, fand aber einfach nicht genügend Luft für eine Antwort.

Einer der Männer packte Jenkins unter den Schultern und schleppte ihn über das Deck zum Ruderhaus. Der älteste der drei eilte zum Ruder und schob den Gashebel des Motors nach vorn. Jenkins kippte hilflos nach hinten, als der Motor ansprang und das Boot rasch Fahrt aufnahm.

Er spürte weder seine Hände noch seine Füße und zitterte inzwischen heftig am ganzen Leib. Einer der Männer hielt ihm einen Becher hin, aus dem Dampf aufstieg. Jenkins wollte danach greifen, aber seine Hände zitterten zu sehr.

Der Mann, der ihm den Becher gebracht hatte, kniete sich hin und zog ihm die Handschuhe aus. Jede Bewegung schickte Tausende von Stecknadeln durch seine Hände und Finger, bis Jenkins vor Schmerz laut stöhnen musste. Nachdem der Fischer beide Handschuhe entfernt hatte, klemmte er sich Jenkins' Hände unter die Achselhöhlen.

»Wie geht es Ihren Füßen?« Sein Englisch hatte einen starken Akzent.

»Die spüre ich nicht«, stotterte Jenkins mit klappernden Zähnen.

Der zweite Mann, der dem ersten sehr ähnlich sah, vielleicht waren es Brüder, kam mit dicken Wolldecken aus dem Ruderhaus, die er Jenkins um die Schultern legte, bevor er seinem Bruder half, ihrem Passagier die Tauchschuhe auszuziehen. Jenkins taten die Füße mindestens so weh wie die Hände.

»Ich bin Emir«, sagte einer der Männer und machte sich daran, Jenkins' Füße zu massieren und wieder ins Leben zurückzuholen. »Und das da ist mein Bruder Jusuf. Der Kapitän am Ruder ist unser Vater, Demir.«

»Ich dachte, ich hätte Sie verloren.« Jenkins zitterte immer noch. »Ich habe Ihr Boot wegfahren sehen.«

Jusuf rieb ihm die Hände, so kräftig, dass Jenkins vor Schmerz stöhnte. »Tut mir leid«, entschuldigte sich der junge Mann. »Das Blut muss wieder zirkulieren.«

»Die Russen scheinen ja sehr erpicht darauf, Sie zu fangen«, meldete sich Demir vom Ruder her. »Die Küstenwache alarmieren die nicht einfach so.«

»Für wen arbeiten Sie?«, fragte Jenkins, der langsam wieder Hände und Füße spürte, vor allem, weil immer mehr von diesen brennenden Nadeln darin unterwegs zu sein schienen.

»Für mich selbst«, sagte Demir.

»Nicht für den türkischen Geheimdienst?«

»Ich bin Fischer und ich komme, wenn man mich ruft. Warum, ist allein meine Sache. Bei Ihnen weiß ich nur, dass ich Sie aufsammeln und nach Istanbul bringen soll. Details kenne ich keine.«

»Sie sind zurückgekommen. Dafür bin ich Ihnen sehr dankbar.« Jenkins entzog dem einen der beiden Brüder seine Hände und versuchte, die Finger zu beugen und zu strecken. Die fühlten sich dick und an den Gelenken geschwollen an, aber langsam kehrte die Beweglichkeit zurück, und als Emir ihm diesmal den Becher reichte, konnte er beide Hände darumlegen und sich an der Wärme erfreuen. In kleinen Schlucken trank er den sehr heißen, sehr starken, süßen türkischen Kaffee, während sich Jusuf mit einer scharfen Schere über den Taucheranzug hermachte.

»Emir bringt Sie nach hinten, da können Sie trockene Kleidung anziehen«, sagte Demir. »Das dürfte allerdings eine kleine Herausforderung darstellen, denn auf Männer Ihrer Größe sind wir nicht eingerichtet. Emir gibt Ihnen auch etwas zu essen. Und zeigt Ihnen eine Koje, falls Sie sich hinlegen möchten. Sie müssen doch sehr müde ein.«

Jenkins stand auf und folgte Emir auf schwachen Beinen einen Flur entlang. »Danke«, sagte er noch einmal mit einem Blick über die Schulter.

»Bedanken Sie sich nicht zu früh«, wehrte Demir ab. »Es ist noch weit bis Istanbul und die Russen werden Sie nicht so leicht aufgeben.«

35

Viktor Federow betrat das heruntergekommene, ausgekühlte Sommerhaus, in dem die Luft abgestanden war und es stark nach Schimmel roch. Seine Männer waren in der Siedlung von Tür zu Tür gegangen, hatten die meisten Häuser unbewohnt vorgefunden und keins entdeckt, das so aussah, als wäre dort in letzter Zeit jemand gewesen. Auch dieses Haus war verlassen, aber noch nicht lange. Auf dem Küchentresen standen unausgepackte Tüten mit Lebensmitteln, daneben eine geöffnete Schachtel mit Kräckern. In den Einkaufstüten fand Federow Saft und Wasserflaschen, Käse und Schokolade. Die Kräcker nahm er mit ins Wohnzimmer und aß ein paar davon. Sie schmeckten besser, als er erwartet hatte, was allerdings auch daran liegen mochte, dass er sich nicht mehr an seine letzte Mahlzeit erinnern konnte und unglaublich hungrig war.

Er betrachtete die auf den Möbeln verteilte Männerkleidung und die Taucherausrüstung, die sich jemand auf dem Fußboden zurechtgelegt hatte. Ausrüstung für eine Person nur, eine Weste, ein dem Gewicht nach voller Sauerstofftank, eine Maske, ein Satz Flossen und ein Taucheranzug. Der Taucheranzug war für eine Frau.

Seine Männer waren die Kleidung durchgegangen, hatten aber nicht feststellen können, woher sie kam und wem sie gehörte. Das war aber auch nicht nötig, Federow wusste genau, wer sie getragen hatte und wer eigentlich vorgehabt hatte, die Ausrüstung zu benutzen, dann aber nicht dazu gekommen war.

Paulina Ponomajowa hatte sich geopfert, damit Jenkins entkommen konnte – daran bestand nun kein Zweifel mehr. Das warf weitere Fragen nach der Bedeutung dieses Mannes und seines Auftrags auf. Federow wischte sich an der Hose Krümel von den Fingern, reichte die Kräcker an einen der anderen Beamten weiter und wandte sich an Aleksejow.

»Ein Mann auf Tauchgang kommt mit der Luft aus so einem vollen Tank ungefähr vierzig Minuten lang aus. Nun ist Jenkins allerdings sehr groß, sagen wir also, dreißig Minuten. Wenn dieser Mann gut durchtrainiert ist, wovon wir jetzt ausgehen müssen, dann schafft er es in einer ruhigen Nacht wie dieser dreihundert bis dreihundertfünfzig Meter weit. Ruf die Küstenwache an und sag denen, dass wir nach einem Taucher suchen. Gib die Koordinaten der Stelle durch, an der er ins Wasser gegangen ist. Sie sollen sich unverzüglich melden, wenn sie in der Gegend auf Boote treffen.«

Aleksejow zückte sein Handy, während Federow nach draußen in den Garten ging. Der Strand war von hier aus nicht zu sehen, wohl aber in der Ferne das in Nebel eingehüllte Schwarze Meer. Hinter sich hörte er Schritte und als er sich umdrehte, kam Aleksejow geschäftig auf ihn zugeeilt.

»Die Küstenwache hat etwa dreihundert Meter von der Küste hier entfernt ein türkisches Boot gestoppt«, rief er. »Der Kapitän gab an, abgetrieben worden zu sein, weil sich seine Netze beim Fischen ineinander verheddert hätten und seine Crew das erst einmal regeln musste. Oberst?«

Federow antwortete nicht. Er dachte nach, den Blick auf den dunklen Horizont gerichtet. Unmöglich, als Schwimmer bei diesem Nebel ein bestimmtes Boot zu finden, selbst wenn man die Koordinaten eines Treffpunktes vereinbart hatte. So ein Mensch im Wasser musste sich irgendwie melden können, dem Boot übermitteln, wo er sich befand. Dazu reichte allerdings auch ein kleines Signallicht, wie bei einer Gefahrenboje, mit der Schiffe auf Felsen und andere Gefahren unter Wasser aufmerksam gemacht werden sollten. »Hol mir sofort die Person ans Telefon, mit der du eben gesprochen hast. Sag ihm, ich will mit dem Offizier der Küstenwache sprechen, der auf dem türkischen Fischerboot war.«

Federow ging weiter auf das Wasser zu, während Aleksejow neben ihm herlief und telefonierte. Es dauerte nicht lange, da konnte er seinem Chef das Handy reichen.

»Wie heißen Sie?« Federow hielt sich nicht lange mit Vorreden auf.

»Kapitän zur See Popow.«

»Sie sind vor nicht allzu langer Zeit auf ein türkisches Fischerboot gestoßen, habe ich mir sagen lassen?«

»Genau. Vor etwa einer Stunde.«

»Was hatte dieses Boot hier zu suchen?«

»Der Fischer sagte, seine Netze hätten sich beim Fischen verheddert und während er noch daran arbeitete, sie wieder zu befreien, wäre er ohne es zu merken in russische Gewässer gedriftet.«

»So weit?«, erkundigte sich Federow ungläubig. »Haben Sie sein Boot durchsucht?«

»Persönlich. Seine Papiere waren in Ordnung.«

Federow interessierte sich nicht die Bohne für die Papiere dieses Schiffes. »Wie viele Männer?«

»Drei. Ein Vater und zwei Söhne.«

»Sie haben niemanden sonst gefunden?«

»Nein.«

Federow hatte da so seine Zweifel. Wie gründlich hatte dieser Popow das Boot durchsucht? Schmuggler waren auf so etwas vorbereitet, hatten auf ihren Booten clevere Verstecke für Drogen, Waffen und Menschen.

»Wie haben Sie das Boot im Nebel lokalisieren können?«

»Es tauchte auf unserem Radar auf.«

»Ist auf Ihrem Radar sonst noch etwas aufgetaucht?«

»Nein.«

»Gar nichts?«

»Nein«, wiederholte Popow. Nach einer kurzen Pause fügte er hinzu: »Das ist wahrscheinlich nicht wichtig, aber das türkische Boot hat ein Signal aufgefangen, als wir gerade an Bord waren.«

»Was für eine Art von Signal?«

»Ein sich nicht bewegendes grünes Licht. Ich fragte danach und der Kapitän meinte, das sei unser Boot, das auf seinem Radar auftauche.«

Federow spürte seine Knie weich werden. »Könnte das auch ein Transponder gewesen sein?«

»Ich ...« Popow sprach nicht weiter.

Das reichte Federow als Antwort. Popow hatte diese Möglichkeit gar nicht bedacht. »Wo befinden Sie sich jetzt?«

»Immer noch auf Patrouille, mehr oder weniger in derselben Gegend.«

»Ich möchte, dass Sie die gesamte Bandbreite Ihrer Radarfrequenzen absuchen. Rufen Sie mich zurück und sagen Sie mir Bescheid, ob Sie dabei weitere Treffer verzeichnen konnten. Dann kehren Sie nach Anapa zurück und warten dort auf mich.«

Federow beendete den Anruf. »Sag dem Hubschrauber Bescheid, wir fliegen nach Anapa.«

Aleksejow schüttelte den Kopf. »Unmöglich, Oberst. Bei diesem Nebel kann man nicht fliegen.«

Federow fluchte. »Und wie lange dauert die Fahrt mit dem Auto?«

»Genau weiß ich das nicht, aber ein paar Stunden werden es schon sein, selbst bei gutem Wetter. Heute könnte es viel länger dauern.«

Mehrere Stunden – dann war das türkische Fischerboot in der Nähe türkischer Gewässer, vielleicht zu dicht bei der türkischen Küste, um es noch abzufangen. Dieses Risiko konnte Federow nicht eingehen. Er wählte erneut die Nummer der Küstenwache und ließ sich mit dem Patrouillenboot verbinden. »Kapitän Popow, hier ist noch einmal Oberst Federow. Sie sagten, Sie seien immer noch in der Nähe von Wischnewka?«

»Wir sind nicht allzu weit entfernt, ja.«

»Und Sie haben ein Schlauchboot? Mit dem sind Sie doch zum Fischerboot gefahren, um an Bord zu gehen, oder?«

»Ja, natürlich.«

»Kehren Sie sofort nach Wischnewka zurück und schicken Sie das Schlauchboot an Land. Achten Sie auf Lichtsignale. Ich komme an Bord.«

* * *

In frischen, trockenen Sachen, die sogar fast groß genug waren, wenn man die beiden oberen Knöpfe an Hemd und Hose nicht schloss und nichts dagegen hatte, wenn die Hosenbeine fünf Zentimeter über den Arbeitsstiefeln endeten, wurde Jenkins langsam wieder halbwegs warm. Der türkische Kaffee, so stark, dass ein Löffel fast darin hätte stehen können, summte in seinen Gliedern und ließ ihn hellwach und aufmerksam sein, obwohl er doch in den vergangenen zweiundsiebzig Stunden kaum geschlafen hatte. Nachdem er sich umgezogen hatte, führte ihn Jusuf in die Kombüse des Bootes, wo das Essen, das die Fischer ihm vorsetzten, die Wirkung des Kaffees ein wenig aufhob. Noch nie hatte etwas so gut geschmeckt. Es gab Lamm mit Reis, Rühreier mit Zwiebeln und Paprika, dazu Brot. Emir und Jusuf legten sich nach dem Essen schlafen. Auch sie hatten einen anstrengenden Abend hinter sich.

Jenkins ging ins dämmrige Ruderhaus zu Demir Kaplan, der die Wache übernommen hatte. Die Lichter der Konsole leuchteten sein bärtiges Kinn aus, tauchten das ganze Gesicht in bläulich grünes Licht. Demir ähnelte seinen Söhnen sehr, sein Gesicht mit der wettergegerbten Haut war allerdings das eines Mannes, der schon ein ganzes, ein langes Leben auf dem Meer verbracht und dabei vielleicht zu viele Tragödien mit angesehen hatte. Die von den Augenwinkeln ausgehenden Falten waren tief wie kleine Rinnsale, die Jahre am Ruder hatten seinen Rücken gebeugt und dicke Muskeln an Brust und Arme sprachen von harter Arbeit. Als Jenkins ins Ruderhaus kam, wo der kleine Heizofen unter der Konsole für eine angenehme Temperatur sorgte, drehte sich Kaplan kurz zu ihm um.

»Sie sollten schlafen«, sagte er. »Zu viele Sorgen?«

Jenkins schüttelte den Kopf. »Zu viel Kaffee.«

Demir schnaubte vergnügt. »Unseren Kaffee und unsere Frauen, die haben wir Türken gern auf diese bestimmte Art.«

»Schwarz?«, erkundigte sich Jenkins lächelnd.

Demir warf ihm ein verschmitztes Grinsen zu. »Dick und energiegeladen.«

Jenkins streckte ihm lachend die Hand hin. »Danke, dass Sie zurückgekommen sind. Sie haben mir das Leben gerettet.«

»Nehmen Sie es nicht persönlich, Mr. Jenkins. Sie sind für mich eine Fracht, die ich in die Türkei schaffe, mehr nicht.«

»Das verstehe ich. Ich wollte es trotzdem sagen.«

Jetzt schüttelte Demir Jenkins doch noch die Hand. »In dem Fall: gern geschehen.«

Sie schwiegen, lauschten dem Summen der Maschine und spürten, wie sich der Bootsrumpf mit jeder Welle hob und senkte. Nach einer Weile siegte bei Demir die Neugier. »Wer immer Sie sein mögen, Sie müssen für Ihr Land ziemlich wertvoll und für die Russen sehr gefährlich sein.«

»Da bin ich mir nicht mehr so sicher«, widersprach Jenkins. »Irgendwie ist alles viel komplizierter geworden, als ich anfangs annahm.«

»Das kommt ja öfter vor.«

»Die anderen beiden – sind das Ihre Söhne?«

»Ja, auch wenn beide besser aussehen als ich. Sie haben viel von ihrer Mutter. Und ich habe viel vom Meer.«

»Es sind gute Männer.«

»Man kann einiges kaufen, wenn man genug Geld hat, aber Blut nicht, jedenfalls nicht das Blut eines Kaplan. Haben Sie Kinder, Mr. Jenkins?«

»Einen neunjährigen Sohn. Ein weiteres Kind ist unterwegs.«

Demir strich sich nachdenklich über den Bart, bevor er nickte. »Schön für Sie.«

»Ich habe spät angefangen.«

»Wegen Ihrer Karriere?«

»Eine Zeit lang war das der Grund, ja. Danach hatte ich einfach nie Gelegenheit.«

Demir warf ihm einen Blick zu. »Und jetzt haben Sie viel zu verlieren.«

»Zu viel.«

»Warum tun Sie es dann?«

»Ich musste meine Familie ernähren. Und ich dachte, ich würde meinem Land dienen, aber da bin ich mir nicht mehr so sicher.«

Demir seufzte. »Ich war als junger Mann bei der Marine, bevor ich anfing, bei meinem Vater zu arbeiten. Fische gab es damals im Überfluss. Es war ein gutes Leben. Jetzt läuft es mit dem Fischfang lange nicht mehr so gut. Ich habe sieben Enkelkinder, das achte ist unterwegs. Wir tun für unsere Familien, was wir tun müssen.«

Jenkins nickte. »Wie lange noch, bis wir dort sind, wo wir hinwollen?«

»In einer Stunde sind wir in türkischen Gewässern. Im Hafen eine Stunde später.«

»Wenn meine Gesellschaft Sie nicht stört, würde ich gern hierbleiben und mit Ihnen Wache halten.«

»Ich habe nichts dagegen.«

* * *

Das Schlauchboot brachte Federow und Aleksejow zum russischen Patrouillenboot, wo sie an Deck von Popow begrüßt und sofort die Treppe hoch ins Ruderhaus geführt wurden.

»Wir haben da etwas auf dem Radar entdeckt.« Er zeigte auf eins der Geräte auf der Konsole.

»Ein Schiff?«, fragte Federow.

»Nein, viel kleiner. Könnte eine Boje sein, nur befindet es sich an einer Stelle, wo wir keine Boje vermuten, und das Signal kommt auf einer Frequenz, auf der Bojen nicht senden. Und das Ding scheint im Wasser zu treiben.«

»Wie weit ist es von der Stelle entfernt, an der Sie das türkische Fischerboot durchsuchten?«

»Vielleicht eine halbe Seemeile. Aber wenn ich mir ansehe, in welche Richtung es treibt, dann dürfte es vor einer Stunde ganz in der Nähe des Fischerbootes gewesen sein. Sollen wir danach suchen? Oder nach dem türkischen Boot?«

»Suchen Sie nach diesem Signale sendenden Ding. Wenn wir es finden, wissen wir eher, ob wir das Boot wirklich suchen müssen oder nicht. Ich möchte mich nicht auf eine vergebliche Jagd begeben. Können Sie diese Fischer denn finden, wenn sich herausstellt, dass sie sich nicht aus harmlosen Gründen in unseren Gewässern aufhielten?«

»Auf jeden Fall«, versicherte Popow. »Diesen Kapitän fangen wir uns!«

»Gut«, sagte Federow. »Weil ich Ihren Vorgesetzten ungern melden möchte, dass Sie ihn entkommen ließen.«

Popow erschrak sichtlich. Auf seinen Wangen breiteten sich rote Flecken aus. »Jawohl, Oberst!« Er gab Befehl, sich auf die Boje zu konzentrieren und sie zu lokalisieren.

Zwanzig Minuten später standen Popow, Federow, Aleksejow und ein halbes Dutzend Seeleute auf dem Deck und ließen Lichtstrahlen über die Oberfläche der in Nebel gehüllten See huschen.

»Da!« Einer der Männer deutete aufgeregt nach unten. »Da!«

Federow, Popow und Aleksejow traten dichter an die Reling. Einer der Seeleute ließ einen Enterhaken ins Wasser, erwischte damit das zylindrisch geformte rote Objekt mit dem blinkenden Licht an der Spitze und zog es vorsichtig an Deck.

»Das ist ein Transponder«, erklärte Popow. »Man benutzt ihn ...«

»Ich weiß, wofür man ihn benutzt«, unterbrach Federow. »Ich weiß auch genau, wozu er in diesem Fall benutzt wurde! Sie können das türkische Boot finden, sagten Sie?«

»Ja.«

»Dann tun Sie das jetzt.«

* * *

Im Ruderhaus des Fischerbootes reichte Jenkins Kaplan eine Tasse Kaffee. »Sechs Stück Zucker?«, erkundigte er sich ungläubig.

»Hier geht es nicht um Geschmack.« Demir trank einen kleinen Schluck und stellte die Tasse dann so ab, dass sie nicht umkippen konnte.

»Ihr Boot heißt Esma. Was bedeutet das?«, wollte Jenkins wissen.

»Esma ist der Name meiner Frau. Wir sind seit vierzig Jahren verheiratet. Sie hat immer behauptet, ich würde das Meer mehr lieben als sie, und als ich das Boot erbte ...« Kaplan zuckte die Achseln. »Jetzt kann ich zu ihr sagen: Ich bin immer bei dir, Esma, selbst auf dem Meer. Mit Allahs Hilfe dürfen wir hoffentlich noch viele gemeinsame Jahre erleben und auch noch weitere Enkel.« Er warf einen Blick auf seine Instrumente. »Wir haben es nicht mehr weit. In zwanzig Minuten sind wir in türkischen Gewässern.«

»Dann sind Sie fast zu Hause.«

Demir reckte sich gähnend. »Aber Sie haben es noch ziemlich weit, fürchte ich. Der FSB hat reichlich Zuarbeiter in der Türkei und es gibt viele Menschen, die Sie für ein paar Lira verraten würden. Sie sind eine auffällige Erscheinung. Sie müssen sehr vorsichtig sein.«

Von der Konsole her kam ein Piepton. Demir wandte sich seinem Radar zu und betrachtete nachdenklich das blinkende grüne Licht auf dem Bildschirm. »Sagen Sie meinen Söhnen Bescheid«, sagte er.

»Was ist denn?«

»Ich weiß es nicht. Aber da ist jemand in unsere Richtung unterwegs.«

»Wie dicht?«

»Ziemlich. Und schnell. Zu schnell, als dass wir es bis in die Meerenge schaffen könnten.« Demir drückte den Gashebel nach unten und Jenkins spürte, wie das Boot mit einem Satz nach vorn schneller wurde.

»Schaffen wir es vor denen in türkische Gewässer?«

»Wenn das da hinter uns ein russisches Boot ist, nützt uns das nicht viel. Die Russen scheren sich nicht um Hoheitsgebiete, wenn sie etwas haben wollen. Und Sie wollen sie ja wohl ganz dringend haben.«

»Woher sollten sie wissen, dass ich auf Ihrem Boot bin?«

»Keine Ahnung. Vielleicht haben sie Ihren Transponder entdeckt. Wir mussten ihn zurücklassen, wir hatten keine andere Wahl, und nun wissen die Russen, warum wir in der Gegend waren. Schnell, wecken Sie meine Söhne. Wenn wir schlau sind, können wir sie überlisten. Den Nebel heute Nacht hat uns Allah geschickt.«

* * *

Unter Federows Drängen kam das russische Boot gut voran. Fast eine halbe Stunde lang verfolgten sie jetzt schon das türkische Boot mit dem Namen Esma. Die Esma fuhr inzwischen auch sehr zügig, ohne dabei den Kurs zu ändern: Sie wollte auf dem direktesten Weg zurück in die Türkei.

»Sie sind schneller geworden«, meldete Popow. »Sie wissen, dass wir kommen, und der Kapitän versucht, den Bosporus zu erreichen.«

»Das darf auf keinen Fall passieren«, rief Federow.

»Davonlaufen kann er uns nicht, wir haben sie in ein paar Minuten eingeholt.« Popow sah Federow an. »Allerdings sind wir dann schon in türkischen Gewässern.«

Federow winkte ab. »Ich will, dass das Boot gestoppt und durchsucht wird. Wenn es hart auf hart kommt, sagen wir, es hätte sich unberechtigt in russischen Hoheitsgewässern aufgehalten und transportiere Schmuggelware.«

»Und wenn sie sich nicht stoppen lassen? Wenn sie auf Anrufe nicht reagieren?«, wollte Popow wissen.

»Dann versenken wir das Boot und übernehmen etwaige Überlebende an Bord.«

Der Abstand zum Boot vor ihnen wurde immer geringer. Inzwischen ließ das Radarbild, auch wenn der dichte Nebel die Kommunikation über Satellit erschwerte, kaum noch Zweifel daran, dass es sich um die Esma handelte.

»Ich fange jetzt auch die Signale anderer Boote auf, die sich näher an der türkischen Küste befinden«, meldete Popow.

»Da wimmelt es von Fischerbooten, die Türken haben viel zu viele«, sagte Federow. »Ignorieren Sie sie. Wir konzentrieren uns ganz auf dieses eine Boot.«

»Ich werde mich über Lautsprecher bei ihnen melden«, sagte Popow.

»Das lassen Sie schön bleiben!«

»Die Esma hat Radar. Sie wissen, dass wir hier sind.«

»Dann besteht ja auch kein Grund, sie per Zuruf auf uns aufmerksam zu machen«, fand Federow.

»Das Boot befindet sich jetzt zweihundert Meter von unserer Steuerbordseite entfernt«, meldete ein Techniker.

»Geschwindigkeit drosseln«, kommandierte Federow. »Aber halten Sie den Kurs.«

Eine Minute später tauchte in Nebel gehüllt das Fischerboot auf, immer noch in voller Fahrt.

»Ich muss sie warnen«, sagte Popow. »Wir riskieren sonst eine Kollision.«

»Geben Sie einen Warnschuss über deren Bug ab«, befahl Federow, ohne zu zögern. Der Kapitän der Esma sollte wissen, was ihm bevorstand, wenn er einfach so weitermachte. Er sollte wissen, in welche Gefahr er sich, seine Leute, sein Boot und damit seinen Lebensunterhalt brachte. Wahrscheinlich war der Kapitän nicht mehr als ein gut bezahlter Kurier, ihm lag nichts an Jenkins persönlich. Der Mann hatte Popow überlisten können, bei Federow konnte er sich so etwas abschminken!

Popow nickte seinen Männern zu. Der Befehl wurde weitergegeben, dann hörte man vom Geschütz an Deck des Schiffes kommend einen lauten Knall. »Sie fahren langsamer«, stellte Popow gleich darauf fest.

Federow nickte zufrieden. »Der Kapitän hat kapiert, wie ernst es uns ist. Jetzt dürfen Sie ihn per Lautsprecher auffordern, sofort die Maschine zu stoppen. Sagen Sie ihm, wir kommen an Bord.«

Popow kam Federows Befehlen nach und als das Fischerboot stoppte, trat Federow an Deck. Es war wärmer geworden, allerdings nicht viel, und so versenkte er beide Hände in den Manteltaschen, während er die Treppe vom Ruderhaus hinunterstieg und darauf wartete, dass ein paar Matrosen das Zodiac-Schlauchboot herunterließen. Zusammen mit Popow und zwei bewaffneten Begleitern ließ er sich zur Esma übersetzen, wo ihm vom Kapitän und seinem Sohn an Bord geholfen wurde.

»Sie sind der Kapitän?«, sprach Federow auf Russisch den Älteren der beiden an, einen untersetzten Mann mit grau meliertem Bart.

Verwirrt ließ der Kapitän der Esma seinen Blick zwischen Federow und Popow hin und her wandern, bis Popow die Frage übersetzte.

»Daran hat sich nichts geändert, seit Sie vor ein paar Stunden schon einmal auf meinem Schiff waren«, antwortete er dann.

»Schiff durchsuchen, aber gründlich!«, befahl Federow den bewaffneten Matrosen, bevor er sich wieder an den türkischen Kapitän wandte. »In Ihrem Interesse hoffe ich sehr, dass sich wirklich nichts geändert hat. Ich bin Oberst Viktor Federow von den Sicherheitskräften der Russischen Föderation. Erklären Sie mir, was Sie in russischen Hoheitsgewässern zu suchen hatten.«

Wieder übersetzte Popow.

»Ich habe dem Kapitän bereits erklärt, dass unsere Netze verheddert waren und wir Mühe hatten, sie wieder zu richten.«

»Und dabei sind Sie so weit abgetrieben? Fast bis an die russische Küste? An einem ruhigen Abend? Das will mir irgendwie nicht einleuchten.« Federow hatte Kaplan nicht aus den Augen gelassen, und als Popow jetzt wieder übersetzen wollte, schnitt er ihm sofort das Wort ab. »Genug! Der Mann hat Sie zum Narren gehalten, Popow. Er versteht jedes Wort, das ich sage. Wer so lange im Schwarzen Meer gefischt hat, kann Russisch. Er hat sich entschieden, Sie nicht ernst zu nehmen.«

Federow ließ sich den Transponder geben, den sie aus dem Wasser gefischt hatten. »Noch seltsamer als Ihre Geschichte mit den Netzen ist dieser Transponder, den wir aufspüren konnten und der sich unseren Berechnungen nach bei Ihrem ersten Zusammentreffen mit unserer Küstenwache an genau derselben Stelle befand wie Ihr Schiff.«

»Das ist nicht meiner.« Kaplan blieb eisern bei Türkisch. »Aber es ist nett, dass Sie ihn aus dem Wasser gefischt haben und zurückgeben wollen.«

Popow übersetzte.

»Sie sind dem Signal des Transponders gefolgt, weil der Sie zu der Person führte, die Sie aus dem Wasser fischen sollten.«

»Ich bin nichts und niemandem gefolgt«, erwiderte Kaplan. »Und ich hole ausschließlich Fische aus dem Wasser.«

»Wo ist Ihr anderer Sohn?«, wollte Popow wissen.

»Was?«, fragte Kaplan.

»Wo ist Ihr anderer Sohn? Es waren drei Männer an Bord. Wo ist er?«

Kaplan antwortete nicht.

»Finden Sie den anderen Mann«, befahl Federow den Wachen, wobei er weiterhin Kaplan ansah. »Und du spiel keine Spielchen mit mir, alter Mann! Sie strapazieren meine Geduld, und ich bin nicht in Stimmung für Tricks.«

Nach knapp zehn Minuten kehrten die Bewaffneten von der Durchsuchung zurück, um zu melden, dass sich niemand weiter an Bord befand.

Federow hielt den Blick unverwandt auf Kaplan gerichtet, versuchte, den alten Fischer niederzustarren. »Sie sagen mir, wo Ihr Sohn und Mr. Jenkins sind, Kapitän, oder ich weise die Küstenwache an, Ihr Schiff zu versenken.«

»Das wäre nicht sehr schlau«, erwiderte Kaplan auf Türkisch.

»Nein?« Was für eine Selbstüberschätzung! Federow lächelte.

»Nein. Wir befinden uns in türkischen Hoheitsgewässern und seit dem Krieg in Syrien haben die Spannungen zwischen unseren Ländern zugenommen. Besonders seit Ihr Herr Putin uns Türken Terroristen nannte.«

Popow übersetzte. »Da ist was dran«, gestand Federow ein. »Dann schießen wir vielleicht nicht auf Sie, Herr Kapitän, dann rammen wir Ihr Boot einfach und geben dem Nebel die Schuld. Ein tragischer Unfall.«

»Das Schlauchboot ist weg«, stellte einer von Popows Männern fest.

»Sagen Sie mir, wohin Ihr Sohn und Mr. Jenkins verschwunden sind«, erklärte Federow, »und ich lasse Ihr Schiff nicht versenken. Wenn Sie sich weigern, geht Ihr Schiff unter und wir werden trotzdem von Ihnen erfahren, was wir wissen wollen. Wie möchten Sie es haben?«

»Noch einmal, Oberst Federow, das wäre nicht weise. Ich habe die türkische Küstenwache informiert und sie über Ihre Anwesenheit hier in Kenntnis gesetzt. Das sind alte Freunde von mir. Werfen Sie einen Blick auf Ihren Radar, meine Freunde sind schon unterwegs hierher und sie fahren schnell. So, wie ich es sehe, bleibt Ihnen knapp die Zeit, auf Ihr Schiff zurückzukehren und zu sehen, dass Sie wieder in russische Gewässer kommen.«

Mut hatte der Mann, das musste Federow ihm zugestehen. »Vielleicht kann uns Ihr Sohn sagen, wo die beiden hin sind.«

Emir schüttelte den Kopf. »Ich weiß es nicht.«

»Nein?«

Federow zog seine Pistole und hielt Emir den Lauf an die Stirn. »Sie sagten gerade selbst, dass uns nicht viel Zeit bleibt, Kapitän. Also frage ich Sie noch einmal und möchte, dass Sie gut nachdenken, bevor Sie mir antworten, und zwar auf Russisch. Ja? Also: Wohin sind Ihr Sohn und Mr. Jenkins unterwegs?«

36

Das Schlauchboot sauste über das Wasser, hüpfte über die Wellen, schlug mit dem festen Boden auf, wenn es herunterkam, während der Rumpf aus Gummi die schlimmsten Schläge abfing. Jusuf hatte den Motor mit seinen fünfundzwanzig PS voll aufgedreht, schneller ging es nicht mehr. Jenkins kniete in rotem Survivalanzug und Schwimmweste in der Mitte des Bootes, um Ballast zu bilden. Er klammerte sich rechts und links an Haltegriffe aus Tau und spürte jede Welle, jeden Hüpfer in Rücken und Knien. Die Wellen rüttelten das Boot mehrmals so durch, dass er ein Kentern befürchtete. Fast verfluchte er jetzt die kurze Zeit, die er sich auf der Esma hatte aufwärmen können, denn so fiel der Kontrast zur kalten Luft und dem Sprühregen aus eiskaltem Wasser umso deutlicher aus.

Mithilfe eines Kompasses hielt Jusuf den Kurs, auf den sein Vater und er sich verständigt hatten. So fuhr er parallel zur Esma, die ihn vor dem Radar der russischen Küstenwache schützte, und kam mit etwas Glück bis zum Bosporus. Demir hatte das Manöver bei der Marine gelernt, wo man es das Fahren im »Radarschatten« eines anderen Schiffes nannte. Korrekt ausgeführt ließ sich das russische Radarsystem damit überlisten, denn der Bildschirm des Patrouillenbootes zeigte hoffentlich nur das größere Boot, die Esma, an. Bis die Russen die Esma gestoppt, zum zweiten Mal geentert und die Abwesenheit von Jusuf bemerkt hatten, blieb dem Schlauchboot geschätzt eine halbe Stunde, um dichter an die türkische Küste heranzukommen. So lautete zumindest der Plan. Natürlich konnte das Schlauchboot auch vorher kentern.

Jenkins taten vom Festklammern an den Haltegriffen die Hände weh und in Armen, Beinen und Bauch brannten die Muskeln von der Anstrengung, sich nicht über Bord schleudern zu lassen. Er hatte es gerade gewagt, eine Hand vom Tau zu lösen, um die Finger durch Anhauchen dicht vor dem Mund ein wenig aufzuwärmen, als der Nebel aufriss und er sich von einem Moment auf den anderen unter einer glitzernden Sternendecke wiederfand, die bis zum Wasser hinunterzureichen schien. Beim näheren Hinsehen entpuppten sich einige der Lichter als hell beleuchtete Häuser und Hotels auf den zu beiden Seiten des winzigen Bootes aufragenden Hügeln.

»Der Bosporus«, sagte Jusuf. »Ich glaube, Mr. Jenkins, wir könnten es schaffen.«

Unter anderen Umständen hätte sich Jenkins von diesem Anblick verzaubern lassen können, hätte vielleicht angehalten, sich die Zeit genommen, so viel Schönheit staunend zu bewundern. Aber solche Umstände waren leider gerade nicht gegeben und so fuhren die beiden weiter, unter einer riesigen Hängebrücke hindurch, die die beiden Landmassen miteinander verband und auf deren Türmen zur Warnung des Flugverkehrs Lichter blinkten.

Hier in der Meerenge war das Wasser deutlich ruhiger als auf dem offenen Meer. Leise stöhnend streckte Jenkins die steif gewordenen Beine aus und dehnte seine Glieder. Jusuf fuhr wesentlich langsamer und hatte eine lange Metallstange mit einem blinkenden blauen Licht an der Spitze in eine Vorrichtung vorn am Boot gesteckt. Warum, wurde schnell klar, als sie die großen in der Meerenge ankernden Tanker und das eine oder andere Frachtschiff passierten, das schon früh in den Morgen gestartet war. Mit einem von ihnen zusammenzustoßen wäre in etwa so, als kollidiere eine Fliege mit der Windschutzscheibe eines Autos.

Als sie sich einem kleinen Hafen näherten, drosselte Jusuf die Geschwindigkeit noch weiter und umrundete geschickt den Felsvorsprung, der dem Hafenbecken und den hier vertäuten Booten natürlichen Schutz bot. Hatte die Einfahrt in den Hafen schon einiges Geschick erfordert, wurde es jetzt erst richtig spannend und vor allem eng: Unzählige Boote in allen nur denkbaren Größen, Formen und Farben drängten sich dicht an dicht, ohne erkennbares System wild durcheinander vertäut. Klar definierte Liegeplätze schien es nicht zu geben. Jusuf lenkte das Schlauchboot um Fangschiffe vom Format der Esma herum und wich winzigen Fischerbooten aus, die kaum größer waren als ihr Schlauchboot. Eine Ordnung ließ sich nicht erkennen, hier schien jeder festzumachen, wo er wollte, manchmal zu dritt oder zu viert hintereinander am selben Platz. Als hätte ein durchfegender Tsunami die Boote hochgehoben, durcheinandergewirbelt und einfach wieder fallen lassen.

Jusuf fuhr bis zum hinteren Ende des Hafenbeckens, schaltete den Motor aus und ließ die Gummiwände seines Bootes sacht gegen das hölzerne Boot prallen, das auf dem hintersten Platz als Letztes vertäut war. Er machte an einer Klemme am Holzboot fest und packte dessen Reling, um sein Boot näher heranzuziehen. »Klettern Sie hoch«, sagte er zu Jenkins.

Jenkins stand ganz langsam und vorsichtig auf, wobei er sich ein bisschen so vorkam wie ein unerfahrener Schlittschuhläufer auf sehr glatter Eisbahn. Er packte die Reling des Holzschiffes und zog sich hoch, dicht gefolgt von Jusuf, der das viel leichter und eleganter schaffte als er.

»Kommen Sie«, flüsterte der junge Mann.

Es war vollkommen still, die Nachtluft praktisch ohne einen einzigen Laut. Nirgendwo fuhren Autos, nirgendwo hörte man Stimmen. Ein weit in der Ferne jammerndes Nebelhorn hörte sich fast wie ein Lebewesen an. Jusuf führte Jenkins zur anderen Seite des Bootes, an dem sie angelegt hatten, und sprang von dort aus auf den Pier aus Beton. Jenkins folgte ihm an ein paar Holzbänken vorbei zur Straße, wo eine kleine Stadt sie erwartete: Farbenfroh gestrichene zwei- und dreistöckige Häuser, in denen sich unten Läden und oben Wohnungen befanden, an den Straßenrändern Autos, die beim Einparken ebenso wenig auf Parkbuchten geachtet hatten wie die Boote im kleinen Hafen auf Liegeplätze, weswegen es fast so aussah, als passe hier nicht ein Auto hindurch.

Jusuf steuerte einen Kleinbus an, ging zur Fahrerseite, langte unter die Stoßstange nach dem dort versteckten Autoschlüssel, schloss die Seitentür auf und schob sie auf. Jenkins kletterte ins Auto. Drinnen stapelten sich leere Kartons und Holzkisten und es roch nach Gemüse.

»Legen Sie sich lieber hin«, riet Jusuf. »Je weniger Leute Sie sehen, desto besser.«

Jenkins legte sich auf den Boden.

Jusuf schob die Tür zu. Wenig später ging die Fahrertür auf und man konnte hören, wie er sich hinter das Steuer setzte. Er ließ den Motor an und lenkte den Kleinbus auf die Straße.

»Jetzt können Sie sich aufsetzen«, sagte er nach einer Weile. »Aber bleiben Sie hinten und weg von den Fenstern.«

Jenkins setzte sich hin, zog den Survivalanzug aus und lehnte sich so gegen die Kartons, dass er nach vorn durch die Windschutzscheibe sehen konnte. Vom Hafen aus ging es unter einem dichten Blätterdach bergauf, von Zeit zu Zeit sah man zwischen Bäumen und Büschen den Bosporus und die Lichter der dort ankernden Tanker.

»Wohin fahren wir?«, erkundigte Jenkins sich.

»Wenn das Patrouillenboot uns gefolgt ist, dann wissen die Russen, dass wir Sie haben. Mein Vater wird versuchen, auf Zeit zu spielen, wenn er gestoppt wird, aber er wird weder seinen Sohn noch sein Boot aufs Spiel setzen, um Sie zu retten.«

»Ich verstehe.«

»Die Russen können hier in der Türkei auf eine Menge Leute zählen. Besonders in Istanbul. Nicht umsonst spielen so viele Spionageromane in unserer Stadt. Diese Leute werden nach Ihnen suchen. Und nach mir. Irgendwann werden sie mich finden und ich werde ihnen sagen müssen, wohin ich Sie gebracht habe.«

»Wohin bringen Sie mich denn?«

»Sie müssen von jetzt an mit dem Bus reisen, alles andere ist für Sie nicht mehr sicher. Es ist nicht besonders bequem, aber man braucht keinen Ausweis vorzulegen, wenn man eine Fahrkarte kauft, und man kann die Busse öfter wechseln. Genau das werden Sie tun. Sie werden möglichst viele falsche Fährten legen, denn die beste Information ist Desinformation.«

»Und wo will ich hin?«

»Ich bringe Sie zum Taksim-Platz. Dort nehmen Sie den Bus nach Izmir und von Izmir aus nach Çeşme. In Çeşme sichern Sie sich irgendwie eine Passage rüber nach Chios.«

»Griechenland.«

»Chios liegt praktisch einen Steinwurf von Çeşme entfernt. Von dort aus müssen Sie selbst weitersehen.«

»Wie viel Zeit habe ich?«

»Die Busfahrt nach Izmir dauert sieben bis acht Stunden, das hängt davon ab, wie oft Sie den Bus wechseln. Bis Çeşme ist es eine weitere Stunde. Ich werde so lange wie möglich von zu Hause wegbleiben, aber länger als bis in die Mittagsstunden kann ich mir nicht erlauben. Ich mache mir Sorgen um meine Familie. Wenn die Russen mich befragen, werde ich sagen, ich hätte Sie an einer Busstation in Istanbul abgesetzt und Sie hätten mir nicht sagen wollen, wohin Sie fahren.«

»Lügen Sie nicht für mich«, sagte Jenkins.

»Das werde ich auch nicht tun. Ich werde so lange wegbleiben, wie ich kann, und ich werde mein Bestes tun, die Russen hinzuhalten. Aber wenn sie meine Familie bedrohen, werde ich erzählen, dass Sie unterwegs nach Çeşme sind. Hoffentlich reicht die Zeit und Sie schaffen es bis dorthin und finden eine Möglichkeit, das Land zu verlassen.«

Dreißig Minuten später veränderte sich die Landschaft drastisch. Es ging immer noch an Hügeln vorbei, nur waren diese jetzt dicht bebaut. Nach weiteren fünfzehn Minuten verließen sie die Schnellstraße, auf der sie bisher gefahren waren, und tauchten in den frühmorgendlichen Verkehr einer gerade erwachenden Stadt ein. Jusuf fuhr zu einem großen, offenen Platz, wo er am Straßenrand hielt.

»Sehen Sie die weiße Markise dort auf der anderen Straßenseite? Das ist ein Kiosk. Sobald der öffnet, können Sie sich dort eine Busfahrkarte kaufen. Suchen Sie nach der Linie Istanbul–Çevre–Yolu. Denken Sie daran, oft auszusteigen und den nächsten Bus zu nehmen. Desinformation! Passen Sie auf sich auf.«

»Ich habe keine Lira«, sagte Jenkins. »Nur Rubel.«

»Weiter die Straße dort runter ist eine Wechselstube. Da können Sie Ihre Rubel eintauschen.«

»Danke für Ihre Hilfe, Jusuf. Ich werde Sie nie vergessen. Auch Ihren Vater nicht und Ihren Bruder.«

»Ich fürchte, das wäre ein großer Fehler, Mr. Jenkins. Für uns alle.«

37

Nachdem Jusuf ihn verlassen hatte, suchte Jenkins erst einmal im angrenzenden Gezi-Park nach einer Stelle, wo man ihn nicht sofort sah, während er darauf wartete, dass die Geschäfte öffneten. Er fand einen gut geschützten Baum, setzte sich hin, lehnte sich an den Baumstamm und zog die Knie an die Brust. Gegen halb fünf öffneten die ersten Supermärkte und Gemüseläden; und als dann auch Autos und immer mehr Menschen auftauchten, stand er auf und massierte sich die schmerzenden Knie, bevor er sich an den Aufbruch wagte. Da er erst noch Geld tauschen musste, steuerte er nicht gleich den Kiosk mit den Busfahrkarten an, sondern suchte nach dem Geschäft »Alo Döviz«, das Jusuf ihm genannt hatte, und ging an fünfstöckigen Apartmenthäusern mit kleinen Läden im Erdgeschoss vorbei, bis er die Wechselstube gefunden hatte. Jedenfalls hoffte er, hier richtig zu sein, immerhin gab es zwei Geldautomaten und hinter Sicherheitsglas einen Tresen, auf dem ein Dollarzeichen prangte, das universelle Zeichen für Geld. Beim Näherkommen erkannte er beim Tresen auch eine Tafel mit den Fahnen Großbritanniens, der Vereinigten Staaten und Russlands, auf der der entsprechende Wechselkurs angezeigt wurde. Er schob dem Mann hinter dem Tresen zehntausend Rubel hin, was wahrscheinlich nicht reichen würde, ihm aber sicherer schien als eine größere Summe, die Aufmerksamkeit erregen und dafür sorgen könnte, dass man sich eher an ihn erinnerte.

Die Rubel wurden gezählt, dann zückte der Kassierer einen Taschenrechner, rechnete und zeigte Jenkins das Ergebnis: 850 türkische Lira. Jenkins nickte. »*Spasibo.*« Er tat so, als hielte er sich ein Telefon ans Ohr und fragte auf Russisch, ob man hier in der Gegend irgendwo ein Handy kaufen könne.

Der Mann zeigte die Straße hinunter und deutete mit einer Geste an, dass Jenkins an der Ecke rechts abbiegen müsse. »*Yuva İletişim*«, sagte er.

Jenkins nahm sein Geld, bedankte sich und folgte der Wegbeschreibung des Geldwechslers zum Telefonladen. Dort erklärte er dem jungen Verkäufer in einer Mischung aus Russisch und Gesten, er brauche zwei Wegwerfhandys, mit denen man auch internationale Gespräche führen konnte. Nach einigem Hin und Her wurde ihm das *Mobal World Talk & Text Phone* gezeigt, das 112 Lira kosten sollte, umgerechnet rund neunzehn Dollar. Der junge Mann hätte ihm gern etwas Besseres verkauft, aber Jenkins widerstand seiner Beratung, indem er versicherte, er brauche das Handy nur für Geschäftstelefonate, und konnte endlich mit zweimal *Mobal World* abziehen.

Er verstaute die Handys in den Manteltaschen und ging zurück zur Bushaltestelle, wo er sich erst einmal in der Nähe des Kiosks herumtrieb und Leute beobachtete. Stand irgendjemand abseits, wo er einen guten Überblick hatte, und tat nur so, als wäre er beschäftigt? Erst als er sich sicher fühlte, trat er an den Kiosk und kaufte eine Fahrkarte, wie Jusuf es ihm erklärt hatte.

Der Mann am Schalter nahm seine Lira, stellte das Ticket aus, stand auf und redete auf Türkisch auf ihn ein, während er wild mit den Armen rudernd auf einen am Straßenrand parkenden Bus hinwies. Jenkins verstand ihn ganz richtig so, dass er sich beeilen musste, und lief los, gerade noch rechtzeitig, denn der Busfahrer wollte gerade abfahren. Als er Jenkins sah, öffnete er noch einmal die Tür, ließ sich die Fahrkarte zeigen und deutete auf einen Platz weit hinten im Bus.

Jenkins hätte nicht sagen können, was er erwartet hatte, aber der Bus kam ihm überraschend modern vor, die Innentemperatur angenehm, die Sitze bequem. Nachdem er es sich gemütlich gemacht hatte, spürte er eine bleierne Müdigkeit in seine Glieder kriechen. Den Kopf ans Fenster gelehnt, schloss er die Augen und hoffte auf ein, zwei Stunden kostbaren Schlaf. Nur durfte er nicht vergessen, was Jusuf ihm ans Herz gelegt hatte.

Desinformation. Er musste falsche Fährten legen.

* * *

Jusuf hielt sich so lange von seinem Zuhause fern, wie er meinte, es wagen zu können. Kurz nach Mittag, der Amerikaner war inzwischen hoffentlich ein gutes Stück aus Istanbul heraus, kehrte er nach Rumeli Kavağı zurück und parkte auf der Straße oberhalb des kleinen Hafens vor einem der Häuser, die Demir für seine Familie auf den Felsen über dem Bosporus gebaut hatte. Sein Vater und sein Bruder wohnten jeweils ein Stück weiter die Straße hinunter. Er stieg die Treppe zum Gartentor hoch, stieß das Tor auf und durchquerte seinen Garten, während es mit leisem Klicken hinter ihm ins Schloss fiel.

Er ging ins Haus, wo er sofort stehen blieb, als er seine Frau im Wohnzimmer sitzen sah, im Rücken das große Fenster mit dem wunderbaren Blick über den Bosporus. Die Aussicht interessierte Jusuf in diesem Moment allerdings herzlich wenig. Wichtiger waren die drei Männer, die zusammen mit seinem Vater und seinem Bruder im Wohnzimmer auf ihn warteten. Seine drei Kinder waren um diese Zeit noch in der Schule, wofür Jusuf von Herzen dankbar war.

»Ah!«, begrüßte ihn einer der Männer. »Wie schön von dir, dass du dich zu uns gesellst, Jusuf. Wir haben schon auf dich gewartet.«

»Wer sind Sie?«, fragte Jusuf. »Und was wollen Sie?«

Der Mann lächelte. »Du weißt, wer wir sind.«

»Ich weiß, dass Sie Russen sind.«

»Genau! Wir sind die Russen, die das Schiff deines Vaters angehalten haben, weil wir nach einem Mr. Jenkins suchen. Mr. Jenkins hat in Russland schwere Verbrechen zu verantworten, darunter auch den Mord an FSB-Beamten.«

»Über seine Verbrechen weiß ich nichts«, sagte Jusuf.

»Nein?«

»Nein.«

»Aber du weißt, wo er ist?«

Jusuf schüttelte den Kopf. »Im Moment? Nein, das weiß ich nicht.«

Der Mann lächelte, ein müdes, angestrengtes Lächeln. Dann zog er seine Pistole und hielt sie Jusufs Frau an den Kopf. Sie weinte. »Muss das wirklich sein? Willst du das?«

»Nein«, sagte Jusuf. »Das will ich nicht. Aber wie kann ich Ihnen etwas verraten, was ich nicht weiß?«

»Wohin hast du Mr. Jenkins gebracht?«

»Das ist eine andere Frage, die kann ich beantworten. Ich habe ihn zur Bushaltestelle am Taksim-Platz gebracht. Da wollte er hin.«

»Und wohin will er von dort aus?«

Jusuf sah seinen Vater an, dann seinen Bruder. Sein Vater nickte.

»Er hatte vor, das Land zu verlassen. Er will wohl nach Griechenland.«

»Genauer bitte.«

»Ich kann nur annehmen, dass er unterwegs zur türkischen Mittelmeerküste ist und von dort aus versuchen wird, die Ägäis zu überqueren. Wohin er will, wenn er dort angekommen ist, weiß ich nicht.«

»Hast du Mr. Jenkins geholfen, Reisedokumente zu erwerben, oder hast du ihn anderweitig in seinem Vorhaben unterstützt?«

»Nein. Das schwöre ich. Ich habe ihn nur zur Bushaltestelle gefahren. Dort habe ich ihn zum letzten Mal gesehen.«

Der Mann nickte den anderen zu und sie gingen zur Tür, wobei sie vor einem Regal mit Familienfotos noch einmal stehen blieben. Emir und seine Familie waren dort zu sehen. Jusuf mit Frau und Kindern, Demir und Esma. »Sie haben eine wunderbare Familie, Kapitän«, sagte der Mann, der die ganze Zeit geredet hatte, zu Kaplan. »Es wäre klug, wenn Sie in nächster Zeit häufiger bei ihr wären.«

***

Als sein Kopf gegen das Fenster schlug, schreckte Jenkins hoch. Einen Moment lang wusste er nicht, wo er war. Er setzte sich auf und sah sich um. Im Bus hatten fast alle die Augen zu oder schienen auch sonst nicht auf ihn zu achten. Er hatte keine Ahnung, wie lange er geschlafen hatte oder wo sie gerade waren, wie weit sie schon gekommen waren. Als der Bus langsamer wurde und von der Schnellstraße abbog, zog Jenkins die Übersichtskarte aus der Tasche, die er sich am Busbahnhof hatte geben lassen, und sah auf die Uhr. Dann verfolgte er die auf der Karte eingezeichnete Fahrstrecke des Busses und kam zu dem Schluss, dass sie wohl gerade in die Stadt Bursa einfuhren. Straßenschilder bestätigten ihm bald, dass er mit seiner Einschätzung richtiggelegen hatte.

Der Bus fuhr in einen Busbahnhof und hielt mit zischenden Bremsen. Der Fahrer rief etwas, woraufhin sämtliche Passagiere aufstanden und zu den Türen hinten und in der Mitte des Busses gingen.

Jenkins stieg ebenfalls aus und sah sich um. Der Busbahnhof schien mitten im Niemandsland auf einem großen unbebauten Grundstück zu liegen, die Stadt selbst war wohl noch ein ganzes Stück weit entfernt. Er ging zur kleinen Schlange ziemlich ramponiert wirkender wartender Taxis und wandte sich an den Fahrer, dessen Auto ganz vorn stand. »Bursa?«, fragte er.

Die Antwort kam auf Türkisch, woraufhin Jenkins es mit Russisch versuchte. Der Taxifahrer schüttelte den Kopf. Jenkins dachte einen Moment lang nach, faltete die Landkarte auf und deutete auf Bursa. Diesmal nickte der Mann lächelnd. Erleichtert ließ sich Jenkins auf den Rücksitz seines Wagens fallen.

Es dauerte fünfzehn Minuten, dann hatten sie, der Verkehrsdichte nach zu urteilen, die Innenstadt von Bursa erreicht. Der Fahrer fragte irgendetwas, wahrscheinlich wollte er wissen, wo genau er seinen Fahrgast absetzen sollte. Einige der Häuser hier trugen Schilder auf dem Dach, die sie als Hotels auswiesen, und Jenkins deutete auf eins davon, das zwischen Läden und Wohnhäusern an einer dicht befahrenen Kreuzung stand. Der Fahrer hielt vor dem Eingang, Jenkins las den Fahrpreis vom Taxameter ab und legte noch ein großzügiges Trinkgeld drauf, an das der Mann sich sicherlich erinnern würde. Dann stieg er aus, wich jeder Menge Fußgänger aus und betrat das *Central Hotel.*

Am Empfang fragte er auf Englisch nach einem Zimmer für zwei Nächte. Der Portier bat ihn um seine Kreditkarte, schien aber kein Problem darin zu sehen, dass Jenkins kopfschüttelnd sein Geld aus der Tasche zog und sagte, er zahle lieber bar. Im Gegenteil: »*Sorun değil*«, sagte er und lächelte.

Jenkins lächelte zurück.

Er ließ sich den Zimmerschlüssel geben und fuhr mit dem Fahrstuhl in den dritten Stock. Sein Zimmer war das vorletzte auf der linken Seite, spartanisch eingerichtet, aber sauber. Jenkins nahm ein Wegwerfhandy aus der Manteltasche, warf den Mantel aufs Bett und rief Sloane an, unsicher, welche Uhrzeit sie in Seattle gerade haben mochten. Sloane meldete sich ziemlich verschlafen.

»David.«

Er hörte, wie jemand aufstand. »Charlie?«

»Ist Alex bei dir im Haus?«

»Ja, CJ und sie sind beide hier.«

»Wie geht es ihnen?«

»Sie machen sich Sorgen um dich. Wir alle machen uns Sorgen. Uns geht es gut. Geht es dir gut?«

»Ich habe nicht viel Zeit.«

»Ich hole sie.«

Jenkins hörte Schritte, dann eine Stimme, bei deren Klang ihm das Herz aufging. »Charlie?«, fragte Alex.

»Hey, alles in Ordnung bei CJ und dir?«

»Uns geht es prima. Wo bist du? Wie geht es dir?«

»Ich bin auf dem Weg nach Hause, aber ich werde Hilfe brauchen. Erinnerst du dich an Onkel Frank aus Mexiko-Stadt?«

»Wer?«

»Erinnerst du dich an meine Geschichten über meinen Onkel Frank in Mexiko, der mit dem künstlerischen Geschick im Umgang mit Dokumenten? Wir waren mal bei ihm, du und ich. Bei einer unserer letzten Reisen nach Mexiko, das muss jetzt acht oder neun Jahre her sein.«

Am anderen Ende entstand eine Pause. »Richtig!«, kam es schließlich zögernd von Alex. »Ich erinnere mich. Der Fälscher, der …«

»Er dürfte jetzt in den Siebzigern sein. Er hatte in Mexiko-Stadt einen Antiquitätenladen: *Antigüedades y tesoros.*«

»Antikes und Schätze.«

»Ja – 165 República del Salvador.«

»Moment, Moment, ich muss mir was zu schreiben holen. Okay, sag das noch einmal.«

Jenkins wiederholte die Adresse. »Ich brauche mindestens einen Pass«, fuhr er fort. »Kanadisch. Und ich brauche jemanden, der ihn mir bringt.«

»Wo bist du?«

»Türkei, auf dem Weg nach Griechenland. Sobald ich Griechenland erreicht habe, melde ich mich noch einmal.«

»Charlie, ich kann nicht fliegen, ich muss Bettruhe halten.«

»Ich weiß. David wird es machen müssen.«

»David kann das nicht machen, Charlie. Wenn sie dich im Auge haben, dann müssen wir davon ausgehen, dass ich beobachtet werde, und sie wissen, dass ich hier bin. Sie werden David folgen.«

Jenkins saß auf der Bettkante, rieb sich die Stirn, versuchte, trotz seiner Erschöpfung nachzudenken.

Dann hörte er am anderen Ende eine andere Stimme: »Ich mache es.«

38

Federow rauchte eine Zigarette, während er den Bussen zusah, die in den Busbahnhof von Bursa einfuhren und ihn wieder verließen, schwarze Abgaswolken hinter sich herziehend. Drüben am Taxistand warteten die Fahrer neben ihren klapprigen, müde wirkenden Fahrzeugen und riefen: »*Taksi!*« Simon Aleksejow war auch dort und ging von einem zum anderen, um das Foto von Charles Jenkins herumzuzeigen. Er war in Anzug und Krawatte, wodurch er hier auffiel wie der sprichwörtliche bunte Hund. Am Busbahnhof von Bursa trugen die meisten Männer Jeans oder einfache lange Hosen, dazu langärmlige Hemden, die niemand in die Hose steckte, und Lederjacken. Auch die Frauen waren eher lässig gekleidet, wobei ein paar von ihnen den Hijab angelegt hatten und einige wenige sogar Burka und Schleier.

Federow zog an seiner Zigarette und blies den Rauch durch das offene Wagenfenster. Es war wärmer geworden, gemütliche fünfzehn Grad. Leider schwebte begleitend dazu ein brauner Schleier über dem Busbahnhof.

Aleksejow öffnete die Beifahrertür des Mietwagens, in dem die beiden unterwegs waren, stieg ein und schüttelte den Kopf. »Nichts.« Er legte das Foto aufs Armaturenbrett und lehnte sich zurück, während Federow und er auf die Ankunft des nächsten Busses und der nächsten Runde Taxifahrer warteten.

Federow wusste, dass Jenkins zumindest eine Strecke mit dem Bus zurückgelegt hatte. Der Fahrkartenverkäufer am Taksim-Platz hatte ihn auf dem Foto erkannt und sich daran erinnert, dass er gleich am frühen Morgen, der Kiosk hatte gerade aufgemacht, eine Fahrkarte gekauft hatte. Er hatte mit Lira bezahlt, von denen er, nach Auskunft des Kioskbesitzers, eine ganze Menge dabeizuhaben schien. Jenkins hatte laufen müssen, um den ersten Bus aus Istanbul hinaus nicht zu verpassen.

Aus einer Eingebung heraus hatte Federow erfolgreich nach einer Wechselstube in der Nähe des Busbahnhofs gesucht und dem Kassierer dort das Foto von Jenkins gezeigt. Der Mann konnte sich noch gut daran erinnern, dass Jenkins früh am Morgen bei ihm zehntausend Rubel eingetauscht hatte. Er hatte ihn für einen Russen gehalten, der Rubel wegen und weil er Russisch sprach. Er erzählte weiter, Jenkins habe nach einem Telefonladen gefragt und sei von ihm ein Stück weiter die Straße hinuntergeschickt worden, wo sich in einer kleinen Seitenstraße genau so ein Laden befand.

Auch im Handyladen wurde Jenkins anhand des Fotos sofort wiedererkannt und der Verkäufer berichtete bereitwillig, er habe dem Mann zwei billige Wegwerfhandys mit jeweils dreißig Minuten Sprechzeit verkauft. Jenkins habe besonderen Wert auf die Möglichkeit von Auslandsgesprächen gelegt. Daraufhin hatte sich Federow sofort nach dem Besuch im Telefonladen bei seinem Kontakt in den Vereinigten Staaten gemeldet, der meinte, Jenkins könne versuchen, seine Frau zu erreichen, um sie über seine Pläne zur Flucht aus der Türkei zu informieren.

Dann hatte Federow den Fahrer des ersten Busses auftun können, der an diesem Morgen Istanbul verlassen hatte. Der Mann erinnerte sich noch genau an Jenkins, weil der fast die Abfahrt verpasst hätte und noch dazu auffallend groß war.

Jenkins habe nicht um einen ungeplanten Stopp gebeten und sei auf jeden Fall bis Bursa mitgefahren, wo sich der Bus insgesamt geleert habe. Für den Fall, dass Jenkins nach dem Aufenthalt in Bursa wieder in denselben Bus oder in einen anderen in dieselbe Richtung gestiegen war, hatte Federow Leute in Çeşme postiert, die sich bei den dort eintreffenden Busfahrern nach Jenkins erkundigen sollten. Falls Jenkins nicht mit dem Bus weitergefahren war, hatte er höchstwahrscheinlich am Busbahnhof ein Taxi genommen. Vielleicht wollte er sich erst einmal ein, zwei Tage in Bursa verkriechen. Wobei seine rund achthundertfünfzig Lira auch locker für eine Taxifahrt bis nach Çeşme gereicht hätten.

»Da ist noch einer.« Aleksejow deutete auf ein Taxi, das gerade auf den Busbahnhof einbog und sich ans Ende der Warteschlange einreihte. Er griff sich Jenkins' Foto vom Armaturenbrett und ging noch einmal hinüber zum Taxistand. Wenig später, er hatte dem Neuankömmling gerade das Foto gezeigt, drehte er sich um und winkte Federow aufgeregt zu sich. Der stieg aus dem Auto, nahm noch einen letzten Zug aus seiner Zigarette und schnippte deren Ende im Gehen über den Parkplatz.

Aleksejow kam ihm freudestrahlend entgegen. »Er erinnert sich an ihn.«

Federow spürte ein Kribbeln in den Adern. »Spricht er Russisch?«

»Sehr wenig.«

Federow legte dem Fahrer noch einmal das Foto vor. »*Wi pomnite etogo Tscheloveka?*« *Sie erinnern sich an diesen Mann?*

»*Evet.*« Der Mann nickte. »*Onu bu sabah Bursa'nın merkezindeki bir otele götürdüm.*« *Ich habe ihn heute Morgen zu einem Hotel im Zentrum von Bursa gefahren.*

Federow warf seinem Kollegen, der ein wenig Türkisch verstand, einen fragenden Blick zu. »Er sagte etwas von einem

Hotel in Bursa«, erklärte Aleksejow. »*Kogda?*«, wandte er sich an den Taxifahrer, um sich umgehend zu korrigieren: »*Ne zaman?*« *Wann?*

»*Bu sabah*«, sagte der Mann.

»Heute Morgen«, übersetzte Aleksejow.

»Frag ihn, wohin er ihn gebracht hat, in welches Hotel.«

»*Hangi otel?*«

Der Blick des Fahrers wanderte von einem Russen zum anderen, Daumen und Zeigefinger rieben sich aneinander in der unmissverständlichen, universellen Geste des Geldzählens. Federow nickte, woraufhin Aleksejow vierzig Rubel aus der Tasche zog und dem Mann in die Hand drückte.

»Central Hotel.«

Ohne ein weiteres Wort machte Federow kehrt und eilte zurück zum Mietwagen. Als Aleksejow ihn eingeholt hatte, öffnete Federow die Fahrertür und erteilte über das Wagendach Anweisungen: »Besorg mir die genaue Wegbeschreibung. Aber zuerst sag unseren Leuten in Bursa, sie sollen nach ihm Ausschau halten, aber dem Hotel auf keinen Fall zu nahe kommen, bis ich dort bin.«

Zwanzig Minuten später fuhren Federow und Aleksejow am Central Hotel vorbei, das an einer der geschäftigsten Straßen im Zentrum von Bursa lag. Sie führte auf einen Kreisel voll hupender Stadtbusse, Kleinlaster, Mopeds, Autos und anderer Fahrzeuge, von denen sich nicht ein einziges für die Fahrbahnmarkierungen zu interessieren schien. Auf dem Bürgersteig priesen Verkäufer lautstark ihre Waren an, was noch zum allgemeinen lärmenden Durcheinander beitrug. Federow fädelte sich in den Kreisverkehr ein und fuhr die Straße zurück, auf der er gekommen war, bis er etwa einhundert Meter vom Hotel entfernt vor einem Geldautomaten einen Parkplatz gefunden hatte.

»Sag den anderen, wir treffen uns hier«, wies er Aleksejow an, ließ sein Fenster herunter und schüttelte die nächste Zigarette aus der Packung. Ehe er sie anzünden konnte, kam ein Bankangestellter aus der Bank, zu der der Geldautomat gehörte, und forderte ihn mit aufgeregten Gesten zum Weiterfahren auf. Dabei zeigte er auf ein Schild, das Federow auch dann nicht hätte lesen können, wenn er Lust dazu gehabt hätte. Federow deutet mit dem Kinn auf Aleksejow, der ausstieg, angeregt auf Türkisch auf den Mann einredete und ihm ein paar Lira in die Hand drückte. Achselzuckend besah sich der Mann die Banknoten und ging, ohne sich noch einmal beschwert zu haben.

Nach und nach trafen vier weitere Agenten ein. Federow schickte einen von ihnen los, der ums Hotel herumgehen und nach weiteren Eingängen suchen sollte. Nach zehn Minuten kehrte der Mann zurück.

»An der Rückseite des Hotels führt eine Glastür in eine Gasse mit Läden und Restaurants, von denen viele Tische auf dem Bürgersteig stehen haben. Dort herrscht zurzeit ein ziemliches Gedränge. Ein weiterer Eingang liegt direkt neben einem Eisenwarenladen, der keine Ausgänge hat. Dann gibt es seitlich noch einen Ausgang, der aber in dieselbe Gasse führt.«

Federow wies zwei seiner Männer an, sich irgendwo in einem der Restaurants einen Tisch zu suchen, von dem aus sie den rückwärtigen Hotelausgang im Auge haben konnten. Zwei weitere sollten sich irgendwo mit Blick auf die Seitentür platzieren, er selbst wollte zusammen mit Aleksejow am Empfang nach Jenkins fragen. Sie betraten das Hotel, sobald die anderen sich in Stellung gebracht hatten.

Die Eingangshalle präsentierte sich sauber und funktional, wenn auch ein wenig gesichtslos. Das hier war kein Urlaubshotel, sondern eher ein Rastplatz für Durchreisende, wo man mal ein, zwei Nächte zu einem günstigen Preis schlafen konnte. In einem

Regal gleich rechts vom Empfangstresen wurde für Aktivitäten in der Stadt geworben, vom Zoobesuch bis zu individuellen Stadtrundfahrten. Die angebotenen Touren erklärten vielleicht die zahlreichen kleinen weißen Busse, die auf der Straße vor dem Hotel zum Gedränge beitrugen. In der Halle roch es nach türkischen Zigaretten und aus den Lautsprechern unter der Decke drang türkische Musik.

Der Mann, der in weißem Hemd mit offenem Kragen am Empfangstresen saß, sah auf, als die beiden Russen auf ihn zukamen, und begrüßte sie lächelnd. Aleksejow schob das Foto von Jenkins über den Tresen. »Wir suchen diesen Mann. Er soll heute Vormittag hier ein Zimmer gemietet haben.«

Der Mann holte sich ein Faltblatt aus dem Regal und legte es über das Foto. Dann ließ er seinen Blick diskret nach rechts wandern, und als Federow ebenso diskret in dieselbe Richtung blickte, entdeckte er oben an der Decke die auf den Empfangstresen gerichtete Kamera. Der Portier hatte ihnen unmissverständlich zu verstehen gegeben, dass er Jenkins kannte, ein Verstoß gegen Hotelvorschriften jedoch seinen Preis hatte.

Aleksejow nahm das Faltblatt, als interessiere er sich dafür, wandte der Kamera den Rücken zu und schob verstohlen zwanzig Lira und das Foto zwischen die Seiten, bevor er es wieder auf den Tresen legte. Der Portier klappte es auf, schien jedoch nicht beeindruckt. »Ich weiß nicht«, sagte er. »Wir haben viele Gäste. Vielleicht kommt er mir bekannt vor, vielleicht auch nicht.«

Federow nickte, woraufhin Aleksejow den Vorgang mit dem Faltblatt wiederholte. Diesmal zögerte der Portier nicht. Er schob die Lira beiläufig in seine Hosentasche und sah sich das Foto an. »Ja«, sagte er mit leiser Stimme. »Er ist heute Morgen angekommen, spricht Englisch und hat zwei Übernachtungen bar bezahlt.«

Federows Herz schlug schneller. »Und haben Sie ihn das Hotel seitdem verlassen sehen?«

»Nein. Er wirkte erschöpft. Ich nehme an, er schläft.«

»Welches Zimmer?«, fragte Federow.

Der Mann sah Aleksejow an und legte das Faltblatt wieder auf den Tresen. Aleksejow wollte schon zugreifen, als Federow die Hand darauflegte und dem Portier einen wütenden Blick zuwarf. Der verstand sofort, wandte sich seinem Computer zu und schrieb gleich darauf die Zahl 312 auf die Rückseite von Jenkins' Foto.

»Ich habe meinen Zimmerschlüssel verloren und brauche einen neuen«, sagte Federow laut.

Der Mann schob einen Blankoschlüssel in eine Maschine, um ihn zu aktivieren, und reichte ihn Federow zusammen mit dem Foto im Faltblatt.

Beim Fahrstuhl gleich hinter dem Empfang entsorgte Federow das Faltblatt im Mülleimer, bevor sie in den dritten Stock fuhren. Dort angekommen ließ Federow Aleksejow aussteigen und schaltete erst einmal den Fahrstuhl aus, bevor er sich dem Kollegen anschloss. Im Flur zückte er seine Pistole und hielt sie beim Gehen gegen das Bein gedrückt. Aleksejow tat es ihm nach und so suchten die beiden nach Zimmer 312. Das lag an der linken Seite des Flurs, hatte also Fenster zur Straßenseite. Hoffentlich hatte Jenkins sie nicht beim Betreten des Hotels beobachtet und versucht zu entkommen. Falls doch, würden die Posten unten das mit Sicherheit mitbekommen. Mit erhobenen Pistolen bezogen Federow und Aleksejow Stellung zu beiden Seiten der Tür.

Federow zog den Schlüssel aus seiner Tasche und zog ihn durch den Schließmechanismus. Als das grüne Licht leuchtete, drückte er die Türklinke herunter. Stieß die Tür auf und stürmte mit schussbereiter Waffe ins Zimmer.

39

David Sloane tigerte kopfschüttelnd hinter seiner Wohnzimmercouch auf und ab und wiederholte zum gefühlt hundertsten Mal wie ein Mantra die Worte: »Nein, nein und nochmals nein. Auf gar keinen Fall.«

Aus den Lautsprechern in der Decke klang Musik, laut genug, um zu übertönen, was im Raum gesprochen wurde, falls jemand mithörte, aber nicht so laut, dass der in einem der oberen Zimmer schlafende CJ wach wurde. Sloane hatte außerdem die Jalousien heruntergelassen.

Er sprach mit Jake, der auf dem kleinen Teppich zwischen den beiden weißen Ledersofas stand und ihn anflehte, doch bitte, bitte auf die Stimme der Vernunft zu hören.

»Alex kann nicht fahren, Dad«, sagte er. Alex saß auf einem der beiden Sofas und sah blass und verloren aus. »Sie muss Bettruhe halten.«

»Ich fahre«, sagte Sloane. »Ich kann das.«

»Eben nicht, jetzt schon gar nicht!«, widersprach Jake. »Wenn irgendwer Alex hierher oder in dein Büro gefolgt ist, dann wissen sie jetzt natürlich, wer du bist. Man braucht keine zehn Sekunden, um herauszufinden, wem das Haus hier gehört, wenn sie das nicht sowieso schon wussten. Du und deine

Karriere, ihr seid nicht gerade anonym und Charlie hat für dich gearbeitet. Wenn du fährst, hast du sie an den Hacken. Dazu brauchen sie dir noch nicht einmal direkt zu folgen. Sie lassen einfach deinen Namen durch den Computer laufen und schon ist klar, wohin du fliegst, mit welcher Linie und mit welchem Flug.«

»Du machst das nicht, du fährst nicht, Jake. Nein. Nein!«

»Ich bin dreiundzwanzig Jahre alt und kein Kind mehr. Ich kann durchaus auf mich aufpassen und ich krieg das hin.«

Sloane schüttelte weiterhin den Kopf. »Das hier nicht, das kannst du nicht. Diese Leute sind Profis.«

»Dein Vater hat recht, Jake«, meldete sich Alex. »Es ist zu gefährlich.«

Jake schüttelte den Kopf. »Es wäre für jeden von uns gefährlich, aber für mich doch wohl am wenigsten. Weil sie mit mir nicht rechnen.« Er sah Sloane an. »Ich habe einen anderen Nachnamen als du, einen, den sie nicht kennen. Du kannst für dich ein Ticket irgendwo anders hin buchen. Nach Südamerika oder Japan, als Tarnung. Und ich besorge mir ein Ticker auf den Namen Jacob Carter.«

»Hört sich irgendwie gut an«, wandte sich Alex an Sloane. »Logisch.«

»Das ist mir egal. Er fährt nicht.«

»Wir können Charlie nicht einfach im Stich lassen«, drängte Jake. »Wir müssen irgendetwas tun. Ich bin der Einzige …«

»Ich habe nicht vor, ihn einfach im Stich zu lassen«, unterbrach Sloane ihn. »Ich habe allerdings auch nicht vor, dich zu verlieren, so wie ich …« Er konnte sich gerade noch bremsen und holte tief Luft, um erst nach ein paar Sekunden weiterzureden. »Wenn ihr meint, ich kann nicht fahren, heuern wir jemanden an.«

»Dann gefährden wir diese Person. Und du hast Charlie doch gehört – sein Kontakt in Mexiko-Stadt vertraut nicht einfach so irgendwem. Wir wissen ja nicht einmal genau, ob es ihn immer noch gibt. Charlie sagt, er hat kein Telefon und würde sich auch sowieso nie am Telefon jemandem gegenüber zu erkennen geben. Man muss persönlich bei ihm vorbei. Wenn wir irgendwen schicken und unser Onkel Frank sagt einfach nur Nein, dann geht dieser Typ. Der hat keine Aktien in der Sache, dem geht es nur um das Geld, das du ihm bezahlst.«

»Warum sollte ein Mann in Mexiko, wenn er denn noch am Leben ist, ausgerechnet dir trauen?«, fragte Sloane.

»Weil Charlie mein Patenonkel ist und ich jung und naiv und verzweifelt bin und ein Nein nicht hinnehmen werde.«

Sloane hörte auf herumzulaufen, nahm sich einen Stuhl und setzte sich an den Tisch, die Hände wie zum Gebet gefaltet. So saß er eine ganze Weile, bis er aufschaute und Alex ansah. »Fällt dir irgendwer sonst ein, den Charlie kennt und den wir fragen können?«

»Was willst du so jemandem sagen, Dad? Dass du ihn brauchst, um ein Paket abzuholen, und so ganz nebenbei verrätst du ihm dann, dass er dabei vielleicht umgebracht wird?« Jake schüttelte vehement den Kopf. »Ich werde aufpassen. Ich werde am Flughafen ein Taxi nehmen, und bevor ich den Laden betrete, schlage ich alle möglichen Haken, um sicher sein zu können, dass niemand mir folgt.«

»Und wenn dir jemand folgt?«

»Wenn das der Fall ist, breche ich die Sache ab und wir lassen uns etwas anderes einfallen.«

»Wie bleiben wir in Verbindung?«

»Gleich morgen früh kaufe ich Wegwerfhandys für dich, mich und Alex. Alex kann Charlie anrufen und ihn über unseren Plan informieren.«

Sloane holte tief Luft.

»Sie werden mich schon nicht umbringen, selbst wenn sie es irgendwie schaffen, mir zu folgen«, versicherte Jake. »Sie wollen

Charlie, nicht mich. Wenn sie schlau sind, dann erlauben sie mir, die Papiere zu besorgen, und folgen mir dann dorthin, wo ich sie abliefern soll.«

Sloanes Blick wanderte von Jake zu Alex. »Er hat recht, nicht?«

Alex nickte. »Ich möchte auch nicht, dass er es tut, David, aber er hat recht. Sie kennen ihn nicht und selbst wenn sie herausbekommen, wer er ist, werden sie es nicht auf ihn abgesehen haben. Sie wollen Charlie.«

»Wenn ich fahre, haben wir eine Chance, dass es funktioniert«, insistierte Jake. »Fährst du, haben wir diese Chance nicht. Dich benutzen wir, um sie von hier abzuziehen, das erhöht dann meine Chancen noch. Sie folgen dir nach Südamerika oder sonst wohin und du kannst sie auf eine sinnlose Verfolgungstour schicken. Und dann steigst du ins Flugzeug und kommst wieder hierher.«

Sloane nickte. Das klang wirklich nach der besten Lösung. »Und du bist dir ganz sicher, dass du das machen willst?«

»Jawohl«, versicherte Jake. »Bin ich.«

»Es könnte noch aus einem anderen Grund angebracht und die beste Lösung sein, wenn Jake fährt«, meinte Alex. »Ich weiß zwar nicht, was los ist, aber Charlie sagte, wenn er es wieder nach Hause geschafft hat, braucht er vielleicht einen Anwalt. Und wenn du ihm jetzt hilfst, gegen das Gesetz zu verstoßen, bist du auf jeden Fall disqualifiziert und kannst ihn nicht vertreten. Wahrscheinlich verlierst du sogar deine Zulassung.«

Sloane nickte. Daran hatte er noch nicht gedacht. »Kannst du dir Zugang zu einem Computer an der Uni verschaffen?«, fragte er Jake.

»Auf jeden Fall.«

»Nimm einen in der Bibliothek, einen, den man nicht in Verbindung zu dir bringen kann. Such nach Flügen gleich morgen früh nach Mexiko-Stadt, zahl das Ticket mit deiner

Kreditkarte und fahr sofort nach der Uni zum Flughafen. Mit Uber oder Lyft, fahr auf keinen Fall selbst. Pass auf, ob jemand dir folgt. Sobald du das Gefühl hast, du wirst beobachtet oder jemand folgt dir, egal wo, brichst du die Sache ab, ja? Versprich mir das.«

»Das verspreche ich«, sagte Jake.

Sloane warf einen Blick auf die Uhr. »Du hast bestimmt noch Anweisungen für ihn«, wandte er sich an Alex. »Dinge, die er tun oder nach denen er Ausschau halten sollte?«

Alex nickte. »Ich bringe ihm alles bei, was ich ihm in der kurzen Zeit noch beibringen kann.«

Sloane stand auf. »Dann mache ich Kaffee.«

40

Federow ließ den Lauf seiner Waffe von rechts nach links wandern. Das Hotelzimmer war leer, das Bett gemacht. Es gab keinen Schrank, nur einen Kleiderständer mit ein paar leeren Bügeln. Im Bad lief die Dusche. Unter der Badezimmertür schimmerte Licht hindurch. Federow bedeutete Aleksejow, sich auf der einen Seite der Badezimmertür aufzubauen, er übernahm die andere.

Auf sein Nicken hin langte Aleksejow nach der Türklinke. Die Tür war unverschlossen. Er öffnete sie leise und Federow stürmte das Bad, schwang die Pistole Richtung Duschkabine. Dort rann das Wasser aus dem Duschkopf und spritzte ungestört gegen Glas und Duschwanne, denn die Kabine war leer.

Federow sah sich um. Auf dem Waschtisch lag das Einwickelpapier eines Seifenstücks, daneben die Seife selbst. Jemand hatte sie benutzt, um etwas an den Spiegel zu schreiben.

Ich bin dann mal weg.

* * *

Kurz nach achtzehn Uhr fuhr der Bus in Çeşme an den Straßenrand, einer von einem halben Dutzend Bussen, die gerade hier ankamen. Touristen stiegen aus, ließen sich ihr Gepäck geben, zogen weiter, manche mit Rollkoffern, deren Räder lautstark über das Kopfsteinpflaster ratterten und sich anhörten wie kleine Flugzeugmotoren. Die Sonne war fast untergegangen und hatte ein rötlich oranges Winterlicht und kühlere Temperaturen hinterlassen. An einem Mast hing schlaff und leblos die türkische Flagge, rot, mit weißen Sternen und Halbmond. Dahinter ragten die nackten Masten von Segelbooten über die Mauer eines dicht besetzten Jachthafens. Die Straße, an der der Bus hielt, wirkte wie vor Kurzem generalüberholt, mit einem hübsch gepflasterten Streifen als Trennstücke zwischen den Fahrbahnen, jungen Palmen und dekorativen Straßenlaternen.

In eine lange, schwarze Burka gehüllt kletterte Charles Jenkins aus dem Bus. Das Gewand reichte ihm fast bis zu den Sandalen und die Kopfbedeckung behinderte seine Sicht, aber nachdem er nun ein paarmal den Bus gewechselt hatte, bekam er das mit dem Ein- und Aussteigen ganz gut hin, ohne zu stolpern.

Federow wusste, dass er unterwegs nach Çeşme war, davon ging Jenkins aus. Jusuf hatte es ihm sagen müssen. Federow würde nach Istanbul fahren, sich auf dem Busbahnhof umhören und Jenkins früher oder später einholen oder doch zumindest den Bus, mit dem er losgefahren war. Der kleine Umweg über das Zentrum von Bursa diente der Verwirrung. Federow sollte glauben, Jenkins habe seine Reisepläne geändert, weil er wusste, dass die Fischer sie früher oder später verraten würden, da Jusuf ihm keine Loyalität schuldete. Die Russen sollten Jenkins sonst wo vermuten, nur nicht auf der ursprünglich geplanten Route.

Jenkins hatte gezielt eine Spur gelegt, der Federow mühelos würde folgen können. Danach hatte er das Hotel Central durch die Hintertür verlassen und war in einer Gasse voller Läden und Restaurants untergetaucht. Hier hatte er auch einen Laden für traditionelle muslimische Bekleidung gefunden, eine Idee, auf die ihn eine Frau im Bus gebracht hatte, die Burka trug. Im Laden gab er an, eine Burka für seine Tochter kaufen zu wollen, die fast so groß sei wie er. Ein solches Kleidungsstück hatte der Ladenbesitzer nicht vorrätig, seine Sachen waren alle nicht lang genug, er verwies Jenkins jedoch an einen weiteren Laden ganz in der Nähe. Dort wurde Jenkins fündig, kaufte Burka und Sandalen und fand eine schmale, verlassene Gasse, in der er beides anziehen konnte. Voll verschleiert fuhr er zurück zum Busbahnhof und wählte eine Busstrecke, die ihn in einem großen Kreis auf Umwegen nach Çeşme brachte. Zwischendurch stieg er zweimal aus dem Bus, stand herum und drehte Däumchen, um dann einen anderen zu nehmen. In Izmir fielen ihm zwei Männer auf, die den Bahnhof überwachten, ansonsten schien an dieser Strecke niemand nach ihm zu suchen. Hoffentlich hatte Federow nach Lektüre der Nachricht auf dem Badezimmerspiegel seine Hunde zurückgepfiffen.

Jetzt war er also in Çeşme. Jenkins wechselte auf die andere Straßenseite zu den Läden, die anscheinend erst schlossen, wenn der letzte Bus angekommen war, ging an einigen schwach beleuchteten Restaurants vorbei, aus denen Düfte drangen, bei denen ihm das Wasser im Munde zusammenlief, passierte neu gebaute zwei- und dreistöckige Wohnhäuser zwischen roten, mit Büschen und mageren Bäumchen bestandenen Hügeln. Hier fand er einen Laden, der alles Mögliche zu verkaufen schien und in dem laute türkische Musik gespielt wurde. Er erstand einen billigen Rucksack, zwei Flaschen Wasser, Süßigkeiten, Kräcker, eine Sonnenbrille, eine rote, vorn auf dem Schild mit der türkischen Flagge bestickte Baseballkappe und eine schwarze Mütze mit einer Aufschrift auf Türkisch. Dabei gab er sich große Mühe, weder zu sprechen noch die Frau an der Kasse länger als zwingend notwendig seine Hände sehen zu lassen. Diesmal hatte er nicht vor, Aufmerksamkeit auf sich zu lenken.

Draußen schlüpfte er hinter einen Bauzaun und zog sich rasch die Kopfbekleidung und das lange, schwarze Gewand aus, freute sich über die kühle Luft an seiner verschwitzten Haut. Die Kleidungsstücke verstaute er zu einem Ball zusammengerollt im Rucksack, zog sich die grellrote Baseballkappe tief ins Gesicht, setzte die Sonnenbrille auf und schlüpfte hinter dem Bauzaun hervor, um zurück zum Jachthafen zu gehen.

Der Anblick dort entmutigte ihn sehr. Hier lagen keine Fischerboote, sondern Vergnügungsjachten, deutlich erkennbar im Besitz von Leuten, die es nicht nötig hatten, jemanden gegen Geld nach Chios zu bringen. Dabei war die Insel so nah, Jenkins konnte sie mit bloßem Auge in der Ägäis liegen sehen. Er schlenderte den Pier entlang und versuchte, wie ein Tourist auszusehen, der all die schönen Boote bewundert. Auf einer der Jachten stand ein Mann in Shorts, dem die kühlen Temperaturen nichts auszumachen schienen, und spritzte mit einem Schlauch das Deck ab. Als Jenkins näher kam, sah er lächelnd auf und hielt den Schlauch ein wenig zur Seite, um ihn nicht nass zu spritzen.

Jenkins fragte den Mann, ob er Englisch spräche. Die Antwort bestand in der universellen Geste für »ein bisschen«: zwei Finger, die einen geringen Abstand andeuteten. Die Frage nach eventuellen Russischkenntnissen erntete Kopfschütteln und ein entschiedenes Nein.

»Español?« Jenkins ließ nicht locker.

Ein Achselzucken: »*Un poco.*«

»*Es este tu barco?*« *Ist das Ihr Boot*, fragte Jenkins und deutete auf die Jacht.

Der Mann lachte. »*Ya me gustaría.*« *Schön wär's.* In einer Mischung aus gebrochenem Spanisch und englischen Brocken erklärte er Jenkins, er arbeite im Jachthafen – das war schon mal gut! – und die Besitzer der Boote kamen hauptsächlich im Frühjahr und Sommer.

»*Espero ir a pescar mañana. ¿Conoces algún barco que me pueda llevar?*« *Ich möchte morgen gern zum Fischen fahren. Kennen Sie ein Boot, das mich mitnehmen würde?*

»Hier? Nein«, antwortete der Mann auf Englisch.

Das hatte Jenkins bereits vermutet.

Der Mann deutete nach Norden. »*Por la calle.*« *Die Straße hinunter.*

»*Por la calle?*«, wiederholte Jenkins.

»*Sí. Por la calle.* Fischen.«

Jenkins schaute in die Richtung, in die der Mann deutete. Richtig! Vielleicht eine halbe Meile die Straße hinunter lagen in einem viel kleineren Hafen auch noch Boote.

»Früh«, sagte der Mann in seinem schwer akzentuierten Englisch und deutete auf den Himmel. »*Karanlık* … dunkel.«

»Dunkel?«, wiederholte Jenkins, aber dann hatte er es verstanden. »*Sí, mañana.* Früh. Wenn es noch dunkel ist. *Muchas gracias.*«

41

Nach einer schlaflosen Nacht stieg Jake am internationalen Flughafen Benito Juarez aus dem Flugzeug. Er lief schon eine ganze Weile praktisch mehr oder weniger auf Adrenalin. In Seattle war es beim Abflug noch sehr kalt gewesen, hier im Terminal herrschten auch früh am Morgen schon ziemlich warme Temperaturen. Trotzdem mochte Jake seine Jacke nicht ausziehen, denn Alex hatte ihm ein Päckchen Dokumente ins Futter genäht. Auch den Boden seines Rucksacks hatte sie mit einer Geheimtasche versehen, dort warteten, gut eingenäht, fünftausend Dollar auf die Übergabe an den Mann, den Charlie als Onkel Frank bezeichnete und den Jake hoffentlich finden würde.

Er folgte den Hinweisschildern zu Einreise und Zoll, bekam einen Stempel in seinen Pass gedrückt und fand die Wechselstube. Alex hatte ihm erklärt, dass amerikanische Dollar in Mexiko-Stadt zwar weitgehend akzeptiert wurden, er aber weniger auffiele, wenn er mit Pesos zahlte. Im Dutyfree-Shop besorgte er noch eine Flasche Scotch, Johnny Walker Blue Label, laut Charlie Onkel Franks Lieblingsgetränk. Kein Wunder bei dem, was die Flasche kostete, so etwas trank wohl jeder gern.

Für Sloane hatten sie einen vierzehn Stunden dauernden Trip nach Costa Rica gebucht, mit Zwischenaufenthalt in Charlotte, North Carolina, in der Hoffnung, Jake so einen mehrstündigen Vorsprung zu verschaffen. Falls alles nach Plan lief, natürlich.

Jake schwang sich seinen Rucksack über die linke Schulter und organisierte sich in einer Mischung aus englischen Brocken und gebrochenem Spanisch eins der vor dem Terminal wartenden braun-schwarzen Taxis. Alex hatte ihm ein paar wichtige Sätze für den Alltag aufgeschrieben und auch Adressen, zu denen er sich fahren lassen sollte, denn sie hatte früher einmal in Mexiko-Stadt gelebt und kannte die einzelnen Viertel. Jake sollte sich nach ihren Angaben einmal quer durch die ganze Stadt bewegen, sich oft absetzen lassen, zu Fuß weiterlaufen und dabei anhand der Techniken, die Alex ihm schnell noch beigebracht hatte, prüfen, ob er observiert wurde. So sollte er Schaufensterscheiben als Spiegel benutzen, um zu sehen, ob ihm jemand folgte, und Läden betreten, um sie gleich wieder zu verlassen und dabei darauf zu achten, ob sich jemand ähnlich verhielt. Nach jeweils zehn bis fünfzehn Minuten in einer Gegend sollte er sich das nächste Taxi rufen, den Stadtteil wechseln und beim nächsten Halt alles noch einmal wiederholen.

Nachdem er das Manöver viermal durchgezogen hatte, ohne etwas Verdächtiges entdecken zu können, ließ er sich gegen neun Uhr morgens ins historische Zentrum bringen, in dem sich laut Internet immer noch der Antiquitätenladen *Antigüedades y tesoros* befand.

Die Gegend erinnerte Jake ein bisschen an den Pioneer Square in Seattle, mit den niedrigen Häusern aus Ziegeln und Stein, den kleinen Läden und großen, alten Bäumen, die die Bürgersteige säumten. Auf der gegenüberliegenden Straßenseite eines dieser Häuser stieg er aus dem Taxi. Mit den schmiedeeisernen Geländern um die Balkone im ersten Stock erinnerte das Gebäude ein bisschen an ein Gefängnis im alten Westen. Jake sah sich um, überquerte die Straße und ließ sich von der Glastür mit der antiken Schrift darauf bestätigen, dass er hier richtig war: *Antigüedades y tesoros*. Er stieß einen Seufzer der Erleichterung aus. Das Geschäft war noch in Betrieb und Onkel Frank hoffentlich auch.

Statt sofort hineinzugehen, ging er ein bisschen spazieren. Ein Schaufensterbummel kam leider nicht infrage, hier gab es keine Schaufenster, hier rollten die Ladenbesitzer morgens Metalltore hoch und stellten Stände mit Obst und Gemüse auf den Bürgersteig. Andere hängten T-Shirts, Hängematten und andere für Touristen interessante Sachen raus, zückten seltsam geformte Besen und fegten den Bürgersteig, während sie sich lautstark unterhielten. Jake lief bis zum Ende des Straßenblocks, bog rechts ab und ging einmal ums Karree. Niemand schien ihm zu folgen oder ihn auch nur zu beachten.

Also konnte er es wagen, *Antigüedades y tesoros* zu betreten. Ein Summer kündigte ihn an, als er die Tür aufstieß. Alex hatte ihm eingeschärft, auf Personen zu achten, die kurz nach ihm in den Laden kamen, egal, wie zufällig es aussehen mochte. Aber er blieb allein.

Innen roch es nach Holzstaub und überall stapelten sich Antiquitäten: Möbel, Spielzeug, einfach alles, bis hin zu Messern, Feuerzeugen und Schmuck, der in verschlossenen Glasvitrinen präsentiert wurde. Jake schlenderte durch den Laden, als interessiere er sich für alles, während er sich in Wirklichkeit ganz genau den Mann hinter dem Verkaufstresen ansah. Der hatte ihn mit einem Lächeln begrüßt und beschäftigte sich inzwischen wieder mit dem Polieren einer Silberkanne. Mit seinen langen Haaren, der runden Brille und dem bequemen braunen Pullover über einem Hemd mit Kragen sah er aus wie einer von Jakes Juraprofessoren an der Uni, war aber leider auf keinen Fall der Mann, den Alex Jake beschrieben hatte. Unter anderem war er viel zu jung. Nach einer Weile hatte Jake Mut gefasst und ging zu ihm hinüber.

»*Hola*«, sagte er. »*Habla inglés?*«

»*Sí.*« Der Mann lächelte, stellte die Kanne ab und legte den Lappen aus der Hand, von dem ein starker chemischer Geruch ausging. »Wie kann ich Ihnen helfen, Amigo?«

»Ich suche nach jemandem«, sagte Jake, was ihm ein Lächeln, aber keine Antwort einbrachte. »Mein Onkel, Charles Jenkins, sagte mir, ich könne in diesem Laden jemanden finden, den er Onkel Frank nennt.«

Onkel Frank, hatte Alex Charlie erzählt, war der Codename für einen Mann namens José. Der Mann hinter dem Tresen schüttelte stirnrunzelnd den Kopf. »Von einem Onkel Frank habe ich noch nie gehört. Sind Sie sicher, dass Sie im richtigen Laden sind?«

»Onkel Frank dürfte jetzt in den Siebzigern sein, wenn ich das richtig verstanden habe. Vielleicht sogar schon in den Achtzigern. Charlie kannte ihn aus seiner Zeit in Mexiko-Stadt. Arbeiten Sie schon lange in diesem Laden?«

Der Mann nickte. »Ja, aber ich kenne keinen Onkel Frank. Was sagten Sie noch, wie war der Name Ihres Onkels?«

»Charlie. Charles Jenkins. Er sagte, Onkel Frank wäre ungefähr einen Meter zweiundsiebzig groß, kahl und trüge eine runde Brille mit Drahtgestell, wie Ihre. Ach ja, und er sagte, Onkel Frank würde gern einen guten Scotch trinken.«

Der Mann lehnte sich lächelnd an den Tresen. »Sie beschreiben da meinen Vater!«, sagte er. »Aber der hieß José. Ihm hat dieser Laden vor mir gehört und er liebte guten Scotch.«

Erleichtert stellte Jake seinen Rucksack auf den Tresen, zog den Reißverschluss auf und packte die Flasche aus dem Duty-free-Shop aus. »Mein Onkel sagte, ich solle Onkel Frank sagen – José, meine ich –, dass ich mit ihm reden muss. Es ist sehr wichtig.«

Der Mann hob die Hand. »Immer langsam, Amigo. Es tut mir leid, mein Vater ist vor sieben Jahren an Lungenkrebs gestorben.«

Das fühlte sich an wie ein Schlag in die Magengrube. »Er ist tot?«

»*Sí.*«

Jake stand wie gelähmt da, wusste nicht, was er tun sollte.

»Alles in Ordnung?«, erkundigte sich der Mann hinter dem Tresen besorgt.

»Ja, danke. Entschuldigung. Ich hatte eine lange Nacht und einen sehr anstrengenden Morgen. Er ist tot, Ihr Vater?«

»*Sí.*«

Jake trat langsam vom Tresen zurück. Er fühlte sich, als müsse er sich gleich übergeben. »Tut mir leid, wenn ich Sie unnötig gestört habe.«

»Von Stören kann gar keine Rede sein. War Ihr Onkel ein Freund meines Vaters?«

»Ja.« Jake zog sich noch weiter vom Tresen zurück.

»Amigo!« Der Mann hielt die Flasche hoch. »Ihr Scotch.«

»Den kann ich im Flugzeug nicht mitnehmen.« Jake zuckte die Achseln. »Lassen Sie ihn sich schmecken.« Er ging zur Tür.

»Hatte Ihr Onkel eine Nachricht für meinen Vater?«

Jake wusste, was Charlie bei diesem Anruf mit dem Wegwerfhandy zu Alex gesagt hatte, aber er hatte nicht vor, das für den Sohn eines Toten zu wiederholen.

»Er sagte, Ihr Vater sei ein Künstler gewesen. Er sagte, er hätte ein paarmal Sachen bei ihm gekauft, als er noch hier in Mexiko-Stadt arbeitete.«

»Mein Vater ein Künstler?« Erneut lächelte der Mann und schüttelte den Kopf, als höre er dies zum ersten Mal. »Mein Vater hat sein Leben lang mit Antiquitäten gehandelt. Vielleicht hat er Ihrem Onkel ein paar Bilder verkauft?«

»Vielleicht.« Jake nickte.

»Was hat Ihr Onkel denn hier in Mexiko gemacht?«

»Das weiß ich nicht genau.«

Der Mann zuckte kopfschüttelnd die Achseln, nahm Kanne und Lappen und polierte weiter. »Es tut mir leid, dass Sie den weiten Weg umsonst gemacht haben. Warum hat Ihr Onkel denn nicht vorher angerufen?«

»Das hätte er wohl tun sollen.« Jake ging rasch aus der Tür. Draußen überfiel ihn die frische Luft und er atmete ein paarmal tief durch. Ihm war ein wenig schwindelig und übel, weil er weder gegessen noch geschlafen hatte und nicht wusste, wie er weiter vorgehen sollte. Erst einmal musste er etwas in den Magen bekommen, damit der sich wieder beruhigte. Um ihn herum erwachte der Stadtteil immer weiter zum Leben, der Verkehr nahm zu und auf den Bürgersteigen waren jetzt viel mehr Menschen unterwegs, einige davon mit Plastiktüten. Er musste essen und Alex anrufen, sie wissen lassen, dass Onkel Frank tot war, damit Charlie und sie sich etwas einfallen lassen konnten. Falls es denn überhaupt noch andere Optionen gab. Jake ging die Straße entlang und blieb vor einem hellgrünen Haus stehen, wo im Fenster über einem anmutig angerichteten Haufen Gebäck knallrote Neonröhren eine Kaffeetasse darstellten.

Er ging hinein und bestellte bei einer rothaarigen, sommersprossigen jungen Frau, die so gar nicht mexikanisch aussah, einen Kaffee und zwei Zimtrollen. Sie sprach Spanisch mit ihm, aber Jake konnte nur mit den Achseln zucken und ihr zu verstehen geben, dass er sie nicht verstand.

Die junge Frau nahm die Hände zu Hilfe. »*Aqui o para ir?*«

Sie wollte wissen, ob er Kaffee und Zimtrollen hier essen oder mitnehmen wollte. Im Laden standen an die Wand geschoben ein paar kleine Tische, keiner von ihnen besetzt.

»*Para tomar aqui, por favor*«, sagte er. »*Gracias.*« Er sah sich um »*Dónde está el baño?*«

Sie deutete auf den hinteren Teil des Ladens.

Jake nahm seinen Rucksack mit in die Toilette, wo er die Tür hinter sich schloss und den Riegel vorschob. Im Spiegel über dem Waschtisch betrachtete er sein blasses, müdes Spiegelbild mit den dunklen Rändern unter den Augen und spritzte sich rasch ein bisschen kaltes Wasser ins Gesicht. Das war eine angenehme Abkühlung, er fühlte sich sofort ein wenig munterer.

»Und jetzt?«, erkundigte er sich bei seinem Spiegelbild, während er sich mit den rauen, braunen Papiertüchern aus dem Handtuchspender abtrocknete.

Er sah auf seine Uhr, auf die noch die Zeit von Seattle eingestellt war. Dort war es halb acht morgens. Er würde Alex anrufen und ihr sagen müssen, dass sie sich etwas einfallen lassen mussten. Im Café sah ihn die Frau am Tresen mit einem merkwürdigen Ausdruck im Gesicht an, als er von der Toilette zurückkam, und als Jake an den Tisch ging, auf dem er Kaffee und Gebäck abgestellt hatte, fand er nur noch eine Zimtrolle auf seinem Teller vor und der Kaffee war weg.

Von Gesten begleitet versuchte er herauszufinden, was hier los war. »*Donde esta? Café. Dos.*«

Die Frau deutete auf die Tür. »*El Hombre lo tomó.*«

»*El hombre?*«

»*Sí, Carlos.*«

Jake schlug das Herz zum Zerspringen. War ihm doch jemand gefolgt? »*Carlos? Quién es Carlos?*«

Sie deutete lächelnd zur Tür. »*Carlos. Antigüedades y tesoros.*«

In Jakes Kopf drehte sich alles. »*Habló* … irgendetwas? *Carlos habló?*«

»*Sí. Dijo que no gusta el whiskey tan temprano en la mañana, pero que la encantaría una taza de café.*«

Das war zu viel. Jake zückte sein Handy und rief die Übersetzer-App auf, die er vor seinem Aufbruch in Seattle noch schnell heruntergeladen hatte. »*Repetir?*« Er hielt der Frau sein

Handy hin, sie wiederholte, was sie eben gesagt hatte, und die App übersetzte: »Er mag so früh am Morgen keinen Scotch, aber er hätte sehr gern eine Tasse Kaffee und ein Stück Kuchen.« Jake sah die Frau an, die erneut auf die Tür deutete. *Antigüedades y tesoros.*«

»*Gracias, señorita. Gracias.*« Jake nahm seinen Rucksack.

»*Señor.*« Die Frau trat hinter dem Tresen hervor, einen Becher Kaffee zum Mitnehmen und eine weiße Tüte in der Hand. »*Dos.*«

42

Nach einer weiteren anstrengenden Nacht, in der er nur unruhig geschlafen hatte, stand Jenkins um vier Uhr dreißig auf. Er hatte am Abend zuvor auf dem Hang über dem zweiten kleinen Hafen ein Hotelzimmer gefunden, das er jetzt gern unbemerkt verlassen wollte. Hoffentlich brachen die Leute hier genauso früh zum Fischen auf wie daheim in den USA.

Draußen war es kühl, mit Temperaturen knapp über dem Gefrierpunkt. Jenkins steckte beide Hände tief in die Hosentaschen. Entlang der Küstenlinien von Çeşme und Chios glitzerten Lichter in Häusern und Hotels und er konnte die blinkenden roten Lichter eines Flugzeugs beobachten, das sich vom Wasser her dem Flughafen von Chios näherte.

Oberhalb vom Strand suchte er sich zwischen zwei Häusern ein freies Plätzchen, von dem aus er den Bootshafen und den angrenzenden Parkplatz beobachten konnte, und hielt angestrengt Ausschau nach Anzeichen dafür, dass dort unten jemand in einem Auto auf ihn wartete. Flammte gerade eine gelbe Streichholzflamme auf? Oder ein Feuerzeug? Glühte irgendwo eine rote Zigarettenspitze, leuchtete ein Handydisplay? Lungerte jemand untätig im Schatten an dem kleinen Hafenbecken herum, der hier eigentlich gar nichts verloren hatte? Er entdeckte nichts und niemanden.

Auf der Straße am Fuß des Hügels tauchten Scheinwerfer auf: ein Wagen, der langsamer wurde, auf den Parkplatz fuhr und dort bei den Mülltonnen anhielt. Ein Mann stieg aus, warf eine Zigarettenkippe auf den Boden und ging zum Heck des Wagens, um etwas auszuladen, das wie eine Kühltasche aussah. Dazu kamen noch ein paar Gegenstände, die Jenkins aus der Entfernung nicht erkennen konnte. So beladen klappte er den Kofferraum wieder zu und ging zu einem der Bootsanleger im Hafenbecken.

Jenkins verließ sofort seinen Aussichtsposten, eilte den Hügel hinunter und hielt dabei weiterhin Ausschau nach parkenden Autos und herumlungernden Schatten. Beim Hafen angekommen wurde er langsamer, um den Mann nicht zu erschrecken, der inzwischen ins Ruderhaus eines Bootes geklettert war. Beim unerwarteten Anblick eines Afroamerikaners seiner Statur zuckten manche Menschen zusammen. Das hatte er in den USA so erlebt und hier dürfte es nicht viel anders sein. Also wartete er, bis der Mann das Ruderhaus verlassen hatte, und stellte Blickkontakt her, bevor er ihn ansprach.

»*Affedersiniz, günaydın*«, sagte er. *Entschuldigen Sie, guten Morgen.* Diese Begrüßung hatte er nachts im Hotel eingeübt.

»*Günaydın*«, antwortete der Mann zurückhaltend.

»*Balık tutmak istiyorum.*« *Ich würde gerne fischen.* Jenkins zog Geld aus der Tasche. »Lira?«

Der Bootsbesitzer war selbst nicht gerade klein und wirkte weder überrascht noch eingeschüchtert. Allerdings auch nicht besonders interessiert. Er warf einen Blick auf die Geldscheine, sah Jenkins an und schien kurz davor, dessen Bitte abzulehnen.

Jenkins ließ ihn nicht zu Wort kommen. »*Ya Sakız Adası'na bir gezinti …?*« *Dann vielleicht eine Fahrt nach Chios …?*

Weiteres Zögern, wobei der Mann seinen Blick über den schmalen Streifen Meer hin zur griechischen Insel wandern ließ. Die Lichter von Chios wirkten sehr nah, eine Fahrt dorthin dauerte sicher nicht länger als zwanzig Minuten. »Chios?«

»Ja«, sagte Jenkins. »*Sadece bir gezinti.*« *Nur eine Überfahrt.*

»*Ne kadar?*« Der Mann rieb Daumen und Zeigefinger aneinander. *Wie viel?*

Das wertete Jenkins als gutes Zeichen.

»*Beş yüz şimdi.*« *Fünfhundert Lira jetzt.* Das sollte mehr als genug sein, der Mann wollte ja ohnehin gerade ablegen. »*Vardığımızda beş yüz daha.*« *Weitere fünfhundert, wenn wir dort sind.* Jenkins hoffte, so auf jeden Fall zu einer Übereinkunft zu kommen.

Der Mann warf noch einmal einen Blick zu der Insel hinüber, blieb jedoch misstrauisch. »*Kimden kaçıyorsun?*«

Jenkins schüttelte den Kopf. Diese Frage hatte er nicht verstanden. Der Mann zeigte auf Jenkins und deutete mit zwei Fingern jemanden an, der rannte. »*Kimden kaçıyorsun?*«, wiederholte er.

Wenn Jenkins jetzt Russen erwähnte, jagte er dem Mann damit womöglich so viel Angst ein, dass der seine Bitte rundweg abschlug. Er nickte. »*Evet.*«

»*Kim?*« Der Mann wollte wohl wissen, wovor Jenkins davonlief.

Jenkins nickte noch einmal, zückte lächelnd sein Handy und suchte nach der entsprechenden Vokabel. »*Karım.*« *Meine Frau.*

Der Mann zog erschrocken die Brauen hoch, bevor er grinste und Jenkins zu sich an Bord winkte. »*Belki de seninle gitmeliyim*«, sagte er. *Vielleicht sollte ich mich Ihnen anschließen.*

43

Am zentralen Busbahnhof von Çeşme stand Federow und wartete auf die nächste Runde Busse. Nach dem Debakel in Bursa hatte er zwei Möglichkeiten in Betracht gezogen: Entweder hatten ihn die Fischer belogen und Jenkins hatte nie vorgehabt, mit dem Bus an die Küste zu reisen und von dort nach Griechenland überzusetzen, oder Jenkins, der wusste, wie dicht ihm der FSB auf den Fersen war, hatte den ursprünglichen Plan durch einen neuen ersetzt.

Die erste Möglichkeit hatte Federow verworfen, weil sie ihm unwahrscheinlich erschien. Die Fischer waren bezahlt worden, um Jenkins über das Schwarze Meer in die Türkei zu bringen, darüber hinaus schuldeten sie ihm nichts, schon gar nicht ihr Leben oder das ihrer Liebsten. Außerdem klang ihre Geschichte logischer als alles andere. Der kürzeste Weg aus der Türkei heraus war der über Griechenland, wo es Dutzende von Inseln gab, auf denen Jenkins sich verstecken konnte, bevor er weiterflog oder ein Schiff nahm. Blieb also eigentlich nur die zweite Möglichkeit: Jenkins, der wusste, dass Federow nicht weit sein konnte, hatte entweder wirklich nach der Ankunft in Bursa seine Pläne geändert, oder er wollte Federow das glauben lassen. Im Nachhinein betrachtet war Jenkins' Weg vom

Busbahnhof zum Hotel lächerlich einfach nachzuvollziehen gewesen. Jenkins hatte Englisch gesprochen und ein sehr großzügiges Trinkgeld gegeben, damit man sich auch ganz bestimmt an ihn erinnerte. Federow und seine Leute hatten auf jeden Fall zu dem Hotel gelockt werden sollen, während Jenkins mit dem Bus weiterfuhr, wer weiß, wohin. Sollte das der Fall gewesen sein, dann könnte er sich inzwischen so gut wie überall befinden.

Oder … es sollte so aussehen, als könne er sonst wo sein. Weil das seine Chancen verbesserte, wie geplant über Çeşme zu entkommen.

Diese letzte Möglichkeit war einer der beiden Gründe, weswegen Federow jetzt am Busbahnhof saß und darauf wartete, dass Aleksejow und er die nächsten Fahrer fragen konnten, ob sie sich an den großen Amerikaner erinnerten. Bis jetzt hatte sich noch niemand erinnert. Der zweite Grund war ebenso simpel wie banal: Was sollte Federow denn sonst tun? Wenn Jenkins auf einer alternativen Route aus der Türkei zu entkommen versuchte, dann konnte Federow eigentlich nur noch abwarten, bis sein Pass irgendwo Alarm auslöste, einer seiner Agenten den Mann irgendwo erkannte oder sie aus den USA Genaueres über Jenkins' Versuche erfuhren, Freunde zu kontaktieren, um über sie an neue Reisedokumente zu kommen.

Aleksejow stieg aus dem letzten Bus und kam zu Federow herüber. Er hatte den Anzug gegen die aus Shorts, buntem Hemd, schwarzen Socken in Tennisschuhen und Sonnenbrille bestehende Uniform des typischen türkischen Touristen getauscht, während Federow lange Hose, blaues Polohemd und Sandalen trug.

»*Njet.*« Aleksejow schüttelte den Kopf. »Anscheinend ist Mr. Jenkins nicht nach Çeşme gekommen.«

»Da könntest du recht haben.« Federow hatte seinen Kontakt in den Vereinigten Staaten angerufen und von ihm erfahren, dass Jenkins möglicherweise mithilfe eines Freundes an Reisepapiere zu kommen versuchte, der gerade ein Flugzeug nach Costa Rica bestiegen hatte. Sie beobachteten diesen Mann.

Federow wandte sich um, blickte über die blau-grüne Ägäis und auf die Boote an den Anlegern des Jachthafens, der nur einer der vielen kleinen Häfen war, die sich in die Buchten und an die Landzungen der Küstenlinie dieser so beliebten türkischen Stadt schmiegten. Dazu kamen noch zahllose Vergnügungsboote und Fischer, die draußen auf dem Meer im flachen, ruhigen Wasser ankerten und nur für einen Tag in die Stadt kamen. Jenkins standen jede Menge Leute zur Verfügung, die er bestechen konnte, falls er von hier aus nach Griechenland übersetzen wollte.

»Was sollen wir tun?«, fragte Aleksejow.

Federow zog eine Rolle Magentabletten aus der Tasche, kaute, zuckte zusammen, als sie sich zwischen den Zähnen wie Kreide anfühlten. »Wann kommen die nächsten Busse?«

»Erst nach fünf Uhr.«

Federow sah auf die Uhr, ließ den Blick über die roten Ziegeldächer der umliegenden Häuser schweifen. Es war ein wunderschöner Tag, voller Sonnenschein, bei angenehmen Temperaturen. Momentan konnten sie nicht viel tun. »Vor der nächsten Runde Busse essen wir erst einmal etwas. Und ich telefoniere noch einmal rum und frage nach, ob irgendwer neue Informationen hat.«

44

Jake drückte die Glastür von *Antigüedades y tesoros* auf und betrat das Geschäft, in der Hand den weißen Kaffeebecher und eine Tüte mit zwei Gebäckstücken, die er gleich hinüber zu dem Tresen trug, an dem vorher der Mann gesessen und Silber poliert hatte. Die Kanne stand jetzt auf einem Tablett. Daneben lag der rote Putzlappen und in der Luft hing immer noch der Geruch von Chemikalien. Hinter dem Tresen stand eine kleine, zierliche Frau mit langen, glatten schwarzen Haaren. Sie warf einen Blick auf den Kaffeebecher in Jakes Hand und einen Moment lang fürchtete er schon, sie würde ihm gleich sagen, im Laden dürfe nicht gegessen oder getrunken werden. Stattdessen lächelte sie.

Noch bevor sich Jake nach Carlos erkundigen konnte, war sie um den Tresen herum in den vorderen Teil des Ladens gegangen, drehte das Schild an der Tür um und schloss ab. Sie nickte Jake zu, ihr zu folgen, führte ihn durch ein Labyrinth aus Anrichten, Tischen, Bettgestellen, Kommoden und gestapelten Zeitschriften bis zu einer Tür an der rückwärtigen Wand des Ladens, öffnete sie und trat beiseite. Jake fand sich oben an einer steilen Holztreppe wieder, an deren Fuß er ein gedämpftes gelbes Licht erkennen konnte.

Jake deutete die Treppe hinunter. »*Carlos aquí?*«

Die Frau lächelte und nickte wortlos.

Vorsichtig, er wusste ja nicht, was ihn erwartete, machte sich Jake an den Abstieg. Oben wurde die Tür geschlossen und verriegelt. »Nicht gut!«, flüsterte er leise und blieb kurz stehen, bevor er weiterging. »Nicht gut.«

Die alte Holztreppe schwankte und knarrte unter seinem Gewicht und langsam kam ein mit Kopfsteinen gepflasterter Kellerraum in Sicht, in dem sich Maschinen drängten. Jake erkannte ein paar Kopierer, eine Druckerpresse und einen Apparat zum Laminieren von Ausweisen, den er zuvor noch nie gesehen hatte, dessen Funktion sich ihm jedoch aus dem Stapel durchsichtigen Plastiks erschloss, der danebenlag.

Carlos stand in einem Büro ganz hinten im Raum an einem antiken Doppelschreibtisch, vor sich Jakes zweites Gebäckstück aus dem Kaffeeladen und einen Becher Kaffee. Das gelbe Licht, das Jake schon von oben gesehen hatte, stammte aus einer über dem Schreibtisch hängenden Lampe.

Carlos lächelte, als Jake den Raum betrat. »Bitte, nehmen Sie doch Platz.«

Jake stellte Kaffee und Kuchen ab und setzte sich Carlos gegenüber an den Schreibtisch.

Auch Carlos setzte sich. Er biss in seine Zimtrolle und hielt Jake eine Serviette hin. »Bitte. Ich esse so ungern allein und Sie sehen so aus, als könnten Sie einen kleinen Imbiss vertragen.«

»Das stimmt.« Jake holte sich seine Zimtrolle aus der Tüte.

»Woher kommen Sie?«, wollte der Mann wissen.

»Seattle.«

»Und Charles Jenkins ist Ihr Onkel?«

»Er ist wie ein Onkel für mich.«

»Das dachte ich mir schon, Sie sehen sich gar nicht ähnlich.« Carlos lächelte. »Das war ein Witz! Entspannen Sie sich, Sie sind ja total verkrampft.«

»Sie kennen Charlie?«

»Nur von den Fotos aus den Unterlagen meines Vaters her.« Carlos brach ein Stück Gebäck ab, setzte sich zurück und tauchte es in seinen Kaffee. »Ich musste Sie wegschicken, um sicher sein zu können, dass niemand Ihnen folgt. Und weil ich erst einmal in den Unterlagen meines Vaters nachsehen wollte.« Er aß seine Zimtrolle auf und wischte sich die Finger an der Serviette ab. »Ich habe Sie in den Kaffeeladen gehen sehen und bin dann sofort hier runter, um zu prüfen, ob Sie die Wahrheit sagen.« Er deutete auf den Laptop auf dem Schreibtisch. »Die meisten Akten meines Vaters habe ich inzwischen digitalisieren können. Es waren viele und die Unterlagen Ihres Onkels gehörten dazu. Mein Vater und Ihr Onkel scheinen vor vielen Jahren mehrfach geschäftlich miteinander zu tun gehabt zu haben.«

»Ist Ihr Vater wirklich tot?«

»Ja, der Teil der Geschichte von vorhin stimmt.«

»Sie haben seinen Beruf übernommen?«

»Ich habe in beiden Berufen mit meinem Vater zusammengearbeitet und von ihm gelernt. Er hat gutes Geld verdient, weil er seine Antiquitäten mit Vorsicht einkaufte und sich genau überlegte, für welche Kunden er arbeiten wollte. Eine Antiquität, von der er sich keinen Profit versprach, hat er nie übernommen. Und wenn er jemanden nicht mochte, der ihn um Dokumente bat, oder wenn er meinte, dieser Person nicht trauen zu können, hat er sich wie ich eben unwissend gestellt. Deswegen hat er auch nie ein Geschäft am Telefon abgewickelt. Er sah einem Mann – oder einer Frau – lieber ins Gesicht. Er ging sehr selektiv vor und arbeitete sehr akkurat. Und er war wirklich ein Künstler, wie Ihr Onkel sagt. Er war viel besser, als ich je sein werde, wobei ich bei all der neuen Technologie gar nicht mehr so gut sein muss. Damals, als mein Vater für Ihren Onkel arbeitete, musste viel noch von Hand gemacht werden. Meine Arbeit basiert überwiegend auf dem Umgang mit Computern.« Er stellte seinen Kaffeebecher ab. »Und nun sagen Sie mir, was Sie brauchen …?«

»Jake.«

»Was brauchen Sie nun also, Jake?«

»Leihen Sie mir kurz das Messer da?«

Jake trennte vorsichtig die von Alex genähte Naht auf und zog einen Briefumschlag aus seinem Jackenfutter, der so platziert war, dass es auf den Bildschirmen der Flughafensicherung so aussah, als trüge ihn Jake in der Jackentasche. Bei der TSA-Überprüfung vor dem Abflug hatte Jake noch nicht einmal die Jacke ausziehen und zum Scannen abgeben müssen. Carlos öffnete den Umschlag und schüttelte ein paar neuere Fotos von Charlie heraus, dazu Fotokopien seines Passes, seiner Geburtsurkunde und seines Führerscheins. Alex bewahrte diese Dokumente ebenso wie Reisedokumente und deren Kopien für sich und CJ in der Tasche für den Notfall auf, die sie mit nach Seattle gebracht hatte.

Carlos setzte die Brille ab, die rote Eindrücke auf seinem Nasenrücken hinterlassen hatte. Ohne sie wirkte er jünger, Nase und Wangenknochen markanter. Er las die handgeschriebenen Angaben durch, die Alex mitgeschickt hatte, und legte jede Seite umgedreht auf den Schreibtisch, wenn er mit ihr fertig war. Nach der Lektüre nahm er alle Seiten und brachte sie in Ordnung, indem er sie methodisch auf den Tisch stupste, bis die Kanten akkurat aufeinanderlagen.

»Ihre Tante?«, fragte er mit Blick auf die handgeschriebenen Notizen.

»Charlies Frau.«

»Sie war ebenfalls Agentin?«

»Ja. Sie ist von hier, aus Mexiko-Stadt.«

»Das konnte ich sehen.« Carlos legte die Hände zusammen, drückte die Fingerspitzen an die Lippen und senkte kurz den Kopf, wobei sein Blick zwischen den von Jake mitgebrachten

Materialien hin und her ging. »Sie schreibt hier, es sei dringend«, meinte er nach gut einer Minute. »Ich kann die Sachen morgen am späten Nachmittag für Sie fertig haben. Schneller geht es nicht.«

Jake nickte. »Dann muss das wohl reichen.«

»Es kostet fünftausend Dollar.«

Jake spürte einen schweren Stein im Bauch: Das war alles an Geld, was er dabeihatte.

»Aber ich sehe ja, in welcher Sorge Sie um Ihren Onkel sind.« Carlos blätterte in den von Alex beschriebenen Seiten. »Und seine Frau auch.«

»Sehr.« Jake nickte.

»Ich mache es für die Hälfte«, entschied sich Carlos. »Also zweitausendfünfhundert. Weil Ihr Onkel meinen Vater kannte. Wo werden Sie wohnen?«

»Ich habe noch kein Zimmer.«

»Moment.« Carlos griff zum Hörer eines altmodischen Telefons und wählte eine einzige Ziffer. Nach ein paar raschen spanischen Sätzen, von denen Jake nicht einen verstand, legte er wieder auf. »Ich vermiete die Zimmer im ersten Stock. Veronica sagt mir, es ist eins frei. Sie können hierbleiben. Ich würde vorschlagen, Sie machen es sich auf Ihrem Zimmer bequem und lassen sich draußen gar nicht groß blicken. Ich glaube nicht, dass Ihnen jemand gefolgt ist, aber Vorsicht ist besser als Nachsicht, heißt es doch immer. Veronica wird Ihnen etwas zu essen bringen. Lassen Sie Ihre Jacke und den Rucksack hier. Wir nähen alles, was Ihr Onkel braucht, ins Futter.«

45

Nachdem Jenkins früh am Morgen auf Chios eingetroffen war, fand er nicht weit vom Strand, an dem der Fischer ihn abgesetzt hatte, ein einsam gelegenes Hotel mit freien Zimmern. Hier war er vom Jachthafen und den Läden weit entfernt, dafür aber in der Nähe des Flughafens. Auf einem unbebauten Grundstück links vom Hotel holte er die Burka aus dem Rucksack und legte sie an, bevor er loszog, um sich ein Zimmer zu mieten.

Dort schlief er zum ersten Mal seit Tagen durch und wachte erst gegen siebzehn Uhr wieder auf. Ohne zu wissen, wie spät es in ihrem Teil der Welt war, rief er Alex an. Sie schlief noch, der Anruf weckte sie.

»Bist du in Sicherheit?«, fragte sie ihn zur Begrüßung.

»Ja, ich bin in Sicherheit.«

»Und wo?«

»In einem Hotel auf Chios, nicht weit vom Flughafen entfernt. Hast du etwas aus Mexiko gehört?«

»Deine Papiere sollen heute am späten Nachmittag fertig sein. Von Mexiko-Stadt aus geht ein Flug über Athen, mit dem man übermorgen um achtzehn Uhr griechischer Zeit in Chios ist. Wie sieht bei dir die Lage aus?«

»Ich habe eine Spur aus Fehlinformationen hinterlassen und bekomme zurzeit nicht mit, dass sie mir auf den Fersen sind. Hoffentlich war ich gut und sie sind zu dem Schluss gekommen, dass ich die von den Fischern vorgeschlagene Reiseroute geändert habe und inzwischen über alle Berge bin. Aber dieser FSB-Agent ist echt hartnäckig und auch einfallsreich. Der gibt so schnell nicht auf.«

»Und du gehst so schnell nicht in der Menge unter.«

»In Amerika vielleicht eher. Hier trage ich in der Öffentlichkeit eine Burka, das hat bis jetzt funktioniert.«

»Aber wie lange noch? Wie viele einen Meter fünfundneunzig große Frauen mit Burka laufen in Griechenland rum?«

»Hoffentlich mehr als eine. Hast du von David gehört?«

»Er ist vor zwei Stunden in Costa Rica gelandet und hat sich gleich im Reisebüro einen Verfolger aufgegabelt. Morgen Nachmittag geht er noch mal dahin, damit seine Verfolger dann hoffentlich glauben, er holt deine Papiere ab und bringt sie dir.«

»Wohin fliegt er?«

»Zypern.«

»Klingt logisch.«

»Das dachte ich auch. Wenn du in Bursa aus der Planung der Fischer ausgestiegen wärst, hättest du einen Bus bis zur Küste nehmen können, mit dem Ziel, über Zypern nach Israel weiterzureisen.«

»Ich hoffe, David hat Vielfliegermeilen«, sagte Jenkins. Er hatte Alex gegenüber ein schlechtes Gewissen, weil er ihr nicht die Wahrheit gesagt hatte und sie sich jetzt um ihn sorgen musste. Er wusste genau, unter welch unglaublichem Druck sie stand. »Kriegst du das alles hin?«, fragte er leise.

»Mir geht es ganz gut, solange ich dafür sorge, dass ich zu tun habe und nicht zu viel grübeln kann.«

»Es tut mir leid, Alex. Es tut mir leid, dass ich dir das alles zumute. Ich …«

»Hör auf, dich zu entschuldigen. Komm einfach nur heim. Wir warten hier auf dich.«

Er wusste, wie sehr sie sich zusammenriss, um nach außen hin Stärke zu zeigen. Also würde er das auch tun. »Ich wechsele das Handy. Hast du die andere Nummer?«

»Ich wechsele meins ebenfalls. Ich gebe Jake die neuen Nummern, wenn er anruft.«

»Sobald es dunkel ist, gehe ich raus und suche einen Ort, an dem Jake und ich uns treffen können.«

Diesmal schwieg sie kurz, und als sie weitersprach, hörte er den Kloß in ihrem Hals. »Pass auf dich auf, Charlie. Und sorge dafür, dass Jake vorsichtig ist.«

»Er macht die Übergabe und fliegt gleich wieder nach Hause. Hoffentlich kann ich dann sofort nachkommen.«

»Ich liebe dich, Charlie. Komm zurück nach Hause zu mir.«

»Das mache ich.«

Nach dem Anruf stellte sich Jenkins ans Fenster und sah hinaus auf das Meer und auf Çeşme. Ob dort wohl Federow stand? Vielleicht am kleinen Hafen? Sah er hinüber nach Chios und fragte sich, wo Jenkins wohl stecken mochte?

***

Federow beendete den Anruf und ging, um Aleksejow zu holen, den er angewiesen hatte, im kleinen Hafen das Foto von Jenkins herumzuzeigen, für den höchst unwahrscheinlichen Fall, dass jemand den Amerikaner gesehen hatte. Aleksejow beendete gerade eine Unterhaltung mit einem Mann, mit dem er in der Nähe einer Benzinpumpe zusammenstand.

»Nichts«, begrüßte er seinen Chef. »Niemand hat ihn gesehen.«

»Weil er nicht hier in Çeşme ist.«

»Wie meinen Sie das und wieso sind Sie da so sicher?«

»Ich habe gerade mit meinem Kontakt in Amerika telefoniert. Der Mann, der höchstwahrscheinlich für Jenkins den Kurier macht, ist in Costa Rica gelandet und ging dort in ein Reisebüro, kurz bevor das schloss. Unsere Überwacher haben ihn nach Verlassen des Reisebüros zu einem Hotel in der Nähe gehen sehen.«

»Was praktisch ist, wenn er am nächsten Morgen wiederkommen und die Papiere abholen möchte«, sagte Aleksejow.

»Kurz nachdem Mr. Sloane in seinem Hotel eincheckte, arrangierte er für morgen Nachmittag einen Flug nach Zypern.«

»Jenkins hat in Bursa einen Bus in eine andere Richtung genommen. Genau, wie Sie gedacht haben.«

»Könnte man meinen, ja. Sag unseren Leuten auf Zypern Bescheid und sag gleich dazu, die Jachthäfen können sie vergessen. Mr. Jenkins dürfte inzwischen auf der Insel eingetroffen sein. Sag ihnen, sie sollen den Flughafen von Paphos überwachen, auf dem der Kurier ankommen wird.«

»Jenkins könnte versuchen, mit dem Schiff nach Israel überzusetzen«, sagte Aleksejow.

»Weswegen wir das Ganze in Zypern beenden müssen.«

Auf dem Rückweg zur Straße sah Federow, dass der Mann an der Benzinpumpe, mit dem Aleksejow gesprochen hatte, sich jetzt mit einem anderen Mann unterhielt, der Shorts, Flip-Flops und eine Vliesjacke trug. Vielleicht ein Bootsbesitzer? Der erste Mann deutete auf Federow und Aleksejow, wahrscheinlich erzählte er dem anderen gerade von seinem Gespräch mit dem Russen.

Federow blieb stehen.

»Ist etwas?«, wollte Aleksejow wissen.

Nein, eigentlich war nichts. Federow hatte nur gerade festgestellt, dass er die beiden Männer und deren Verhalten eben eingeschätzt hatte, ohne über konkrete Informationen zu verfügen. Er hatte einfach aus bestimmten Dingen Schlüsse gezogen.

Genau das tat er auch in Bezug auf Jenkins. Weil Jenkins diesen Abstecher nach Bursa unternommen hatte und danach in Çeşme von keinem der Busfahrer beim Aussteigen beobachtet worden war, war Federow zu dem Schluss gekommen, dass der Amerikaner seinen Plan aufgegeben hatte, sich von Çeşme aus nach Griechenland übersetzen zu lassen. Aber was, wenn Jenkins falsche Fährten gelegt hatte? So würde Federow selbst jedenfalls vorgehen, wäre er auf der Flucht. Er würde so viele Fehlinformationen über seine möglichen Intentionen streuen wie möglich.

»Die beiden Männer, die sich da unten bei der Pumpe unterhalten, hast du mit beiden gesprochen oder nur mit einem?«, fragte er Aleksejow.

»Den anderen Mann habe ich gar nicht gesehen.«

»Die beiden scheinen sich zu kennen.«

»Spielt das denn eine Rolle?«

»Die Informationen über diesen Kurier in Costa Rica haben wir ziemlich schnell rausbekommen, oder?«, fragte Federow.

»Wie meinen Sie das?«

Federow zückte sein Notizbuch. »Damit meine ich, dass dieser Kurier unter seinem eigenen Namen den Flug gebucht und eine Hotelreservierung vorgenommen hat. Schlicht und einfach. Genauso einfach, wie in Bursa Jenkins' Spur vom Busbahnhof zum Hotel, die haben wir ja auch schnell gefunden.«

»Sie meinen, unsere Aufmerksamkeit sollte auf den falschen Ort gelenkt werden?«

»Oder auf den falschen Mann. Wenn du dieser Jenkins wärst und auf der Flucht und du wüsstest, die Fischer würden deine Fluchtpläne früher oder später verraten, wie würdest du dich verhalten?«

»Ich würde diese Pläne ändern«, sagte Aleksejow.

Federow lächelte. »Nein. Du würdest dafür sorgen, dass wir *glauben,* du hättest deine Pläne geändert. Denn dann würden wir uns für schlauer halten als dich, weil wir ja der Meinung wären, dir auf die Schliche gekommen zu sein. Dabei bist du vielleicht schlauer als wir, weil es nämlich gar keine geänderten Pläne gibt und wir das nur glauben sollen.«

»Sie meinen, Jenkins könnte noch hier sein, in Çeşme? Aber es hat ihn doch niemand gesehen. Er saß in keinem der Busse. Wir haben die Fahrer hier vor Ort befragt und uns auch an allen Haltestellen unterwegs umgehört.«

Nachdenklich betrachtete Federow die beiden Männer auf dem Pier. Der, mit dem Aleksejow nicht gesprochen hatte, ging gerade zu einem Boot. Wenn Jenkins hier in der Stadt war und nach Griechenland übergesetzt werden wollte, dann würde er die kleinen Häfen aufsuchen und fragen, wo man ein Boot mieten oder wer ihn mitnehmen könnte.

Kurz entschlossen folgte Federow dem Mann zu seinem Boot.

»Oberst?«, rief Aleksejow ihm hinterher.

»Noch rufen wir niemanden an – noch nicht!«

Fünfzehn Minuten später kam Federow zurück zu Aleksejow, der oben an der Straße über dem kleinen Hafen auf ihn gewartet hatte. »Jenkins ist hier! Sag unseren Leuten, sie sollen sich auf Chios konzentrieren. Ich will sämtliche Reiseinformationen von Leuten, die von Seattle über Athen … Nein.« Er dachte kurz nach. »Sag ihnen, ich will genau wissen, wer aus den USA kommend nach Chios fliegt und wer mit einem amerikanischen Pass reisend dorthin unterwegs ist. Schick allen Agenten das Foto von Jenkins. Ich habe den starken Verdacht, dass wir an der Nase herumgeführt wurden, wie die Amerikaner sagen. Und noch einmal lasse ich das nicht mit mir machen.«

46

Jake war erschöpft, völlig übernächtigt und hatte Magenschmerzen, als er aus dem Flugzeugfenster zusehen konnte, wie sich sein Flugzeug der nierenförmigen Insel Chios näherte. Wie ein Fels mit üppiger Vegetation stieg sie aus dem kristallklaren, blauen Wasser der Ägäis. Häuser mit roten Ziegeldächern zogen sich von diesem Felsen bis hinunter zu den Hotels und Läden an der Küste, wo das Wasser eher neongrün schimmerte und sanfte Wellen an den Sandstrand schlugen. Der Anblick erinnerte Jake an Reisen nach Hawaii mit David und seiner Mutter, als sie noch gelebt hatte. Die Insel sah aus wie das Paradies und könnte es unter anderen Umständen wohl auch sein.

Aber nicht für Jake, nicht auf dieser Reise.

Hinter der Insel und dem Meer, das Charlie inzwischen überquert haben dürfte, sah Jake die türkische Küste liegen. Jake wusste nicht genau, wie es Charlie gelungen war, Russland und danach die Türkei zu verlassen, und das war auch gut so. Er verstand durchaus, warum man ihm nichts erzählt hatte. Wenn die Russen ihn fingen und verhörten, würde er ihnen keine relevanten Details verraten können. Wie lange solche Männer brauchten, um das zu verstehen, und was sie alles unternehmen könnten, um sich ihrer Sache ganz sicher zu sein – darüber mochte Jake lieber nicht nachdenken. Die Vorstellung war sowohl ernüchternd als auch ziemlich beängstigend.

In Athen, wohin er aus Mexiko kommend über Frankfurt geflogen war, hatte Jake vor seinem Abflug nach Chios mit Charlie gesprochen. Jake sollte aus dem Flugzeug steigen wie ein Collegestudent auf Urlaubsreise, hatte Charlie gesagt. Er solle im Terminal nicht nach ihm Ausschau halten. Sobald Charlie sicher war, dass niemand Jake folgte, würde er Kontakt aufnehmen und ihm sagen, wohin er zu gehen und was er zu tun hatte.

Um dem Bild des Touristen gerecht zu werden, trug Jake Shorts und Wandersandalen und nur ein T-Shirt unter der Jacke, obwohl Griechenland im Januar keineswegs sommerlich war. Kurz vor der Landung hatte der Pilot von nachmittäglichen Temperaturen um die sechzehn Grad gesprochen. Als kurz nach achtzehn Uhr die Räder des Flugzeugs den Boden berührten, hatte sich die Dämmerung bereits über die Insel gesenkt. Jake holte seinen Rucksack und den großen Sonnenhut, den er sich in Mexiko gekauft hatte, aus dem Gepäckfach und versuchte beim Aussteigen aus dem Flugzeug die angeregte Vorfreude der anderen Passagiere zu kopieren. Hoffentlich wirkte er überzeugend.

* * *

In der Ankunftshalle des internationalen Flughafens von Chios wartete Viktor Federow zusammen mit drei weiteren FSB-Agenten, zu denen auch Aleksejow gehörte. Sie hatten sich im Gebäude verteilt, jeweils mit Blick auf die beiden Gates, durch die die Reisenden kommen mussten, Positionen, die sie bereits am Tag zuvor eingenommen hatten und wenn nötig am nächsten Tag noch einmal einnehmen würden. Sie versuchten, wie Einheimische auszusehen, die auf Gäste warteten, und trugen

Shorts oder Jeans, Sandalen, leichte Hemden und Windjacken, damit man ihre Pistolen nicht sah. Nur achtzehn bis zwanzig Flüge landeten hier am Tag, alle kamen von größeren Flughäfen innerhalb Griechenlands.

Kurz nach achtzehn Uhr kündigte eine Stimme über das Lautsprechersystem die Landung des Fluges GQ240 aus Athen an. Laut Federows Quellen waren drei der Passagiere an Bord mit amerikanischen Pässen unterwegs. Davon waren zwei frisch verheiratet und wohl auf Hochzeitsreise. Der dritte Passagier, ein junger Mann, reiste allein. Jeder der FSB-Agenten hatte Passbilder der betreffenden Personen dabei.

Als die ersten Passagiere in die Ankunftshalle strömten, richtete Federow sich auf. Der junge Mann, den er im Visier hatte, ging rasch vor zur Schlange, die sich vor dem Einreiseschalter gebildet hatte.

Federow fasste sich ans Ohr. »Zielperson hat gerade das Gebäude betreten und steht ganz hinten in der Schlange bei der Passkontrolle.«

»Ich habe ihn«, meldete sich Aleksejow von einer Bank gegenüber dem Einreiseschalter. Da dies das letzte Flugzeug war, das an diesem Abend eintreffen sollte, schickte Federow die beiden anderen Beamten los, um ihren Mietwagen zu holen, während er den Lautsprecherdurchsagen zuhörte und darauf achtete, ob der junge Mann auf eine von ihnen reagierte. Das schien nicht der Fall zu sein.

Der junge Mann rückte in der Schlange vor. Sah er sich um? Suchte er nach jemandem, nach Jenkins? Oder nach einer Kontaktperson? Federow glaubte nicht, dass Jenkins so tollkühn wäre, eine Übergabe der Papiere hier auf dem Flughafen zu wagen, aber dieser Junge konnte durchaus als Mittelsmann fungieren und die Dokumente an einen zweiten Kurier übergeben, der sie dann zu Jenkins brachte.

Inzwischen stand der junge Mann direkt vor dem Schalter und konnte dem Beamten dahinter seinen Pass reichen. Federow trat diskret ein wenig näher, um mitzuhören, was gesprochen wurde.

»Was ist der Zweck Ihrer Reise?«, wollte der Beamte wissen.

»Urlaub«, erwiderte der junge Mann.

Der Pass wurde gestempelt und zurückgegeben, der Junge nahm seinen Rucksack und ging zum Ausgang. Federow und Aleksejow reihten sich hinter ihm ein.

Nach ein paar Schritten blieb der junge Mann stehen, zog sein Handy aus der Tasche und hielt es sich ans Ohr. Ein eingehender Anruf. Er telefonierte im Weitergehen, verließ den Terminal und steuerte den Taxistand auf der anderen Seite der Straße an. Eine steife Brise raschelte mit den Blättern der Palmen.

Federows Auto hielt am Straßenrand. Er und Aleksejow rutschten auf den Rücksitz. Das Taxi mit dem Jungen fuhr los, bog auf die zweispurige Küstenstraße nach Norden ein, die in die Stadt Chios hineinführte.

»Lass ihm Platz«, sagte Federow.

Minuten später hielt das Taxi an einem nicht weit vom Jachthafen entfernten Hotel. Der junge Mann stieg aus und betrat die Lobby.

»Fahr rüber auf die andere Straßenseite«, befahl Federow seinem Fahrer.

Im Haus gegenüber erreichte man die Hotelzimmer über einen langen Balkon. Die Fenster gingen nach hinten raus und boten einen Blick auf den Jachthafen. Nach einigen Minuten kam der junge Mann aus der Lobby und stieg die Außentreppe zum ersten Stock hinauf. Er betrat das vorletzte Zimmer.

»Wie lange warten wir?«, wollte der Fahrer wissen.

Federow rollte das Fenster runter und zündete sich eine Zigarette an. »Wir werden sehen.«

* * *

Den Rucksack über der Schulter und die Reisetasche in der Hand kletterte Jake aus dem Flugzeug. Er ließ das Gepäckband links liegen und ging gleich durch in den Terminal, wo er sich hinter dem Ehepaar, mit dem er im Flugzeug ein bisschen geplaudert hatte, in die Schlange vor dem Schalter der Passkontrolle einreihte. Die beiden waren aus San Francisco und frisch verheiratet. Sie wollten ihre Hochzeitsreise auf den griechischen Inseln verbringen und klagten jetzt schon über zu niedrige Temperaturen.

Jake dagegen schwitzte, während er so wartete und nur mit Mühe der Versuchung widerstand, sich im Flughafen umzusehen. Ein dünner Schweißfilm stand ihm auf der Stirn und hinten am Rücken klebte ihm das Hemd auf der Haut. Seine Jacke mochte er hier nicht auszuziehen.

Als das Handy in seiner Jackentasche vibrierte, fischte Jake es heraus und drückte es sich fest ans Ohr, um trotz der Lautsprecheransagen telefonieren zu können.

»Sieh dich nicht um«, sagte Jenkins.

»Okay.«

»Der Terminal wird von mindestens zwei Personen überwacht, wahrscheinlich sind es mehr. Lächele, als würdest du dich über diesen Anruf freuen.«

Jake lächelte.

»Und jetzt schau nach rechts. Siehst du den Mann in der blauen Windjacke auf der anderen Seite des Terminals?

»Ja.«

»Lach mal richtig.«

Jake lachte. Die Frau vor ihm drehte sich um und lächelte.

»Und jetzt schau nach links. Siehst du den blonden Mann da auf der Bank?«

Jake warf einen kurzen Blick nach links. »Ja. Was mache ich jetzt?«

»Nichts, geh einfach weiter.«

Die frisch Verheirateten traten an einen der beiden geöffneten Schalter und Jack rückte nach.

»Ausweis«, sagte der Zollbeamte.

Jake reichte dem Mann seinen Pass. Der klappte ihn auf, studierte das Foto darin und sah Jake an. »Nehmen Sie bitte den Hut ab.«

Jake setzte seinen Hut ab.

Der Beamte musterte ihn noch einen Moment lang, legte den Pass aus der Hand und tippte etwas in seinen Computer. »Was ist der Zweck Ihres Besuches?«

»Eine Urlaubsreise«, antwortete Jake.

Der Mann klapperte noch ein wenig auf seiner Tastatur, ehe er den Pass abstempelte und Jake zurückgab. »Einen schönen Aufenthalt auf Chios.«

»Danke.« Jake nahm seine Tasche und ging weiter. In diesem Moment erhob sich links der blonde Mann von der Bank und der Mann rechts machte Anstalten, sich ihm zu nähern.

»Was mache ich jetzt?«, fragte Jake in das Handy.

»Geh einfach weiter. Sieh dich nicht um. Lächele, sei mal ein bisschen munter. Du freust dich so, auf Chios zu sein.«

Jake versuchte, den begeisterten Urlauber zu spielen, war sich aber nicht sicher, ob er irgendwen überzeugen konnte. Als er den Terminal verließ, fuhr gerade ein Auto vor und rollte an die Bordsteinkante. Jake malte sich aus, wie der Mann auf dem Beifahrersitz gleich rausspringen, ihn packen und auf die Rückbank schleudern würde, aber der Wagen rollte an ihm vorbei. Jake stieß die Luft aus, die er angehalten hatte.

»Alles in Ordnung?«, wollte Jenkins wissen.

»Ja, alles okay.« Jake machte Anstalten, hinüber zum Taxistand zu gehen.

»Nimm kein Taxi. Besorge dir einen Mietwagen. Wenn du vom Parkplatz des Autoverleihs kommst, biegst du rechts ab und achtest auf die Schilder zur GR-74. Auf der bleibst du fünfunddreißig Minuten lang. Fahr nicht zu schnell. Griechische Straßen sind gefährlich und es gibt kaum Straßenbeleuchtung.«

»Ist das dein Ernst? Ich soll mir Gedanken um mangelnde Straßenbeleuchtung machen? Ich würde ja sagen, das ist im Moment mein geringstes Problem.«

Jake hörte Charlie lachen. »Ich rufe dich an, wenn du ein Auto hast. Dann gibt es weitere Anweisungen. Es tut gut, deine Stimme zu hören, Jake.«

»Geht mir auch so«, antwortete Jake. »Es ist gut, deine Stimme zu hören.«

* * *

Federow sah auf die Uhr. Sie beobachteten das Hotel jetzt schon fast eine Stunde lang, ohne dass jemand gekommen wäre. Das könnte noch eine Stunde so weitergehen, genauso gut könnte sich aber auch bis zum nächsten Morgen nichts abspielen. Müde und frustriert warf er seine Zigarettenkippe aus dem Fenster, stieg aus dem Auto und ging über die Straße. Die anderen Beamten hatten mit dieser unangekündigten Aktion nicht gerechnet und beeilten sich nun, zu ihm aufzuschließen.

»Wir wollten doch warten, bis er Kontakt zu Jenkins aufnimmt«, sagte Aleksejow.

»Falls dieser Junge die Reisepapiere für Mr. Jenkins hat, werde ich ihn davon überzeugen, dass er lieber sagt, wo er sich mit dem Mann treffen will.«

»Vielleicht will er sich gar nicht mit Jenkins treffen, vielleicht soll er sie einfach nur irgendwo für ihn deponieren«, gab Aleksejow zu bedenken.

»Dann wird jemand anderes das übernehmen, den Mr. Jenkins nicht kennt.«

Federow stieg zum Balkon im ersten Stock hinauf, wo er sich mit gezogener Waffe vor der vorletzten Tür auf der rechten Seite aufbaute. Er klopfte und als der junge Mann öffnete, wartete er nicht lange auf dessen freundliche Einladung, sondern drängte ihn zurück ins Zimmer und rückte nach. Der Junge wollte protestieren, überlegte sich das jedoch schnell, als ihm Federow den Mund zuhielt und die Pistole zeigte. »Kein Wort. Verstanden?«

Der junge Mann nickte mit weit aufgerissenen Augen.

»Gepäck durchsuchen«, befahl Federow den anderen Agenten, die sich hinter ihm ins Zimmer geschoben hatten.

Während seine Kollegen das Gepäck im Zimmer gründlich durchsuchten, auch das Kofferfutter auftrennten, griff sich Federow die Jacke des Jungen und trennte dort mit seinem Klappmesser das Futter auf. »Zimmer durchsuchen«, befahl er.

»Wonach suchen Sie?«, fragte der Mann. »Drogen? Ich habe keine Drogen.«

»Wo sind die Reisepapiere?«

Der junge Mann deutete mit dem Kinn in eine Zimmerecke. »Dort auf der Kommode.«

Federow sah sie sich an. »Wo sind die Reisepapiere, die Sie abliefern sollen?«

»Was?«

»Keine Spielchen, dafür bin ich nicht in Stimmung.«

»Ich weiß nicht, wovon Sie reden.«

Federow trat näher. »Lügen Sie mich nicht an. Ich habe es satt, dass alle mich anlügen.«

»Ich lüge nicht. Bitte. Ich weiß nicht, wonach Sie suchen.«

Ein strenger Geruch drang Federow in die Nase. Er schnupperte – und entdeckte den feuchten Fleck vorn an der Hose des jungen Mannes. Leise fluchend nickte er den anderen zu, das Zimmer zu verlassen. »Wir haben Sie im Auge!«, zischte er dem Jungen zu. »Wir beobachten Sie ganz genau. Wenn Sie irgendwem von diesem Zusammentreffen berichten oder versuchen, zur Polizei zu gehen, dann kommen wir wieder. Haben Sie verstanden?«

Der Mann nickte.

Federow trat auf den Balkon und zog hinter sich die Tür zu. Eine schlimme Ahnung überkam ihn, als er über das dunkle Meer hinüber zu den Lichtern an der türkischen Küste sah. Es war möglich, dass der Kurier von Mr. Jenkins noch nicht auf Chios gelandet war. Er könnte morgen kommen oder am Tag danach oder am Tag danach. Oder er könnte bereits eingetroffen sein und Mr. Jenkins war vielleicht schon auf dem Weg nach Hause. Der Kurier konnte ein Mann sein oder eine Frau, jung oder alt, mit einem Pass der Vereinigten Staaten unterwegs oder mit Papieren irgendeines anderen Landes. Sein Kontakt in den USA hatte Mr. Jenkins und dessen Talente unterschätzt. Federow selbst auch. Sein Kontaktmann mochte toben und drohen, solange er wollte. Sie würden nicht verhindern können, dass Charles Jenkins nach Hause fuhr.

Wo er nicht länger Federows Problem war.

Dieser Gedanke ließ ihn schmunzeln. Mehr noch: Er ertappte sich bei einem leisen Lachen.

»Oberst?«, meldete sich ein verwirrter Aleksejow.

»Arrangiere alles für unsere morgige Rückkehr nach Moskau«, befahl Federow.

»Wir überwachen morgen nicht den Flughafen hier?«

Federow schüttelte den Kopf. »Nein. Heute Abend gehen wir aus. Wir werden gut essen und wir werden Wodka trinken und auf Mr. Jenkins anstoßen. Er ist nicht mehr unser Problem.«

* * *

Charlies Anweisungen folgend näherte sich Jake der kleinen Stadt Pyrgi, die selbst in der Dunkelheit schwer zu verfehlen oder zu verwechseln war. Fast alle Häuser hier waren mit schwarz-weißen geometrischen Formen verziert, die Straßen so schmal, dass man mit dem Auto nicht durchkam. Im Mittelalter hatte man oft so gebaut, erinnerte sich Jake aus einem Geschichtsunterricht, um Siedlungen besser gegen Angriffe verteidigen zu können. Er stellte seinen Mietwagen auf einem Parkplatz ab, hängte sich den Rucksack um und machte sich auf den Weg in das Gewirr der engen Gassen. Hier war trotz der abendlich frischen Temperaturen allerhand los. Unter den Torbögen aus Stein saßen Männer und spielten Backgammon, Frauen häkelten und plauderten mit ihren Freundinnen, ihre Stimmen mischten sich mit der griechischen Musik, die aus offenen Fenstern und Türen drang.

Jake ging gerade unter einem der Torbögen hindurch, als das Handy in seiner Hosentasche vibrierte.

»Geh durch bis zum Platz«, wies Jenkins ihn an, nachdem Jake sich gemeldet hatte. »Dort steht neben dem Eingang eines Restaurants ein ungeöffneter roter Schirm. Siehst du ihn?«

Jake sah sich um. Auf dem Platz standen mehrere Dutzend Tische, keiner von ihnen war besetzt, die meisten mit geschlossenen beigefarbenen Sonnenschirmen. Dann hatte er den roten Schirm entdeckt. »Ja, ich kann das Restaurant sehen.«

»Bitte den Kellner um einen Tisch auf der Terrasse hinten. Es wird langsam kälter, er wird dir vorschlagen, drinnen zu sitzen. Sag ihm, es ist dein erster Abend hier und du möchtest das echte Griechenland-Feeling.«

Durch die Fenster und Türen sämtlicher Läden und Restaurants am Platz drang Licht nach draußen. Jake ging zur Taverne an der Nordseite und bat den Kellner um einen Tisch auf der hinter dem Lokal gelegenen Terrasse. Der Mann schlug ihm wie erwartet vor, doch lieber drinnen zu essen, wo es gemütlicher sei, gab aber nach, als Jake sagte, er sei den ersten Abend in Griechenland und wolle ihn gern so genießen, wie er es sich vorgestellt hatte. Draußen zündete der Kellner für ihn eine Kerze in einem roten Glas an und Jake bestellte ein griechisches Bier, während er wartete.

Wenig später sah er auf und entdeckte Charlie, der in der Terrassentür stand. Mit einem tiefen Seufzer der Erleichterung stand er auf, als der große Mann zu ihm an den Tisch kam, und die beiden umarmten sich fest.

»Du hättest das nicht tun sollen, Jake!« Charlies Stimme zitterte leicht.

»Groß war die Auswahl ja nicht, die wir hatten.« Die beiden setzten sich. Der Kellner kam und auch Jenkins bestellte ein Bier.

»Weißt du, wie sie auf den Flughafen in Chios gekommen sind?«, wollte Jake wissen. »Ich hatte den Eindruck, David hätte sie ganz erfolgreich erst nach Costa Rica und dann nach Zypern gelockt.«

Jenkins, der inzwischen, wenn auch widerwillig, ziemlichen Respekt für Federows Geschick empfand, schüttelte den Kopf. »Sie haben wohl mitbekommen, dass das ein Trick war. Irgendwie auch logisch: David ist zu nah an mir dran. Man muss als Agent immer einen Plan B in der Tasche haben. Wie bist du eigentlich durch den Zoll gekommen? Ich hätte an Federows Stelle nach allen Passagieren mit amerikanischem Pass Ausschau gehalten. Besonders nach Alleinreisenden.«

Jake langte wortlos in seine Tasche und schob ein dunkelgrünes Büchlein mit goldener Aufschrift über den Tisch.

»Ein mexikanischer Pass!«, freute sich Jenkins. »Der gute alte Onkel Frank.«

Jake schüttelte den Kopf. »Onkel Frank ist vor sieben Jahren gestorben, Krebs. Sein Sohn Carlos hat die Familiengeschäfte übernommen. Und die Idee mit dem mexikanischen Pass kam von Alex.«

Jenkins lächelte, als er den Namen seiner Frau hörte. »Hast du meine Papiere?«

»Gib mir dein Messer.« Jake öffnete seine Jacke.

Er trennte die Naht an der Innenseite auf, zog den Umschlag heraus und reichte ihn Jenkins, der ihn unter die Serviette schob, die er sich über den Schoß gebreitet hatte. Er öffnete den Umschlag und warf einen Blick hinein: ein griechischer Pass, ein mexikanischer Pass, ein kanadischer Pass, dazu passende Führerscheine und zweitausend US-Dollar. Außerdem ein Ticket für einen Flug, der am nächsten Abend aus Athen abging.

»Wie kommst du von dieser Insel, wenn sie den Flughafen überwachen?«, wollte Jake wissen.

»Wenn man als Agent auf der Flucht ist, empfiehlt es sich, immer in Bewegung zu bleiben und nie zurückzugehen.«

»Das heißt konkret?«

»Konkret geht morgen früh eine Fähre nach Piräus. Auf der wirst du sein. Von Piräus kommt man leicht mit dem Taxi nach Athen und von Athen aus fliegst du nach Hause.«

»Und du?«

»Ich werde auf einem anderen Schiff sein.«

Der Kellner kam zurück. »Ich wette, du hast Hunger«, sagte Jenkins zu Jake.

»Um ehrlich zu sein, bin ich am Verhungern.«

Charlie sah den Kellner an. »Pyrgi-Pizza bitte. Extra groß. Extra Käse. Und noch zwei Bier.«

TEIL II

47

Nach Tagen auf der Flucht saß Charles Jenkins am Küchentisch von David Sloane und sah hinaus auf das dunkle Wasser des Puget Sound. So ganz konnte er es immer noch nicht fassen, dass er zu Hause war. Sechsunddreißig Stunden zuvor war er auf dem SeaTac Airport von Seattle gelandet, körperlich erschöpft und emotional ausgelaugt, gebeutelt von Schlafmangel und den Folgen des Jetlags. Der Tribut, den die Strapazen der vergangenen Zeit von ihm forderten, machte wieder einmal deutlich, dass er nicht mehr der junge Mann Mitte zwanzig war, der in Mexiko KGB-Agenten gejagt hatte. Am meisten überraschte ihn seine mentale Erschöpfung. Die Flucht aus Russland war wie ein Schachmarathon gewesen, bei dem er Federow immer zwei Züge voraus sein musste, mit Ersatzplänen im Kopf für den Fall, dass unerwartete Zwischenfälle auftraten. Er hatte nicht geahnt, wie sehr mentaler Stress auch dem Körper zusetzen kann. Endlich in Seattle angekommen, war er ins Bett gefallen und hatte tief und fest geschlafen. So tief und fest, dass er sich jetzt noch davon erholen musste.

»Hast du Hunger?«, fragte Alex. Ihre Augen waren rot, weil auch sie zu wenig geschlafen und sich zu viele Sorgen gemacht hatte.

Auf dem Tisch stand Essen aus einem Thai-Restaurant, aber selbst der betörende Duft von Hühnchen Pad Thai, Tom-Yum-Suppe und Phat Khing, bei dem ihm sonst unweigerlich das Wasser im Munde zusammengelaufen wäre, konnte seinen Appetit nicht wecken. Der hatte sich so gut wie verabschiedet, seit Jenkins wieder in den USA war. Natürlich freute er sich, zurück zu sein, natürlich war er dankbar, es geschafft zu haben, die Hand seiner Frau halten und CJ vor dem Einschlafen vorlesen zu dürfen, aber irgendetwas ließ ihm keine Ruhe. Irgendetwas nagte an ihm und er konnte das Gefühl einfach nicht abschütteln, dass die eigentliche Feuerprobe noch bevorstand.

»Vielleicht ein bisschen später«, sagte er.

Max lag zu seinen Füßen zusammengerollt unter dem Tisch, als hätte er gespürt, dass sein Herrchen um ein Haar nie wieder nach Hause gekommen wäre. Auch CJ war sehr anhänglich geworden, hätte seinen Dad am liebsten gar nicht mehr aus den Augen gelassen und ahnte wohl, dass sich etwas verändert hatte, auch wenn er natürlich nicht wusste, was. Als Jenkins ihn vorhin zu Bett gebracht hatte, war er angefleht worden, doch auf jeden Fall mehr als das vereinbarte Kapitel vorzulesen. Das war kein Spielchen gewesen, kein Versuch, ihn zu manipulieren. CJ wollte ihn einfach bei sich haben, aus der tiefen Besorgnis heraus, seinen Dad zu verlieren. Jenkins hatte vorgelesen, bis der Junge eingeschlafen war.

Jetzt ließ er die Hand los, die Alex ihm hingestreckt hatte, und legte beide Hände um seinen Kaffeebecher. Dessen Wärme beschwor Bilder des türkischen Kaffees hervor, mit dem die Fischer ihn wiederbelebt hatten, nachdem er aus dem eiskalten Schwarzen Meer gezogen worden war. Er dachte an Demir Kaplan und seine Söhne, an die Opfer, die sie für ihn gebracht hatten. Von dort aus war es nicht mehr weit bis zu Paulina Ponomajowa und dem Ausdruck in ihren Augen, als sie losgezogen war, um die Aufmerksamkeit der Männer vom FSB auf sich zu ziehen, damit er entkommen konnte.

»Charlie?«, mahnte David Sloane leise.

Jenkins sah ihn an. Wie lange war er im Geiste ganz woanders gewesen, hatte gar nicht mitbekommen, was um ihn herum geredet wurde? Den Mienen der um den Tisch versammelten Freunde nach zu urteilen nicht nur kurz.

»Alles okay?«, fragte Sloane.

»Nur müde«, antwortete Jenkins.

Aus dem Echo auf Sloanes Küchentresen drang die Musik eines auf Countrymusik spezialisierten Senders. Jenkins befürchtete nach wie vor, jemand könnte versuchen, ihnen mit einem Richtmikrofon zuzuhören. Seit seiner Rückkehr hatten sie viermal jeweils zwei Stunden in dieser Runde zusammengesessen, länger konnte Jenkins sich nicht konzentrieren. Er hatte erklärt, was ihn nach Russland geführt hatte, was dort vorgefallen war und warum er schließlich um sein Leben hatte rennen müssen. Jetzt versuchten sie, gemeinsam herauszufinden, was als Nächstes zu tun war. Falls sie überhaupt irgenderwas tun konnten.

»Gibt es die Möglichkeit, die Informationen über ein Leck im Geheimdienst an Leute weiterzugeben, die diesbezüglich etwas unternehmen können?«, erkundigte sich Sloane.

»So einfach ist das nicht«, meinte Jenkins. »Ein Agent im Felde weiß, was zu tun ist, wenn eine Operation als abgebrochen gelten muss. Er hat zu verschwinden und darf auf keinen Fall seinen Verbindungsmann kontaktieren.«

»Warum nicht?«, fragte Sloane. Auch er sah müde aus, mit dunklen Rändern unter den Augen und grauen Strähnen im Haar. Im Moment war da nicht mehr viel von dem jugendlichen Charme, mit dem er so leicht die Geschworenen zu beeindrucken pflegte.

Jenkins wollte etwas sagen, musste sich räuspern, setzte erneut an. »Carl Emerson hat mir gesagt, die Agentur werde sich nicht offiziell zu der Operation bekennen, falls die den Bach runtergeht. Wenn sie es täte, würde sie damit öffentlich die Existenz der sieben Schwestern anerkennen und die Frauen damit wahrscheinlich noch stärker gefährden.«

»Und wenn du zu diesem Emerson gehst?«, schlug Sloane vor. »Kann man dem trauen?«

Jenkins atmete lautstark aus. Über diese Frage hatte er in den letzten Tagen oft nachgedacht. »Ich weiß es nicht. So, wie er die Angelegenheit dargestellt hat, war sie ganz sicher nicht. Aber es wäre immerhin auch möglich, dass irgendjemand anderes Emerson benutzt.« Jenkins sah Alex an. »Er hatte damals in Mexiko jede Menge Kontakt zum KGB. Aber das hatten wir ja alle.«

»Glaubst du, sie könnten ihn damals umgedreht haben?«

»Inzwischen halte ich ziemlich viel für möglich.«

»Was meinst du mit umgedreht?«, wollte Jake wissen.

»Dass er damals angefangen hat, für den KGB zu arbeiten«, erklärte Jenkins. »Ein Doppelagent.« Er nippte an seinem Kaffee. Auf seiner Flucht hatte er viel Zeit gehabt, auch über diese Möglichkeit nachzudenken. »Aber ich halte es für wahrscheinlicher, dass irgendwer die Möglichkeit sah, die Namen der sieben Schwestern zu verkaufen, und diese Möglichkeit dann genutzt hat. Vielleicht war das Emerson, vielleicht auch einer seiner Vorgesetzten, ich weiß es nicht.« Wieder sah er Alex an. »Ich halte das für wahrscheinlicher als die Existenz eines russischen Maulwurfs, der Jahre oder sogar Jahrzehnte unentdeckt innerhalb der CIA arbeiten konnte.«

»Was allerdings durchaus schon vorgekommen ist«, widersprach Alex.

»Auch wahr.« Jenkins nickte.

»Warum sollte ein gut etablierter Maulwurf so viele Jahre warten, bis er die Namen preisgibt?«, fragte Jake.

»Emerson behauptete, die Namen der Schwestern seien nur einigen wenigen in der Agentur bekannt«, erklärte Jenkins. »Vielleicht kannte die Person, über die wir hier spekulieren, diese Namen bis vor Kurzem nicht oder ihre persönlichen Umstände haben sich geändert.«

»Aber wenn ein Maulwurf die Namen kannte, warum hat er sie nicht einfach alle auf einmal verraten?«, wollte Jake wissen.

»Weil er sie vielleicht nicht alle kannte«, sagte Jenkins. »Vielleicht hat ihn jemand tröpfchenweise mit den Informationen versorgt, immer nur einen Namen auf einmal. Und so hat die Person sie weitergegeben, sobald sich die Möglichkeit dazu ergab. Die Person hat die Namen individuell verkauft, um für jeden den besten Preis zu erzielen. Ich bin mir nur überhaupt nicht sicher, wer diese Person ist, Emerson oder jemand, der über ihm steht. Und ich habe keine Ahnung, wie ich das diskret herausfinden soll. Wende ich mich an die falschen Leute, dann scheuche ich das Leck damit verfrüht auf und die Person hat Zeit, ihre Spuren zu verwischen und abzuhauen.«

»Und sich um dich zu kümmern«, ergänzte Alex.

»Möglicherweise.« Das musste Jenkins nicht weiter ausführen, Alex und er wussten auch so, dass er zwar zu Hause sein mochte, aber damit nicht notwendigerweise auch in Sicherheit.

»Hast du versucht, Emerson anzurufen?«, fragte Sloane.

Jenkins nickte. »Die Nummer, die er mir gegeben hat, existiert nicht mehr.«

»Hat er dir die Nummer mündlich gegeben oder gab er dir etwas, auf dem sie stand?«, wollte Sloane wissen.

»Er gab mir eine Visitenkarte, auf der nichts weiter stand als diese Handynummer.«

»Hast du die Karte noch?«

»Nicht bei mir.«

»Wo ist sie?« Sloane setzte sich auf, wurde geschäftig. »Eine Visitenkarte ist ein greifbarer Beleg für einen Kontakt. Das könnte wichtig werden, wenn Emerson aus irgendeinem Grund leugnet, dass es deine Operation je gegeben hat.«

»Sie ist in meinem Arbeitszimmer zu Hause. Aber wahrscheinlich gehört die Nummer, wenn wir nachfragen, irgendeinem Unbekannten oder einer unbekannten Firma oder ist nicht registriert.«

»Was, wenn wir abwarten, ob Emerson anruft?«, meldete sich Jake. »Wenn er dich kontaktiert, wäre das doch ein Hinweis darauf, dass nicht er das Leck ist, oder?«

»Vielleicht«, sagte Jenkins. »Aber es passiert nur selten, dass ein Verbindungsmann wieder auftaucht, wenn eine Mission schiefgelaufen ist. Wenn er in Deckung bleibt, ist das nicht gleich ein Beweis für seine Schuld.«

»Und falls er das Leck ist, könnte er in eigenem Interesse anrufen, um herauszufinden, was Charlie weiß, oder um ihn in die Irre zu führen«, ergänzte Alex.

»Was, wenn wir uns an einen Reporter wenden?«, fragte Jake. »Und die CIA zwingen, intern nach dem Leck zu suchen?«

Jenkins stützte seine Ellbogen auf den Tisch. »Das würde eine Reihe weiterer Probleme aufwerfen. Denk dran, wie schwer es euch schon fiel, meine Geschichte zu verstehen und zu glauben. Und ihr kennt mich. Ein Reporter glaubt mir nicht einfach so, was ich ihm erzähle. Der braucht Beweise, irgendeine Bestätigung, und das kann ich nicht liefern. Wenn ich nichts beweisen kann, bringen mich öffentliche Anschuldigungen nicht weit.«

»Da könnte diese Visitenkarte helfen«, warf Sloane ein.

»Vielleicht«, sagte Jenkins. »Aber mir ist nicht wohl dabei, an diesem Punkt schon alles an die Öffentlichkeit zu bringen.«

»Und wenn du dich nicht rührst, gar nichts sagst?«, meinte Sloane. »Dann denkt das Leck vielleicht, es ist noch mal davongekommen, und geht zur Tagesordnung über.«

»Möglich wäre es«, gab Jenkins zu. »Aber das kann ich nicht.«

»Was kannst du nicht?«, wollte Alex wissen,

Jetzt kam die Unterhaltung, vor der Jenkins sich gefürchtet hatte. »Ich kann die Sache nicht einfach auf sich beruhen lassen.«

»Warum nicht?«, fragte Alex. »Warum es nicht einfach sein lassen, wenn diese Person sich auch zurückhält und keinen weiteren Schaden mehr anrichtet?«

Jenkins wusste, warum Alex so redete: Sie hatte Angst vor dem, was ihm bevorstehen könnte. »Weil jemand innerhalb der CIA entweder ein russischer Maulwurf ist und weiterhin Schaden anrichten kann, oder es gibt einen miesen Opportunisten, ein Leck, direkt verantwortlich für den Tod von mindestens drei Frauen und wahrscheinlich noch von anderen. Außerdem sind da ja noch die vier anderen Schwestern. Ich kann nicht einfach wegsehen, ohne zu wissen, ob diese Person vorhat, auch deren Namen noch zu verraten. Die Frauen haben ja keine Ahnung, was läuft. Sie stellen ein einfaches Ziel dar.«

»Dafür bist du nicht verantwortlich«, wandte Alex ein. »Du hättest von vornherein nichts mit alldem zu tun haben dürfen. Man hat dich belogen.«

»Aber jetzt bin ich involviert und trage damit auch Verantwortung. Ich kann diese vier Frauen nicht guten Gewissens im Stich lassen, wenn das ihren Tod bedeutet.«

»Die Frauen wussten, worauf sie sich einließen«, widersprach Alex, zunehmend erregt. »Sie kannten die Gefahren.«

»Sie haben diesem Land jahrzehntelang gedient. Ich kann sie nicht im Stich lassen. Ich werde sie nicht im Stich lassen. Denn wenn ich das tue, dann hat eine gute, eine tapfere Frau ganz umsonst ihr Leben gelassen. Eine türkische Familie hat für nichts ihr Leben riskiert, ihr alle hier seid für nichts unglaubliche Risiken eingegangen.«

»Schwachsinn!« Alex schob ihren Stuhl zurück und hievte sich mühsam hoch. »Diese Leute wurden dafür bezahlt, dich außer Landes zu schaffen, und wir haben unsere Leben riskiert, um meinen Mann und den Vater meiner Kinder sicher nach Hause zu holen. Du hast eine Familie, an die du denken musst.«
»Das weiß ich.«
»Dann lass diese Sache auf sich beruhen.«
»Und jedes Mal, wenn ich die Zeitung aufschlage und lese, dass jemand in Russland gestorben ist, frage ich mich, ob das eine der Schwestern war, deren Leben ich hätte retten können?«
»Immer noch verdammt viel besser, als wenn ich eines Morgens in der Zeitung deinen Namen lesen muss. Denk drüber nach.«

Alex warf ihre Serviette auf ihren Teller, drehte sich um und watschelte den Flur entlang in ihr Schlafzimmer, so schnell, wie eine Frau in der zweiunddreißigsten Schwangerschaftswoche eben watscheln kann.

Stille senkte sich über den Raum. Das Echo spielte den Song eines Countrysängers mit unglaublich näselnder Stimme.

Jenkins sah Sloane an. »Sie beruhigt sich schon wieder.«

»Lass uns die Unterhaltung für heute beenden«, schlug Sloane vor. »Es ist schon spät und wir sind alle müde. Lass uns morgen weiterreden, in meinem Büro, nur wir drei. Sie hat in den vergangenen Tagen viel durchgemacht. Das gilt für uns alle.« Er schwieg kurz, ehe er fortfuhr: »Es ist was dran an dem, was sie sagt. Du bist zu Hause und du bist in Sicherheit. Es könnte in dieser Situation das Beste sein, diesen einen speziellen schlafenden Hund nicht zu wecken.«

Vielleicht, dachte Jenkins. Nur konnte er nicht sicher sein, dass der Hund wirklich schlief und nicht bloß auf die nächste Chance wartete, zuzubeißen.

* * *

Auf dem Weg zu Alex kam Jenkins im Flur an einigen gerahmten Fotos von Jake, Sloane und Tina vorbei, die die kleine Familie an verschiedenen Punkten des gemeinsamen Lebens zeigte, das mit Tinas Ermordung geendet hatte. Die Bilder stimmten ihn nachdenklich und er warf einen Blick zurück in die Küche. Sloane hatte das Licht ausgeschaltet und war nach oben ins Bett gegangen. Allein. Niemand erwartete ihn dort, und das schon seit mehreren Jahren. Jenkins dachte an die Jahrzehnte, die er allein auf seiner Farm auf Camano verbracht hatte, ohne sich seiner Einsamkeit richtig bewusst zu sein. Alex hatte das alles verändert. Alex und später dann CJ. Es war ein gutes Leben, das er jetzt führte, eins, das er während seiner Zeit allein nie für möglich gehalten hätte. Auf keinen Fall wollte er verlieren, was er hatte. Aber er konnte sich auch nicht einfach so von Leuten abwenden, die viel riskiert hatten, damit er am Leben blieb.

Ein wenig beklommen öffnete er die Tür zu dem Zimmer, in dem Alex und er hier bei Sloane schliefen. Er wusste genau, was er seiner Frau zugemutet hatte, sie sollte sich auf keinen Fall noch weiter solche Sorgen um ihn machen müssen. Das würde für sie und das Baby viel zu viel Stress bedeuten.

Alex hatte die Lampe neben dem Bett eingeschaltet und kam gerade aus dem Bad. Sie trug einen hellblauen Pyjama, dessen Stoff sich über ihrem Bauch spannte. Sie warf Jenkins einen Blick zu, schüttelte den Kopf und kletterte wortlos ins Bett. Einfach würde das jetzt nicht werden.

»Es tut mir leid«, meldete er sich gleich von der Tür her. »Ich wollte nicht, dass es so endet.«

»Ach ja? Wie denn dann? Was sollte deiner Meinung nach passieren?«

»Ich dachte, ich könnte diese Frauen retten. So wie es mir dargestellt wurde.«

»Und die offenen Rechnungen unserer Firma hatten nichts damit zu tun?«

»Natürlich hatten sie etwas damit zu tun.«

»Natürlich.« Alex nickte. »Und wieso hast du mir dann nichts davon erzählt?«

»Du weißt, dass ich das nicht konnte, Alex.«

»Ich rede hier nicht von dem Auftrag. Ich rede vom Ausmaß der finanziellen Probleme von CJ Security. Oder hattest du vergessen, dass ich Miteigentümerin bin?«

»Ich habe dir nichts erzählt, weil ich nicht wollte, dass du dir Sorgen machst.«

»Ach ja? Und das jetzt ist besser?«

Er atmete tief durch, versuchte, ruhig zu bleiben, wollte die Auseinandersetzung nicht eskalieren lassen, was Alex noch mehr gestresst hätte. »Ich wollte nicht, dass du dir Sorgen machst und Komplikationen riskierst.«

»Na, das ist dir gründlich misslungen.« Sie schlüpfte unter die Decke. Jenkins reichte ihr ein Glas Wasser und setzte sich auf die Bettkante.

»Wenn du willst, lasse ich die Sache auf sich beruhen und verfolge sie nicht weiter«, sagte er.

Sie schüttelte den Kopf. »Ich weiß, das kannst du nicht«, sagte sie leise, gegen aufsteigende Tränen ankämpfend. »Ich weiß ja auch, wie richtig es ist, wenn du versuchst, diese Frauen zu retten. Ich wünschte nur, das müsstest nicht ausgerechnet du tun. Versprich mir, vorsichtig zu sein. Ich weiß, vor Jake und David wolltest du das so explizit nicht sagen, aber uns beiden ist doch klar, dass sich jemand extrem viel Mühe gegeben hat, dich am Nachhausekommen zu hindern, dich zum Schweigen zu bringen. Wenn du anfängst zu reden, wird diese Person reagieren. Wer immer sie sein mag. Sie kann gar nicht anders.«

48

Am Tag darauf fuhr Jenkins vom Three Tree Point zu Sloanes Büro im Stadtviertel SoDo. SoDo hatte früher für »South of the Dome« gestanden, südlich des Kuppelbaus. Aber dann war das Kingdome-Stadion abgerissen worden und nun stand SoDo für »South of Downtown«, südlich der Innenstadt. Vor dem Bau von Sportstadien, die Milliarden an Dollar gekostet hatten, war dies ein Industrieviertel gewesen. Eins dieser Stadien befand sich im Besitz des Microsoft-Milliardärs Paul Allen, der die Möglichkeiten erkannt hatte, die diese Gegend bot, und sich für eine komplette Neugestaltung einsetzte. Man hatte die alten Lagerhäuser abgerissen oder in Büros, Eigentumswohnungen, Nachtclubs, Restaurants und sogar Destillerien umgewandelt. Auch Sloanes Bürogebäude gehörte zu diesen umgebauten Lagerhäusern.

Jenkins und Sloane trafen sich im großen Konferenzsaal gleich hinter dem Empfang. Jenkins wusste, dass sein Freund nach greifbaren Beweisen suchte, auf die Jenkins seine Geschichte stützen konnte, hatte da jedoch leider nicht viel zu bieten.

Da es Mittagszeit war, tauchte schon bald Carolyn mit Sandwichs auf. Sloanes Sekretärin und Jenkins waren seit

Langem durch eine Art Hassliebe verbunden, die immer wieder ihren Ausdruck in spitzen Bemerkungen fand. »Wer kriegt Pastrami?«, erkundigte sie sich jetzt bei Sloane. »Du oder der Riese?«

»Das mit Pastrami ist meins«, sagte Sloane.

»Für dich dann also Truthahn, einfach.« Carolyn musterte Jenkins mit hochgezogenen Brauen. »Wie langweilig. Bring doch mal etwas Würze in dein Leben!«

»Danke, mir reicht, was ich habe, damit komme ich bis ans Ende meiner Tage aus«, konterte Jenkins.

»Ich habe von deinen Abenteuern ja nur die verkürzte Version zu hören bekommen.« Carolyn holte kurz Luft. »Schön, dass du es geschafft hast.«

»War das jetzt nett gemeint?«, erkundigte sich Jenkins bei Sloane. »War es doch, oder?«

»Gewöhn dich bloß nicht dran!«, warnte Carolyn.

»Ich habe nachgedacht«, sagte Sloane, als sie gegangen war. »Über das, was du gestern Abend gesagt hast, dass du dich nicht an die CIA wenden und auch nicht an die Öffentlichkeit gehen kannst. Vielleicht gibt es ja noch eine Möglichkeit.«

»Okay.« Erwartungsvoll legte Jenkins sein Sandwich ab.

»Was, wenn wir einer anderen Bundesbehörde erzählen, was du erlebt hast? Damit die dann die Untersuchungen anstellen.«

»Wen hast du da im Kopf?«

»Ich kenne wen beim FBI. Er ist nicht direkt ein Freund, aber er respektiert mich. Was wäre, wenn du ihm erzählst, was passiert ist? Ohne Namen zu nennen natürlich. Du könntest ihn bitten, der Sache innerhalb der CIA nachzugehen, sich bestätigen zu lassen, dass du reaktiviert wurdest, und sich nach weiteren Einzelheiten zu erkundigen. Dann würde die CIA wissen, dass es bei ihnen entweder ein Leck oder einen Maulwurf gibt und Geheiminformationen nach Russland verkauft werden.

Mit so klar formulierten Beschuldigungen müsste sich doch irgendeine Art interner Ermittlung in Gang setzen lassen.«

Jenkins dachte nach. Die Idee hatte etwas für sich. Das FBI arbeitete innerhalb der Vereinigten Staaten und war von daher für diesen Fall zuständig. »Ist der Mann hartnäckig?«, fragte er. »Wenn ich ihm ein paar Informationen gebe, bleibt er dann dran? Versucht er, meine Behauptungen zu verifizieren und noch mehr zu erfahren? Wie schätzt du ihn ein?«

»Ich glaube, er würde dranbleiben, wenn wir ihm ausreichend Grund dazu geben. Dass es in der CIA ein Leck oder einen Maulwurf gibt, dürfte Grund genug sein.«

Jenkins ließ sich seine Optionen durch den Kopf gehen. Viele waren es nicht. »Okay«, sagte er schließlich. »Dann machen wir das so.«

* * *

Also meldete sich Sloane im Regionalbüro des FBI an der Third Avenue bei Christopher Daugherty. Sie plauderten ein bisschen miteinander, bevor Sloane von seinem Mandanten erzählte, der gern mit Daugherty sprechen würde. Sobald der Begriff CIA fiel, meinte der FBI-Mann, er könne in spätestens einer Stunde bei Sloane im Büro sein.

Jenkins verbrachte fast den ganzen Nachmittag mit dem Mann. Immer darauf bedacht, nicht zu viel preiszugeben, erzählte er Daugherty von CJ Securitys Verbindung mit LSR&C und den finanziellen Engpässen in seinem Betrieb, als LSR&C seinen Zahlungen erst nicht pünktlich und dann fast gar nicht mehr nachkam, von Carl Emersons Besuch bei ihm auf der Farm, der genau zur rechten Zeit stattgefunden hatte. Er berichtete Daugherty von seinen beiden Reisen nach Russland, ohne dabei an irgendeiner Stelle die sieben Schwestern zu erwähnen.

»Über die Operation selbst kann ich nicht sprechen«, erklärte er. »Sie läuft noch.«

Er erzählte Daugherty, wie er sich mit Viktor Federow getroffen und dem Russen, von Emerson dazu autorisiert, die Namen Alexej Sukurow und Graystone genannt hatte, die Bezeichnung, unter der Sukurows Arbeit bei der CIA gelaufen war. Er erzählte, wie er später auch den Namen der russischen Nuklearwissenschaftlerin Uliana Artemjewa genannt hatte, ebenfalls auf Anordnung von Emerson. Daugherty hörte zu, stellte nur wenige Fragen, machte sich aber Notizen – ein gutes Zeichen, fand Jenkins.

Als Jenkins fertig war, lehnte sich Daugherty in seinem Stuhl zurück. »Lassen Sie mich sehen, ob ich das alles richtig verstanden habe. Sie erhielten eine Zahlung von fünfzigtausend Dollar dafür, dass Sie diese Informationen weitergaben?«

»Nein, die fünfzigtausend Dollar waren nur ein Teil meiner Bezahlung.«

»Und Sie haben damit die Schulden von CJ Security ausgeglichen und Löhne ausbezahlt?«

»Ja. Um die Firma am Laufen zu halten, bis LSR&C zahlen würde.«

»Haben die Russen Sie je bezahlt?«

»Nein.«

»Und dieser Mann …« Daugherty warf einen Blick in seine Notizen. »Carl Emerson. Er war Ihr Verbindungsbeamter in Mexiko-Stadt, als Sie dort als Agent tätig waren?«

»Das ist richtig.«

»Und Sie beide hatten sich seit Mexiko-Stadt nie mehr gesehen?«

»Korrekt. Das ist Jahrzehnte her.«

»Aber er kam zu Ihnen und bat Sie, diese Operation in Russland zu übernehmen.«

»Ja.«

Daugherty runzelte die Stirn, als gelte es, ein schwieriges Problem zu lösen. »Warum?« Das klang skeptisch, aber Jenkins hatte mit genau dieser Frage gerechnet und eine Antwort parat.

»Weil ich fließend Russisch spreche, mich mit der Arbeit im Felde auskenne, dafür ausgebildet bin und es einfacher und billiger ist, einen fertigen Agenten zu reaktivieren als einen neuen für einen bestimmten Job auszubilden.«

»Und Zeit spielte eine entscheidende Rolle? Es war dringend?«

»So wurde es mir dargestellt.« Jenkins nickte.

»Okay«, sagte Daugherty. »Aber Sie dürfen mir nicht sagen, aus welchem Grund Emerson Sie nach Russland schickte.«

»Über Einzelheiten der Operation kann ich nicht sprechen, nein.«

»Geheim?«

»Ja.«

»Leben möglicherweise in Gefahr?«

»Ja.«

»Aber nicht das von Alexej Sukurow oder das von …« Daugherty sah auf seine Notizen.

»Uliana Artemjewa«, sagte Jenkins. »Die beiden Namen hatte ich von Carl Emerson. Ich habe keine Informationen weitergegeben, zu deren Weitergabe ich nicht befugt war.«

»Dann war die Weitergabe dieser Namen also autorisiert.«

»Für mich ja.«

Daugherty warf einen Blick hinüber zu Sloane, bevor er sich wieder auf Jenkins konzentrierte. »Sie verstehen, wie schwer es mir fällt, diese Geschichte zu glauben, nicht wahr? Ohne konkrete Belege?«

»Das verstehe ich und ich kann Ihnen versichern, an der Geschichte ist mehr, als ich Ihnen jetzt erzählen kann. In der CIA gibt es ein Leck oder einen Maulwurf, eine Person, die bei der Arbeit der CIA in Russland erheblichen Schaden anrichtet.

Dem könnte ein Ende bereitet werden, wenn die CIA der Frage nachgeht. Ohne die CIA wird man kaum ermitteln können, Sie müssen also die Agentur hinzuziehen und sich den Rest meiner Geschichte von denen erzählen lassen. In dem Maße, wie sie dazu bereit sind.«

Daugherty lehnte sich zurück und warf Jenkins einen prüfenden Blick zu. »Wären Sie zu einem Lügendetektortest bereit?«

Solche Tests waren vor Gericht nicht zugelassen, wie Jenkins wusste. Sowohl Prüfer als auch Befragter konnten die Ergebnisse beeinflussen, indem sie Fragen beziehungsweise Antworten entsprechend formulierten. Er wusste aber auch, dass er Daugherty von der Wahrheit seiner Geschichte überzeugen musste, um den Mann zur Weiterarbeit zu motivieren.

»Unter bestimmten Bedingungen ja«, antwortete er.

»Als da wären?«

»Ich beantworte keine Frage zu der eigentlichen Operation. Ich beantworte Fragen, die sich auf meine Reaktivierung beziehen, und Fragen, bei denen es darum geht, ob ich Informationen weitergab, zu deren Weitergabe ich nicht befugt war.« Jenkins wollte so viel wie möglich erzählen, sich gleichzeitig aber auch schützen.

Daugherty schlug seinen Notizblock zu. »Wann könnten Sie ins Büro kommen?«

»Gar nicht.« Bei diesen Tests war es sehr wichtig, in welcher Umgebung sie stattfanden. »Wir können den Test hier machen.«

»Sie wollen, dass der Prüfer zu Ihnen kommt?«

»Ich möchte eine neutrale Umgebung und ich möchte meinen Anwalt dabeihaben, um sicher sein zu können, dass die Fragen angemessen formuliert sind. Außerdem möchte ich die Ergebnisse sehen, bevor Sie das Büro hier verlassen.« Vielleicht war er paranoid, aber Jenkins wollte auf jeden Fall vermeiden, dass irgendwer Gelegenheit bekam, die Ergebnisse zu manipulieren.

»Um welche Zeit morgen?«

»Wie wäre es mit heute Nachmittag?«, schlug Jenkins vor.

»Lassen Sie mich ein bisschen herumtelefonieren.«

* * *

Im Ganzen hatte Jenkins nur zwanzig Minuten an die Maschine angeschlossen verbracht, aber die Auswertung brauchte ihre Zeit, denn die Prüferin musste seine körperliche Reaktion auf jede einzelne Frage durchgehen. Inzwischen war es Abend geworden und Jenkins konnte hören, wie auf den Schienensträngen hinter dem Haus Eisenbahnwaggons lautstark zusammen- und auseinandergekoppelt wurden. Es klang wie weit entfernter Donner.

Sloanes Handy klingelte: Daugherty war fertig und wartete im Konferenzraum auf sie. Dort stand er am Kopfende des Tisches neben der Prüferin, einer unscheinbaren Frau, die voll und ganz auf ihre Arbeit konzentriert zu sein schien. Daugherty reichte Jenkins ihren Bericht. »Es wurde keine Täuschung angezeigt.«

Erleichtert nahm Jenkins das zur Kenntnis. Bei einem Lügendetektortest waren drei Arten von Ergebnissen möglich: Entweder wurde Täuschung angezeigt oder es wurde keine Täuschung angezeigt oder das Ganze war nicht eindeutig. Jenkins ging es einzig und allein darum, Daugherty mit dem Test genügend Anreize für weitere Ermittlungen zu geben.

»Also sagt er die Wahrheit«, stellte Sloane fest.

»Er hat nicht gelogen. Jedenfalls nicht bei den Fragen, die ihm gestellt wurden.« Daugherty sah Jenkins an. »Ich telefoniere morgen ein bisschen rum und sehe zu, dass ich ein paar der signifikanten Lücken in Ihrer Geschichte schließen kann.

Wenn die CIA bestätigt, dass Sie für sie gearbeitet haben, und auch noch ein paar andere Dinge, die Sie mir erzählt haben, dann machen wir uns an die Arbeit und versuchen, das Leck zu finden. Ich könnte mir vorstellen, dass auch die CIA Fragen hat. Stehen Sie zur Verfügung?«

»Ich gehe nirgendwohin.«

Die Männer verabschiedeten sich mit Handschlag voneinander und Daugherty und die Prüferin brachen auf. Kurz darauf verließen auch Sloane und Jenkins das Büro, schlossen ab und machten sich auf den Heimweg.

»So weit, so gut«, fand Sloane.

Sloane fuhr. Jenkins behielt den Seitenspiegel im Blick.

»Wir werden verfolgt«, meldete er nach kurzer Zeit.

»Was?« Sloanes Blick schoss unwillkürlich Richtung Rückspiegel.

»Der Wagen hinter uns. Zwei Männer. FBI.«

»Woher weißt du, dass es FBI ist?«

»Weil sie nicht versuchen, unbemerkt zu bleiben. Somit sind sie höchstwahrscheinlich weder CIA noch Russen, die mich umbringen wollen.«

»Warum sollte das FBI uns folgen? Dein Test hat doch bewiesen, dass du nicht gelogen hast.«

»Agent Daugherty will mich bis zur Beseitigung sämtlicher Unklarheiten im Auge behalten. Immerhin habe ich ihm gerade erzählt, dass ich Geheiminformationen an den FSB weitergegeben habe.«

* * *

Zu Hause wurden sie gleich an der Tür von Alex begrüßt. Jenkins hatte sich von unterwegs bei ihr gemeldet und ihr vom Lügendetektortest und den Resultaten erzählt.

»Ich wollte gerade CJ zu Bett bringen.« Sie klang wesentlich munterer als in den vergangenen Tagen. »Im Ofen steht Essen, falls ihr hungrig seid.«

»Lass mich CJ ins Bett bringen«, bat Jenkins. Sein Sohn hockte oben in dem Gästezimmer, das er zurzeit bewohnte, auf dem Fußboden und setzte eins von einem guten Dutzend Lego-Modellen zusammen, die Jake für ihn vom Dachboden geholt hatte.

»Hallo.« Jenkins hockte sich neben ihn auf den Teppich. »Was baust du?«

»Einen Death Star«, erklärte CJ. »Dad? Wann kann ich wieder in die Schule?«

»Bald«, versprach Jenkins.

»Aber wann?«

»Ein genaues Datum kann ich dir leider nicht nennen. Fehlen dir deine Freunde?«

CJ nickte. »Und Fußball.«

»Ich weiß.«

»Hast du irgendwelche Probleme?«

»Warum fragst du das?«

»Ich bin nicht dumm.«

»Nein«, sagte Jenkins. »Das bist du ganz bestimmt nicht.«

»Und? Hast du?«

»Nein. Man kann nicht sagen, dass ich richtig in der Klemme sitze, aber ein bisschen heikel ist die Lage schon.«

»Musst du vielleicht ins Gefängnis?«

Jenkins warf ihm einen erstaunten Blick zu und zögerte kurz mit der Antwort. Das reichte schon: CJ sah erst nur besorgt aus, fing aber dann an zu weinen und Jenkins konnte gerade noch beruhigend »Hey!« sagen, da lag ihm sein Sohn auch schon in den Armen. »Hey, alles wird gut!« Jenkins hatte CJ noch nie angelogen. Eltern mussten ehrlich sein, fand er, das war für ihn sehr wichtig. »Hör zu«, sagte er und senkte den Kopf, um CJ in die Augen sehen zu können. »Dein Dad hat nichts Falsches getan, verstehst du? Ich möchte, dass du das weißt. Ich sage die Wahrheit. Ich habe nichts Falsches getan.«

»Dann gehst du nicht ins Gefängnis?«

»Warum hast du solche Angst davor, dass ich ins Gefängnis muss?«

»Weil David Anwalt ist und du jetzt immer Treffen mit ihm hast, wenn ich schon im Bett bin.«

Nein, dumm war das Kind wirklich nicht: CJs Schlussfolgerung war vollkommen logisch. »David befasst sich mit verschiedenen Bereichen des Rechts, CJ. Es geht nicht immer darum zu verhindern, dass Leute ins Gefängnis gehen.«

»Warum triffst du dich dann dauernd mit ihm und warum wohnen wir hier? Warum können wir nicht nach Hause?«

»Das sind gute Fragen.« Wo sollte er anfangen? »Hör zu. Vor langer Zeit habe ich für die Regierung gearbeitet und vor Kurzem haben sie mich gebeten, wieder für sie zu arbeiten. Deswegen bin ich so viel gereist. Die Sache wurde ein bisschen heikel und ich habe David und Jake gebeten, mir zu helfen. Verstehst du das?«

»Nicht richtig.«

»Wichtig ist, dass ich nicht möchte, dass du Angst hast, okay?«

CJ nickte.

»Guter Mann. Jetzt schaffen wir dich ins Bett, damit ich keinen Ärger mit deiner Mutter kriege, denn davor habe ich wirklich Angst!«

49

In den folgenden drei Tagen löste Jenkins Alex ab und unterrichtete CJ zu Hause. Bisher hatte sie das übernommen; der Junge ging ja sicherheitshalber nach wie vor nicht in die Schule. Und er unternahm Ausflüge mit seinem Sohn, damit seine Frau sich ein bisschen ausruhen konnte. Wenn sie nicht lernten, gingen CJ und er zum Angeln runter an den Strand, oder sie suchten dort nach poliertem Glas und unzerstörten Sanddollars. Sie bauten den Death Star und noch zwei weitere Lego-Modelle. So sehr Jenkins die Zeit mit seinem Sohn auch genoss, er wurde zunehmend nervöser. Er wartete auf Daughertys Anruf. Sobald er das Haus verließ, sei es, um mit CJ in die Bücherei zu gehen oder im örtlichen Supermarkt einzukaufen, immer schleppte er die beiden FBI-Agenten mit. Überwachung auf Tuchfühlung nannten die das.

An diesem Morgen hatte Jenkins CJ vorgeschlagen, noch vor den Unterrichtsstunden angeln zu gehen, damit Alex ausschlafen konnte. Da musste er nicht lange reden: CJ war zu allem bereit, wenn sich damit der Unterricht hinauszögern ließ.

Weil es draußen um die null Grad war, zogen sie sich warm an und standen schon bald bei den anderen Anglern am Puget Sound. Jenkins hatte gerade seine Angel ausgeworfen, da klingelte sein Handy. Das Display zeigte eine Nummer aus dem Bürohaus, das sich CJ Security mit anderen Firmen teilte. Jenkins ließ Anrufe aus dem Büro zurzeit in Sloanes Kanzlei umleiten, wo Jake alles an verärgerten Dienstleistern und mit Prozess drohenden Anwälten herausfilterte und den Rest zu Jenkins durchstellte.

»Charlie? Hier ist Claudia Baker.«

Baker war die Empfangsdame, die sich Jenkins mit den anderen Firmen im Haus teilte. Er hatte sich schon lange nicht mehr bei ihr gemeldet, wofür er sich erst einmal entschuldigte.

»Ist schon gut«, antwortete Baker. »Deswegen rufe ich nicht an. Ich wollte Sie wissen lassen, dass Sie gestern Besuch hatten, wenn man das so nennen kann. Ein FBI-Agent war in Ihrem Büro.«

»Ach ja?« Jenkins horchte auf. »Was wollte er denn?«

»Dokumente. Er hatte einen Durchsuchungsbeschluss. Ich habe ihm gesagt, dass Sie hier im Büro gar keine Papiere aufbewahren und dort auch kein Computer steht.«

»Hat der Agent eine Karte dagelassen oder Ihnen seinen Namen genannt?«

»Freiwillig nicht, aber ich bat um seine Karte und habe mir auch seinen Ausweis zeigen lassen, bevor ich irgendwelche Fragen beantwortet habe. Er hieß Chris Daugherty. Die Visitenkarte habe ich hier.«

Jenkins sah den Besuch als gutes Zeichen. Daugherty suchte also weiter.

»Was hat er sonst noch gesagt, Claudia?«

»Nun, er hat sozusagen nebenbei fallen lassen, das FBI wüsste, dass Sie für die CIA gearbeitet haben. Ihre Unterlagen würde er brauchen, um das zu dokumentieren.«

Jenkins lächelte. Damit schien die größte Hürde genommen: Daugherty war für die CIA im Büro gewesen. Er wollte

Jenkins' Papiere und das konnte nur bedeuten, dass er nach Belegen für die Geschichte suchte, die Jenkins ihm erzählt hatte.

Er dachte an Sloanes Kommentar bezüglich Emersons Visitenkarte und daran, dass er greifbare Beweise brauchte. »Claudia, Sie müssen mir einen Gefallen tun.«

»Sicher.« Das klang ein wenig zögernd.

»Ich möchte, dass Sie aufschreiben, was Sie mir gerade erzählt haben, und die Visitenkarte dieses Agenten an Ihren Bericht heften. Datieren und unterschreiben Sie das Protokoll und machen Sie eine Kopie davon. Das Original stecken Sie in einen Umschlag, kleben ihn gut zu und bringen ihn als Einschreiben zur Post, wo er unbedingt heute noch gestempelt und abgeschickt werden muss.« Jenkins hatte lange genug mit Sloane zusammengearbeitet, um zu wissen, wie entscheidend es war, sich selbst ein Gedächtnisprotokoll am selben Tag, an dem man es geschrieben und unterzeichnet hatte, zuzuschicken und das mit dem Datumsstempel der Post auch nachweisen zu können. Er bat Baker also, das Papier per Einschreiben an sich selbst zu schicken. »Wenn der Umschlag eintrifft, dann öffnen Sie ihn nicht. Bewahren Sie ihn im Büro auf, irgendwo, wo er sicher ist.« Die Kopie sollte sie per Einschreiben an Davids Anwaltskanzlei schicken, er gab ihr die Postadresse durch.

»Hast du inzwischen Hunger auf Frühstück?«, fragte er CJ, nachdem er sich bei Baker bedankt und den Anruf beendet hatte.

»Ich habe ein bisschen was gegessen, bevor wir los sind«, sagte CJ. »Noch ein paar Minuten, ja?«

Jenkins sah auf die Uhr. Es war kurz nach acht. »Halbe Stunde. Ist das fair?«

»Ja!« CJ holte die Leine ein und warf sie erneut aus, genau in Richtung von Sloanes Boot, das in der Nähe festgemacht war. Es spritzte, als der Köder auf dem Wasser landete. CJ legte den Bügel um und machte sich daran, die Leine wieder einzuholen, wobei er die Angel sacht auf und ab bewegte, wie Jake es ihm gezeigt hatte.

»Ich gehe nach oben und mach das Frühstück für deine Mom«, sagte Jenkins. Er wollte Sloane anrufen, ihm von Claudias Anruf berichten und sich erkundigen, ob er noch irgendeinen Rat für ihn hatte.

Es war Ebbe, weswegen zwischen der Wasserlinie und dem Beginn der Rasenfläche, die zu Sloanes überdachter rückwärtiger Veranda führte, ein breiterer Streifen Felsstrand lag. Jenkins war gerade auf der Veranda angekommen, als es vorn an der Haustür klingelte. Als er nachsehen ging, wartete da Chris Daugherty in Anzug und Daunenjacke, eine schwarze Strickmütze auf dem Kopf. Hinter ihm stand ein weiterer Agent, der sich ebenfalls dem Wetter entsprechend angezogen hatte.

»Mr. Jenkins«, sagte Daugherty. »Ich hoffe, es ist nicht zu früh?«

Jenkins war froh, CJ am Strand gelassen zu haben. »Nein, es ist völlig in Ordnung. Was kann ich für Sie tun?«

»Ich würde Ihnen gern noch ein paar Fragen stellen.«

»Meine Frau versucht zu schlafen und mein Sohn ist zu Hause.«

»Wir können uns auch bei uns im Büro treffen«, schlug Daugherty vor.

»Haben Sie mit jemandem von der CIA gesprochen?«

»Ja, das habe ich.«

»Und konnten Sie die Lücken in meiner Geschichte füllen?«

»Daran arbeite ich noch. Es sind ein paar zusätzliche Fragen aufgetaucht. Ein paar Dinge, die ich gern klären würde.«

Jenkins hatte Daugherty auf Fährtensuche geschickt und der FBI-Mann war anscheinend wirklich bereit, sich um Antworten zu kümmern. Da schien es Jenkins das Beste, erst einmal zu kooperieren. »Ich rufe David an und frage, ob er Zeit hat.«

»Dann sehen wir uns alle in einer Stunde.«

***

Eine Stunde später saß Jenkins neben Jake im sehr funktional gestalteten Konferenzraum des FBI-Regionalbüros. Sloane war bei einem Schiedsgerichtsverfahren in Port Angeles und hatte Jenkins gebeten, das Treffen zu verschieben, was dieser nur ungern getan hätte. Er hatte Sloane von seinem Telefonat mit Claudia Baker berichtet und davon, dass Daugherty eigenen Angaben zufolge mit der CIA gesprochen hatte und jetzt noch ein paar weitergehende Fragen klären wollte.

»Ich möchte das wirklich gern rasch hinter mich bringen, David. Der Geburtstermin rückt immer näher, ich will nach Hause und alles fürs Baby vorbereiten. Und CJ möchte wieder in die Schule zu seinen Freunden und Fußball spielen. Jake und du, ihr seid wunderbare Freunde und Gastgeber, aber es wird langsam Zeit, nach Hause zu gehen.«

Die Lösung war Jake, der den Rechtsvorschriften gemäß eine begrenzte anwaltliche Zulassung hatte und in einem gewissen Rahmen beratend tätig werden durfte. Er sollte sich bei diesem Termin im Grunde nur Notizen machen, darauf achten, dass die Fragen angemessen blieben, und dem FBI nicht gestatten, das Gespräch aufzuzeichnen.

Inzwischen waren auch Chris Daugherty und der zweite Agent ins Zimmer gekommen und hatten sich Jake und Jenkins gegenüber an den Tisch gesetzt. »Wir haben ein bisschen herumtelefoniert, wie Sie uns ja auch geraten hatten«, begann Daugherty das Gespräch. »Laut Unterlagen bei der CIA sind Sie 1978 freiwillig aus dem Dienst der Agentur ausgeschieden. Lange waren Sie nicht dabei, richtig?«

»Zwei Jahre und einen Monat.«

»Sind Sie und die CIA im Guten auseinandergegangen?«

»So kann man das nicht sagen. Nein.«

»Warum nicht?«, wollte Daugherty wissen.

Jake beugte sich vor. »Was hat das mit der jetzigen Operation in Russland zu tun?«

»Es ist einfach nur eine Frage, um zu klären, wo wir stehen, Mr. …« Daugherty warf einen Blick auf die Visitenkarte, die Jake ihm gegeben hatte. »Mr. Carter. Ich möchte die Hintergründe klären. Für wen in der CIA Mr. Jenkins gearbeitet hat, bevor er jetzt reaktiviert wurde. Solche Sachen.« Er wandte sich an Jenkins. »Warum sind Sie nicht im Guten gegangen?«

»Ich verstehe den Sinn dieser Frage immer noch nicht«, sagte Jake. »Wieso ist sie relevant?«

»Es ist okay«, beruhigte Jenkins ihn. Jake wollte nur seine Arbeit machen, aber Daugherty schließlich auch. »Ich hatte das Gefühl, von der Agentur in Bezug auf eine bestimmte Operation falsch informiert worden zu sein, was einige Menschen das Leben kostete.«

»Sie waren verärgert über die Agentur?«

»Damals war ich das, ja.«

»Aber jetzt nicht mehr?«

»Vierzig Jahre sind eine lange Zeit, um einen Groll zu hegen. Ich selbst hatte mich auch verändert und wollte einfach nur raus. Wenn Sie das nachgeprüft haben, dann wissen Sie ja, dass ich damals auf die Farm auf Camano zog und dort seitdem gewesen bin.«

»Diese Farm bedeutet Ihnen eine Menge, habe ich das richtig verstanden?«

»Sie ist seit langer Zeit mein Zuhause.«

»Sie sind verheiratet und haben einen Sohn.«

»Richtig.«

»Und ein weiteres Kind ist unterwegs.«

»Das stimmt.«

»Und wie kam es zur Gründung von CJ Security?«

»Der Finanzchef der Investmentfirma LSR&C ist an mich herangetreten.«

»Wie heißt er?«

»Randy Traeger.«

»Woher kennen Sie Randy Traeger?«

»Sein Sohn und mein Sohn haben zusammen gespielt. Ich muss wohl ihm gegenüber erwähnt haben, dass ich auch als Privatdetektiv gearbeitet habe und bei Bedarf Personenschutz für David Sloane und seine Mandanten organisiere. Traeger sagte, LSR&C wolle expandieren und Märkte in Übersee erobern und sie bräuchten für diese Büros Sicherheitskonzepte und auch Sicherheitspersonal an den Tagen, an denen prominente Investoren dort vorbeischauten.«

»Und eins dieser Büros im Ausland befand sich in Moskau.«

»Richtig.«

»Ihre Frau arbeitet auch für CJ Security?«

»Sie hat für die Firma gearbeitet. Momentan ist sie schwanger und der Arzt hat strenge Ruhe verordnet.«

»Hat sie sich ebenfalls …«, Daugherty blätterte in seinen Notizen, »… mit Mr. Carl Emerson getroffen?«

»Nein.« Jenkins schüttelte den Kopf.

»Hat sie ihn je kennengelernt?«

»Nein.«

»Als Sie CJ Security eröffneten, haben Sie da einen Geschäftskredit aufgenommen?«

Jenkins wusste, worauf Daugherty hinauswollte. Er wusste nur nicht, warum. »Anfangs nicht«, sagte er.

»Hat sich das später geändert?«

»LSR&C ist rasch gewachsen. Um mit ihren Sicherheitsbedürfnissen Schritt halten zu können, musste ich zusätzliche Sicherheitskräfte anheuern. Ich hatte nicht das Kapital, das zu tun.«

»Also haben Sie Kredite aufgenommen. Was haben Sie als Kreditsicherheit eingesetzt?«

»Die Farm.«

»Ihr Zuhause.«

»Ja.«

»Und ab einem bestimmten Punkt hat LSR&C Ihre Firma, die CJ Security, nicht mehr bezahlt, Sie haben aber weiterhin für diese Firma gearbeitet.«

»Mir wurde von Randy Traeger fest zugesagt, dass sie die ausstehenden Zahlungen schnellstmöglich leisten würden.«

»Ist das geschehen?«

»Nicht sofort und nicht in Gänze.«

»Und Sie standen unter Druck, weil Sie Dienstleister und Lieferanten bezahlen mussten?«

»Ein wenig.«

»Mahnungen? Drohungen, die Arbeit für Sie einzustellen?«

»Ja. Das sind wir doch schon durchgegangen, Agent Daugherty.«

»Tut mir leid. Ich möchte einfach gründlich arbeiten, um sicher sein zu können, dass ich wirklich alles richtig verstanden habe.«

Das kaufte Jenkins ihm nicht mehr ab. Inzwischen glaubte er, dass der zweite FBI-Agent als Zeuge anwesend war, um später bestätigen zu können, was Jenkins Daugherty erzählte. Bei der ersten Befragung war Daugherty ja allein gewesen. Was für ein Spiel spielte dieser Mann?

»Und mitten in dieser Durststrecke tauchte Carl Emerson bei Ihnen auf der Farm auf? Ohne sich vorher anzukündigen? Und er bot Ihnen an, sich reaktivieren zu lassen?«

»Das ist richtig.«

»Wie viel wollte Mr. Emerson Ihnen zahlen?«

»Wir einigten uns für den Anfang auf fünfzigtausend Dollar.«

»Mit diesem Geld haben Sie dann die Schulden von CJ Security beglichen? Löhne, Dienstleister, Geschäftsausgaben?«

»Auch das habe ich Ihnen bereits erzählt.«

Jake sprang ein. »Wenn es nichts anderes mehr gibt, Agent Daugherty, werden wir jetzt gehen. Diese Fragen sind alle schon einmal beantwortet worden.«

Daugherty lehnte sich zurück, ohne Jenkins dabei aus den Augen zu lassen. »Ich habe bei der CIA angerufen«, sagte er. »Wie Sie es mir gesagt hatten. Dort weiß man nichts von einer Operation in Russland.«

»Ich sagte doch schon, dass die CIA über diese spezielle Operation anderen gegenüber nie etwas verlauten lassen würde, weil das das Leben von Agenten gefährden würde.«

»Sie verstehen mich falsch«, beharrte Daugherty. »Bei der CIA weiß man nichts von irgendwelchen Operationen und auch nichts von Ihrer Reaktivierung.«

Jenkins erstarrte.

»Wenn die CIA Ihre Reaktivierung nicht bestätigen kann, was soll ich davon halten?«, fragte Daugherty.

Jenkins suchte verzweifelt nach einer Antwort auf diese Frage. Es wollte ihm keine einfallen.

»Jetzt kommt das, was ich überhaupt nicht verstehe«, fuhr Daugherty fort. »Die CIA sagt, Alexej Sukurow, einer der Leute, deren Namen Sie Ihrem eigenen Eingeständnis nach dem FSB genannt haben, sei noch aktiv.«

Jenkins spürte einen weiteren harten Schlag in die Magengrube. »Mir wurde gesagt, er sei tot.«

»Er ist gestorben, aber erst kürzlich und unter geheimnisvollen Umständen.«

Jenkins konnte nicht glauben, was er da hörte. Sie hatten ihn von Anfang an vorgeführt! Ihm war schwindelig und er versuchte, tief durchzuatmen, um sich der beginnenden Panikattacke zu erwehren. Nur bekam er kaum Luft, sosehr er sich auch anstrengte.

»Was habe ich da nur getan?«, keuchte er leise, aber doch so laut, dass Jake aufhorchte.

»Machen wir eine Pause«, schlug er vor.

»Möchten Sie gestehen und einen Deal aushandeln, Mr. Jenkins?«, fragte Daugherty.

»Charlie, wir machen jetzt eine Pause!« Jake stand auf.

Jenkins bekam keine Luft mehr. Er spürte die Wände des Raums langsam näher rücken. Seine rechte Hand fing an zu zittern und er zog sie rasch vom Tisch, um sie im Schoß zu bergen. Schweiß lief ihm über die Stirn. Er sah Daugherty an. »Das ist nicht das, wonach es aussieht. Ich habe nichts aus den Gründen getan, die Sie mir unterstellen.«

»Warum denn dann?«

»Ich habe einen Lügendetektortest mitgemacht.« Jenkins hoffte, er würde sich nicht zu sehr wie ein Ertrinkender anhören, der verzweifelt nach Luft schnappt. »Ich habe keine Informationen preisgegeben, zu deren Weitergabe ich nicht autorisiert war. Der Polygraf hat das bestätigt.«

»Hat man Ihnen bei der Ausbildung zum CIA-Agenten nicht auch Techniken beigebracht, mit denen man einen Lügendetektortest besteht?«, fragte Daugherty.

»Lass uns eine Pause machen, Charlie!«, drängte Jake.

»Die CIA hat außerdem Probleme damit, eine ihrer Agentinnen in Moskau zu erreichen«, fuhr Daugherty fort. »Sie soll zu der Zeit vom Radarschirm verschwunden sein, zu der Sie sich Ihren eigenen Angaben nach in Moskau aufhielten. Sagt Ihnen der Name Paulina Ponomajowa etwas? Hatten Sie Kontakt zu dieser Frau?«

»Moment!« Jake hob die Hand.

Aber Paulinas Name schaffte es, Jenkins wieder ins Hier und Jetzt zu holen, sodass er sich zusammenreißen konnte, soweit es unter diesen Umständen überhaupt möglich war. »Wenn ich ein Spion wäre, Agent Daugherty, ein Spion, der sich des Verrats schuldig gemacht hat, wie Sie gerade andeuten, warum würde Ihnen die CIA den Namen einer aktuell in

Russland aktiven Agentin nennen, damit Sie sich ihn von mir bestätigen lassen?«

»Ich weiß nicht. Was glauben Sie?«

»Ich glaube nicht, dass sie so dumm wären.«

»Sind Sie ein Spion?«

»Diese Frage habe ich bereits beantwortet. Und Sie haben einen Lügendetektortest, der bestätigt, dass ich in der Tat ein Spion war und dass ich nie unautorisiert Informationen verraten habe.«

Die beiden Männer starrten sich an.

»Kann ich jetzt gehen?«, wollte Jenkins wissen.

Daugherty deutete wortlos mit dem Kinn Richtung Tür. *Gehen Sie ruhig,* hieß das, aber Jenkins wusste, dass er damit noch lange nicht frei war. Von dem Moment an, an dem er das Gebäude verließ, würden mindestens ein Wagen und zwei Agenten ihm bei allem folgen, was er tat.

50

Auf dem Weg zurück in die Kanzlei sagten weder Jake noch Jenkins viel. Jenkins wusste nun, dass die CIA ihn nicht verteidigen würde, sie würden nicht einmal anerkennen, dass er reaktiviert worden war. Die Frage war jetzt: Warum nicht? Waren die Verantwortlichen in der CIA entschlossen, die Existenz der sieben Schwestern nicht einmal intern einzugestehen? Oder lag dem Ganzen etwas viel Schäbigeres zugrunde?

»*Uns beiden ist doch klar, dass sich jemand extrem viel Mühe gegeben hat, dich am Nachhausekommen zu hindern, dich zum Schweigen zu bringen. Wenn du anfängst zu reden, wird diese Person reagieren. Wer immer sie sein mag. Sie kann gar nicht anders.*« Jenkins hatte die warnenden Worte seiner Frau noch gut im Kopf.

Jemand hatte Chris Daugherty Munition geliefert, mit der man Jenkins nicht nur diskreditieren, sondern ihn sogar der Spionage anklagen und möglicherweise auf Jahre, vielleicht lebenslang wegsperren konnte. Jenkins hatte keine Ahnung, warum ihn Daugherty nicht gleich auf der Stelle verhaftet hatte. Warum hatte er Jenkins erlaubt, das Gebäude zu verlassen, wenn auch mit einer inzwischen doppelt so starken Eskorte:

Auf der Straße vor Sloanes Bürohaus warteten inzwischen vier Agenten in zwei Autos.

»Ich hätte das unterbrechen müssen.« Jake war völlig geknickt. »David hätte ihn abgewürgt.«

»Du hast es doch versucht«, versicherte Jenkins. »Ich war blöd. Ich habe ernsthaft geglaubt, die CIA werde Daugherty beim Ergänzen der fehlenden Puzzleteile helfen oder doch zumindest meine Reaktivierung zugeben.«

»Es muss Emerson sein, oder?«

»Vielleicht. Vielleicht will die CIA auch einfach eine seit vierzig Jahren sehr effektiv laufende Operation schützen und aufrechterhalten und opfert dafür sowohl Emerson als auch mich.«

»Sie können dich wegen Spionage vor Gericht bringen«, sagte Jake.

Jenkins warf einen weiteren Blick auf die beiden unscheinbaren Ford-Limousinen, die Stoßstange an Stoßstange vor dem unbebauten Grundstück auf der anderen Straßenseite standen. Er dachte an die Frage, die sein Sohn ihm vor ein paar Tagen gestellt hatte, als er ihn zu Bett brachte.

Dad, musst du ins Gefängnis?

* * *

Jenkins und Jake, die an Jakes Laptop arbeiteten, sahen auf, als Sloane nach seiner Rückkehr aus Port Angeles sein Büro betrat. Er wusste schon, was passiert war, die drei hatten das Gespräch mit Agent Daugherty bei einer Telefonkonferenz besprochen.

»Wir scheinen in ein Wespennest gestochen zu haben, als wir zum FBI gingen«, begrüßte Jenkins seinen Freund.

Jake drehte seinen Laptop so, dass Sloane mitlesen konnte, und rief die Nachrichten auf, die seit dem frühen Nachmittag Thema waren: »Die Börsenaufsicht hat eine Untersuchung gegen LSR&C angestrengt. Der Firma werden Korruption und Betrug vorgeworfen. Das Ganze sei nicht mehr als das klassische Pyramiden-System.« Jake drückte auf einen Knopf, um die entsprechende Sendung noch einmal abzuspielen.

Vor dem Columbia Center, dem schwarzen Monolith im Zentrum von Seattle, stand eine Reporterin und erklärte, LSR&C seien erstmals vor zwei Monaten der Steuerbehörde ins Auge gefallen. Aus der damaligen Untersuchung habe sich jedoch nichts ergeben.

»Das scheint jetzt bei der Untersuchung durch die Börsenaufsicht anders zu sein«, fuhr sie fort. »Jedenfalls hat die Börsenaufsicht heute Morgen beim zuständigen Bundesgericht Klage gegen den Aufsichtsratsvorsitzenden der Firma, Mitchell Goldstone, den Finanzchef Randy Traeger und andere führende Mitarbeiter von LSR&C eingereicht. Darin wird LSR&C vorgeworfen, sie hätten nach reichen Geldgebern gesucht, indem sie in betrügerischer Absicht mit in Seattle gut bekannten Namen warben.«

Jenkins zückte sein Handy und rief noch einmal bei Randy Traeger an. Das hatte er nun schon versucht, seit er die Nachricht zum ersten Mal gehört hatte, immer ohne Erfolg. Diesmal aber ging Traeger an den Apparat.

Jenkins stellte sein Handy auf Lautsprecher, damit Jake und Sloane mithören konnten.

»Charlie?«

»Randy, was zum Teufel ist bei euch los? Ich sehe gerade Nachrichten.«

»Ich weiß es nicht!«, antwortete Traeger. »Es hat vor ein paar Wochen angefangen, mit einer Reporterin der *Seattle Times*. Sie wollte ein Interview mit den leitenden Mitarbeitern der Firma und es ging ihr angeblich darum, wie schnell wir gewachsen sind. Ich hatte kein gutes Gefühl bei der Sache und habe das auch zu Mitchell gesagt. Meiner Meinung nach hätten wir das Interview absagen sollen, aber er fand, ich würde mir zu viele Gedanken machen. Einen Tag später bekamen wir einen Brief von der Steuerbehörde. Wir sollten unsere Buchhaltungsunterlagen vorlegen, angeblich hätten wir keine Steuern bezahlt. Wieder meinte Mitchell, ich solle mir keine Sorgen machen. Er werde sich darum kümmern, sagte er.«

»Wie kümmern?«

»Ich weiß nicht, wie, aber die Untersuchung wurde eingestellt.«

»Eingestellt? Wie das denn?« Die Steuerbehörde ließ selten locker, wenn sie einen Verdacht hatte. Eigentlich tat sie das nie.

»Ich weiß nicht, wie.« Traeger war deutlich anzuhören, unter welcher Anspannung er stand. »Mitchell sagte, er hätte sich darum gekümmert, und ich hörte nie wieder etwas darüber. Was die Reporterin betraf, hatte ich allerdings recht. Sie hat sich überhaupt nicht für unser rasches Wachstum interessiert, sie wollte die Namen unserer Investoren.«

»Und was ist das nun mit der Börsenaufsicht?«

»Darüber bin ich nicht vollständig informiert. Ich kann nur sagen, dass die Kacke echt am Dampfen ist. Sie haben einen Insolvenzverwalter benannt und all unsere Vermögenswerte eingefroren. Haben Sie mit Mitchell gesprochen?«

»Nein. Sie?«

»Ich habe keine Ahnung, wo er ist. Ich habe ihn seit gestern Nachmittag nicht mehr gesehen. Es fehlt Geld, Charlie.«

Jenkins sah Sloane an. »Wie viel?«

»Das weiß ich noch nicht genau, aber ein paar Millionen Dollar bestimmt. Ich bin die Akten durchgegangen, bevor sie unsere Computer beschlagnahmt haben.«

»Wer hat die Computer beschlagnahmt?«

»Heute Nachmittag kamen Bundesermittler und haben allen befohlen, die Büros zu räumen.«

Jenkins dachte nach. »Wo sind Sie jetzt?«, wollte er wissen.

»Ich sitze zu Hause, sehe fern und warte auf den Anruf meines Anwalts. Wenn das alles wahr ist ... Ich habe eine Frau und drei Kinder, Charlie. Ich muss jetzt Schluss machen, jemand ruft auf der anderen Leitung an.«

Traeger beendete den Anruf. Jenkins sah Sloane und Jake an. »Wir müssen gehen«, sagte er.

»Wohin?«, wollte Sloane wissen.

»Das sage ich euch im Auto. Jake, hol uns hinten am Haus ab. Ich möchte nicht, dass das FBI mir folgt.«

* * *

Fünfzehn Minuten später fuhr Jake in die Parkgarage unter dem Columbia Center und Jenkins führte sie über diverse Rolltreppen hinauf in die Eingangshalle und zum Fahrstuhl, der den vierzigsten Stock bediente, in dem sich die Geschäftsräume von LSR&C befanden. Jenkins zog die Karte, die ihn zum Betreten dieses Stockwerks berechtigte, durch die entsprechende Vorrichtung und hielt den Atem an. Hatte man seine Zugangsberechtigung inzwischen gesperrt?

Nein. Also fuhr er hoch, stieg aus dem Fahrstuhl und blieb wie angewurzelt stehen.

Alles, was die Büros hier zu Büros gemacht hatte, war verschwunden, spurlos: Trennwände, Möbel, Computer, einfach alles. Jenkins sah nicht einen Schreibtisch, nicht einen Computer mehr, an den Wänden nicht einen Druck, nicht ein Gemälde. Nirgendwo auch nur ein Namensschild von Mitarbeitern, nicht ein Fitzelchen Papier, keinen vergessenen Kuli, keine weggeworfene Büroklammer. Sogar den Teppichboden hatte man entfernt, nur der nackte Beton war geblieben.

51

Die drei fuhren zurück in die Kanzlei, wo sie im Konferenzraum die Unterhaltung fortsetzten, die sie im Wagen angefangen hatten. Die Büros von LSR&C waren nur Stunden, nachdem das Interesse der Börsenaufsicht durchgesickert war und sich damit alles schlagartig geändert hatte, absolut gründlich ausgeräumt worden. Hier ging es nicht mehr nur um ein Leck in der CIA. Hier wurde die gesamte Firma infrage gestellt, für deren Sicherheit Jenkins gearbeitet hatte. Traegers Aussage über das Fehlen erheblicher Geldsummen ließ noch zusätzliche Warnlampen aufleuchten.

»Erklär mir noch mal, was du meinst, wenn du sagst, die Firma gehört der CIA«, bat Sloane, der sichtlich Mühe hatte zu verstehen, was Jenkins ihnen zu erklären versuchte.

»Zusammengefasst heißt das, die Firma befindet sich im Besitz der CIA und wird von ihr geführt.«

»Aber nicht auf dem Papier.«

»Nein, nie auf dem Papier. Auf dem Papier sieht eine solche Firma aus wie ein ganz normales Unternehmen. In Wirklichkeit dient sie dazu, die CIA-Gelder an verdeckt arbeitende Agenten überall in der Welt transferieren zu lassen. Und sie dient als Tarnung für Agenten, indem sie ihnen legitime Arbeitsverträge verschafft, die sie für den Aufenthalt in bestimmten Ländern brauchen, und erlaubt der CIA, diesen Leuten Gelder zukommen zu lassen. Das würde auch erklären, warum LSR&C so schnell gewachsen ist und Büros in Moskau, Dubai und verschiedenen anderen Städten im Ausland unterhielt. Es würde erklären, warum die Ermittlungen der Steuerbehörde einfach verschwanden und warum die Büros der Firma so schnell und gründlich ausgeräumt und gereinigt werden konnten. Es könnte auch erklären, warum Millionen Dollar fehlen, wie Traeger sagt. Das könnten Geldmittel sein, die an Agenten im Felde weitergeleitet wurden oder zu dem Zeitpunkt, als die Firma aufflog, bereits zu diesem Zweck abgezweigt worden waren.«

»An diesem Punkt habe ich Schwierigkeiten«, gestand Sloane ein. »Wenn LSR&C eine CIA-Tarnfirma war, warum sollten sich dann die Steuerbehörden und die Börsenaufsicht damit befassen?«

»Weil die CIA nicht in der Gegend herumposaunt, dass diese Firmen ihr gehören, nicht einmal anderen Regierungsbehörden gegenüber«, erklärte Jenkins. »Für die Steuerbehörde und nun auch die Börsenaufsicht war LSR&C eine legitime Firma. Ich vermute, die Ermittlungen der Steuerbehörde waren so schnell und so sang- und klanglos vom Tisch, weil Goldstone in Langley angerufen hat. Aus Langley haben sie dann bei der Steuerbehörde angerufen und sie zurückgepfiffen.«

»Und warum haben sie das bei den Ermittlungen der Börsenaufsicht nicht auch so gemacht?«, wollte Sloane wissen.

»Vielleicht waren die Ermittlungen der Börsenaufsicht schon zu weit fortgeschritten oder die Geschichte mit dem Schneeballsystem hatte sich schon bis zu den Medien herumgesprochen. Vielleicht waren auch Investoren involviert. Traeger sagte, die Reporterin schien viele Details über die Arbeit der Firma zu kennen, als sie die Interviews führte.«

»Was passiert nun mit Goldstone und Traeger?«, fragte Sloane. »Wird die CIA sie beschützen?«

»Das ist unwahrscheinlich. Dass die Büros ausgeräumt wurden, spricht dafür, dass die CIA sich von LSR&C und allen, die für die Firma gearbeitet haben, distanzieren will.«

»Von dir auch? Könnte das der Grund dafür sein, dass die CIA nicht einmal mehr zugeben möchte, dass du reaktiviert wurdest?«

»Ich weiß es nicht«, musste Jenkins eingestehen, »aber ich vermute es. Ich glaube, das, was mit mir passiert ist, reicht sehr viel tiefer. Wenn sich die CIA von den leitenden Angestellten von LSR&C distanziert, dann werden sie auch meine Aktivierung abstreiten. Und ich habe bei LSR&C keine Kontakte, außer zur Firmenleitung, die jetzt wegen Betrug und Korruption angeklagt wird.«

»Es bedeutet auch, dass es sehr schwer werden dürfte, an Dokumente heranzukommen, die deine Geschichte untermauern«, stellte Sloane fest. »Im ganzen Büro war kein Fetzen Papier mehr, sagst du.«

»Was ich wirklich nicht verstehe: Warum hat mich Daugherty nicht einfach verhaftet, als ich bei ihm im Büro war? Warum hat er mich gehen lassen?«

»Vielleicht wollte das FBI warten, bis der Skandal um LSR&C in der Öffentlichkeit bekannt ist, um so Zweifel an allem zu säen, was du sagst. Und zwar noch bevor du überhaupt die Chance hattest, es zu sagen«, meinte Sloane.

»Schuldig bis zum Beweis der Unschuld«, ergänzte Jake.

»Ich erlebe das nicht zum ersten Mal«, stellte Sloane fest.

»Ich mache mir auch Sorgen wegen Traegers Bemerkung, dass Geld fehlt«, sagte Jenkins.

»Warum?«, wollte Sloane wissen.

»Weil sie Geld waschen müssen, wenn irgendwer Geheimnisse an die Russen verkauft. In Mexiko habe ich mitbekommen, wie das Geld für die russischen Doppelagenten mithilfe von Firmen gewaschen wurde, die niemand mit der CIA in Verbindung bringen konnte.«

»Das hätte Emerson auch gewusst«, sagte Sloane.

Jenkins nickte. »Wenn LSR&C Eigentum der CIA war, hätte Emerson oder jemand anderes durch die Firma Geld von den Russen weiterleiten können. Damit wäre auch halbwegs erklärt, warum die Firma jetzt implodiert ist, nachdem wir beim FBI waren. Vielleicht wollte jemand alle Unterlagen loswerden, bevor das FBI sie in die Finger bekommt und bestätigen kann, dass Millionen Dollar fehlen.«

»Würde das bedeuten, dass das Leck bei LSR&C gearbeitet hat?«, fragte Jake. »Vielleicht Goldstone? Könnte es sein, dass er deswegen verschwunden ist?«

»Das glaube ich nicht.« Jenkins schüttelte den Kopf. »Aber wir müssen ihn finden und danach fragen. Und ich muss Traeger aufsuchen und herausfinden, was die beiden von alldem hier wussten. Das könnte schwierig werden, solange mir das FBI so dicht auf den Fersen sitzt.«

»Wenn die beiden auch reingelegt wurden, suchen sie vielleicht nach einem Weg, den eigenen Kopf zu retten«, sagte Sloane. »Und wenn Goldstone wusste, dass LSR&C eine CIA-Tarnfirma war, und er irgendwelche Dokumente hat, um das zu belegen, dann verleiht das deiner Geschichte über deine Rekrutierung größere Glaubwürdigkeit.«

»Was der Grund dafür sein könnte, dass Goldstone verschwunden ist«, sagte Jenkins. »Und warum sie mich höchstwahrscheinlich wegen Spionage verhaften werden. Jemand versucht, Goldstone und mich in Misskredit zu bringen, und sie sind damit schon ziemlich weit gekommen.«

52

Am nächsten Morgen gab sich Jenkins alle Mühe, die morgendliche Routine für CJ beizubehalten. Vater und Sohn gingen mit ihren Angeln nach unten auf den felsigen Strand, Jenkins noch hundemüde, weil er zu wenig geschlafen hatte. Er hatte fast die ganze Nacht erst mit Alex zugebracht, um sie auf den neuesten Stand zu bringen, und dann mit David und Jake, um das weitere Vorgehen zu planen. Weitere Anrufe bei Traeger waren unbeantwortet geblieben. Die Handynummer von Goldstone hatte Jenkins nie gekannt.

Sloane und Jake hatten beide in den frühen Morgenstunden die Kanzlei verlassen, um zur Farm auf Camano Island zu fahren.

Jenkins hatte die Visitenkarte mit Carl Emersons Telefonnummer innen in das Cover einer Erstausgabe von *Moby Dick* geklebt, damit die Karte nicht herausfiel, falls jemand die Bücher aus den Regalen zog und die Seiten durchblätterte. Sloane wollte auch noch Daugherty anrufen und wenn möglich herausfinden, ob das FBI Jenkins nun verhaften wollte oder nicht. Falls eine Verhaftung geplant war, fand Sloane, dass Jenkins sich freiwillig stellen sollte. So ließe sich verhindern, dass Alex und CJ mit ansehen mussten, wie er abgeholt wurde, und auch in den Medien konnte es vorteilhaft aussehen, wenn Jenkins schon frühzeitig von sich aus verkündete, er habe vor, sich mit ganzer Kraft gegen sämtliche Anschuldigungen zu wehren.

Die Wellen des Puget Sound schlugen sanft gegen die Felsen, darüber wölbte sich ein klarer, blauer Himmel bis hinüber nach Vashon Island und weiter zu den schneebedeckten Olympic Mountains in der Ferne.

»Was meinst du, ist heute unser großer Tag?«, fragte Jenkins seinen Sohn, so wie er es jeden Tag getan hatte, an dem sie morgens als Erstes unten am Meer angeln waren. »Ist heute der Tag, an dem wir den ganz dicken Lachs fangen?«

»Ich glaube ja!« CJ verschwendete keine Zeit, hängte den Köder an die Angel, schwang die Rute nach hinten und warf seine rosa Leine weit aufs Wasser hinaus.

Jenkins hatte seine Angelrute gerade über die rechte Schulter nach hinten gebracht, als er Chris Daugherty und drei Männer in Anzügen, Mänteln und Sonnenbrillen entdeckte, die sich am Geländer des öffentlichen Weges versammelt hatten.

»Dad, ich habe einen!«, rief CJ.

Die Spitze von CJs Angelrute hatte sich in einem deutlich erkennbaren Bogen nach unten geneigt, die Angelschnur zischte nur so über die Wasseroberfläche. Jenkins ließ die eigene Angel fallen, um seinem Sohn zu helfen. »Nimm ein bisschen die Spannung raus«, riet er. »Das ist ein großer Fisch. Lass ihn ein bisschen laufen, aber halte ihn fern von den Booten, sonst verheddert sich deine Angelschnur noch in einer der Leinen, mit denen die Bojen vertäut sind.«

Die folgenden fünfzehn Minuten bot CJ ein Bild der absoluten Konzentration. Den Blick fest auf die Angel gerichtet ging er ein paar Schritte nach rechts, ein paar Schritte nach links, holte die Angelschnur ein wenig ein, hob und senkte die Spitze der Angelrute. Er hatte den Fisch schon fast am Ufer, als der wieder losschoss.

»Du machst ihn müde, CJ, das ist richtig.«

»Nimm du ihn, Dad«, bat der Junge. Nicht weil er müde war, so weit kannte Jenkins seinen Sohn. CJ hatte Angst, der Fisch könnte als Sieger aus dem Kampf hervorgehen.

»Es ist dein Fisch«, sagte Jenkins. »Mach einfach weiter, es läuft gut. Geh mit ihm vom Ufer weg.« Er hob ihr Netz auf.

CJ holte die Angelschnur ein, während er gleichzeitig rückwärts den Strand hochging. Inzwischen sah man die Schwanzflosse eines wirklich großen Fischs die Wasseroberfläche aufwirbeln. »Du machst das prima«, lobte Jenkins.

»Nimm du ihn lieber, Dad! Er ist so groß!«

Jenkins kniete sich neben CJ und legte seinem Sohn die Hand auf den Rücken. »Das ist dein Kampf. Du brauchst von niemandem Hilfe.«

CJ warf ihm einen Blick zu und als Jenkins lächelte, erwiderte der Junge das Lächeln.

Ein paar der anderen Angler am Strand hatten ihre Leinen eingeholt und feuerten CJ an. »Hol ihn ein, CJ, hol ihn ein! Den hast du! Hol ihn ein!«

Jenkins sah hoch zum Fußweg. Daugherty und die drei anderen Agenten warteten jetzt auf dem Strand. Sie waren nicht zu einem Gespräch gekommen, dafür waren es zu viele. Das FBI wollte Jenkins nicht die Chance geben, sich freiwillig zu stellen und den Medien gegenüber seine Unschuld zu beteuern.

Erst einmal jedoch fanden die wirklich wichtigen Dinge hier unten am Wasser statt. »Noch ein bisschen, CJ«, feuerte Jenkins seinen Sohn an. »Geh noch ein bisschen weiter zurück.« Er selbst watete jetzt knöcheltief im Wasser, wo er das Netz unter den Fisch schob und einen Lachs aus dem Wasser hob, der so groß war, dass sein Schwanz seitlich über dem Netzrand hing.

»Ein König«, stellte Jenkins fest, der das Gewicht des Riesen auf ungefähr zehn Kilo schätzte. CJ stand neben seinem Fang und nahm freudestrahlend die Glückwünsche der anderen Angler entgegen. Auch Jenkins strahlte seinen Sohn an, obwohl ihm Tränen in die Augen gestiegen waren. Er entfernte den Angelhaken aus dem Maul des Fischs, nahm einen kleinen Knüppel und erlöste den Lachs mit einem gezielten Schlag von seinen Qualen.

»Halt ihn hoch, CJ«, riefen ein paar der anderen Angler. »Lass uns ein Foto machen, für die Zeitung!«

CJ ließ seine Angel fallen und packte seinen Fang unter den Kiemen. Er brauchte beide Hände, um den Fisch hochzuheben, der ihm vom Kinn bis unter die Knie reichte. Das war mehr als ein Fisch. Das war eine Trophäe.

»Können wir ihn Mom zeigen?«, fragte er aufgeregt.

Jenkins sah hoch zum Haus, wo Alex auf der Veranda stand. Tränen liefen ihr über die Wangen. Auch sie hatte die vier Männer entdeckt.

»Ich glaube, sie hat ihn schon gesehen«, sagte Jenkins. »Und sie ist so stolz auf dich, dass sie weint.«

CJ drehte sich um und winkte. Alex winkte zurück.

»Bring ihn doch hoch zu ihr. Ihr könnt ihn zusammen säubern. Das würde sie bestimmt gern tun.«

»Möchtest du denn nicht mitmachen?«

»Du kennst mich doch.« Jenkins hatte Mühe, seine Tränen zurückzuhalten. »Ich hab das nicht so mit den Innereien von Fischen. Lauf schon, bring ihn hoch zu deiner Mom.«

Das Lächeln auf CJs Gesicht verschwand wie weggeblasen, als er die vier Männer auf sie zukommen sah. »Komm doch mit, Dad«, bat er.

»Geh schon, CJ. Alles wird gut, wie ich dir gesagt habe. Du hast mir doch geglaubt, oder?«

CJ nickte. Tränen rannen ihm über das Gesicht.

»Geh schon«, wiederholte Jenkins. »Das hier ist mein Kampf. Verstehst du? Und ich werde ihn gewinnen, genauso wie du heute deinen Kampf gewonnen und deinen Fisch an Land gezogen hast. Okay?«

CJ ging nur langsam und widerstrebend den Strand hoch Richtung Haus. Von Zeit zu Zeit warf er einen Blick über die Schulter. Bei Alex angekommen ließ er seinen Fisch auf den Rasen fallen, um das Gesicht am Bauch seiner Mutter zu vergraben. Alex winkte Jenkins zu. Der hob die Hand und winkte zurück. Wann würde es je wieder einen Morgen wie diesen geben?, fragte er sich. Überhaupt einmal?

* * *

Jenkins legte ihre beiden Angelruten neben den Angelkasten, der auf dem Rasen stand. Die anderen Angler waren zu ihren Ruten zurückgekehrt, warfen allerdings immer mal wieder über die Schulter verstohlene Blicke auf die vier Männer in Anzug und Krawatte.

»Dann geben Sie mir wohl nicht die Chance, mich freiwillig zu stellen?«, erkundigte sich Jenkins.

»Tut mir leid«, sagte Daugherty. »Das war nicht meine Entscheidung.«

»Danke, dass Sie mich nicht vor meinem Kind verhaftet haben.«

»Ich habe selbst drei Kinder, Mr. Jenkins. Es besteht kein Grund, diese Sache noch schwerer zu machen, als sie ohnehin schon ist. Wir können gemeinsam hoch zur Zufahrt gehen, dort wartet ein Wagen.«

»Dann sollten wir jetzt gehen«, sagte Jenkins.

»Sosehr ich es bedauere, ich muss Ihnen leider Handschellen anlegen«, fuhr Daugherty fort. »Auch damit folge ich lediglich Befehlen.«

»Können wir damit wenigstens warten, bis wir oben auf der Zufahrt sind?«

»Sicher.«

Auf der Zufahrt drehte sich Jenkins um, damit Daugherty ihm die Hände auf dem Rücken mit Handschellen fesseln konnte. Ein Nachrichtenteam war aufgetaucht und filmte seinen Weg zum Auto zwischen zwei Beamten der Bundesbehörde, die ihn rechts und links an den Oberarmen gepackt hielten. Bei Daughertys Ford angekommen legte einer der Marshals Jenkins die Hand auf den Kopf und er kletterte auf den Rücksitz. Ein letzter Blick über die Schulter zeigte ihm mehrere Nachbarn, die aus ihren Häusern gekommen waren und von ihren Gärten aus dem Schauspiel zusahen, und er registrierte dankbar, dass CJ und Alex nicht zu den Schaulustigen gehörten.

53

Daugherty brachte Jenkins ins Regionalbüro des FBI, wo man ihn offiziell festnahm und alle Formalitäten erledigte. Er wurde in einen abgeschlossenen Besprechungsraum gesperrt, wo sie ihn warten ließen. Als es laut Wanduhr auf die siebzehn Uhr zuging, ging Jenkins davon aus, dass er die Nacht in einem Bundesgefängnis verbringen würde. Dann aber tauchten Daugherty und Begleiter wieder auf und es hieß, es sei Zeit für die Anklageerhebung.

»Es ist nach siebzehn Uhr!«, protestierte Jenkins mit Blick auf die Wanduhr.

»Richter Harden wartet.« Daugherty führte das nicht weiter aus.

»Was ist mit David Sloane?«

»Den sehen Sie bei Gericht.«

Sie brachten Jenkins im Fahrstuhl zu einem in der Tiefgarage wartenden Wagen, und als sie vor dem Gebäude des Bundesbezirksgerichts in der Stewart Street hielten, erkannte er den Grund für die lange Verzögerung: Im Vorhof des Eingangs aus Glas und Kupfer drängten sich Kameraleute und Reporter. Das FBI hatte die Zeit genutzt, um die Medien zu benachrichtigen und seine Version der Geschichte zu dieser Verhaftung unter die Leute zu bringen.

Schuldig bis zum Beweis der Unschuld.

Die hintere Wagentür wurde geöffnet und Jenkins stieg aus, um sich rechts und links von Marshals flankiert und mit zwei weiteren Marshals als Eskorte den Kameras zu präsentieren. Die hatten freien Blick auf ihn, vor ihm stand niemand, aber erst als er bei der Treppe neben dem rechteckigen Wunschbrunnen den Blick senken musste, um nicht zu stolpern, setzte um ihn herum aufgeregtes Summen und Klicken ein. Die Fotografen und Kameraleute hatten genau auf diesen Moment gewartet. So, mit gesenktem Kopf, sah er geschlagen und schuldig aus.

Sie führten ihn in einen riesigen Gerichtssaal, dessen großer Zuschauerbereich sich bereits mit Reportern füllte. Am Tisch der Verteidigung hinter der Absperrung wartete David Sloane. Am Tisch der Anklage hatten sich gleich vier Anwälte versammelt, eine Frau und drei Männer, Letztere in grauen Anzügen, die Frau im blauen Kostüm.

Am Tisch der Verteidigung angekommen nahm einer der Marshals Jenkins die Handschellen ab.

»Wie geht es dir?«, wollte Sloane wissen.

Jenkins zuckte mit den Achseln. »Ich habe Hunger. Die Typen hier sind schlimmer als die Russen, sie haben mir den ganzen Tag nichts zu essen gegeben. Hast du mit Alex gesprochen?«

»Sie wollte herkommen. Ich habe sie gebeten, es nicht zu tun.«

»Danke.«

»Dann wissen wir jetzt wohl, warum Daugherty dich gestern nicht gleich verhaftet hat«, fuhr Sloane fort. »Sie mussten erst noch die Medien herbeischaffen und instruieren. In den Nachrichten und sozialen Medien bist du Thema Nummer eins. Sie haben ihr Pressematerial noch vor deiner Verhaftung verteilt.«

»Wissen wir schon, weswegen ich angeklagt werden soll?«

Sloane schüttelte den Kopf. »Die Staatsanwaltschaft hat es mir nicht verraten. Aber nun dürften wir ja bald Bescheid wissen.«

»Hol mich einfach nur auf Kaution hier raus, damit ich nach Hause zu meiner Familie kann.« Jenkins warf einen Blick auf die versammelten Anwälte des Staates zu seiner Linken. »Wer ist der Chef von der Gang da?«

»Die Frau. Maria Velasquez. Und lass dich von der zierlichen Erscheinung nicht täuschen. Wir hatten schon zweimal vor Gericht miteinander zu tun und es war beide Male eine harte Auseinandersetzung. Unehrlich ist sie nicht, aber auch nicht besonders entgegenkommend. Wonach ich bei den Ausforschungsbeweisen nicht ausdrücklich frage, das kriege ich nicht. Leider ist das noch nicht alles.«

»Okay, mach schon. Reiß das Pflaster mit einem Ruck ab.«

»Sie haben Mitchell Goldstone gefunden«, sagte Sloane.

»Tot?«

»Er lebt, aber so gerade eben. Sie fanden ihn mit aufgeschlitzten Handgelenken und einer ganzen Packung verschreibungspflichtiger Schmerzmittel im Magen in einem Hotelzimmer in der Innenstadt. Wie gut kanntest du ihn? Kam er dir vor wie einer, der Selbstmord begeht?«

Jenkins schüttelte den Kopf. »Keine Ahnung. So gut kannte ich ihn nicht.«

»In den Nachrichten sagen sie, dass Goldstone mit dem Geld verschwunden ist, das er den Investoren stahl, und dass ihm eine lebenslange Gefängnisstrafe droht.«

»Darauf sind wir ja auch schon gekommen, nicht?«, sagte Jenkins. »Die Geschichte kaufe ich ihnen nicht ab. Sie ist zu glatt, zu passend.«

»Und Randy Traeger kooperiert mit den Ermittlern. Ich habe angerufen und mit seinem Anwalt gesprochen. Traeger behauptet, er hätte von dieser Pyramidensache keine Ahnung gehabt, und sein Anwalt sagt, er hätte nicht gewusst, dass LSR&C eine Tarnfirma der CIA war. Angeblich wusste er noch nicht einmal, dass es so etwas gibt.«

»Er wäscht seine Hände in Unschuld und will mit der ganzen schmutzigen Affäre nichts zu tun haben.«

»Sieht ganz danach aus.«

»Irgendeine Idee, warum sie bis fünf Uhr warten wollten, um mich dem Richter vorzuführen? Bis auf das mit der Presse?«

»Richter Harden musste erst einen Prozess beenden und die Regierung wollte unbedingt ihn. Er war früher Bundesstaatsanwalt und gilt als harter Brocken, der die Dinge gern auf seine Art erledigt.«

In diesem Moment trat ein Gerichtsdiener durch die Tür rechts von der erhöhten Richterbank und rief: »Erheben Sie sich für den ehrenwerten Richter Joseph B. Harden!«

Jenkins fand, der Richter sähe ein bisschen aus wie Abe Lincoln, ein großer bärenstarker Mann mit pechschwarzen, nur an den Schläfen ergrauten Haaren. Mit wehender schwarzer Robe betrat er den Gerichtssaal, setzte sich an seinen Tisch und griff nach ein paar dort liegenden Papieren, während der Gerichtsdiener die Nummer des Falles *Die Regierung der Vereinigten Staaten gegen Charles William Jenkins* aufrief.

Nach einer kurzen Pause sagte Harden: »Nennen Sie mir Ihre Namen und Funktionen.«

Die Anwälte links von Jenkins fingen an, wobei Velasquez sich als Letzte vorstellte.

»David Sloane für den Angeklagten«, sagte Sloane.

»Hatte Ihr Mandant Gelegenheit, sich mit den gegen ihn vorgebrachten Anschuldigungen vertraut zu machen, Mr. Sloane?«, fragte Harden.

»Nein, Euer Ehren. Ich auch nicht.«

»Dann werde ich sie jetzt laut vorlesen.« Harden trug die Anklage Wort für Wort vor: Man klagte Jenkins der Spionage in zwei Fällen an, der Weitergabe geheimer Informationen an die Russen gegen Bezahlung, ebenfalls in zwei Fällen, und der Verschwörung. Die Regierung warf ihm außerdem vor, geheime Informationen weitergegeben zu haben, einschließlich der Identität zweier verdeckt arbeitender CIA-Mitarbeiter, was zu deren Tod geführt hatte. Ohne dass Harden das ausdrücklich sagte, wusste Jenkins, dass er bei einer solchen Anklage mit einer lebenslangen Haftstrafe rechnen musste.

»Bekennt sich der Angeklagte schuldig oder nicht schuldig?«

»Nicht schuldig«, sagte Jenkins.

»Gut, Mr. Jenkins. Sie werden dem US Marshals Service übergeben bis zu dem Zeitpunkt, an dem Sie vor Gericht gestellt werden.«

»Das möchte die Verteidigung erörtern«, warf Sloane ein.

»Die Staatsanwaltschaft lehnt das ab«, konterte Velasquez sofort. »Bei dem Angeklagten liegt Fluchtgefahr vor.«

»Der Angeklagte ist verheiratet und Vater eines neunjährigen Sohnes«, widersprach Sloane. »Seine Frau ist hochschwanger und hat aufgrund von Schwangerschaftskomplikationen strenge Bettruhe verordnet bekommen. Es kann jeden Tag mit der Geburt gerechnet werden. Mr. Jenkins wünscht nirgendwo anders zu sein als bei seiner Familie und hier vor Gericht, um sich gegen diese Anschuldigungen zu wehren.«

Velasquez warf einem der anderen Anwälte einen Blick zu, woraufhin ihr sofort ein Ordner gereicht wurde. »Euer Ehren, wir haben hier eine Aufstellung der Auslandsreisen des Angeklagten in jüngster Zeit, die wir dem Gericht gern vorlegen würden.«

Harden nickte, woraufhin Velasquez an ihrem Laptop tätig wurde, während sie gleichzeitig Sloane ein Papier überreichte. Wenig später tauchte auf den Bildschirmen im Gerichtssaal eine

Zeitschiene mit Verweisen auf, die die Daten zeigte, an denen Charles Jenkins Seattle verlassen hatte, um über London nach Moskau zu fliegen.

»Das Gericht wird bemerken, Euer Ehren, dass diese Zeitschiene unvollständig ist. Es gibt keine Informationen darüber, wann und wie der Angeklagte nach seiner letzten Moskaureise hierher zurückgekehrt ist. Und hier ist er ja, wie wir sehen. Entweder ist Mr. Jenkins eigentlich Harry Houdini und hat es irgendwie geschafft, mithilfe von Magie in dieses Land zurückzukehren, oder er hat einen falschen Pass benutzt. Die Staatsanwaltschaft stellt noch einmal fest, dass Mr. Charles Jenkins ein ehemaliger CIA-Agent ist und Fluchtgefahr besteht.«

Harden warf Sloane mit hochgezogenen Brauen einen fragenden Blick zu. Jenkins wusste, dass sich sein Freund hier in einem Dilemma befand. Er konnte dem Gericht schlecht die Wahrheit sagen, denn das würde bestätigen, was Velasquez eben behauptet hatte: dass Jenkins mehr als einen Pass besaß.

»Mr. Jenkins kann seinen Pass beim US Marshals Service abgeben«, sagte Sloane. »Und ich werde dem Gericht versichern, dass er im Staat Washington bleiben wird, um sich gegen die Vorwürfe zu verteidigen, die gegen ihn erhoben werden. Wie ich bereits sagte ...«

Harden unterbrach ihn mit erhobener Hand. »Ich lehne es vorerst ab, den Angeklagten gegen Kaution zu entlassen, und stelle fest, dass Fluchtgefahr besteht. Sie können mir diesbezüglich gern einen Schriftsatz zukommen lassen, Herr Anwalt. Gibt es sonst noch etwas?«

Jenkins' Knie wurden weich. Dann konnte er also nicht nach Hause zu seiner Familie. Er konnte sich vorstellen, was das für CJ bedeutete. *Musst du ins Gefängnis, Dad?*

»Nein«, sagte Sloane.

»Charles William Jenkins, Sie werden hiermit dem US Marshals Service überstellt, bis zu einem späteren Zeitpunkt erneut über eine Kaution entschieden oder in der Sache verhandelt wird. Hiermit erkläre ich die Sitzung für beendet.« Harden ließ seinen Hammer fallen und war umgehend verschwunden. Diesmal hatten die Marshals eine Kette dabei, als sie zu Jenkins an den Tisch zurückkehrten. Sie legten sie ihm um die Taille und befestigten sie an seinen Handschellen. Die Kette reichte hinunter bis zum Boden und zu den beiden Fußfesseln, die nun angebracht wurden.

»Sieh zu, dass du Alex erwischst«, bat Jenkins, der sich Sorgen machte, wie CJ und seine Frau die Nachricht verkrafteten.

»Ich mach das schon«, versprach Sloane. »Wir stellen so bald wie möglich einen Antrag auf Kaution.«

Nur würde das nicht schnell genug sein können, dachte Jenkins.

54

Die folgenden drei Tage verbrachte Jenkins im Bundesuntersuchungsgefängnis in der Nähe des SeaTac Airports. Dort verweigerte er das Gefängnisessen, da er fürchtete, vergiftet zu werden. Von Mitchell Goldstone konnte Sloane berichten, dass er überlebt hatte, sich im Krankenhaus erholte und wohl noch diese Woche vor Gericht Anklage gegen ihn erhoben werden würde.

Jenkins versuchte gelassen und zuversichtlich zu klingen, wenn er mit Alex und CJ telefonierte, aber er wusste genau, unter welchem Stress die beiden seit seiner Verhaftung und der Anklage standen. Sloane hatte eine Krankenschwester eingestellt, die sich bei ihm zu Hause um Alex kümmerte. Er selbst und Jake hatten dazu keine Zeit. Jake bestand darauf, Teil des Verteidigungsteams zu sein, wenn auch nur hinter den Kulissen, und so verbrachten die beiden viele Stunden in der Kanzlei. Für CJ gab es inzwischen einen Privatlehrer, ebenfalls von Sloane angeheuert. CJ hatte sich anfangs dagegen gewehrt, bis er erfuhr, dass dieser Mann früher Profifußballer gewesen war und sich bereit erklärt hatte, mit CJ zu trainieren, solange das nicht auf Kosten der Schulnoten ging. Daraufhin wäre der Junge vor Freude fast ausgeflippt.

Nach dreißig Stunden wurde Jenkins in einen besonderen Trakt des Gefängnisses verlegt und bekam Häftlingskleidung ausgehändigt. Außerdem wurde er entlaust und gründlich körperlich durchsucht. Sloane beantragte Einzelhaft für seinen Mandanten, dessen Sicherheit er gefährdet sah, da das Fernsehen Jenkins' Verhaftung übertragen und über die Anklage gegen ihn berichtet hatte und zu den Insassen im SeaTac-Gefängnis auch ehemalige Angehörige der Streitkräfte gehörten. Harden war einverstanden.

Im Gefängnis war es fast unerträglich laut, und das rund um die Uhr. Rockmusik aus den Radios, Metall, das gegen Metall knallte, Gefangene, die einander nicht sehen konnten, jedoch versuchten, sich laut schreiend von einer Zelle zur nächsten zu verständigen, um nicht wahnsinnig zu werden. Letzteres funktionierte nicht immer.

Jenkins selbst sagte nichts, denn vielleicht wurde ja alles, was er von sich gab, aufgezeichnet. Das isolierte ihn noch stärker von seiner Umgebung und es war klar, er musste dringend hier raus, um mit Sloane zusammen seine Verteidigung vorbereiten zu können.

Vielleicht war Jenkins ja paranoid, aber nicht ohne Grund, wie sich am fünften Tag nach seiner Verhaftung herausstellte. Sloane kam ihn besuchen und berichtete, dass in seine Kanzlei eingebrochen worden war, wobei nur der ausgelöste Alarm den Einbrecher daran gehindert hatte, Sloanes Safe zu öffnen, in dem er Carl Emersons Visitenkarte und den verschlossenen Umschlag mit der getippten Aussage von Claudia Baker aufbewahrte. Diese beiden Dinge waren die einzigen Beweise, die Jenkins geblieben waren, um geltend machen zu können, dass die CIA ihn reaktiviert hatte. Viel war das nicht.

Sloane berichtete weiterhin, dass er einen schriftlichen Antrag auf Entlassung gegen Kaution gestellt und Richter

Harden die Anhörung dazu auf den nächsten Morgen angesetzt hatte. »Er drängt, er will mit der Sache rasch weiterkommen.«

»Wie weit bist du mit deiner Suche nach Emerson?«

»Kein Stück weiter und die Regierung mauert. Sie sagen, Emerson sei nicht mehr bei der Agentur beschäftigt und sie wüssten nicht, wo er sich aufhält. Vielleicht drängt Harden ja deswegen. Je länger wir die Sache hinschleppen können, desto mehr Zeit bleibt uns für die Suche nach Emerson.«

»Wie steht es mit den Unterlagen, die die Vorwürfe der Regierung untermauern? Können wir die einsehen?«

»Jake sitzt an einem entsprechenden Antrag. Aber im Moment konzentrieren wir uns darauf, dich auf Kaution hier rauszukriegen.«

»Wie geht es Alex?«

»Die Krankenschwester kümmert sich gut um sie. Sie sagt, der Herzschlag des Babys ist kräftig und es könnte nun eigentlich jeden Tag per Kaiserschnitt geholt werden. Alex wartet, bis du zu Hause bist.«

»Wenn wir mit dem Antrag auf Kaution scheitern, soll die Schwester veranlassen, was veranlasst werden muss. Ich möchte nicht, dass mit Alex oder dem Baby irgendwas passiert.«

* * *

Am folgenden Morgen durfte Jenkins bei Gericht zusehen, wie sich Velasquez und Sloane um Sloanes Antrag auf Kaution stritten. Wieder waren die Zuschauerreihen gut gefüllt, obwohl es doch nur um einen im Grunde recht langweiligen Antrag ging. Das war ein weiterer Hinweis darauf, wie stark die Diskussion um Jenkins in den Medien präsent war. Als Anklage und Verteidigung ihre Standpunkte erläutert hatten, verkündete Richter Harden, er werde am Nachmittag über die Sache entscheiden und entsprechende Anordnungen treffen. Sloane fand, es ließe sich nicht sagen, in welche Richtung der Richter tendierte. Wenn es fifty-fifty stand, meinte er, würde Jenkins wahrscheinlich verlieren.

Harden überraschte sie, indem er am Nachmittag bei einem Konferenztelefonat Sloanes Antrag stattgab. Er setzte die Kaution auf eine Million Dollar fest und ordnete an, Jenkins eine elektronische Fußfessel anzulegen, die den Marshals meldete, wenn er die nähere Umgebung von Seattle verließ. Außerdem musste er sich jeden Morgen und jeden Abend bei einem der Marshals melden.

Das war Jenkins egal, er war einfach nur froh, draußen zu sein. »Hast du eine Sicherheitsfirma angeheuert und dein Büro und dein Haus nach Wanzen absuchen lassen?«, erkundigte er sich bei Sloane, als die beiden unterwegs zum Haus am Three Tree Point waren.

»Wird jeden Morgen gemacht«, versicherte Sloane.

Zu Hause angekommen konnte Jenkins sehen, dass Alex Mühe hatte, bei seinem Anblick nicht in Tränen auszubrechen. Sloane entschuldigte sich und fuhr zurück in die Kanzlei.

»Wie geht es dir?«, fragte Jenkins.

»Alles in Ordnung. Ich würde das Baby jetzt wirklich gern holen lassen. Der Arzt sagt, wir können kommen, wann wir wollen.«

Jenkins lächelte durch einen Tränenschleier hindurch. »Dann lass uns dieses Baby bekommen. Wo ist CJ?«

»Wo er jeden Nachmittag ist. Seit er diesen Zehn-Kilo-Lachs an Land gezogen hat, ist er leidenschaftlicher Angler.«

»Wahrscheinlich eine gute Ablenkung für ihn. Weiß er irgendetwas?«

»Er hat mich nach den Männern gefragt, die an dem Morgen an den Strand gekommen sind. Ich habe ihm gesagt, dass er von anderen vielleicht ein paar unschöne Dinge über dich zu hören bekommen könnte, dass all diese Leute dich aber nicht so gut kennen würden wie er und ich.«

Jenkins, der seit Tagen das Gefühl hatte, die Luft anzuhalten, atmete ein paarmal tief durch. Er dachte an die Pressemeute im Gerichtssaal und ahnte, dass deren Berichterstattung nicht gerade positiv ausgefallen war. Ihm persönlich machte das nichts aus, aber er sorgte sich um seinen Sohn und war froh, dass CJ wenigstens nicht in die Schule zu gehen brauchte. Kinder konnten sehr brutal sein.

Alex reichte ihm eine kleine Schmuckschatulle. »Mach sie auf.«

In der Schatulle lag ein silbernes Armband.

»Lies die Gravur innen«, forderte ihn Alex auf.

Jenkins drehte das Armband um und Alex reichte ihm seine Lesebrille. Er setzte sie auf und hielt das Armband so, dass das Licht auf die eingravierten Buchstaben fiel.

Dann werdet ihr die Wahrheit erkennen und die Wahrheit wird euch befreien. Johannes 8,32

»Was immer passiert, wir kennen die Wahrheit. Niemand kann sie uns nehmen. Und genau das werden wir CJ sagen.«

Jenkins legte sich das Armband um. »Hoffen wir, dass die Wahrheit reichen wird.«

55

Sloane und Jake saßen am Konferenztisch Conrad Levy gegenüber, einem pensionierten CIA-Mann Anfang siebzig, der zu einem der schärfsten Kritiker seiner ehemaligen Arbeitsstelle geworden war. Seiner Meinung nach überließ die CIA Agenten im Felde viel zu oft ihrem Schicksal und er hatte ein Buch geschrieben, in dem er ausführlich von einigen guten Männern und Frauen erzählte, die ihr Leben sowohl dem Dienst an ihrem Vaterland als auch dem in der Agentur geweiht hatten, ohne dass die CIA Gleiches mit Gleichem vergolten hätte. Sloane wollte wissen, ob man Jenkins' Erlebnisse im Licht der in diesem Buch beschriebenen Praktiken betrachten konnte, denen Levy so kritisch gegenüberstand.

Der ehemalige CIA-Agent hatte wenig von Filmhelden à la James Bond oder Jason Bourne. Er war Brillenträger, klein, eher zierlich gebaut mit grauem, sich langsam lichtendem Haar, in einem oft getragenen Anzug, unauffälligem Hemd und nichtssagender Krawatte. So ein Mann konnte Abend für Abend im selben Restaurant essen, ohne dass sich je jemand an ihn erinnerte.

»Natürlich habe ich ein paar Fragen«, sagte Levy, dessen Stimme ein wenig hoch klang. »Aber nach allem, was Sie mir über Ihren Mandanten erzählt haben, wird er mir die wohl kaum beantworten.«

»Sie wissen alles, was wir wissen«, stellte Sloane klar.

Levy rückte seine Brille zurecht. »Tut mir leid, Mr. Sloane, aber ich glaube die Geschichte von Mr. Jenkins nicht eine Sekunde lang.«

Damit hatte Sloane nicht gerechnet. »Was glauben Sie nicht?«

»Alles. Ihr Mandant hat doch angeblich früher in Mexiko mit dem KGB Spielchen gespielt, da haut seine Geschichte jetzt einfach nicht hin. Er ist entweder der dümmste Geheimdienstler aller Zeiten oder ein Lügner und Verräter.« Das waren klare Worte.

»Selbst wenn seine Geschichte wahr wäre«, fuhr Levy fort, »werden Sie in der CIA nie und nimmer jemanden finden, der sie Ihnen untermauert.«

»Warum nicht?«

»Wenn die Geschichte wahr wäre, hieße das doch, dass die Agentur womöglich jahrzehntelang die Arbeit und das Verhalten eines hochrangigen Mitarbeiters nicht angemessen überwacht hat. Wie steht die Agentur denn in der Öffentlichkeit da, wenn das herauskommt? Wie steht sie in den Augen sämtlicher Geheimdienste der Welt da? Richtig – als inkompetenter Haufen. Und außerdem wird die CIA nie zugeben, dass sie eine Tarnfirma unterhalten hat.«

»Er hat mir gesagt, Carl Emerson sei in Mexiko-Stadt sein Verbindungsmann gewesen«, sagte Sloane. »Stimmt das denn nicht?«

»Doch, der Teil der Story ist wahr. Aber es ist typisch für Agenten im Felde, erfundene Geschichten mit nachprüfbaren Fakten zu durchmischen. Wenn einige Dinge stimmen, soll suggeriert werden, dann muss doch die ganze Geschichte wahr sein. Dann muss es auch stimmen, dass Mr. Jenkins berechtigt war, die Namen Alexej Sukurow und Uliana Artemjewa an seinen russischen Kontaktmann weiterzugeben.«

»Wie meinen Sie das?«

»Diese beiden Namen stammen ursprünglich aus dem CIA-Büro in Mexiko-Stadt. Alexej Sukurow und Uliana Artemjewa wurden dort als mögliche Zielpersonen gehandelt, die man vielleicht umdrehen und für eine Kooperation mit der CIA gewinnen könnte. Mr. Jenkins hat in diesem Büro gearbeitet.«

»Und Sie behaupten jetzt, Charlie müsste die Namen gekannt haben, weil er in diesem Büro gearbeitet hat?«

»Ich sage, es ist möglich, dass die Namen ihm bekannt waren und er sie benutzte, weil er auch hier hoffte, sie könnten seiner Geschichte eine gewisse Glaubwürdigkeit verleihen.«

»Aber die Regierung behauptet doch, die Preisgabe der Namen habe zum Tod der Agenten geführt.«

»Ich will damit sagen, dass es sich hier um zwei reale Mitarbeiter der CIA handelt, was auch verifiziert werden kann. Überlegen Sie mal: Wenn Sie behaupten wollten, Ihr früherer Chef sei ohne Vorankündigung bei Ihnen aufgetaucht, vierzig Jahre nach Ihrem letzten Treffen und vierzig Jahre nach Ihrem Verlassen der Agentur, würden Sie dann nicht auch zur Untermauerung Ihrer Geschichte nach zwei Namen greifen, die Ihrem Chef auf jeden Fall bekannt waren und die er Ihnen gegenüber benutzt haben könnte?«

»Wollen Sie sagen, er hat das alles erfunden?« Jake war entsetzt.

»Ich erkläre Ihnen, wie die Anklage argumentieren wird. Als Ihr Mandant die CIA verließ, war er verärgert über deren Arbeit. Darauf wird die Anklage herumreiten, bis es den Geschworenen zum Halse heraushängt. Die Anklage wird behaupten, Mr. Jenkins habe Geld gebraucht und im Verkauf von Geheimnissen an die Russen die Möglichkeit gesehen, sich gleichzeitig für irgendwelche eingebildeten Ungerechtigkeiten zu rächen, die ihn damals zum Verlassen der CIA bewogen hatten.«

Sloane trank einen Schluck Wasser. Irgendwie musste er dafür sorgen, dass seine Gedanken keine Purzelbäume mehr schlugen.

»Es tut mir leid, Mr. Sloane. Aber betrachten Sie die Geschichte doch einmal aus der Sicht eines Menschen, der über Mr. Jenkins urteilen und ihn vielleicht verurteilen soll, versetzen Sie sich in die Lage eines Geschworenen. Mr. Jenkins kommt nach Russland und stellt Kontakt zum FSB her. Er bietet den Russen Informationen an und möchte dafür Geld, das er dringend benötigt. Beim ersten Mal klappt es und er bekommt fünfzigtausend Dollar ...«

»Aber nicht von den Russen, sondern von seinem CIA-Kontakt«, warf Jake ein.

»Was er nicht beweisen kann, und ich glaube, das sollten Sie lieber auch gar nicht erst versuchen.«

»Warum nicht?«, fragte Jake.

»Weil ich das schon getan habe. Ich habe versucht herauszufinden, aus welcher Quelle das Geld stammt. Es kam von einem Schweizer Konto und wurde direkt auf das Geschäftskonto von CJ Security gezahlt. Es ist unmöglich festzustellen, woher es ursprünglich stammte, ob aus Russland oder aus einem Fonds, aus dem die CIA Operationen bezahlt. So oder so hat Mr. Jenkins für das, was er in Russland getan hat, Geld erhalten, und solange Sie nicht ganz klar beweisen können, woher dieses Geld kommt, hilft es ihm nicht. Die Anklage wird argumentieren, dass Mr. Jenkins beschloss, noch weitere Informationen zu verkaufen, nachdem er beim ersten Mal so erfolgreich gewesen war. Nur liefen beim zweiten Mal die Dinge nicht so wie erwartet. Nach der ersten Zahlung hatten die Russen ihn in der Hand: Sie konnten beweisen, dass er fünfzigtausend Dollar erhalten und angenommen hatte. Also haben sie ihn bei seinem zweiten Besuch in Moskau erpresst. So hat der KGB das gern gehandhabt und ich nehme an, das wird beim FSB nicht anders sein.«

»Sie haben ihm gedroht, ihn bloßzustellen«, fasste Sloane zusammen.

»Ja. Mr. Jenkins jedoch, der sich in diesem Spiel gut auskennt, hat gesehen, wie der Hase lief, und ist abgehauen. Meiner Meinung nach hat Mr. Jenkins nicht für die CIA gearbeitet. Er ist schlichtweg ein Verräter, der erwischt wurde und nun versucht, sich rauszureden. Und das sagt Ihnen hier ein Mann, der nichts lieber tun würde, als die CIA wieder einmal bloßzustellen.«

* * *

»Charlie würde sich so etwas nie im Leben ausdenken!«, protestierte Jake, sobald Levy die Kanzlei verlassen hatte. »Ich habe die Männer auf dem Flughafen in Griechenland doch gesehen.«

Sloane nickte. »In einer Sache hat dieser Levy aber leider recht: Charlies Geschichte klingt nicht besonders glaubhaft, und wenn wir nicht anhand von konkreten Belegen beweisen können, dass sie wahr ist, werden wir wohl kaum zwölf Geschworene überzeugen können.«

»Was heißt das jetzt?«

»Wir lassen uns eine bessere Geschichte einfallen.«

Jake verzog das Gesicht. »Ob das funktioniert? Da bin ich mir nicht so sicher.«

»Wie meinst du das?«

»Ich will hier nicht den Schwarzseher spielen, aber ich habe mich heute Nachmittag ein bisschen schlaugemacht. Soweit ich beurteilen kann, ist noch nie ein wegen Spionage angeklagter CIA-Agent von einem Geschworenengericht freigesprochen worden. Nicht ein einziger.«

56

Nach einem erfolglosen Vormittag beim Angeln unten am Strand kehrten Jenkins und CJ ins Haus zurück und gingen in die Küche. Je mehr Tage verstrichen, desto stärker befürchtete Jenkins, seine Erfolgsaussichten bei Gericht könnten ähnlich trübe aussehen wie sein Anglerglück.

»Wir müssen uns noch mal an diese Matheaufgaben setzen«, wandte er sich an CJ. »Wir wollen doch nicht, dass du hinter den anderen in deiner Klasse zurückbleibst.«

»Dann hole ich meinen Rucksack.«

»Und ich frage deine Mom, ob sie irgendetwas braucht.«

CJ war schon halb die Treppe hoch, als er noch einmal stehen blieb. »Wann kriegt sie jetzt das Baby?«

»In zwei Tagen.« Jenkins lächelte. »Wie fühlst du dich bei der Vorstellung, bald großer Bruder zu sein?«

CJ zuckte mit der rechten Schulter. »Irgendwie cool. Glaube ich.«

Jenkins dachte an die bevorstehende Gerichtsverhandlung und ihre möglichen Folgen. »Der große Bruder zu sein bedeutet ziemliche Verantwortung.«

»Das weiß ich, Dad.« CJ sah ihn an. »Wirst du hier sein, um zu helfen?«

Jenkins nickte. »Sicher. Warum fragst du?«

»Ich habe ein paar von den anderen Anglern reden hören. Sie sagen, du wärst vom FBI verhaftet worden, an dem Morgen, an dem die Männer mit den Anzügen kamen. Du wärst ein Verräter. Das stimmt doch nicht, oder?«

»Komm mal her.« Als CJ die Treppe hinunterstieg, setzte sich Jenkins auf die Armlehne eines Sofas und legte seinem Jungen die Hände auf die Schultern. »Ich wurde verhaftet, das stimmt, aber dass ich Geheimnisse verkauft und mein Land verraten habe, das stimmt nicht. Das ist nicht wahr, CJ. Das versichere ich dir.«

»Warum sagen sie es dann?«

Jenkins seufzte. »Momentan passieren ziemlich viele Dinge, die für dich nicht einfach zu verstehen sein dürften. Aber ich sehe dir in die Augen und gebe dir mein Wort, dass die Sachen, die sie über mich sagen, nicht wahr sind. Ich möchte dir etwas zeigen.« Er nahm sein Armband ab und hielt es so, dass CJ die Gravur vor sich hatte. »Mom hat mir das geschenkt. Kannst du lesen, was sie hat eingravieren lassen?«

CJ hielt das Armband mehr ans Licht und las langsam: »*Dann werdet ihr die Wahrheit erkennen und die Wahrheit wird euch befreien. Johannes 8,32*«

»Solange wir die Wahrheit kennen, spielt es keine Rolle, was andere sagen. Verstehst du das?«

CJ nickte. »Ich glaube schon.«

»Es kann sein, dass es um uns herum ungemütlich wird. Es könnte noch mehr Menschen geben, die schlimme Dinge über deinen Dad sagen.«

»Ich werde ihnen nicht glauben«, beteuerte CJ.

Er lief in sein Zimmer, um sein Mathebuch zu holen, und Jenkins ging ins Schlafzimmer, das er mit Alex teilte. Sie lag nicht im Bett, aber er hörte hinter der geschlossenen Badezimmertür die Lüftung summen. Die arme Alex musste inzwischen ungefähr alle zehn Minuten auf die Toilette.

»Alex?« Er ging zur Badezimmertür.

Sie antwortete nicht.

Er klopfte dreimal. »Alex?«

Als sie immer noch nicht reagierte, wollte er die Tür öffnen, aber irgendetwas blockierte sie und er schaffte es gerade mal, sie so weit aufzudrücken, dass sein Kopf hindurchpasste. Alex lag auf dem Boden, der Bademantel bauschte sich um ihre Taille. Sie schien ohnmächtig zu sein und unter ihr hatte ein Meer aus Blut die weißen Kacheln rot gefärbt.

* * *

Später saß Jenkins im Warteraum des Krankenhauses, neben sich den verstörten, ängstlichen CJ. Da ging die Tür auf und Sloane und Jake kamen herein. Jake eilte sofort zu CJ. »Was meinst du: Wollen wir mal sehen, wo die Cafeteria ist, und allen etwas zu essen besorgen?«

CJ schüttelte den Kopf und warf seinem Vater einen flehenden Blick zu. »Ich habe keinen Hunger.«

Jenkins legte ihm die Hand auf die Schulter. »Die Ärzte kümmern sich gut um Mom. Ich verspreche dir, dich sofort anzurufen, wenn ich etwas erfahre.«

Jake führte CJ aus dem Raum. »Wie geht es ihm?«, wollte Sloane wissen.

»Er hat gehört, wie die Angler sich darüber unterhalten haben, dass ich ein Verräter bin. Und jetzt das hier. Ziemlich viel für einen Neunjährigen.«

»Wirklich ziemlich viel.« Sloane nickte. »Was sagen die Ärzte?«

»Sie hat eine Menge Blut verloren. Ich habe mich gerade bei der Schwester erkundigt. Die Ärzte müssten sich jeden Moment bei mir melden.«

Sloane deutete auf Jenkins' zitternde rechte Hand. »Wie lange hast du das Zittern schon?«

Jenkins ballte die Hand zur Faust, streckte sie wieder. »Seit meiner ersten Russlandreise.«

»Parkinson ist das nicht?«

»Nein, es ist Angst. Ich bin nicht mehr so jung, wie ich mal war … und ich habe eine Menge mehr zu verlieren.«

Ein Arzt in OP-Kleidung kam in den Warteraum. »Sie haben eine gesunde Tochter, Mr. Jenkins!«

»Was?« Jenkins war überwältigt, aber auch ungeheuer erleichtert. Sloane packte ihn bei der Schulter.

»Wir haben das Baby geholt«, erklärte der Arzt. »Es tut mir leid, aber es musste schnell gehen.«

Ein Mädchen. Er hatte eine kleine Tochter. »Wie geht es Alex? Wie geht es meiner Frau?«

»Sie ist schwach und müde, aber die Vitalparameter sind gut und werden immer besser. Sie bekommt gerade eine weitere Bluttransfusion. Sie möchte Sie sehen.«

»Ich rufe Jake und CJ an und sag ihnen Bescheid«, versprach Sloane.

Jenkins folgte dem Arzt den Flur hinunter und durch verschiedene Schwingtüren. Alex lag auf der Intensivstation, im dritten Zimmer. Pflegerinnen wuselten um ihr Bett herum.

Jenkins küsste sie auf die Stirn. »Wie geht es dir?«, flüsterte er.

»Müde, aber okay«, sagte Alex mit schwacher Stimme. »Jetzt, wo du hier bist, gleich schon viel besser. Hast du unsere Tochter gesehen?«

Im Bettchen neben dem Bett lugte der obere Teil eines rosa Beanie aus einer weißen Decke mit rosa Streifen.

»Nicht gerade die Geburt, die wir geplant hatten«, flüsterte Alex.

»Das kannst du wohl sagen.« Jenkins war völlig fasziniert von der winzigen Gestalt da in dem Bettchen. »Sie ist so klein. Ich erinnere mich nicht mehr, dass CJ so klein war.«

»War er auch nicht«, sagte Alex. »Aber der Arzt meint, sie ist ganz gesund, hat nur ein bisschen die Gelbsucht, aber das dürfte sich in ein, zwei Tagen gegeben haben. Nimm sie doch hoch.«

Jenkins hob das kleine Bündel aus dem Bettchen. Sie passte in seine Hand, reichte von der Spitze seiner langen Finger bis knapp unter sein Handgelenk. Er barg sie an seiner Brust. »Hallo, meine Kleine«, flüsterte er und spürte, wie ihm das Herz aufging. So viele widerstreitende Emotionen! Am liebsten hätte er sie fest an sich gedrückt, damit ihr niemand etwas tun konnte. Nie sollte ihr jemand etwas antun können – aber würde er überhaupt für sie da sein können? Würde er sie beschützen können?

»Wie wollen wir sie nennen?«, fragte Alex. Genau wie bei CJ damals hatten sie sich das Geschlecht des Kindes nicht verraten lassen und immer mal wieder sowohl mit Mädchen- als auch mit Jungennamen gespielt, ohne sich bei der ganzen Aufregung der letzten Zeit auf einen Namen einigen zu können. »Wie wäre es mit dem Namen deiner Mutter?«

Jenkins lächelte. »Elizabeth.«

»Wir könnten sie Lizzie rufen«, sagte Alex.

»Und Paulina?«, fragte Jenkins. »Als zweiten Vornamen vielleicht?«

»Die Frau aus Russland?«

»Ich habe es ihr zu verdanken, dass ich heute hier sein und unsere Tochter im Arm halten kann«, sagte Jenkins. »Sie selbst hatte nie Kinder. So könnte sie weiterleben.«

»Elizabeth Paulina Jenkins.« Alex probierte den Namen aus. »Das klingt schön.«

Der Vorhang wurde zur Seite geschoben und eine Pflegerin führte CJ herein. Jenkins rückte zur Seite, damit der Junge zu seiner Mutter aufs Bett klettern konnte. Als Alex ihn küsste, wurde er wieder zum kleinen Jungen und kuschelte sich eng an ihre Seite. Jenkins beugte sich vor, um ihm seine kleine Schwester zu zeigen. »Möchtest du sie halten?«

»Darf ich?«

»Natürlich. Komm, halte die Arme so. Und du musst ihr Köpfchen stützen.«

Jenkins legte seine Tochter zu CJ in die Armbeuge. Der Junge lächelte auf sie hinunter. »Ich passe auf sie auf, Dad«, flüsterte er mit ernster Stimme. »Das verspreche ich dir.«

Jenkins erwiderte das Lächeln seines Sohnes. Er war sich überhaupt nicht sicher, ob er da sein würde, um sich um die beiden zu kümmern.

57

Eine Woche nach Elizabeths Geburt kehrten sie alle ins Haus am Three Tree Mile Point zurück. Jenkins durfte das King County nicht verlassen, das gehörte zu den Auflagen, unter denen er auf Kaution frei war, und zudem waren sich alle einig, dass die ganze Familie hier sicherer war als auf der einsamen Farm auf der Insel. Außerdem lag Sloanes Haus dichter beim Gerichtsgebäude in Seattle und Jenkins und Sloane kamen öfter dazu, miteinander zu reden. Jenkins kümmerte sich um Alex und das Baby und sorgte dafür, dass CJ seine Schulaufgaben erledigte. So hatte er etwas zu tun und sein Kopf war beschäftigt, wenn auch nur bis zu einem gewissen Grad.

Das Verfahren saß ihm im Nacken wie das schimmernde Fallbeil einer Guillotine, und seit Lizzie auf der Welt war, spürte er den Druck noch stärker als zuvor.

Am Donnerstagnachmittag bat Sloane Jenkins um ein Treffen in der Kanzlei. Bei anbrechender Dämmerung traf Jenkins um sechzehn Uhr ein. Die beiden Männer holten sich eisgekühlte Gläser aus dem Gefrierfach in der kleinen Büroküche und füllten sie am Küchentisch aus einem kleinen Fass, bevor sie sich in den Konferenzraum setzten.

»Ich habe heute Nachmittag mit Maria Velasquez gesprochen«, setzte Sloane etwas zögerlich an. »Sie schlägt einen Deal vor. Du plädierst auf verminderte Zurechnungsfähigkeit und sie empfiehlt zwei Jahre Unterbringung in einer Psychiatrie. Danach bist du frei.«

»Ich soll auf Geistesgestörtheit plädieren?«

»Verminderte Zurechnungsfähigkeit«, korrigierte Sloane.

»Ich weiß, was das bedeutet!«

»Du hättest es hinter dir und ihr könntet euer Leben wieder aufnehmen.«

Jenkins nippte an seinem Bier. Dann setzte er das Glas ab und betrachtete das silberne Armband an seinem Handgelenk.

»Bis eins der Kinder in CJs Schule oder einer der Angler bei dir am Strand ihm erzählt, sein Vater sei ja nicht nur ein Verräter, sondern auch noch irre. Ich könnte weitermachen, mein Leben wieder aufnehmen, David, wenn es nur um mich ginge. Aber meine Kinder müssten den Rest ihres Lebens so eine Geschichte mitschleppen. Das möchte ich ihnen nicht antun.«

»Wenn du nicht auf diesen Deal eingehst, wird die Staatsanwaltschaft versuchen, eine lebenslängliche Haftstrafe durchzusetzen.«

»Das wussten wir doch, oder?«

Sloane nickte.

»Ich weiß, du musstest mir diesen Deal vorlegen. Das hast du hiermit getan. Ich lasse mich auf nichts ein, bei dem es heißt, dass ich verrückt bin.«

Wieder antwortete Sloane nicht und zum ersten Mal spürte Jenkins bei seinem Freund so etwas wie Verunsicherung.

»Meinst du denn, ich soll das ernsthaft in Erwägung ziehen?«, fragte er.

»Wir haben keine Beweise auftreiben können, mit denen sich unser Standpunkt untermauern ließe, Charlie. Und ich bin mir nicht sicher, ob wir solche Beweise überhaupt finden können. Emerson scheint sich in Luft aufgelöst zu haben, Traeger kooperiert mit der Regierung. Goldstone arbeitet an einem Deal mit der Staatsanwaltschaft und kann nichts sagen, bis der nicht abgeschlossen ist, und den Lügendetektortest können wir nicht einbringen. Wir haben keine Unterlagen.«

»Glaubst du, dass ich die Wahrheit sage?«

»Was ich glaube oder nicht, spielt keine Rolle, Charlie«, sagte Sloane.

»Für mich schon. Glaubst du, dass ich die Wahrheit sage?«

»Natürlich, Charlie, aber ...«

»Aber was?«

»Wir haben einen Berater angeheuert, einen Conrad Levy. Er ist pensionierter ...«

»Ich weiß, wer das ist. Er ist der Typ, der ein Buch über die CIA geschrieben und ungefähr ein Dutzend ehemaliger Agenten ans Messer geliefert hat.«

Sloane berichtete Jenkins die Einzelheiten seiner Unterhaltung mit Levy. »Ich wiederhole noch einmal, Charlie, es geht nicht um Wahrheit. Es geht darum, was wir beweisen können. Was wir von Levy gehört haben, ist wahrscheinlich genau das, was wir auch von der Staatsanwaltschaft zu hören bekommen werden. Sehr überzeugende Argumente.«

»Aber nicht die Wahrheit.«

Sloane nickte. »Vielleicht sehe ich da noch eine andere Möglichkeit«, überlegte er. »Es gibt eine Psychologin, mit der ich schon öfter zusammengearbeitet habe und die eine Einschätzung vornehmen könnte. Je nachdem, zu welchem Ergebnis sie kommt, könnte ihr Gutachten noch am besten untermauern, dass du die Wahrheit sagst.«

»Dann lass uns das machen«, stimmte Jenkins zu.

* * *

In den nächsten drei Tagen traf sich Jenkins mit einer Psychologin namens Addison Beckman und unterwarf sich mehreren ausführlichen Befragungen sowie einer ganzen Batterie psychologischer Tests. Beckman war Mitte fünfzig und genoss bei ihren Kollegen einen hervorragenden Ruf, besonders im Bereich der forensischen Psychiatrie.

Bevor Beckman ihre Ergebnisse schriftlich zusammenfasste und einreichte, trafen sich Sloane und Jake mit ihr im Konferenzraum der Kanzlei. Sie waren auf alles vorbereitet und falls Ms. Beckman Jenkins als vollkommen durchgeknallt einschätzte, würden sie sie und ihr Gutachten im Prozess einfach nicht erwähnen. Beckman lehnte Tee und Kaffee ab und wollte lieber gleich zur Sache kommen. »Ihr Mandant ist so ehrlich, wie man es sich nur wünschen kann, Mr. Sloane. Vielleicht im Ganzen zu verkrampft. Für ihn persönlich wäre es besser, etwas lockerer zu werden.«

»Wie soll ich das verstehen?«, wollte Sloane wissen.

»Dass Sie Ihrem Mandanten glauben können. Meiner Meinung nach ist er ehrlich, emotional stabil und versucht nicht, zu täuschen. Ich habe ihm alle möglichen Tests vorgesetzt, die Ergebnisse finden Sie in meinem Bericht. Er bildet sich nichts ein, er ist kein Soziopath und auch kein pathologischer Lügner. Meiner Meinung nach können Sie ihm glauben, was er sagt.«

Zusammen gingen sie sämtliche Tests durch, die Beckman mit Jenkins gemacht hatte, und fünf Stunden später war der große Tisch im Konferenzzimmer mit Papieren übersät: Listen, grafische Darstellungen, Notizen, Testergebnisse. Alles schön und gut, doch ihr größtes Problem war damit leider immer noch nicht gelöst. Sloane brauchte nach wie vor handfeste Beweise, mit denen sich Beckmans Einschätzung untermauern ließ.

Die Psychologin ging und Sloane zog sich mit Jake in sein Büro zurück, um einen während ihres Treffens eingegangenen

Anruf zu erwidern. Sloane hatte nämlich einen Privatdetektiv angeheuert, Peter Vanderlay, und ihn beauftragt, anhand der Jenkins von Emerson überlassenen Handynummer herauszufinden, auf wen das entsprechende Handy angemeldet war. Sie hofften, so nachweisen zu können, dass dieses Handy Emerson gehörte, und vielleicht auch ausfindig zu machen, wo dieser Emerson wohnte. Vanderlay reagierte gleich nach dem dritten Klingeln auf Sloanes Anruf und Sloane stellte das Gespräch für Jake auf Lautsprecher.

»Mr. Sloane!«, meldete sich Vanderlay. »Ich hätte Sie morgen früh wieder angerufen. Jetzt sitze ich gerade beim Basketballspiel meiner Tochter.«

»Es tut mir leid, dass ich Sie in Ihrer Zeit mit der Familie störe.«

»Kein Problem, sie wärmen sich gerade erst auf, das dauert noch zehn Minuten. Ich kann einen Treffer für die Nummer melden, die Sie mir gegeben haben. Haben Sie etwas zu schreiben parat?«

Sloane schnappte sich Papier und Kuli. »Schießen Sie los.«

»Die Nummer gehörte einem Mann namens Richard Peterson von der Firma TBT Investments.«

Sloane hatte weder von dieser Firma noch von Richard Peterson je gehört. Jake anscheinend schon, denn er sprang auf und rannte aus dem Büro, nachdem der Name gefallen war.

»Noch etwas?«, fragte Sloane.

»Das ist alles. Keine Nummern, an die Anrufe weitergeleitet werden sollen, keine Adresse.«

Sloane hatte noch ein paar Fragen an den Ermittler, dann beendeten die beiden Männer ihr Gespräch.

Nach einer Weile kehrte ein sehr aufgeregter Jake ins Büro zurück. Er knallte die Firmenpapiere von LSR&C vor Sloane auf den Tisch und tippte mit dem Finger auf eine Stelle im Dokument. »TBT Investments war ein Tochterunternehmen von LSR&C. Da steht es. Und der leitende Geschäftsführer von TBT Investments war Richard Peterson.«

Sloane las sich das Dokument Punkt für Punkt durch. Er wollte absolut sicher sein können.

»Könnten Carl Emerson und Richard Peterson identisch sein?«, fragte Jake.

»Sieht mir ganz danach aus. Und wenn wir beweisen können, dass Emerson Peterson ist, dann haben wir einen greifbaren Beweis dafür, dass Charlie diesen Emerson getroffen hat. Die Frage ist nur: Wie können wir das beweisen? Selbst wenn wir Emerson finden, heißt das noch lange nicht, dass er zugibt, dass die Nummer seine ist und er Charlie diese Karte gegeben hat.« Beckman hatte empfohlen, Jenkins in den Zeugenstand zu rufen, aber so etwas war in einem strafrechtlichen Verfahren immer ein gewagtes Unternehmen. Sloane tigerte in seinem Büro auf und ab. Was tun? Da fiel sein Blick auf die *Seattle Times* auf dem kleinen runden Tisch beim Sofa. Die *Times* hatte an diesem Morgen über LSR&Cs ehemaligen leitenden Geschäftsführer Mitchell Goldstone berichtet, der wohl mit der Staatsanwaltschaft einen Deal vereinbart hatte, der ihm eine nicht unerhebliche Gefängnisstrafe bescheren würde. »Hast du gelesen, dass Mitchell Goldstone sich auf einen Deal eingelassen hat?«, fragte Sloane Jake.

»Sie wollen noch diesen Monat das Strafmaß festlegen.«

»Und bis dahin sitzt Goldstone im Bundesgefängnis in SeaTac. Er könnte wissen, ob Emerson Peterson ist.«

»Möglicherweise. Aber die Staatsanwaltschaft wird vortragen, dass Goldstone ein Lügner ist«, gab Jake zu bedenken. »Zu seinem Deal gehört das Eingeständnis, dass er in der Frage, ob LSR&C eine Tarnfirma der CIA ist, gelogen hat.«

»Ja, aber jetzt haben wir eine Nummer auf einer Visitenkarte und einen Experten, der aussagen wird, dass diese Nummer Richard Peterson von der Firma TBT Investment gehörte. Und wir haben Dokumente, die TBT als Tochterunternehmen von LSR&C ausweisen. Ein grundsolider Beweis für die Wahrheit von Charlies Geschichte.« Sloane fiel gleich noch etwas ein. »Die LSR&C-Dokumente – die, die es überhaupt gab – wurden in der Sache gegen Goldstone doch als geheim eingestuft, oder?«

»Ja.«

»Aber wenn diese Sache abgeschlossen ist, weil Goldstone einen Deal unterzeichnet hat …«

Jake schüttelte den Kopf. »Die Staatsanwaltschaft wird die LSR&C-Dokumente nie freigeben.«

»Sie gehören aber gar nicht der Regierung. Diese Papiere gehören einer Firma im Staat Washington, die sich zurzeit in Konkursverwaltung befindet. Kontrolle über diese Dokumente hat die das Konkursverfahren durchführende Firma. Strafrechtlich ist die Sache mit Goldstones Deal abgeschlossen, jetzt geht es da nur noch um ein einfaches Konkursverfahren. Ich wette, die Staatsanwaltschaft hat vergessen, dass es diese Unterlagen noch gibt.«

Jake lächelte. »Ich soll einen Antrag auf richterlichen Beschluss zur Einsicht in diese Dokumente vorbereiten?«

»Das brauchen wir gar nicht. Laut Staatsanwaltschaft hat LSR&C mit unserem Fall absolut nichts zu tun, da es hier um eine reine Spionagesache geht. Um an die Unterlagen zu kommen, brauchen wir uns nicht an die Staatsanwaltschaft zu wenden, und wir brauchen auch keinen richterlichen Beschluss. Wir gehen direkt zur Anwaltskanzlei, die das Konkursverfahren betreut, und holen uns die Unterlagen, ohne dass es die Regierung überhaupt mitbekommt.«

58

Sloane fuhr ins Bundesgefängnis, das wegen seiner Nähe zum Flughafen allgemein unter dem Namen »Flughafenknast« bekannt war. Zum ersten Mal verspürte er so etwas wie Hoffnung, sah ein kleines Licht am Horizont schimmern. Goldstone konnte das Licht in eine lodernde Flamme verwandeln oder aber gleich wieder zum Erlöschen bringen.

Von außen ähnelte der Flughafenknast mit seinen beiden durch Flügel verbundenen beigefarbenen, würfelförmigen Gebäuden und dem Vordach über dem Eingang einem Krankenhaus. Nach der üblichen Bürokratie, zu der eine Menge auszufüllender Formulare gehörten, fand sich Sloane in einem recht heruntergekommenen Raum vor einem Fenster aus Plexiglas wieder, in das verschiedene Löcher eingelassen waren, durch die sich Häftlinge und Besucher verständigen konnten.

Er musste ein paar Minuten warten, bis auf der anderen Seite der Plexiglastrennwand eine Tür aufging und Mitchell Goldstone einließ. Er trug weiße Bandagen um die Handgelenke und eine Kette um die Taille, an die seine Hände gefesselt waren. Goldstone wirkte jünger als auf den Fotos in den Zeitungen und im Fernsehen. Er war blass, hatte gerötete Wangen, trug einen Mittelscheitel und seine Haare reichten ihm bis über die Ohren.

Irgendwie sah er nicht aus wie der leitende Geschäftsführer einer mehrere Millionen schweren Investmentfirma und vielleicht war er das ja auch nie gewesen. Laut Jenkins hatte Goldstone lediglich als Galionsfigur für eine Tarnfirma der CIA gedient, was heißt: Sämtliche Entscheidungen waren in Langley getroffen worden.

Goldstone warf Sloane einen fragenden Blick zu.

»Ich bin David Sloane, Anwalt von Charles Jenkins.«

»Haben Sie eine Visitenkarte?«

Der Mann war vorsichtig, hatte aber auch allen Grund dazu. Sloane hielt seine Visitenkarte und seinen Führerschein an die Plexiglasscheibe.

Goldstone beugte sich vor, um sich beides ganz genau anzuschauen. »Okay«, meinte er. »Sagen Sie ihm, was mit ihm passiert ist, tut mir leid. Sagen Sie ihm, ich wünsche ihm das Beste.«

»Er denkt genauso, was Sie und Ihr Schicksal betrifft.«

Goldstone setzte sich gerade hin. Er sah so aus, als wolle er etwas sagen, hielt sich dann aber zurück. »Was wollen Sie wissen?«

»Ich möchte wissen, ob in den Unterlagen von LSR&C, die beim Konkursverwalter liegen, auch Papiere zu finden sind, in denen Tochtergesellschaften der Firma genannt werden.«

»Das müsste so sein, da bin ich mir sicher. An welcher Tochtergesellschaft sind Sie denn interessiert?«

Sloane ließ Goldstone nicht aus den Augen. »Ich interessiere mich für eine Firma mit dem Namen TBT Investments.«

In Goldstones Augen tauchte ein kurzes Flackern auf. Seine Mundwinkel gingen ein wenig nach oben, er schaffte es aber, ein richtiges Grinsen zu unterdrücken. »Ob Sie darüber Unterlagen finden, weiß ich nicht so genau.«

»Aber TBT war eine Tochtergesellschaft von LSR&C?«

Goldstone nickte. »Ja, das stimmt.«

»Und Sie waren sowohl bei LSR&C als auch bei TBT leitender Geschäftsführer?« Sloane kannte die Antwort auf diese Frage, aber er wollte Goldstone zum Sprechen bringen.

Goldstone schüttelte den Kopf. »Nein.«

»Die Papiere der Gesellschaft nennen einen Richard Peterson als leitenden Geschäftsführer.«

Goldstone lächelte wortlos, wirkte allerdings, als verwirre ihn diese Information ein wenig.

»Ich habe Probleme damit, Leute aufzutreiben, die Charles Jenkins' Geschichte bestätigen können«, fuhr Sloane fort. »Wissen Sie, wo ich Richard Peterson finden kann?«

Goldstone setzte sich mit schräg gelegtem Kopf zurück, schien Sloane neu einschätzen zu wollen.

»Charlie hat eine Frau und zwei Kinder«, drängte Sloane, der wusste, dass auch Goldstone Familie hatte. »Seine Tochter ist erst zwei Wochen alt.«

Goldstone schien gründlich nachzudenken und Sloane fürchtete schon, unverrichteter Dinge gehen zu müssen, als er sich vorbeugte und sagte: »Fragen Sie Carl Emerson nach Richard Peterson.«

Sloane hatte Mühe, sein Pokerface beizubehalten. »Der würde wissen, wer er ist?«

Goldstone nickte. »Fragen Sie ihn.«

»Haben Sie Carl Emerson je kennengelernt?«

»Einmal. Er kam hierhergeflogen, als wir versuchten, Gelder aus den Philippinen zu bekommen.«

»Können Sie ihn beschreiben?«

»Älter. Ende siebzig, würde ich sagen, vielleicht auch schon Anfang achtzig. Groß, so eins fünfundachtzig oder sogar eins neunzig, und dünn. Dichtes weißes Haar, dunkle Augen. Nicht braun, dunkler. Und er ist braun gebrannt.«

Die Beschreibung passte zu der, die Jenkins geliefert hatte.

»Soweit ich verstanden habe, ist er in Rente. Haben Sie irgendeine Idee, wie ich ihn finden könnte?«

Goldstone schüttelte den Kopf.

»Sie sagten, er sei nach Seattle geflogen. Wissen Sie, woher?«

»Ich nehme an aus Washington, D.C. Aus meinen Gesprächen mit ihm erinnere ich mich noch daran, dass er wohl häufig Golf spielt. Er sprach über die Golfplätze, auf denen er spielt, obwohl Winter war. Also muss es irgendeine eher warme Gegend sein.«

»Sie haben nicht zufällig noch LSR&C-Unterlagen, oder?«

Wieder glitzerte es in Goldstones Augen und seine Mundwinkel verzogen sich diesmal wirklich kurz zu einem fast schon jungenhaften, spitzbübischen Grinsen, das allerdings gleich wieder verschwand. Goldstone rieb die Bandagen über seinen Handgelenken. »Zu meinem Deal mit der Staatsanwaltschaft gehörte die Abgabe aller LSR&C-Unterlagen in meinem Besitz.«

Sloane erkannte, was ihm Goldstones Gesichtsausdruck vermitteln sollte: Er konnte nichts sagen. Der Mann war schlauer als in den Medien dargestellt. Wahrscheinlich hatte er irgendein Druckmittel gegen die Regierung in der Hand, Dokumente, die er irgendwo in Sicherheit gebracht hatte und die Schaden anrichten konnten, sollten sie an die Öffentlichkeit gelangen. Wahrscheinlich war er so zu seinem Deal gekommen.

Goldstone lebte noch. Wahrscheinlich, dachte Sloane, hatte er und nicht die Staatsanwaltschaft auf einen Deal gedrängt. Er würde bestimmt zu einer langen Haftstrafe verurteilt, Sloane bezweifelte jedoch, dass er die auch wirklich absitzen musste. Man würde ihn wohl schon ziemlich bald in den normalen Vollzug eines Bundesgefängnisses überstellen und abwarten, bis sämtliche von Investoren gegen LSR&C angestrebte Verfahren abgeschlossen waren, wonach man die Sache ad acta legen konnte, weil jeder sein Stück Fleisch bekommen hatte. Danach käme für Goldstone eine bedingte Haftentlassung infrage und er konnte unauffällig wieder zurück in die Gesellschaft schlüpfen.

59

Früh am folgenden Morgen warf sich Jake in seinen besten dunkelblauen Anzug, kombiniert mit weißem Hemd und roter Powerkrawatte, und fuhr in die Innenstadt. Er wusste jetzt, welche juristische Hilfskraft in der für das Konkursverfahren von LSR&C zuständigen Kanzlei die Unterlagen der Firma betreute, und hatte sich auf der Webseite der Kanzlei das Profil dieser Frau ansehen können. Sie arbeitete seit drei Jahren dort, kam also nicht frisch von der Uni, war aber auch noch kein erfahrener alter Hase.

In der Kanzlei angekommen wandte er sich zielstrebig an die Dame am Empfang. »Jake Carter, ich möchte zu Molly Diepenbrock. Ich bin hier, um die LSR&C-Unterlagen einzusehen.«

Während die Empfangsdame telefonierte, versuchte Jake, ruhig und gelassen zu wirken, achtete aber genau auf ihren Teil des Gesprächs. »Ja, das hat er gesagt«, wiederholte die Dame zweimal, bevor sie auflegte.

Minuten später stieg eine große, dünne Frau aus dem Fahrstuhl, die nicht viel älter als Jake sein konnte. Sie stellte sich als Molly Diepenbrock vor. »Worum geht es denn?«, wollte sie wissen.

»Ich muss mir die LSR&C-Papiere ansehen«, erklärte Jake. »Bei uns geht es um eine Strafsache, die noch diese Woche zum Abschluss kommt, und ich stecke ein bisschen in der Klemme. Ich muss die Papiere heute einsehen können. Wären Sie in der Lage, das zu arrangieren?«

»Ich glaube schon«, versicherte Diepenbrock. »Ich muss sie nur finden, aber ich bereite mich gerade selbst auf einen Prozess vor. Vermutlich hätten Sie die Kopien gern sofort, oder?«

Diese Frage kam Jake mehr als gelegen. Er wusste ja nun, dass Diepenbrock unter Druck stand und ihm sicher dankbar war, wenn er ihr eine Arbeit abnahm. »Ich weiß genau, wie das ist, wenn man mitten in Prozessvorbereitungen steckt! Wenn Sie mir zeigen, wo die Papiere sind, kann ich veranlassen, dass ein Kopierdienst herkommt, damit Sie sich damit nicht auch noch belasten müssen.«

»Ehrlich?« Diepenbrock strahlte. »Das wäre wunderbar, ich wüsste es sehr zu schätzen.«

Jake folgte ihr zu den Fahrstühlen. Er fühlte sich, als hätte man ihm gerade die Schlüssel zum Louvre überreicht. Hoffentlich schaffte er es jetzt auch noch, mit der Mona Lisa unter dem Arm wieder rauszuspazieren.

* * *

Der große Tisch im Konferenzraum lag voller Pappteller, gebrauchter Papierservietten und leerer Getränkedosen. Seit Jake mit den Kopien sämtlicher LSR&C-Unterlagen in die Kanzlei zurückgekehrt war, hatten Sloane, Jenkins und er den Raum nicht mehr verlassen. Wie von Jenkins bereits vermutet, waren es nicht viele Unterlagen, gerade einmal vier Aktenkartons voll. Bestimmt hatte die Staatsanwaltschaft einen Großteil der Papiere einfach beschlagnahmt und ein Teil der Dokumente dürfte sich in diesen Zeiten des papierlosen Büros auch nur auf dem Netzwerk-Server von LSR&C befunden haben. Trotzdem stimmte das, was sie bekommen hatten, Jenkins optimistisch.

»Hört euch das hier an.« Jake nippte an einer neuen Dose und las laut aus einem Telegramm aus dem Jahr 2015 vor, in dem mehr oder weniger stand, wie Goldstone Emerson mit einer Tarnfunktion ausstatten sollte. »Die Abteilung Auslandsressourcen bittet Mr. Mitchell Goldstone, Aufsichtsratsvorsitzender von LSR&C, Maßnahmen für die Tarnung von Carl Emerson alias Richard Peterson in die Wege zu leiten. Die Abteilung Auslandsressourcen hält den Vorschlag für durchführbar. Eine solide Tarnung für erweiterte Operationen kann so geschaffen werden.«

Er griff zum nächsten Papier. »Die Tarnung sollte Mr. Emerson erlauben, sich als unser Vertreter oder als leitender Angestellter oder Inhaber einer nicht unbedeutenden Investmentfirma in Seattle zu präsentieren.« Er legte auch dieses Dokument wieder auf den Tisch und griff zum nächsten.

»Und hier ist die E Mail an die Steuerbehörde: Hauptquartier in Langley hat die Steuerbehörde kontaktiert und nahegelegt, jegliche Ermittlungen in der Steuersache einzustellen.« Es ging noch weiter: »Hier geht es um die Tarnung für Goldstone: ›Sag Ermittlern, dass die drei Firmen, um die es geht, für nicht genannte ausländische Kunden aufgebaut wurden, die für nicht genannte Geschäftsvorgänge eine Basis in den USA benötigten. Goldstone ist in allen Belangen der reine Strohmann ohne eigenes finanzielles Interesse.‹«

Jenkins vermutete, dass Carl Emerson TBT Investments gegründet hatte, um Abstand zu LSR&C und etwaigen Ermittlungen der Steuerbehörde zu schaffen. Was logisch wäre, besonders wenn es Emerson darum ging, von den Russen erhaltene Gelder zu waschen.

»Warum hat Goldstone ein Schuldeingeständnis abgegeben, wenn es doch all diese Unterlagen gibt?«, wollte Jake wissen.

»Weil er nichts davon für sich als Beweise nutzen durfte«, sagte Sloane. »Der Richter hat in einer Vorverhandlung entschieden, dass bei den gegen ihn vorgebrachten Vorwürfen seine angebliche Verbindung zur CIA irrelevant sei. Im Verfahren gegen ihn ginge es nur darum, dass seine Firma nach dem Schneeballprinzip arbeitete und Investoren systematisch um ihre Ersparnisse betrog.«

»Und wie schaffen wir es, dass diese Beweise in meinem Verfahren zugelassen werden?«, wollte Jenkins wissen.

»Dein Fall ist anders. Dir werfen sie Spionage vor und deine ganze Verteidigung besteht auf deiner Behauptung, auf Anweisung eines leitenden Angestellten der CIA gehandelt zu haben. Da sind diese Unterlagen und Dokumente eindeutig relevant.«

»Das bedeutet aber sicher nicht automatisch, dass sie auch vor Gericht zugelassen werden«, wandte Jenkins ein. »Schon gar nicht, wenn die Staatsanwaltschaft die Beurteilung vornehmen darf.«

»Darüber habe ich auch schon nachgedacht. Wir müssen Richter Harden dazu bringen, seine Meinung über dich zu überdenken. Und über den Fall überhaupt. Harden ist auch nur ein Mensch. Solange er glauben muss, du hättest Geheimnisse an die Russen verkauft, ist er entsprechend aufgebracht. Wir müssen ihm irgendwie vermitteln, dass du die Wahrheit sagst und die Staatsanwaltschaft lügt. Es gibt eine Sache, die Richter wütender macht als alles andere: wenn Anwälte und Zeugen lügen. Das ist jedenfalls meine Erfahrung.«

»Und wie schaffen wir das?«, wollte Jenkins wissen. »Wie bringen wir die Staatsanwaltschaft dazu zu lügen?«

Sloane lächelte. »Dazu müssen sie doch nur den Mund aufmachen. Das kriegen wir schon hin.«

60

Am folgenden Tag reichten sie einen Antrag auf Herausgabe bestimmter Dokumente ein, den sie so abgefasst hatten, dass nach genau den bereits in ihrem Besitz befindlichen Unterlagen gefragt wurde. Sie bezogen sich dabei auf die Bundesregelung Nummer 16, die besagte, dass die Staatsanwaltschaft alles vorzulegen hatte, was sich in ihrem Besitz, ihrer Verwaltung oder unter ihrer Kontrolle befand. Das schloss wahrscheinlich viele der Dokumente in den vier von Jake besorgten Aktenkartons ein. Sie verlangten außerdem, dass die Staatsanwaltschaft ihnen die letzte bekannte Adresse von Carl Emerson nannte.

Die Staatsanwaltschaft reichte sechs Tage später eine Erwiderung ein, in der sie ganz wie erwartet die Existenz solcher Unterlagen leugnete, wie die Verteidigung sie forderte. »Die Staatsanwaltschaft hat nicht vor, sich auf die Fantasievorstellungen von Mr. Jenkins einzulassen oder diese gar noch zu fördern«, hieß es zum Abschluss noch. Allerdings wollte die Staatsanwaltschaft trotzdem sowohl den Antrag als auch ihre Erwiderung unter Verschluss genommen sehen und beantragte, eine Anhörung zum Thema entweder im Richterzimmer oder im Gerichtssaal unter Ausschluss der Öffentlichkeit stattfinden zu lassen, da es sich ihrer Meinung nach bei den verlangten Unterlagen um vertrauliches Material handelte.

Darüber musste Jenkins nun doch schmunzeln. Seine Fantasievorstellungen waren also vertraulich? Zum Lachen war auch die Behauptung, der Staatsanwaltschaft sei Carl Emersons letzte Adresse nicht bekannt.

»Vielleicht wissen sie, dass wir die Papiere haben«, spekulierte Sloane in Bezug auf die Forderung, eine Anhörung im kleinen Kreis durchzuführen. »Vielleicht sind sie auch nur vorsichtig.«

Am nächsten Tag reichte Sloane einen weiteren Antrag ein, in dem die zwangsweise Herausgabe der geforderten Unterlagen und eine mündliche Erörterung verlangt wurden. Und er lehnte die Forderung der Anklage nach Unterverschlussnahme und Verhandlung unter Ausschluss der Öffentlichkeit ab. »Ich will die Massen im Gerichtssaal wie beim letzten Mal«, sagte er zu Jenkins. »Und wir werden sie hoffentlich nutzen können, um die Meinung zu ändern, die die Öffentlichkeit von dir hat.«

* * *

In der folgenden Woche erschienen Sloane, Jenkins und Jake vor Richter Harden im Gericht. Harden hatte dem Antrag der Staatsanwaltschaft stattgegeben, die ausgetauschten Schriftsätze unter Verschluss zu nehmen und die Anhörung zum Thema unter Ausschluss der Öffentlichkeit stattfinden zu lassen. Sloane fand, Jenkins solle sich keine Sorgen machen, denn es ging an erster Stelle darum, dass Richter Harden eine andere Meinung von ihm bekam. Die Staatsanwaltschaft tauchte auch jetzt mit einer ganzen Anwaltsriege auf, wieder mit Velasquez an der Spitze.

Nachdem Harden Platz genommen und die Anhörung eröffnet hatte, erklärte Sloane, Jenkins wolle in seinem Prozess vortragen, dass er von Carl Emerson im Auftrag der CIA autorisiert worden war, im Rahmen einer speziellen CIA-Operation bestimmte Informationen an die Russen weiterzugeben. »Die Unterlagen, um die es hier geht, sind von daher für die Verteidigung meines Mandanten von zentraler Bedeutung, Euer Ehren, und Mr. Emerson ebenfalls.«

Man konnte die Anspannung im Raum fast knistern hören, fand Jenkins.

Velasquez schlug bei ihrer Erwiderung von Anfang an einen abschätzigen Ton an, der vermitteln sollte, wie absurd sie die ganze Sache fand. »Euer Ehren, der Staatsanwaltschaft ist nichts von solchen Unterlagen bekannt. Die Verteidigung des Angeklagten basiert auf reiner Fantasie und wir können schlecht vorlegen, was gar nicht existiert. Es gibt nicht ein Dokument, das bei der Erörterung der märchenhaften Theorien des Mr. Jenkins relevant sein und seine abstruse Behauptung stützen könnte, er habe im Auftrag der CIA gehandelt, als er Geheiminformationen der Agentur gegen Bezahlung weitergab. Was Mr. Emerson berifft: Er hat 1978 in Mexiko-Stadt mit Mr. Jenkins zusammengearbeitet.«

Harden sah Sloane an. »Mr. Sloane, die Regierung kann nicht vorlegen, was sie nicht hat.«

»Sicher nicht«, sagte Sloane. »Aber ich möchte das Gericht bitten, Ms. Velasquez zu fragen, ob die Staatsanwaltschaft überhaupt nach den geforderten Dokumenten gesucht hat.«

Harden sah Velasquez an. »Frau Anwältin?«

Jenkins beobachtete alles ganz genau. »Euer Ehren!« Velasquez seufzte vernehmlich. »Die Verteidigung kann nicht nach Sachen suchen lassen, die gar nicht existieren. Die Verteidigung zieht Kaninchen aus dem Hut und erfindet eine Geschichte, um Verwirrung in eine im Grunde sehr einfache Angelegenheit zu bringen. Im Verfahren gegen den Angeklagten geht es schlicht um die Frage, ob er Regierungsgeheimnisse weitergegeben und sich dafür hat bezahlen lassen oder nicht.«

Jenkins unterdrückte ein Lächeln.

Jetzt sah Harden Sloane an. »Mr. Sloane?«

Jenkins wusste, dass Sloane noch ein bisschen auf der Sache herumreiten wollte, damit sich Velasquez später nicht herausreden konnte.

Genau das tat Sloane dann auch. »Euer Ehren, bei allem Respekt, wir können weder aus der schriftlichen Einlassung der Regierung noch aus dem, was heute hier mündlich vorgetragen wurde, ersehen, ob die Regierung überhaupt nach den von uns erbetenen Dokumenten gesucht hat. Falls nicht, beruht die Antwort von Ms. Velasquez auf Nichtwissen. Oder hat sie gesucht und Ms. Velasquez möchte das Gericht nun mit Absicht in die Irre führen? Die verlangten Dokumente entspringen nämlich keineswegs der Fantasie von Mr. Jenkins, sondern enthüllen im Gegenteil, dass das, was er zu seiner Verteidigung vortragen kann, auf harten Fakten basiert und die Realität darstellt.«

Genau wie von Sloane beabsichtigt, zeigte sich Velasquez über diese Anschuldigung aufgebracht. »Euer Ehren, ich wehre mich ausdrücklich gegen die Unterstellungen der Verteidigung und sage noch einmal, dass die Behauptungen des Angeklagten reine Fantasie darstellen. Nach nicht existierenden Unterlagen zu suchen wäre eine Verschwendung von Zeit und Ressourcen, was Mr. Sloane durchaus bewusst sein dürfte.«

Womit sie genau dort angekommen waren, wo sie sein wollten – Jenkins konnte sich lebhaft vorstellen, was als Nächstes kam.

Sloane wandte sich an Jake, der ihm einen Stapel Papiere reichte. Sie waren alle mit Datumsstempel versehen und mit Zahlen und Buchstaben gekennzeichnet und zeigten, dass

Sloane hier die »nicht existierenden Dokumente« in Händen hielt. Jake reichte ihm auch ein Memorandum, in dem zusammengefasst war, welche Unterpunkte in ihrem Antrag sich auf welches Dokument bezogen. »Euer Ehren, wenn ich vortreten darf?«, fragte Sloane.

Harden winkte ihn nach vorn, einen interessierten, ja neugierigen Ausdruck im sonst so unbeweglichen Gesicht. Sloane gab die von Jake erhaltenen Papiere an den Gerichtsdiener weiter, der sie wiederum Richter Harden reichte. Sobald sie sich sicher in Hardens Händen befanden, kehrte Sloane an den Tisch der Verteidigung zurück, ließ sich einen zweiten Satz geben und legte ihn Velasquez vor.

Dann setzte er seinen Angriff in aller Ruhe fort, während Jenkins die Staatsanwältin nicht aus den Augen ließ und haargenau auf ihre Reaktionen achtete.

»Was die Verteidigung gerade vorgelegt hat, sind Kopien von Unterlagen der Firma LSR&C, aus denen klar hervorgeht, dass LSR&C eine Tarnfirma der CIA war, dass Mitchell Goldstone unter Aufsicht der CIA arbeitete und dass Carl Emerson, dem Eingeständnis der Staatsanwaltschaft nach Mitarbeiter der CIA, der sich inzwischen in Luft aufgelöst zu haben scheint, unter dem Decknamen Richard Peterson als leitender Geschäftsführer einer Tochtergesellschaft von LSR&C fungierte. Der Name dieser Tochtergesellschaft lautet TBT Investments. Wir würden einfach gern wissen, welche zusätzlichen Dokumente es gibt.«

Velasquez sah aus, als würde sie gleich explodieren, aber bevor sie das tun konnte, fuhr Sloane fort: »CJ Security, die Sicherheitsfirma von Mr. Jenkins, stellte für die Beschäftigten und Kunden von LSR&C in sämtlichen Büros der Firma den Sicherheitsdienst. Diese Büros befanden sich hier in den USA und in mehreren anderen Ländern. Für diese Arbeit wurde Mr. Jenkins von LSR&C bezahlt, also von der CIA.«

»Einspruch, Euer Ehren!« Velasquez war rot im Gesicht und es kostete sie sichtlich Mühe, nicht zu schreien. »Diese Dokumente sind streng geheim!«

»Euer Ehren, sind dieselben Dokumente, von denen die Regierung behauptete, sie seien Fantasiegebilde, jetzt auf einmal streng geheim? Wie kann das angehen, wo sie doch gar nicht existieren?« Sloane ließ nicht locker. »Ich glaube nämlich nicht, dass die Regierung Unterlagen, die es gar nicht gibt, als geheim einstufen kann. Das wäre ja nun wirklich ziemlich weit hergeholt, oder? Sozusagen ein Fantasiegebilde?«

»Es reicht«, sagte Harden leise, aber nachdenklich. Er sah sich die Papiere mehrere Minuten lang an, bevor er sie ablegte, und ließ sich danach noch eine Minute Zeit. Als er sich dann äußerte, geschah das mit der ruhigen, strengen Stimme eines Vaters, der sein Kind dabei erwischt hat, später als vereinbart nach Hause zu kommen. »Ms. Velasquez, ich habe Ihnen vorhin eine direkte Frage gestellt. Ich habe gefragt, ob Sie nach den von der Verteidigung verlangten Unterlagen gesucht haben.«

»Euer Ehren …«

»Es ist eine einfache Frage, Frau Anwältin!«, unterbrach Harden mit erhobener Stimme. »Hat die Staatsanwaltschaft nach diesen Unterlagen gesucht oder nicht?«

»Nein. Das hat die Staatsanwaltschaft nicht getan. Darf ich hinzufügen, Euer Ehren, dass die Regierung über die Unterlagen von LSR&C keine Kontrolle hat und von daher …«

Harden lächelte. Mit diesem Einwand hatte er wohl gerechnet. »Nein, nein, nein, Ms. Velasquez«, mahnte er kopfschüttelnd. »Ich habe hier Dokumente vor Augen, die von der CIA und anderen Regierungsinstitutionen stammen. Mr. Sloane, gibt es noch weitere solche Schriftstücke?«

»Ja, Euer Ehren.«

»Bitte legen Sie sie dem Gericht vor.«

Sloane wies Jake an, die vier Ordnerkartons an den Richtertisch zu bringen.

Harden schob das Kinn vor. »Ich werde mir diese Papiere in geschlossener Sitzung ansehen und drei Entscheidungen treffen. Zum einen werde ich entscheiden, ob die Papiere denen im Antrag genannten entsprechen und für den Antrag relevant sind. Des Weiteren werde ich entscheiden, ob die Regierung absichtlich dem Gericht relevante Dokumente vorenthalten und das Gericht belogen hat. Und drittens werde ich entscheiden, ob diese Unterlagen im anstehenden Verfahren gegen den Angeklagten zugelassen werden können. Gibt es noch etwas, Mr. Sloane?«

Nach dieser deutlichen Wandlung in Hardens Haltung blieb Sloane gleich auf Angriffsschiene. »Ja, Euer Ehren. Die Verteidigung beantragt, dass die Regierung gezwungen wird, die letzte bekannte Adresse von Carl Emerson herauszugeben sowie das genaue Datum zu nennen, an dem Emerson aus der Central Intelligence Agency ausgeschieden ist, sowie weitere in diesem Zusammenhang relevante Dokumente vorzulegen.«

Velasquez sagte: »Euer Ehren, die Regierung kann nicht vorlegen, was sie nicht hat.«

Harden schnaubte. »Dann suchen Sie eben ein bisschen gründlicher, Frau Anwältin. Vielleicht finden Sie die zusätzlich verlangten Informationen am selben Ort, an dem Sie auch diese Dokumente hätten finden können. Und falls das der Fall ist, weise ich Sie jetzt schon an, der Verteidigung die letzte bekannte Adresse von Carl Emerson zu nennen. Sie werden meine Entscheidung heute Nachmittag noch schriftlich bekommen.« Er griff zum Hammer. »Die Sitzung ist beendet.«

***

Wesentlich optimistischer als seit Langem kehrte Jenkins nach der Anhörung mit Sloane und Jake in die Kanzlei zurück. Die beiden rieten ihm, sich trotz des eindeutigen Sieges nicht gleich zu sehr zu freuen. »Das wird ein Marathonlauf, kein Sprint«, mahnte Sloane. »Feiern können wir, wenn wir über die Ziellinie sind.«

Als der Tag zur Neige ging, kam Carolyn mit den Kopien eines Dokuments in das Konferenzzimmer. »Frisch aus der Druckerpresse des Gerichts!«

Harden hatte sich sämtliche LSR&C-Dokumente gründlich angesehen und entschieden, die vorgelegten Papiere seien als für den Prozess relevant einzustufen, da Jenkins zu seiner Verteidigung angab, er habe in dem begründeten Glauben gehandelt, im Auftrag der CIA tätig zu sein und, von einem ihrer Agenten dazu autorisiert, Informationen weitergeben zu dürfen.

»Eine völlig neue Lage!«, freute sich Jake.

»Ja, wir sollten allerdings aufpassen, dass wir nicht gleich in der ersten Kurve aus der Bahn fliegen«, mahnte Sloane. »Die Regierung wird diese Entscheidung nicht kampflos hinnehmen.«

Sloane hatte seinen Satz kaum beendet, als Carolyn das nächste Schreiben hereinbrachte. »Schlafen die eigentlich nie?« Sie sah Jenkins an. »Ich muss dich loben! Was immer du auf dem Kerbholz hast, du hast das Unmögliche möglich gemacht. Deinetwegen müssen Behördenmenschen doch tatsächlich arbeiten.«

Sloane und Jake überflogen den mehrere Seiten langen Antrag der Gegenseite, während Jenkins ihnen dabei über die Schulter sah. »Die argumentieren damit, dass die Regierung nach dem Classified Information Procedures Act, CIPA, dem Verfahrensgesetz zum Umgang mit Geheimsachen, das Recht hat, die Dokumente als Gefahr für die nationale Sicherheit einzustufen und zu verhindern, dass sie im Verfahren als Beweis vorgelegt werden, selbst wenn sie unsere Verteidigung untermauern.«

»Diesen Antrag haben sie auf keinen Fall einfach so aus dem Ärmel geschüttelt«, stellte Sloane fest. »Ich sehe da eine Menge Textbausteine und Fallbeispiele, die sie aus Anträgen in der Sache gegen Goldstone genommen haben könnten, aber es gibt auch Einzelheiten, die sich speziell auf diesen Fall und genau die Dokumente beziehen, die die Regierung als geheim einstufen möchte. Sie müssen diesen Antrag bereits vorbereitet in der Schublade gehabt haben. Das bedeutet, sie haben die Entscheidung vorhergesehen. Das kriegt Harden mit und ich hoffe, das lässt ihn noch ein bisschen wütender werden.«

»Aber können sie das tun?«, fragte Jenkins, mit einem Mal sehr ernüchtert. »Können sie diese Papiere vom Verfahren ausschließen?«

»Harden glaubt, sie können es nicht. Das kannst du aus seiner Entscheidung ersehen. Es ist klar, dass er schon mit dem Widerspruch der Anklage auf Basis des CIPA rechnete, als er seine Begründung verfasste. Hier, auf der dritten Seite führt er aus, dass der Angeklagte in einem Strafverfahren das von der Verfassung garantierte Recht darauf hat, dass seine Schuld von der Anklage ohne jeden begründeten Zweifel nachgewiesen wird. Laut Hardens Begründung würde dir mit dem Ausschluss der von uns geforderten Unterlagen das Recht auf ein faires Verfahren verweigert werden, weil du so an einer angemessenen Verteidigung gehindert würdest.«

»Damit hat er uns praktisch schon vorgegeben, wie wir beim Berufungsgericht Widerspruch einlegen und argumentieren können«, stellte Jake fest.

Sloane sah Jenkins an. »Das Wichtigste ist, dass Richter Harden jetzt weiß, was in den Papieren steht und dass du die Wahrheit sagst.«

Jenkins war da nicht so zuversichtlich.

»Der Termin für die Verhandlung wird aufgeschoben werden müssen, bis über den Widerspruch entschieden ist«, meinte Jake.

»Glaubt ihr, sie machen mir einen weiteren Vorschlag in Bezug auf einen Deal?«, fragte Jenkins. Einerseits wollte er natürlich von einem Gericht freigesprochen werden, hatte aber auch im Interesse von Alex und seinen Kindern nichts gegen eine schnelle Lösung einzuwenden. Solange er sich nicht schuldig bekennen musste.

»Könnte sein«, sagte Sloane. »Besonders, wenn sie den Widerspruch verlieren.«

Sie redeten noch ein bisschen, bis Jenkins kurz vor achtzehn Uhr erklärte, jetzt lieber nach Hause gehen zu wollen, um Alex abzulösen. »Ruft mich an, wenn ihr mich für irgendwas braucht.«

Er nahm seine Jacke und war schon auf dem Weg zur Tür, als das Telefon im Konferenzraum klingelte. Sloane hatte alle Anrufe hierher umleiten lassen, da die Empfangsdame inzwischen gegangen war. Die Lichter auf der Telefonkonsole zeigten einen Anruf von außerhalb an, aber nachdem Sloane abgenommen hatte, tauchte auf dem kleinen Display keine Nummer auf. Er schaltete das Gespräch auf Lautsprecher. »Anwaltskanzlei David Sloane.«

»David Sloane?« Der Akzent des Anrufers ließ Jenkins aufhorchen. Er blieb stehen und drehte sich um, im Gesicht einen Ausdruck, als habe er ein Gespenst gesehen.

»Ja«, sagte Sloane.

»Gut. Mr. Sloane, mein Name ist Viktor Federow. Ihr Mandant Charles Jenkins kennt mich gut.«

Sloane sah Jenkins an. Der nickte, kehrte an den Tisch zurück und setzte sich.

»Sie haben das Gespräch auf Lautsprecher gestellt«, sagte Federow. »Darf ich daraus schließen, dass Mr. Jenkins dort bei Ihnen ist?«

»Ich bin hier, Viktor«, sagte Jenkins.

»Mr. Jenkins, wie geht es Ihnen?«, erkundigte sich Federow, als seien Jenkins und er alte Freunde, die sich nach langer Zeit wiedertrafen.

»Es ging mir schon mal besser, Viktor.«

»Ja. Ich habe mit großem Interesse von Ihrer Verhaftung und dem anstehenden Verfahren gelesen. In Russland ist uns solches Glück nicht beschert. Unsere Regierung empfand mein Scheitern als Peinlichkeit und hat mich entlassen.«

»Ich kann nicht sagen, dass mir das leidtut«, erwiderte Jenkins.

Federow lachte. »Das hatte ich auch nicht erwartet. Ich hatte nie Gelegenheit, Ihnen zu Ihrer Flucht zu gratulieren. Sie sind ein beeindruckender Gegner, ein Mann, den ich gern unter anderen Umständen kennengelernt hätte. Vielleicht komme ich ja irgendwann einmal in die Vereinigten Staaten und wir können miteinander anstoßen.«

Jenkins warf Sloane einen entgeisterten Blick zu. »Haben Sie angerufen, um mir zu gratulieren, Viktor?«

»Nein, das habe ich nicht. Ich habe angerufen, um Ihnen zu sagen, dass die russische Regierung direkt ist. Die in Ihrem Land nicht so sehr. Ich würde die Vergangenheit ja gern ruhen lassen, aber meine Meinung spielt keine Rolle. In Ihrem Land gibt es einige, die nicht wollen, dass Sie vor Gericht stehen. Sie finden, das könnte peinlich für sie werden. Ich dachte, das sollten Sie wissen.«

»Meinen Sie Carl Emerson?«, fragte Jenkins.

»Ich meine niemanden, das wäre nicht gut für meine Gesundheit.«

»Warum erzählen Sie mir das, Viktor?«

Federow seufzte. »Ich sage es noch einmal: Wir sind gar nicht so verschieden, Mr. Jenkins. Wir arbeiten beide für Bürokraten, die nicht zu schätzen wissen, was wir tun, aber rasch mit Strafen bei der Hand sind, wenn wir versagen.«

Über diese Aussage dachte Jenkins einen Moment lang nach. »Danke für die Warnung.«

»Nichts zu danken.«

»Und was für Pläne haben Sie jetzt?«, wollte Jenkins wissen.

»Ich? Mein Bruder besitzt eine Zementfabrik mit jeder Menge Regierungsaufträge. Ich verdiene bei ihm viel mehr Geld als vorher, wenn auch nicht annähernd das, was andere auf unsere Kosten verdient haben, Mr. Jenkins.«

Jenkins warf Sloane einen weiteren Blick zu. Er verstand diese Aussage so, dass, ganz wie er vermutet hatte, irgendwer in dieser Affäre Millionen gescheffelt hatte. Möglicherweise war Carl Emerson dieser jemand. »Ich verstehe.«

»Dann ist es ja gut, dass ich angerufen habe. Bis wir uns wiedersehen, Mr. Jenkins!«

Federow beendete den Anruf und Jake die Aufzeichnung seines Handys: Er hatte die Unterhaltung mitgeschnitten. »Ich habe alles! Wir können die Aufnahme zu Harden bringen und ihm vorspielen.«

Sloane schüttelte den Kopf. »So etwas kommt nie als Beweis vor Gericht, Jake. Du hast das Gespräch ohne Federows Wissen aufgezeichnet und die Regierung wird anführen, dass sie keine Möglichkeit hat, den Mann zu seinen Behauptungen ins Kreuzverhör zu nehmen.«

»Das wäre noch nicht mal das größte Problem«, ergänzte Jenkins. »Das Gespräch bestätigt meine Beziehung zu einem FSB-Agenten und es hört sich so an, als wären wir Freunde. Die Staatsanwaltschaft könnte versuchen, es gegen mich zu verwenden.«

Einen Moment lang schwiegen alle. »Glaubst du, er wollte dich mit dem Anruf irgendwie reinlegen?«, fragte Jake schließlich.

»Nein.« Jenkins schüttelte den Kopf. »Er hat in diesem Spiel keine Aktien mehr. Ich glaube, das war eine nett gemeinte Warnung unter Agenten. Und er wollte mich wissen lassen, dass irgendwer auf unserer beider Kosten Millionen verdient. Er ist sauer. Deswegen hat er angerufen. Er will, dass ich gewinne.«

»Warum? Was steckt für ihn drin?«, fragte Jake.

Jenkins lächelte, erinnerte sich an Federow und den Respekt, den er für das Geschick dieses Mannes entwickelt hatte. Anscheinend ging es Federow ähnlich und auch er empfand inzwischen einen gewissen Respekt für seinen Gegenspieler in dieser üblen Affäre.

»Nichts«, antwortete er auf die Frage von Jake. »Absolut gar nichts. Und deswegen glaube ich ihm auch. Er und ich haben wirklich etwas gemeinsam. Seine Regierung hat ihn beschissen und meine will dasselbe auch mit mir tun. Das ist seine Art, mir zu helfen.«

»Aber wenn du glaubst, es gibt Leute, die dich töten wollen, wie kannst du da so ruhig bleiben?«, wollte Jake wissen.

»Weil kein Auftragskiller den Mord an mir übernehmen würde. So viele von denen gibt es gar nicht, es ist eine kleine, verschworene Bruderschaft, und ich bin mir sicher, sie riechen, was hier vor sich geht. Sie werden abwarten, was beim Prozess gegen mich herauskommt, denn sie wissen, was mit mir passiert, kann auch mit ihnen passieren.«

* * *

Der Widerspruch der Staatsanwaltschaft führte zu einer viermonatigen Verschiebung des Prozesses. Jenkins verbrachte die Zeit mit Alex und den Kindern. Inzwischen waren Ferien, weswegen CJ nicht mehr ständig mit der Bitte kam, doch wieder zur Schule zu dürfen. Alex arbeitete Teilzeit in einem Supermarkt, während Jenkins aufgrund der Umstände seiner Verhaftung und des Bekanntheitsgrades seines Verfahrens keine Arbeit finden konnte. Um zurechtzukommen, mussten sie die wenigen Rücklagen anbrechen, die sie für die Rente gebildet hatten. Sloane wollte von ihnen kein Geld, weder für Miete noch für Essen. »Was nutzt mir mein Geld, wenn ich es nicht für meine Familie ausgeben kann?«, hatte er erklärt, als Jenkins das Thema zur Sprache brachte.

An einem warmen Nachmittag im Juli, mitten in der Woche, rief Sloane Jenkins an, um ihm mitzuteilen, dass drei Richter des neunten Bezirksgerichts Richter Hardens Entscheidung einstimmig bestätigt hätten. Sie lehnten den Antrag der Staatsanwaltschaft ab, die strittigen Unterlagen nach dem CIPA als geheim einzustufen. Jenkins stieß einen Freudenschrei aus, nachdem er den Hörer aufgelegt hatte. Er war zuversichtlicher denn je, dass die Regierung das Verfahren gegen ihn entweder einstellen oder ihm einen neuen Deal anbieten würde, bei dem er nicht auf Geistesgestörtheit plädieren musste.

Seine Euphorie war nur von kurzer Dauer. Noch am selben Tag rief Sloane gegen Abend an, um ihm zu eröffnen, die Regierung habe erneut Widerspruch eingelegt und diesmal eine Eilentscheidung unter Beteiligung sämtlicher zwölf Richter des Bezirksgerichts beantragt. Sloane konnte es sich zwar schwer vorstellen, dass die Gesamtheit der Richter eine einstimmige Entscheidung dreier Kollegen kippte, aber Jenkins war da nicht so naiv. Er kannte den langen Arm von CIA und FBI.

Am Vorabend des neuen Gerichtstermins entschied das neunte Bezirksgericht mit sieben gegen fünf Stimmen, die durch drei ihrer Kollegen bestätigte Entscheidung von Richter Harden zu kippen. Sämtliche von Jake besorgten Unterlagen der Firma LSR&C wurden als geheim eingestuft und waren von daher als Beweise vor Gericht nicht zulässig. Sloane versuchte Jenkins damit zu trösten, dass zumindest Richter Harden wusste, was in den Papieren stand.

Die Geschworenen dagegen nicht.

Es überraschte Jenkins nicht, dass die Regierung ihm keinen weiteren Deal anbot.

An diesem Abend ging er hinunter ans Wasser. Er wusste jetzt, die mit der Macht in Händen würden es nicht zulassen, dass die Wahrheit ans Licht kam. Sie gestanden ihm keine faire Chance zu, sie würden ihm nicht erlauben, frei zu sein. Er starrte über den Puget Sound. Die Sonne ging gerade unter und färbte den Himmel in eine unheimliche Farbkombination aus Rot und Orange. Das erinnerte ihn an den Himmel über Moskau bei seiner ersten Reise nach Russland.

Ihm standen drei lebenslängliche Haftstrafen bevor und er konnte nichts, buchstäblich gar nichts tun, um seine Verteidigung zu untermauern.

* * *

Am Abend saß Jenkins noch spät auf Sloanes überdachter Veranda und lauschte den Wellen, die von einem vorüberfahrenden Frachtschiff ausgehend wie Donnergrollen gegen den Strand schlugen. Er verstand jetzt, warum die Regierung nie einen Fall verloren hatte, bei dem es um Spionage ging: Das war, als würde man in Las Vegas Black Jack spielen. Die Gewinnchancen standen auch da nicht gut, weil das Kasino die Karten kontrollierte.

Sloane kam zu ihm hinaus auf die Veranda und ließ die Fliegentür hinter sich zuschlagen. Er hatte zwei Bier dabei, von denen er Jenkins eins reichte. Seite an Seite saßen sie auf den Schaukelstühlen und sahen hinaus auf das dunkle Meer. Diese Stühle hatte Sloane vor Tinas Tod gekauft, erinnerte sich Jenkins, und er hatte bestimmt fest damit gerechnet, bis ins hohe Alter hinein hier neben ihr zu sitzen und den Blick zu genießen. Wie schnell und drastisch sich das Leben doch ändern kann.

Jenkins nippte an seinem Bier. »Alles erledigt?«

Sloane hatte den Tag bei Gericht verbracht und vorprozessuale Anträge verhandelt. Wenn Richter Harden sauer war, weil die Staatsanwaltschaft ihn in Bezug auf die LSR&C-Papiere belogen hatte oder weil seine Entscheidung in der Berufung gekippt worden war, dann ließ er sich das nicht anmerken. Der Richter arbeitete effizient und professionell und die Verteidigung verlor beziehungsweise gewann ihre Anträge entsprechend dem, was Sloane vermutet hatte.

»Haben sie uns Emersons letzte bekannte Adresse genannt?«, fragte Jenkins.

»Nein.« Sloane schüttelte den Kopf. »Und ich verlasse mich auch nicht allzu sehr darauf, dass sie die irgendwann rausrücken. Wenn sie es doch tun, dann ist das wahrscheinlich eine Postfachadresse irgendwo am Ende der Welt und Emerson wird nicht freiwillig kommen, wenn er nicht im Staat Washington wohnt. Eine zwangsweise Vorladung werden wir kaum durchbekommen, falls er sich überhaupt finden lässt.«

Jenkins dachte einen Moment darüber nach. »Vielleicht ist es gut so, wir haben ja keine Unterlagen, die ihn belasten. Wir müssen davon ausgehen, dass er über mich kaum etwas Positives zu sagen hat, und falls er das Leck oder der Maulwurf ist, hatte er jetzt jede Menge Zeit, seine Spuren zu verwischen. Emerson ist ein schlauer Hund, das war er immer schon. Er spielt dieses Spiel seit mehr als vierzig Jahren. Vielleicht wäre es sogar negativ, denn er könnte mich verbrennen, wenn wir ihn in den Zeugenstand rufen.«

Sloane nippte an seinem Bier. »Ich möchte aber im Protokoll festhalten lassen, dass wir versucht haben, ihn als Zeugen zu bekommen, und dass wir die Regierung gebeten haben, uns seine Adresse zu nennen. Das könnte eine gute Grundlage für eine Berufung abgeben.«

Eine Berufung setzte voraus, dass sie vorher verloren, das war Jenkins nur allzu gut bewusst. »Hat die Gegenseite eine Zeugenliste eingereicht?«

Sloane grinste verächtlich. »Punkt siebzehn Uhr heute Nachmittag, keine Minute früher. Siebenundzwanzig Namen und bei keinem eine Info, was die betreffende Person aussagen soll.«

Wir fliegen im Blindflug, dachte Jenkins, nicht zum ersten Mal. Unter seinem Schaukelstuhl ächzten und stöhnten die alten Terrassendielen. Das hörte sich an wie der Sound in einem alten Western, wenn ein einsam stehender Baum gezeigt wird, an dessen unterem Ast ein Erhängter sich langsam im Kreise dreht.

»Ich werde dich nicht bitten, dich um Alex und die Kinder zu kümmern«, sagte er, ohne den Blick von der dunklen Landschaft zu nehmen. »Nur darum, für sie da zu sein, wenn sie Hilfe brauchen.«

»Ich werde für sie sorgen wie für meine eigene Familie, das weißt du doch«, sagte Sloane leise. »Aber noch geben wir nicht auf.«

»Ich gebe nie auf, David, aber es gibt Dinge, die haben wir einfach nicht unter Kontrolle.«

Im Haus weinte Lizzie. Jenkins sah auf die Uhr. »Unpünktlich ist sie auf jeden Fall nicht.« Er reichte Sloane sein Bier. »Ich habe Alex gesagt, dass ich sie füttere, damit sie sich ein bisschen ausruhen kann. Ich schlafe sowieso nicht viel und weiß nicht, wie oft ich noch Gelegenheit habe, die Kleine im Arm zu halten.«

61

Am folgenden Morgen beantragte die Staatsanwaltschaft, Richter Harden solle sich aus dem Verfahren zurückziehen, weil er die nach CIPA als geheim eingestuften Unterlagen kannte. Harden lehnte den Antrag ab und versicherte, er fühle sich in keiner Weise befangen und seine Kenntnis der Dokumente habe keinen Einfluss auf seine Leitung des Verfahrens.

Sloane fand den Antrag einen geschickten Schachzug der Gegenseite, denn nun hing der Verdacht der Befangenheit über Richter Hardens Haupt und sorgte für strikte Einhaltung aller Verfahrensregeln.

Danach ging es mit der Auswahl der Geschworenen weiter, die von beiden Parteien ebenso zügig und effizient abgewickelt wurde wie die Anträge im Vorverfahren. Bei Verfahren vor dem Bundesgericht befragt im Wesentlichen der Richter die potenziellen Geschworenen, Staatsanwaltschaft und Verteidigung müssen sich auf jeweils drei Fragen beschränken. Jenkins wusste von Sloane, dass die meisten Geschworenen, wenn sie erstmals den Gerichtssaal betraten, von einer Schuld des Angeklagten ausgingen, weil sie der Meinung waren, der Fall hätte es sonst nicht vor Gericht geschafft. An dieser Grundhaltung wollte Sloane rütteln und die potenziellen Geschworenen dazu bringen, über ihre vorgefasste Meinung über den Spion Charles Jenkins wenigstens noch einmal nachzudenken.

Entsprechend lautete seine erste Frage: »Wer von Ihnen glaubt, dass im Dienst der Vereinigten Staaten Spione tätig sind, die verdeckt und hinter den Kulissen arbeiten, um die nationalen Interessen und die Sicherheit unseres Landes zu schützen? Bitte heben Sie die Hand.«

In diesen Zeiten der beinahe alltäglichen Bedrohung durch Terroristen hoben fast alle Geschworenen die Hand. Jenkins notierte sich die, die es nicht getan hatten. »Und wie viele von Ihnen sind der Meinung, es könnte dem Interesse unseres Landes dienen, wenn die Regierung die Öffentlichkeit nicht immer darüber informiert, wo ihre Spione arbeiten und was sie tun?«

Wieder meldeten sich fast alle potenziellen Geschworenen.

»Wie viele von Ihnen sind der Meinung, dass die Regierung manchmal Fehler macht?«

Diesmal meldeten sich alle. Sloane setzte sich und Jenkins hatte das Gefühl, das Blatt könnte sich ein klein wenig zu seinen Gunsten gewendet haben, bevor die Regierung die Chance erhielt, ihn als Verräter zu brandmarken.

Was Velasquez umgehend tat.

»Bitte heben Sie die Hand«, sagte sie, »wenn Sie der Meinung sind, dass eine Person, die Geheiminformationen an eine ausländische Regierung verkauft, bestraft werden soll.«

Sämtliche Hände gingen hoch. Die folgenden Fragen der Anklage waren ebenso beißend und ebenso überzeugend.

Am Ende nutzte Sloane achtzehn seiner zwanzig Möglichkeiten, einen Geschworenen abzulehnen, Velasquez nutzte siebzehn und nicht einmal zwei Stunden nach Beginn der Vorvernehmungen der Geschworenen hatten sie eine aus neun Frauen und drei Männern bestehende Jury beisammen. Die meisten von ihnen verfügten über einen gewissen

Bildungsstand und arbeiteten in verantwortungsvollen Jobs. Sloane gefiel die Auswahl.

Harden verschwendete keine Zeit. »Ist die Staatsanwaltschaft vorbereitet, ihr Eröffnungsplädoyer zu halten?«

Das war keine Frage. Velasquez schob ihren Stuhl zurück und stand auf. Falls sie etwa doch nicht vorbereitet gewesen war, ließ sie sich das nicht anmerken. Selbstbewusst und elegant in einem dunkelblauen Rock mit passender Jacke legte sie ihren Laptop aufs Rednerpult, um ihn dann gar nicht zu beachten, weil sie sich gleich direkt an die Jury wandte.

Sie stellte noch einmal das Thema an die Spitze ihrer Ausführungen, das auch schon bei der Auswahl der Geschworenen Grundlage ihrer drei Fragen gewesen war. »Das Justizministerium erhebt in einem Fall wie diesem hier nur Anklage, wenn diese sich auf Beweise und Zeugen stützen kann.«

Jenkins sah, wie Sloane Anstalten machte, aufzuspringen, aber er blieb sitzen. Velasquez' Behauptung war nicht über jeden Zweifel erhaben, und man konnte den Mienen der Geschworenen entnehmen, dass sie der Staatsanwältin in diesem Fall nicht glaubten. Jedenfalls nicht alle.

»Im Verlauf dieses Verfahrens werden wir Ihnen zeigen, wie der Angeklagte Charles Jenkins in seinem Leben berufliche und private Rückschläge einstecken musste. Seine Sicherheitsfirma, CJ Security, stand kurz vor dem Bankrott, er selbst ebenfalls. Mr. Jenkins' Firma hatte Schulden bei Mitarbeitern und Dienstleistern. Außerdem stand er kurz vor dem persönlichen finanziellen Kollaps, denn er hatte als Sicherheit für neue Kredite, um seine Firma am Leben zu erhalten, die Farm auf Camano Island gestellt, auf der er und seine Familie lebten. Um es klar und einfach auszudrücken: Er brauchte Geld, sonst drohte ihm und seiner Familie der Verlust ihres Zuhauses.«

Velasquez entfernte sich ein paar Schritte vom Rednerpult, während sie der Jury von Alex und ihrer komplizierten Schwangerschaft erzählte. Dann kehrte sie wieder zurück. »Was sollte Mr. Jenkins tun? Wie konnte er seine Familie retten?« Sie legte eine Kunstpause ein, als erwarte sie die Antwort auf ihre Frage von einem der Geschworenen. »Er konnte sich auf alte Talente besinnen und auf einen Feind, den er früher oft erfolgreich geschlagen hatte. Ein Feind, der nur zu gern Informationen in die Finger bekommen würde, die Mr. Jenkins ihm liefern konnte. Sie müssen nämlich wissen, dass Mr. Jenkins früher einmal für die CIA gearbeitet hat, er war Spion. Ende der Siebzigerjahre war er im Büro der CIA in Mexiko-Stadt tätig, und zwar als Agent im Felde. Sein Verbindungsmann damals war ein gewisser Carl Emerson. Während seiner Zeit in Mexiko war Mr. Jenkins an Operationen gegen die Sowjetunion und deren Geheimdienst KGB beteiligt, der ebenfalls Agenten in Mexiko-Stadt stationiert hatte. Von daher verfügte Mr. Jenkins über Zugang zu vertraulichen Informationen über amerikanische Agenten, die in Russland arbeiteten, und über Doppelagenten – Russen, die für Amerika spionierten.«

Velasquez sprach über Jenkins' abrupten Austritt aus der CIA und seine offen eingestandene Unzufriedenheit mit der Agentur, um sich anschließend mit erhobenem Zeigefinger zu Jenkins umzudrehen. »Was tat Mr. Jenkins nun also, als er sich mit einer persönlichen und professionellen Katastrophe konfrontiert sah? Er verfügte über die perfekte Tarnung für Russlandreisen, seit die Firma LSR&C in Moskau ein Büro unterhielt, denn CJ Security hatte für die Sicherheit der Mitarbeiter und Kunden dort zu sorgen.«

Velasquez ging Jenkins' Russlandreisen durch, erzählte von den Informationen, die er dort angeblich weitergegeben hatte, und erklärte, wieso diese Informationen ihren Ursprung in Mexiko-Stadt hatten. »Die beiden Agenten, deren Namen Mr.

Jenkins dem FSB verriet, bezahlten für diesen Verrat mit dem Leben.«

Jenkins spürte, wie sich die Blicke der Geschworenen in ihn bohrten, und hatte Mühe, nicht darauf zu reagieren.

Velasquez fuhr fort. Sie berichtete, wie auf Jenkins' Firmenkonto nach seiner ersten Rückkehr aus Moskau durch telegrafische Anweisung aus der Schweiz fünfzigtausend Dollar eingegangen waren. »Ein klarer Handel, wie Sie sehen: Er lieferte Informationen und bekam dafür Geld. Er war ein von Schulden geplagter, verzweifelter Mann.«

Velasquez, die sich manchmal streng und nüchtern, manchmal empört und aufgebracht gab, erzählte von Jenkins' geheimnisvoller zweiter Rückkehr aus Russland, die er allem Anschein nach ohne seinen amerikanischen Pass bewerkstelligt hatte. Sie berichtete, wie er den FBI-Agenten Chris Daugherty kontaktiert hatte, weil er, wie sie durchblicken ließ, wohl Angst gehabt hatte, erwischt zu werden. »Und er hat sich eine Geschichte ausgedacht!«, verkündete sie zum Schluss.

Es folgte das, was Velasquez hartnäckig als »Mr. Jenkins' Fantasien« bezeichnete. »Würde diese große Nation, würden die Vereinigten Staaten von Amerika einen ihrer Agenten derart im Stich lassen, wenn er wirklich im Dienst seines Landes unterwegs gewesen wäre?«

»Wo sind seine Beweise?«, fuhr sie verächtlich fort. »Fragen Sie sich das. Wo sind seine Beweise, irgendetwas, um seine Geschichte zu untermauern? Und fragen Sie sich, wie wahrscheinlich es ist, dass ein CIA-Agent mit einem Batzen Geld ausgerechnet dann bei ihm auf der Farm auftauchte, als es Mr. Jenkins persönlich und beruflich extrem schlecht ging. Solche Geschichten liest man in zweitklassigen Krimis, über die der erfahrene Leser nur lachen kann, bevor er sie als reine, unverfälschte Fantasiegeschichten beiseitelegt.«

Nach gerade einmal zwanzig Minuten hatte Velasquez bei der Jury einen starken Eindruck hinterlassen. Als sie sich wieder an den Tisch der Staatsanwaltschaft begeben hatte, hörte man im Raum nur das Knarren der Stühle, als sich die Jury wie ein Mann dem Tisch der Verteidigung zuwandte.

* * *

Sloane war bereits auf dem Weg zum Rednerpult, als Richter Harden die obligatorische Frage stellte, ob er sein Eröffnungsplädoyer gleich halten oder lieber verschieben wollte.

»Die Verteidigung möchte sehr gern jetzt gehört werden, Euer Ehren.«

Sloane hatte Jenkins erzählt, dass ihm maximal dreißig Worte zur Verfügung standen, um den Eindruck zu korrigieren, den Velasquez bei den Geschworenen hinterlassen hatte. Das hatte die Erfahrung gezeigt. Wenn er es in dieser Zeit nicht geschafft hatte, die Geschworenen in Jenkins' Fall hineinzuziehen, würde ihm niemand mehr richtig zuhören.

Also deutete er, ohne die Jury erst noch zu begrüßen, gleich auf Jenkins: »Ist dieser Mann ein Spion?« Er sah jedem einzelnen Geschworenen in die Augen, bevor er fortfuhr: »Und ob er das ist! Er ist ein Spion im Auftrag der Vereinigten Staaten von Amerika. Er hat in den Siebzigerjahren für unser Land gearbeitet und er wurde im November 2017 reaktiviert. Stehen wir hier rein aus Zufall, wie die Staatsanwaltschaft es darstellen möchte? Nein. Wir stehen hier vor Gericht, weil Mr. Jenkins das Opfer eines skrupellosen CIA-Agenten wurde, der eine Investmentfirma betrog.«

Sloane ging bei seinen Ausführungen auf und ab. Er erzählte den Geschworenen, was Velasquez ihnen verschwiegen hatte, erzählte von Carl Emerson, der unter dem Namen Richard Peterson die Firma TBT Investments geleitet hatte, eine Tochtergesellschaft von LSR&C, wobei LSR&C wiederum als Tarnfirma der CIA für Agenten überall im Land arbeitete. Dieses Vorgehen barg ein gewisses Risiko, denn in einem Eröffnungsplädoyer brachte man eigentlich keine Fakten ein, die kamen später, gestützt auf Beweise. Und ohne die Unterlagen, mit denen sich die Behauptungen dieses Eröffnungsplädoyers belegen ließen, konnte die Sache auch nach hinten losgehen. Aber Jenkins und Sloane waren übereingekommen, dieses Risiko einzugehen.

»War es ein Zufall, dass die Firma von Mr. Jenkins kurz vor dem Bankrott stand? Natürlich nicht. Mr. Jenkins konnte die Schulden von CJ Security nicht begleichen, weil LSR&C aufgehört hatte, die Rechnungen von CJ Security zu bezahlen. War es ein Zufall, dass Carl Emerson ausgerechnet in dieser finanziell kritischen Zeit bei Mr. Jenkins auf der Farm auftauchte? Natürlich nicht. Carl Emerson tauchte zu diesem Zeitpunkt auf, weil er Mr. Jenkins gut kannte. Er war in Mexiko Mr. Jenkins' Verbindungsmann gewesen und wusste, warum Mr. Jenkins seinen Dienst bei der CIA quittiert hatte. Er wusste auch, dass sich Mr. Jenkins nie reaktivieren lassen würde, wenn nicht starke Argumente dafürsprachen. Katastrophale Umstände, das sieht die Anklage schon richtig. Mr. Jenkins drohte der Bankrott seiner Firma und der Verlust seiner Farm, des Zuhauses für ihn und seine Familie.«

Sloane machte einen Moment Pause, um seinen Zorn und die doch nicht unerhebliche Menge an Informationen auf die Jury einwirken zu lassen. Fragte er sich, ob jeder einzelne Geschworene jede einzelne Nuance seines Vortrags mitbekommen hatte? Nein, das fragte er sich in diesem Moment noch nicht. Ohne die Unterlagen, mit denen er seine Behauptungen untermauern konnte und die er nicht einbringen durfte, würde es schwierig werden, der Jury jeden einzelnen Punkt seiner Verteidigungslinie nahezubringen. Im Moment wollte er nur vermitteln, dass sich die Regierung unloyal verhalten hatte und in schmutzige Geschäfte verwickelt war, Dinge, die hoffentlich jeder Geschworene verstand.

»Carl Emerson wusste, dass Mr. Jenkins ein hervorragend ausgebildeter Agent war, der noch dazu Russisch sprach und über die perfekte Tarnung für Russlandreisen verfügte, da sein Betrieb für LSR&C in Moskau das Sicherheitssystem ausgearbeitet hatte und betreute. War es ein Zufall, dass Mr. Jenkins in Moskau die Identität von zwei Menschen preisgab, die für die USA in Russland tätig waren und die vor Jahren in Mexiko-Stadt angefangen hatten, für die CIA zu arbeiten? Natürlich nicht. Carl Emerson hatte ihn autorisiert, diese Namen weiterzugeben. Als ehemaliger Leiter der Geschäftsstelle in Mexiko-Stadt wusste Emerson von beiden Agenten und den Operationen, in die sie eingebunden waren.«

Sloane schwieg, wobei er sich jeden Geschworenen noch einmal genau ansah. Seine Hoffnung, so hatte er Jenkins erklärt, bestand darin, bei den Geschworenen ein Gefühl des Zweifels zu wecken. Er wollte sie sehen lassen, dass es bei dieser Geschichte auf die Perspektive ankam, weil man sie zweifach interpretieren konnte. Vielleicht wechselten sie ihre Perspektive ja oder erkannten zumindest an, dass es eine andere Geschichte gab, und enthielten sich eines Urteils. »Die Anklage fragt Sie, ob Sie es für möglich halten, dass die CIA einen ihrer Agenten derart im Stich lässt. Wenn Sie unsere Beweise sehen, werden Sie sagen: Ja, das hat sie getan.«

Sloane legte die Hände zusammen und brachte die Fingerspitzen wie zum Gebet an seine Lippen. »Meine Damen und Herren, nach amerikanischem Recht muss die Staatsanwaltschaft beweisen, dass Charles Jenkins schuldig ist. In jedem Strafrechtsfall ist ein Angeklagter so lange unschuldig, bis seine Schuld zweifelsfrei bewiesen werden konnte. Der Angeklagte muss nicht aussagen.« Er ließ die Hände sinken, als sei das, was jetzt kam, ganz spontan. Dabei war hier gar nichts spontan. Jenkins und er hatten die Risiken dieses Teils des Eröffnungsplädoyers am Abend zuvor mehrere Stunden lang erörtert. »In diesem Verfahren werden wir das anders handhaben.« Sloane nickte Jenkins zu, bevor er auf die versammelten Anwälte der Gegenseite deutete. »Wir werden die Anklage von der Last befreien, meinem Mandanten Schuld nachzuweisen. Wir werden diese Last auf uns nehmen und Ihnen zweifelsfrei beweisen, dass der Angeklagte das Gesetz nicht gebrochen hat, dass er ein loyaler Amerikaner ist, der die ganze Zeit glaubte, seinem Land zu dienen.«

Sloane dankte den Geschworenen und kehrte an den Tisch der Verteidigung zurück. Jenkins bemerkte, dass der verächtliche Ausdruck in den Gesichtern der Geschworenen einer gewissen Neugier Platz gemacht hatte, und wusste, auf mehr hätte er nicht hoffen können.

62

Nach der Mittagspause verschwendete Harden erneut keine Zeit und fragte, kaum dass er sich gesetzt hatte und noch während er die Papiere auf seinem Tisch zurechtschob: »Ist die Staatsanwaltschaft bereit, weiterzumachen?«

Auch diesmal war das keine Frage und auch diesmal zögerte Velasquez nicht eine Sekunde. »Das sind wir, Euer Ehren.«

»Rufen Sie Ihren ersten Zeugen auf!«

Velasquez rief Nathaniel Ikeda auf, einen Urkundsbeamten aus dem CIA-Büro in Langley, Virginia. Ikeda war ein gut aussehender Mann japanischer Herkunft, dessen schwarze Haare langsam grau wurden. Nachdem er seine Personalien zu Protokoll gegeben und seine Arbeitsstelle genannt hatte, fragte Velasquez: »Hat Ihre Durchsicht der Unterlagen im Büro der CIA Informationen darüber zutage gefördert, ob ein Charles William Jenkins bei der Central Intelligence Agency angestellt war?«

»Ja«, sagte Ikeda.

»Könnten Sie der Jury erklären, was genau in den Unterlagen steht?«

Ikeda wandte sich den Geschworenen zu. Entweder hatte Velasquez ihn darum gebeten oder er saß nicht das erste Mal im Zeugenstand. Er hatte Dokumente dabei, die die Anklage Sloane erst am Abend zuvor überstellt hatte, und sagte aus, Jenkins sei von Juni 1976 bis Juli 1978 bei der CIA beschäftigt gewesen, beide Daten grob geschätzt.

»Steht in den Unterlagen, warum das Beschäftigungsverhältnis beendet wurde?«

»Die Agentur ging von einer Kündigung seitens Mr. Jenkins' aus, nachdem man eine Weile erfolglos versucht hatte, mit ihm Kontakt aufzunehmen.«

»Steht in Ihren Unterlagen, dass Mr. Jenkins im November oder Dezember 2017 als Agent reaktiviert wurde?«

»Nein, das steht dort nicht.«

»Haben Sie nach Unterlagen über einen Carl Emerson gesucht?«

Wieder wandte sich Ikeda an die Jury und sagte: Ja, das habe er getan. Nachdem Velasquez die entsprechenden Unterlagen markiert und offiziell vorgelegt hatte, damit sie als Beweise zugelassen werden konnten, erklärte Ikeda den Inhalt dieser Dokumente. »Mr. Emerson wechselte von seiner Stellung als Leiter des Büros in Mexiko-Stadt zum Büro in Langley.«

»Lässt sich aus den Unterlagen ersehen, dass Carl Emerson im Dezember 2017 für eine Operation in Russland zuständig war?«

»Nein, das ist nicht der Fall.«

Ikeda erklärte, welche Unterlagen es geben müsste, wäre eine solche Operation initiiert worden, und sagte dann, solche Dokumente habe er nicht gefunden.

»Gibt es Unterlagen über eine Zahlung von fünfzigtausend Dollar an Mr. Jenkins oder Mr. Emerson im Dezember 2017?«

»Nein, die gibt es nicht.«

Als Nächstes stellte Velasquez Ikeda Fragen zu den beiden Agenten, deren Namen Jenkins dem FSB genannt hatte, Alexej

Sukurow und Uliana Artemjewa. »Zeigen Ihre Unterlagen, ob einer dieser beiden oder beide noch aktiv waren?«

»Aktiv in dem Sinne, dass die Akten nicht geschlossen waren, ja.«

»Wann wurden diese Operationen erstmals aktiviert?«

»Das geschah 1972 beziehungsweise 1973.«

»Aus welchem Büro heraus?«

»Mexiko-Stadt.«

»Wer hat die Akten eröffnet?«

»Carl Emerson.«

Velasquez bedankte sich bei Ikeda und setzte sich.

Sloane und Jenkins hatten nur ein paar Stunden gehabt, um die Unterlagen durchzugehen und das Kreuzverhör vorzubereiten, weswegen Sloane in einem gewissen Maß improvisieren musste. Dabei hatte er sich zum Ziel gesetzt, zweifelsfrei nachzuweisen, dass es sich bei Carl Emerson um eine reale Person und nicht um ein Phantom handelte. Weiter wollte er klarstellen, dass Emerson die Operationen Alexej Sukurow und Uliana Artemjewa geleitet hatte und dass es keine Unterlagen gab, die Jenkins mit diesen beiden Operationen in Verbindung brachten. Und es sollte nach dem Kreuzverhör klar sein, dass die CIA Emerson ungefähr zu der Zeit gefeuert hatte, als LSR&C aufflog und man Jenkins wegen Spionage anklagte. »Ich hoffe, die Jury wittert Feuer, wenn sie all den Rauch sieht«, hatte er Jenkins gegenüber seinen Plan zusammengefasst.

»Wer war 1972 und 1973 als Verbindungsmann der CIA in Mexiko-Stadt?«, lautete seine erste Frage an Ikeda.

»Carl Emerson.«

»Geht aus Ihren Unterlagen hervor, dass Mr. Jenkins an einer der beiden vorhin erwähnten Operationen mitgearbeitet hat?«

»Ich bin mir nicht sicher. Er könnte mitgearbeitet haben.«

»Bitte schauen Sie doch noch einmal in Ihren Unterlagen nach, Mr. Ikeda, und sagen Sie mir, ob der Name Charles Jenkins in irgendeinem Dokument zu einer der beiden Operationen auftaucht.«

Es vergingen ein paar Minuten, in denen Ikeda seine Dokumente durchsah. Jenkins beobachtete ihn und achtete auch auf die Reaktionen der Geschworenen. »Ich finde seinen Namen in keiner der beiden Akten«, stellte Ikeda abschließend fest.

»Sie haben in Ihren Unterlagen keinerlei Information darüber, dass Mr. Jenkins überhaupt von diesen beiden Operationen wusste, nicht wahr?«

»Nicht in meinen Unterlagen, nein.«

»Haben Sie heute Unterlagen bei sich, aus denen hervorgeht, dass Carl Emerson für die hiesige Firma TBT Investments arbeitete?«

»Einspruch«, sagte Velasquez. »Die Frage verstößt gegen den CIPA-Beschluss.«

»Stattgegeben«, befand Harden.

»Haben Sie heute Unterlagen bei sich, aus denen hervorgeht, dass Richard Peterson für die hiesige Firma TBT Investments arbeitete?«

»Einspruch, dieselbe Begründung!«, meldete sich Velasquez.

»Stattgegeben.«

»Wurden Sie gebeten, nach solchen Unterlagen zu suchen?«

»Derselbe Einspruch.«

»Stattgegeben.« Harden warf Sloane einen warnenden Blick zu.

»Haben Sie Unterlagen – Flugbuchungen, Hotelquittungen, Essensabrechnungen – von Mr. Emerson, die zeigen, dass er in der Zeit zwischen November 2017 und Januar 2018 Reisekosten für Fahrten zwischen Langley und Seattle geltend gemacht hat?«

»Davon weiß ich nichts. Ich wurde nicht gebeten, nach solchen Unterlagen zu suchen.«

»Aber Mr. Emerson hat im Dezember 2017 und im Januar 2018 für die CIA gearbeitet, richtig?«

»Laut meinen Unterlagen ja.«

»Aus Ihren Unterlagen geht nicht hervor, dass Mr. Emerson in seiner Funktion als leitender Geschäftsführer von TBT Investments nach Seattle reiste?«

»Einspruch wie eben!«, meldete Velasquez.

»Stattgegeben«, erwiderte Harden.

»Was ist mit Kostenabrechnungen von Carl Emerson oder Richard Peterson für denselben Zeitraum? Haben Sie solche Unterlagen finden können?«

»Ich wurde nicht gebeten, nach solchen Unterlagen zu suchen.«

»Sie sollten also auch danach nicht suchen?«, fragte Sloane, als überraschte ihn das nun doch sehr. Er drehte sich um, als wollte er sich wieder setzen, dabei wusste Jenkins genau, dass er noch nicht fertig war. Da wirbelte Sloane auch schon herum und kehrte ans Rednerpult zurück, einen verwirrten Ausdruck im Gesicht. »Es tut mir leid, Mr. Ikeda, aber ich habe da doch noch ein paar Fragen. Nennen Ihre Unterlagen ein genaues Datum für Carl Emersons Ausscheiden aus der CIA?«

»Ja. Den fünfundzwanzigsten Januar 2018.«

»Wurde er gefeuert?«

Ikeda sah Velasquez an, die sofort aufsprang. »Einspruch, Euer Ehren! Die Zeugenaussage wird falsch dargestellt.«

Harden schüttelte den Kopf. »Nicht die Aussage dieses Zeugen. Er hat die Frage nicht beantwortet. Soll die Frage wiederholt werden, Mr. Ikeda?«

Ikeda schien sich in seiner Haut nicht mehr wohlzufühlen. »Nein.« Er sah Sloane an. »Sein Arbeitsverhältnis wurde beendet.«

»Gefeuert also«, sagte Sloane.

»Beendet«, beharrte Ikeda.

»In den Unterlagen steht nicht, dass Emerson in Rente ging, oder?«

»Nein.«

»Kündigte?«

»Nein.«

»Beurlaubt wurde? Ein Sabbatjahr antrat?«

»Nein.«

»Dort steht, das Arbeitsverhältnis wurde beendet, richtig? Er wurde gefeuert, rausgeschmissen, entlassen.«

»Hier steht beendet.«

»Steht in Ihren Unterlagen, *warum* Carl Emerson, der mindestens seit den Siebzigerjahren für die CIA arbeitete, jetzt gefeuert wurde?«

»Nein.«

Sloane schwieg, als müsse er über diese Information nachdenken. Jenkins wusste, die Geschworenen würden dasselbe tun.

Velasquez brauchte ungefähr fünf Minuten für weitere Fragen, bevor sie Ikeda entließ. Der Rest des Nachmittags bestand in einer Parade von Zeugen von der Zeugenliste der Regierung. Nicht einer von ihnen richtete verheerenden Schaden an, aber trotzdem fühlte sich Jenkins am Ende des ersten Verhandlungstages ein bisschen wie ein geprügelter Hund.

* * *

Früh am nächsten Morgen – am Abend zuvor war es noch spät geworden – fuhr Sloane erst einmal zusammen mit Jenkins und Jake in sein Büro. Dort fand er gleich hinter der Eingangstür einen unbeschrifteten Umschlag auf dem Boden, ohne Briefmarke und ohne Poststempel.

Sloane öffnete den Umschlag und zog ein einzelnes Blatt Papier heraus, das er kopfschüttelnd hochhielt. »Die letzte bekannte Adresse von Carl Emerson.«

»Die hatten sie die ganze Zeit!«, empörte sich Jake. »Wo wohnt er denn?«

»Santa Barbara«, sagte Sloane. »Sieh nach, ob es die Adresse noch gibt. Wenn ja, lass ihm eine Zeugenvorladung zukommen.«

»Santa Barbara ist mehr als einhundert Meilen weit weg«, stellte Jenkins fest. »Wir können ihn nicht zwingen, persönlich vor Gericht zu erscheinen.«

»Das weiß ich«, sagte Sloane. »Ich muss ihn trotzdem vorladen, nachdem ich seinen Namen so oft ins Spiel gebracht habe. Sonst fragt sich die Jury, warum ich das nicht mache, und diesen speziellen schwarzen Peter würde ich gern beim Abschlussplädoyer der Anklage zuschieben. Ich möchte sagen können: Wir haben ihn vorgeladen, er wollte nicht kommen, und die Staatsanwaltschaft hätte ihn als Zeugen einbestellen können, hat sich aber dagegen entschieden. Vielleicht reicht das, was ich damit andeute, ja schon, um begründete Zweifel zu wecken.«

63

Am Anfang des zweiten Verhandlungstages rief Maria Velasquez den FBI-Agenten Chris Daugherty in den Zeugenstand. Daugherty bot das Bild des klassischen FBI-Mannes in dunkelblauem Anzug, weißem Hemd und roter Krawatte. Amerikanischer hätte er auch dann nicht daherkommen können, wenn ihm Velasquez eine Flagge um die Schultern drapiert hätte.

Velasquez befragte ihn zu den Umständen, die zu seiner Begegnung mit Jenkins geführt hatten, und ließ sich detailliert sämtliche Treffen zwischen den beiden schildern.

Dann fragte sie: »Hat Mr. Jenkins darum gebeten, einen Vertreter der CIA hinzuzuziehen, bevor er mit Ihnen sprach?«

»Nein, das tat er nicht.«

»Hätten Sie das Ihrer Erfahrung nach erwartet, wo es doch um eine heikle CIA-Operation ging?«

»Eigentlich ist das üblich, meiner Erfahrung nach.«

»Und wissen Sie auch, warum?«

»Das FBI ist verantwortlich für alles, was innerhalb der USA geschieht, die CIA für das, was außerhalb der USA geschieht. Die beiden Agenturen wissen nicht, woran die jeweils andere arbeitet, und können darüber auch nicht Bescheid wissen.

Deswegen möchte in der Regel ein CIA-Agent, der von einem FBI-Agenten befragt wird, jemanden von der CIA dabeihaben, um sicher sein zu können, dass keine vertraulichen Informationen enthüllt werden.«

»Als Mr. Jenkins seine Geschichte zu Ende erzählt hatte, wie war da Ihre Reaktion?«

»Ich sagte ihm, ich könne ihm nicht glauben. Ich sagte zu ihm, die Geschichte sei lächerlich.«

»Was war seine Antwort darauf?«

Daugherty zuckte die Achseln. »Er bat mich, ihm zu vertrauen, er würde mich nicht anlügen. Er könne mir nicht alles sagen, ich müsse mich an die CIA wenden, um fehlende Teile in der Geschichte zu ergänzen. Als ich ihn fragte, warum er mir denn nicht alles erzählen könne, erwiderte er, ihm sei gesagt worden, damit gefährde er unter Umständen eine noch laufende, wichtige Operation.«

»Haben Sie bei der CIA angerufen und versucht, Mr. Jenkins' Geschichte zu verifizieren?«

»Ich konnte nichts von dem verifizieren, was er mir erzählt hatte. Bei der CIA sagte man mir, sie hätten keine Unterlagen über eine Reaktivierung von Mr. Jenkins und auch nichts darüber, dass er im Zuge irgendeiner Operation nach Russland oder irgendwohin sonst geschickt worden war. Die CIA hatte sich die Unterlagen über die beiden Operationen angesehen, nach denen ich aufgrund von Mr. Jenkins' Aussage fragen sollte. Beide Operationen, wurde mir gesagt, waren vor Jahren deaktiviert worden, die beiden daran beteiligten Agenten seien allerdings erst vor Kurzem in Russland gestorben, und zwar unter verdächtigen Umständen.«

Velasquez legte eine Pause ein, in der sie so tat, als blättere sie in ihren Notizen. Sie wollte das eben Gehörte bei den Geschworenen sacken lassen. Das tat es wohl auch, jedenfalls gingen von der Geschworenenbank verschiedene Blicke

Richtung Tisch der Verteidigung. »Was taten Sie als Nächstes?«, wollte Velasquez von Daugherty wissen.

»Das FBI hat eine Untersuchung eingeleitet, um Mr. Jenkins zu überprüfen. Dabei kam heraus, dass auf das Konto seiner Firma, CJ Security, kurz nach Jenkins' erster Russlandreise eine Zahlung von fünfzigtausend Dollar eingegangen war.«

»Haben Sie versucht herauszufinden, woher diese Zahlung stammte?«

»Wir haben einen forensischen Buchhalter mit der Suche nach der Quelle beauftragt.«

Jenkins und Sloane lag eine Kopie des Berichts dieses Buchhalters vor und sie hatten zugestimmt, ihn vor Gericht als Beweismittel zuzulassen.

»Zu welchem Schluss kam der Bericht?«

»Der Buchhalter stellte fest, dass die Gelder von einem Schweizer Bankkonto stammten. Mehr konnte er über die Quelle nicht herausfinden.«

Velasquez befragte Daugherty im Detail nach seinem zweiten Gespräch mit Jenkins, das im Regionalbüro des FBI in Seattle stattgefunden hatte.

»Haben Sie Mr. Jenkins mitgeteilt, was Sie über die beiden Operationen herausgefunden hatten, die er den Russen enthüllt hatte?«

»Ja.«

»Was war seine Reaktion? Gab es eine?«

»Er schüttelte den Kopf und sagte: ›Was habe ich da nur getan?‹«

Wieder ließ Velasquez diese Worte ein wenig sacken, ehe sie fortfuhr: »Und was sagten Sie daraufhin?«

»Ich habe ihn gefragt, ob er ein Geständnis ablegen und einen Deal aushandeln möchte.«

»Was war seine Antwort?«

»Er sagte: ›Das ist nicht das, wonach es aussieht. Ich habe nichts aus den Gründen getan, die Sie mir unterstellen.‹«

Nach diesem erst einmal verheerenden Statement bedankte sich Velasquez bei Daugherty und setzte sich.

Sloane trat ans Pult. »Agent Daugherty, Sie haben eben gesagt, Sie hätten Mr. Jenkins gefragt, ob er ein Geständnis ablegen und sich schuldig bekennen wolle, ein Verbrechen begangen zu haben, richtig?«

»Ja.«

»Würden Sie uns das Geständnis vorlegen, das Mr. Jenkins an jenem Tag in Ihrem Büro unterschrieben hat?«

Daugherty räusperte sich. »Ich habe kein unterschriebenes Geständnis.«

»Wie wäre es dann mit einem nicht unterzeichneten Geständnis?«

»Nein, das habe ich auch nicht.«

»Wenn man einen Zeugen befragt und der gesteht, ein Verbrechen begangen zu haben, sorgt man dann nicht dafür, dass dieser Zeuge ein entsprechendes Geständnis unterschreibt und datiert, bevor man ihn wieder gehen lässt? Ist das nicht eigentlich die übliche Vorgehensweise?«

»Es gibt viele verschiedene Vorgehensweisen …«

»Und wäre nicht eine davon, dass der vernehmende FBI-Agent, in diesem Fall also Sie, ein unterschriebenes Geständnis einholt, bevor der Zeuge das Treffen verlässt?«

»Ja, das stimmt.«

»Sie haben nie ein Geständnis verlangt?«

»Nein.«

Jenkins beobachtete die Geschworenen. Zwei der Männer wirkten belustigt.

»Sie sagten, Mr. Jenkins habe gesagt: ›Das ist nicht das, wonach es aussieht. Ich habe nichts aus den Gründen getan, die Sie mir unterstellen.‹ Richtig?«

»Das hat er gesagt.«

»Hat er nicht auch gesagt, dass er den Russen die beiden Namen genannt hat, weil er von Carl Emerson dazu autorisiert worden war?«

»Er sagte, er hätte keine Informationen weitergegeben, ohne dazu autorisiert gewesen zu sein, aber ich konnte keine Beweise finden, die seine Behauptung stützen. Die also klarstellen, dass er wirklich autorisiert handelte.«

Sloane blätterte in dem ihm vorliegenden getippten Protokoll. »Sie schreiben in Ihren Notizen, dass Mr. Jenkins sagte: ›Das ist nicht die ganze Geschichte. Wenn Sie die ganze Geschichte erfahren möchten, müssen Sie zur CIA gehen.‹«

»Ja.«

»Und Sie behaupten, bei der CIA angerufen zu haben, wo man Ihnen mitteilte, es gäbe keine Unterlagen über eine Operation, für die Mr. Jenkins reaktiviert worden sei. So haben Sie es eben formuliert. Ist das richtig?«

»Man sagte mir, es gäbe keine Unterlagen.«

»Also sind Sie davon ausgegangen, dass eine solche Operation nicht existierte, richtig?«

»Ich nehme an, das ist korrekt.«

»Aber Sie haben diesem Gericht auch erklärt, dass das FBI sich um Dinge kümmert, die hier im Lande passieren, und die CIA sich um das, was außerhalb des Landes geschieht, richtig?«

»Etwas in der Art, ja.«

»Sie würden mir doch zustimmen, wenn ich sage, dass die eine Agentur nicht immer weiß, was die andere Agentur tut, und dass beide Agenturen einander nicht immer sagen, was sie so treiben?«

»Ja, da würde ich Ihnen zustimmen.«

»Wäre es nicht auch richtig zu behaupten, dass FBI und CIA zwar in ihren Zielen letztendlich übereinstimmen, sie diese Ziele aber teilweise auf unterschiedlichen Wegen erreichen?«

»Das verstehe ich nicht.«

»Dann will ich versuchen, es Ihnen zu erklären.« Sloane kannte das FBI aus einem anderen Fall. »Lautet eines Ihrer Mottos beim FBI nicht: ›Lasst uns das Arschloch einbuchten!‹? Diesen Satz haben Sie doch unter FBI-Agenten bestimmt schon gehört, nicht wahr?«

»Ja, das stimmt.«

»Klar und eindeutig, nicht wahr? Einfach nur: Lasst uns das Arschloch einbuchten.«

»So ist es.«

»Wie lautet bei der CIA das Credo der Agenten im Felde? Wissen Sie das?«

»Nein, das kenne ich nicht.«

»›Dann werdet ihr die Wahrheit erkennen und die Wahrheit wird euch nerven.‹ Haben Sie dieses Credo je gehört?«

Daugherty lächelte. Einige der Geschworenen ebenso. »Nein, das ist mir neu.«

»Haben Sie eine Idee, was Sie sich darunter vorstellen sollen?«

»Nein.«

»Nicht so klar und eindeutig?«

Velasquez stand auf. »Einspruch, Euer Ehren. Hier wird spekuliert. Der Zeuge hat gesagt, dass er das Credo nicht kennt.«

»Abgelehnt«, sagte Harden.

»Das ist nicht so klar und eindeutig, nicht wahr, Agent Daugherty?«

»In meinen Augen nicht, nein«, sagte Daugherty.

64

Im Anschluss an Daugherty rief Velasquez Randy Traeger, den ehemaligen Finanzchef von LSR&C, in den Zeugenstand. Sie ließ sich von Traeger die Angaben zu seinem Hintergrund bestätigen und machte dann weiter, indem sie ihn schildern ließ, wie LSR&C Ende 2017 drei Monate lang nicht in der Lage gewesen war, die Rechnungen von CJ Security zu bezahlen, und dass Jenkins Traeger gegenüber erwähnt hatte, sein Kreditrahmen bei der Bank sei ausgereizt.

Sobald Velasquez sich gesetzt hatte, übernahm Sloane. »Als Finanzchef waren Sie bei LSR&C für alle Einnahmen und Ausgaben zuständig, richtig? Für sämtliche Gelder also, die in die Firma kamen oder sie verließen?«

»In einem gewissen Sinne.«

Sloane war nicht nach halben Antworten. »Das war Ihr Job, richtig?«

»Ja, teilweise.«

»Warum hat LSR&C also CJ Security nicht bezahlt?«

»Dieselbe Frage habe ich auch Mitchell Goldstone gestellt und …«

»Ohne Ihnen zu nahe treten zu wollen«, unterbrach Sloane, »aber ich möchte an dieser Stelle vom Finanzchef der

Firma wissen, warum LSR&C keine Zahlungen an CJ Security leistete.«

»Wir hatten in diesen Monaten einfach nicht die nötigen Geldmittel flüssig.«

»Und warum war das so?«

»Das weiß ich nicht.«

»Es war doch aber Ihr Job, das zu wissen, richtig?«

»Ja, schon, aber …«

»Aber Sie haben keine Schritte unternommen, es herauszufinden?«

»Ich habe es versucht.«

»Sie haben den leitenden Geschäftsführer gefragt. Was haben Sie sonst noch unternommen?«

»Ich habe versucht festzustellen, was mit unseren Gewinnen passierte.«

»Und was passierte mit den Gewinnen von LSR&C?«

»Ich konnte es nicht feststellen.«

»Sie wussten es nicht.«

»Nein.«

Sloane ging mit Traeger dessen Ausbildung und beruflichen Werdegang durch. Beides erwies sich als ansehnlich. »Und mit dieser Ausbildung und mit all Ihrer Erfahrung konnten Sie nicht herausfinden, wohin Millionen Dollar verschwanden?«

»Nein.«

»Wissen Sie, dass Ihr leitender Geschäftsführer, Mitchell Goldstone, behauptet, LSR&C sei eine von der CIA unterstützte Firma und habe dazu gedient, CIA-Gelder an Agenten überall auf der Welt weiterzuleiten?«

Velasquez stand auf. »Einspruch, Euer Ehren, das verstößt gegen die CIPA-Entscheidung.«

Harden dachte nach und sagte: »Abgelehnt.«

Sloane fragte nicht nach den Dokumenten, über die verhandelt worden war, sondern nach dem, was Mitchell Goldstone behauptet hatte und hoffentlich auch bezeugen würde. Harden jedenfalls schien neugierig geworden zu sein, ebenso einige der Geschworenen. Es blieb ein Risiko. Sloane konnte diese Anschuldigung vorbringen und Goldstone würde sie bestätigen, aber die Staatsanwaltschaft würde Goldstone als Lügner hinstellen und ohne die LSR&C-Unterlagen hatte Sloane nichts in der Hand, um dessen Zeugenaussage zu untermauern.

»Ich wusste davon nichts, bis ich es in der Zeitung las.«

Sloane kehrte an den Tisch zurück und nahm die Anklage der Börsenaufsicht gegen führende Mitarbeiter von LSR&C zur Hand. »Gegen Sie wurde in derselben Sache Anklage erhoben wie gegen Mr. Goldstone, nicht wahr?«

»Ja.«

»Sie erklärten sich im Austausch für Straffreiheit zu einer Aussage gegen Mr. Goldstone bereit, ist das richtig?«

»Das war die Übereinkunft, die meine Anwälte erzielten.«

»Nicht immer alle Schuld auf die Anwälte abwälzen!«, mahnte Sloane, was ihm ein leises Gelächter von der Geschworenenbank eintrug. »Sie haben die Übereinkunft selbst unterzeichnet, nicht wahr?«

»Ja.«

Sloane legte das unterzeichnete Dokument vor und führte es als Beweisstück ein. »Sie haben Mitchell Goldstone ans Messer geliefert, um den eigenen Hintern zu retten? Um nicht in den Knast zu müssen?«

Velasquez stand auf. »Einspruch, Euer Ehren. Der Verteidiger setzt dem Zeugen zu.«

»Kreuzverhör«, befand Harden. »Ich lasse die Frage zu.«

»Ich habe zugestimmt, über das, was ich weiß, und das, was ich nicht weiß, auszusagen«, sagte Traeger.

»Und dabei kam heraus, dass Sie nicht gerade viel wissen, nicht wahr?«

»Ich glaube nicht, dass …« Traeger hielt inne und sah Jenkins an. Dann sagte er. »Das stimmt wohl. Ich wusste nicht viel.«

Sloane legte mit mehreren Fragen nach, die die Aufmerksamkeit der Geschworenen wieder Richtung CIA lenken und den Eindruck untermauern sollten, dass noch nicht einmal der Finanzchef der Firma gewusst hatte, was dort vor sich ging. »Mr. Traeger, haben Sie je einen gewissen Carl Emerson getroffen?«

»Nein.«

»Wissen Sie denn wenigstens, wer das war?«

»Nein.«

»Kannten Sie einen Richard Peterson?«

»Er war leitender Geschäftsführer von TBT Investments.«

Bingo. Die Verteidigung hatte ihre Bestätigung, ohne sich auf die nicht zugelassenen Unterlagen oder Goldstones Zeugenaussage verlassen zu müssen. »Und TBT Investments war eine Tochterfirma welchen Unternehmens?«

»Von LSR&C.«

»Von Ihrer Firma also«, sagte Sloane. »Von der Firma, deren Finanzchef Sie waren, richtig?«

»Ja.«

»Hat Ihnen jemals jemand gesagt, dass Richard Peterson in Wirklichkeit Carl Emerson ist?«

»Nein.«

»Und als Anklage gegen LSR&C, Mr. Goldstone und Sie erhoben wurde, haben Sie da versucht, Mr. Goldstone zu erreichen?«

»Ich habe es versucht, aber ohne Erfolg.«

»Sind Sie ins Büro gefahren, um nach ihm zu suchen?«

»Ja.«

»Wann war das?«

»Am nächsten Tag.«

»Und damit meinen Sie den Tag, nachdem die Anklage erhoben wurde?«

»Korrekt.«

»Und haben Sie ihn im Büro vorgefunden?«

Langsam wurde es Traeger ungemütlich. »Nein.«

»Was haben Sie denn dann gefunden, als Sie am Tag, nachdem Anklage gegen Sie erhoben worden war, die Büros von LSR&C im Columbia Center aufsuchten?«

»Nichts. Alles war fort.«

»Alles? Die abgetrennten Arbeitsbereiche, die Computer?«

»Ja.«

»Fort. Alles. Was ist mit dem Teppichboden? War der auch weg?«

»Es war nur noch der nackte Beton da.«

»Das gesamte Büro war also komplett abgebaut worden. In wie vielen Stunden? Zwölf Stunden, nachdem Sie zuletzt dort gewesen waren?«

»Ja.«

»Und die Unterlagen der Firma? Gab es die denn noch?«

»Die Akten waren verschwunden und der Netzwerkserver auch.«

»Wer hat das alles mitgenommen?«

»Das weiß ich nicht.«

»Und was ist mit dem Geld der Investoren? War das auch weg?«

»Ich konnte nicht an den Server der Firma, also …«

»Millionen Dollar, einfach so verschwunden, zusammen mit einem ganzen Büro. Alles einfach fort, puff, in Luft aufgelöst. Wie von Zauberhand, was?«

»Das könnte man so sagen.«

Sloane setzte sich und nach ein paar wenigen weiteren Fragen an ihren Zeugen entließ Velasquez ihn.

Es war fast siebzehn Uhr und Harden schickte die Geschworenen nach Hause. Die Staatsanwaltschaft hatte zur Abwechslung einmal keine Anträge, über die verhandelt werden musste.

»Wen wird die Regierung morgen aufrufen?«, erkundigte sich Harden.

»Das haben wir noch nicht entschieden, Euer Ehren«, sagte Velasquez.

»Wer immer es ist, informieren Sie die Verteidigung heute Abend noch.« Harden griff zum Hammer. »Die Sitzung ist vertagt.«

65

Am Morgen darauf, Jenkins machte es sich gerade auf seinem Stuhl bequem, hatte Maria Velasquez eine Überraschung für die Verteidigung, die Sloane vor gewisse Probleme stellte. Er und Jenkins waren beide davon ausgegangen, dass die Anklage mit den Vernehmungen fortfahren würde, auch wenn Velasquez am Vorabend nicht angerufen hatte, um anzusagen, welche Zeugen sie aufzurufen gedachte. Als Harden auf der Richterbank Platz genommen und die Staatsanwaltschaft aufgefordert hatte, ihren nächsten Zeugen zu rufen, stand Velasquez auf und verkündete: »Die Beweisaufnahme der Anklage ist abgeschlossen, Euer Ehren.«

Sloane ließ sich nichts anmerken, aber Jenkins wusste, wie hektisch sein Freund nach einem Ausweg suchte. Unvorbereitete Anwälte waren Richtern verhasst, besonders solche von Sloanes Format. Wenn er sich beschwerte und der Anklage hinterhältiges Verhalten vorwarf, würde das auf wenig Interesse stoßen. Natürlich hätte Velasquez dem Gericht und Sloane ihre Entscheidung auch schon am Vortag mitteilen können, aber sie hätte auf Befragen bestimmt eine Erklärung parat, warum das nicht geschehen war.

Die entscheidende Frage war nun, warum die Anklage ihre Beweisaufnahme für beendet erklärte, obwohl noch zwölf Namen auf ihrer Zeugenliste standen. Vielleicht glaubten sie, sie hätten ihren Fall ausreichend belegt. Oder sie wollten die ganze Sache auf die Verteidigung abwälzen und Sloane auf sein Versprechen festnageln, er werde die Last der Beweisführung auf seine Schultern nehmen und Jenkins' Unschuld nachweisen.

Wenn Harden vom Entschluss der Staatsanwaltschaft überrascht war, so ließ auch er sich das nicht anmerken. Er wandte sich an die Verteidigung. »Rufen Sie Ihren ersten Zeugen auf, Mr. Sloane.«

Das war ja schön und gut, nur waren Sloanes Zeugen noch gar nicht im Gericht. Sloane stand auf. »Euer Ehren, dürfte ich um eine Minute Zeit bitten?«

»Eine Minute.« Harden nickte.

Sloane sah sich unter den Zuschauern um und rief Jake mit einer Kopfbewegung zu sich. »Geh vor die Tür und ruf Carolyn an«, flüsterte er ihm zu. »Sag ihr, sie soll so schnell wie möglich den Leasingagenten vom Columbia Center und Addy Beckman herschaffen.«

»Und sie soll Claudia Baker anrufen«, ergänzte Jenkins. »Sie soll Claudia sagen, dass sie mir einen Gefallen tun muss. Sie wird kommen. Die Fahrt dauert für sie eine Stunde, vielleicht auch länger, aber sie wird kommen.«

»Und was wollt ihr in der Zwischenzeit tun?«, fragte Jake.

»Hinhaltemanöver.«

»Mr. Sloane«, mahnte Richter Harden. »Rufen Sie Ihren ersten Zeugen auf.«

Sloane richtete sich auf, während Jake aus dem Gerichtssaal eilte, das Handy bereits gezückt, der tippende Daumen in Aktion. Auf der anderen Seite des Gerichtssaals schienen Velasquez und ihr Hofstaat an Anwälten auf Sloanes Beschwerde zu warten. Er musste sie enttäuschen. »Natürlich, Euer Ehren. Die Verteidigung ruft Alex Jenkins.«

Alex war am ersten Tag bei der Verhandlung gewesen und danach immer dann gekommen, wenn es ihr möglich war. Sloane hatte einen Babysitter engagiert, der sich um CJ und Lizzie kümmerte, und so saß sie nun im Zeugenstand und ließ sich von Sloane im Verlauf der nächsten Stunde methodisch und langsam durch die Geschichte ihrer Ehe und ihrer beiden Kinder führen. Sie beschrieb die Gründung von CJ Security, ihr Verhältnis zum Finanzchef Randy Traeger und die Beziehung zwischen CJ Security und LSR&C. Von TBT Investments hatte sie vor der Verhandlung noch nie gehört.

So ging es weiter, bis Jake zurückkehrte, Sloane zunickte und sich mit ihm an der Absperrung zum Zuschauersaal traf. Jake drückte Sloane einen Zettel in die Hand.

Mann von der Leasingagentur und Baker warten im Flur und Beckman ist unterwegs.

Sloane dankte Alex und entließ sie. Velasquez hatte keine Fragen.

Sloane rief den Vertreter der Hausverwaltung des Columbia Center auf, der Randy Traegers Aussage bestätigte, der zufolge die Büros von LSR&C am Tag nach Bekanntwerden der Ermittlungen der Börsenaufsicht vollständig ausgeräumt worden waren.

»Die ganze Firma war weg«, erklärte der Mann. »Und das meine ich wörtlich. Sogar der Teppichboden war verschwunden. Ich habe Fotos gemacht, weil ich so etwas bis dahin noch nie erlebt hatte.«

Die Geschworenen liebten ganz offensichtlich die Fassungslosigkeit des Mannes und zeigten großes Interesse an den Fotos, die Sloane ihnen auf den Computerbildschirmen im Gerichtssaal vorführte.

Wieder verzichtete Velasquez auf ein Kreuzverhör.

Danach bat Sloane Claudia Baker in den Zeugenstand und ließ sich bestätigen, dass sie in dem Gebäude, in dem CJ Security ein Büro unterhielt, für mehrere Firmen als Empfangsdame arbeitete. »Während Ihrer Zeit dort«, fragte er dann, »ist da das FBI in das Büro von CJ Security gekommen?«

»Ja.« Ms. Baker nickte. »Ein Agent namens Daugherty kam vorbei.«

Auf Nachfrage nannte Baker das Datum, an dem Daugherty dort gewesen war.

»Nannte Agent Daugherty Ihnen den Grund für seinen Besuch?«

»Er sagte, er wisse, dass Charles Jenkins für die CIA arbeite, und wolle die Unterlagen von CJ Security einsehen, um diese Beziehung bestätigen zu können.«

Sloane dankte Baker und setzte sich.

Velasquez erhob sich rasch. Als Jenkins sie so selbstbewusst zum Rednerpult stürmen sah, fragte er sich unwillkürlich, ob Sloane und er die Vorbereitung der Staatsanwaltschaft vielleicht unterschätzt hatten. Dabei hatte Sloane der Anklage gerade eine Falle gestellt, in die Velasquez hoffentlich hineintappte. »Ms. Baker, Sie haben Anrufe für CJ Security angenommen, einschließlich der Anrufe für Mr. Jenkins?«

»Ja.«

»Haben Sie je einen Anruf von einem Mann namens Carl Emerson entgegengenommen?«

»Daran erinnere ich mich nicht. Es ist möglich, aber …«

»Sie erinnern sich nicht an den Namen. Was ist mit Richard Peterson?«

»An diesen Namen erinnere ich mich ebenfalls nicht.«

»Hat Mr. Jenkins Ihnen je erzählt, dass er nach Russland fliegen würde?«

»Nein.«

»Hat er Ihnen je erzählt, dass er für die CIA arbeitete?«

»Nein.«

»Hat er Ihnen je erzählt, dass er früher einmal für die CIA gearbeitet hat?«

»Nein. Das wusste ich nicht, bis ich es in der Zeitung las.«

»Sie sagten, FBI Agent Daugherty sei zu CJ Security gekommen und habe gesagt: ›Wir wissen, dass Mr. Jenkins für die CIA gearbeitet hat.‹ Ist das richtig?«

»Ja.«

»Sie haben diese Unterhaltung aber nicht schriftlich festgehalten, oder?«

Bingo! Velasquez war gerade in Sloanes Falle getappt und hatte damit in diesem Verfahren ihren ersten Fehler begangen: Sie hatte eine Frage gestellt, ohne die Antwort darauf zu kennen.

»Doch, das habe ich getan.«

Velasquez erstarrte. Ohne auf weitere Fragen zu warten, fuhr Baker fort: »Ich habe Mr. Jenkins angerufen und ihm von meiner Unterhaltung mit dem FBI-Agenten berichtet. Mr. Jenkins bat mich daraufhin, aufzuschreiben, was der Agent gesagt hatte, die Mitschrift zu datieren, zu unterzeichnen und das Original per Einschreiben an mich selbst zu schicken, eine Kopie an seinen Anwalt.«

Velasquez wusste, dass sie sich selbst in eine Ecke manövriert hatte. Sie hatte keine andere Wahl, als die nächste Frage zu stellen, denn wenn sie es nicht tat, würde Sloane das übernehmen. »Und das haben Sie getan?«

»Ich habe den Umschlag hier bei mir.« Sie zog ihn aus ihrer Handtasche. »Er ist immer noch verschlossen.«

Sloane stand auf, sobald Velasquez sich gesetzt hatte. Er ließ sich von Baker das Datum des Poststempels auf dem Umschlag nennen, bat sie, den Brief zu öffnen und die Erklärung darin zu verlesen. Dann fragte er: »Haben Sie auch Anrufe entgegengenommen, die an Mr. Jenkins' Handy gingen?«

»Nein. Es sei denn, er hatte sein Handy umgestellt und die Anrufe ans Büro weitergeleitet.«

Sloane bedankte sich bei der Zeugin und entließ sie.

Nach der Pause für das Mittagessen – eine dringend benötigte Erholungspause, in der Sloane ein bisschen Luft holen und Addison Beckmans Zeugenaussage mit ihr durchgehen konnte – rief er die forensische Psychiaterin auf. Er befragte sie nach ihrem beruflichen Werdegang und ließ sie Sinn und Zweck jedes einzelnen Tests erklären, den sie mit Jenkins gemacht hatte. »Zu welchen Schlussfolgerungen sind Sie nach all diesen Tests gekommen?«, wollte er am Ende wissen.

»Ich kam zu dem Schluss, dass Mr. Jenkins die Wahrheit sagt, und sagte zu Ihnen, sie sollten Ihrem Mandanten glauben. Ich kam außerdem zu dem Schluss, dass Mr. Jenkins seinem Land gegenüber extrem loyal eingestellt ist.«

Sloane überließ Velasquez das Pult.

»Ms. Beckman, haben Sie Mr. Jenkins gefragt, aus welchen Gründen er 1978 aus der CIA ausschied?«

»Nein, das tat ich nicht.«

»Er hat ihnen nicht erzählt, dass er die Agentur von einem Tag auf den anderen ohne ein Wort verließ und noch nicht einmal sein Verbindungsmann wusste, dass er gekündigt hatte?«

»Nein. Ich habe mich auf die Gegenwart konzentriert.«

»Er hat ihnen nicht gesagt, dass er die Agentur verlassen hat, weil er unzufrieden mit ihr war?«

»Darüber haben wir nicht gesprochen.«

»Er hat ihnen nicht gesagt, dass er enttäuscht war?«

»Wir haben nicht darüber gesprochen, aus welchen Gründen er 1978 die Agentur verlassen hat.«

»Aber Sie kamen zu dem Ergebnis, er sei seinem Land gegenüber extrem loyal?«

»Ja.«

Velasquez klang zunehmend ungläubig. »Und bei diesen Schlussfolgerungen haben Sie nicht berücksichtigt, dass er seinen Job bei der CIA einfach so aufgab, ohne jemandem zu sagen, wohin er geht und warum?«

»Er ist gegangen. Er hat nicht sein Land verraten.«

»Nein, da noch nicht«, sagte Velasquez.

Sloane sprang auf. »Einspruch!«

»Stattgegeben«, entschied Richter Harden, ohne weitere Kommentare abzuwarten. Er schoss Velasquez einen warnenden Blick zu.

»Sie haben also Tests durchgeführt und sind zu dem Ergebnis gekommen, dass Mr. Jenkins die Wahrheit sagt?«

»Das ist richtig.«

»Hat Mr. Jenkins Ihnen erzählt, dass zu seinem Training bei der CIA auch das Erlernen von Techniken gehört, mit denen man Befragungen erfolgreich übersteht?«

»Nein.«

»Sie wussten nicht, dass er gelernt hat, in einem Verhör so zu lügen, dass der Verhörende das für die Wahrheit hält?«

»Ich weiß nicht, ob er solches Training mitgemacht hat oder nicht, aber ich bin auch keine Verhörspezialistin. Ich bin forensische Psychiaterin. Ich hätte es erkannt, wenn er gelogen hätte.«

Velasquez kommentierte diese Antwort mit einem Lächeln und sorgte dafür, dass die Geschworenen es sahen. »Wenn wir die Geschichte glauben würden, die er uns jetzt erzählt, dann müssten wir doch auch davon überzeugt sein, dass er ein geschickter Lügner ist, nicht wahr?«

»Ich kann Ihnen nicht folgen.«

»Müssten wir dann nicht glauben, dass er russische FSB-Agenten erfolgreich belogen hat und sie dazu brachte, zu glauben, er sage die Wahrheit? Müssten wir das nicht glauben?«

»Wahrscheinlich, ja«, sagte Beckman.

»Dann können wir also davon ausgehen, dass Mr. Jenkins ein ziemlich guter Lügner ist, nicht wahr?«

»Einspruch, Euer Ehren, das ist eine Behauptung.«

»Stattgegeben.«

Velasquez hatte gesagt, was sie hatte sagen wollen, und setzte sich.

Nach ein paar kurzen zusätzlichen Fragen vertagte Richter Harden die Verhandlung, da der Tag sich dem Ende zuneigte. Velasquez wartete, bis die Geschworenen den Gerichtssaal verlassen hatten, um sich zu melden: »Euer Ehren, wir haben hier einen Antrag in Bezug auf eine Vorladung der Verteidigung. Die Verteidigung fordert Carl Emerson auf, hier zu erscheinen und auszusagen. Dazu haben wir einen Antrag, möchten aber bitten, dass der Gerichtssaal geräumt wird, bevor wir darüber sprechen.«

»Dann haben Sie ihn also gefunden«, sagte Harden.

»Ja, das haben wir«, bestätigte Velasquez.

»Ein unbeschrifteter Umschlag, der einen Zettel mit Mr. Emersons Adresse enthielt, wurde unter der Tür meines Büros durchgeschoben«, erklärte Sloane. »Ich fand ihn gestern Morgen.«

Harden ließ den Gerichtssaal räumen. »Dann sagen Sie mal, was für ein Antrag das ist, Ms. Velasquez.«

»Euer Ehren, aufgrund der Entscheidung des neunten Bezirksgerichts über die Geheimhaltung der LSR&C-Papiere legt die Staatsanwaltschaft Widerspruch gegen die Vorladung von Mr. Emerson ein. Mr. Emerson kann nicht zu Themen aussagen, die in den vom Berufungsgericht als geheim eingestuften Unterlagen behandelt werden, weil deren Veröffentlichung eine Gefahr für die nationale Sicherheit darstellen könnte. Diese Unterlagen können auch nicht dazu verwendet werden, Mr. Emerson anzuklagen. Von daher beantragt die Staatsanwaltschaft, die Vorladung von Mr. Emerson zu streichen.«

»Mr. Sloane?«

»Mr. Emerson als Zeugen zu vernehmen ist nicht dasselbe, wie ihn zu den als geheim eingestuften Papieren zu befragen. Wir haben ganz bestimmt nicht vor, diese Papiere zur Sprache zu bringen, aber das hindert uns nicht daran, Mr. Emerson Fragen zu seiner Beziehung zur Firma TBT Investments und zu deren Verhältnis zu LSR&C zu stellen. Das ist ein wichtiger Teil unserer Verteidigung. Unsere Verfassung garantiert dem Angeklagten das Recht auf Verteidigung.«

Harden blätterte im Antrag der Staatsanwaltschaft, kehrte zurück zur ersten Seite und legte den Schriftsatz hin. »Ich stimme mit Ihnen überein, Mr. Sloane. CIPA schützt die Dokumente, hindert Sie jedoch nicht daran, Mr. Emerson nach seinem Verhältnis zu diesen beiden Firmen zu befragen. Der Angeklagte hat ein verfassungsmäßiges Recht darauf, sich zu verteidigen. Ich werde Ihnen nicht gestatten, so weit zu gehen, dass die nationale Sicherheit gefährdet ist, aber ich glaube, Sie haben das Recht, Mr. Emerson Fragen zu stellen, und die Jury hat das Recht zu hören, wie er sie beantwortet. Ich ordne hiermit an, dass die Staatsanwaltschaft für das morgige Erscheinen von Mr. Emerson sorgt. Er hat Punkt neun bei Gericht zu sein, die Kosten übernimmt die Verteidigung.«

»Euer Ehren ...«, setzte Velasquez an.

Harden unterbrach sie rüde. »Kommen Sie mir jetzt nicht damit, die Staatsanwaltschaft könne Mr. Emerson nichts befehlen, Ms. Velasquez. Ich bin bereit zu akzeptieren, dass der Umschlag mit seiner Adresse von Zauberhand unter Mr. Sloanes Tür hindurchgeschoben wurde, und unterstelle Ihnen in diesem Zusammenhang nichts. Auch nicht, dass die Staatsanwaltschaft dieses Gericht von Anfang an absichtlich in die Irre geführt hat. Aber meine Gutgläubigkeit reicht nur bis zu einem bestimmten Punkt. Mr. Emerson taucht hier morgen früh pünktlich auf oder ich werde die Staatsanwaltschaft wegen Missachtung des Gerichts belangen.«

* * *

»Ich bin mir nicht sicher, ob er uns damit einen Gefallen getan hat«, sagte Jenkins beim Verlassen des Gerichtssaals zu Sloane. »Emerson könnte zugeben, für die CIA gearbeitet zu haben, und sagt vielleicht sogar aus, dass LSR&C aufgebaut wurde, um Gelder für Operationen und Agenten zur Verfügung zu haben. Und dann leugnet er die Treffen mit mir und bestätigt damit die Argumentation der Staatsanwaltschaft, ich hätte mir die Geschichte zu meiner Verteidigung ausgedacht, nachdem die Vorwürfe gegen Goldstone und LSR&C publik geworden waren, weil mir diese Anklage prima in den Kram passte, um meinen Arsch zu retten.«

»Wenn Emerson hier auftaucht, erwartet die Jury, dass ich ihn in den Zeugenstand rufe«, gab Sloane zu bedenken. »Ich stelle mir das so vor: Wir halten seine Aussage kurz, stellen klar, dass er für TBT Investments gearbeitet hat und zu dem von dir angegebenen Zeitpunkt nach Seattle kam. Wenn er lügt, kann ich dem Richter gegenüber vortragen, dass es mir gestattet sein sollte, die sogenannten Geheimdokumente einzubringen, um seine Lügen zu widerlegen. Ich kann vorschlagen, dass der Gerichtssaal so lange geräumt wird. Ich bin mir bloß nicht sicher, ob Harden das zulässt.«

Sie arbeiteten, bis spät in der Nacht bei allen die Denkfähigkeit langsam nachließ. Jenkins und Sloane gingen noch einmal kurz in Sloanes Büro, weil dieser seine E-Mails durchgehen wollte.

Das tat er dann auch, und was er im Posteingangsordner fand, ließ ihn leise fluchen. »Vielleicht müssen wir uns über die Befragung von Emerson gar keine Gedanken mehr machen.«

66

Am folgenden Morgen wurden Anklage und Verteidigung erst einmal vom Gerichtsdiener in Richter Hardens Räume gebeten. Sloane nickte Jenkins zu. Sie wussten, warum.

Jenkins und Sloane folgten Velasquez und den anderen Vertretern der Staatsanwaltschaft einen schmalen Flur entlang zu den Räumen des Richters, wo die Gerichtsschreiberin und ihre Maschine sie schon in einer Zimmerecke erwarteten. Richter Harden stand hinter seinem Schreibtisch. Seine Richterrobe hing noch am Kleiderbügel, zusammen mit seiner Anzugjacke. Neben dem Tisch hatte er die vier Kartons mit den LSR&C-Unterlagen aufgebaut.

Beim Eintreten der Anwälte hielt er gerade einen Schriftsatz in der Hand und las darin. Er wurde sogleich förmlich und bat Sloane und Velasquez, der Gerichtsschreiberin offiziell ihre Anwesenheit zu Protokoll zu geben. »Mr. Sloane, ich nehme an, Sie haben die Anordnung von Richter Pence noch nicht gesehen, die ich heute früh ehielt?«, fuhr er fort.

Pence war der Richter am neunten Bezirksgericht, der die Anordnung verfasst hatte, mit der Hardens Entscheidung auf Zulassung der LSR&C-Dokumente aufgehoben worden war. Sloane hatte die von Harden erwähnte Anordnung noch nicht gesehen, wohl aber die E-Mail mit dem Antrag auf einstweilige Verfügung, mit der die Staatsanwaltschaft verhindern wollte, dass Sloane Carl Emerson in den Zeugenstand rief.

»Ich habe den Widerspruch gesehen, nicht aber die Anordnung des Richters.«

Harden reichte sie ihm über den Schreibtisch. »Richter Pence arbeitet wohl auch spät in der Nacht«, sagte er mit Blick auf Velasquez, die keine Miene verzog. »Wie dem auch sei, diese Anordnung verbietet der Verteidigung, Mr. Emerson Fragen zu stellen, die sich auf Themen beziehen, die in den Papieren behandelt werden, die das neunte Bezirksgericht nach dem CIPA als geheim eingestuft hat. Des Weiteren erlässt er eine Reihe zusätzlicher Einschränkungen in Bezug auf Fragen, die die Verteidigung Mr. Emerson stellen darf. Ich erwarte nicht, dass Sie hier an Ort und Stelle entscheiden, was Sie tun wollen, Mr. Sloane, ob Sie nach wie vor vorhaben, Mr. Emerson als Zeugen aufzurufen. Aber falls Sie es tun, würden diese Einschränkungen gelten.«

Sloane und Jenkins gingen den zwei Seiten umfassenden Beschluss rasch durch und machten sich mit den Einschränkungen vertraut. Sloane wurden so ziemlich alle Fragen untersagt, die man sich in diesem Zusammenhang vorstellen konnte, und Emerson würde nach Herzenslust lügen dürfen, da er wusste, dass Sloane ihn dafür nicht belangen konnte. Aber wenn Emerson nun schon im Gericht war und Sloane ihn nicht aufrief, würden sich die Geschworenen fragen, warum nicht. Auf Jenkins' Verteidigung konnte das fatale Auswirkungen habe.

»Wir geben Ihnen Bescheid, Euer Ehren«, sagte Sloane so gelassen und zuversichtlich er konnte.

Velasquez, inzwischen so voller Selbstvertrauen, dass es schon an Arroganz grenzte, hatte etwas einzuwenden: »Die Staatsanwaltschaft verlangt eine sofortige Entscheidung. Wir müssen Mr. Emerson wissen lassen, ob er gehen kann oder nicht, um ihm keine unnötigen Unannehmlichkeiten zu bereiten. Und falls er bleiben soll, müssen wir ihn auf die Befragung vorbereiten.«

Harden rieb sich das Kinn wie nach einem Kinnhaken, den er in solcher Wucht nun doch nicht erwartet hätte. »Frau Anwältin, Sie können Mr. Emerson sagen, dass ich ihn hier bei Gericht erwarte, wann immer die Verteidigung beschließt, ihn aufzurufen. Das kann heute sein, morgen, übermorgen oder den Tag danach, ich erwarte ihn draußen im Flur vorzufinden. Habe ich mich klar ausgedrückt?«

»Jawohl, Euer Ehren«, sagte Velasquez.

»Euer Ehren«, meldete sich Sloane, der in Supergeschwindigkeit denken musste, »für den Fall, dass wir entscheiden, Mr. Emerson nicht aufzurufen, möchte ich eine Anordnung beantragen, die es der Staatsanwaltschaft untersagt, die Anwesenheit von Mr. Emerson im Gericht und unsere Entscheidung, ihn nicht aufzurufen, zu kommentieren. Solche Kommentare wären der Verteidigung in unzumutbarem Maße abträglich. Zumal wir ja auch nicht erwähnen dürfen, dass es uns untersagt ist, die LSR&C-Dokumente einzusetzen, um Mr. Emerson etwaige Lügen nachzuweisen.«

»Diesem Antrag gebe ich statt«, sagte Harden, um rasch hinzuzufügen: »Wir sind hier fertig.«

* * *

Harden erledigte die einleitenden Formalitäten, die Geschworenen kehrten zurück und nahmen ihre Plätze ein und Sloane rief Mitchell Goldstone in den Zeugenstand. Goldstone war am Morgen aus dem Gefängnis am Flughafen hierhergefahren worden und seine Frau hatte ihm Anzug, Krawatte und

Schuhe gebracht, damit er angemessen gekleidet vor Gericht erscheinen konnte.

Jenkins empfand Goldstone als sehr entspannten Zeugen. Anscheinend fühlte er sich durch die Vorladung sowohl verpflichtet als auch befreit. Er musste aussagen und er wollte es auch. Er erzählte dem Gericht, dass LSR&C von Anfang an als Tarnorganisation der CIA gearbeitet hatte und von der CIA dafür bezahlt worden war, die Tarnung von Agenten im Felde zu stellen. Das war unter anderem gelaufen, indem die Firma diesen Agenten zu »legitimen« Anstellungsverhältnissen verhalf. Er sagte aus, Carl Emerson sei ursprünglich als leitender Angestellter bei LSR&C eingestellt gewesen, bis die CIA-Führung in Langley es sinnvoller gefunden hatte, ihn als leitenden Angestellten einer Tochterfirma, TBT Investments, fungieren zu lassen, um die CIA-Gelder besser von den Geldern der Investoren trennen zu können. Goldstone sagte weiterhin aus, dass CIA-Gelder über TBT Investments für die Finanzierung von Agenten und deren Operationen eingesetzt worden waren. Er selbst habe Emerson kennengelernt, als dieser im November 2017 ins Büro von LSR&C gekommen sei. Das war eine wichtige Information, denn so konnte Sloane in seinem Schlussplädoyer vortragen, dass Emerson sich zu der Zeit in Seattle aufgehalten hatte, zu der nach dessen eigener Aussage Jenkins von ihm auf Camano Island besucht worden war.

Goldstone beantwortete Sloanes Fragen, ohne zu zögern, und wirkte ruhig und selbstbewusst. Leider wusste Jenkins, dass der Mann aufgrund des von ihm unterzeichneten Deals für Velasquez leichte Beute war. Die verlor auch keine Zeit, ihm diesen Deal unter die Nase zu reiben.

»Mr. Goldstone, es stimmt doch, dass Sie sich des Meineids, des Betrugs und der Steuerhinterziehung in vierundneunzig Fällen schuldig bekannt haben?«

»Ja, das stimmt.«

»Sie haben eingestanden, fast einhundert Mal unter Eid gelogen zu haben, habe ich das richtig verstanden?«

»Das ist korrekt.«

»Und Ihre Lügen bezogen sich auf Aussagen zu dem Thema, Ihre Firma sei eine Tarnorganisation der CIA gewesen?«

»Richtig.«

»Sie haben gestanden, die Investoren von LSR&C betrogen zu haben?«

»Ja.«

»Sie haben gestanden, ein Schneeballsystem unterhalten zu haben?«

»Ja.«

»Nach Ihrer Verhaftung, haben Sie da bei der CIA angerufen und gebeten, Sie da rauszuholen?«

»Ich glaube, ich bin einfach davon ausgegangen, dass man das schon tun werde.«

»Sie haben nicht bei der CIA angerufen und gebeten, Sie da rauszuholen?«, wiederholte Velasquez mit mehr Nachdruck.

»Nein, das habe ich nicht getan.«

»Und in dem Deal, auf den Sie sich geeinigt haben und der von Ihnen unterzeichnet worden ist, steht da irgendetwas davon, dass Sie für die CIA gearbeitet haben oder dass LSR&C eine Tarnfirma der CIA war?«

»Nein, das steht da nicht drin«, musste Goldstone eingestehen.

Velasquez war sehr zufrieden, als sie sich setzte. Sloane sah Jenkins an. Jeder Versuch, Goldstone in einer weiteren Befragung zu rehabilitieren, würde nach Verzweiflung riechen. Sie entließen ihn aus dem Zeugenstand.

Während der Mittagspause hatte niemand von der Verteidigung richtig Appetit. »Das ist viel schlimmer gelaufen, als ich erwartet hatte«, gestand Sloane.

»Nicht deine Schuld«, fand Jenkins. »Ohne die Dokumente vorlegen zu können, steht Goldstone wirklich als Schwindler da. Aber wir mussten ihn vorladen. Was machen wir jetzt mit Emerson?«

Sie besprachen die Anordnung von Richter Pence im Detail und fanden einhellig, es sei zu riskant, Emerson als Zeugen aufzurufen. »Der hackt dich in kleine Stücke«, sagte Sloane. »Und die Dokumente, die beweisen, dass er lügt, liegen bei Richter Harden im Zimmer unter Verschluss. Genauso gut könnten sie auf dem Mond liegen.«

»Ruf mich in den Zeugenstand«, sagte Jenkins. Er kannte die Risiken, aber er hatte alles mit Alex durchgesprochen, und wenn er schon unterging, dann mit wehenden Fahnen. Er wollte nicht verurteilt werden, ohne je die Chance gehabt zu haben, den Geschworenen in die Augen zu sehen, bevor sie ihn einen Lügner nannten.

Sloane hatte Bedenken. »Ohne die Unterlagen …«

»Ich weiß, was auf dem Spiel steht und mit welchen Folgen ich rechnen muss, David. Diesmal liegt es nicht in deiner Hand. Diesmal liegt es in meiner. Ruf mich in den Zeugenstand. Lass mich direkt mit der Jury reden. Wenn die Regierung mich einen Lügner schimpfen will, soll sie es mir direkt ins Gesicht sagen.«

»Es könnte nach hinten losgehen«, warnte Sloane. »Die Jury könnte es als einen Akt der Verzweiflung eines …«

»Eines Verurteilten sehen«, ergänzte Jenkins. »Ich weiß. Vielleicht bin ich ja wirklich schon verurteilt. Ich möchte trotzdem lieber kämpfend untergehen.«

67

Sloane kam der Bitte seines Freundes nach und rief Jenkins nach der Mittagspause in den Zeugenstand. Velasquez starrte ihn an, als sei er nicht ganz bei Verstand, blätterte aber gleichzeitig geschäftig in ihrem Ordner. Sie hatte sich auch auf diese Eventualität vorbereitet.

Auf dem Weg zum Zeugenstand spürte Jenkins seine wachsende Nervosität und war froh, dass seine rechte Hand ruhig blieb, als er den Eid ablegte und schwor, nichts als die Wahrheit zu sagen.

Sloane und Jenkins waren übereingekommen, dass es bei dieser Aussage ebenso wie bei der Vorvernehmung und in Sloanes Eröffnungsplädoyer extrem wichtig war, dem Begriff »Spion« die ihm anhaftende negative Deutung zu nehmen. Die Jury sollte anerkennen, dass die USA zum Schutz der nationalen Sicherheit Spione einsetzte.

»Sind Sie ein Spion?«, fragte Sloane also als Erstes.

Jenkins sprach direkt zur Jury. »Ja.«

»Für welches Land haben Sie spioniert?«

»Für die Vereinigten Staaten von Amerika.«

»Für welche Behörde haben Sie gearbeitet?«

»Die Central Intelligence Agency der Vereinigten Staaten von Amerika.«

»Haben Sie zu irgendeiner Zeit einem russischen FSB-Offizier oder irgendeiner anderen Person Informationen genannt, ohne dazu berechtigt gewesen zu sein?«

»Nein. Alle Informationen, die ich weitergab, waren autorisiert.«

»Haben Sie je etwas anderes getan, als Anweisungen der CIA zu befolgen?«

»Nein.«

»Wer war Ihr Verbindungsmann in der CIA?«

»Carl Emerson.«

»Und Sie folgten Mr. Emersons Befehlen und Anweisungen?«

»Ja.«

Sloane fragte weiter und ließ Jenkins Fragen zu seiner Zeit in Vietnam beantworten, zu seiner Rekrutierung durch die CIA und seiner Zeit in Mexiko-Stadt. Jenkins versuchte seine Antworten kurz zu halten und nach Möglichkeit auf fünfundzwanzig Wörter oder sogar weniger zu beschränken. Immer ging das nicht, wie sich schon bei der nächsten Frage zeigte, aber doch meistens. »Können Sie dem Gericht sagen, warum Sie die CIA verlassen haben?«

»Auch hier kann ich keine Einzelheiten nennen. Ich ging, weil ich das Gefühl hatte, die Regierung hätte mir in Bezug auf eine bestimmte Operation nicht die Wahrheit gesagt und dass diese Operation deswegen zum Tod einiger Menschen führte, was nicht notwendig gewesen wäre. Daraufhin beschloss ich zu gehen.«

»Haben Sie jemanden getötet?«

»Nein, aber ich habe Informationen gestellt.«

»Waren Sie aufgebracht, als Sie die CIA verließen?«

»Nein, ich war traurig.«

»Warum?«

»Ich dachte, ich hätte meinen Beruf gefunden, etwas, worin ich gut war, eine Arbeit, die ich liebte. Aber mit dem, was damals geschah, wollte ich nichts zu tun haben.«

»Als Sie Ihre Anstellung bei der CIA aufgaben, haben Sie da irgendwem gesagt, dass Sie gehen?«

»Nein.«

»Warum nicht?«

»Im Nachhinein wünschte ich, ich hätte es getan. Ich wünschte, ich hätte damals, mit Anfang zwanzig, eine Menge Dinge anders gehandhabt. Jetzt bin ich älter, habe einen besseren Überblick und würde anders handeln, kann aber die Vergangenheit nicht ändern. Damals wollte ich einfach nur raus, so weit weg wie möglich.«

»Gingen Sie ins Zuhause Ihrer Kindheit zurück? Nach New Jersey?«

»Nein, ich wollte einen kompletten Neuanfang. Also ging ich auf die Insel Camano im Staat Washington.«

»Versteckten Sie sich vor der Regierung?«

»Ziemlich schwer, sich zu verstecken, wenn der eigene Name auf den Eigentumsurkunden für ein zehn Morgen großes Stück Land steht und man jedes Jahr Einkommenssteuer bezahlt.«

Sloane fragte, warum Jenkins CJ Security gegründet hatte.

»Ich war auf der Suche nach etwas, mit dem ich Geld verdienen konnte. Ich wollte, dass mein Sohn später mit seinem Leben anfangen kann, was er will. Er ist schlau, er kommt nach seiner Mutter.«

Einige der Geschworenen lächelten.

Jenkins erzählte der Jury von Randy Traegers Vorschlag.

»Fanden Sie es einen seltsamen Zufall, dass Traeger einen Job hatte, der anscheinend genau auf Sie zugeschnitten war?«

»Zu der Zeit nicht, nein.«

»Und jetzt?«

»Jetzt frage ich mich das schon.«

»Hatten Sie irgendeinen Verdacht, dass LSR&C, wie Mr. Goldstone ausgesagt hat, eine Tarnfirma der CIA sein könnte, um deren Operationen im Ausland zu finanzieren?«

»Nein.«

»Wussten Sie, dass Carl Emerson, wie Mitchell Goldstone aussagte, leitender Geschäftsführer von TBT Investments war?«

»Nein. Ich hatte Mr. Emerson seit meiner Abreise aus Mexiko-Stadt nicht mehr gesehen und auch nichts von ihm gehört. Er tauchte einfach so bei mir auf der Farm auf, an einem Tag im November, während Alex CJ zur Schule brachte.«

Jenkins erzählte im Detail von seinen Treffen mit Emerson und davon, worum Emerson ihn gebeten hatte.

»Fanden Sie es einen merkwürdigen Zufall, dass Mr. Emerson bei Ihnen auf der Farm auftauchte?«

»Damals nicht, jetzt schon.«

Jenkins beantwortete Sloanes Fragen nach den finanziellen Schwierigkeiten von CJ Security, nach den persönlichen Sicherheiten, die er gestellt hatte, und den Geschäftskrediten der Firma bei der Bank.

»Haben Sie den angebotenen Job deswegen übernommen?«

»Das war sicherlich einer der Gründe. Aber es gab auch noch einen anderen.«

»Und welcher war das?«

»Carl Emerson sagte, das Leben von Agenten wäre in Gefahr. Er sagte, sie würden wahrscheinlich sterben, wenn die Operation nicht erfolgreich verliefe.«

»Was sollte Ihre Tarnung sein?«

»Die beste Tarnung bleibt möglichst dicht an der Wahrheit. Ich war ein ehemaliger CIA-Agent, enttäuscht, wütend auf die Agentur, und ich hatte Geheiminformationen zu verkaufen. Carl Emerson sagte mir, dass ich nach Russland fahren, den Köder auswerfen und ein paar Dinge in Gang setzen sollte. Danach würden andere Agenten die Operation übernehmen.«

»Wie sollten Sie Mr. Emerson im Notfall kontaktieren?«

»Er gab mir eine Visitenkarte mit einer Telefonnummer darauf.«

Sloane präsentierte die Karte auf den Bildschirmen des Gerichtssaals und Jenkins bestätigte, dass es die war, die Emerson ihm gegeben hatte.

»Hat Emerson Ihnen irgendwie erklärt, was passieren würde, wenn die Operation schiefliefe?«

»Mir wurde gesagt, wenn irgendetwas schiefliefe, würde die Agentur bestreiten, von der Operation auch nur zu wissen.«

»Haben Sie denn geglaubt, die CIA werde Ihre Reaktivierung im Notfall eingestehen?«

»Nach außen hin nicht, aber privat für mich schon.«

»Sind Sie deswegen freiwillig zum FBI gegangen und haben das Gespräch mit Agent Daugherty gesucht?«

»Ja. Ich habe ihn gebeten, die Sache zu untersuchen. Ich dachte, die CIA würde meine Reaktivierung bestätigen und zu dem, was ich Daugherty erzählt hatte, Nachforschungen anstellen.«

Sloane und Jenkins hatten ihre Geschichte in Grundzügen dargelegt. Jetzt wurde es Zeit, zum Ende zu kommen.

»Haben Sie zu irgendeiner Zeit dem FSB oder irgendjemand anderem Informationen gegeben, zu deren Weitergabe Sie nicht autorisiert waren?«

»Nein. Ich war schon seit Jahrzehnten kein aktiver Agent mehr gewesen, ich hatte gar keine Informationen, die nicht autorisiert waren.« Diesen Punkt hatten sie am Abend zuvor besprochen und fanden, das sei ein starkes Argument.

»Haben Sie irgendetwas anderes getan, als den Anweisungen der CIA zu folgen?«

»Nein.«

Die letzten beiden Fragen sollten der Jury vermitteln, dass Jenkins einer der Guten war.

»Sind Sie den Vereinigten Staaten gegenüber loyal eingestellt?«

»Das war ich immer. Ich liebe mein Land.«

Sloane ließ die Antwort ein wenig im Raum stehen, bevor er sich setzte.

Sofort übernahm Velasquez seinen Platz am Pult. »Das ist ja eine ziemlich beeindruckende Geschichte, Mr. Jenkins. Und sie passt perfekt zu der von Mr. Goldstone, nicht wahr?«

»Das ist keine Geschichte, sondern die Wahrheit.«

»Sie wussten doch von Mr. Goldstones Behauptung, auch er habe für die Central Intelligence Agency gearbeitet, richtig?«

»Ich habe davon erfahren. Ich weiß nicht genau, wann, aber ich erfuhr davon.«

»Mr. Sloane hat Sie nach Zufällen befragt, das möchte ich nun ebenfalls tun. Es war doch ein ziemlicher Zufall, dass Carl Emerson, den Sie vierzig Jahre lang nicht gesehen hatten, ausgerechnet dann bei Ihnen auf der Farm auftauchte, als Ihr Betrieb finanziell auf der Kippe stand und Ihnen der komplette finanzielle Zusammenbruch drohte, nicht wahr?«

Hier musste Jenkins aufpassen. Wenn er Nein sagte, musste er darüber sprechen, wie Emerson oder jemand anderes alles so eingefädelt hatte, dass Zahlungen an CJ Security nicht geleistet werden konnten. Dann musste er, ohne sich auf entsprechende Unterlagen stützen zu können, erklären, wie er absichtlich in eine schier ausweglose Zwangslage gebracht worden war. Es war fraglich, ob die Jury ihm da folgen konnte. Also ging er auf Goldstones Aussage ein, er habe Emerson im November 2017 bei LSR&C kennengelernt. »Damals habe ich keinen Zusammenhang zwischen den beiden Dingen gesehen, jetzt schon. Jetzt, wo ich weiß, dass Mr. Emerson bei LSR&C gearbeitet hat, glaube ich nicht mehr, dass es ein Zufall war.«

»Sie sind ein gut ausgebildeter CIA-Agent, haben Erfahrungen im Felde. Und Sie fragten sich nicht, wieso Ihr ehemaliger Verbindungsmann einfach so bei Ihnen auftauchte, vierzig Jahre nach Ihrem letzten Treffen und vierzig Jahre nach Ihrem Ausscheiden aus der Agentur? Sie haben sich nicht gefragt, warum dieser Mann unangekündigt zu Besuch kam, um Ihnen einen Job anzubieten? Und zwar genau dann, als Sie dringend Geld brauchten?«

»Zu dem Zeitpunkt habe ich seine Motive nicht infrage gestellt. Aber ich habe hinterfragt, warum er gekommen war. Darauf können Sie Gift nehmen.«

»Als Sie sich mit dem FBI-Agenten Daugherty trafen, haben Sie nicht darum gebeten, einen CIA-Agenten zu den Befragungen hinzuzuziehen, richtig?«

»Das ist richtig.«

»Und Sie sagten Agent Daugherty, Sie hätten Informationen an einen russischen FSB-Agenten weitergegeben, richtig?«

»Ich sagte Agent Daugherty, dass ich zu keiner Zeit Informationen weitergegeben habe, zu deren Weitergabe ich nicht befugt war.«

»Die beiden Agenten, deren Namen Sie preisgaben, wurden ursprünglich in Mexiko-Stadt, wo auch Sie damals arbeiteten, zu Mitarbeitern der CIA, richtig?«

»Das wusste ich zu dem damaligen Zeitpunkt nicht.«

»Aber als Agent Daugherty Ihnen erzählte, dass beide Agenten gestorben waren, sagten Sie, und ich zitiere: ›Was habe ich da nur getan?‹ Zitat Ende. Ist das richtig?«

»Das mag ich gesagt haben, ja. Ich konnte es einfach nicht fassen. Carl Emerson hatte mir versichert, diese Agenten seien in Sicherheit und die Operationen schon vor Jahren beendet.«

»Agent Daugherty erzählte Ihnen außerdem, dass es bei der CIA keine Unterlagen über Ihre Reaktivierung gibt. Das hat er Ihnen doch gesagt?«

»Ja, das sagte er.«

Velasquez feuerte ihre Angriffe noch weitere fünfundvierzig Minuten lang ab und Jenkins gab sein Bestes, das Gewitter zu überstehen. Nach außen hin ruhig und zuversichtlich, spürte er sein Hemd am Rücken kleben.

»Ist es nicht wahr, Mr. Jenkins, dass Sie Agent Daugherty nicht die ganze Geschichte erzählten? Weil Sie die nämlich noch gar nicht kannten, als Sie sich das erste Mal trafen? Weil Sie sich Ihre Geschichte im Laufe der Verhöre erst noch weiter ausdenken mussten?«

»Nein, das stimmt nicht.«

»Sie wussten doch aber, Mr. Jenkins, dass Sie unter Spionageverdacht fallen würden, wenn die CIA Ihre Geschichte nicht bestätigte? Dass Ihnen ein Prozess drohte?«

»Ja, das wusste ich.«

»Da sitzen Sie nun, mit einer hochschwangeren Frau, deren Schwangerschaft problematisch verläuft, und einem neunjährigen Sohn und treffen sich mit einem FBI-Agenten, dem Sie aus Loyalität zur CIA nicht Ihre ganze Geschichte erzählen? Wobei die CIA, wie Sie doch wussten, Sie nicht unterstützen, sondern womöglich versuchen würde, Sie wegen Spionage vor Gericht zu stellen? Verlangen Sie von der Jury wirklich, dass sie Ihnen das glaubt?«

»Ich habe ihm nicht die ganze Geschichte erzählt, weil ich befürchtete, damit unter Umständen Agenten und ihre Operationen bloßzustellen und das Leben dieser Agenten zu gefährden.«

»Dann behaupten Sie also selbst jetzt immer noch, dass Sie uns nicht die ganze Geschichte erzählen? Ist das Ihre Zeugenaussage? Sollen wir Ihnen das glauben?«

»Ich kann nicht die ganze Geschichte erzählen. Es tut mir leid, aber ich kann nicht.«

Velasquez sah die Geschworenen an. »Und die CIA auch nicht, oder?«

»Ich weiß nicht, ob sie es kann oder nicht«, sagte Jenkins. »Ich weiß nur, dass sie es nicht tun will.«

Kurz nach fünfzehn Uhr beendete Velasquez ihr Kreuzverhör. Sloane hängte noch ein paar Fragen dran und dann war Jenkins entlassen. Körperlich und emotional ausgelaugt kehrte er an den Tisch der Verteidigung zurück.

Richter Harden forderte Sloane auf, seinen nächsten Zeugen aufzurufen.

Sloane stand auf. Während einer Pause hatten Jenkins und er entschieden, ihre Beweisführung abzuschließen, wenn Sloane das Gefühl hatte, Jenkins' Aussage habe einen starken Eindruck hinterlassen.

»Euer Ehren«, erklärte er von daher, »unsere Beweisführung ist abgeschlossen.«

Harden wirkte ein wenig überrascht. Er sah Velasquez an, die sich flüsternd mit ihren Co-Anwälten beriet, bevor auch sie aufstand. »Die Staatsanwaltschaft schließt ihre Beweisführung ebenfalls ab.«

Sloane sollte sein Abschlussplädoyer am nächsten Morgen halten. Jetzt warteten alle darauf, dass Harden sich bei den Geschworenen bedankte, sie noch einmal belehrte und dann für den heutigen Tag entließ, aber Richter Harden tat nichts dergleichen.

»Meine Damen und Herren«, sagte er, indem er sich vorbeugte, »Verteidigung und Anklage haben ihre Beweisführungen abgeschlossen. Aber ich finde, es gibt einen Zeugen, dessen Aussage Sie hören sollten. Von daher rufe ich Carl Emerson in den Zeugenstand. Das tue ich deswegen, weil ich seine Aussage schriftlich im Protokoll festgehalten sehen möchte. Keine der beiden Parteien ist verpflichtet, ihn aufzurufen, und sie sollen sich dazu auch nicht genötigt fühlen. Aber ich finde, die Jury muss hören, wie Mr. Emerson ein paar Fragen beantwortet.«

»Das ist jetzt echt der Hammer«, flüsterte Sloane entgeistert.

68

Velasquez sprang auf. »Euer Ehren, die Staatsanwaltschaft legt Einspruch ein.«

»Abgelehnt.«

»Euer Ehren, wir beabsichtigten, Mr. Emerson als Zeugen für den Gegenbeweis aufzurufen.«

»Nein, Ms. Velasquez. Sie haben Ihre Beweisaufnahme beendet und ich finde, die Geschworenen sollten diesen Zeugen hören.«

»Euer Ehren, wir verlangen, dass der Einspruch der Staatsanwaltschaft im Protokoll festgehalten wird und das Gericht sich für heute vertagt, damit wir die Sache dem neunten Bezirksgericht vorlegen und eine einstweilige Verfügung erwirken können.«

Richter Harden beugte sich vor. »Das haben wir protokolliert«, sagte er. »Der Antrag ist abgelehnt. Sonst noch etwas?«

Velasquez schüttelte den Kopf. »Nein, Euer Ehren.«

Harden sah seinen Gerichtsdiener an. »Holen Sie bitte Mr. Emerson herein.«

Und in diesem Moment wurde auch klar, warum Harden Emerson zum Ende des Tages aufgerufen hatte: Er wollte

Velasquez keine Gelegenheit geben, zum neunten Bezirksgericht zu laufen.

Jenkins sah Sloane an. Der beugte sich zu ihm hinüber und flüsterte: »Das ist mir in all meinen Jahren als Anwalt noch nicht untergekommen. Aber bis jetzt genieße ich es.«

Emerson betrat den Gerichtssaal in einem blauen Anzug, der Macht und Ansehen demonstrieren sollte. Die Geschworenen musterten ihn vom ersten Moment an aufmerksam, sie waren sehr neugierig auf den Mann, dessen Namen sie nun schon so oft gehört hatten. Emerson sah jünger aus als Ende siebzig, mit dichten, silbergrauen Haaren und der gesunden Ausstrahlung eines Mannes, der viel Zeit an frischer Luft und an der Sonne verbringt. Haltung und Blick drückten aus, dass er die ganze Veranstaltung hier unter seiner Würde fand und seinen Auftritt rasch hinter sich zu bringen gedachte.

Nachdem er im Zeugenstand angekommen war und geschworen hatte, die Wahrheit zu sagen, knöpfte er seine Anzugjacke auf, setzte sich und schlug die Beine übereinander. Er blickte auf das Pult, sah hinüber zu Jenkins und schien ehrlich verblüfft, als die erste Frage an ihn von Richter Harden kam.

»Würden Sie uns für das Protokoll Ihren Namen nennen?«

Emersons Blick huschte zwischen dem Richter und Velasquez hin und her. »Bitte?«

»Nennen Sie uns für das Protokoll Ihren Namen«, wiederholte Harden.

»Carl Edward Emerson.«

»Sind Sie zurzeit irgendwo beschäftigt?«

Emerson stellte die Füße wieder nebeneinander und richtete sich auf. »Nein, ich bin in Rente.«

»Welcher Arbeit sind Sie vorher nachgegangen?«

»Ich war bei der Central Intelligence Agency.«

»Sind Sie aus Altersgründen aus der CIA ausgeschieden, um in Rente zu gehen, oder wurden Sie entlassen?«

»Ich fand fünfundvierzig Jahre im Dienst der Regierung genug und bin in Rente gegangen.«

»Mr. Emerson«, sagte Harden und nahm die Dokumente hervor, die der Unterlagenbeamte der CIA eingeführt hatte. »Ich habe hier Unterlagen zu Ihrem Beschäftigungsverhältnis, aus denen hervorgeht, dass es beendet wurde. Wollen Sie mir sagen, diese Dokumente sind fehlerhaft?«

Emerson lächelte selbstzufrieden. »Das kommt wohl darauf an, wie man es sieht. Ich betrachte mich selbst nicht als entlassen. Sollte ich entlassen worden sein, dann geschah das, nachdem ich beschloss, in Rente zu gehen.«

»Hier steht auch, dass Sie gerügt wurden, weil Sie im Umgang mit den Firmen LSR&C und TBT Investments ein schlechtes Urteilsvermögen bewiesen haben. Wollen Sie behaupten, diese Rüge sei Ihnen nicht bewusst?«

»Nein. Sie ist mir bewusst.«

»Sie wurden also entlassen?«

»Dann wird es wohl so gewesen sein.« Inzwischen wirkte Emersons Lächeln ein wenig angespannt.

»Und warum wurden Sie gerügt?«

Wieder sah Emerson zuerst Velasquez an, bevor er antwortete. »Dafür, persönliche Gelder in diese Firmen investiert zu haben.«

»Sie haben Ihr eigenes Geld investiert?«

Jenkins beugte sich zu Sloane hinüber. »Ich hatte recht!«, flüsterte er. »Emerson ist das Leck. Er hat TBT benutzt, um das Geld zu waschen, das er vom FSB bekam.«

»Ja, das habe ich«, antwortete Emerson. »Was wohl ein Fehler war, wenn man bedenkt, wie alles endete.«

»Es gibt Zeugenaussagen darüber, dass Sie früher als Verbindungsmann für die CIA in Mexiko-Stadt tätig waren. Ist das korrekt?«

»Das ist korrekt.«

»Und Sie waren der Vorgesetzte des Angeklagten, Charles Jenkins.«

»Für kurze Zeit war ich der für ihn verantwortliche Special Agent. Charles war ein sehr guter Agent, hat die CIA jedoch ganz plötzlich verlassen, sehr aufgebracht und zornig. Ich kann nicht näher auf die Operation eingehen, die Charles dazu brachte zu kündigen, aber er war damals wütend auf die CIA, auf die Regierung der Vereinigten Staaten von Amerika und wahrscheinlich auch auf mich.«

»Das hat er Ihnen erzählt?«

Emerson zögerte kurz, was er sofort zu überspielen versuchte. »Nein. Ich habe nie wieder von ihm gehört. Er ist einfach gegangen.«

Richter Harden ließ eine Pause folgen und Jenkins sah hinüber zu den Geschworenen, von denen einige so aussahen, als sei ihnen der Widerspruch in Emersons Aussage aufgefallen: Wenn Jenkins, ohne ein Wort mit ihm gewechselt zu haben, verschwunden war, woher wollte Emerson dann wissen, warum und in welcher Verfassung?

»Laut Zeugenaussagen haben Sie als leitender Angestellter bei der Firma TBT Investments gearbeitet. Stimmt das?«

»Schön!«, murmelte Sloane leise. »Er bezieht sich auf Zeugenaussagen, nicht auf die Dokumente.«

»Das stimmt.«

Hier hatte Jenkins eigentlich mit einer Lüge gerechnet. Aber vielleicht war Richter Hardens Entscheidung, Emerson in den Zeugenstand zu rufen, so überraschend gekommen, dass die Staatsanwaltschaft ihm noch nicht hatte mitteilen können, dass die LSR&C-Unterlagen als geheim eingestuft worden waren.

»Hatten Sie eine TBT-Visitenkarte mit Ihrer Telefonnummer?«

»Ich hatte eine Visitenkarte mit einer Nummer darauf, ja.«

»Und laut Zeugenaussagen war TBT eine Tochterfirma einer Firma mit dem Namen LSR&C. Ist das korrekt?«

»Das ist richtig.«

»Laut Zeugenaussagen war TBT Investments eine Firma, die benutzt wurde, um Gelder an CIA-Agenten und deren Operationen in anderen Ländern weiterzuleiten. Ist das richtig?«

»Ja, das stimmt.«

Jenkins stieß Sloane in die Seite. »Jetzt haben wir die Bestätigung dafür, dass Goldstone kein Lügner ist«, flüsterte er.

»Es gibt auch Zeugenaussagen, denen zufolge Sie in Ihrer Funktion als Chef von TBT Investments den Namen Richard Peterson benutzten. Ist das richtig?«

»Ja, das habe ich so gehandhabt.«

Jenkins ließ die Geschworenen nicht aus den Augen. Sie wirkten fasziniert.

»Im November 2017, hatten Sie da Veranlassung zu einer Reise nach Camano Island und einem Treffen mit dem Angeklagten Charles William Jenkins?«

Das war die Schlüsselfrage. Wenn Emerson lügen wollte, dann war jetzt der Moment dazu gekommen.

»Nein«, sagte Emerson. »Das ist nicht wahr.«

Es war so, wie Jenkins bereits vermutet hatte: Emerson gab zu, dass LSR&C eine CIA-Tarnfirma war, stritt die Reaktivierung von Jenkins jedoch ab. So konnte Velasquez argumentieren, Jenkins habe seine Geschichte erfunden, nachdem Goldstone sie bereits zur eigenen Verteidigung aufgebracht hatte. Anders war jetzt nur, dass Emerson Goldstones Geschichte bestätigt hatte, man also davon ausgehen durfte, dass sie der Wahrheit entsprach.

»Wann haben Sie Mr. Jenkins zum letzten Mal gesehen?«

»Zum letzten Mal?« Emerson sah Jenkins an. Das selbstzufriedene Lächeln hatte sich wieder eingefunden. »Das dürfte jetzt ein paar Jahrzehnte her sein. In Mexiko-Stadt.«
»Seitdem haben Sie ihn nicht mehr getroffen?«
»Nein.«
»Sie sind entlassen«, sagte Harden.

Ohne sein selbstzufriedenes Lächeln einzustellen, stand Emerson auf, knöpfte sich das Jackett zu und trat aus dem Zeugenstand.

Harden wandte sich an die Jury. »Das sind die Beweise des Gerichtes, meine Damen und Herren. Lassen Sie mich zusammenfassen, was Stand der Dinge ist: Der Angeklagte hat die Beweise vorgelegt, die er vorlegen wollte, und ich habe die Beweise hinzugefügt, von denen Sie nach Meinung dieses Gerichts Kenntnis haben sollten. Und nun kann die Staatsanwaltschaft, wenn sie denn möchte, Gegenbeweise vorlegen. Haben Sie das vor, Frau Staatsanwältin?«

Jenkins wusste, die Anklage war hier in eine Ecke gedrängt worden. Durch Richter Hardens Fragen waren Carl Emersons Verbindungen zur CIA und, durch TBT Investments, auch zu LSR&C deutlich geworden. Genau das hatten Jenkins und Goldstone beide ebenfalls ausgesagt. Von daher würden die Anwälte der Gegenseite die Sache wohl nicht einfach auf sich beruhen lassen und Emerson selbst befragen wollen.

Velasquez stand auf. »Ja, Euer Ehren. Die Regierung ruft Carl Emerson erneut in den Zeugenstand.«

Emerson zog ein Gesicht, als sei das nun wirklich eine Riesenzumutung, machte kehrt und kam zurück.

»Mr. Emerson«, sagte Velasquez. »Ich möchte Ihre Aufmerksamkeit auf einen FBI-Agenten namens Chris Daugherty richten. Hatten Sie im Januar 2018 irgendwann einmal Veranlassung, mit Mr. Daugherty zu sprechen?«

»An das genaue Datum erinnere ich mich nicht, aber ja, ich habe mit Agent Daugherty telefoniert.«

»Und würden Sie der Jury erzählen, worum es in diesem Gespräch ging?«

»Agent Daugherty rief an und sagte, Charles Jenkins habe mit ihm gesprochen. Ich war überrascht, diesen Namen zu hören, und reagierte entsprechend. Agent Daugherty sagte, Mr. Jenkins behaupte, für mich zu arbeiten. Angeblich wüsste ich über den Auftrag Bescheid, den Mr. Jenkins in Russland für die CIA erledigte.«

»Und was sagten Sie dazu?«

»Ich fragte Agent Daugherty, ob das ein Witz sein sollte. Ich sagte ihm, ich hätte Charles Jenkins seit mehr als vierzig Jahren nicht mehr gesehen.«

»Ich gehe davon aus, dass Sie Agent Daugherty nichts über die Operationen erzählten, die Mr. Jenkins für Sie in Russland abwickelte?«

»Es gab keine Operationen.«

»Sie haben Mr. Jenkins nicht autorisiert, Informationen über CIA-Agenten in Russland weiterzugeben?«

»Das habe ich nicht autorisiert, nein.«

Velasquez bedankte sich bei Emerson und setzte sich.

Sloane stand auf. »Entspricht es den Tatsachen, Mr. Emerson, dass die Firma TBT Investments für Sie aufgebaut wurde, um Ihnen eine gewisse Distanz zu LSR&C zu ermöglichen?«

»Einspruch«, rief Velasquez.

»Abgelehnt.«

»Ja, das stimmt.«

»Wie lautete die Telefonnummer auf der Visitenkarte von TBT Investments?«

»Daran erinnere ich mich nicht mehr.«

Sloane rief die Nummer auf den Bildschirmen auf. »Ist das die Nummer?«

»Ich erinnere mich nicht mehr.«

»Entspricht es den Tatsachen, dass die CIA Ihnen wenige Tage nach dem Zusammenbruch von LSR&C gekündigt hat?«

»Dass ich die CIA verließ, hatte nichts mit dem Zusammenbruch von LSR&C zu tun.«

»Korrigieren Sie mich gern, wenn ich da falschliege, aber hatte der Zusammenbruch von LSR&C nicht auch den Zusammenbruch von TBT Investments zur Folge?«

»Ich nehme an, dass es TBT Investments nicht mehr gibt.«

»Genauso wenig wie Richard Peterson?«

»Diese Frage verstehe ich nicht.«

»Fehlten auf den von TBT Investments, also von Ihnen, kontrollierten Konten Gelder, als man Sie entließ?«

»Das würde ich nicht wissen.«

»Sie waren der geschäftsführende Leiter dieser Firma, nicht wahr?«

»Nur auf dem Papier.«

»Ist es nicht so, dass Sie und Ihre Vorgesetzten bei der CIA im Rahmen Ihrer Entlassung zu einer Übereinkunft gelangten, dass keine rechtlichen Schritte gegen Sie eingeleitet werden würden?«

»Nein, das ist nicht richtig.«

»Erhielt TBT Investments von LSR&C nicht Millionen an Dollar, angeblich, um dieses Geld an Agenten überall in der Welt weiterzuleiten?«

»Einspruch.«

»Stattgegeben.«

»Wären nicht Sie, Mr. Emerson, unter dem Pseudonym Richard Peterson, als leitender Geschäftsführer von TBT Investments für die Weiterleitung von Geldern an Agenten verantwortlich gewesen?«

»Einspruch! Verstoß gegen CIPA.«

»Stattgegeben.«

Jenkins wusste, dass es Sloane egal war und Richter Harden ebenfalls. Sloane wollte lediglich, dass die Geschworenen seine Fragen hörten. Er hatte längst erreicht, was er wollte: die Verbindung zwischen CIA, LSR&C und Carl Emerson aufzeigen. Ob das ausreiche, musste sich erst noch herausstellen.

Sloane überraschte Jenkins, indem er fortfuhr: »Sie haben ausgesagt, Charles Jenkins seit dem Tag, als dieser Mexiko-Stadt vor vierzig Jahren verließ, nicht mehr gesehen zu haben. Ist das richtig?«

»Das ist korrekt.«

»Vielleicht können Sie mir dann erklären, wie Mr. Jenkins in den Besitz einer Visitenkarte mit der Telefonnummer von TBT Investments kommt?«

Sloane legte das entsprechende Dokument vor und reichte es dem Gerichtsdiener, der es an Emerson weitergab. Die schlichte Visitenkarte mit lediglich einer Telefonnummer darauf wurde auf die Bildschirme im Raum übertragen. Jenkins wusste nicht, worauf Sloane hinauswollte, war aber neugierig. Auch die Geschworenen wirkten interessiert.

»Das kann ich Ihnen nicht sagen«, antwortete Emerson. »Vielleicht ist er ins Büro gekommen und hat die Karte mitgenommen, um die Geschichte zu untermauern, die er hier vor Gericht erzählen wollte.«

»Vielleicht«, sagte Sloane. »Aber laut der Theorie der Regierung hat sich Mr. Jenkins seine Geschichte erst nach der Schließung von LSR&C ausgedacht. Und laut Zeugenaussagen wurden die Büros der Firma einschließlich Teppichboden ausgeräumt, nur Stunden, nachdem LSR&C geschlossen worden war.«

Jenkins lächelte. »Alter Schweinehund!«, murmelte er bewundernd. Drei der Geschworenen setzten sich in ihren Stühlen zurück und nickten.

»Einspruch, Antrag auf Streichung im Protokoll«, sagte Velasquez. »Das ist ein Argument, keine Frage.«

»Stattgegeben.«

»Meine Frage, Mr. Emerson, lautet: Wie kann Mr. Jenkins ins Büro von LSR&C gekommen sein und dort eine Visitenkarte an sich genommen haben, wenn dieses Büro nur Stunden nach Bekanntwerden der Anklage gegen die Firma in den Medien bis auf das letzte Fitzelchen Papier ausgeräumt worden war?«

»Das kann ich Ihnen nicht sagen«, erwiderte Emerson.

* * *

Sie verließen das Gericht an diesem Nachmittag in weit besserer Stimmung als sonst. Sloane und Jake kehrten in die Kanzlei zurück, wo Sloane sein Abschlussplädoyer vorbereiten wollte, und Jenkins fuhr zu Alex und den Kindern. Alex und er aßen mit CJ und dem Baby zu Abend, obwohl sie beide hundemüde waren. Die Familie um den Tisch zu versammeln schien ihnen sehr wichtig, ohne dass einer von ihnen ausgesprochen hätte, warum. Vielleicht war dies das letzte Abendessen, das sie als Familie einnehmen konnten.

Nachdem Jenkins CJ ein paar Kapitel Harry Potter vorgelesen hatte, kam er auf die Veranda, wo Alex in einer der Schaukelstühle saß und Lizzie stillte.

»Wie viele Kapitel waren es heute?«, wollte sie wissen.

»Drei.« Jenkins ließ sich in den Stuhl neben ihr fallen.

»Du verwöhnst ihn.«

»Die ersten beiden Kapitel waren für ihn, das letzte für mich.«

Schweigend saßen sie da, schaukelten sachte und ließen die Schaukelstühle knarren. »Glaubst du, ich hätte mich auf den Deal einlassen sollen?«, fragte Jenkins nach einer Weile. »Ein Jahr oder zwei wären echt keine große Sache gewesen, oder?«

»Es ging nicht nur um ein Jahr oder zwei, Charlie. Die Leute hätten dich dein Leben lang für schuldig gehalten.«

»Was die Leute über mich denken, ist mir egal, darüber mache ich mir keine Sorgen. Mir geht es um dich und die Kinder. Ich mach mir Sorgen darum, wie es für sie ist, ohne Vater aufzuwachsen. Ich könnte alles verpassen.«

»So weit sind wir noch nicht. Lass uns jetzt nicht darüber reden.«

»Wenn ich schuldig gesprochen werde, dann warte nicht auf mich, bitte. Ich möchte, dass du mir das versprichst.«

»Charlie, hör auf!«

»Du bist zu jung und die Kinder brauchen einen Vater.«

Alex streckte die Hand aus und griff nach der seinen. Die Berührung schaffte es kurz, ihn zu beruhigen. »Sie haben einen Vater.«

»Wir stehen das durch, was immer auch passiert«, fuhr sie fort. »Wir hätten den Deal annehmen können, haben uns aber für den Kampf entschieden, Charlie, und das nicht nur deinetwegen. Auch für CJ und Lizzie und für all die anderen Agenten dort draußen, die eines Tages genau wie du im Stich gelassen werden könnten.«

»Kein Agent hat einen Prozess wie meinen je gewonnen.«

»Dann bist du der Erste.«

»Emerson schafft es, nicht wahr? Er kommt damit durch. Er hat Agenten verraten und er hat sein Land verraten, er ist für den Tod dieser Frauen verantwortlich und vielleicht auch noch für weitere Tote. Er kommt damit durch und wird leben wie ein Fürst.«

»Niemand kommt mit irgendetwas durch, Charlie. Irgendwann müssen wir uns alle für unsere Taten verantworten.«

»Ich wünschte nur, er müsste es hier tun.«

»Vielleicht kommt es ja auch dazu.«

»Nein.« Jenkins schüttelte den Kopf. »Er weiß, wo die Leichen im Keller liegen, und hat wahrscheinlich auch die Dokumente, um das zu beweisen. Die CIA will sich mit diesen Leichen nicht in der Öffentlichkeit blamieren. Da ist es für sie einfacher, Goldstone und mich zu opfern.«

69

Maria Velasquez hielt sich bei ihrem Abschlussplädoyer eng an das, was sie auch schon bei ihrem Eröffnungsplädoyer gesagt hatte, und stellte Jenkins als einen Mann in einer verzweifelten finanziellen Lage dar, der sein Land an die Russen verkauft hatte, um seine Rechnungen bezahlen zu können.

»Er hat das verkauft, was er hatte – seine Ehre, seinen Treueeid und Geheiminformationen«, sagte sie.

Sloane hatte Jenkins erklärt, auch für ihn sei es wichtig, sich im Schlussplädoyer an die Vorgaben seines Eröffnungsplädoyers zu halten und vor allem klarzustellen, dass er sein Versprechen hielt: Jenkins' Unschuld nachzuweisen. Keine leichte Aufgabe, da sie sich nicht auf Beweise in Form von schriftlichen Unterlagen beziehen konnten, aber Richter Harden hatte ihnen eine Chance gegeben, indem er Carl Emerson in den Zeugenstand rief. Emerson hatte die Verbindungen zwischen CIA und TBT Investments eingestanden und auch die zwischen TBT Investments und LSR&C. Gelogen hatte er, als er behauptete, Jenkins seit Mexiko nicht mehr gesehen und auch nicht mit ihm gesprochen zu haben, aber Sloane hatte sich bemüht, diese Behauptung mithilfe der Visitenkarte zu widerlegen, auf der die Telefonnummer von TBT Investments stand. Vielleicht brachte diese Karte sie nicht weiter, sie war aber immerhin etwas, mit dem Sloane argumentieren konnte.

Sloane hatte von zu Hause eine altmodische Schultafel und Kreide mitgebracht. Beides stammte noch von Tina, die vor vielen Jahren Jake unterrichtet hatte. Ein paar der Geschworenen rutschten neugierig geworden auf ihren Stühlen nach vorn, als er die Tafel aufbaute, und auch Richter Harden schien interessiert. Was wurde ihnen hier geboten?

»Am ersten Tag dieser Verhandlung habe ich zu Ihnen gesagt, die Verteidigung werde die Last der Beweisführung übernehmen und Ihnen zeigen, dass Charles Jenkins die Verbrechen nicht begangen hat, die ihm hier vorgeworfen werden. Ich sagte, es gäbe kein unterschriebenes Geständnis von Mr. Jenkins, auch wenn die Anklage behauptete, Mr. Jenkins habe gestanden. Und siehe da: Es gibt kein unterzeichnetes Geständnis. Ich sagte, wir könnten beweisen, dass die CIA etwas mit der Firma LSR&C zu tun hatte. Und wir haben das bewiesen. Ich sagte Ihnen, Charles Jenkins sei im Besitz einer Visitenkarte mit einer Telefonnummer, die sich zur Firma TBT Investments zurückverfolgen ließe. Auch das haben wir bewiesen. Wir haben außerdem bewiesen, dass Carl Emerson im November des Jahres 2017 in Seattle war und dass Mr. Emerson zu der Zeit für die CIA arbeitete. Sein Beschäftigungsverhältnis wurde erst später beendet. Wie hätte Charles Jenkins wissen können, dass Carl Emerson im November 2017 in Seattle war, wenn er ihn nicht getroffen hatte? Wie hätte Charles Jenkins in den Besitz einer Visitenkarte mit der Telefonnummer von TBT Investments gelangen können, wenn Carl Emerson sie ihm nicht gegeben hätte, bevor die Büros von LSR&C geschlossen und bis auf das letzte Fitzelchen Papier ausgeräumt wurden?«

Jenkins fand, beides seien legitime Fragen, und stellte fest, dass mehrere Geschworene sich eifrig Notizen machten.

»Ich schildere Ihnen jetzt, was in Wirklichkeit geschah, ich schildere Ihnen die Realität«, fuhr Sloane fort. »Worum es bei diesem Fall wirklich geht. Im Winter 2018 zog die CIA bei zwei Firmen in Seattle den Stecker, die sie bis dahin als Tarnfirmen benutzt hatte, und Charles Jenkins blieb in der Luft hängen. Die Staatsanwaltschaft klagt ihn der Spionage in zwei Fällen an, der Verschwörung in einem Fall und dem Verkauf von US-Geheimnissen an Russland in zwei Fällen. Dem Gesetz nach liegt die Last der Beweisführung bei der Anklage. Aber die Staatsanwaltschaft hat nichts beweisen können. Gar nichts. Ich werde hier die Themen auflisten, bei denen die Staatsanwaltschaft in ihrer Beweisführung versagt hat. Schreiben Sie mit, notieren Sie sich die Liste, damit Sie nichts vergessen.«

Sloane griff zu einem dicken Stück Kreide und schrieb die Punkte auf, die er einen nach dem anderen ansprach. Und siehe da, die Geschworenen hatten ihre Notizblöcke gezückt und schrieben alle mit.

1. *Die Staatsanwaltschaft leugnet die Verbindung zwischen CIA und LSR&C nicht.*

2. *Sie leugnet nicht, dass Carl Emerson für TBT Investments arbeitete, eine Tochtergesellschaft von LSR&C.*

3. *Sie konnte nicht widerlegen, dass Carl Emerson eine Telefonnummer in Seattle besaß, die zur Firma TBT Investments gehörte, oder dass Charles Jenkins eine Visitenkarte mit dieser Telefonnummer in seinem Besitz hatte.*

4. *Sie hat nicht widerlegen können, dass Chris Daugherty, ein FBI-Agent aus Seattle, zur Empfangsdame im*

Bürohaus von CJ Security gesagt hat, er wisse, dass Charles Jenkins für die CIA arbeitete.

5. *Sie konnte nicht ein Stück Papier vorlegen, mit dem ihre Behauptung bewiesen wäre, Charles Jenkins habe seine Verbrechen eingestanden.*

Und so ging es weiter. Als Sloane fertig war, fasste er zusammen: »Das sind die Tatsachen und die Regierung leugnet sie nicht, sie hat sie nicht widerlegen können. Das ist die Realität. Und wenn diese Dinge wahr sind, wenn die Staatsanwaltschaft nicht beweisen kann, dass es sich anders verhielt, dann haben wir bewiesen, dass Charles Jenkins unschuldig ist.«

Sloane deutete auf Velasquez. »Ich fordere die Staatsanwaltschaft heraus, sich zu einem dieser Themen zu äußern. Jetzt hat sie noch die Chance, diesen Fall zu ihrem zu machen. Wir bekommen keine zweite Chance, zu Ihnen zu sprechen. Für uns geht es darum, dass Sie akzeptieren, was wir vorgetragen haben. Dass Sie sehen, was die Wahrheit ist. Wir bekommen nicht noch einmal die Chance, zu Ihnen zu sprechen. Die Staatsanwaltschaft schon und ich habe ihr eine Liste mit Fragen vorgelegt, die sie beantworten muss. Wenn die Anklage nicht eine dieser von mir genannten Tatsachen widerlegen kann, dann ist es Ihre Pflicht als Geschworene zu befinden, dass dieser Mann nicht schuldig ist.«

Sloane legte die Kreide hin und wischte sich den Kreidestaub von den Händen. »Bei all den technischen Spielereien, die man heute im Gerichtssaal einsetzen kann, bei all den Aussagen von Experten, den Computergrafiken und teuren Fotografien verliert man leicht ein grundlegendes Prinzip aus den Augen: Unter dem Strich besteht Ihre Verantwortung als Geschworene darin, die Wahrheit zu finden. Und manchmal ist die Wahrheit gar nicht so kompliziert. Man braucht keine schicken Grafiken und Diagramme oder Computertechnologie, um sie zu sehen.« Sloane deutete auf die Tafel. »Manchmal ist die Wahrheit so einfach und geradeheraus wie das, was ich da aufgeschrieben habe. Manchmal liegt sie direkt vor unserer Nase. Manchmal ist die Wahrheit schwarz und weiß.«

* * *

Velasquez schluckte Sloanes Köder nicht. Ihr zweites Abschlussplädoyer war eine fünfundvierzig Minuten lange Tirade, die dazu dienen sollte, die Gemüter der Geschworenen zu erregen. Sie schlug auf das Pult und hob die Stimme, sie erregte sich und wütete, aber sie kam nicht auf einen einzigen der Punkte zu sprechen, die Sloane an die Tafel geschrieben hatte.

»In einer Sache stimme ich mit Mr. Sloane überein«, erklärte sie zum Schluss. »Die Wahrheit ist in diesem Fall sehr einfach zu erkennen. Ich habe sie in meinem Eröffnungsplädoyer genannt und ich bekräftige hier noch einmal: Dieser Mann hat seine Ehre und seine Integrität und sein Wissen verkauft. Es war ein ganz klarer Handel – Information gegen Geld. Er hatte die Informationen. Er reiste nach Russland. Und kurz nach seiner Rückkehr tauchten fünfzigtausend Dollar auf seinem Konto auf. Der Anwalt der Verteidigung und ich sind uns zumindest bei diesem einen Punkt einig: Manchmal ist die Wahrheit einfach zu erkennen. Und die Wahrheit in diesem Fall lautet: Charles Jenkins ist schuldig.«

Es war ein eindringliches Plädoyer.

Jetzt konnten sie nur noch warten.

70

Sloane rechnete damit, dass die Jury vier oder fünf Tage brauchen würde, um zu einer Entscheidung zu gelangen. Je länger, desto besser, fand er. Eine lange Beratungszeit der Jury war in einem Strafverfahren ein deutlicher Hinweis darauf, dass ein Geschworener oder mehrere nicht zu einem zweifelsfrei begründeten Urteil kommen konnten. Harden hatte Anklage und Verteidigung gebeten, erst einmal im Haus zu bleiben, für den Fall, dass die Geschworenen während ihrer Beratung noch Fragen hatten. Er stellte Sloane und seinen Leuten das Geschworenenzimmer eines gerade nicht genutzten Gerichtssaals zur Verfügung. Gegen siebzehn Uhr räumten Alex und Jake halb gegessene Sandwichs und Einwickelpapier vom Tisch und warfen die Essensreste in den Müll.

»Ich kann mir vorstellen, dass uns der Gerichtsdiener bald für die Nacht nach Hause schickt«, sagte Sloane. »Das wäre ein gutes Zeichen.«

Wenige Minuten später hörte Jenkins Schritte vor der Tür, gefolgt von leisem Klopfen.

Sloane warf einen Blick auf die Uhr. »Sag ich doch, Zeit, nach Hause zu gehen.« Er zog sein Jackett an, während Jake die Tür öffnete.

Im Flur stand der Gerichtsdiener. »Wir haben ein Urteil.«

Jenkins rutschte das Herz in die Hose. Sloane wirkte genauso vor den Kopf gestoßen. Die Jury hatte noch nicht einmal fünf Stunden beraten. Schweigend sammelten alle ihre Sachen zusammen.

Im Flur trafen sie auf zahlreiche Menschen, die unterwegs zu Richter Hardens Gerichtssaal waren, und bei den Türen dort wurde klar, wie viele keinen Einlass mehr gefunden hatten, darunter auch Reporter und Fernsehteams. Die Reporter riefen ihnen laute Fragen zu, aber Jenkins beachtete sie gar nicht. Er fühlte sich wie betäubt, hätte nicht sagen können, wieso ihn seine Beine überhaupt noch trugen. Seine rechte Hand zitterte.

Bis Alex danach griff.

Beamte hielten dem Team der Verteidigung den Weg frei.

»David!«, rief eine bekannte Stimme. Jenkins drehte sich um. Es war Carolyn.

»Sie ist eine von unseren Expertenzeugen«, erklärte Sloane den Marshals, die Carolyn daraufhin durchließen. Sie ging zu Alex und die beiden Frauen hakten sich unter.

Velasquez und ihr Team saßen bereits am Tisch der Staatsanwaltschaft und schienen in Feierlaune zu sein.

Als alle versammelt waren, kehrte auch Richter Harden auf die Richterbank zurück und bat den Gerichtsdiener, die Jury in den Saal zu geleiten.

Keiner der neun Frauen und drei Männer sah Jenkins an, als sie hereinkamen. Auch das war kein gutes Zeichen.

Die Geschworenen setzten sich. »Sind Sie in allen fünf Punkten der Anklage zu einem Urteil gelangt?«, fragte Richter Harden.

Geschworene Nummer vier, Mutter zweier Kinder, die ihre eigene Firma leitete, stand auf. »Ja, Euer Ehren.«

Jenkins Brust wurde eng.

»Würde der Gerichtsdiener dieses Urteil bitte an den Gerichtsschreiber weitergeben?«, bat Harden.

Der Schreiber wiederum übergab das Urteil an Harden, der es sich durchlas, ohne sich etwas anmerken zu lassen. Jenkins konnte seinen eigenen Atem in der Brust rasseln hören. Er dachte an alles, was er verpassen würde, all die Geburtstage und Feiertage, Vorlesestunden mit CJ, Lizzie füttern, seine Frau im Bett in den Armen halten.

Harden gab das Dokument an den Gerichtsschreiber zurück. »Der Angeklagte möge bitte aufstehen und sich der Jury zuwenden.«

Jenkins brauchte Sloanes Unterstützung, um aufzustehen, und musste sich anschließend mit den Händen auf dem Tisch abstützen. Sein Herz klopfte, das Blut rauschte ihm in den Ohren. Er wandte den Kopf, blickte über die Schulter zur ersten Zuschauerreihe, wo Alex saß und ihm ein dünnes Lächeln zuwarf. Er konnte sehen, dass sie mit den Tränen kämpfte. Carolyn neben ihr ging es ebenso.

Die Vorsitzende der Jury nahm das Urteil wieder entgegen.

»Die Vorsitzende der Jury wird das Urteil jetzt verlesen«, verkündete Richter Harden.

»Im ersten Punkt der Anklage«, sagte die Frau, »befinden wir den Angeklagten, Charles William Jenkins, für nicht schuldig.«

Jenkins spürte Sloanes Hand auf seinem Rücken. Er holte einmal tief Luft, um nicht zu hyperventilieren, dann noch einmal und noch einmal, sah Sloane an, wollte bestätigt haben, dass er richtig gehört hatte. Sloane nickte lächelnd. Hinter ihm klang es gerade so, als hätte der gesamte Saal die Luft angehalten und atme nun aus.

»Im zweiten Anklagepunkt«, sagte die Vorsitzende, jetzt schon mit festerer Stimme, »befinden wir, die Jury, den Angeklagten Charles William Jenkins für nicht schuldig.«

Diesmal gestattete sich die Vorsitzende einen Blick hinüber zu Jenkins. Auch andere Geschworene sahen ihn an. Einige lächelten. Einige der Frauen hatten Tränen in den Augen.

Jenkins spürte, wie Sloane ihm den Arm um die Schulter legte und kurz drückte. Bei allen drei verbleibenden Anklagepunkten fiel das Urteil gleich aus: nicht schuldig.

In den Zuschauerreihen erhob sich ein Sturm. Harden ließ seinen Richterhammer auf das Pult donnern, um die Ordnung wiederherzustellen, bedankte sich bei der Jury und entließ sie. Velasquez und ihr Team wirkten durch das Urteil völlig vor den Kopf gestoßen und fassungslos.

»Mr. Jenkins«, sagte Richter Harden.

Jenkins wandte sich der Richterbank zu. Harden lächelte nicht, aber es lag ein feines Glitzern in seinen Augen. »Die Sitzung ist beendet«, sagte er. »Und Sie, Sir, sind frei, Sie dürfen gehen.«

Epilog

In den Tagen, Wochen und Monaten, die folgten, nahm Jenkins' Leben langsam wieder normale Züge an. Eine Zeit lang wurde er oft um Interviews gebeten und sollte im Fernsehen auftreten. Er hatte wenig Lust dazu, aber Alex konnte ihn von der Wichtigkeit solcher Öffentlichkeitsarbeit überzeugen. Er war der erste Agent, der in einem Spionageverfahren von einer Jury freigesprochen worden war, andere Agenten sollten seine Geschichte hören, fand sie. Als Warnung davor, wie schnell alles schieflaufen konnte und wie es war, wenn man als Agent im Regen stehen gelassen wurde.

Außerdem brauchten sie das Geld.

In den Interviews versicherte Jenkins den Journalisten immer wieder, er liebe sein Land nach wie vor und werde es immer lieben. Auch wenn es nicht perfekt war, blieb es für ihn der beste Ort der Welt, um dort zu leben.

Auch einige der Geschworenen gaben Interviews. Ihre Stellungnahmen waren zugespitzter. Die Mehrheit deutete an, der Regierung nicht mehr so zu vertrauen, wie andere Generationen es getan hatten. Sie seien skeptischer geworden, was Politiker und Regierungsbehörden betraf. Eine sagte: »Wo

Rauch ist, ist meistens auch Feuer, und in diesem Verfahren gab es eine Menge Rauch.«

David Sloane hätte es nicht besser ausdrücken können.

Als die Euphorie nach dem Freispruch sich gelegt hatte und Jenkins in der allgemeinen Berichterstattung kein Thema mehr war, kehrten er und seine Familie auf die Farm zurück. Sein Empfang in der kleinen Stadt Stanwood war herzlich. In der Schule und am Spielfeldrand bei CJs Fußballspielen – der Junge hatte sich durch das Einzeltraining bei seinem Tutor dramatisch verbessert – blieb schon mal jemand von den anderen Eltern stehen, um ihm zu gratulieren und zu sagen, sie hätten ihm die Daumen gedrückt. Er bedankte sich jedes Mal – und glaubte den Leuten nicht. Sie alle hatten ihn im Moment seiner Verhaftung verdammt und erst freigesprochen, als das Urteil zu seinen Gunsten ausgefallen war. So war nun einmal die Natur des Menschen und wenn er jetzt auch in den Augen einiger seiner Nachbarn unschuldig war, sahen andere in ihm immer noch den Verräter, der einfach nur Glück gehabt hatte, mit heiler Haut davongekommen zu sein.

Jenkins war das egal. Er kannte die Wahrheit und die Wahrheit hatte ihn frei werden lassen.

Er schloss gegen einen sechsstelligen Betrag einen Buchvertrag ab und kümmerte sich den Großteil seiner Tage um seine Tochter, während Alex in CJs Schule arbeitete. Irgendwann würde er das Buch schreiben oder sich einen Vollzeitjob suchen müssen, aber erst einmal war er sehr zufrieden damit, in Teilzeit für Sloane zu arbeiten und ansonsten Hausmann zu sein.

Als Elizabeth sechs Monate alt wurde, fuhren sie nach Three Tree Point, um zu feiern, dass Jake die anwaltliche Zulassungsprüfung des Staates Washington bestanden hatte. Niemand sprach es an, aber ihre Zusammenkunft hatte auch noch einen anderen Grund: Sie hatten das Urteil nie richtig gefeiert.

Alex arbeitete in der Küche und machte Tacos, während Lizzie schlief. Jenkins, der die Gelegenheit nutzte, ein bisschen Zeit mit CJ allein zu verbringen, schlich zusammen mit seinem Sohn zur Hintertür hinaus, wo sie, bewaffnet mit ihren Angeln und dem Angelkasten, zum Wasser hinuntergingen.

CJ hatte sich zu einem geduldigen, geschickten Angler entwickelt, der bereits einige beeindruckende Fische gefangen hatte. Die anderen Angler hier unten kannten ihn inzwischen mit Namen. Wenn sie ihn außerdem als Sohn eines Mannes kannten, der wegen Spionage vor Gericht gestanden hatte und freigesprochen worden war, so sagten sie es nicht. Eigentlich zählte für Angler immer nur der Wurf, zu dem sie gerade ausholten.

Jenkins reichte CJ eine Rute und der Junge warf sie aus. Während Jenkins seine eigene Angel vorbereitete, stellte er wieder einmal fest, dass seine rechte Hand nicht zitterte. Das hatte sie seit dem Urteil nicht mehr getan. Er warf die Leine aus und holte sie langsam ein.

So waren sie vielleicht eine Viertelstunde lang beschäftigt, als Jenkins' Handy klingelte. Die Anruferkennung nannte weder Anrufer noch Nummer und Jenkins hätte um ein Haar gar nicht reagiert, weil er dachte, es sei doch wieder nur ein Reporter oder ein Schriftsteller, der nachfragen wollte, ob Jenkins Interesse hatte, seine Geschichte zu erzählen. Was nicht der Fall war. Noch nicht.

»Hallo?«, meldete er sich schließlich doch.

»Mr. Jenkins.«

Jenkins erkannte den Akzent. »Viktor.«

»Sie sind schwer zu finden.«

»Ich habe meine Anrufe überwachen lassen müssen.« Jenkins trat ein Stück zur Seite, damit CJ die Unterhaltung nicht mit anhören konnte. Der Junge warf ihm einen Blick zu, denn noch vertraute er nicht vollständig darauf, dass sein Dad nicht wieder von irgendwem abgeholt werden würde.

Jenkins streckte ihm lächelnd den hochgereckten Daumen hin, woraufhin sich CJ wieder seiner Angelschnur zuwandte. »Ich habe mit großem Interesse die Berichte über Ihren Prozess verfolgt«, fuhr Federow fort. »Es kam mir fast so vor, als läse ich über einen Prozess hier in Russland, wo die Wahrheit nie an den Tag kommen darf. Ihr Freispruch hat mich sehr glücklich gemacht.«

»Danke.«

»Sie sehen also, so verschieden sind unsere Länder gar nicht! Ich habe es Ihnen ja gesagt.«

Jenkins lächelte. »Wie gefällt Ihnen die Arbeit bei Ihrem Bruder?«

»Ach, das war doch nichts für mich. Viel zu viel Schreibkram, und das sagt jemand, der mal für die Regierung gearbeitet hat.« Federow lachte.

»Was haben Sie stattdessen vor?«

»Ich bin jetzt Privatdetektiv! Bis jetzt habe ich einen Kunden. Ich dachte, mein erster Fall interessiert Sie vielleicht.«

»Warum sollte er das?«

»Weil ich glaube, Sie kennen den Mann, den ich aufgespürt habe.«

»Und wer könnte das sein?«

»Früher war er in Mexiko-Stadt tätig, später in Washington, D.C. In Mexiko war er Ihr Verbindungsmann und Ihr Prozess hat mir geholfen, ihn zu finden.«

Jenkins verspürte einen Kloß im Hals.

»Wissen Sie, Mr. Jenkins, auch wenn ich Witze mache: Russland und die Vereinigten Staaten, das ist nicht dasselbe. In Russland haben wir ein gutes Gedächtnis und der Gerechtigkeit wird immer Genüge getan, wenn nicht auf die eine Art, dann auf eine andere.«

»Wie meinen Sie das, Viktor?«

»Sehen Sie sich die Nachrichten an, ich bin mir sicher, es wird bald darüber berichtet.«

Jenkins dachte an seine Bemerkung Alex gegenüber: Wie sehr er sich wünschte, Emerson würde hier für seine Verbrechen zur Rechenschaft gezogen und nicht erst in einem anderen Leben.

»Haben Sie Papier und Bleistift?«, wollte Federow wissen.

»Warum?«

»Ich möchte Ihnen ein paar Zahlen diktieren.«

»Moment.« Jenkins kramte eine Köderpackung aus dem Kasten, deren Rückseite sich beschriften ließ, und fand auch noch einen Bleistiftstummel.

»Okay, schießen Sie los.«

Er erwartete zehn Ziffern – eine Telefonnummer –, aber es wurden mehr.

»Was ist das? Das ist doch keine Telefonnummer.«

»Das ist die Nummer eines Schweizer Bankkontos, das ich auf Ihren Namen eröffnet habe.«

»Auf meinen Namen? Warum eröffnen Sie ein Konto auf meinen Namen?«

»Weil Sie mein Kunde waren.«

»Ich?«

»Okay, dann habe ich eben zwei Kunden – Sie und mich selbst. Und ich dachte, Sie verdienten das Geld genauso wie ich. Also habe ich es aufgeteilt. Sechzig zu vierzig, weil ich schließlich die ganze Arbeit gemacht habe.« Federow lachte erneut.

»Viktor, wenn das das Geld ist, das Carl Emerson gestohlen hat, dann kann ich es nicht annehmen.«

»Nein, Mr. Jenkins. Das hätte ich auch nie gedacht, wo Sie doch ein so integrer Mensch sind. Aber das Geld wurde nicht gestohlen. Es wurde von Russland bezahlt.«

»Emerson war das Leck.«

»Leck? Ich weiß nichts von irgendwelchen Lecks außer von denen unter meiner Spüle.«

»Über welche Summen reden wir hier?« Bei Jenkins hatte nun doch die Neugier gesiegt.

»Genug«, sagte Viktor. »Genug für alles, was unsere beiden Regierungen uns haben durchmachen lassen. Oder nicht?«

»Ich kann das Geld nicht annehmen«, sagte Jenkins. Es war Blutgeld, es war Geld, das drei der sieben Schwestern das Leben gekostet hatte.

»Es ist da, Mr. Jenkins. Was Sie damit machen, ist Ihre Sache. Und jetzt muss ich Schluss machen. Ich fürchte, wir werden einander nicht wiedersehen.«

»Seien Sie da nicht so sicher«, sagte Jenkins. »Wir beide wissen doch, wie sich das Leben von einer auf die andere Sekunde ändern kann. Und zwar so, wie es sich keiner von uns je hätte vorstellen können.«

Viktor lachte laut und lange. »Dann bis wir uns wiedersehen. Ich werde auf Ihre Gesundheit trinken. *Búdim zdarówy.*«

CJ rief laut: »Dad, Dad, ich glaube, ich habe einen Fisch.«

Jenkins beendete den Anruf und schob das Handy wieder in die Jackentasche. CJs Leine verharrte reglos. »Lass mal sehen.« Jenkins nahm dem Jungen die Angelrute aus der Hand, in Gedanken immer noch halb bei dem, was Federow ihm gerade erzählt hatte. »Ich glaube, die Leine hat sich nur verhakt.«

»Echt?« CJ klang enttäuscht.

Jenkins deutete mit der Spitze der Angelrute Richtung Leine und riss einmal kurz, bis der Köder wieder frei war. Dann gab er CJ seine Angel zurück. »Hol die Leine ein und wirf noch einmal.«

»Lass uns einfach reingehen«, sagte CJ. »Wir fangen ja doch nichts.«

Jenkins legte dem Jungen die Hand auf den Kopf. »Dass du dich irgendwo verhakst, wird dir in deinem Leben noch oft passieren, CJ. Davon darf man sich aber nicht beirren lassen, man muss es immer wieder versuchen. Und irgendwann fängt man dann auch noch einmal etwas Großes.«

»Glaubst du das wirklich?«

»Charlie? Charlie?«

Oben auf der Terrasse stand Alex und rief nach ihm. Alle anderen waren ins Haus gegangen. »Komm hoch und sieh dir die Nachrichten an. Du glaubst es nicht! David zeichnet alles auf.«

Durch das große Fenster konnte Jenkins die Gäste sehen, die sich im Wohnzimmer versammelt hatten. Sie standen alle mit dem Rücken zu ihm und starrten gebannt auf den großen Flachbildfernseher.

Jenkins war drauf und dran, seine Angel hinzuwerfen und nach oben zu gehen, nachzusehen, was eigentlich genau passiert war. Aber dann blieb er doch. Er wusste genug, fand er. Er dachte an Viktor Federow und Carl Emerson und daran, wie Gerechtigkeit einem manchmal auf völlig unerwartete Weise zuteilwird und dass sie für alle gilt. Momentan tat er nichts lieber, als seinem Sohn zuzusehen, der seine Leine auswarf und wieder einholte, wie alle Angler der Welt trotz besseren Wissens fest darauf vertrauend, dass dieser Wurf der entscheidende war und ihm den großen Fang bringen würde.

»Lass sie zurückschnellen und wirf noch einmal«, rief er CJ zu.

Danksagung

Vor ein paar Jahren las ich *Die Nachtigall* von Kristin Hannah. Der Roman, gleichzeitig eine detaillierte Dokumentation realer Ereignisse, beeindruckte mich so sehr, dass ich der Autorin schrieb und sie fragte, wo sie diese Geschichte gefunden hätte. Wir werden von derselben Literaturagentur betreut. »Manchmal«, antwortete Kristin, »fallen uns die guten Geschichten in den Schoß und wir dürfen ihnen nur nicht im Wege stehen.«

Das sehe ich auch so. *Die achte Schwester* ist keine wahre Geschichte, der Roman ist durch und durch Fiktion. Ich erhielt irgendwann einmal einen Anruf von einem Herrn, der eine Geschichte zu erzählen hatte und mich einlud. Ich nahm seine Einladung an und das Treffen mit ihm spornte mich an, diesen Roman zu schreiben. Ich bin diesem Herrn für seine Hilfe sehr dankbar und freue mich, mit ihm Kaffee getrunken zu haben.

Ich steckte schon mitten in der Arbeit, als ich bei einer Veranstaltung in Seattle eine weitere hilfreiche Begegnung hatte. Diesmal mit einem Herrn, der in den Siebzigerjahren in Moskau im Hotel Metropol gearbeitet hatte, das damals noch kein Hotel war. Er hatte auch noch einen anderen Beruf. Wir unterhielten uns eine ganze Weile und auch seine Geschichte hat mir sehr weitergeholfen.

Dann möchte ich John Black danken, den ich bei einem von mir geleiteten Kurs in kreativem Schreiben kennenlernte. John war früher Anwalt für internationales Recht und hat in diesem Zusammenhang von 2001 bis 2008 im Bereich Gas und Öl für Ölfirmen in Moskau und Sakhalin gearbeitet. Er sprach Russisch, das er zur Zeit des Vietnamkonflikts bei der US Army gelernt hatte. John hat das Manuskript gelesen und mir in Bezug auf Genauigkeit geholfen. Herzlichen Dank auch an Rodger Davis, der in der Sowjetunion gelebt und gearbeitet hat und ein paar Leute kontaktierte, die mir ebenfalls bei diesem Buch halfen. Rodger gab mir wunderbare Tipps zu Russland und der russischen Kultur. Und er hat mir einige Bücher empfohlen: *Peter der Große* von Robert K. Massie, *Black Wind, White Snow* von Charles Clover und *The Wheel of Fortune* von Thane Gustafson. Rodger ist ein begabter Schriftsteller und großzügiger Kollege. Und ich bedanke mich bei Tim Tigner, Autor und Freund. Tim hat ein paar Jahre lang in der Sowjetunion gearbeitet und schreibt in seinen Romanen über dieses Land, unter anderem in *Coercion* und *The Lies of the Spies*. Tim hat mir außerdem das Buch *Red Notice: Wie ich Putins Staatsfeind Nr. 1 wurde* von Bill Browder empfohlen, das ich verschlungen habe.

Ich möchte mich außerdem bei Jon Coon bedanken, Tiefseetaucher und Sprengstoffspezialist, der als Tauchoffizier und Projektleiter bei internationalen kommerziellen Bergungsarbeiten und archäologischen und wissenschaftlichen Projekten gearbeitet hat. Er hat drei Romane und zahllose Artikel geschrieben und seine Fotos illustrieren seit mehr als dreißig Jahren Handbücher und Zeitschriften. Er ist ein zertifizierter Tauchlehrer des Tauchsportverbands PADI,

Regionalmanager für PADI, Höhlentaucher und unterricht Lehrer, die Rettungskräfte ausbilden.

Diese Leute haben mir sehr geholfen, ich stehe in ihrer Schuld. Sollte es im Buch Fehler geben, so gehen die allein auf meine Kappe.

Zusätzlich zu den oben genannten Büchern habe ich auch noch andere gelesen, sowohl Sachbücher als auch Romane. Darunter *Ein Gentleman in Moskau* von Amor Towles, *Der Hauptfeind* von Milton Beardon und James Risen, *Moscow City* von A. R. Zander, *Fritz Kolbe* von Andreas Kollender, *Der russische Spion* von Daniel Silva, *Der Spion, der aus der Kälte kam* von John Le Carré, *Gorky Park* von Martin Cruz Smith und *Die Istanbul-Passage* von Joseph Kanon.

Und ich war drei Wochen lang in Russland. 1998 kehrte eine russische Opernsängerin, die Jahre zuvor aus der Sowjetunion ausgereist war und die auf meiner Hochzeit in Seattle gesungen hatte, nach Hause zurück. Sie bot mir an, mir bei den Vorbereitungen für eine Reise nach Russland zu helfen. Meine Frau und ich, unser damals achtzehn Monate alter Sohn, mein Schwager und meine Schwägerin, meine Eltern und die Eltern meiner Frau, wir alle kamen auf ihr Angebot zurück. Bevor wir aufbrachen, besprachen mein Schwager und ich, uns Bürstenhaarschnitte verpassen zu lassen, denn wir hatten gehört, es könnte in Russland sehr primitiv zugehen und vielleicht mühsam sein, sich regelmäßig die Haare zu waschen. (Die Information erwies sich als falsch.) Ich ging dann auch wirklich zum Frisör, während mein Schwager in letzter Sekunde kniff. Einig waren wir uns in der Frage der dunkelblauen Baskenmützen, die wir beide tragen würden, um nicht am Kopf zu frieren. Bekommen Sie langsam ein Bild?

Als wir auf dem internationalen Flughafen von Moskau eintrafen, äußerte der meinen Pass prüfende Beamte ein strenges *»Njet!«*. Ich wurde aus der Schlange vor der Passkontrolle geholt und in einen Raum geführt, wo man alles, was ich dabeihatte, gründlich untersuchte. Endlich im Hotel Rossija angekommen, bekam jedes Ehepaar ein Zimmer zugewiesen, interessanterweise nicht nebeneinanderliegend, sondern zwar auf demselben Flur, aber immer mit einem Zimmer dazwischen. Und in jedem unserer Zimmer hing ein großer Spiegel an der Wand zum angrenzenden, wie wir annahmen, leeren Zimmer. Wir machten Witze darüber, dass wir überwacht wurden, und ich stolzierte jeden Morgen nackt vor unserem Spiegel herum. Am ersten Nachmittag wollten wir uns nur kurz ausruhen, um uns dann um achtzehn Uhr zum Abendessen zu treffen.

Keiner von uns schaffte es, diese Verabredung einzuhalten.

Wir alle erzählten von vergeblichen Versuchen aufzustehen, wir alle hatten uns wie betäubt gefühlt, wenn wir auch nur versucht hatten, uns aufzurichten. So trafen wir uns erst am nächsten Morgen wieder.

Wir verließen das Hotel, gingen zum Roten Platz und zum Kreml. Als wir von der Basilius-Kathedrale hinüber zum Lenin-Mausoleum schlenderten, zeigte mir mein Schwager eine Frau mit weißen Stiefeln und meinte: »Wir werden verfolgt, sie ist die ganze Zeit da, wo wir auch sind.« Sie folgte uns auch durch das Kaufhaus GUM und an noch einige andere Orte. Wir gingen ins Detski Mir, das riesige Kaufhaus für Kinderspielzeug, wanderten über den Lubjanka-Platz und bestaunten das berühmte ehemalige Hauptquartier des KGB. Die Frau begleitete uns bis zurück zum Hotel.

Ich erinnere mich noch an die Begegnung mit einer Gruppe Schulkinder, als wir die Kirche der zwölf Apostel besuchten. Sie begutachteten uns mit wissendem Grinsen. Ein Junge fasste sich ein Herz, kam zu mir und sagte mir ins Gesicht: »Sie sind beim Militär.« Ich versicherte ihm, das sei nicht der Fall. Er glaubte mir nicht. Seine Freunde, jetzt ebenfalls mutig geworden, kamen nun auch und wiederholten: »Sie sind beim Militär!«

Mein Schwager wollte unbedingt einen Stein vom Roten Platz mit nach Hause nehmen. Als hätten wir nicht schon genügend Aufmerksamkeit erregt. Er überredete mich dazu, um Mitternacht noch einmal vor das Hotel zu treten und draußen eine kubanische Zigarre zu rauchen. So standen wir neben der Plattform, von der es hieß, Iwan der Schreckliche habe dort unzählige Menschen hinrichten lassen, und mein Schwager entdeckte einen kleinen, lockeren Stein zwischen den Ziegeln. »Wie kriege ich den jetzt?«, wollte er von mir wissen.

»Lass deine Zigarre fallen«, riet ich. »Bück dich, um sie aufzuheben, und greif ihn dir dabei.«

Also ließ mein Schwager die Zigarre fallen. Sofort gingen bei einem auf der anderen Seite des Platzes parkenden Wagen die Scheinwerfer an und das Auto kam auf uns zugeschossen, um knappe drei Meter vor uns zu halten. »Und jetzt?«, zischte mein Schwager besorgt.

»Halt den Mund«, zischte ich zurück. »Und tritt die Zigarre aus.«

Das tat er, und wir gingen, ohne weiter anzuecken, zurück zu unserem Hotel.

Später lernte ich durch Recherche, dass im Hotel Rossija früher sämtliche ausländischen Touristen untergebracht worden waren. Und später, nachdem es verkauft worden war und von den neuen Besitzern renoviert werden sollte, fand man bei den Bauarbeiten überall Wanzen, Kameras und in den Wänden verlegte Rohre, durch die wohl Gas in die einzelnen Zimmer geleitet werden konnte. Man musste das Gebäude abreißen und an seiner Stelle entstand ein Park, für dessen Entstehung sich Putin gern hochleben lässt. Außerdem erfuhr ich, dass der Rote Platz insgesamt durch Richtmikrofone überwacht wurde, die angeblich empfindlich genug waren, um auch eine geflüsterte Unterhaltung mitzubekommen. Das bezweifele ich nicht.

Hatten die Russen also Interesse an mir und meiner Familie? Wahrscheinlich nicht. Wir waren unter dem Strich ein ziemlich lahmer Haufen, was unsere Berufe und Verbindungen zu so etwas wie Spionage anging. Aber insgesamt war alles, was wir in den ersten Tagen in Moskau erlebten, ziemlich bizarr. Seitdem fasziniert mich Russland und in meiner Familie sind sich alle einig, dass diese Reise nach Moskau, St. Petersburg und Sagorsk die interessanteste und faszinierendste war, die wir je zusammen unternommen haben. Russland ist ein unglaublich schönes Land, in dem unermesslicher Reichtum und tiefste Armut dicht beieinanderliegen. Wir hatten den Eindruck, dass fast alle dort mit gesenkten Köpfen durch die Straßen gingen, als wollten sie möglichst nicht gesehen werden. Aber wenn wir sie ansprachen, waren die Leute sehr hilfsbereit und gaben sich alle Mühe, uns dorthin zu bringen, wohin wir unterwegs waren. Da wir keine organisierte Gruppenreise gebucht hatten, bekamen wir gerade in den neu gegründeten Lebensmittelläden und Restaurants viel Kontakt zu den Einheimischen, von denen nur wenige Englisch sprachen. In St. Petersburg wohnten wir in der Wohnung einer Familie, die bereits in der fünften Generation dort lebte. Sie überließ sie uns für ein paar Tage, weil das, was wir in einer Woche an Miete zahlten, mehr war, als der Besitzer in einem Jahr verdiente. Ich sah Eisschollen auf der Newa treiben und dachte an Napoleon.

Als ich anfing, diesen Roman zu schreiben, meinte ein Freund, dazu müsse ich aber unbedingt noch einmal nach Russland reisen. Da das leider überhaupt nicht im Bereich des Möglichen lag, habe ich meine Fotoalben hervorgekramt, um noch einmal all die Orte aufzusuchen, die wir damals erkundeten, und mich an die Restaurants zu erinnern, in denen wir gegessen haben. Und ich habe viele Bücher gelesen.

Die Fahrt nach Russland war die letzte große Reise, die ich mit meinem Vater unternehmen durfte. Er starb am Vatertag des Jahres 2008 an Hautkrebs. Es gibt ein wunderschönes Bild von ihm und meiner Mutter auf dem Platz in St. Petersburg. Die beiden küssen sich und Mom hat sich dabei auf die Zehenspitzen gestellt und biegt ein Bein nach hinten, wie der Star in einem der schönen klassischen Filme. Das Bild hängt bei mir an der Wand und so möchte ich mich an meinen Vater erinnern.

Ich könnte keinen Charles-Jenkins-Roman schreiben, ohne meinen lieben Freund und Zimmerkollegen von der Law School zu erwähnen: Charles Jenkins. Chaz, wie wir ihn damals nannten, ist eine lebende Legende, der uns mit seinen ein Meter fünfundneunzig und einhundert Kilo reiner, wohlgeformter Muskelkraft nicht nur im Kraftraum Respekt abverlangte, sondern vor allem außerhalb. Chaz ist ein sanfter Mensch, ruhig, humorvoll, mit einer ganz speziellen Sicht auf die Geschehnisse des Lebens. Ein guter Mann, ein wunderbarer Vater – und einer meiner liebsten Freunde. Er weiß, wie sehr ich ihn schätze, und ich habe ihm schon vor Jahren gesagt, dass ich seinen Namen und sein Aussehen irgendwann einmal in einem Roman verewigen werde. Das habe ich hiermit getan und konnte hoffentlich einfangen, was meinen Freund im Wesen ausmacht.

Danke an Meg Ruley, Rebecca Scherer und das Team der Rotrosen Agency, meine unglaublichen Agenten. Sie sind unermüdliche Fürsprecher, kluge Ratgeber und einfach nur wundervolle Menschen, die jede Reise nach New York für mich zum Hochgenuss machen. Was für ein Glück habe ich doch, dass es sie gibt.

Dank an Thomas & Mercer und Amazon Publishing. Ich schreibe jetzt das zehnte Buch für sie und all meine Romane haben sehr von ihren Vorschlägen und dem Lektorat profitiert. Sie haben meine Romane in alle Welt verkauft und ich hatte das Vergnügen, die Amazon Publishing Teams aus Großbritannien, Irland, Frankreich, Deutschland, Italien und

Spanien kennenzulernen, begeisterte, engagierte Leute, denen ihre Arbeit viel Spaß zu machen scheint. Sie werben unermüdlich für meine Bücher und verkaufen sie, wofür ich ihnen sehr dankbar bin.

Danke an Sarah Shaw, Autorenbetreuung, die nie einen schlechten Tag zu haben scheint, denn ich kenne sie nur mit einem Lächeln auf den Lippen. Danke dafür, dass du mich so oft aufheiterst.

Danke an Sean Baker, Herstellungsleitung, Laura Barrett, Produktionsleitung, und Oisin O'Malley, künstlerische Leitung. Ich liebe die Cover und Titel all meiner Bücher, das habe ich ihnen zu verdanken. Danke an Denelle Catlett, Amazon Publishing PR, für die viele Arbeit, die sie in die Werbung für mich und meine Romane steckt. Denelle kümmert sich um mich, wenn ich reise, und so fühle ich mich immer wie ein Erster-Klasse-Passagier. Danke an das Marketing-Team Gabrielle Guarnero, Laura Constantino und Kyla Pigoni für die engagierte Zusammenarbeit beim Aufbau einer Autorenplattform, die interessant und für Sie, meine Leserinnen und Leser, zugänglich ist. Danke an die Verlagsleitung, Mikyla Bruder, Galen Maynard und Jeff Belle, die ein Verlagsteam aus talentierten und engagierten Leuten zusammengestellt hat.

Bei Thomas & Mercer gilt mein besonderer Dank Gracie Doyle. Wir arbeiten vom ersten Konzept eines neuen Buches bis zur letzten Zeile zusammen und sie hat immer wieder Ideen, was ich noch besser machen könnte. So schreibe ich mit ihrer Hilfe die besten mir möglichen Romane und bin sehr glücklich, sie in meinem Team zu haben. Außerdem ist sie mir eine gute Freundin geworden, mit der ich gern reise.

Ein Dankeschön vor allem auch an meine Lektorin Charlotte Herscher. Dies ist unser zehntes gemeinsames Buch und sie hat die undankbare Aufgabe, mir zu sagen, wenn irgendetwas in dem Buch nicht hinhaut. Ich schmolle dann eine Stunde, sehe ein, dass sie recht hat, und setze mich wieder dran, damit der Roman besser wird. Danke an meinen Korrektor Scott Calamar. Die eigenen Schwächen zu kennen ist wunderbar, denn dann kann man um Hilfe bitten. Scott sorgt dafür, dass ich schlauer wirke, als ich bin, und ich bin ihm dafür sehr dankbar.

Danke an Tami Taylor, die meine Website betreut, meinen Newsletter gestaltet und einige der Cover für die fremdsprachigen Ausgaben meiner Bücher entworfen hat. Danke an Pam Binder und die Pacific Northwest Writers Association für ihre Unterstützung. Danke an Seattle7Writer, ein Kollektiv von Schriftstellern des pazifischen Nordwestens, die das geschriebene Wort hegen und pflegen.

Vielen Dank an Sie, meine unermüdlichen Leserinnen und Leser, dafür, dass Sie meine Romane finden, und für Ihre unglaubliche Unterstützung meiner Arbeit überall auf der Welt. Danke, dass Sie Ihre Besprechungen ins Netz stellen und mir schreiben, um mir mitzuteilen, dass meine Bücher Ihnen gefallen haben. Das mag jetzt abgedroschen klingen, aber Sie drängen mich, Bücher zu schreiben, die Ihre Zeit wert sind.

Ich bedanke mich bei meiner Frau Christina und meinen Kindern Joe und Catherine. Vor vier Jahren ging Joe aufs College. Der Abschied von ihm fiel mir unendlich schwer. Dieses Jahr ist Catherine ihm gefolgt. Catherine ist unser kleines Mädchen und mein »Bubster«, wie man auf Facebook gern nachlesen kann. Sie bringt mich zum Lachen und ihr Anblick allein stimmt mich glücklich. Ich freute mich wirklich nicht darauf, auch sie noch ins College zu verabschieden. Und dann bekam sie eines Tages die Nachricht, dass das College ihrer ersten Wahl, das praktisch bei uns um die Ecke ist, ihre Bewerbung akzeptiert hatte. »Jetzt muss ich nicht weg von zu Hause, Dad!«, war ihre erste Reaktion. Aber natürlich musste sie dorthin ziehen, für sich selbst. Sie genießt das Leben auf dem College sehr und macht sich gut dort. Ich bekomme sie bei Sportereignissen zu Gesicht und manchmal essen wir zusammen zu Abend. Dann sehe ich, wie glücklich sie ist, und stelle mir all die wunderbaren Jahre vor, die Gott noch für sie und für uns alle parat hält. Ich liebe klassische Filme wie *Peter Pan*. Zeit zu krähen, Catherine, Zeit zu fliegen. Ich habe dich lieb.

Ich danke Gott aus tiefstem Herzen für all die wunderbaren Menschen, die er Teil meines Lebens werden ließ.